KB059310

마술 피리

✗ ✗ ✗ ✗ ✗

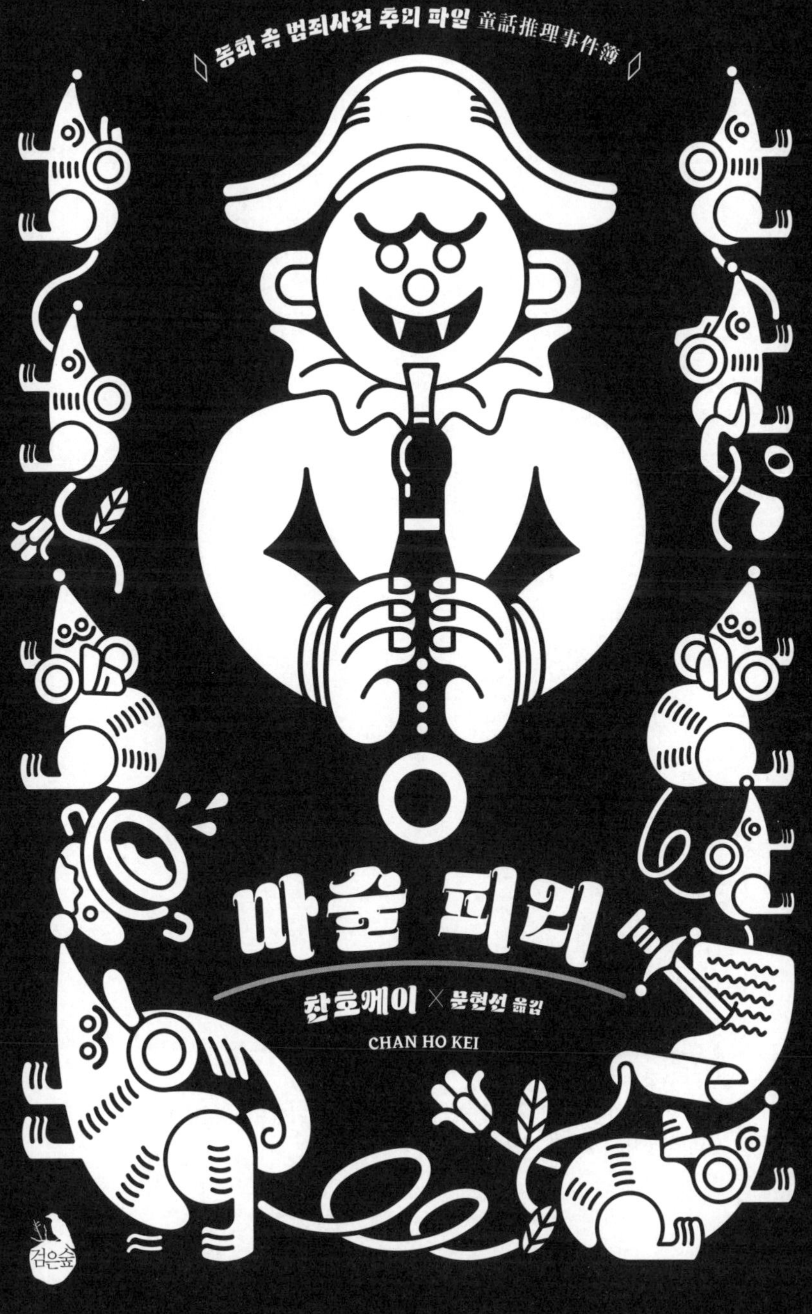
동화 속 범죄사건 추리 파일 童話推理事件簿
마술 피리
찬호께이 × 문현선 옮김
CHAN HO KEI
검은숲

일러두기

◇ 본 작품은 허구로 현실 인물이나 장소, 단체, 사건과 무관합니다.
◇ 모든 주석은 원저자주입니다.
◇ 외국 인명, 지명 등은 외래어 표기법에 준하여 표기했으나, 일부 명칭은 널리 통용되는 방식을 따릅니다.

X

목차

X

잭과 콩나무 살인사건

"한스! 계속 꾸물거리면 그냥 두고 갈 줄 알아."

"선생님! 잠시만요!"

나는 진흙투성이 오솔길에서 무거운 짐을 끌며 시무룩하게 호프만 선생을 쫓아갔다. 땅거미가 내리기 시작해 날이 점점 어두워지고 있었다. 어서 마을을 찾지 못하면 오늘 밤은 야외에서 자는 수밖에 없을 터였다. 물론 나야 상관없지만 호프만 선생은 지붕 없는 곳에서 한뎃잠 자는 것을 싫어했다. 숲속 갈색곰이나 회색늑대의 저녁밥이 되고 싶지 않다는 이유였다. 사실 나는 호프만 선생이 왜 안락한 집에서 화려한 옷을 입고 사는 대신 툭하면 유럽 곳곳의 산과 들을 헤집고 다니는지 이해가 되지 않았다. 호프만 선생이 런던에 돌아가기만 하면 귀족들은 그를 무도회나 파티에 초대하려 앞다투어 찾아오거나, 스물아홉 살 총각인 그에게 어떻게든 딸을 소개하려 안달했다. 하지만 호프만 선생은 셰익스피어의 새 연극을 보러 극장에 가거나 대학에서 강연할지언정 그 귀찮은 사람들을 상대하려 하지 않았다.

"한스! 보게, 저기 마을이 있지 않나! 말은 우리를 버렸을지라도 하늘은 아니었어!"

호프만 선생이 가리키는 앞쪽의 노을 아래에서 희미한 불빛이 보였다. 우리가 이렇게 엉망이 된 건 길에서 쉬고 있을 때 갑자기 말이 날뛰더니 우리 두 사람을 깊은 숲속에 버려놓고 달아났기 때문이다. 그때 나는 이제 죽었다고 생각했다. 이전 마을을 떠날 때 술집 늙은이가 이 숲에 마녀와 괴물이 살고 있다고 말하지 않았던가. 틀림없이 사악한 기운을 느꼈기 때문에 말들이 달아난 거였다. 하지만 호프만 선생은 느긋하게 나무 위를 가리키며 말했다.

"일단 우리가 아는 사실에서 증거를 찾고, 결론을 내릴 수 없을 때 모르는 걸 탓하자고. 한스, 저게 벌집이 아니고 뭔가? 말벌에 쏘여서 말들이 난동을 부린 거라니까. 우리도 어서 가자고. 말벌에 쏘이고 싶지 않아."

우리는 진흙 길을 걸어 마을 입구에 이르렀다. 들판에 나지막한 울타리가 군데군데 늘어서 있고 길가 양쪽으로 벽돌집이 드문드문 흩어져 있었다. 마을이라기보다 규모가 좀 있는 시골 동네 수준이었다. 우리는 한 아낙에게 물어 마을에 하나뿐인 작은 여관으로 갔다.

"두 분 손님! 저희 야곱 마을에 오신 걸 환영합니다! 얼마나 머물 생각이십니까?"

풍채가 좋은 여관 주인이 우리가 들어서자마자 열정적으로 맞이했다. 호프만 선생의 옷은 좀 더러워지긴 했어도 런던 상류층이라는 게 잘 드러나는 스타일이었고, 외진 마을에 부유한 신사가 지나가는 일도 드물 테니 당연히 반길 수밖에 없었다.

"저는 라일 호프만이라 하며 작가이고, 이쪽은 제 하인인 한스 안데르센 그린입니다. 저희는 하룻밤만 묵고 내일 떠날 계획입니다. 그나저나 말을 잃어버렸는데 여기에서 살 수 있을까요?"

호프만 선생이 정통 런던식 영어로 대꾸하자 여관 주인의 북방 억양이 한층 러시아어처럼 익살스럽게 들렸다.

"있습니다! 있지요! 잉글랜드 최고의 말이 있습니다! 그런데 선생님은 어디로 가실 예정입니까?"

"저는 각지의 민간 전설에 관한 책을 쓰고 있습니다. 소재를 찾아 북쪽으로 가려 하고요. 혹시 여기에 재미있는 전설이 있습니까? 로빈 후드[×]나 숲속의 요정[××] 같은 것도 괜찮습니다."

"이런, 안타깝게도 한발 늦으셨습니다. 이 지역에 아서왕[×××]과 원탁의 기사 같은 영웅은 없어도 사람을 잡아먹는 거인에 관한 전설은 있었습니다. 하지만 거인은 사라지고 끔찍한 범죄사건만 남았답니다. 선생님이 오싹한 범죄 기록이나 비극 극본을 쓰신다면 그럴듯한 사건이 하나 있는 셈이지만요."

"저희가 왜 늦었다는 겁니까?" 내가 물었다. "그러니까 거인 전설이 끔찍한 범죄사건으로 변했다는 뜻인가요?"

여관 주인이 콧수염을 비틀며 대답했다.

"말하자면 깁니다. 오실 때 동쪽에 있는 절벽 보셨지요? 아주 기이한 산으로, 돌만 잔뜩 있을 뿐 나무가 거의 없어서 나무꾼과 사냥꾼도 올라가지 않습니다. 전설에 따르면, 그 산에는 키가 9미터에 소 한 마리를 한입에 삼킬 수 있는

×   13세기 잉글랜드 각지에서 활약한 전설 속 의적.
××   픽시. 숲에 사는 귀가 뾰족하고 날개가 달린 사람 모습의 전설 속 생물. 켈트 민간 전설에 자주 등장하는데 특히 아일랜드와 스코틀랜드 등지에 널리 퍼져 있다.
×××   전설 속 잉글랜드 왕. 원탁의 기사들을 이끌고 브리튼 제도를 통일했다고 하지만 역사적으로 고증되지는 않았다.

거인이 살고 있었습니다. 걷기만 해도 땅바닥이 울릴 정도였다지요. 손을 뻗으면 구름을 헤쳐 독수리를 잡을 수 있고, 커다란 나무도 발길질만으로 넘어뜨릴 수 있어서 산에 나무가 그렇게 적어졌다고 했습니다. 그가 어린애를 잡아다 술안주로 먹는 걸 좋아한다고 해서 저희는 아이들이 산 근처에도 못 가게 막았지요. 솔직히 말해서 어른도 감히 갈 수 없었습니다."

"제 연구에 아주 적합한 소재로군요." 호프만 선생이 반색하며 물었다. "그 거인이 왜 사라졌다는 겁니까?"

"죽었으니까요."

"죽어요? 어떻게요?" 나는 무척 궁금했다.

"떨어져서 죽었답니다. 어차피 오늘 밤은 다른 손님도 없으니 처음부터 말씀드리지요."

여관 주인은 술병과 술잔 세 개를 가져와 아예 자리를 잡고 이야기를 시작했다.

"동쪽 절벽 아래에 작은 집이 하나 있습니다. 밀릿 모자가 살고 있지요. 몇 년 전에 밀릿 씨가 병사하고 밀릿 부인과 바보 같은 아들 잭만 남았습니다. 정말 안됐지요! 밀릿 씨는 전혀 부유하지 않은 일개 농사꾼이었습니다. 그런데 5년 전에 이상한 병에 걸려서 사흘 만에 세상을 떠난 겁니다. 그러니 부인과 당시 네 살밖에 되지 않던 아들은 힘겹게 살아갈 수밖에요. 아시지요? 여자와 어린애 둘이서 어떻게 제대로 살아갈 수 있겠습니까? 그런데도 밀릿 부인은 한사코 재혼을 거부했습니다. 사실 그녀 미모로는 얼마든지 좋은 남편을 찾아 새 출발 할 수 있는데 말입니다. 야곱 마을은 말할 것도 없고 블랙풀[×] 전체에서도 찾아보기 힘든 미인이거든요. 그들은 야금야금 가산을 팔아 살아오다가 결국에는 마지막 소 한 마리까지 팔아서 빚을 갚아야 하는 처지에 놓였습니다. 그런데 그 멍청한 아들이 소를 콩 다섯 알과 바꿀 줄 누가 알았겠습니까. 밀릿 부인은 거의 숨이 넘어갈 정도로 화가 났지요."

"콩이요? 소 한 마리면 최소한 금화^{××} 한 닢일 텐데요!"

내가 나도 모르게 소리치자 호프만 선생이 예의를 지키라는 듯 흘겨보았다.

"그러니까요! 소식을 들은 이웃들도 잭이, 바로 그 멍청한 아들이 사기를 당했다고 말했지요. 하지만 어쩌겠습니까. 네 살 때 아버지를 여의어서 생각이 단순한 게 그 아이 잘못은 아니잖아요. 교육을 못 받았으니까요. 밀릿 부인은 화가 나서 콩을 창밖으로 던져버렸습니다. 그걸로는 요리

×   잉글랜드 서북부에 있는 도시.
××   소버린. 1파운드짜리 금화.

도 할 수 없으니…… 맞지요. 콩 다섯 알을 한입에 털어 넣을까요, 다섯 번에 나눠 먹을까요."

여관 주인이 비웃듯 말하면서 우리 잔에 술을 따라주었다.

"마을에 도와주는 사람이 없었나요?" 호프만 선생이 물었다.

"다들 도와줄 생각이었습니다. 그런데 이틀 뒤에 밀릿 부인이 금화 한 주머니를 들고 맥다월 씨를 찾아가 빚을 갚았습니다."

"맥다월 씨가 누구인가요?"

"아, 제가 깜빡했군요. 맥다월 씨는 우리 마을 유지이자 최고 부자입니다. 밀릿 씨가 세상을 떠난 뒤 부인에게 수시로 돈을 빌려주었지요. 하지만……." 여관 주인이 목소리를 낮췄다. "제가 보기에는 밀릿 부인의 미모에 반해서 그런 겁니다. 원래는 아주 인색한 구두쇠거든요."

"밀릿 부인은 어디에서 금화가 생겼습니까?"

"그게 바로 핵심입니다!" 여관 주인의 표정이 환해졌다. "밀릿 부인이 콩을 창밖으로 던진 다음 날 아침, 글쎄 두꺼운 콩 줄기가 높이 자라나 있었던 겁니다! 잭은 그걸 보고 '보세요! 그 사람이 속이지 않았어요. 신비한 콩이잖아요!' 라고 말하면서 절벽을 따라 자라난 콩 줄기를 타고 올라갔

15

습니다. 그러고는 해가 질 때 금화 주머니를 가지고 돌아와서 거인의 집에서 가져왔다고 했답니다."

"거인의 집이요?"

"잭은 거인의 집에 가서 거인의 아내를 만났다고 했습니다. 거인 아내는 남편이 잭을 죽일까 봐 숨겨준 뒤, 그가 잠들었을 때 금화 주머니를 주면서 얼른 도망가라고 했다더군요."

"그렇다면 잭은 거인과 그 아내를 봤겠네요?"

호프만 선생이 긴장하며 물었다. 정말로 누가 9미터나 되는 거인을 봤고 심지어 그의 집이 어딘지 안다면, 호프만 선생은 책을 두세 권도 쓸 수 있을 터였다.

"그게…… 그런 셈이지요. 사실 잭뿐만 아니라 마을 주민 모두가 보았습니다." 여관 주인이 어깨를 으쓱한 뒤 미소를 지으며 말했다. "어쨌든 선생님이 생각하시는 것과 다르니…… 일단 계속 들어보시지요."

호프만 선생은 고개를 끄덕이며 눈을 반짝반짝 빛냈다. 불가사의한 일을 만날 때마다 그는 늘 그런 표정을 지었다.

"방금 밀릿 부인이 맥다월 씨에게 금화를 가져갔다고 말씀드렸지요. 하지만 그래 봐야 빌린 돈의 절반밖에 되지 않았답니다. 5년 동안 쌓인 빚이 정말 엄청났거든요. 그래서 잭은 또 거인의 아내를 찾아갔고 이번에는 황금알을 낳는 암탉을 가져왔습니다."

"황금알을 낳는 암탉이라니! 한스, 이 이야기는 갈수록 재미있어지는군."

호프만 선생이 잔뜩 흥분해 말했다.

"하지만 황금알을 낳는 암탉은 이틀도 안 돼 죽었습니다. 그래서 잭은 다시 한번 콩 줄기를 타고 거인의 아내를 찾아갔고, 이번에는 저절로 연주되는 황금 하프를 가져왔습니다."

"거인과 황금 하프라니! 정말 멋지군요! 고대 그리스였다면 오르페우스[×] 신화가 되었겠어요! 오비드나 아폴로도로스^{××}는 이 이야기로 멋진 작품을 썼을 테고요!"

"선생님, 흥을 깨고 싶지는 않지만, 이어지는 건 잔혹한 현실일 뿐입니다." 여관 주인의 어투가 돌변했다. "잭이 하프를 가지고 나올 때 갑자기 하프가 울려서 잠자던 거인이 깨어났습니다. 거인은 잭을 쫓아 콩 줄기를 타고 내려오기 시작했지요. 잭은 다급한 마음에 도끼로 콩 줄기를 끊었고 거인은 그대로 떨어져 죽었습니다."

× 　그리스신화 속 유명한 음악가. 그의 노랫소리는 저승의 신까지 감동시킬 만큼 아름다웠고, 그의 7현 하프는 오늘날 리라의 기원이 되었다.
×× 　오비드는 고대 로마의 시인 오비디우스의 다른 이름으로 신화를 집대성한 『변신 이야기』를 썼다. 아폴로도로스는 기원전 1세기의 고대 그리스 학자이며 그의 작품은 수많은 후대 사람들이 그리스신화를 쓸 때 참고하는 기준이 되었다.

너무도 갑작스러운 결말에 호프만 선생은 잠시 아무 말도 하지 못했다.

"그러니까 마을 주민들은 거인의…… 시체를 보았다는 말인가요?"

내가 묻자 여관 주인이 대답했다.

"그렇지요. 하지만 거인은 무슨, 전부 거짓말이었습니다! 확실히 키가 크고 건장했지만 9미터라니, 터무니없는 과장이었어요. 기껏해야 250센티밖에 되지 않았습니다. 거인이 떨어질 때 밀릿 부인과 잭은 그 자리에 있었습니다. 퍽 소리와 함께 자기 집 뒤뜰에 거인이 떨어지는 걸 두 눈으로 보았고 넋이 나갈 정도로 놀랐습니다. 이어서 거인의 아내가 산에서 내려와 잭을 강도치사죄로 고소했습니다."

"거인의 아내가 산에서 내려왔다고요? 그녀도 거인인가요?" 내가 물었다.

"우리보다 크지만 그래 봐야 210센티 남짓에 불과합니다. 알고 보니 그 레이데일이라는 거인은 세상과 떨어져 오랫동안 산에서 아내와 둘이서만 살았더군요. 대장장이인 레이데일 씨는 철기를 제작해 돌산 반대편의 오솔길로 내려가 인근 마을에 팔았다고 합니다. 그래서 저희는 그들을 못 봤던 것이지요. 레이데일 부인은 남편이 어린애를 워낙 싫어해서 그날 잭을 보면 화를 낼까 봐 숨겨주고 빵과 우유까지 줬는데, 그 아이가 탐욕스럽게도 자신들 금화 주머니를 훔쳐 갔다고 했습니다."

"아! 그렇다면 암탉과 하프도 잭이 훔쳤겠군요?"

나는 아홉 살짜리 아이가 도둑일 줄은 정말 생각도 못 했다.

"그렇지요. 레이데일 부인은 남편의 비참한 죽음에 무척 상심하며 마을 판사에게 공정한 판결을 내려달라고 요청했습니다. 잭처럼 어린애가 그렇게 잔인할 줄이야……. 아, 밀릿 씨가 일찍 죽은 게 다행이라니까요. 정말 드물게 좋은 사람이었습니다. 제 아들이 태어났을 때 달걀 한 바구니를 선물해 줬는데……."

여관 주인은 대들보를 바라보면서 생각에 잠겼다.

"아까." 호프만 선생이 말했다. "콩들이 하룻밤 사이에 굵은 줄기로 자랐다고 하셨지요?"

"그렇다고 들었습니다."

"잭이 잘라버린 콩 줄기는 어떻게 되었습니까?"

"가져다 태웠지요."

"누가요?"

"그건 저도 모릅니다. 그렇게 불길한 일이 전부 콩 때문에 벌어졌으니 빨리 태우지 않으면 나쁜 일이 또 생길지 모른다고 했던 것 같습니다."

"방금 거인⋯⋯ 레이데일 씨가 밀릿 집 옆으로 추락했다고 했으니, 콩 줄기 옆이겠군요?"

"그렇지요, 그렇다고 들었습니다."

"콩 줄기가 얼마나 높이 자랐습니까?"

"올라가 보지 않아서 잘 모릅니다만⋯⋯ 선생님은 왜 이렇게 콩 줄기에 흥미가 많으십니까?"

여관 주인이 콧수염을 비틀며 호프만 선생에게 물었다.

"별것 아닙니다. 워낙 기이한 이야기라 책 소재로 삼을 수 있을 것 같아서요." 호프만 선생이 잠시 생각하다가 말했다. "한스, 북방 여행을 며칠 미뤄도 상관없겠지? 여기 머물면서 이 전설 같은 사건을 잘 연구해 보는 것도 좋겠군."

"선생님, 그래 봐야 하루 더 머무실 수 있겠습니다. 저야 한두 달 머무셔도 대환영이지만요."

여관 주인의 말에 호프만 선생이 물었다.

"왜죠?"

"내일 오전에 잭의 재판이 열리고 오후에 형이 집행될 예정이니까요. 그러면 전부 마무리됩니다. 저희 마을의 치안 판사인 서턴 각하는 과감하고 명쾌한 법관이지요. 그의 판결은 늘⋯⋯." 여관 주인은 머리를 들이밀고 목청을 낮추며 말했다. "⋯⋯독단적이랍니다."

"아…… 그렇다면…….” 호프만 선생은 잠시 생각한 뒤 중얼거렸다. "보아하니 편법을 좀 써야겠군…….”

"선생님?"

그 모습에 나는 불길한 느낌을 지울 수가 없었다. 호프만 선생은 늘 이런 식으로 안 좋은 일에 끼어들어 번거로움을 자초했기 때문이다.

"그렇다면!" 호프만 선생이 의기양양한 표정으로 나를 무시한 채 여관 주인에게 말했다. "일주일 머물겠습니다. 말을 구하는 건 잠시 미루고 지금은 잠부터 푹 자야 할 것 같군요. 내일 아침 멋진 재판에 참석해야 하니까요!"

이튿날 아침 아홉 시, 우리는 야곱 마을의 주민들을 따라 마을 회관에서 열린 잭 밀릿의 재판을 방청하러 갔다. 조금 빈약한 홀에 성별 상관 없이 다양한 계층의 주민들이 가득 모였다. 나와 호프만 선생은 맨 앞까지 비집고 들어간 덕분에 재판석과 앞쪽 책걸상을 한눈에 볼 수 있었다. 굳이 물어보지 않아도 누가 재판의 주인공인지 쉽게 알아볼 수 있었다. 피고석에 선 채 어쩔 줄 몰라 하는 아이가 '살인범'

책이고, 멀지 않은 곳에서 눈시울을 붉히며 흐느끼는 미인은 그의 어머니 밀릿 부인이었다. 밀릿 부인을 부축하는, 잘 차려입고 수염도 말끔히 다듬은 키 작은 남자는 유지인 맥다월 씨가 확실했고 증인석의 덩치 큰 여인은 남편을 잃은 레이데일 부인, 판사석에 앉아 짙은 눈썹을 치켜세우고 있는 중년 남자는 당연히 서턴 판사였다. 그리고 내 옆에서 슬그머니 웃고 있는 사람은 내 주인인 호프만 선생이었다.

"지금부터 야곱 마을 주민인 잭 밀릿의 대장장이 커리 레이데일 모살과 관련된 공판을 시작하겠습니다." 서턴 판사가 우렁찬 목소리로 말했다. "잭 밀릿, 너는 여러 차례 레이데일 씨 집으로 숨어들어 재물을 훔쳤을 뿐만 아니라 마지막에는 레이데일 씨를 고의로 살해했다. 죄를 인정하는가?"

잭은 소리 없이 고개만 저었다.

"잭! 죄를 인정하느냐고 묻지 않느냐? 또 대답하지 않으면 묵인으로 간주하겠다!" 판사가 으름장을 놓았다.

"아니요……. 저는…… 훔치지 않았어요……. 사람을 죽이지도 않았어요……. 엄마……." 잭은 결국 울음을 터뜨렸다.

"제 아들은 사람을 죽이지 않았습니다! 나쁜 짓을 했을 리 없어요!" 밀릿 부인도 방청석에서 거의 무너질 듯 통곡했다.

"조용!" 판사가 말했다. "부인, 계속 소란을 피우면 부인…… 부인에게도 죄를 물을 수 있습니다."

나는 서턴 판사가 말하던 중 잠시 머뭇거린 게 이상해 호프만 선생에게 물어보려고 고개를 돌렸다가, 그가 흐뭇하게 밀릿 부인을 보고 있는 걸 발견했다.

"선생님! 선생님은 신사이십니다! 그런 표정으로 과부를 쳐다보면 구설에 오를 수 있다고요!" 나는 팔꿈치로 호프만 선생을 콕콕 찔러 주의시켰다.

"그걸 보는 게 아니라…… 아, 됐네. 편지는 준비됐지?"

"다 썼습니다. 하지만 이런 위조 편지를 쓰라고 하신 게 발각되면……."

나는 주머니에서 어젯밤에 작성한 편지를 꺼냈다.

"무슨 공문서도 아니고, 설령 왕실에 들켜도 높으신 분들이 우리를 편들어주실 거야. 지금 가게."

"이렇게 빨리요?" 나는 깜짝 놀랐다.

"그럼 판사가 판결을 내린 뒤에 갈 건가?"

호프만 선생이 뒤에서 떠미는 바람에 나는 방청석을 벗어나 순식간에 증인석까지 나아갔다.

"자네는 누구인가? 이유 없이 재판을 방해하는 게 죄라는 건 아는가?"

서턴 판사가 얼마나 매섭게 노려보는지 나는 방청석으로

도로 물러나고 싶었다.

"파, 판사 각하." 나는 정신을 차리고 차분하게 입을 열었다. "저는 호프만 선생의 서기이며 여기 그레이 백작의 친필 서한이 있으니 살펴봐 주십시오."

"그레이 백작?"

판사는 반신반의하며 백작 가문의 봉랍인이 찍힌 편지를 받았다. 편지 내용은 법학 박사 라일 호프만이 추밀원[×]의 법률 제정 및 개정에 참고할 만한 재판 기록을 수집하고 있으니 각지의 치안판사는 성심껏 협력해 달라는 것이었다. 물론 전부 거짓이었다.

"이게 사실이라고?" 판사가 편지를 돌려주며 의심스럽다는 어투로 물었다.

"당연히 사실입니다, 각하." 호프만 선생이 갑자기 끼어들며 앞으로 나와 판사에게 말했다. "제가 바로 법학 박사 라일 호프만입니다. 저는 원래 이미 끝난 재판 내용만 수집하지만, 각하께서 심각한 잘못을 저지르시는 듯해서 주제넘더라도 각하의 재판을 중지시키는 수밖에 없었습니다. 수습하지 못할 지경이 되기 전에 말입니다."

×   영국 군주의 자문기구. 입법, 소송, 재판의 권한을 가졌으며 귀족과 관리 및 교육자로 구성되었다.

"잘못? 무슨 잘못이란 말입니까? 아직 증인도 발언하지 않았고 심문조차 시작하지 않았습니다! 이렇게 황당한 상황을 어떻게 받아들일 수 있단 말입니까? 당신이 정말 법학 박사라면 시간 낭비하지 말고 어서 분명히 밝히십시오."

판사가 엄숙하게 말하자 방청하던 주민들도 웅성거리기 시작했다.

"범인과 증인에게 간단한 질문 몇 개만 던지면 됩니다."

호프만 선생은 서턴 판사의 위세를 완전히 무시한 채 살며시 웃으며 말했다. 판사는 고개를 끄덕여 발언을 허락하는 수밖에 없었다.

"잭." 호프만 선생이 피고석으로 다가가 울고 있는 어린 잭에게 물었다. "콩 줄기를 타고 거인의 집으로 올라갔니?"

"네……, 맞아요."

"콩들이 하루 만에 자라났어?"

"네."

잭이 호프만 선생의 자상한 얼굴을 보며 천천히 눈물을 거뒀다.

"하루 만에 그렇게 크게 자라는 콩을 예전에 본 적이 있니?"

"아니요……. 처음 봤어요."

"그 콩알은 마을 시장에서 소와 바꾼 거라고?"

"네, 맞아요."

"그래, 이제 충분하구나." 호프만 선생이 고개를 돌려 거인의 아내에게 물었다. "레이데일 부인, 도난당한 암탉이 정말로 황금알을 낳을 수 있었습니까?"

"그럼요, 정말 낳을 수 있었습니다!" 거인의 아내가 대답했다.

"거짓말 아니지요?"

"아닙니다. 남편의 이름을 걸고 맹세할 수 있습니다."

"그럼 황금알을 낳는 암탉을 또 본 적이 있습니까?"

"아니요. 제 암탉은 세상에 둘도 없는 보물입니다."

호프만 선생은 또 살며시 웃으며 물었다.

"그렇다면 부군의 황금 하프가 어떻게 저절로 연주되는지 아십니까?"

"모릅니다. 어쨌든 저절로 연주되는 건 사실입니다." 레이데일 부인이 짜증스럽게 답했다.

"그렇다면 신기한 암탉과 하프가 신이 내려준 은총이라고 말할 수 있을까요?"

"제가 어떻게 압니까?"

호프만 선생이 미소를 거두고 매서운 눈길로 거인 부인을 노려보며 물었다.

"'어떻게 압니까?'라니 모른다는 겁니까, 아니면 신의 은총이 아님을 안다는 겁니까?"

"저는…… 제가 그렇게 많은 걸 어떻게 압니까? 그……
그, 그 암탉과 하프는 원래 제 남편 것이었습니다!"

"좋아요, 이제 충분합니다." 호프만 선생이 증인석을 벗
어나 판사에게 말했다. "판사 각하, 이 사건은 각하가 재판
할 수 없습니다."

"그게 무슨 말입니까? 변죽도 건드리지 않는 빈말만 물
어놓고, 그게 사건과 무슨 관계라는 겁니까? 게다가 나는
추밀원에서 권한을 인정받은 치안판사로 이 마을에서 일어
난 일을 재판할 최고 권력을 가지고 있는데, 무슨 근거로
저지한단 말입니까?"

서턴 판사가 오른손으로 거세게 탁자를 내리치자 주민들
이 소스라치게 놀라며 일제히 입을 다물었다.

"각하, 방금 레이데일 부인의 자백을 들으셨지요? 신기
한 암탉과 하프는 사망한 레이데일 씨의 소유지만 그게 신
의 은총인지는 모른다고 했습니다. 신의 은총이 아니라면
당연히…… 사탄의 장난이겠지요."

악마의 이름이 들리자 주민들은 깜짝 놀라 숨을 크게 들
이마시고는 재빨리 가슴에 성호를 그었다. 서턴 판사도 아
연실색하며 말을 잇지 못했다.

"각하, 분명히 아셔야 합니다." 호프만 선생이 계속 말했

다. "사람의 사건이라면 당연히 판사가 재판하겠지만, 악마나 마법과 관련된 일이라면 교회 법정에 세워야지요. 황금알을 낳는 암탉과 하루 만에 성장하는 거대한 콩 줄기처럼 기이한 일은 일단 주교급 성직자가 심의해 신의 기적인지, 악마의 장난인지 판별해야 합니다. 그러니 이 안건을 판결할 권한은 각하에게 없습니다."

"그, 그게⋯⋯." 서턴 판사는 눈만 크게 뜬 채 말을 뱉지 못했다.

"각하, 일단 블랙풀의 루터 주교께 편지를 써서 상황의 긴박함을 알리고, 신앙의 위기에 직면했으니 오셔서 판결해달라고 청하십시오. 제 생각으로는 일주일 안에 오실 수 있을 겁니다. 판사 각하, 이 사건을 조급하게 판결하고 제가 추밀원에 보고한 뒤 추궁이 내려오면 캔터베리 대주교[×]라도 각하를 구할 수 없을 겁니다."

호프만 선생이 진지하게 웃음을 지었다. 내가 이미 여러 차례 봤던, 그가 상대를 궁지로 몰아세울 때마다 짓는 웃음이었다.

서턴 판사는 잠시 멍하니 있다가 결국에는 자기 손으로 통제할 수 있는 규모가 아님을 받아들였다. 그는 옷매무새

× 잉글랜드 교구의 최고위 성직, 종교개혁 뒤에는 영국국교회(성공회)의 수장.

를 정리한 뒤 우렁찬 목소리로 말했다.

"잭 밀릿의 커리 레이데일 살인 공판은 라일 호프만 법학 박사의 의견을 받아들여 교회 법정에 심의를 신청하며, 루터 주교께 직접 오셔서 재판해 줄 것을 청하기로 합니다. 이상."

판사의 결론을 들은 주민들은 웅성거리며 그 뜻밖의 상황에 대해 의견을 교환했다. 어떤 사람은 거리로 달려가 재판에 오지 않은 주민들에게 소식을 전했고, 독실한 신도들은 살인사건만으로도 끔찍한데 악마까지 연결되었다니 두려움에 떨며 기도를 멈추지 못했다. 밀릿 부인의 표정은 무척 복잡했다. 오늘 오후를 넘기지 못할 줄 알았던 아들이 살아난 건 다행이지만 주교가 온다니, 상황이 더 나빠지는 건 아닌지 확신할 수 없는 듯했다.

"호프만 박사, 도와주셔서 감사합니다." 서턴 판사가 차분한 음성으로 말했다. "그런데 우연히 야곱 마을을 지나던 길이셨나요, 아니면 일부러 찾아오셨나요? 어쨌든 저희 집에 묵으시지요. 정성껏 대접하겠습니다."

"호의에 감사드립니다. 다만 저와 서기는 이미 좋은 여관을 찾았습니다."

호프만 선생이 상대에게 손을 내밀며 인사했다.

"그럼 강요하지 않겠습니다……." 서턴 판사가 갑자

기 기이한 표정을 지으며 물었다. "호프만…… 라일 호프만……. 혹시 '하멜른의 마술 피리 아동 유괴사건'을 해결한 그 호프만 박사이십니까?"

"그렇습니다." 선생이 웃으며 대답했다.

호프만 선생이 독일에서 개입했던 사건이 우리 고향인 영국에까지 퍼져 있을 줄은 생각도 못 했다.

서턴 판사가 호프만 선생과 인사할 때 나는 그의 눈빛이 조금 이상하다고 생각했다. 두 사람 모두 웃고 있는데 묘하게 어긋나는 느낌이었다.

"이 사건이 해결될 때까지 여기 머물 생각입니다. 그레이 백작께 참고용으로 보내드리기 아주 적합한 사건이거든요." 떠나기에 앞서 호프만 선생이 판사에게 말했다. 아주 공손하게 말했지만 태도는 꼭 사자 같았다.

"알겠습니다. 저도 최선을 다해 협조하겠습니다." 늑대, 아니 서턴 판사가 대꾸했다.

여관으로 돌아오는 길에 나는 호프만 선생에게 물었다.

"선생님, 그 판사한테 무슨 문제가 있습니까? 아까 말씀하실 때 정말 살벌했습니다."

"좋은 사람이 아니야. 외지고 작은 마을에 악랄한 판사가 있는 것도 이상한 일은 아니지만. 어쨌든 나를 만났으니 운이 다한 셈이지."

"악랄이요? 심하게 엄숙해 보일 뿐 나쁜 놈 같지는 않던데요."

"조만간 알게 될 거네." 호프만 선생이 웃으며 말했다.

"참, 선생님, 이 사건을 왜 교회에 맡기시려는 겁니까?"

"그냥 임시방편이지. 저렇게 기세등등한 판사는 더 높은 권위가 아니면 굴복시킬 수 없거든. 이로써 최소 닷새의 시간을 벌었으니 천천히 조사할 수 있어." 호프만 선생이 어깨를 으쓱했다.

"그 때문이라고요?" 내가 소리쳤다. "선생님, 교회에서 개입하면 후폭풍이 엄청날 수 있다는 거 아시지요? 잘못하면 거인의 아내와 밀릿 부인, 심지어 마을의 무고한 주민까지 화형에 처해질 수 있다고요! 너무 부도덕한 방법이에요!"

"한스, 그러지 않았으면 어린 잭은 이미 마을 회관 앞 광장에서 교수형에 처해졌을 거라고. 아홉 살짜리 어린애가 무고하게 죽는 건 도덕적인가?"

"그건……."

나는 대답할 수 없었다. 호프만 선생은 바로 그런 사람이었다. 자신이 옳지 않다고 생각하는 일을 만나면 어떻게든, 너무도 기이하고 이해할 수 없는, 혹은 엄청난 재난을 일으킬지도 모르는 수단을 동원해서까지 바로잡으려 했다.

문득 외국 국왕에게마저 불손한 말을 했던 일이 떠올라 식은땀이 솟았다. 그때 우리는 머리가 다른 곳으로 옮겨질 뻔했다.

"아까 거인 부인이 암탉을 신의 은총이라 생각한다고 답했으면 어떡하실 작정이셨어요?" 내가 물었다.

"그러면 판사에게 묻고 방청석 주민이나 자네한테 물었겠지. 그렇게 터무니없는 일이 어떻게 신의 은총이겠어? 매일 아침 태양이 동쪽에서 떠오르는 게 은총이고, 가을 들판의 풍성함이 은총이지. 황금알을 낳는 암탉은 은총이 될 수 없잖아. 자네는 어느 집에서나 그런 암탉을 볼 수 있나? 아니지! 그 암탉은 탐욕과 질투만 불러일으킬 뿐이니 사탄의 장난이라고. 이렇게 말하면 누구도 반박할 수 없지."

"그 말씀은 하루 만에 자라나는 콩 줄기와 황금알을 낳는 암탉이 악마한테서 왔다는 뜻인가요?" 내가 깜짝 놀라 물었다.

"한스, 내가 늘 말하잖아? 일단 우리가 아는 사실에서 증거를 찾고, 결론을 내릴 수 없을 때 모르는 걸 탓하자고." 호프만 선생이 미소를 지으며 자신의 좌우명을 또 중얼거렸다.

3

　여관 주인은 우리가 정말로 그레이 백작을 위해 일한다고 생각해 한층 더 세심하게 챙겨주었다. 호프만 선생은 백작을 돕는 게 자신의 본업이고 글쓰기는 부업이라고 말한 뒤, 원래는 이 마을에서 일을 처리할 계획이 없었는데 뜻밖에도 특이한 사건을 만났다고 덧붙였다. 점심 식사를 마친 뒤 호프만 선생과 나는 사건 현장을 보러 잭의 집으로 향했다.

　"호프만 박사님이시지요? 저, 제 아들을 구할 방법이 있을까요?"

　대문 앞에 이르자 밀럿 부인이 단번에 우리를 알아보았다. 잭의 집은 정말 허름했고 담장과 문 앞의 계단까지 온전한 곳이 별로 없었다. 하지만 규모로 보면 예전에는 꽤 훌륭했을 듯싶었다. 여관 주인의 말대로 밀럿 부인은 상당한 미인으로, 아홉 살짜리 아들이 있다고 믿기지 않을 만큼 아직도 소녀처럼 청초했다. 다만, 엄청난 변고를 겪는 바람에 무척 초췌해져 미모가 상당히 퇴색돼 보였다.

　"부인, 저는 좀 더 많은 정보를 얻고 싶어서 왔을 뿐입니다. 더 많은 자료를 백작께 보낼 수 있도록요. 아드님한테 죄가 없다면 루터 주교께서 공정하게 판결해 주실 테지만, 거짓말을 했다면 신의 대리인 앞에서 절대 달아날 수 없을 겁니다." 호프만 선생이 말했다.

밀릿 부인이 조금 안심이라는 표정을 짓더니 우리를 안으로 안내했다. 가난한 살림임에도 그녀는 집에서 담근 과실주를 내오고 아들에 대한 걱정을 억누른 채 예의를 갖춰 우리 맞은편에 앉았다. 호프만 선생이 만족스럽게 미소를 지으며 내게 속삭였다.

"런던의 귀족 아가씨들이 그녀 절반만 돼도 내가 매번 피하지는 않을 텐데."

"부인." 호프만 선생이 맛없는 술을 한 모금 마신 뒤 입을 열었다. "몇 가지 사소한 질문을 드리고 싶습니다. 잭이 소를 콩 다섯 알에 팔았다는 말을 듣고 너무 화가 나서 콩알을 창밖으로 던지셨다고 들었는데, 맞습니까?"

"네, 맞습니다. 저 창문으로요."

밀릿 부인이 왼쪽 창문을 가리켰다. 창밖으로 상추 몇 포기가 드문드문 올라온 작은 텃밭이 보였다. 그리고 멀지 않은 곳에 절벽이 있었다.

"잭이 콩을 판 사람에 대해 말했나요? 그 사람 모습에 대해서 말한 적이 있습니까?"

"아니요. 잭은 아홉 살이지만 말을 조리 있게 하지 못합니다. 제가 제대로 가르치지 못한 탓이지요. 잭이 신비한 콩이라며 그 보물을 찾아서 밭에 묻어야 한다고 했던 말만 기억납니다."

"콩 줄기가 밭 중앙에서 자라났습니까?"

호프만 선생이 창틀로 머리를 내밀어 밖을 둘러보았다.

"아니요. 멀리 절벽에 붙어서 자라났어요. 안내해 드릴까요?"

"그래 주시면 감사하지요. 부탁드립니다."

호프만 선생은 잔을 내려놓고 지체할 수 없다는 듯 밖으로 향했다.

절벽 앞에 이르자 밀릿 부인이 엉망진창이 된 진흙 바닥을 가리키며 말했다.

"바로 여기에서 콩 줄기가 절벽을 타고 위쪽 꼭대기까지 자라났어요. 물론 꼭대기까지 자란 걸 제가 직접 본 것은 아니고 잭이 그렇게 말했지요."

호프만 선생이 쪼그려 앉아 진흙을 뒤집어본 다음 물었다.

"뿌리조차 없는데……. 콩 줄기가 얼마나 두꺼웠나요? 가지만큼 두꺼웠습니까?"

"아니요. 그보다는 좀 가늘어서 대파 정도의 두께였어요. 네다섯 줄기가 서로 꼬여서 위쪽까지 뻗어 갔고요."

"절벽에 딱 붙어서요, 아니면 조금 떨어져서요?"

"아마 붙어서요……, 잘 기억나지는 않습니다."

호프만 선생이 말을 멈추고 절벽 앞을 천천히 거닐다가 텃밭 반대편에 있는 집을 바라보았다.

"한스, 여기에서 집까지 거리가 어느 정도인 것 같은가?"

"제가 보기에는…… 16미터에서 18미터 사이일 듯합니다."

"자네는 시력이 좋으니까, 절벽 꼭대기까지 높이는 얼마나 될 듯하지?" 호프만 선생이 절벽 위쪽을 가리키며 물었다.

"그건…… 저기 툭 튀어나온 암석까지는 36미터 정도로 보이는데 그게 절벽 꼭대기인지는 모르겠습니다."

그러자 밀릿 부인이 끼어들었다.

"거기가 꼭대기는 아니지만 거의 끝에 가까워요. 이것도 잭이 말해줬고요."

"부인, 레이데일 씨가 떨어질 때 부인도 여기 계셨다던데, 맞습니까?"

밀릿 부인이 겁에 질린 표정으로 대꾸했다.

"네……, 맞습니다. 거인은 서기 선생님이 서 계신 바로 그곳에 떨어졌습니다."

내가 서 있는 곳이라니! 나는 깜짝 놀라 후다닥 세 걸음 물러났다. 그렇지 않아도 밭에 살짝 꺼진 곳이 있어서 이상하다고 생각하던 참인데, 하필 그곳이 거인의 사망 장소일 줄이야. 거인의 녹색 피와 뇌수가 사방으로 튀었을 테니…… 세상에, 내가 왜 이런 걸 떠올려야 하지?

"거인이 콩 줄기를 잡고 떨어지는 것을 보셨습니까?"

호프만 선생은 역겨워하는 내 표정을 거들떠보지도 않고 계속 밀릿 부인에게 질문을 던졌다.

"아니요. 저기 튀어나온 암석에서 떨어지는 것을 보았어요."

"잭이 도끼로 콩 줄기를 베었을 때 콩 줄기가 이쪽으로 쓰러졌습니까, 아니면 저쪽으로 쓰러졌습니까?"

"저쪽으로요……. 아니에요. 중간에서 수직으로 떨어졌어요."

"제가 묻는 것은 거인이 아니라 콩 줄기입니다." 호프만 선생이 이상해하며 말했다.

"네, 콩 줄기 말이에요. 잭이 거의 다 베었을 때까지도 아주 단단했는데 마지막에는 맥없이 흐물흐물 떨어졌어요. 아마 밑동을 잘라내자 뿌리에서 수분을 흡수하지 못해 흐물흐물 시들었을 거라고 생각했지요. 어쨌든 그건 마법의 콩 줄기였으니까요."

"그렇게 생각할 수도 있겠군요." 호프만 선생이 고개를 끄덕인 뒤 다시 물었다. "황금알을 낳는 암탉과 황금 하프는 지금 판사에게 있습니까?"

"네, 증거라서 판사님이 가지고 계십니다. 하지만 암탉은 이미 죽었어요."

"암탉이 황금알을 낳는 걸 보셨습니까?"

"아니요. 알을 낳을 새도 없이 죽었거든요."

"그럼 그게 황금알을 낳는 줄 어떻게 아셨습니까?"

"잭이 암탉을 가져왔을 때 황금알도 가져왔으니까요. 저는 그걸로 빚을 갚았고요."

"맥다월 씨에게 가져갔다는 말씀입니까?"

밀릿 부인이 무안해하며 고개를 끄덕이고 말했다.

"네. 이 마을에서는 누가 누구에게 돈을 빌렸는지, 며칠도 안 돼 지나가는 여행객들까지 전부 알게 되는군요."

"부인, 제 실언을 용서하십시오. 작은 부분까지 자세히 조사하다 보니 알게 됐습니다. 부인의 비밀을 엿볼 의도는 없었습니다."

호프만 선생이 사과의 표시로 몸을 살짝 숙였다. 바로 그런 태도 때문에 런던 아가씨들이 그의 주변을 맴돌며 떠나지 못했다.

"그리고 그 하프……가 저절로 연주되는 것을 들어보셨습니까?"

"아니요. 거인이 떨어진 뒤 판사 나리가 금세 찾아와 압수해 갔어요."

"감사합니다, 부인. 정말 많은 도움을 주셨습니다. 이 자료들로 주교님께서 정확한 판결을 내려주실 겁니다."

밀릿 부인의 대문 앞에서 호프만 선생이 뭔가 생각난 듯 고개를 돌려 물었다.

"부인, 질문이 또 하나 있습니다만, 원치 않으시면 대답하지 않으셔도 됩니다."

"말씀하시지요. 가능한 한 숨기지 않겠습니다."

"5년 전 밀릿 씨는 무슨 병으로 돌아가셨습니까?"

"남편은……." 밀릿 부인은 남편 얘기가 나오자 서글픈 표정을 지었다. "원래는 아주 건강했는데 어느 날 술집에서 술을 마시고 돌아온 뒤 갑자기 안 좋아졌어요. 의사도 무슨 병인지 알아내지 못했고요. 침대에서 사흘 동안 앓다가 그만……."

"알겠습니다." 호프만 선생이 말했다. "혹시 피를 토하고 경련을 일으키며 머리카락이 빠지지 않았나요?"

"어?" 밀릿 부인이 창백하게 변한 낯빛으로 반문했다. "어떻게 아셨습니까?"

"일반적인 급성병입니다. 귀족 몇 분도 그렇게 세상을 뜨셨지요. 부인, 그럼 편히 쉬십시오. 이렇게 오래 번거롭게 하고 나쁜 기억까지 떠올리게 해 죄송합니다. 이만 가보겠습니다."

여관 2층 방으로 돌아왔을 때는 이미 날이 어두워진 다음이었다. 저녁 식사를 마친 뒤 호프만 선생은 창가 의자에 앉아 생각에 잠겼다. 생각에 잠겼을 때는 말을 걸지 말라는 분부가 있었기 때문에 나는 겔리우스의 『아티카 야화』[X]를 꺼내 조용히 시간을 보내는 수밖에 없었다.

"음흉하군." 호프만 선생이 갑자기 정적을 깼다.

"뭐가요? 선생님, 뭐가 음흉합니까?"

"한스, 우리가 엄청난 위험에 말려든 것 같아. 페르세우스가 메두사[XX]와 맞서는 모양인데 우리 손에는 방패와 검, 투명 망토가 없군."

"지난번 프랑스에서 교수대에 보내질 뻔했던 때보다 더 위험한가요?"

"음." 호프만 선생이 잠시 생각한 뒤 답했다. "그래. 그때야말로 검과 방패, 망토가 없었지. 이번에는 방패와 망토는 없어도 작은 비수는 들고 있는 셈이니까."

"대체 무슨 위험에 처했습니까?"

나는 호프만 선생의 이상한 비유가 어떤 의미인지 이해할 수 없었다.

[X] 1세기 로마 작가 겔리우스의 작품으로 사회, 역사, 철학 등을 다룬 잡문집.
[XX] 그리스신화 속 영웅 페르세우스는 주신 제우스의 도움으로 머리카락이 뱀이고 보는 사람들을 돌로 만드는 요괴 메두사를 죽인다.

"나도 어떻게 말해야 할지 모르겠네. 어쨌든 며칠 동안 조심해야 해." 호프만 선생이 침대로 몸을 날린 뒤 덧붙였다. "첫 번째 패를 아직 회수하지 못했어. 내일도 할 일이 많으니 어서 자자고."

아침에 호프만 선생과 나는 빵을 먹은 뒤 서턴 판사를 만나러 마을 회관으로 갔다. 문지기가 사무실로 안내해 줬는데 서턴 판사가 자리를 비워서 우리는 잠시 기다려야 했다. 사무실은 놀라울 정도로 화려했다. 피렌체 유화와 고대 로마의 가구, 중국 도자기……. 탁자 오른쪽에는 하얀색 깃펜이 황금 펜꽂이에 꽂혀 있었다. 이렇게 외지고 작은 마을의 판사가 이 정도의 재력을 가졌을 줄은 생각도 못 했다. 사실은 서턴 판사도 귀족이었나 하는 의문이 들었다.

"호프만 박사, 안녕하십니까? 오래 기다리시게 했군요."

얼마 뒤 판사가 의기양양하게 사무실로 들어왔다.

"안녕하십니까? 판사 각하. 잭에게 한두 가지 묻고 싶은 게 있습니다."

호프만 선생은 입을 떼자마자 찾아온 이유를 밝혔다.

"박사, 주교님이 오실 때까지 기다리시지요? 이미 속달로 편지를 보냈으니 사흘 정도 지나면 오실 겁니다."

"한두 가지 소소한 질문만 던지면 됩니다. 각하, 애초에 주교께 종교재판을 부탁드리라고 건의한 게 저라는 사실을 알아주십시오. 제가 이번 일의 세부 사항을 제대로 파악하지 못하면 주교께서 질문하셨을 때 그레이 백작과 법학 박사인 제 체면이 깎이지 않겠습니까? 혹시 제가 이번 사건에 끼어드는 게 탐탁지 않으십니까?"

호프만 선생은 판사 앞에서 늘 당당한 기세를 드러냈다.

"절대 아닙니다, 박사. 지금 바로 잭이 있는 감옥으로 안내하라고 명하지요."

판사가 종을 흔들어 하인을 불렀다.

"감사합니다."

판사는 대답 없이 펜을 들더니 문서를 읽고 서명하는 데에 열중했다. 하지만 나는 그가 밖으로 나가는 우리를 몰래 훔쳐보고 있음을 눈치챘다.

우리는 윌리엄이라는 젊은이를 따라 감옥으로 향했다. 가는 도중 호프만 선생은 윌리엄한테 서턴 판사의 과거에 관해 물어보았다. 알고 보니 서턴 판사는 젊을 때 해군에서 복무하며 여러 차례 공을 세웠고, 상사인 공작 눈에 들어 추밀원에 판사로 추천받은 덕분에 고향인 야곱 마을로 돌아와 공직을 맡을 수 있었다. 작위만 없을 뿐 이렇게 외진 마을의 치안판사는 귀족과 별 차이가 없었다.

감옥 환경은 무척 열악했다. 불쌍한 잭은 어둡고 습한 그곳에서 이미 일주일을 갇혀 있었다. 아홉 살짜리 어린애는 말할 것도 없고 성인조차 견디기 힘든 여건이었다. 우리를 본 잭의 얼굴에 한 가닥 희망의 빛이 떠올랐다. 호프만 선생이 법정에서 재판을 중지시켰기 때문에 잭은 선생이 자신을 구해줄 것이라고 여기는 듯했다.

"잭, 나는 법학 박사 호프만이란다. 이제부터 질문에 잘 대답해 줘야 한다. 절대 거짓말하면 안 돼. 그러지 않으면 지옥 불에 떨어질 거야."

잭이 진지하게 고개를 끄덕였다.

"시장에서 콩 다섯 알을 받고 소를 팔았다던데, 맞니?"

"네, 맞아요."

"소를 산 사람은 어떻게 생겼지?"

"저…… 저는 못 봤어요. 그늘에 숨은 데다 천으로 얼굴을 가리고 있었거든요."

"키는 얼마나 컸어?"

"별로 크지 않았어요. 이쪽 분보다 조금 작았어요."

잭이 나를 보며 말했다. 내가 별로 안 크다는 것을 굳이 지적해 주지 않아도 나는 내가 호프만 선생만큼 큰 키가 아니라는 걸 잘 알고 있었다.

"목소리는? 그리고 뭐라고 말했니?"

"무척 쉰 목소리였어요. 시장에서 리틀 존을 팔려고 했지만 다들 너무 말랐다며 사려고 하지 않았어요. 그런데 그 사람이 갑자기 저를 부르더니 사겠다고 했어요."

"리틀 존이 누구야?" 내가 물었다.

"저희 소요."

그렇겠구나, 나는 정말 멍청했다.

"그 사람이 얼마를 불렀어?" 호프만 선생이 잭에게 물었다.

"리틀 존이 많이 말랐지만 보기 드물게 좋은 소라는 걸 알겠다면서 금화 다섯 닢을 주겠다고 했어요. 당연히 저는 무척 기뻤지요. 그런데 그 사람이 마법의 콩을 사느라 금화를 모두 써서 돈이 없다는 거예요. 제가 마법의 콩이 뭐냐고 물었더니, 신비한 콩으로 거대한 콩 줄기가 구름 위 거인의 집까지 다다를 만큼 자란다고 했어요. 거인한테는 보물이 아주 많으니까 거인의 아내에게 청하면 대단한 보물을 얻을 수 있다고도 했고요."

마법의 콩이니 뭐니 귀신 씻나락 까먹는 소리를 하긴 해도, 잭은 밀릿 부인의 말과 달리 어리숙하지 않고 꽤 조리 있게 말을 잘했다.

"그래서 금화 대신 콩을 달라고 제안했니?"

"그 사람이 제안했어요."

"그 사람이 또 다른 말은 안 했고?"

"콩을 밭에 심으면 거대한 콩 줄기로 자라날 거라고 했어요."

"그 사람한테 너희 집에 밭이 있다고 말했어?"

"네?" 잭이 눈을 동그랗게 떴다. "아…… 아니요. 그 사람은 저희 집에 밭이 있는 걸 어떻게 알았을까요?"

호프만 선생이 희미하게 웃은 뒤 계속 물었다.

"어머니가 콩을 창밖으로 던졌을 때 곧바로 주우러 가지 않았니?"

"네. 너무 어두웠거든요. 날이 밝은 뒤에 찾으려고 했는데 이튿날 이미 거대한 콩 줄기가 자랐더라고요."

"콩 줄기를 타고 거인의 집까지 올라갔고?"

"네. 거인 부인은 정말 좋은 분이셨어요. 거인이 아이를 싫어한다면서 커다란 항아리 안에 숨겨줬고요. 조금 뒤에 거인이 '어린애 냄새가 나! 녀석을 잡아다 갈아서 빵을 만들어야겠어!'라고 소리치는 게 들렸어요. 저는 너무 놀라서 꼼짝할 수 없었어요."

잭은 항아리에 숨었던 때로 되돌아간 듯 겁에 질린 표정을 지었다.

"그러고는?"

"나중에 부인이 금화 한 주머니를 주면서 거인이 자고 있을 때 가라고 했어요. 저는 거인을 보지 못한 채 돌아왔고요."

"다음 날 또 절벽 위 거인의 집에 갔을 때는 봤어?"

"아…… 그때도 못 봤어요. 엄마가 금화로 빚을 다 갚지 못했다고 해서 저는 다시 한번 거인 부인에게 도움을 청했어요. 그때는 오븐에 숨겨줬고 저는 또 거인이 어린애를 잡아먹겠다고 무시무시하게 소리치는 걸 들었어요. 부인은 거인이 잠든 틈에 저를 내보내 주고 암탉을 건네면서 황금알을 낳는다고 했어요."

"집에 돌아온 뒤 암탉이 황금알을 몇 개나 낳았어?"

"하나도 낳지 못했어요." 잭이 슬프게 대꾸했다. "콩 줄기를 타고 집에 돌아올 때 너무 꽉 안았는지 시름시름 앓다가 다음 날 죽었어요. 전부 제 잘못이에요."

"암탉이 황금알 낳는 걸 못 봤다는 거네?"

"그건 아니에요. 거인 부인이 암탉을 둥지에서 꺼낼 때 황금알 두 개를 보았거든요. 부인은 그중 하나를 제게 주었어요."

"부인이 정말 친절하구나. 알뿐만 아니라 암탉까지 내주었으니." 내가 야유하듯 말했다.

"저…… 거짓말 아니에요……. 사람들은 제가 암탉을 훔쳤다고 하지만 정말로 거인 부인이 준 거예요……." 잭이 울음을 터뜨렸다.

"잭, 사실대로 대답하면 된단다." 호프만 선생이 아이를 울렸다고 책망하듯 나를 흘겨보았다. "너는 레이데일 씨…… 그러니까 거인을 본 적은 없구나?"

"아니요. 세 번째로 올라갔을 때 봤어요. 그때는 거인 부인이 저를 숨기지 않아서 의자에 잠든 거인을 보았는데…… 정말 무서웠어요! 부인한테 암탉이 죽었다고 말했더니 거인의 하프를 가져가라고 했어요. 무척 신비한 하프로 사람이 건드리지 않아도 연주된다고 해서 저는 넋을 놓고 쳐다봤어요. 이번에는 엄마가 빚을 전부 갚을 수 있겠다고 생각하면서 조심스럽게 하프를 들었거든요. 그런데 그때 거인이 깨어나서 하프를 들고 있는 저를 보더니 버럭 화를 냈어요. 저는 재빨리 돌아서서 뛰었어요. 거인은 뒤에서 쫓아왔고요. 거의 굴러떨어지다시피 콩 줄기에서 내려온 다음 거인이 쫓아올까 봐 두려워서 도끼로 콩 줄기를 찍었어요."

"이어서 거인이 떨어졌고." 호프만 선생이 천천히 말했다.

"네……, 맞아요. 하지만 거인이 떨어질 줄은 정말 몰랐어요……." 잭은 겁에 질려 작은 목소리로 대꾸했다.

호프만 선생은 또 다른 질문거리를 생각하는 듯 잠시 침묵에 잠겼다.

"잭, 맥다월 씨를 아니?" 호프만 선생이 물었다.

"아, 맥다월 씨는 자주 집에 오셔서 저와 엄마한테 필요
한 게 없는지 살펴보세요……. 하지만……." 잭은 말을 하
려다가 입을 다물었다.

"하지만 뭐?"

"하지만 저는 그분이 싫어요."

"왜?"

"저는…… 그분 태도가 불친절하게 느껴지거든요."

잭은 자기가 왜 그렇게 말하는지 모르겠다는 듯 작은 머
리를 흔들었다.

어두운 감옥을 나와 정오의 찬란한 태양 아래 다시 서자
뭐라 형언하기 힘든 상쾌함이 온몸을 채웠다. 여전히 그 끔
찍한 감방에서 쥐들과 지내야 하는 잭을 안타까워할 때 호
프만 선생이 말했다.

"거인 부인을 만나려면……, 아주 머니까 지금 출발해도
황혼이 내린 뒤에나 도착하겠지……. 역시 내일 가자고. 오
늘은 할 일이 없네."

"레이데일 부인을 만나러 가시려고요?" 내가 물었다.

"당연하지. 어쩌면 오븐에서 아직 빵이 되기 전인 어린애

를 찾을 수도 있잖아."

"정말이세요?" 내가 기겁하며 물었다.

"하여튼 잘 속는다니까." 호프만 선생이 웃으며 대꾸했다.

천천히 마을을 걸어가자 만나는 주민들마다 친절하게 인사를 건네 왔다. 어제 호프만 선생이 마을 회관에서 보여준 '공연'이 파다하게 퍼져 순식간에 유명 인사가 된 듯했다. 맥다월의 저택을 지날 때 우리는 그가 마을에서 가장 부유한 사람임을 실감했다. 단순히 규모만 따져도 주변 집들의 열 배가 넘었다. 땅거미가 내릴 무렵 여관으로 돌아오자 여관 주인이 누가 선물을 보내왔다고 말했다.

"선생님, 어떤 사람이 포도주를 한 병 보내왔습니다." 주인이 술병을 호프만 선생에게 건넸다.

"누가요?" 호프만 선생이 병에 붙은 라벨을 보면서 물었다.

"저도 모릅니다. 선물을 내려놓자마자 떠났거든요. 이렇게 값비싼 선물은 우리 마을에서 찾아볼 수 없을 겁니다." 여관 주인이 웃으며 대답했는데 '누가 아부하려는 거죠'라는 속뜻이 읽혔다.

"그런가요⋯⋯." 호프만 선생은 별로 기쁜 기색이 아니었다.

방에서 술병을 살펴보니, 아니나 다를까 최고급 프랑스 포도주였다.

"선생님, 이건 보르도 그라브[×] 와인입니다!"

"마시고 싶나?" 호프만 선생이 담담하게 물었다.

"그래도 됩니까?"

"함께 맛보자고. 잔을 가져오지."

"선생님! 그런 건 하인인 제가 해야지요." 내가 얼른 일어났다.

"자네가 조심하지 않고 이 귀한 술을 망칠까 봐."

호프만 선생이 술병을 들고 밖으로 나갔다가 잔 두 개를 들고 돌아왔다. 색이 선명하고 투명한 포도주가 담겨 있었다.

"어? 그렇게 큰 병에서 두 잔밖에 안 나왔습니까?" 내가 물었다.

"착각이지. 병은 전혀 크지 않았어." 그가 술을 건넸다.

건배하자마자 나는 기다렸다는 듯 살짝 맛을 보았다. 아, 과연 프랑스 명품답게 맛이 부드럽고 진한 데다 강렬한 술 향기가 달콤한 과일 내음과 잘 어우러졌다.

×　프랑스 보르도 안에 있는 한 지역으로 12세기부터 잉글랜드에 포도주를 수출했다.

"한스, 자네 정말 포도주를 잘 아나?"

솔직히 말해 전혀 몰랐다. 내 혀는 얼마나 무딘지 달콤한 맘지[X]와 클라레[XX]도 구분하지 못했다. 호프만 선생과 여러 나라를 돌아다니는 이상 조금은 익숙해지는 게 예의에 어긋나지 않을 듯해 마실 뿐이었다.

좋은 술을 마셔서인지 아주 만족스럽게 잘 잤다. 날이 밝자 나와 호프만 선생은 여관 주인에게 말을 빌려 '거인의 집'으로 떠났다. 동쪽 산기슭을 따라 산 절반을 돌고 나서야 오솔길을 찾을 수 있었다. 그 오솔길로 얼마 가지 않아 이웃 마을인 셰리 마을이 나타났다.

"선생님, 거인 아내에게 어떤 부분을 물어볼 생각이십니까?" 산에 오르면서 내가 물었다.

"아무것도." 호프만 선생이 태연하게 대답했다.

"네? 그럼 왜 이렇게 서둘러서 산에 오르는 겁니까?"

×　　그리스와 스페인의 백포도주.
××　프랑스 남부에서 생산되는 진홍색 포도주의 통칭.

"거인 부인에게 물어볼 건 없는데 거인의 집은 어떤지 보고 싶거든."

"거인의 집이니 보통 집보다 세 배쯤 높은지 보시려고요?"

호프만 선생은 빙그레 웃기만 할 뿐 대답하지 않았다.

태양이 정수리에 올랐을 때 드디어 레이데일 부부의 집에 도착했다. 거인의 집은 특별한 게 없었다. 세 배나 높지도 않고 집 앞에 커다란 의자도 없었다. 집 뒤편으로 용광로 딸린 작업실이 있다는 정도만 특이했는데, 나는 거인이 대장장이라고 했던 여관 주인의 말을 떠올리며 그의 일터였겠다고 짐작했다.

"무슨 일로 오셨지요?"

거인 부인이 느닷없이 밖으로 나오는 바람에 나는 소스라치게 놀랐다. 전혀 호의적이지 않은 어투 때문에 그녀가 호프만 선생을 증오하는 것처럼 느껴졌다.

"부인, 안녕하십니까?" 호프만 선생이 특유의 웃음을 지으며 말했다. "주변을 좀 살펴보러 왔을 뿐입니다. 백작께 보내드릴 보고서 작성을 위해 사건 자료를 모으느라고요."

"그럼…… 마음대로 하세요."

레이데일 부인은 우리를 무시한 채 안으로 들어갔다. 생김새가 정말 만만치 않았다. 남자처럼 툭 튀어나온 광대뼈와 턱, 송충이처럼 빽빽한 눈썹, 커다란 덩치와 거친 행동까지 그녀가 거인보다 더 무서울 것 같았다.

호프만 선생은 집 밖을 천천히 거닐며 건물을 살피기도 하고 몸을 수그려 진흙을 조사하기도 했다. 절벽은 집 뒤쪽에서 100미터 정도 떨어진 곳에 있었다. 호프만 선생이 고개를 내밀고 내려다보며 말했다.

"여기에서 밀릿 집은 안 보여도 그들 집 앞의 오솔길은 보이는군."

그런 다음에는 절벽 근처의 지면과 양쪽 나무를 살펴보았다. 여관 주인은 산에 초목이 전혀 자라지 않는다고 했지만, 주변으로 수풀이 빽빽한 게 확실히 헛소문이었다. 나는 호프만 선생이 이리저리 더듬거리는 걸 보고 물었다.

"선생님, 뭘 찾으십니까? 같이 찾아보겠습니다."

"됐네, 한스. 나도 내가 뭘 찾으려는지 모르거든."

"네?"

"그래도 여기 주변을 보니 확실히 알겠어. 보게, 절벽 옆의 나무가 아주 단단해……. 아, 여기 칼자국도 있군."

호프만 선생이 옆에 있는 나뭇가지를 흔들었다.

나는 도무지 갈피를 잡을 수가 없었다. 하지만 호프만 선생이 그렇게 할 때는 분명 그럴 만한 이유가 있지…… 않을까?

"이만 돌아가세."

레이데일 부부의 집 대문 앞으로 돌아왔을 때 호프만 선생이 말에 올라타며 말했다.

"이대로요? 오븐 안을 확인해 보지도 않았는데……."

"그렇군. 자네가 나 대신 부인에게 물어봐." 호프만 선생이 말 위에서 말했다.

"세상에! 정말이세요?"

"당연히 정말이지!"

호프만 선생이 어서 가보라는 뜻으로 손을 흔들었다.

나는 정말 내키지 않았지만 대문을 두드리는 수밖에 없었다. 거인 부인이 기다렸다는 듯 모습을 드러냈다. 우리 거동을 줄곧 지켜보고 있었다는 의미였다!

"부인, 박사님이 여쭤보라고 하셔서요."

"뭐죠?"

나는 잭이 거인을 봤을 때 왜 그렇게 두려워했는지 알 수 있었다. 가까이에서 보니 위압감이 정말 엄청났다.

"그러니까, 오븐에……."

내가 말을 채 끝내기도 전에 뒤쪽에서 호프만 선생의 웃음소리가 들려왔다. 그제야 나는 호프만 선생이 나를 놀렸단 걸 깨달았다.

"부인, 제 서기가 글은 아주 잘 쓰는데 말은 잘 못하고 더

듣거린답니다." 호프만 선생이 말을 탄 채 거인 부인에게 말했다. "하나 확인하고 싶은 게 있습니다. 여기에서 야곱 마을까지는 반나절이 걸리던데, 그날은 아침에 재판이 열렸으니 날이 밝기 전에 떠나셨겠네요?"

레이데일 부인이 대꾸했다.

"하루 전날 야곱 마을에 가면 되지요. 그게 뭐가 이상한가요?"

"아, 그렇군요. 한스, 이만 인사드리지. 더는 방해하지 말고."

돌아오는 길에 내가 물었다.

"거인 부인한테 그걸 물어볼 생각이셨습니까? 일찍 좀 말씀해 주시지요."

"아니, 갑자기 생각나서 물었던 거야."

"갑자기요? 하루 일찍 마을에 오는 게 특별할 게 뭐가 있다고요?"

"한스, 재판 전에 레이데일 부인을 본 적이 있나?"

"당연히 없지요."

"그게 바로 문제야." 호프만 선생이 확신에 찬 표정으로 말했다.

하지만 나는 여전히 수수께끼를 풀 수 없어서 화제를 돌렸다.

"선생님, 거인 부인이 요조숙녀는 아니지만, 신사로서 말에 탄 채 대화하는 건 예의가 아닙니다."

"그래야만 내려다볼 수 있으니까. 그녀를 올려다보는 걸 못 참겠더라고."

우리는 함께 웃음을 터뜨렸다.

저녁에는 일찌감치 잠자리에 들었다. 레이데일 부인의 생김새에 너무 놀랐던 탓인지 나는 밤새 악몽에 시달리며 비몽사몽 뒤척거렸다. 꿈속에 나보다 세 배는 커다란 거인이 끊임없이 등장하는 데다 창문 앞으로 검은 그림자가 어른⋯⋯, 창문에 검은 그림자?

눈을 번쩍 떴다. 꿈이 아니었다! 복면을 쓴 검은 옷차림의 남자가 칼까지 들고 창문 앞에 서 있었다! 두 번 생각할 것도 없이 있는 힘껏 그 사람에게 달려들어 넘어뜨렸다. 희미한 달빛만으로는 그의 동작을 제대로 알아보기 힘들어 번뜩이는 칼날이 여러 차례 얼굴 앞을 스쳤다.

"한스!"

호프만 선생이 깬 듯했다. 검은 옷의 사람이 선생에게 달려들려 하기에 나는 중간에서 단단히 자세를 잡고 결사적으로 막았다. 그때 호프만 선생이 램프에 불을 붙이면서 방 안이 환해졌다.

"빛이 있으니 네 놈도 끝장이다!"

나는 상대의 가슴을 발로 찬 다음 왼손으로 칼을 치우고 오른손으로 턱을 때렸다. 그런데도 상대가 포기하지 않고 칼을 뻗어, 나는 두 손으로 칼을 뺏은 다음 기세를 몰아 그의 오른쪽 손목을 세게 그었다. 그는 황급히 창문으로 달아났다. 나는 호프만 선생의 안위가 우선이라 뒤쫓아 가지는 않았다.

"선생님, 괜찮으십니까?" 내가 긴장된 목소리로 물었다.

"한스, 안 다쳤나?"

호프만 선생은 안색이 창백했지만 걱정스러운 얼굴로 내가 다쳤는지부터 살펴보았다. 그때 여관 주인이 램프를 들고 들어왔다.

"손님! 무슨 일입니까? 엄청난 소리가 들리던데요."

"어떤 놈이 선생님께 몹쓸 짓을 하려다가 저와 몸싸움이 벌어졌습니다. 놈의 칼과 제 공격에 놈이 흘린 피입니다." 나는 바닥의 칼과 핏자국을 가리켰다.

"세상에! 이렇게 끔찍한 일이! 당장 경찰에 신고하고 판사님께 연락하겠습니다." 여관 주인이 허둥대며 말했다.

여관 주인의 반응은 당연했다. 만약 호프만 선생이 다쳤다면 판사가 죄를 물을 테니, 그는 십중팔구 여관을 폐쇄할 수밖에 없을 터였다.

"됐습니다." 호프만 선생이 안정을 되찾은 뒤 말했다. "재판 전에 엉뚱한 일을 만들고 싶지 않습니다."

"하지만……, 그 사람이 또 습격해 오면……." 여관 주인은 여전히 충격에 휩싸여 있었다.

"한스가 있으니 악당 열 명이 와도 문제없습니다. 한스는 조지아 사람에게 흐리돌리[×]를 배워서 정말 강하거든요." 호프만 선생이 나를 가리키며 말했다.

흐리돌리는 수백 년의 역사를 가진 조지아의 무술이었다. 그 도둑놈이 운이 좋았기에 달아났지, 아까 내가 특기인 쌍칼을 꺼냈다면 이미 여섯 조각이 났을 것이다.

여관 주인은 계속 경찰에 신고하자고 얘기했다. 하지만 호프만 선생이 됐다고 고집을 부리자 여관 주인은 결국 포기하고 아래층으로 되돌아갔다. 또 습격해 올까 봐 나는 밤새 잠자지 않고 경계하기로 마음먹었다. 반면 호프만 선생은 또 올 리 없다고 말하고는 금세 잠이 들었다. 날이 밝을 때까지 나는 눈을 붙이지 않다가 호프만 선생이 깨어나 쉬라고 한 뒤에야 잠시 쪽잠을 청했다. 그런데 눈을 떠 보니 황당한 일이 기다리고 있었다.

× 맨손으로 공격하거나 칼 등을 활용하는 조지아 민족의 전통 무술.

한스, 일이 있어서 셰리 마을에 다녀올 테니 찾지 말고 여관에서 기다리게. 어젯밤에 수고했으니 한숨 푹 자고.

책상에 이런 쪽지가 놓여 있었다. 이렇게 위험한 상황에 나를 버려둔 채 호프만 선생 혼자서 가버리다니! 여관 주인에게 물어보니 말을 빌려서 나갔다고 했다. 나는 걱정돼 죽을 지경이었지만 쫓아갔다가 괜히 호프만 선생을 번거롭게만 할까 봐 여관에서 안절부절못하며 주인이 청소하는 것을 지켜보았다. 무슨 일인지 몰라도 하루 동안 죽은 쥐를 세 마리나 치웠다! 정말 불길했다.

해가 졌는데도 호프만 선생은 돌아오지 않았다. 그때 판사가 여관으로 사람을 보내 루터 주교가 마을에 도착했으니 함께 저녁 식사를 하자고 청하는 한편 내일 아침에 재판을 진행하겠다고 알려 왔다. 나는 선생님이 안 계셔서 저녁 식사에 참석할 수 없고 내일 아침 재판에는 제시간에 출석할 거라고 회신하는 수밖에 없었다. 기다리고 또 기다렸지만 자정이 되어서도 선생이 돌아오지 않아 결국 찾아 나서기로 마음먹었다.

"한스, 왜 아직도 안 자고 있나."

호프만 선생이었다! 내가 짐을 정리해 출발하려고 할 때 선생이 돌아왔다. 어젯밤 일을 전혀 가슴에 담아두지 않은 듯 무척 태평한 얼굴이었다.

"선생님! 걱정하다 죽는 줄 알았습니다! 어젯밤에 공격을 받으신 분이 오늘 저도 없이 혼자서 나가시다니요. 또 습격을 받으실까 봐 얼마나 마음 졸였는지 모릅니다!"

화도 나고 걱정도 돼서 거의 눈물이 나올 지경이었다.

"옛 친구와 회포를 푸느라고 늦었어. 걱정시켰다니 미안하네." 호프만 선생이 부드럽게 내 어깨를 두드렸다. "오늘밤은 자네도 푹 자라고. 내일 아주 바빠질 테니까."

"판사가 주교님이 마을에 도착하셨으니 내일 아침에 재판을 진행할 거라면서 시간 맞춰서 출석하라고 알려 왔습니다."

"알고 있네. 그래서 내일 처리할 일이 아주 많다고 했잖아."

날이 밝은 뒤 우리는 다시 한번 마을 회관으로 갔다. 문앞에 서 있는 열서너 명의 근위병을 보면서, 나는 주교를 따라온 근위대이며 문제가 생기면 범인을 런던으로 압송하려나 보다고 생각했다. 이번 재판은 지난번보다 훨씬 떠들썩했다. 하지만 판사가 앉아 있던 자리에 코가 납작하고 수염이 하얀 주교가 앉은 것을 제외하면 주인공들은 이전과 같은 자리에서 비슷한 표정을 짓고 있었다. 늙은 주교 옆에 서턴 판사가 앉고 그 뒤로 수사 두 명이 서 있었다.

"조용!" 판사가 늘 그렇듯 우렁찬 목소리로 말했다. "지금부터 잭 밀릿의 커리 레이데일 살인사건이 악마 혹은 마술과 관련 있는가에 대한 재판을 시작하겠습니다. 이분은 이번 재판을 주관해 주실 블랙풀의 루터 주교이십니다."

"먼저 피고에게 몇 가지 질문을 하겠다." 주교가 엄숙한 표정으로 말했다. "잭 밀릿, 하늘에 대고 거짓을 고하지 않겠노라 맹세하라."

"네, 그러겠습니다. 주교 각하." 잭이 안절부절못하며 말했다.

"콩 다섯 알을 받고 소를 팔았는가?"

"그렇습니다."

"소를 산 사람은 누구지?"

"모릅니다."

"그렇다면 내가 알려주지. 바로 사탄이다! 악마와 거래를 했구나!"

주교가 갑자기 목청을 높이자 사람들이 웅성거렸다.

"저, 저는 사탄인 줄 몰랐습니다! 주교 나리! 정말 몰랐어요!" 잭이 당황해 변명했다.

"몰랐다고? 몰랐으면 어떻게 콩 다섯 알을 받고 소를 넘겨준단 말이냐? 게다가 그 콩은 하루 만에 산처럼 높이 자랐으니 분명 악마의 도구이다! 궤변은 집어치워라!"

"아닙니다! 주교 나리! 저는 아, 악마와 거래하지 않았습니다!"

"간단한 실험으로 결백한지 아닌지 알 수 있지. 잭! 광장으로 가자."

주교가 자리에서 일어나자 다들 무슨 일이 벌어지는지는 몰라도 일단 따라가는 수밖에 없었다.

광장 중앙에 이르자 놀랍게도 화형대가 세워져 있고 아래쪽에 장작이 가득했다. 나는 깜짝 놀라서 호프만 선생에게 물었다.

"잭을 태워 죽일 생각일까요?"

"지켜보게. 나는 루터 주교가 정확한 판결을 내려주시리라 믿거든."

호프만 선생은 조금 무서울 정도로 진지했다.

"여러분!" 주교가 광장에서 말했다. "하느님은 순결한 영혼을 가진 사람은 구하시고 악마와 함께 타락한 영혼은 버리실 겁니다. 이는 성화의 시련입니다! 잭이 무죄라면 불이 붙지 않겠지만, 사탄과 결탁한 아이라면 불꽃이 그를 삼켜 재로 만들고 영원한 지옥으로 떨어뜨릴 겁니다! 여봐라, 죄인을 화형대에 묶어라!"

"안 돼요! 제 아들은 악마와 결탁하지 않았어요! 놓아주세요……."

입을 연 사람은 잭이 아니라 밀릿 부인이었다. 그녀는 상황이 걷잡을 수 없게 나빠지는 것을 보고 자기도 모르게 큰소리로 울부짖었다. 맥다월 씨가 옆에서 그녀를 부축하고 있었다.

"부인!" 주교가 고개를 돌려 밀릿 부인에게 소리쳤다. "죄인의 어머니이니, 당신 역시 사탄의 중개자일지도 모르겠군! 여봐라, 저 여인도 함께 화형대에 묶어 시련을 겪게 하라!"

주교의 근위병이 두말하지 않고 밀릿 부인을 끌고 가자 맥다월 씨가 당황하며 불안한 얼굴로 서턴 판사를 쳐다보았다. 구경하던 주민들은 하나같이 소리를 지르면서도 감히 앞으로 나서거나 말로 저지하지 못했다. 자기까지 악마와 한패로 몰릴까 봐 두려웠기 때문이다.

"선생님! 이런 식으로 진행되면 큰일 납니다!" 나는 호프만 선생이 말려주기를 희망하며 다급하게 말했다.

"그래, 나서야 할 시간이군." 호프만 선생이 한 걸음 내디

디며 말했다. "주교 각하, 저는 판사님께 주교님의 판결을 건의한 법학 박사 라일 호프만입니다. 제 내력에 대해서는 이미 알고 계시리라 믿습니다."

"아, 호프만 박사. 왜요, 성화 시련에 무슨 의문이라도 있습니까?"

"아닙니다. 각하의 공판은 매우 훌륭합니다! 다만, 법률에 따르면 범인이나 증인의 신체에 상처를 줄 수 있는 시련 재판을 진행할 경우 공직자 세 명이 감독해야 합니다. 그러니 이 마을 주민의 협조가 필요합니다."

"그렇지요. 호프만 박사, 잘 일깨워 줬습니다. 그럼 세 명의 후보로 누가 좋을까요?" 주교가 고개를 끄덕였다.

"서턴 판사와 유지인 맥다월 씨, 그리고 제가 맡으면 될 듯합니다."

"좋습니다. 호명 받으신 분은 이쪽으로 오십시오."

판사와 맥다월 씨가 광장 중앙으로 걸어왔다. 판사는 신중한 표정이었지만 맥다월 씨는 사방을 두리번거리는 게 무척 불안해 보였다.

"한 가지가 더 있습니다. 주교 각하." 호프만 선생이 말했다. "이번 안건에는 신비한 암탉과 자동으로 연주되는 하프도 있습니다. 이 물건의 주인도 함께 시련을 받아야 하지 않을까요?"

레이데일 부인이 하얗게 질린 낯빛으로 허둥지둥 소리쳤다.

"주교 각하! 그 물건들은 제 것이 아닙니다. 저는 그렇게 기이한 일이 있는 줄 전혀 몰랐습니다."

"주교 각하." 줄곧 침묵을 지키던 판사가 말했다. "암탉은 이미 죽었으며, 사체를 조사해 봤지만 보통 암탉에 불과했습니다. 또 하프는 제 사무실에 가져온 뒤 지금까지 저절로 울린 적이 없습니다. 저와 제 하인, 마을 회관을 드나드는 호위병과 평민들 모두 음악 소리를 들어본 적이 없다고 증언할 수 있습니다."

"아……." 주교가 잠시 말을 끊었다가 입을 열었다. "그러면, 레이데일 부인, 당신이 불을 붙이시오. 당신도 악마와 한통속이면 성화의 불꽃이 당신을 삼켜버릴 테니."

거인 부인은 안도의 한숨을 내쉬는 듯했다. 당연했다. 조심스럽게 바람이 불어 가는 쪽으로만 서면 화염이 어떻게 자기한테 붙겠는가! 반면 잭 모자는 산 채로 불타 죽을 터였다. 선생님은 대체 무슨 생각이시지? 나는 손바닥이 축축해질 정도로 긴장했지만 어떻게 해야 좋을지 알 수 없었다.

"주교 각하, 맥다월 씨가 좀 이상합니다." 호프만 선생이 말했다.

"저…… 저는……." 맥다월 씨가 초조해하며 말을 잇지 못했다.

대체 무슨 일이지?

"알겠습니다. 맥다월 씨는 이런 일이 처음일 테니 긴장할 수밖에 없겠지요."

주교가 고개를 돌려 뒤쪽에 있는 수사에게 몇 마디 하자 수사가 재빨리 마을 회관으로 돌아가 술을 몇 잔 가져왔다.

"여러분, 긴장을 좀 푸십시오. 이미 이 술에 축성을 했습니다."

주교가 술잔 가운데 하나를 들자 판사와 맥다월 씨, 호프만 선생, 레이데일 부인도 하나씩 들었다.

"주님께서 이끌어주시길."

주교가 단숨에 포도주를 비웠고 다른 사람들도 마셨다.

쨍그랑! 유리잔 깨지는 소리가 맥다월 씨 발밑에서 울렸다. 그는 움푹 가라앉은 두 눈으로 망연하게 앞쪽을 바라보다가 몸을 숙이더니, 뭔가를 빼내려는 듯 손가락을 입속 깊숙이 집어넣었다. 그러면서 소리쳤다.

"의사! 어서 의사를 불러!"

판사와 레이데일 부인은 멍하니 선 채 어쩔 줄 몰라 했다. 옆에서 구경하던 군중도 갑작스러운 광경에 서로의 얼굴만 쳐다보았다. 맥다월 씨가 바닥을 구르며 고통스럽게 소리쳤다.

"그 보르도 그라브라고! 서턴! 의사를 불러!"

판사의 낯빛이 크게 변하더니 술잔이 오른손에서 미끄러졌고, 옆의 레이데일 부인도 이상한 분위기를 감지해 허둥대기 시작했다.

"서턴 판사, 맥다월 씨, 이 술에 무슨 문제라도 있습니까?" 주교가 물었다.

"이 술에는…… 독이 들었습니다……." 판사가 바닥에 꿇어앉아 천천히 말을 뱉었다.

"하하하!"

호프만 선생이 갑자기 큰 소리로 웃고는 술잔을 내려놓고 말했다.

"여러분! 야곱 마을 주민 여러분! 모두 들으셨겠지요, 이건 서턴 판사의 자백입니다! 여러분께 소개해 드리지요. 이들이 바로 커리 레이데일 씨를 살해하고 잭 밀럿을 죽이려고 한 악당들입니다!"

사람들은 놀라서 웅성거리느라 주교의 근위병이 밀럿 모자를 화형대에서 풀어주는 것도 알아차리지 못했다.

"대체 어떻게 된 일입니까?" 밀럿 부인이 아들을 안은 채 물었다.

"부인, 두 사람은 엄청난 모함에 빠졌던 겁니다." 호프만 선생이 대답했다. "제가 악마의 베일을 벗길 테니 모두 모여서 그 추악한 얼굴을 똑똑히 보십시오! 맥다월 씨가 바로 잭의 소를 샀던 비밀의 남자입니다!"

사람들이 경악해 소리치는데도 맥다월 씨는 바닥에 엎드려 몸만 떨고 있었다.

"맥다월⋯⋯." 호프만 선생은 계속 말하려다가 맥다월이 일어나지 못하는 것을 보고 말했다. "이봐요, 일어나서 반박을 좀 해봐요. 아니면 좀 놀란 척이라도 하든가? 나 혼자 떠들려니 좀 지루하네."

"난⋯⋯ 저는 곧 죽어요⋯⋯. 틀림없이⋯⋯." 맥다월 씨가 어린애처럼 흐느꼈다.

"일어나!" 호프만 선생이 그를 발로 차며 말했다. "그렇게 쉽게 죽지 않는다고. 그 술이 아니거든. 한스, 이 작자를 일으켜 세워!"

나는 시키는 대로 맥다월 씨를 잡아채며, 사실 잡아챘다기보다 부축하는 식으로 일으켰다. 그는 전혀 저항하지 않았다. 이런 상황이 되면 호프만 선생은 늘 원래의 모습을 드러냈다.

"어디까지 이야기했더라⋯⋯, 그렇지. 여러분! 존 맥다월은 선량한 유지가 아니라 끔찍한 범죄자입니다! 그는 콩알로 잭을 속였지요. 목적은 오직 하나, 밀릿 부인을 노렸던 겁니다!"

"저요?" 밀럿 부인이 자기 입을 가렸다.

"네, 부인." 호프만 선생이 맥다월을 가리키며 말했다. "이 작자는 당신을 엄청난 위기로 몰아세워 어디에도 의지하지 못하게 만들 작정이었습니다. 그래서 당신 아들까지 해치는 극악무도한 계획을 실행했지요. 아니, 정확히 말하자면 내내 눈엣가시 같던 잭을 없앨 수 있는 일거양득의 대단한 계획을 세웠습니다."

"잭에게 콩알을 주었다고 해도 그게 무슨 계획이 있었다고는 보이지 않는데요?" 내가 끼어들어 물었다.

"커다란 콩 줄기가 자라나면 잭이 그걸 타고 레이데일 집으로 가서 그 부인에게 재물을 요청하도록 하는 게 맥다월의 계획이었어. 그러면 레이데일 부인이 잭을 도둑으로 몰아붙이고 서턴 판사가 죄를 묻는 것이지. 잭에게 콩 줄기를 타고 올라가 거인의 아내한테 보물을 요구하라고 시킨 사람이 바로 그 비밀의 남자, 다시 말해 맥다월이었다고."

"그 말씀은 맥다월과 레이데일 부인, 판사가 한통속이라는 건가요?" 제일 앞줄에 서 있던 남자가 소리쳤다.

"맞습니다. 전부 한통속입니다! 맥다월이 그들을 매수했지요! 잭에게 큰 문제가 생기면 그는 밀럿 부인에게 조건을 내세우며 위협해 통제할 수 있으니까요!" 호프만 선생이 말했다.

"하지만 그 콩은 무슨 조화입니까? 하룻밤 새에 돌산 꼭대기까지 자랐는데요?" 다른 남자가 물었다.

"그건 애당초 콩 줄기가 아닙니다!" 호프만 선생이 손가락을 세우며 말했다. "여러분도 밀릿 부인이 콩을 창밖으로 던졌다는 얘기를 들으셨을 겁니다. 그 집 창문에서 절벽은 18미터 가까이 떨어져 있는데 어떤 사람이 콩알을 그렇게 멀리까지 던질 수 있지요? 설마 밀릿 부인이 헤라클레스[×]라도 된단 말입니까?"

"그럼 그 콩 줄기는요?" 밀릿 부인이 물었다.

"그건 덩굴입니다! 절벽 꼭대기에서 내려온 덩굴! 레이데일 부인은 덩굴을 절벽 옆 나무에 묶었고, 맥다월은 절벽 밑에 구멍을 판 뒤 수직으로 내려온 덩굴을 돌에 묶어 구멍에 고정했지요. 두 사람은 등불로 신호를 주고받으며 하룻밤 새에 그 계략을 완성했습니다. 또 맥다월은 콩을 잭에게 준 뒤 몰래 뒤를 밟아 밀릿 가의 집 밖에서 그들의 일거수일투족을 훔쳐보다가 밀릿 부인이 콩을 창밖으로 던지는 것을 보았습니다. 하지만 잭이 콩을 되찾으러 나오지 않았기 때문에, 콩을 심는 단계를 건너뛴 채 곧장 레이데일 부인과 그런 속임수를 설치했던 겁니다."

<hr>

×   그리스신화 속 괴력의 영웅.

호프만 선생이 잠시 멈췄다가 다시 말했다.

"원래의 계획은 여기까지였습니다. 덩굴이 판사의 명으로 이미 태워졌기 때문에 여기서 끝났다면 우리는 맥다월을 잡을 증거가 없었을 겁니다. 레이데일 부인이 잭을 도둑으로 몰아세우는 이상 누구도 결백을 증명할 수 없었을 테지요. 그런데 맥다월이 생각지도 못하게 서턴 판사와 레이데일 부인이 다른 속셈을 품어 간접적으로 계획을 망가뜨렸습니다."

"그 거인을 말씀하시는 거로군요……." 군중 속 누군가가 말했다.

"바로 그렇습니다. 서턴 판사와 레이데일 부인은 대장장이 커리 레이데일 씨를 살해하기로 공모했습니다."

사람들은 또 한 번 경악의 비명을 질렀다.

"레이데일 부인은 잭이 두 차례 집에 왔을 때 전설을 이용했습니다. 거인이 아이를 잡아먹는다는 착각을 주입해 이 모살 계획을 완성했지요." 호프만 선생은 대학에서 강연할 때처럼 천천히 걸어 다니며 말했다. "두 차례 모두 잭을 숨긴 뒤 남편의 낮은 목소리를 흉내 내 어린애 냄새가 난다며 잡아먹어야겠다고 말했습니다. 그 말을 들은 잭은 잔뜩 겁에 질려서 세 번째 갔을 때 레이데일 씨가 쫓아오자 걸음을 멈추지 않았던 겁니다. 그 덕분에 레이데일 부인은 남편을 죽일 기회를 잡을 수 있었고요."

"왜 그렇게 번거롭게요? 도둑을 봤으니 거인도 쫓아가는 게 당연하지 않습니까?" 내가 물었다.

"다들 모르는 사실이 하나 있습니다." 호프만 선생이 품에서 손바닥만 한 철제 인형을 꺼냈다. 방패와 창을 든 무사 인형이었다. "어제 셰리 마을에 가서 레이데일 씨에 관해 물어보았습니다. 그는 아내와 단둘이 산 위에서 살며 한 달에 한 번씩 철기를 가지고 마을에 내려와 음식과 바꿨습니다. 생김새는 무서워도 아이를 좋아하는 것으로 유명하더군요. 자기 자식이 없었던 그는 늘 장난감을 만들어 마을 아이들에게 나눠 주었습니다. 그러다 보니 무척 환영받는 거인이었지요. 이 인형은 그곳 아이에게서 받아 온, 레이데일 씨가 준 선물 가운데 하나입니다. 반면 레이데일 부인은 인색하고 각박한 사람입니다. 남편이 자신이 아니라 남의 집 아이에게 돈을 낭비하는 것에 늘 불만이 많았습니다. 어린애를 잡아먹는다는 거인 전설도 야곱 마을에만 퍼졌지, 셰리 마을에서는 아무도 모르더군요."

잭이 믿을 수 없다는 표정으로 말했다.

"그 거인이…… 저를 잡아먹으려던 게 아니라고요?"

"레이데일 씨가 절벽까지 따라갔을 때 부인은 덩굴을 타고 내려가서 잘 설명하라고 말했습니다. 레이데일 씨는 처음으로 자기 아내한테 따스한 면이 있다고 생각하며 그녀 말대로 했습니다. 그때 레이데일 부인이 도끼를 가져와 나무줄기의 덩굴을 잘랐던 겁니다. 불쌍한 거인은 영문도 모른 채 죽었고요." 호프만 선생이 담담하게 말했다.

"그 콩 줄기……, 아니 덩굴을 잭이 끊어버린 게 아니라고요?" 군중 속 또 누군가…… 아, 여관 주인이 말했다. 그도 구경하러 나와 있었다.

"덩굴은 위에서 아래로 내려온 것이지, 아래에서 위로 올라간 게 아닌데 아래에 있는 사람이 어떻게 '베어버릴' 수 있겠습니까?"

"하지만 레이데일 부인은 잭이 덩굴을 자를 줄 몰랐을 텐데요?" 여관 주인이 또 물었다.

"그렇지요. 사실 그녀는 잭이 땅까지 내려갔는지 아닌지도 몰랐습니다. 그건 전혀 중요하지 않았거든요. 남편과 함께 죽든 말든 상관없었지요. 그녀의 목적은 맥다월의 계획을 이용해 상대를 끌어들이는 것뿐이었습니다. 그러면 자신도 목적을 깔끔하게 이룰 수 있을 뿐만 아니라 맥다월을 위협해 돈이나 이익도 얻을 수 있으니까요. 잭이 당황해 도끼로 '콩 줄기'를 벤 건 그녀에게 행운이나 다름없었지요. 잭이 무의식중에 자기 목에 걸린 올가미를 한층 더 꽉 조인 셈이었습니다."

한참 동안 아무 말도 하지 않던 맥다월이 갑자기 소리쳤다.

"맞아! 이 일은 나와 관련 없어! 거인은 저들이 죽였다고! 나를 풀어줘!"

"좋아, 그 혐의는 저들에게 넘길 수 있지." 호프만 선생이 말했다. "하지만 나는 또 다른 두 가지 죄목으로 당신을 고소할 거거든. 5년 전 밀릿 씨를 살해한 것과 나와 내 서기의 모살 시도로."

"제, 제 남편을 그가 살해했다고요?" 밀릿 부인은 거의 쓰러질 정도로 충격을 받았다.

"그렇습니다, 부인. 지난번에 제가 남편분 증상이 구토와 경련, 탈모라는 걸 알아맞혔지요. 그건 바로 비상에 중독되었을 때 나타나는 증상입니다. 밀릿 씨를 진료한 의사가 맥다월에게 매수되었는지, 진짜 돌팔이인지는 모르겠지만 어쨌든 중독에 의한 사망이라고 말씀드릴 수 있습니다. 그때는 누가 독을 썼는지 몰랐는데, 제가 선물받은 고가의 프랑스 술에 비상이 섞인 것을 발견한 뒤 독을 탄 사람이 마을에서 가장 부유한 유지임을 확신했습니다."

"하지만……." 나는 이상해서 묻지 않을 수 없었다. "선생님, 그날 그 보르도 그라브를 저와 드시지 않았습니까?"

"한스, 자네는 프랑스 유명 와인과 여관 주인의 값싼 와

인도 구분하지 못하니, 내가 그래서 자네와 술 마시는 걸 안 좋아하는 거라고. 보게, 맥다월은 한 모금만 마시고도 보르도 그라브란 걸 알았잖아. 선물받았다는 주교님 말씀에 화들짝 놀라며 뱉었고. 나는 그때 술이 의심스러워서 쥐에게 먹여 독이 들었는지 확인했다네."

"그럼 방금 우리가 마신 것은⋯⋯." 맥다월이 놀라서 떨리는 목소리로 물었다.

"어제 이웃 마을의 최고 부자에게서 사 왔지. 마침 두 병이 있기에 내가 비싼 값에 한 병을 샀다고. 보르도 그라브는 정말 좋은 술 아닌가?" 호프만 선생이 전혀 호의적이지 않은 표정으로 웃었다.

"잠시만요, 방금 주교님께서 술을 가져오라고 명하셨는데 어떻게⋯⋯." 나는 여전히 이해할 수 없었다.

"아주 간단하다네." 줄곧 엄숙하게 있던 노주교가 미소를 지으며 말했다. "어젯밤 성당에서 호프만 씨와 오늘 대질에 관해 상의했지. 공직자가 종교재판을 감독한다는 법이 있을 리 있겠는가?"

"루터 주교님과는 오랜 친분이 있거든. 10년 만에 뵈었을 걸? 어젯밤에 주교님이 계신 성당으로 찾아갔지." 호프만 선생이 웃으며 말했다.

그제야 나는 판사에게 루터 주교를 찾으라고 건의한 사

람이 호프만 선생이었다는 게 생각났다.

"박사." 서턴 판사가 냉정함을 되찾고 말했다. "맥다월이 밀릿을 모살하고 레이데일 부인이 남편을 모살했다고 해도 나를 지목할 증거는 없을 거요. 나는 이런 음모에 가담할 동기가 없다고."

"동기! 판사 각하가 지금 동기를 논하는군요!" 호프만 선생이 조롱 섞인 어투로 대꾸했다. "돈이 가장 좋은 동기지요! 판사지만 귀족은 아니고, 마을에서 가장 부유한 사람도 당신이 아니니, 이 기회를 빌미로 맥다월을 장악해 돈을 뜯어낼 작정이었겠지, 아닌가?"

"그건 추측일 뿐이지." 판사가 차갑게 대꾸했다.

"좋아, 그럼 가족도 모른 체할 셈인가?"

서턴 판사의 낯빛이 확 바뀌었고, 레이데일 부인이 날카로운 음성으로 "당신이 어떻게 우리……" 하고 소리쳤다.

"가족이라니?" 판사가 레이데일 부인의 말을 자르며 물었다. "증거가 있나?"

"이런, 과연 늑대로군." 호프만 선생이 눈살을 찌푸렸다. "그럼 모두에게 이 부분을 설명해야겠군. 여러분, 맥다월은 누군가로부터 그들의 계획이 틀어질 수 있다는 말을 듣고 저를 죽이려 했습니다. 하지만 독이 든 술을 보내도 제가 안 죽었지요. 그러자 그 주모자는 다급해졌고 어떻게든 주교님이 도착하시기 전에 저를 처리하려 했습니다. 그제 밤, 저와 제 서기는 여관에서 습격을 받았습니다. 여관 주인이 증인입니다. 다행히 제 서기 한스가 상대를 물리쳤고 그의 오른쪽 손목에 칼자국까지 남겼지요. 판사 각하, 여기에서 묻겠습니다. 첫날 우리가 만났을 때만 해도 왼손잡이가 아니었던 걸로 기억하는데 오늘은 왜 술잔을 잡을 때 왼손을 썼나요?"

판사는 얼른 오른쪽 손목을 눌렀지만 내 눈과 손이 더 빨랐다. 그의 오른쪽 소매를 뜯어내 보니 손목의 상처 부위가 그 강도 놈과 똑같았다. 그놈이 판사였다니! 하지만 생각해 보면 그럴 만했다. 이런 일은 남의 손을 빌리면 비밀이 누설될 가능성만 커졌다. 더군다나 그는 자랑스러운 해군이 아니었나.

"판사 각하, 아직도 승복하지 못하겠다면 그때 썼던 칼과 상처를 대조할 수도 있습니다. 그리고 그 사람은 아주 선명한 발자국을 남겨서, 당신 신발과 대조할 수도 있다고. 이제 충분하지 않나?" 호프만 선생의 무서운 웃음이 또 나왔다.

"나…… 나는……." 판사는 여전히 포기할 수 없는 듯했다. "나는 추밀원에 친한 귀족이 있어. 너 따위 법학 박사가 나를 무너뜨릴 수는 없다고……."

"아직도 헛꿈을 꾸다니!" 호프만 선생은 얼굴에 미소를 띠고 있었지만 이미 단단히 화가 나 있었다. "한스, 추밀원의 하워드 공작에게 편지를 쓰게! 판사의 비행을 최대한 부풀려서 기록하고! 서턴 판사를 두둔하는 귀족은 반드시 성실재판소[×]로 보내라고 써! 낙관은 이걸로 찍고." 선생이 반지를 건넸다.

내게 붙잡혀 있던 서턴 판사는 반지를 보고 말도 못 할 만큼 놀라서 "당신…… 이런…… 자격……" 하고 더듬거리기만 했다.

호프만 선생이 군중에게는 들리지 않는 목소리로 말했다.

"아주 좋아. 이 문장을 알아봤군. 그레이 백작을 위해 사건을 수집해 추밀원에 보낸다는 건 거짓말이야. 추밀원은 내게 이런 일을 시킨 적이 없거든. 하워드 공작이 나를 계속 추밀원에 추천해도 세태를 따르는 대신 완곡히 거절해 왔지만, 추밀원에 들어가야만 네놈을 해치울 수 있다면 기꺼이 1년 반 정도는 들어가 주지."

판사의 입이 크게 벌어지는 걸 보니 정말 웃음이 났다. 감히 그레이 백작 본인 앞에서 귀족을 거론하며 친하다고

×   추밀원의 부속 법원. 추밀원 회원으로 구성되며 귀족을 재판할 권력을 지녔다.

떠벌리다니. 이렇게 재수 없는 상황에 놓이고, 이렇게 이상한 성격의 귀족을 만날 거라고는 생각도 못 했을 것이다.

"알겠습니다, 백작 나리."

나는 봉랍인에 사용할 반지를 받았다.

"한스, 나를 '선생'이나 '박사'라고 불러야 하지 않나?" 말은 그렇게 해도 전혀 비난하는 어투가 아니었다.

"아, 네, 선생님. 지금 바로 서신을 준비하겠습니다."

나는 완전히 낙담한 판사를 근위병에게 넘겼다.

사건은 그렇게 끝이 났다. 호프만 선생은 맥다월이 불법적 수단으로 밀릿 모자를 해했다며 그 가족들에게 금화 200닢의 배상금을 청구해, 밀릿 부인은 빚 때문에 걱정할 필요가 없어졌다. 존 맥다월과 레이데일 부인, 서턴 판사는 근위병에 의해 런던으로 압송되었고 셰리 마을의 판사가 잠시 야곱 마을의 판사까지 겸임하기로 했다. 원래 레이데일 부인은 서턴 판사의 이복동생이었으며 오빠를 믿고 맥다월과 작당해 끔찍한 살인 음모를 실행했다고 밝혀졌다.

"선생님, 서턴 판사와 레이데일 부인이 남매라는 걸 어떻게 아셨습니까? 조금도 닮지 않았는데요." 이튿날 밀릿 부인의 초대로 저녁 식사를 하러 갔을 때 내가 호프만 선생에게 물었다.

"몰랐어." 선생이 대답했다.

"하지만 박사님은 그들이 가족이라고 말씀하셨잖아요." 밀릿 부인이 술과 안주를 내오며 말했다.

"분명 친밀한 관계로 보이는데 연인 감정은 아닌 것 같아서, 일단 가족이라고 말해 반응을 시험해 봤습니다."

"왜 그렇게 추측하셨는데요?" 내가 물었다.

"한스, 산에서 거인 부인에게 내가 뭐라고 물었는지 잊었나?"

"어린애를 빵으로 만들기 위해 오븐에 넣는 거요?"

"이렇게 둔할 수가. 산에서 야곱 마을까지 가려면 반나절은 걸린다고 했지."

"아, 그러셨지요. 그녀는 하루 먼저 출발하면 된다고 답했고요. 선생님은 제게 거인 부인을 본 적이 있느냐고 물으셨고 저는 아니라고 대답했는데요……. 맞아요, 이게 문제라고 말씀하셨지요. 무슨 문제입니까?"

"우리가 이 마을에 도착했을 때는 이미 저녁이었어. 마을에 하나뿐인 여관의 주인은 손님이 없다면서 우리에게 이 사건에 대해 들려주었고, 거인 부부는 줄곧 마을의 전설이었으니 이 마을에는 그들을 아는 사람이 없어야 하잖아. 그런데 거인 부인은 다음 날 아침에 재판에 참석했지. 자, 그렇다면 그날 밤에 그녀는 어디에서 묵었을까?" 선생이 술을 한 모금 마신 뒤 말했다.

"그렇네요." 나는 불현듯 깨달았다. "틀림없이 맥다월 집이나 판사의 집이었겠군요."

"단순한 공모자라면 자기 집에 재워줄 필요가 없지. 어쨌든 거인 부인은 증인으로 왔으니 당당하게 여관에 묵을 수 있고. 또 나는 맥다월이 거인을 죽일 생각은 없었다고 일찌감치 확신했거든. 그래 봐야 본인만 번거로워질 뿐이니까. 그래서 거인 부인과 판사가 특별한 관계라는 결론을 내렸지."

"박사님은 왜 세 사람이 공모했다고 의심하셨어요?" 밀릿 부인이 물었다.

"첫날, 거인이 부인 앞에 떨어져 죽었다는 말을 들었을 때 문제가 있다고 느꼈습니다. 콩 줄기가 나무처럼 자랐다면 잭이 도끼질을 할 때 꼭대기에 있던 거인은 쓰러지는 콩 줄기를 필사적으로 붙잡고 있었을 겁니다. 그러면 부인 옆으로 떨어질 수 없지요. 최소 36에서 45미터, 그러니까 절벽 높이만큼 바깥으로 떨어져야 합니다. 다시 말해 절벽 꼭대기에 함께 있던 거인 부인의 혐의가 제일 크다는 뜻입니다. 그리고 중요한 증거물인 콩 줄기가 태워졌음에도 판사는 한마디도 하지 않았으니, 그 일이 마을의 권력자들과 관련됐다고 볼 수밖에요. 재판 때 판사가 맥다월과 눈빛을 교환하는 걸 보고 그들 세 사람의 관계를 대충 파악하게 되었습니다."

밀릿 부인과 잭은 호프만 선생이 정말 대단하다고 감탄하는 듯했다.

"박사님, 저는 아직도 두 가지가 이해되지 않습니다." 밀릿 부인이 말했다. "마법의 콩이 가짜라는 것은 알겠는데 황금알을 낳는 암탉과 저절로 연주되는 하프는 어떻게 된 건가요?"

"암탉도 당연히 가짜지요. 황금알을 미리 둥지에 넣어놓기만 하면 암탉이 낳았다는 착각을 불러일으킬 수 있습니다. 레이데일 씨는 대장장이었으니 황금알 한두 개를 만드는 것은 어려운 일이 아니었을 겁니다. 아마 맥다월이 생각해 내고 거인 부인을 통해 만들게 했겠지요. 거인이 금화만 도둑맞았다면 배상금으로 해결할 수 있지만, '황금알을 낳는 암탉'처럼 엄청난 보물을 죽이면 운이 아무리 좋아도 벗어날 수 없을 테니까요. 하프는……."

"하프는 어떻게 된 건가요?" 잭이 물었다.

"내가 가져왔어." 호프만 선생이 주머니에서 예쁜 하프를 꺼냈다. "이건 잭에게 주마."

잭이 흥분해 하프를 보며 물었다.

"박사님, 정말 저절로 연주되나요? 그런데 사람들이 사악한 물건이라고 하지 않았나요?"

호프만 선생이 하프를 탁자에 놓은 뒤 말했다.

"걱정하지 마. 절대 마법의 도구가 아니니까. 꼼꼼하게 살펴봤는데 황금도 아니었단다. 하프 몸체를 좀 보렴."

선생이 작은 손잡이를 살며시 잡아당겼다.

"이런 다음 오른쪽으로 다섯 바퀴를 돌리면……."

선생이 손을 놓자 하프가 저절로 연주되기 시작했다! 아름다운 연주 소리에 나와 밀릿 부인은 어안이 벙벙해졌고 잭은 깡충깡충 뛰면서 손뼉을 쳤다.

하프의 짧은 연주곡이 끝났을 때 호프만 선생이 말했다.

"이건 무슨 마법이 아니란다. 각각의 현 아래쪽에 작은 금속 고리가 있지. 이 고리가 현을 움직여서 연주되는 거야. 여기를 보면……."

선생이 갑자기 하프 몸체를 상자처럼 열었다.

"여기 스프링과 톱니바퀴 보이지? 조금 전 내가 손잡이를 돌렸을 때 이 스프링이 감겼다가 손을 놓자 천천히 풀리면서 고리를 건드려 현을 움직인 거야. 정말 정교한 장치지! 런던 귀족 중에도 이런 걸 가진 사람이 몇 없는데 거인

은 이런 물건을 어린애에게 선물하기 좋아했어. 그는 대장
장이일 뿐만 아니라 자애로운 공예가였던 것 같구나."

나는 그때 거인이 잭을 쫓아간 건 "두려워하지 마, 하프
가 마음에 들면 하나 만들어주마……"라고 말하려던 게 아
닐까 생각했다.

밀릿 모자에게 인사한 뒤 여관으로 돌아갈 때 호프만 선
생이 말했다.

"내일 다시 길을 나서자고. 좀 더 북쪽 지역을 돌며 좋은
소재가 없는지 살펴봐야겠어."

"이번 일도 좋은 소재 같은데요." 내가 말했다.

"아니, 결국에는 전설이 아니었잖아. 한스, 자네도 알다
시피 법학 박사는 허울 좋은 직함일 뿐이고, 내가 좋아하
는 건 원탁의 기사나 호수의 여신 같은 전설을 고증하는 거
잖나."

"저라면 이 일을 신화적 서사시나 동화로 쓰겠습니다."
내가 의기양양하게 말했다.

"이런." 선생이 유쾌하게 대꾸했다. "어떤 이야기로 만들
려고?"

"좀 더 단순해지겠지요. 어린애가 마법의 콩나무를 타고
구름 위로 올라가 사악한 거인을 물리치는 이야기요."

"이미 비참한 결말을 맞은 거인한테 돌까지 던지겠다고?"

선생의 말이 옳았다.

"그러면 선량한 거인과 마을 사람들이 행복하게 살아가는 이야기를 쓰겠습니다."

나는 고개를 들어 별이 가득한 밤하늘을 바라보았다. 상냥한 거인이 천국에서 어린애들과 장난치며 웃는 소리가 들리는 듯했다.

◇ 푸른 수염의 밀실 ◇

나는 화로 위에서 맛있게 끓고 있는 스튜를 나무 주걱으로 휘저으며 창밖의 새하얀 눈밭을 바라보았다.

"한스, 날이 좋아지는 것 같으니 식사를 마친 뒤 바로 떠나자고." 창문 앞에 앉아 있던 호프만 선생이 말했다.

그랬다. 밤새 내리던 눈이 드디어 잦아들고 부드러운 햇살이 구름 끝에서 퍼져 나오고 있었다. 아름다운 설경을 감상하면서 뜨끈한 국물을 음미하는 건 인생의 정말 큰 즐거움이지만……, 이런 폐가에서 밤새 얼음장 같은 날씨에 덜덜 떨지 않았을 때의 일이다. 원래 이때쯤이면 호프만 선생과 파리 술집에서 편안하게 포도주를 마시거나 런던 고향 집에서 집사 허드슨 부인의 요리를 먹고 있어야 했다. 그런데 왜 프랑스 브르타뉴[×] 숲의 폐가에서 스튜를 끓여야 한단 말인가?

"한스, 혼자서 뭘 그렇게 중얼거리나?" 호프만 선생이 물었다.

"아, 아무것도 아닙니다."

나는 연거푸 아니라고 부인하며 눈앞의 스튜를 계속 휘저었다.

아, 누가 나더러 괴팍한 호프만 선생의 하인이 되라고 했단 말인가.

두 주 전, 호프만 선생은 프랑스 국왕에게 비밀 서한을 전달하라는 왕실의 명을 받았다. 법학 박사이자 작가로서 툭하면 유럽 각지를 여행하니, 왕실에서 밀사를 파견할 때 선생은 최적의 인사가 아닐 수 없었다. 우리한테 무적함대가 격파당한 뒤 스페인군한테서 큰 움직임이 보이지는 않았지만, 그 가증스러운 인간들이 영국과 프랑스를 무너뜨리기

×   프랑스 북서부의 반도. 북쪽이 영불해협과 접해 '리틀 브리튼'이라고도 불린다. 한때 독립된 공국이었다가 1532년 프랑스에 병합되었다.

위해 끊임없이 세력을 키우며 호시탐탐 기회를 엿보는 것도 엄연한 사실이었다.

런던을 떠나온 우리는 아무 위험 없이 파리에 도착해 국왕에게 편지를 전달했다. 하지만 임무를 완성했으니 이제 쉴 수 있겠다고 생각했을 때 호프만 선생이 또 '그 말'을 꺼내고 말았다.

"한스, 기왕 프랑스에 왔으니 전설적 소재를 찾아보세!"

법학 박사이지만 호프만 선생의 흥미와 글쓰기 소재는 그와 전혀 상관없었다. 호프만 선생이 가장 연구하고 싶어 하는 소재는 신화와 전설이었다. 우리가 얼마나 많은 산을 오르고 얼마나 많은 숲을 뒤졌는지는 이미 셀 수조차 없었다. 나는 늘 우리가 유럽 대륙에서 가장 많은 곳을 다녀본 영국인일 거라고 생각했다.

"선생님, 어서 런던으로 돌아가 폐하께 보고해야 하지 않습니까?" 내가 힘없이 반항했다.

"한스, 우리가 밀사라는 걸 잊었나? 당연히 뭐라도 해서 신분을 숨겨야지! 내가 말했잖아. 브르타뉴에 가면 카르나크열석을 볼 수 있다고. 거기 돌기둥이 아서왕의 마법사 멀린이 마법으로 바꿔놓은 로마군이라는 소문을 들어서 내내 보고 싶었다니까. 남부 피레네산맥에도 가보고 싶어. 샤를마뉴대제의 수하 중 가장 강한 전사 롤랑 경의 보검 '뒤랑

달'이 거기 숨겨져 있다더군. 그러니 가서 살펴봐야 하지 않 겠나?"

호프만 선생이 숨도 쉬지 않고 내뱉는 말에 나는 파리에 서 쉬거나 런던으로 돌아가는 건 선택 사항이 아님을 분명 히 알 수 있었다. 그래서 카르나크열석을 선택했다. 어쨌든 브르타뉴로 가는 길이 짧고 영국과도 가까웠기 때문이다. 제일 중요한 이유는 스페인과 맞붙은 프랑스 변경에서 모험 하기 싫어서였지만!

파리를 떠날 때 날이 갑자기 추워졌다. 우리를 접대한 왕 가 친위대 대장은 며칠 뒤에 눈이 내릴 거라면서 두꺼운 친 위대 망토를 특별히 챙겨주었다. 렌을 지난 뒤 정말로 눈보 라를 만났고 추위에 말들이 움직이지 못했다. 다행히 작은 폐가를 찾은 덕분에 우리는 동사를 면할 수 있었다.

"선생님, 스튜가 다 됐습니다."

내가 스튜를 담아 가져갔지만, 호프만 선생은 아무 반응 이 없었다.

"선생님? 스튜가……."

"한스, 저게 뭐처럼 보이나?"

호프만 선생이 창밖 멀리를 가리켰다. 쟁반을 내려놓은 뒤 그가 가리키는 방향을 바라보자 조용한 눈밭에서 눈송이가 거세게 일어나고 있었다.

"저건……."

가만히 쳐다보니, 거칠게 달리는 흑마와 그 등에 올라탄 머리카락이 긴 여인이 눈에 들어왔다. 여인은 말의 목을 꽉 끌어안고 있었지만 금방이라도 떨어질 듯 흔들리고 있었다.

"큰일 나겠습니다. 고삐를 놓쳐서 통제 불능이에요!" 내가 소리쳤다.

나는 호프만 선생의 지시를 기다리지 않고 곧바로 뛰쳐나가, 말고삐를 푸는 동시에 올라탄 뒤 흑마를 향해 내달렸다. 눈이 많이 쌓여 말이 제대로 달리지 못했지만 그런 것에 신경 쓸 여유가 없었다. 나는 최대한 빨리 그 여인에게로 달려갔다. 다행히 승마술이 나쁘지 않아 금세 따라붙을 수 있었다. 나는 새하얀 설원을 폭주하는 흑마와 나란히 달리다가 기회를 틈타 흑마의 고삐를 잡은 뒤 힘껏 당겼다. 마침내 흑마가 속도를 늦추었다.

"한스! 괜찮나?"

고개를 돌려보니 호프만 선생도 말을 타고 달려오고 있었다. 200미터 정도를 전력 질주한 어지러운 흔적이 설원에 두 줄기로 길게 남아 있었다.

"네, 괜찮습니다."

고개를 끄덕여 답한 뒤 나는 다시 고개를 돌려 여인이 다치지는 않았는지 살펴보았다.

"부인? 이제 괜찮습니다. 부인?"

두 차례 불렀지만, 그녀는 여전히 말 목을 꽉 끌어안고 고개를 숙인 채 덜덜 떨고만 있었다. 가볍게 어깨를 건드리자 그녀가 화들짝 몸을 일으킨 뒤 두려움에 가득한 눈으로 나를 바라보았다.

"부인, 이제 안전합니다."

그녀가 놀랄까 봐 나는 감히 가까이 다가가지 못하고 말 등에 꼿꼿이 앉아만 있었다. 그제야 여인의 모습이 똑똑히 보였다. 자홍색 양장을 입고 보라색 망토를 두른 옷차림에서 무척 젊긴 해도 유부녀임을 알 수 있었다. 아름다운 얼굴 뒤로 길게 늘어뜨린, 보기 드문 옅은 금색의 머리카락이 설원에 반사된 햇빛 속에서 반짝반짝 빛났다. 너무 놀란 탓인지 안색이 창백했는데 그 바람에 두 입술이 유난히 붉어 보였다.

"이봐! 한스."

아, 나도 모르게 넋 나간 꼴로 쳐다보고 있었다. 눈살을 찌푸린 호프만 선생의 표정을 보니 내가 너무 무례하다고 질책하는 듯했다.

"부인." 호프만 선생이 다가와 말했다. "제 하인이 부인의 말을 진정시켰습니다. 어디 다치지는 않으셨습니까? 술로

94

긴장 좀 푸시겠어요?"

그 아름다운 여인은 계속 아무 말 없이 우리를 멀뚱멀뚱 쳐다보기만 했다.

"부인?" 내가 다시 불렀다.

그녀가 천천히 입을 열었지만 목소리는 나오지 않았다. 그러다 갑자기 세상에서 가장 무서운 걸 보기라도 한 듯 얼굴을 일그러뜨리더니 입을 가리고 큰 소리로 울기 시작했다. 몸을 움직이는 것과 동시에 그녀는 중심을 잃어버렸다. 내가 재빨리 손을 뻗어 안았기에 망정이지, 조금만 늦었어도 그녀는 말에서 떨어질 뻔했다.

"한스, 여기서 추위에 떨지 말고 어서 안으로 들어가세."

호프만 선생은 여인의 다른 쪽에 말을 붙인 뒤 흑마의 고삐를 끌었고 나는 조심스럽게 그녀를 부축한 채로 작은 집을 향해 나아갔다.

폐가에 돌아온 뒤 나는 브랜디를 한 잔 따라 그녀에게 건넸다. 하지만 그녀는 망연한 표정으로 흐느끼면서 두 손으로 잔을 잡은 채 구석에 앉아만 있었다. 호프만 선생이 몇 마디 말을 붙여도 아무 반응이 없어, 우리는 그녀가 냉정을 되찾도록 내버려 두고 스튜와 빵을 먹기 시작했다. 나는 여인이 지나칠 정도로 소심하다고 생각했다. 말이 통제를 벗어나 날뛰는 게 무섭기는 해도 이제는 안전해지지 않았나?

"선생님……."

내가 마지막 빵 조각을 입에 넣었을 때 뒤에서 작고 가는 목소리가 들려왔다.

"아, 부인." 호프만 선생이 그녀 앞으로 가서 몸을 숙이고 말했다. "좀 나아지셨습니까? 따뜻한 국물 좀 드시겠어요? 날씨가 정말 춥네요."

호프만 선생의 느긋한 태도에 안심이 되었는지 여인이 고개를 끄덕였다. 나는 솥에 남은 마지막 스튜를 담아 그녀에게 건넸다.

"부인, 저는 라일 호프만이라는 영국 작가입니다. 이쪽은 제 하인인 한스이고요. 어디를 가는 길이셨나요? 혹시 가족들과 떨어진 겁니까? 저희가 모셔다드리지요." 선생이 미소를 지으며 말했다.

"저는……." 여인이 잠시 멈췄다가 더듬더듬 말을 이어갔다. "저는…… 쥐디트라 하며……, 저는…… 드 레 남작의 아내……입니다."

"남작 부인이시라고요? 실례했습니다." 호프만 선생이 몸을 깊이 숙이며 인사했다. "저택이 이 근처에 있습니까? 짐도 없고 여행복 차림도 아니니 가족과 헤어진 게 아니라면 근처에 사시겠군요. 모셔다드릴까요?"

"아니요! 괜찮습니다!" 남작 부인이 격하게 반응해 술잔이 엎어질 뻔했다. "그 끔찍한 곳으로 돌아가지 않을 겁니다……. 죽을 거예요……. 선생님! 저 좀 구해주세요! 선생님!"

"부인, 두려워하지 마십시오." 호프만 선생이 살며시 남작 부인의 어깨를 누르며 말했다. "무슨 일이 있었는지 알려주시겠어요?"

부인이 망설이는 듯 입을 다물고 침묵에 빠졌다.

"부인, 저희 주인님을 믿으셔도 됩니다. 훌륭한 영국 신사이시기 때문에 절대 비밀을 발설하지 않으실 겁니다."

머뭇거리는 걸로 볼 때 남에게 털어놓기 힘든 일일 듯싶었다.

"저…… 제 남편이 저를 죽일 것 같아요……." 부인이 두려움에 떨며 말했다.

호프만 선생은 나와 무의식적으로 시선을 맞췄다가 얼른 말을 이었다.

"부인, 자세히 말씀해 주시겠어요? 왜 남작 각하가 부인을 해치려 합니까?"

"그게…… 그건 제 고향에서부터 이야기해야 해요……."

호프만 선생이 주의 깊게 귀를 기울였기 때문에 나도 감히 끼어들지 못하고 부인이 천천히 이야기하도록 내버려 두었다.

"저는 원래 낭트 부근의 작은 마을에 살았어요. 아버지는 상인이셨지요. 그런데 작년에 큰불이 나서 물건이 많이 망가진 데다 아버지도 걷기 힘들 정도로 다치셨어요. 그 바람에 엄청난 빚을 지게 되었지요. 저와 언니가 속수무책으로 절망하고 있을 때 드 레 남작이 마을에 와서 모든 빚을 갚아줬어요. 생김새는 무서워도 기꺼이 아버지를 도와줘서 무척 감동했지요……."

"죄송합니다만 부인." 선생이 말했다. "남작 각하의 생김새가 무섭다고요?"

"사실 별로 대단한 건 아니에요. 그냥 수염이…… 기묘한 푸른색이에요."

푸른 수염? 푸른색 수염이 난다고? 하지만 신대륙에 붉은 피부를 가진 원주민도 있으니 푸른 수염이라고 불가능할 리는 없겠지.

"남작은 자기 가족이 예전에 아버지의 도움을 받아서 감사드리러 찾아왔는데, 우리가 곤란한 상황에 놓인 것을 봤으니 마땅히 도울 의무가 있다고 말했어요." 부인은 말하다 보니 조금씩 긴장이 풀리는 모양이었다. "이후 남작은 매달 집으로 찾아왔고 올 때마다 금화 주머니를 잔뜩 안겨줬어요. 아버지는 남작 가족을 위해 무슨 일을 했는지 끝내 기억해 내지 못하셨지만요. 그러던 어느 날, 남작이 아버지께 저를 아내로 맞고 싶다고 청했어요. 원래 아버지는 거절하실 생각이었지요. 하지만 제가 남작 부인이 되면 아버지도 생계 때문에 걱정할 필요 없고, 언니도 사랑하는 기사와 결혼할 수 있겠더라고요. 피가 섞이지 않았는데도 늘 저를 사랑하고 아껴주셨으니……."

"양녀라고요?" 내가 물었다.

무심결에 말을 뱉고 나니 굳이 선생의 질책이 없어도 너무 무례했다는 생각이 들었다.

"아, 네." 부인은 조금도 빼지 않고 시원스럽게 대답했다. 화려한 옷차림과 달리 어투가 평민처럼 다정하고 소박했다. "늘 아버지께 보답하고 싶었어요. 드 레 남작은 함부로 말하거나 웃지 않는 아주 진지한 사람이라, 아버지는 제가 시집간 뒤 가문에 갇힌 귀족 부인이 될까 봐 걱정하셨어요. 그런데 남작이 결혼한 뒤 얼마든지 가족과 친구를 성으로 초대하거나 친정에 가도 된다고 장담했기 때문에 저는 차츰 걱정을 접었어요. 그래서 두 달 전에 결혼해 이곳으로 왔지요. 남작의 성은 여기에서 남쪽으로 멀지 않은 곳에 있어요. 플뢰뫼르 마을 근처예요."

부인은 잠시 말을 멈추고 브랜디를 한 모금 마셨다. 이제 사건의 핵심을 건드려야 한다는 생각에 불안한 듯했다.

"하지만 결혼한 뒤 뭔가 이상하다는 걸 알았어요." 부인이 곤혹스러운 표정을 지었다. "남작의 성에는 하인이 집사인 피에르 씨와 요리사인 더글러스 부인, 두 명밖에 없어요. 청소부와 마부 같은 다른 하인들은 인근 마을에 살고 있지요. 피에르 말로는 남작이 조용한 걸 좋아해서 저택에 사람을 많이 두지 않는다고 하더군요. 언니와 마을 친구들이 찾아올 때도 남작은 잠깐 냉랭한 얼굴을 비쳤다가 방으로 돌아가곤 해요. 결국 다들 무안해져서 며칠 머물지 못하지요."

조용한 걸 좋아하는 게 뭐가 이상하지? 내 옆에 앉은 우리 주인님도 런던에서 늘 귀족들의 번거로운 요청을 피하시는데. 잘못하면 부인 눈에 우리 선생도 괴짜로 보이……, 아, 선생님은 확실히 괴짜가 맞지.

"부인, 하인이 너무 적은 게 부적절하다고 생각하십니까?" 호프만 선생이 물었다.

"아니요. 그것뿐이면 이상하다고 할 수 없지요. 이상한 점은 남작이 외지 하인은 성에서 마음대로 돌아다닐 수 없게 막는 거예요. 저는 그들을 거의 보지 못했어요. 그러던 어느 날 정원에서 술통을 나르는 짐꾼들을 봤는데, 그들 대화 속에서 제가 남작의 세 번째 아내라는 사실을 알았어요……. 어떤 사람은 원래 부인이 병사했다고 하고 또 어떤 사람은 부인 중 하나가 잘생긴 하인과 달아났다고 하는 등 다들 말이 달랐어요. 하지만 모두 저처럼 머리카락이 옅은 금색이었대요…….”

뭔가 끔찍한 일이 떠올랐는지 부인의 안색이 갑자기 어두워졌다. 그런데 남작의 전처가 하인과 달아났다면 하인을 경계하는 게 당연하지 않나?

“나중에 제가 남작에게 물어봤어요.” 부인이 계속 말했다. “아내가 둘이 더 있었느냐고요. 그러자 그는 얼굴을 찡그리며 어디에서 그런 헛소리를 들었느냐고 반문했어요. 사실 저는 세 번째 아내라고 해도 상관없지만 그저…….”

“남작이 아버지의 도움을 전혀 받은 적이 없는데 부인한테 청혼하기 위해 재정적으로 지원했다고 의심하셨나요? 오로지 부인의 ‘머리카락 색’ 때문에요?” 호프만 선생이 물었다.

“모르겠어요……. 어쩌면…… 남작한테 모종의 취향이…….” 부인이 고개를 떨어뜨리고 거의 들리지 않는 소리로 말했다. “그리고…… 제일 이상한 점은…… 남작이 저와 함께 자지 않고 별도의 방을 내줬다는 거예요…….”

부인은 수치심을 억누르며 말했지만 나는 당황하지 않을 수 없었다. 이런 사적인 비밀까지 낯선 두 남자에게 털어놓다니, 남편한테 죽을 수 있다는 게 사실인가? 그나저나 젊고 예쁜 아내를 얻고도 동침하지 않는다는 건 남작한테 정말로 문제가 있다는 뜻 아닐까?

"부인, 귀족들은 대부분 이상한 버릇을 가지고 있답니다. 그런데 왜 남작 각하가 부인을 살해할 거라고 생각하시죠?"

호프만 선생은 부인이 난감한 분위기에서 빠져나올 수 있도록 가볍게 화제를 돌렸다.

남작 부인은 숨을 깊이 들이마셔 최대한 마음을 가라앉힌 뒤 이야기를 계속했다.

"일주일 전에 남작이 공무차 오를레앙에 다녀오겠다고 했어요. 떠나기에 앞서서 고성의 모든 방과 수납장 열쇠를 주면서 친구들을 초청하라고 하는 한편, 열쇠에 여분이 없어서 잃어버리면 곤란해지니 잘 보관하라고 당부했어요. 성의 물건도 마음대로 사용하라고 했고요. 하지만 지하실에는 절대 가면 안 된다고 몇 번씩 주의를 주면서 '지하실에 가면 용서하지 않을 것'이라고까지 했어요."

부인이 주머니에서 열쇠 꾸러미를 꺼냈는데 20, 30개는 되어 보였다.

"며칠 동안 저는 평소와 다름없이 지냈어요. 그런데 남작이 말한 그 지하실이 머리에서 떠나지를 않는 거예요. 생각하면 할수록 가보고 싶었어요……." 부인이 어두운 얼굴로 말했다. "오늘 아침 날이 밝기 전에 눈을 떴는데, 남작이 곧 돌아올 거라고 생각하니 다시는 비밀을 캘 기회가 없을 것 같았어요. 바로 그 호기심 때문에 저는 결국 램프를 들고 지하실로 향했지요. 돌계단을 내려가 복도를 지나자 지하실이 나왔어요. 문이 아주 많은 게 감옥 같더군요. 저는 내키는 대로 두 번째 칸을 골라서 열쇠를 꽂았어요. 갑자기 남작이 돌아올까 봐 걱정됐지만, 문 뒤에 대체 어떤 비밀이 있을지 궁금해 제 심장 소리가 들릴 정도로 흥분되더라고요. 여러 차례 시도한 끝에 마침내 열쇠를 찾아냈지요. 문을 열자마자 고문과 처형을 집행하던 방이라는 걸 한눈에 알겠더라고요……. 작은 방에 온갖 끔찍한 고문 도구가 가득했어요."

부인은 술을 한 모금 더 마시려는 듯 잔을 들었지만, 술잔이 비어 있었다. 내가 술을 따라주자 그녀가 단숨에 비웠다.

"감사합니다……. 그때 저는 그게 비밀인 줄 알았어요. 남작이 제가 피 묻은 물건을 보지 않았으면 했다고 생각하니, 무섭기는커녕 오히려 마음이 놓이면서 형구를 자세히 보고 싶어졌어요. 그러다 벽에 있는 쇠사슬을 잡아당겼는데 옆에 있던 나무 선반이 갑자기 열리더니……."

"선반이 열렸다고요?" 내가 물었다.

"맞아요. 문처럼 열렸어요. 선반 뒤에 또 다른 방이 있었던 거죠……." 부인의 음성이 떨리기 시작했다. "그런 장치가 무척 신기해서 램프를 들고 안을 들여다봤는데…… 세상에, 저는 정말 보면 안 됐어요……."

나와 호프만 선생은 아무 소리도 내지 못하고 숨을 죽인 채 부인의 다음 말을 기다렸다.

"안에 시체가 있었어요. 시체 두 구가 벽에 매달려 있었어요."

부인의 얼굴이 고통스럽게 일그러졌다.

"부인, 시체가 확실합니까?" 호프만 선생이 담담한 목소리로 물었다.

"확실해요……. 이미 부패해서 해골이 되었지만요……."

"사실 고성에 시체가 있는 게 크게 긴장할 일은 아닙니다. 지난 30, 40년 동안 신교도와 구교도가 강렬하게 대립하면서 프랑스 각지에서 크고 작은 반란과 전쟁이 있었으니까요. 특히 브르타뉴 전임 총독이 위그노 교도[×] 지지에서 가톨릭 옹호로 돌아서면서 수하들의 불만을 일으켰지요.

× '결맹'을 뜻함. 프랑스의 종교 개혁을 지지한 신교도로, 1560년 구교를 옹호하는 권력자들에게 잔인하게 학살된 뒤 구교도와 끊임없이 무력 충돌을 벌였다. 프랑스의 내부 분쟁은 1598년 앙리 4세가 '낭트칙령'을 선포해 신앙의 자유를 인정한 뒤에야 차츰 가라앉았다.

자신에게 맞서는 장수 한두 사람을 선대 남작이 죽였다고 해도 이상하지 않다는 겁니다." 호프만 선생이 미소를 지으며 남작 부인을 위로했다.

"하지만 두 시체 모두 여자 옷을 입었고 머리카락도 저와 똑같이 옅은 금발이었어요!"

나는 너무 놀라서, 뭐라 말하고 싶은데 무슨 말을 해야 할지 알 수 없는 상태가 되었다. 그래서 그렇게 놀랐구나! 현장을 보지 못한 나조차 상상만으로 살이 떨리는데 그 자리에서 기절하지 않은 것만으로도 부인은 아주 강인한 사람이라 할 수 있었다. 호프만 선생을 힐끔 훔쳐보니, 진지한 표정으로 두 눈을 반짝반짝 빛내고 있었다. 기이한 일을 만날 때마다 짓는 바로 그 표정이었다.

"저는 너무 놀라서 열쇠 꾸러미를 바닥에 떨어뜨리고 말았어요. 황급히 집어 들고 선반을 제자리로 밀어놓은 다음 열쇠로 문을 잠그고 나서 허둥지둥 방으로 돌아갔지요……. 그러고 나자 전부 이해가 됐어요……. 남작의 전처들 모두 저처럼 옅은 금발이었고 하인들은 그들이 사라졌다고 말했지요. 열쇠를 가진 사람은 남작뿐이니…… 명확하지 않나요? 다음은 제 차례겠지요!"

부인은 엄청난 두려움을 억누르려는 듯 숨을 크게 몰아쉬었다.

"그래서 고성에서 도망치신 겁니까?" 호프만 선생이 물었다.

"네……." 부인이 고개를 끄덕이며 말했다. "원래는 모르는 척하고 남작 앞에서 절대 지하실을 언급하지 않을 생각이었는데…… 그랬는데…… 이것 좀 보세요."

부인이 열쇠 꾸러미를 들더니 고리에 달린 작은 나무패를 보여주었다. 나무패에는 문장이 새겨져 있었다. 나는 남작 가문의 문장이겠다고 생각했다. 그런데 진갈색 나무패의 문장이 없는 쪽에 은홍색 얼룩이 있었다. 피…… 같았다.

"감방에서 떨어뜨렸을 때 묻은 것 같아요. 물로도 닦아보고 솔로도 문질러봤지만 아무리 해도 핏자국이 사라지지 않고…… 점점 더 커지는 거예요. 분명 마법일 거예요! 제가 자기 비밀을 발견한 걸 남작이 알아차리면, 저는 틀림없이 세 번째 시체가 될 테니……. 피에르와 더글러스 부인이 주의를 기울이지 않을 때 마구간에서 제일 튼튼한 말을 타고 빠져나왔어요. 그 말이 그렇게 거친 성격인 줄 몰라서 중간에 떨어질 뻔했지만요……."

"그럼 이제 어쩔 생각이신가요?" 호프만 선생이 열쇠 꾸러미를 살펴보면서 물었다.

"저…… 저는 고향으로 돌아가 아버지께 말씀드리려고요."

"걷기 힘들 만큼 다치셨다고 하지 않았나요? 남작이 정말로 찾으려고 하면 부인은 달아날 수 없을 겁니다." 호프만 선생이 말했다.

"그…… 그럼 파리 법정에 남작을 고발할래요."

"아내 모살은 파리 법관이 재판할 수 있는 안건이고 신성한 혼인을 파괴했다는 이유로 낭트 대주교도 심판할 수 있지만, 그가 무죄 판결을 받으면 부인은 남편 무고죄로 기소될 겁니다. 또 남작이 달아나면 남몰래 부인을 해할 수도 있고요."

"그럼…… 어떻게 하나요? 죽는 수밖에 없나요? 선생님, 제가 어떻게 해야 하죠?" 부인이 불안함에 눈물을 터뜨렸다.

호프만 선생은 방법을 찾는 듯 잠시 침묵에 잠겼다가 웃으며 말했다.

"부인, 고성으로 돌아가세요."

남작 부인은 호프만 선생이 미쳤나 의심스럽다는 듯 눈을 동그랗게 떴다.

"선생님……, 돌아가라고요?"

"안심하세요. 혼자 위험을 감수하도록 두지 않을 겁니다. 제 계획은 이렇습니다. 저희가 함께 갈 테니 고향의 친한 오빠들이라고 둘러대세요. 그러면 오늘 밤에 저희가 감옥에 가서 시체를 살펴보고 증거를 찾겠습니다. 내일 아침 저는 중요한 일이 있다는 핑계로 빠져나와 렌으로 가서 위병들을 이끌고 저녁까지 돌아가고요. 그동안은 한스가 부인을 보호해 줄 겁니다. 키가 작다고 우습게 보지 마세요. 솜씨가 아주 좋아서 웬만한 기사 한 무리가 와도 거뜬히 물리칠 수 있답니다. 두 사람은 고성에서 남작을 잘 감시하고 있으면 됩니다. 혹시 남작한테 이상한 조짐이 보이면 한스, 일단 주먹을 휘둘러 남작 눈두덩을 수염과 같은 색으로 만들고 하루 이틀 푹 재워버리게."

나는 선생의 마지막 말이 진담인 줄 알면서도 웃음을 참기 힘들었다.

조금 망설였어도 남작 부인 역시 고개를 끄덕이며 그 방법을 받아들였다.

"그런데 정말 친한 오빠 역할을 하시겠다면, 이제부터 저를 부인이라고 부르지 말고 쥐디트라고 부르세요."

"그렇네, 쥐디트. 한스, 자네도 날 라일이라고 불러." 선생이 웃으며 말했다.

"알겠습니다, 선생님." 내가 대꾸했다.

"이런, 한스. 어떻게 또 '선생'이라고 부르나?"

호프만 선생이 어이없다는 듯 웃자 부인도 따라 웃었다.

"알겠습니다, 라일. 일단 짐을 챙기겠습니다."

나는 자리에서 일어났다. 선생의 이름을 부르려니 정말 어색했다.

호프만 선생이 부인 모르게 내 귀에 대고 말했다.

"한스, 절대 빈틈을 보이지 마. 제대로 못 하면 이번에는 정말 죽을 수 있으니까."

깜짝 놀란 나는 몸을 돌려 호프만 선생을 바라보았다. 여전히 담담한 표정이었지만 눈가를 스치는 한 줄기 불안을 감지할 수 있었다.

부인의 안내를 받으며 우리는 남작의 고성으로 향했다. 회색 고성은 울창한 숲 옆에, 주변에 다른 건물 없이 홀로 자리하고 있었다. 3층의 높고 넓은 본관 양쪽으로 나중에 세운 듯한 높은 탑이 보였다. 전쟁 때 전망대나 봉화대로 사용되었을 것 같은 탑으로, 추측하건대 고성 뒤쪽에도 비슷한 탑이 더 있을 듯했다. 대문 오른쪽에 자리한 비석에는 열쇠고리의 작은 나무패와 똑같은 문장이 새겨져 있었다. 문장은 위아래로 나뉜 방패 모양이었다. 위쪽은 브르타뉴를 대표하는 담비의 꼬리를 형상화했고, 아래쪽은 장미 한

송이와 양옆의 단검 두 자루로 구성돼 있었다.

우리는 말을 타고 대문을 지나 중앙 정원으로 들어갔다. 본관 돌계단 앞에 마차 한 대가 서 있는 것을 보고 부인이 망연자실하게 말했다.

"이런……, 남작이 돌아왔네요."

호프만 선생이 먼저 말에서 뛰어내려 부인 옆으로 다가가서는 기사처럼 한쪽 무릎을 꿇고 부인이 말에서 내리는 걸 도왔다. 부인은 조금 망설이다가 호프만 선생의 자신만만한 모습을 보고 그의 손을 잡으며 말에서 내렸다. 그때 문이 열리고 두 사람이 나왔다.

"쥐디트, 어디 갔었소?"

처음 보는데도 단번에 남작임을 확신할 수 있었다. 그런 푸른 수염은 정말 난생처음이었다! 보통 몸집의 남작은 부인의 말처럼 별로 특별한 것 없는 평범한 외모였지만, 입술 부근의 수염만큼은 기이하게도 진한 파란색이었다. 머리카락은 옅은 갈색인데! 두 눈에 핏발이 가득하고 눈언저리도 새빨개, 사나운 야수를 연상시켰다. 대략 서른 살쯤으로 보였지만 그 부조리한 수염으로 정확한 나이를 가늠할 수 없었다. 여행복 차림이고 무릎 아래가 진흙투성이인 것으로 보아 금방 돌아온 듯했다.

"저…… 오빠들을 마중하러 갔었어요. 날짜를 헷갈려서

아침에서야 오빠들이 온다는 날이 오늘이라는 게 떠올라 급하게 나갔어요." 부인은 최대한 침착하게 우리가 오는 길에 생각해 놓은 대사를 읊었다.

남작이 차가운 시선으로 우리를 훑어보았다. 나는 얼른 말에서 내린 뒤 호프만 선생 옆에 섰다.

"두 분은?" 남작은 우리에게 시선을 맞춘 채 부인에게 물었다.

"고향에서 친하게 지냈던 오빠들이에요. 어렸을 때부터 저를 돌봐주셨지요." 부인이 대답했다. "이쪽은 라일 포클렝, 이쪽은 한스 포클렝이에요. 몇 년 전 장사를 하러 외국에 나갔다가 얼마 전에 돌아왔어요."

"드 레 남작님, 안녕하십니까?"

호프만 선생이 모자를 벗고 인사해 나도 따라 했다. 남작은 고개를 끄덕여 답례했지만, 태도가 얼음장처럼 차가웠다.

"저는 드 레 가문의 6대 남작인 베르트랑 드 레입니다. 예전에 아내를 보살펴 주셨다니 정말 감사합니다."

"별말씀을요, 남작 각하." 호프만 선생이 대꾸했다. "저희는 쥐디트가 각하 같은 명문 귀족에게 시집갔다는 소식을 듣고 무척 기뻤습니다. 편지에서 각하가 쥐디트의 친구나 친척을 저택으로 자주 초대한다고 하기에 저희도 실례를 무룹쓰고 찾아왔습니다."

"한스 씨는 무척 젊어 보이는데 쥐디트보다 오빠라고
요?" 남작이 나를 보며 물었다.

"겉모습만 그럴 뿐입니다. 올해 스물두 살로 쥐디트보다
두세 살 많지요. 어렸을 때 쥐디트가 늘 한스를 쫓아다녔던
게 기억납니다." 선생이 가볍게 대꾸하며 환한 웃음까지 지
었다.

남작이 몸을 돌려 내게 말했다.

"쥐디트의 어린 시절 이야기를 거의 듣지 못했으니 많이
들려주십시오."

"그럼요, 남작 각하, 그러겠습니다." 푸른 수염 앞에서는
왠지 말을 똑바로 하기 힘들었다.

"한스 씨, 무슨 장사를 하십니까?" 남작이 내게 물었다.

남작 몸에서 강한 냄새가 풍겨 왔다. 그 기이한 냄새에
나는 머리가 잘 돌아가지 않았다.

"아, 저희는 보석을 거래합니다. 각지를 돌아다니며 값싼
보석을 사들인 뒤 고가로 팔 수 있는 지역을 찾아 판매합니
다……. 보석에 관해 선생님이 전문가이시라……."

"선생님?"

아차! 내가 방금 뭐라고 했지? 낭패였다.

"한스가 말하는 선생은 저입니다." 호프만 선생이 태연하

게 끼어들었다. "한스는 제 동생이지만 외지에서 보석을 거래할 때는 사람들에게 전문가 같은 인상을 줘야 해서 제 제자인 척합니다. 그게 버릇이 들어 '선생'이라고 부르는 것이지요. 각하, 각하도 장사꾼의 작은 기교를 이해하시리라 믿습니다. 저희를 사기꾼이라고 오해하지 말아주십시오. 저희가 속이려고 해봐야 단순무식한 영국인이나 속일 수 있을 뿐입니다."

정말 위험했다! 선생님은 역시 대단해서 대충 둘러대도 완벽한 핑계를 만들어낼 수 있었다!

"그랬군요. 아무래도 또 눈이 내릴 듯하니, 안으로 들어가 천천히 이야기하시지요." 남작이 안쪽으로 들어가자는 손짓을 하며 말했다. "피에르, 손님 짐을 방으로 옮기게."

남작 뒤에 서 있던 백발의 노인이 바로 집사 피에르 라수아였다. 부인 말에 따르면 그는 남작가에서 오랫동안 집사로 일했고 전대 남작까지 시중든 듯했다. 그는 우리 짐을 들고 안으로 들어왔다. 현관에서 망토를 벗어 건네자 그는 남작에게 몇 마디 소곤거린 뒤 물건을 가지고 계단 모퉁이로 사라졌다.

남작과 부인이 우리를 거실로 안내해 갈 때 호프만 선생이 나직하게 말했다.

"한스, 명심하게. 또 조심하지 않아 허점을 드러내면 내가 아무리 머리가 좋아도 방어할 수 없을 거야. 자네가 지하실에 잡혀가면 내가 구해낼 가망이 없다고!"

나는 혀를 깨물고 싶었다. 방금 선생의 호칭을 잘못 불렀기에 망정이지, 깜빡하고 쥐디트를 부인이라 불렀으면 솔로몬왕이라도 구해주지 못했을 것이다.

거실은 무척 화려했다. 벽은 상아색에 천장이 높으며 구석구석을 진갈색 삼나무 조각으로 장식해 놓았다. 특히 벽면 한쪽에 자리한 벽난로에서 장작이 타닥타닥 소리를 내며 구석구석까지 열기를 발산하고 있었다. 벽난로 위쪽에는 의자에 앉은 귀부인과 그 뒤로 엄숙한 표정을 짓고 서 있는 남자가 그려진 커다란 유화가 걸려 있었다. 언뜻 봤을 때는 남작과 부인인 줄 알았는데 생김새가 조금 달랐다. 어쨌든 부인은 연한 금발이고 남자는 수염이 파랬다.

"선대이신 질 드 레 남작과 부인이세요." 내가 유화를 쳐다보고 있자 부인이 말했다.

"아버지는 18년 전에 돌아가셨고 어머니는 그보다 더 일찍 돌아가셨습니다." 남작이 말했다.

나는 고개만 끄덕이고 아무 말도 하지 않았다. 확실히 나는 적게 말하는 게 안전했다. 아까 부인이 남작의 전처들도 옅은 금발이었다는 소문을 들었다면서 남작의 기이한 취향

을 의심했던 게 떠올랐다. 그 뿌리가 어머니에 대한 집착이
었나 싶었다.

우리는 난로 옆 안락의자에 앉아 피에르가 가져다준 포
도주를 마시며 자질구레한 이야기를 나누었다. 이렇게 아슬
아슬한 상황만 아니면 좋은 술과 편안한 의자, 따뜻한 난로
가 있으니 더할 나위 없이 이상적이었을 텐데! 남작은 선생
과 이야기를 나누었다. 다행히 오는 길에 부인에게서 가정
사를 많이 들었고 남작은 그녀의 과거에 대해 잘 몰랐기 때
문에, 호프만 선생은 당당하게 대화를 이끌어갈 수 있었다.
또 호프만 선생은 프랑스의 변화, 전쟁으로 인한 네덜란드
의 불황, 파리의 무역, 스코틀랜드를 이용해 영국을 교란하
는 스페인의 음모 등 다양한 분야에 관해 이야기했다. 전부
선생이 사교계에서 자주 활용하는 뜬소문들이었다. 호프만
선생은 귀족의 초청을 도저히 피할 수 없어 무도회에 참석
하면, 끔찍하게 지루하다고 본인이 말했던 그런 사회 이슈
들을 어김없이 꺼내 들었다.

남작은 생각보다 우호적이었다. 딱딱하긴 해도 부인 말
처럼 손님을 피하지 않고 호프만 선생과 시원시원하게 대화
했다. 부인은 그 옆에 앉아 가끔씩 웃음을 지었지만 내 눈
에는 무척 불안하게 보였다.

"먼저 실례해야 할 것 같습니다." 남작이 말했다. "처리해

야 할 서신이 있어서요. 그럼 천천히 쉬십시오. 피에르가 방으로 안내해 드릴 겁니다. 쥐디트, 잘 챙겨드려요."

부인은 남작이 자리를 뜬다는 말에 안도하는 듯했다.

"참, 쥐디트, 당신에게 맡겼던 열쇠는 어디 있소?"

남편의 질문을 전혀 예상하지 못했는지 부인의 표정이 딱딱하게 굳었지만, 그래도 우리가 미리 짜놓았던 핑계를 댔다.

"아…… 여보, 저녁 식사 뒤에 오빠들과 고성을 둘러보고 망루에도 가보고 싶어서요. 일단 제가 가지고 있으면 안 될까요?"

남작이 잠시 침묵에 잠겼다. 순간 난롯불로도 데울 수 없을 만큼 분위기가 차갑게 얼어붙었다. 그런데 뜻밖에도 남작이 허락했다.

"그래요, 쥐디트. 일단 당신이 보관해요. 잃어버리지 않게 조심하고."

우리는 계단을 따라 3층으로 올라갔다. 부인 말에 따르면 남작의 방은 3층 동쪽에 있고 그 옆은 남작 방과 연결된 서재이며, 거기에서 두 칸 떨어진 곳이 부인 방이라고 했다. 우리 방은 3층의 서쪽 끝에 있고 피에르와 더글러스 부인의 방은 2층에 있었다.

3층 계단 옆 벽에 남작가의 문장이 그려진 정교한 수공

방패가 걸려 있었다. 나는 나도 모르게 유심히 바라보았다. 방패 아래에 비수보다 조금 긴 단검이 하나 있는데 문장 도안의 아래쪽에 그려진 단검과 똑같았다.

"왜 한 자루뿐이지요? 이런 장식은 보통 두 자루 아닌가요?" 내가 궁금해하던 걸 호프만 선생이 피에르에게 물었다.

"선대 남작님이 잃어버리셨습니다." 피에르가 간단히 대답했다.

왜인지는 몰라도, 공손한 태도와 별개로 노집사에게서 적의가 살짝 느껴졌다.

손님방도 거실만큼 정교했다. 침대와 탁자, 옷장 모두 솜씨가 훌륭한 장인의 작품 같아서 브르타뉴 총독의 성보다 더 화려할지도 모르겠다는 생각이 들었다. 호프만 선생의 방은 내 방 바로 옆이었다. 두 방 사이에는 서로 드나들 수 있는 문이 있고 발코니도 연결돼 있었다. 피에르의 설명을 듣자마자 호프만 선생은 그 문을 열어보았다. 남작이 한밤중에 살수를 펼칠 수도 있다고 선생이 내게 암시를 보내는 듯했다. 이로써 누구든 선생을 해치려 하면 내가 곧장 알아차리고 방비할 수 있을 터였다.

피에르가 옆에서 시중들고 있어 호프만 선생과 부인, 나는 지하실 탐색 계획을 논의하지 못하고 시시껄렁한 이야기만 나눠야 했다. 허점을 보이지 않으려고 나는 최대한 입을 다문 채 따라서 웃기만 했다. 반면 호프만 선생과 부인은 '남매' 놀이에 무척 몰입한 듯했다. 쉬지 않고 말하는 모습을 보니, 나까지도 그들이 정말 어려서부터 함께 자란 사이좋은 가족이라고 착각이 들 정도였다. 호프만 선생이 여러 나라를 돌아다니며 겪은 일을 사업할 때의 경험으로 바꾸어 말할 때는 나도 잘 아는 일이라 문제없이 끼어들 수 있었다. 부인도 그런 경험에 무척 흥미를 느끼는 듯 표정이 편안해졌고 잠시나마 무서운 시체도 잊어버린 듯했다. 심지어 피에르까지 매료된 듯 호프만 선생의 말에 귀를 기울이는 모양새였다. 호프만 선생이 아슬아슬한 장면을 이야기할 때마다 노집사는 자기도 모르게 두 눈을 동그랗게 뜨고 깜짝 놀라는 표정을 지었다.

"마님, 두 분 선생님, 저녁 식사가 준비되었습니다." 창밖에서 종소리가 들리자 피에르가 술잔을 치우며 말했다.

우리는 식당으로 갔다. 더글러스 부인도 이때는 얼굴을 내밀었다. 살집이 있는 아주머니로 젊지는 않아도 피에르만큼 늙어 보이지도 않았다. 저녁으로 나온 꿩은 그녀가 오늘 오후에 인근 플뢰뫼르 마을에서 직접 사 왔다고 했다. 그 때문인지 무척 신선하고 맛있었다. 식사 때 호프만 선생이 남작과 워낙 활기차게 대화를 나눠, 나와 부인은 끼어들 틈이 없었다. 그게 좋았다. 나는 사달을 만들까 봐 걱정할 필요 없이 맛있는 저녁 식사를 즐겼다.

식사를 마친 뒤 남작이 계속 일을 처리해야 한다면서 먼저 돌아가, 우리는 몰래 지하실로 내려갈 기회를 잡을 수 있었다. 부인의 안내를 받으며 1층 복도를 지난 우리는 아무도 따라오지 않는지 확인한 뒤 동쪽 탑에서 지하실로 들어가는 옆문을 열었다.

"이 문은 원래 잠겨 있지 않았어?" 부인이 문을 밀어젖히는 것을 보고 호프만 선생이 물었다.

"원래는 잠겨 있었지만, 오늘 아침 떠날 때 잠그지 않았어요." 부인이 대답했다.

나는 램프에 불을 켜고 한 걸음 안으로 들어갔다가 깜짝 놀랐다. 지하실 입구가 널찍하고 문 옆으로 긴 돌계단이 있는데 아찔하게도 난간이 없었다. 조금만 부주의해도 아래로 떨어질 판이었다. 고개를 내밀어 살펴보니 높이가 4, 5미터는 됐다. 불빛이 없으면 정말 사고 나기 쉬워 보였다.

우리는 벽을 짚으며 조심스럽게 돌계단을 내려갔다. 음침한 복도를 지나자 부인이 말했던 감방들로 구성된 지하실이 나왔다. 민둥민둥한 벽만 있을 뿐 아무 장식도 없었지만, 자세히 보니 램프를 거는 고리가 무척 많았다.

"감방이 다섯 개인데……, 두 번째 방을 열었다고?" 호프만 선생이 감방을 세어본 뒤 하나를 가리키며 말했다.

"네, 거기예요……."

부인이 내 뒤로 물러나며 팔을 잡았다. 그녀의 떨림이 고스란히 느껴졌다.

호프만 선생이 램프를 가까이 가져오라는 손짓을 했다. 무척 견고해 보이는 나무에 철판이 덧대어진 문이었다. 손으로 두들기자 둔중한 소리가 지하실 멀리까지 메아리쳤다. 빗장도 쇠로 만들어졌고 고리에 주먹만 한 금속 자물쇠가 달려 있었다. 자물쇠를 당겨봤는데 빗장에 단단히 고정돼 있었다.

부인이 덜덜 떨면서 열쇠를 찾기 시작했다. 하지만 너무 긴장해 열쇠를 구멍에 꽂지 못하는 건지 아니면 잘못 찾았는지, 한참이 되도록 성공하지 못했다. 그래서 내가 열쇠꾸러미를 넘겨받았고 두 번 만에 자물쇠를 열었다.

부인 말대로 감방에는 고문 도구가 가득했다. 못이 잔뜩 박힌 철처녀도 있고 사람을 잡아 늘이는 프로크루스테스의 침대도 있었다. 고통 속에 죽어간 죄수의 영혼이 방 안에 가득한 듯해 1분이 지났을 뿐인데도 지옥에 떨어진 기분이었다. 문 맞은편으로 세로 1.5미터, 가로 90센티쯤 되는 낡은 나무 선반이 보였고 옆벽에 수갑 달린 쇠사슬이 여러 줄 걸려 있었다. 저 선반 뒤가 바로 부인이 말한 밀실이었다.

호프만 선생은 쇠사슬을 하나씩 살피고 잡아당겨 보았다. 세 번째 쇠사슬을 당겼을 때 갑자기 끼익 소리와 함께 옆쪽 선반이 문처럼 열렸다!

나와 선생은 서로의 얼굴을 쳐다보았다. 부인 말을 안 믿은 건 아니지만 정말로 그렇게 기이한 광경을 보니 나는 가슴이 철렁했다. 램프를 들고 있는 내가 먼저 밀실로 들어가야 하는데 엄두가 나지 않았다. 혹시라도 시체가 움직이면 내가 아무리 실력이 좋아도 소용없을 게 뻔했다.

내가 머뭇거리며 나아가지 못하자 호프만 선생이 램프를 뺏은 뒤 앞장서서 머리를 숙이고 안으로 들어갔다. 부인은 여전히 내 뒤에 딱 붙어 있었다. 우리는 천천히 호프만 선생을 따라 그 방으로 들어갔다. 내 눈앞에 나타난 것은…….

벽이었다.

회색의 돌로 된 벽.

대체 시체가 어디 있단 말인가?

텅 빈 방에는 벽과 천장, 바닥뿐이었다. 밀실 벽에도 바깥과 마찬가지로 수갑이 달린 쇠사슬이 걸려 있었지만 금발 여인의 시체는 없었다. 핏자국은 물론 다른 것도 전혀 없었다.

"어……." 당황한 부인이 앞으로 달려가 벽을 훑어보며 말했다. "바, 바로 여기였어요! 오늘 아침에 시체가 분명 여기 있었어요! 왜……, 잘못 본 게 아니라 분명 시체 두 구가 있었어요!"

호프만 선생이 벽과 바닥을 살펴본 뒤 말했다.

"여기에 다른 비밀 통로는 없는데……. 쥐디트, 이 방이 확실해?"

부인이 잠시 멍하니 있다가 말했다.

"아…… 그러면 여기가 아닐까요?"

우리는 얼른 감방을 나와 나머지 네 곳도 살펴보았다. 하지만 다른 방에는 고문 도구도 없고, 장치나 암실도 없었다. 다섯 개의 문은 생김새가 똑같은데 첫 번째 감방에는 자물쇠가 잠겨 있었지만, 네 번째 감방에는 잠기지 않은 자물쇠가 빗장에 걸려 있었다. 세 번째와 다섯 번째 감방에는 자물쇠도 없고 문마저 꽉 닫혀 있지 않았다. 우리는 몇 차례나 살펴봤지만 아무 소득도 건질 수 없었다.

"쥐디트, 정말로 시체를 봤어?" 내가 물었다.

"당연하지요!" 부인이 씩씩거리며 말했다. "거짓말 아니에요! 정말로 시체가 있었어요. 믿어주세요!"

"하지만 열쇠는 계속 너한테 있었고, 방금 자물쇠도 내가 열었잖아. 다른 사람이 들어올 수 없는 것은 물론이고 설령……." 나는 말하다 말고 입을 다물었다.

"맞아." 두 번째 감방 문 앞에 쪼그려 앉아 있던 호프만 선생이 내 말을 받았다. "설령 시체가 살아났다고 해도 나갈 수 없지."

나와 부인의 낯빛이 확 변했다. 시체만으로도 충분히 끔찍한데 좀비로까지 변했다면 너무 무시무시하지 않은가? 나는 부인에게 그냥 달아나자고 말할 뻔했다.

"일단 돌아가지. 여기 있어봐야 아무 소용 없어."

호프만 선생은 우리가 거의 기절하기 직전인 걸 보고 감방으로 들어가 선반을 원위치로 옮겼다. 나와 부인은 감히 들어가지 못하고 문 앞에서 기다렸다. 호프만 선생이 자물쇠를 잠가야 하니 열쇠를 가져오라고 했다.

"왜 그러세요?" 호프만 선생이 열쇠와 자물쇠를 유심히 살펴보는 것을 보고 내가 물었다.

"아무것도 아니네."

선생이 빙그레 웃으며 자물쇠를 채웠다. 그리고 떠나기 전에 허리를 숙여 바닥에서 파편 같은 것을 주웠다.

"어서 이 귀신 같은 곳을 떠나자고."

호프만 선생이 내 어깨를 쳤다. 부인은 두려움에 떨다가 호프만 선생의 침착한 모습을 보고는 조금 정신을 차렸다.

우리는 부인을 진정시킨 뒤 방으로 돌아가 쉬라고 권했다. 그녀가 텅 빈 밀실로 큰 충격을 받은 듯해서 호프만 선생은 술을 좀 마시고 푹 잔 다음에 내일 다시 계획을 세우자고 했다.

"선생님, 정말 기괴합니다." 우리 방으로 돌아온 뒤 내가 말했다. "쥐디트의 반응으로 볼 때 시체를 본 건 사실 같아요. 하지만 시체가 밀실에서 어떻게 사라질 수 있죠? 피 묻은 나무패에는 어떤 마법이 걸린 걸까요? 남작이 쥐디트를 해칠까요?"

"한스, 내가 어떻게 그 많은 문제를 알고 답해주겠나?" 호프만 선생이 웃으며 말했다.

"아니요. 제가 선생님을 따라다닌 시간이 얼마인데요. 선생님은 사건을 파악하신 뒤에야 이렇게 차분해지십니다."

"이런, 한스, 자네도 점점 똑똑해지는군." 호프만 선생이 술을 따라 마시면서 말했다. "그래. 남작이 마법을 부려서 시체 두 구가 밤이 되면 연기로 변해 사방을 돌아다니는 거라네. 쥐디트는 오늘 아침 해가 떠 있을 때 지하실에 가서 봤던 거고."

"아! 그러니까 내일 아침에 다시 가면 시체를 볼 수 있겠군요!" 나는 그제야 깨달았다.

"바보! 어린애나 속을 법한 이야기를 믿는 건가?" 호프만 선생이 웃으며 말했다. "내가 늘 말하잖아? 일단 우리가 아는 사실에서 증거를 찾고……."

"결론을 내릴 수 없을 때 모르는 걸 탓하자고요." 나는 호프만 선생의 입버릇 같은 말 후반부를 받았지만, 여전히 찜찜했다. "하지만 정말 기괴하지 않습니까? 그건 밀실입니다! 열쇠는 아침부터 지금까지 쥐디트 손에 있었으니……, 쥐디트가 잘못 본 게 아니라면 시체는 정말로 사라진 거라고요!"

"쥐디트가 잘못 봤다면?" 호프만 선생이 물었다.

"어……." 전혀 예상치 못한 선생의 질문에 나는 이유를 찾아 머리를 굴리는 수밖에 없었다. "잘못 봤다고 쳐도, 아무것도 없는 방에서 시체 두 구를 상상하는 건 불가능해요!"

"좋아, 일단 잘못 보지 않았다고 가정하지. 그럼 그 방에 몸을 숨길 수 있는 장소가 있어서, 오늘 아침 쥐디트가 시체를 발견했을 때 누군가 거기 숨었다가 그녀가 나간 뒤 시체를 처리했다면?"

"그런 장소가 어디 있습니까? 샅샅이 찾아봤는걸요."

"쥐디트를 뒤따라와서 그녀가 비밀의 문을 열었을 때 철처녀 속에 숨었다면, 쥐디트가 발견할 수 있었을까?"

"네?"

나는 정말 상상도 못 했다. 철처녀 안에 들어가면 바늘에 찔릴 것만 알았지, 그곳에 숨을 만큼 공간이 충분한지는 생각해 본 적이 없었다.

"아니요……." 나는 잠시 고민했지만 역시 말이 안 된다고 생각했다. "누가 쥐디트를 따라 감옥에 들어갔다고 해도 그녀가 떠날 때 자물쇠를 잠갔으니 안에 있는 사람은 달아날 수 없습니다. 시체를 처리하는 것은 말할 것도 없고요."

"이런, 한스, 정말 똑똑해졌는데." 호프만 선생이 칭찬하는 어투로 말했다. "철처녀 같은 것도 헛소리야. 진상은 훨씬 간단하지. 하지만 나도 증거를 좀 더 찾아야 확신할 수 있어. 그리고 누가 연루되었고 이면의 동기가 뭔지 정확히 모르겠단 말이야. 칭찬하는 의미로 한 가지는 알려주지. 나무패에 있는 건 핏자국이 아니라네."

"핏자국이 아니라고요? 그럼 그 붉은색은 뭔가요?" 나는 깜짝 놀라 물었다.

"그건 말이지, 쥐디트가 정말로 해골이 된 시체를 봤다면 그 붉은 자국은 절대 피가 될 수 없어. 한스, 피가 무슨 색인지 아나?"

"빨간색 아닌가요?"

"'선혈'이야 빨간색이지. 시간이 지나면 피는 진갈색, 심지어 검은색으로 변해. 쥐디트가 본 시체가 금방 피를 흘리며 죽은 사람이라면 은홍색 피가 묻을 수 있어. 하지만 해골이 된 시체는 선혈과 심하게 어긋난단 말이지." 호프만 선생이 가볍게 말했다.

"그럼 쥐디트에게 말씀해 주셔야지요! 그랬으면 그렇게 두려워할 필요가 없었잖아요……."

"뭐라고 말할까? '그 나무패에는 마법이 없지만, 집에 살인마가 있어서 네가 다음 목표가 될 수 있어'라고?"

"그건……." 나는 또 말문이 막혔다.

"일단 푹 자고 내일 다시 생각하세. 어젯밤 그 폐가에서 제대로 못 잤잖아. 오늘 밤은 편안히 잘 수 있겠지." 호프만 선생이 말했다.

나는 고개를 끄덕이며 알았다고 말하려 했지만, 가만히 생각해 보니 시체가 느닷없이 사라지고 살인마가 숨어 있는 성에서 어떻게 편안히 잘 수 있겠는가?

아침에 일어났을 때 머리가 조금 무거웠지만, 정신이 들자마자 침대에서 내려와 문과 창문에 이상이 없는지 살펴보았다. 어젯밤 잠자리에 들기 전에 창문 고리와 방문 빗장이 잘 걸렸는지 꼼꼼하게 살펴보았음에도 살인범 남작이 기어코 들어와 호프만 선생에게 나쁜 짓을 할까 봐 내내 마음이 놓이지 않았다. 그러다 보니 나는 밤새 푹 잠들지 못하고 악몽에 시달렸다. 꿈에서 남작은 날이 어두워지자 푸른 털로 뒤덮인 야수로 돌변해서는 날카로운 발톱으로 선생과 부인, 나를 갈가리 찢어놓았다.

아무래도 걱정이 너무 많았던 듯했다. 문과 창문 모두 어젯밤과 똑같은 상태였고 호프만 선생도 침대에서 편안히 코를 골고 있었다.

어두침침해 아직 해가 뜨지 않은 줄 알았는데 창문을 열고 내다보자 이미 아침이 밝아 있었다. 햇살이 들어오지 않은 건 눈보라가 심하게 불었기 때문이다.

"아, 한스, 좋은 아침." 내가 창문 여는 소리에 깼는지, 고개를 돌리자 호프만 선생이 침대에 앉아 기지개를 켜고 있었다. "어쩐지 좀 춥더라니, 폭설이 내리고 있었군……. 한스, 창문 닫고 난로에 장작 좀 더 넣어."

나는 호프만 선생이 시키는 대로 방을 따뜻하게 덥혔다.

"선생님, 눈이 저렇게 많이 오는데 계획은 어쩌죠?"

원래 계획은 내가 성에서 부인을 지키는 사이 선생 혼자 렌으로 가서 위병을 불러와 남작을 체포하는 거였다. 하지만 어젯밤에 시체를 찾지 못했으니 위병을 데려와 봐야 무슨 소용이 있겠는가. 더군다나 이런 눈보라를 뚫고 그렇게 멀리까지 가는 것도 위험했다.

"한동안은 상황을 보면서 그때그때 대응하는 게 좋겠어."

호프만 선생이 따로 생각이 있는 듯 말했다.

나는 옷을 갈아입은 뒤 피에르나 더글러스 부인에게 아침 식사를 부탁할 생각으로 방을 나섰다. 그런데 문을 열자마 자 피에르가 빵과 치즈가 잔뜩 담긴 은쟁반을 들고 복도 끝 에서 오는 게 보였다.

"포클렝 씨, 좋은 아침입니다." 피에르가 공손하게 말했 다.

아, 맞다, 나는 지금 한스 포클렝이지. 하룻밤 잤다고 깜 빡할 뻔했다.

"안녕하세요? 저희 아침인가요? 선…… 저희 라일 형은 아침에 육류를 찾는데, 햄이 있을까요?" 또 잘못된 호칭을 쓸 뻔했다.

"이건 마님의 아침 식사입니다. 두 분 식사도 곧 준비하 겠습니다."

"네? 쥐디트 아침이라고요? 하지만……."

나는 고개를 돌려 피에르가 걸어온 방향을 바라보았다. 방금 부인 방 쪽에서 걸어왔지, 식사를 들고 그 방으로 가 는 길이 아니었다.

"매일 같은 시각에 식사를 가져가는데 아까 문을 두드렸 더니, 마님께서 식욕이 없어 그냥 쉬시겠다며 도로 가져가라고 하셨습니다."

어젯밤 시체가 사라진 것 때문에 충격을 받은 듯싶었다.

"남작 각하는 일어나셨습니까?" 내가 물었다.

"네, 주인님은 서재에서 서류를 처리하고 계십니다. 주인님께 하실 말씀이 있으면 전달해 드리지요."

"아, 아니요, 없습니다."

나는 대비 차원에서 남작이 어디 있는지 알고 싶었을 뿐이다.

방으로 돌아와 조금 전 상황을 호프만 선생에게 전달했다. 피에르가 가져다준 아침을 먹은 뒤 호프만 선생은 전후 맥락을 따져보는 듯 생각에 잠겨 천천히 방을 돌아다녔다. 방해하지 않기 위해 나는 파리에서 산 소설 『가르랑튀아와 팡타그뤼엘』을 가방에서 꺼내 난로 옆에 자리를 잡고 앉아 펼쳤다. 프랑수아 라블레의 문체는 재치가 넘쳤지만 좀처럼 몰입하기가 힘들었다. 눈만 책을 향할 뿐 마음은 부인과 남작에게 가 있었다. 부인은 정말로 시체를 보았을까? 지금 방에서 혼자 떨고 있는 건 아닐까? 남작은 정말 살인자일까? 부인을 해칠 계획을 짜고 있진 않을까?

"한스, 신경 쓰이면 나는 상관하지 마." 창문 앞에서 찬 바람을 맞으며 설경을 바라보던 호프만 선생이 갑자기 말했다.

"네?"

"같은 페이지를 5분 넘게 보고 있잖나. 그렇게 쥐디트가 신경 쓰이면 가보라고."

호프만 선생은 또 내 마음을 꿰뚫어 보았다.

"하지만……."

"나 혼자 방에 있어도 괜찮아." 호프만 선생이 미소를 지으며 말했다.

위험한 곳이다 보니 혹시라도 선생한테 무슨 일이 생길까봐 나는 한 걸음도 떨어지지 않을 작정이었지만 호프만 선생이 지금은 위험하지 않다는 뜻으로 말하고 있었다. 늘 귀신같이 상황을 예상하는 선생이 생사가 걸린 일을 잘못 판단할 리 없었다.

재빨리 책을 내려놓은 뒤 나는 부인의 방으로 갔다. 잠시 망설였지만 결국 용기를 내 문을 두드렸다.

"쥐디트, 나야, 한스." 나는 남작이 아님을 알리느라 일부러 이름을 말했다.

나무 문 너머로 대답만 들릴 줄 알았는데 갑자기 방문이 끼익 열리더니 부인이 문틀에 기대 안심이라는 표정을 지었다. 눈이 빨갛게 붓고 머리카락이 헝클어진 게 어젯밤에 나처럼 잠을 이루지 못한 듯했다. 한참 전에 일어났는지 하얀 블라우스에 초록색 긴 치마를 입고 있었지만, 얼마나 초조했으면 옷깃을 제대로 정리하지 못해 벌어져 있었다. 나는 민망해서 똑바로 바라볼 수가 없었다.

"한스!" 그녀가 내 팔을 잡아 안으로 끌어당겼다. "나…… 너무 무서워요……."

"왜?" 나는 무슨 말을 해야 할지 몰라 그 한 마디만 내뱉었다.

"어젯밤 꿈에 남작이 나를 죽이려 해서……." 부인은 어제 숲속 폐가에서처럼 공포에 질린 눈빛으로 말했다. "그 감방에 갇히는 꿈을 꾸었어요. 내 옆에는 나랑 똑같이 옅은 금발의 여인이 있는데 남작이 칼로 가슴을 세게 찔러서……, 피가…… 엄청난 피가……."

"그냥 꿈이야, 꿈."

나는 부인을 안아주려다가 유부녀라는 걸 떠올리고는 행동을 자제했다.

"한스, 나 믿죠? 내가 거짓말한 게 아니라는 거 믿죠?" 부인은 손톱이 피부를 파고들 정도로 내 팔을 꽉 잡았다. "그 감방에 정말로 시체가 있었어요! 잘못 본 게 아니에요……."

"믿어, 쥐디트."

어제 비록 의문을 제기했어도 나는 부인의 표정을 보자 거짓말이 아님을 확신할 수 있었다. 평소라면 악마의 소행이라고 대꾸했을지도 몰랐다. 하지만 어제 잠들기 전 호프만 선생의 말을 들은 뒤, 사실 진상은 나 같은 멍청이도 이해할 수 있을 만큼 단순할지 모른다고 생각하게 되었다.

부인을 위로하기 위해 난로 옆에 앉아 이야기를 시작했다. 우리는 우리가 맡은 배역, 오누이처럼 평범한 이야기를 나누었다. 호프만 선생 같은 말재주가 없어서 나는 우리 경험을 흥미진진하게 풀어내지는 못해도 여행 중 들었던 전설이나 동화를 책에서 읽은 플롯에 덧입혀 새로운 이야기로 만들어낼 수는 있었다.

부인이 차츰 평소의 안색을 되찾고 웃음까지 지었다.

그녀 역시 고향에서 있었던 재미있는 이야기들을 들려주었다. 어렸을 때 그녀와 언니가 얼마나 말썽꾸러기였는지, 아버지한테 어떤 벌을 받았는지, 아버지를 따라 낭트에 가서 무엇을 보고 들었는지 이야기했다. 나는 나도 모르게 고향 마을에서 평범하게 살던 쥐디트가 고성에서 화려하게 살아가는 쥐디트보다 행복할 거라고 생각했다. 예전에는 그녀를 보살펴주던 아버지와 언니가 있었지만, 지금은 그녀 혼자밖에 없었다.

나는 그녀를 구해주고 싶었다.

"점심때가 다 되었네?" 나는 창밖에서 들려오는 종소리를 듣고 나서야 어느새 두세 시간이 흘렀음을 알았다. "같이 라일……을 찾아 식당으로 갈까?"

밝아졌던 부인의 얼굴이 굳어졌다. 두말할 것 없이 점심을 먹으려면 남작과 만나야 하기 때문이었다.

"괜찮아. 우리가 있잖아."

"응." 부인이 고개를 끄덕이고는 마음을 가다듬고 대답 대신이라는 듯 미소를 지었다.

부인이 옷매무새와 머리를 정리한 뒤, 둘이서 함께 우리 방으로 갔을 때 나는 깜짝 놀랐다.

호프만 선생이 방에 없었다.

선생의 방에는 물론, 연결된 내 방에도 없었다.

창밖의 눈보라가 조금 잦아들었기에 나는 꼭 잠긴 발코니 문까지 열고 내다보았다. 차가운 냉기만 얼굴을 덮칠 뿐 발코니에는 사람 그림자도 없었다.

설마 남작한테…….

가슴이 철렁한 나는 얼른 복도로 나가 호프만 선생을 찾기 시작했다. 부인도 긴장해 따라왔다. 그녀도 나처럼 선생한테 무슨 일이 생겼을까 봐 걱정하는 눈치였다.

"이런, 한스, 왜 그래?"

다급하게 계단을 뛰어 내려가다가 넘어질 뻔했을 때, 호프만 선생의 모습이 갑자기 내 시야로 들어왔다. 그는 1층 거실 앞 현관에서 벽에 걸린 붉은 태피스트리를 감상하고 있었다.

"선생님!" 나는 너무 다급해 호칭이 틀렸는지 맞았는지 생각할 겨를이 없었다. "방에 계시겠다고 하셨잖아요? 저는……."

"한스, 이 태피스트리를 좀 봐! 내가 틀리지 않았다면 판 알스트$^{\times}$의 진품이야. 여기에서 보게 될 줄이야." 선생은 나를 잡아당긴 뒤 태피스트리를 가리키는 한편 얼굴을 내 귀에 바싹 붙이고 속삭였다. "연기해, 뒤에 누가 있어."

나는 돌아보고 싶은 충동을 억누르며 인물로 가득한 예술품을 올려다보았다. 태피스트리에는 성경 이야기가 묘사된 듯했지만, 뒤에 어떤 위험이 있는 줄도 모르는 상태에서 내가 어떻게 차분히 들여다볼 수 있겠는가.

"라, 라일, 이 태피스트리가 유명해요?" 내가 뻣뻣한 목소리로 물었다.

그때 부인도 우리 옆으로 다가와 의아하다는 듯 우리가 보는 곳을 바라보았다.

"물론이지! 판 알스트는 샤를 5세의 궁중 화가였다고!" 선생이 이번에는 쥐디트에게 말했다. "남작 각하는 예술에

×   16세기 초 유럽에서 활동한 유명 예술가로 회화, 조각, 태피스트리 제작 모두 뛰어났다.

조예가 깊으신가 봐."

"……그런가요? 난 몰라요. 태피스트리에 관해서는 아무 것도 모르는걸요." 부인은 선생의 의도를 알아차린 듯 동조했다.

"이런, 쥐디트, 남작 각하한테 잘 배워. 혹시라도 다른 귀족과 만났을 때 잘못 말해서 남작을 곤란하게 만들면 안 되잖니."

호프만 선생이 일부러 내게 눈짓을 했다. 나는 그가 말하는 '잘못 말해서'가 어떤 의미인지 분명히 알아들었다.

"라일, 그런데 왜 혼자 여기에 와 있어요? 형이 안 보여서 눈보라를 무릅쓰고 밖에 나간 줄 알았다고요." 나도 방식을 바꿔서 물었다.

"밖이 저렇게 추운데 어떻게 나가?" 호프만 선생이 큰 소리로 웃었다. "그냥 아주 재미있는 장식품이 많아서 곳곳을 '살펴보고' 있었지. 나 혼자 '위험한 곳'으로 나갈 리 있겠어?"

호프만 선생의 암시를 알아들은 나는 더 캐묻지 않고 태피스트리와 방직 예술의 역사에 관한 선생의 설명을 묵묵히 들었다. 몇 분 뒤 뒤쪽에서 발소리가 들려 돌아보니 피에르였다.

"마님, 선생님들, 오찬이 준비되었으니 식당으로 가시지요." 피에르가 공손하게 말했다.

"이렇게 폭설이 내리니 다른 하인들은 출근하지 않았겠군
요?" 선생이 물었다.

"네, 그렇습니다. 오늘은 저와 더글러스 부인만 있습니
다. 하지만 식자재가 충분하니 걱정하실 필요 없습니다."

"남작 각하는요?" 선생이 또 물었다.

"주인님은 아직 서재에서 서류를 정리하고 계셔서 지금
모시러 가려 합니다. 세 분 먼저 식당에 가 계시지요. 더글
러스 부인이 모실 겁니다."

피에르가 멀어지자 호프만 선생은 사방을 둘러본 다음
조용히 나와 부인에게 말했다.

"방금 현관에 왔을 때 누가 숨어 있는 게 느껴지더라고.
그래서 태피스트리를 감상하는 척했지."

"누가요? 남작이요?" 내가 물었다.

"모르지. 어쨌든 내 행동을 훔쳐보고 있었던 건 확실해.
두 사람 모두 식사할 때 조심해."

오늘 다른 하인이 없다면 호프만 선생을 감시한 사람은
남작, 피에르, 더글러스 부인 중 한 사람일 수밖에 없었다.

아니면, 설마 귀신? 문득 사라진 시체 두 구가 머릿속에
떠올랐다.

나는 고개를 흔들어 그 생각을 떨쳐냈다. 귀신이라면 어

떻게 대낮에 수작을 벌이겠는가? 호프만 선생이 한쪽에 숨어 있다고 느꼈으니 틀림없이 '사람'일 터였다.

식탁에 앉은 지 얼마 지나지 않아 남작과 피에르가 들어왔다. 남작이 아무리 예의 바르게 인사해도 남작의 기이한 수염은 곧장 어젯밤 꿈속의 괴물이 떠오를 만큼 무시무시했다.

더글러스 부인의 음식은 정말 훌륭했다. 알맞게 익힌 사슴고기와 향긋한 냄새가 물씬 풍기는 오리고기는 말할 것도 없고 그냥 소금에 구운 순무조차 매력적이었다. 호프만 선생은 식탁에서도 입담 좋은 상인 역할을 계속하며 남작과 이야기를 나누었다. 나와 부인은 조용히 식사하다가 이따금 맞장구치며 웃었다.

"아, 쥐디트. 이제 열쇠를 돌려줘요." 남작이 느닷없이 말했다.

"그게……."

"남작 각하, 쥐디트가 어제 망루로 데려갔는데 경치가 정말 좋더군요!" 호프만 선생이 끼어들었다. "낮 풍경이 더 아름답다면서 오늘 다시 데려간다고 했지만, 저렇게 눈이 내리니 오늘은 별로 안전할 것 같지 않습니다."

"여보, 내일 오빠들한테 구경시켜 주고 싶어요. 이틀만 더 가지고 있으면 안 될까요?"

부인이 기민하게 말을 받았지만, 그녀의 눈에서 두려움을 읽을 수 있었다. 나는 그저 남작이 눈치채지 못하기만 빌었다.

"……음, 그래요."

남작은 부인에게 대답하는 한편 호프만 선생과 나를 훑어보았다. 나는 그 눈빛의 의미를 이해할 수 없었다. 부인한테 다른 생각이 있는 줄 알아챈 걸까, 아니면 우리가 왜 이렇게 추운 날에 탑에 올라가 북풍을 맞으려는지 궁금한 것뿐일까?

"각하, 망루가 예전에 사용된 적이 있습니까? 이 부근에서는 큰 전투가 없었던 걸로 기억하는데요……."

호프만 선생은 남작이 부인에게 계속 주의를 기울이지 않도록 일부러 화제를 정국과 전쟁으로 돌렸다. 프랑스의 새 국왕은 왕좌에 오른 뒤 관용적 종교 칙령을 내렸다. 그래서 직전까지 거의 개전 상태로 군사를 이끌고 국왕에 대항하려던 브르타뉴는 마지막 순간에 총독이 마음을 바꾸면서 도탄에 빠지지 않을 수 있었다. 이에 국왕도 총독을 사면하고, 쌍방이 통혼하면서 위기가 사라졌다.

지금은 특정한 입장이 없는 프랑스 상인을 연기하고 있더라도 호프만 선생은 영국인이라 당연히 신교를 지지했다. 그런데 뜻밖에도 구교도인 남작이 새 국왕의 정책에 동의하는 거였다. 나는 냉혈 살인마와 '관용'을 연계할 수 없어 혼란에 빠졌다.

"신앙이 달라도 결국에는 같은 민족입니다. 내전보다 혈통을 잇고 가족을 강건히 하는 게 귀족이 짊어져야 할 더 중요한 의무이지요." 남작이 말했다.

나는 그가 온화한 척하는 건지 아닌지 알 수 없었다.

"각하의 말씀이 옳습니다." 호프만 선생이 동의했다. "귀족이 죽으려면 외적을 막는 전쟁터에서 죽어야지, 내전으로 죽으면 안 되지요. 그랬다가 스페인 놈들한테 점령당하면 100년 뒤 프랑스 혈통은 세상에서 사라질 겁니다. 그러고 보니 40여 년 전 브르타뉴 해군 장교인 빌게농 장군이 신대륙에 식민지를 건설했지요……. 각하의 윗대 분들도 참여하셨습니까?"

남작은 안색이 돌변해 차가운 숨을 조용히 내뱉은 뒤 대답했다.

"조부이신 기 드 레 남작이 출정하셨지만, 몇 년 지나지 않아 가증스러운 포르투갈 놈들한테 식민지를 빼앗기고 돌아오셨습니다."

"송구합니다. 남작 각하, 가문의 치부를 들출 의도는 없었습니다." 호프만 선생이 정중하게 사과했다.

"아닙니다. 장군이 무능했으니 탓하려면 그를 탓해야지

요. 식민지 관리를 조카에게 떠넘겼고, 패배한 뒤 포르투갈 왕실과 협상할 때는 아예 토지를 갖다 바쳤습니다."

"여기 성 규모로 보면 남작의 선조들은 모두 군인이셨겠 지요. 각하도 참전 경험이 있으십니까?"

호프만 선생의 질문에 남작이 쓴웃음을 지으며 대답했다.

"아닙니다. 저도 출정해 적과 싸우고 싶지만, 몸에 문제 가 있어서요. 총독은 제게 군 지휘를 맡기는 대신 사무 처 리를 명하셨지요."

"각하, 어떤 증상의 병인지 알려주시겠습니까? 저희 형제 가 각지를 돌아다녀 치료법을 꽤 많이 알고 있으니, 걱정을 덜어드릴 수 있을지도 모릅니다."

"그게…… 사소한 병입니다. 발병할 때만 군대를 지휘할 수 없는데, 지휘관은 그런 위험을 감수할 수 없지요."

남작이 어떤 증상의 무슨 병인지 말하지 않자 나는 질병 이 아니라 전설 속 늑대인간처럼 밤마다 난폭한 야수로 변 하는 게 아닌가 상상하지 않을 수 없었다. 또는 겉모습은 그대로일지라도 악마처럼 변해 욕망을 제어하지 못하고 주 변 사람들을 죽이는 게 아닐까?

나는 눈앞의 푸른 수염이 살의를 숨기고 있는 살인마인 지, 아니면 자기도 모르게 몸속 악마에게 휘둘리는 불쌍한 꼭두각시인지 알 수 없었다.

식사를 마친 뒤에도 호프만 선생과 남작은 술을 마시며 대화를 이어갔다. 반면 나와 부인은 바늘방석에 앉은 듯했다. 어떻게든 빨리 자리를 뜨고 싶었지만, 그랬다가는 괜히 남작의 의심을 받을 것 같아 꾹 참고 있었다. 한참 뒤 드디어 호프만 선생이 우리를 해방시켜 줄 말을 꺼냈다.

"각하를 붙들고 너무 오래 떠들었습니다. 업무에 방해가 되지는 않았을지요? 피에르한테 아침부터 지금까지 서류를 처리하셨다고 들었는데……."

"원래는 공무를 처리하러 인근 마을에 나가봐야 했지만 폭설 때문에 연기했으니, 다른 방식으로 오후 시간을 보내야 할 것 같습니다." 남작이 잠시 뜸을 들였다가 어색한 미소를 지으며 말했다. "라일 씨, 괜찮으시면 제 연습 상대가 되어주시겠습니까?"

"연습 상대요?"

"가보시면 압니다."

남작이 의자에서 일어나 현관 쪽으로 가자 호프만 선생이 따라갔다. 그들 두 사람만 보낼 수 없어 나와 부인도 얼른 뒤따라갔다.

복도 두 곳을 지나 다다른 방은 무척 넓은 데다 창문 유리를 통해 빛이 환하게 들어왔다. 가구는 거의 없고 양측으로 각종 검을 비롯해 자루가 긴 도끼, 갈고리 등 온갖 병기가 놓인 선반이 있었다. 또 창문 옆에는 몸체에 칼자국이 가득한 목제의 사람 모형이 여러 개 놓여 있었다.

"라일 씨, 각지를 돌아다니며 장사하려면 분명 호신술을 익히고 계시겠지요? 강도나 산적한테 강탈당하지 않도록 말입니다." 남작이 선반에서 검을 집었다. "평소에 모형으로만 연습하고 실전 상대가 없어서요. 피에르는 나이가 많아 두세 번 만에 나가떨어집니다."

"남작 각하!" 내가 끼어들었다. "검에는 눈이 없으니 라일이 찔리기라도 하면……."

"한스 씨, 걱정하지 마십시오. 날을 세우지 않은 검입니다."

남작이 검 끝을 들어 올려 내 눈앞으로 내밀었다. 자세히 살펴보니 정말로 날이 무딘 연습용 검이었다.

"각하, 죄송하지만 저는 각하의 상대가 되지 못합니다. 검술이 형편없거든요." 호프만 선생은 여전히 편안한 표정이었다. "대신 한스는 어떠십니까? 검술을 좀 아니까 각하의 몸을 풀어드릴 수 있을 겁니다."

나는 호프만 선생이 내 이름을 꺼내리라고는 상상도 못했다. 평소라면 이런 귀찮은 일이야 당연히 내가 나서서 대신하겠지만 지금은 평범한 상인을 연기하고 있으니, 남작의 제의를 거절할 줄 알았다. 그래서 호프만 선생한테 또 다른 속셈이 있을 거라고 추측했다.

"한스 씨, 검술을 배웠나요?"

남작이 위압감이 느껴질 만큼 똑바로 내 눈을 바라보았다.

"아, 네."

이렇게 된 이상 받아들이는 수밖에. 남작이 얼마나 대단한지는 몰라도 진검이 아니니 죽을 걱정도 없고 나 스스로도 검술에 꽤 자신 있었다.

남작은 내게 구석에 있는 가죽조끼를 입고 마음에 드는 검을 고르라고 했다. 나는 무게가 적당한 이탈리아 검을 골라 손에 잘 맞는지 휘둘러본 뒤 그걸로 결정했다. 부인은 호프만 선생 옆에서 긴장한 표정으로 나를 바라보고 있었다.

"한스." 내가 안전 조끼를 입고 있는 남작 쪽으로 걸어가려 할 때 호프만 선생이 조용히 말했다. "승부에 연연하지 말고 자네가 누구인지만 기억해."

내가 누구인지?

이미 준비를 끝낸 남작이 기다리고 있어서 나는 자세히 물어보지 못하고 응전하는 수밖에 없었다. 하지만 남작이 검을 머리 위로 높이 들어 올리며 기본자세를 취했을 때 나는 호프만 선생의 말이 무슨 뜻인지 깨달았다.

지금 나는 프랑스 상인이니 영국인의 검술을 사용할 수 없었다!

지난 100여 년 동안 검술은 이탈리아를 기반으로 발전해 오다가 최근 들어 검술 지도자를 주축으로 뚜렷하게 파가 갈렸다. 내가 각 유파의 검술을 안다고 해도 제일 익숙한 스타일은 디 그라시[X]와 사비올로[XX] 두 이탈리아 대가의 스타일이었다. 그런데 그들은 주로 영국에서 유명하고 잉글랜드의 주류 검술을 대변한다고 여겨졌다. 여기에서 그들 검술을 사용하면 남작에게 내가 프랑스인이 아님을 드러내는 셈이 아니겠는가? 하지만 프랑스에도 디 그라시 선생의 지도를 받은 사람이 있을 수 있지 않을까? 남작은 검술 유파에 대해 얼마나 알고 있을까? 결투가 끝난 뒤 물어보면 나는 어떻게 대답해야 할지…….

"한스 씨, 왜 그러시죠?" 남작이 내 생각을 끊고 눈살을 찌푸리며 물었다.

안 되겠군. 이럴 때는 모험하지 않는 게 나아. 프랑스인에게 특화된 검술을 찾아야 해…….

내 생각보다 내 몸의 반응이 훨씬 빨랐다. 머릿속으로 이

[X]   이탈리아의 검술 대가. 독특한 양손검 검법에 능했다.
[XX] 이탈리아의 검술 대가로 나중에 런던에서 이름을 날렸다.

름을 떠올리자마자 내 오른손이 검을 눈높이와 평행하게 들어 올리는 생 디디에의 기본자세를 취했다. 앙리 생 디디에[×]는 프랑스의 검술 대가로 최근 레이피어 검술의 창시자인 아그리파[××]의 영향을 받아 자세가 거의 완전무결해졌다.

방법을 찾았다고 좋아하고 있을 때 남작이 신속하게 공격을 펼치기 시작했다. 그의 맹렬한 기세에 재빨리 두어 발 물러서 막을 방법을 생각하다가, 나는 곧 엄청난 실수를 했다는 걸 깨달았다.

생 디디에의 검술에는 방어법이 없었다.

애당초 내가 그 대가의 검술을 연구하지 않은 것도 지나치게 맹렬하고 급진적이며 방어 없이 공격만 있었기 때문이다. 찌르면서 벨 뿐만 아니라 심지어 맨손으로 상대 칼날을 빼앗는 무시무시한 방식이었다. 일대일 결투 때 생 디디에의 검술은 위력이 엄청났으며 특히 '한 손을 버려 상대를 찔러 죽이는' 방식은 가공할 만한 수준이었다. 그런데 내가 호프만 선생과 각지를 여행할 때는 포위당하는 경우가 더 많으니, 고작 한 명을 없애자고 한 손을 희생할 수 있겠는가. 체력을 유지하고 부상을 최소화해 선생과 내가 온전히

× 프랑스의 검술 대가. 기록에 따르면 1570년 최초의 펜싱 대회를 열고 규칙을 정했다.
×× 이탈리아의 검술 대가로 길게 찌르는 공격법을 발명했다.

빠져나오는 게 우선이었다.

검 끝이 맞부딪치는 순간, 나는 어쩔 수 없이 생 디디에의 방식으로 치고 나가 그의 왼쪽 가슴을 찔렀다. 확실히 남작은 내 대응을 예측하지 못했던지 몸을 돌려 아슬아슬하게 내 공격을 피했다. 그러면서 장검을 거두고 공격에서 방어 태세로 전환하는 세 번째 자세를 취했다. 전광석화 같은 일격은 연습이 아니라 실제 결투를 방불케 했다.

그런 상황에서는 대충 물러서는 게 불가능해 나는 다시 한번 남작을 공격했다. 생 디디에 검술에는 삼각 보법과 사각 보법이 있었다. 나는 남작의 왼쪽 상방 빈틈으로 검을 내리찍고 그가 막을 때, 삼각 보법으로 한 걸음 왼쪽 앞으로 나아가 그의 검을 내 오른쪽 후방에 둔 뒤 신속하게 반대 방향으로 내려 베었다. 그가 걸려들었다고 생각하는 순간, 남작은 여유롭게 자세를 바꾸더니 검을 거둬들여 공격을 막았을 뿐만 아니라 내 갈비뼈 옆의 빈틈으로 찔러넣기까지 했다.

"으악!"

부인의 비명에도 나는 집중력을 잃지 않고 검 끝을 피해 한 걸음 물러난 뒤 다시 몸 앞으로 검을 가져와 방어 자세를 취했다. 남작은 내 생각보다 훨씬 대단했다. 물론 평소라면 이길 자신이 있었지만, 내 장기를 펼칠 수 없는 지금 상황에서는 승패를 예측하기 어려웠다.

10여 차례 공격과 방어를 주고받았음에도 어느 한쪽으로 기세가 몰리지 않았다. 하지만 나는 불안해지기 시작했다.

남작이 전력을 다하지 않는다는 게 느껴졌다.

연습이라 사정을 봐주는 것일 수도 있고, 일부러 나한테 맞춰 전력을 다하지 않는 것일 수도 있었다. 어쨌든 뭔가 꺼림칙했다.

결투를 시작한 이후 남작은 내내 딱딱하게 굳은 표정이었다. 우호적인 수준 평가라면 나를 그토록 매섭게 노려볼 이유가 없었다. 더군다나 처음에 얼마나 맹렬한 기세로 공격을 펼쳤던가. 검을 부딪치는 횟수가 증가할수록 남작의 동작이 빨라졌다. 다행히 나도 차츰 적응해 익숙하지 않은 검술일지라도 그런대로 운용할 수 있게 되었다.

"핑!"

남작이 순간적으로 전력을 실어 공격해 왔다. 나는 뒤로 물러서면서 쳐내다가 불현듯 무서운 생각이 떠올라 무너질 뻔했다.

남작의 이 연습 대결에 다른 목적이 있을지도 모른다는 생각이었다.

대결을 핑계로 나와 호프만 선생의 실력을 알아보려는 것이다.

부인을 죽이고 싶은데 나와 선생이라는 외부인이 걸리적 거려 실행할 수 없었던 건지도 몰랐다. 우리 이목을 피해 부인을 해치려다가 또 다른 계획, 가능하다는 확신만 들면 나와 선생까지 죽여버리겠다고 생각한 게 아닐까.

나는 나도 모르게 검 자루를 꽉 쥐고 결투를 끝낼 방법을 찾다가 남작과 눈이 마주쳤는데, 순간 소름이 쫙 끼쳤다.

한 시간 전만 해도 남작이 살의를 숨긴 살인마이거나 악마에 씌어 조종당하는 가련한 꼭두각시일지 모른다고 생각했다. 하지만 후자일 리 없었다. 남작의 눈빛은 너무도 이성적이면서 야수의 난폭함을 띠고 있었다. 그의 두 눈에서 나를 향한 알 수 없는 적의가 느껴졌다.

그건 살인자의 눈빛이었다.

졌다는 생각이 언뜻 떠올랐지만, 내가 실패하면 남작은 나와 호프만 선생을 두려워하지 않을 터였다. 그랬다가 한밤중에 우리가 자고 있을 때 방으로 들어와 살수를 펼치면, 그게 더 방어하기 힘들지 않겠는가. 남작에게 두려움을 심어줘야 했다. 기발한 방법으로 그를 굴복시켜 물러나게 할 필요가 있었다.

……하지만 생 디디에의 방식으로는 이길 가망이 없었다.

그렇다면 금기를 깨고 내 기술을 써야 할까? 싸우면서 뒤로 물러나 선반에서 검을 하나 더 들고 내 장기인 쌍검술을 펼쳐 지금의 전술적 부족함을 메워야 할까?

아니다.

남작이 다시 내 왼쪽을 공격했을 때 나는 비밀을 드러내지 않고 대결을 끝낼 수 있는 유일한 방법을 생각해 냈다. 내 왼쪽 가슴으로 남작의 검이 날아드는 순간, 재빨리 뒤로 물러서거나 검신으로 막았다가 반격할 수 있었지만 나는 그렇게 하지 않았다.

"탁!"

나는 왼손을 들어 그가 내 옆구리를 찌르도록 내버려 두었다.

가죽조끼를 입었음에도 남작의 엄청난 힘이 고스란히 전해졌다. 진검이었으면 갈비뼈가 몇 대 부러졌겠지만, 다행히 아니었다. 일부러 공격을 받은 뒤 나는 재빨리 왼손으로 그의 검신을 잡고 내 검으로 그의 검 밑쪽을 찔러 지렛대처럼 상대의 손을 비틀었다. 공격을 받고 반격하는 데 1초도 걸리지 않았지만 이미 끝이 났다. 남작의 검은 손에서 벗어났지만 내 검은 그의 목을 겨누고 있었다.

"한스!" 부인이 소리쳤다.

나는 옆구리에서 느껴지는 심한 고통을 필사적으로 억눌렀다.

"남작 각하, 봐주셔서 감사합니다." 내가 검을 건네며 말했다.

"내 목을 찌르기 전에 왼쪽 옆구리에 중상을 입었지요?" 남작이 나를 똑바로 바라보며 감정 없는 어투로 물었다.

"네. 하지만 즉사할 정도는 아닙니다." 내가 말했다.

나는 남작이 내 말의 의미, 진짜 싸움이었다면 나한테는 내일이 없을지 몰라도 그에게는 지금 당장 목이 없을 것임을 알아들었으리라 믿었다.

"각하, 제 동생의 무례를 용서해 주십시오." 호프만 선생이 다가와 말했다.

"아주 좋은 연습이었습니다." 남작이 평온한 표정을 되찾았다.

"각하는 어디에서 검술을 배우셨습니까? 스승님이 누구십니까?" 호프만 선생이 물었다.

"앙제에서 카발카보ˣ라는 볼로냐 검사한테 배웠습니다. 최근 폐하의 부르심을 받아 왕자에게 검술을 가르친다고 들었는데……, 쥐디트, 왜 그래요?"

남작이 나를 부축하고 있는 쥐디트를 바라봐 나도 고개를 돌렸더니, 그녀가 분노에 찬 표정을 짓고 있었다.

"어떻게 이렇게 무지막지해요?" 부인이 남작에게 물었다.

ˣ　이탈리아의 검술 대가. 나중에 파리와 로마에서 학생을 교육했다.

"연습이라면서 이렇게 세게 찌를 필요가 있었나요? 제 오빠한테 무슨 불만이라도 있어요?"

"아니⋯⋯."

남작은 조금 의외인 듯했다. 솔직히 나도 부인이 그렇게 화를 낼 줄 몰랐다.

"보세요!"

남작의 시선을 따라 내려다보니 가죽조끼에 선명한 칼자국이 나 있었다. 날을 세우지 않은 칼이라도 조끼가 막아주지 않았으면 방금 그 일격에 크게 다칠 뻔했다.

"한스 씨, 죄송합니다⋯⋯."

"아닙니다."

나는 어떻게 대답해야 좋을지 몰라 억지로 미소를 지었다.

"한스, 갈비뼈가 다치지 않았는지 어서 살펴봐요." 부인이 초조하게 말했다.

"남작 각하, 저희는 방에 가서 상처를 살펴봐야 할 것 같습니다. 먼저 실례하겠습니다." 호프만 선생이 난감한 상황을 정리해 주었다.

부인도 우리와 함께 그 방을 나왔다. 떠나기 전 나는 고개를 돌려 남작을 쳐다보았다. 남작은 복잡한 표정으로 검을 살펴보고 있었는데 무슨 생각인지는 읽히지 않았다. 조금 전의 대결은 아무 동기 없는 연습이었을까, 아니면 비열한 탐색전이었을까?

대결할 때 지었던 남작의 표정이 떠올랐다. 그 푸른 수염 때문에 마음이 무척 불편했다.

방에서 옷을 벗고 살펴보니 옆구리에 시퍼런 멍은 들었을지라도 갈비뼈에는 이상이 없었다. 부인이 약을 발라주었다. 어쨌든 남의 아내인지라 예의에 어긋난다고 생각했지만, '어려서부터 함께 자란 남매 같은 사이'인데 괜히 내외했다가 남작이 알면 오히려 의심을 받을 것 같았다.

부인의 표정에서 진심으로 걱정한다는 것을 알 수 있었다. 그녀는 남작이 자신을 해칠까 봐 걱정할 뿐만 아니라 내가 다치는 것에도 신경을 썼다. 내 상처를 돌봐줄 때 진짜 가족을 염려하는 것처럼 눈가까지 촉촉하게 젖어 들었다.

"미안해요, 나 때문에 다쳐서……." 부인이 말했다.

"정말 아무렇지도 않아. 이런 가벼운 부상은 한숨 자고 나면 괜찮아져."

"맞아, 쥐디트, 한스에게는 아무것도 아니야." 호프만 선생이 태연하게 말했다.

아, 우리가 함께 다닌 그 오랜 시간 동안 호프만 선생은 내 걱정을 한 적이 거의 없었다. 그 정도로 나를 신뢰하는 건지, 아니면 내 안위에 전혀 관심이 없는 건지는 알 수가 없었다.

"하지만 여기 멍이……."

"정말 괜찮아." 나는 웃음을 지었다. "아까 봐줘서 그렇지, 제대로 했으면 세 번 만에 이겼을 거야. 남작은 내 상대가 안 돼."

부인은 내가 강한 척한다고 생각하는지 쓴웃음을 지었다.

부인이 붕대를 감아준 다음 도구를 정리할 때 짤랑 소리와 함께 무거운 열쇠 꾸러미가 그녀 몸에서 떨어졌다. 내가 허리를 굽혀 주우려다가 옆구리가 너무 아파 멈칫한 사이 호프만 선생이 한발 앞서 열쇠를 집었다.

"아까 점심때 남작이 또 열쇠를 달라고 했는데……." 나는 그 상황을 떠올리며 말했다. "쥐디트, 성에 똑같은 나무패 없어? 똑같은 게 있으면 바꿔치기할 수 있을 텐데."

호프만 선생이 나무패에 마법 같은 건 없다고 했으니 바꿔치기하면 남작을 속일 수 있을 터였다.

부인이 고개를 저었다.

"본 적 없어요. 남작이나 피에르한테 있을지도 모르지만 난 몰라요. 나무패가 수십 년은 돼 보이고 문장도 수공으로 조각된 듯하니, 위조할 수 없을 거예요."

"그냥 떼어낸 뒤 남작한테 잃어버렸다고 하면 어떨까?"
내가 기발한 생각을 냈다.

"한스, 얼마나 단단한지 좀 봐. 고리 이음새도 이렇게 빡빡한데 어떻게 나무패만 잃어버릴 수 있겠나? '잃어버린 나무패'에 문제가 있다는 의심만 만들 뿐이라고." 호프만 선생이 나무패를 내 앞에 놓으며 말했다.

해결 방안이 없는 듯했다. 나는 하루를 더 끄는 동안 남작이 더 다그치지 않기만 바라야겠다고 생각했다.

"똑, 똑."

노크 소리에 쥐디트가 얼른 열쇠를 치웠고 호프만 선생이 대응하러 갔다. 문을 두드린 사람은 피에르였다.

"남작님이 두 분께 필요한 게 없는지 살펴보라고 하셨습니다." 피에르가 말했다.

"아니, 다 처리했어." 부인이 차갑게 응대했다. "저녁 식사는 함께하지 않겠다고 전해요. 한스한테 휴식이 필요하니, 나와 라일 오빠가 방에서 돌보겠다고 하고. 음식은 이리로 가져다줘요."

"아……, 알겠습니다, 마님."

피에르가 나간 뒤 부인이 안도의 한숨을 내쉬었다. 남작을 안 만나도 되니 내가 다친 게 좋은 점도 있는 듯했다.

부인은 계속 우리와 함께 있었다. 우리 방이 그녀의 피난

처인 셈이었다. 우리와 식사하고 담소를 나누는 동안 그녀는 잠시나마 위험을 잊어버렸다. 나란히 앉아 이야기하다가 그녀와 내 어깨가 부딪치곤 했다. 어쩌면 그녀는 너무 불안해 내가 옆에 있는 것만으로 위안을 얻을 수도 있겠다는 생각이 들었다.

하지만 꿈같은 순간도 끝나고 말았다. 저녁 식사를 마친 뒤 밤빛이 짙어지자 부인은 자기 침실로 돌아가야 했다. 서로 인사를 주고받은 뒤 그녀는 내키지 않는 걸음으로 우리 방을 나갔다.

"한스, 너무 많이 생각하지 마." 내가 문과 창문을 잠글 때 호프만 선생이 말했다.

"너무 많이 생각하다니요?"

"그녀는 유부녀라고."

"선생님! 저는 그런 마음이 전혀 없습니다……."

"하지만 남작이 살인죄로 체포되면 교회에서는 그들 혼인을 파기하겠지. 너무 많은 생각은 그때 가서 하라고." 선생이 능글맞게 웃으며 말했다.

나는 호프만 선생의 조롱을 무시한 채 문과 창문을 꼼꼼히 살펴 안전을 확보했다. 결투할 때 남작이 얼마나 거칠었는지 떠올라, 누가 방으로 들어오려면 시간이 걸리도록 문앞을 긴 의자로 막아놓기까지 했다. 또 지난밤과 마찬가지로 호프만 선생 방과 연결된 문을 열어두었다. 그래야 혹시라도 그가 부르면 즉각 일어날 수 있었다. 내가 모든 조치를 끝냈을 때 호프만 선생은 이미 곯아떨어져 있었다.

이틀 연속 제대로 자지 못한 데다 부상까지 입었기 때문에 나도 금세 잠이 들어 완전히 정신을 놓았다. 그런데 어디선가 부인의 처절한 비명 소리가 들리고 점점 더 커지는 듯했다.

"꺄악!"

이런! 정말로 부인의 비명이었다! 나는 얼른 정신을 차렸고 호프만 선생도 깼다.

"한스!"

호프만 선생이 재빨리 침대에서 내려와 램프를 켰지만 문 앞에 의자가 있어 허둥지둥 의자부터 옮겨야 했다. 아, 내가 괜한 짓을 벌인 듯했다.

우리는 복도로 뛰어나가 부인 방까지 내달렸다. 내가 힘껏 방문을 두드리며 소리쳤다.

"쥐디트! 쥐디트!"

손잡이를 흔들어보니 꽉 잠겨 있었다. 아까 헤어질 때 문을 잘 잠그라고 당부했던 게 떠올랐다.

"쥐디트! 나 한스야! 무슨 일 있어? 어서 대답해!"

"으흑……." 미약하게 부인의 소리가 들렸다.

"쥐디트! 어서 문 열어!"

나는 쉬지 않고 손잡이를 흔들었다. 어떻게 해야 할지 물어보려고 고개를 돌리자 호프만 선생은 사방을 둘러보고 있었다.

"선생님! 아무래도……."

내가 말을 채 끝내기도 전에 갑자기 방문이 열렸다.

"한스!"

부인이 눈물투성이 얼굴로 나를 꽉 끌어안았다.

"쥐디트! 무슨 일이야?" 내가 긴장해 물었다.

"누, 누가…… 발코니에…… 누가……." 부인이 불분명한 어투로 띄엄띄엄 말했다.

호프만 선생이 창밖을 내다보았고 나도 그의 시선을 따라 바라보았다. 달빛 아래 발코니에는 아무도 없었다. 호프만 선생을 내 오른쪽에 두고 왼손으로 부인의 들썩거리는 어깨를 안은 채, 나는 오른손으로 발코니 문의 빗장을 젖힌 다음 문을 열었다. 차가운 바람만 얼굴로 불어올 뿐 사람 그림자는 보이지 않았다. 처마 때문에 눈이 쌓이지 않아 발코니에는 발자국도 남아 있지 않았다.

"포클렝 선생님들, 마님, 무슨 일이십니까?" 피에르가 램프를 들고 들어왔다.

"쥐디트가 발코니에 누가 있는 걸 봤다고 합니다." 호프

158

만 선생이 대답했다.

나는 부인을 부축해 의자에 앉혔다. 남의 부인을 안고 있는 건 확실히…… 좀 그랬다.

"쥐디트 비명을 들었나요? 올라오다가 누구를 보지는 못했고요?" 내가 피에르에게 물었다.

"마님 비명을 듣자마자 올라왔지만 아무도 보지 못했습니다." 피에르가 고개를 저었다.

그때 남작도 램프를 들고 들어왔다. 제일 가까운 방에 있는 사람이 어떻게 제일 늦게 오지?

"쥐디트, 무슨 일이오?" 아내가 끔찍한 일을 겪었는데도 남작의 어투는 차가웠다.

"저…… 그게……." 남작을 보자 부인은 혀가 굳었는지 말을 제대로 하지 못했다.

"방금 쥐디트가 발코니에서 누군가를 보고 비명을 질렀습니다." 호프만 선생이 대신 대답했다. "다행히 발코니 문을 잘 잠갔더군요."

"강도가 침입한 걸까요?" 내가 물었다.

"그럴 리가요. 정원의 개가 짖지 않았습니다." 남작이 대답했다.

하지만 날이 이렇게 추우니 개들도 숨었을 수 있지, 라고 나는 생각했다.

"주인님, 마님이 악몽을 꾸신 게 아닐까요?" 피에르가 말했다.

"아니!" 부인이 맹렬하게 소리쳤다. "악몽이 아니에요! 누가 있었다고! 난 미치지 않았어!"

"쥐디트, 우린 널 믿어."

나는 부인의 감정이 격해지는 것을 보고 가만히 그녀의 팔을 잡았다.

"참, 더글러스 부인은요?" 호프만 선생이 물었다.

"아! 이런!" 피에르가 몸을 돌리며 말했다. "야맹증이 있어서 밤에 잘 못 걷는데, 마님 비명을 들었으면 무척 걱정하고 있을 겁니다. 제가 가서 살펴보고 그 김에 침입자가 있는지도 점검해 보겠습니다."

피에르가 나간 뒤 호프만 선생은 내게 할 말이 있는 듯 나가자는 눈짓을 했다. 그래서 내가 말했다.

"남작 각하, 아무 일도 없으니 저희도 돌아가 보겠습니다."

"안 돼! 한스, 가지 마요!"

부인이 내 손을 잡고 놓아주지 않았다.

나는 남작의 표정이 살짝 변했다고 느꼈는데, 등불 때문에 착각한 건 아닐까 싶기도 했다. 남작이 무척 차가운 눈빛으로 말했다.

"그래요, 한스 씨, 쥐디트 좀 잘 돌봐주십시오."

"저는…… 알겠습니다. 걱정하지 마십시오." 나는 염치 불고하고 대꾸했다.

호프만 선생이 이상한 표정으로 나를 바라보았다. 귀찮은 일에 끼어든다고 말하는 듯했지만 나는 어깨를 으쓱하는 수밖에 없었다.

남작과 호프만 선생이 나간 뒤에도 부인은 내 손을 꽉 쥐고 있었다.

"정말 잘못 본 게 아니에요. 발코니에 누군가……." 그녀가 계속 중얼거렸다.

"쥐디트, 난 믿으니까 이제 마음 놓고 자."

부인은 의자에 기댄 채 잠들었다. 그런데도 내 손을 절대 놓으려 하지 않아서 나는 의자 옆 바닥에 앉아 자는 수밖에 없었다. 다행히 옆에 난로가 있고 꺼져가는 난롯불을 다시 키웠기에 망정이지, 아니었으면 밤새 얼어 죽었을 것이다.

눈을 떴을 때는 이미 햇살이 방 깊숙이까지 들어오고 있었다. 날이 화창하고 눈발도 날리지 않았다. 겨울이라 아침 여덟 시경에 해가 뜨는 걸 생각하면 아홉 시쯤일 듯했다. 부인도 천천히 정신을 차렸고, 내가 밤새 바닥에 있었던 걸 알고는 무척 미안해했다. 하지만 무엇보다 중요한 건 그녀가 이제 괜찮아 보인다는 사실이었다. 나는 그녀와 몇 마디 나눈 뒤 내 방으로 돌아왔다. 호프만 선생이 벌써 일어나 의자에서 뭔가를 만지작거리고 있었다.

"한스, 좋은 아침." 호프만 선생이 웃는 듯 아닌 듯 말했다.

"선생님, 안녕히 주무셨습니까?"

나는 인사를 건네면서 뻣뻣하게 굳은 목을 돌렸다. 어젯밤은 정말 제대로 못 잤다. 숲속 폐가에서보다도 훨씬 나빴다.

"자네, 일곱 번째 계명을 어긴 건 아니겠지? 아니면 열 번째 계명×?" 호프만 선생의 어투가 호의적이지 않았다.

"선생님!" 내가 불쾌하게 대꾸했다. "당연히 어느 것도 어기지 않았습니다!"

"그래, 쥐디트 손만 잡고 바닥에서 잤지."

"어? 어떻게 아십니까?" 나는 깜짝 놀랐다.

"직접 봤으니까."

×　　일곱 번째 계명은 '간음하지 말라', 열 번째는 '남의 아내를 탐내지 말라'.

"하지만 방문을 잘 잠갔는데요?"

"하하."

호프만 선생은 대답 없이 손에 든 물건만 만지작거렸다.

"선생님, 그게 뭡니까?" 내가 물었다.

호프만 선생이 손바닥을 펼쳐 물건을 보여주었다. 아주 독특한 자물쇠였다.

"어제 아침 자네가 쥐디트한테 갔을 때 아래층의 어느 방에서 찾았지." 호프만 선생이 문밖을 가리켰다. "잡동사니가 가득한 방이었어. 그중 한 상자에 이 자물쇠와 열쇠가 걸려 있더라고."

"이게 뭐가 특별한가요?"

"지하실 자물쇠들과 모양은 달라도 구조는 똑같거든. 한스, 보라고. 열쇠를 구멍에 넣고 살짝 돌리면 위쪽에 있는 고리 모양의 걸쇠가 열려. 그런데 열쇠를 뽑고 걸쇠를 채워도…… 보라고, 잠기잖아." 호프만 선생이 말하면서 시범을 보였다.

"이게 왜요? 영국에서도 본 적이 있잖아요. 이런 자물쇠를 누가 발명했는지는 몰라도, 프랑스인이 발명했다고 한들 놀랄 만한 게 있나요?"

"자네 말이 맞아. 놀랄 만한 게 없지." 호프만 선생이 빙그레 웃으며 말했다. "그런데 자물쇠 문양이 예쁘잖아. 영국 열쇠공은 프랑스인처럼 이렇게 작은 부분에 신경 쓰지 않는다고."

"열쇠공이 이탈리아인일지도 모르겠네요." 내가 대충 대꾸했다.

"음…… 맞아, 피렌체 제품일지도 모르지……."

호프만 선생은 계속 자물쇠를 만지작거렸다.

피에르가 가져온 아침 식사를 한 뒤 나와 호프만 선생은 정원으로 나가 목적 없이 어슬렁거렸다. 아니, 나는 목적이 없었지만, 호프만 선생은 뭔가 생각한 게 있어서 정원에 나왔을 확률이 높았다.

"선생님, 뭔가를 눈치채신 거죠? 어젯밤 강도의 행적을 조사하시는 건가요?"

세상이 하얀 눈으로 뒤덮였지만 지난 이틀처럼 춥지는 않았다.

"아니, 어제 강도나 침입자는 없었어. 난 그냥 설경을 보면서 근육을 풀고 싶을 뿐이야."

호프만 선생이 걸으면서 기지개를 켰다.

"침입자가 없었다고요? 그럼 어젯밤 쥐디트가 본 검은 그림자는 누구인가요?" 내가 물었다.

"한스, 내가 먼저 물어보지." 호프만 선생이 걸음을 멈추고 물었다. "쥐디트가 잘못 보거나 거짓말한 게 아니라 지하실에 정말로 시체 두 구가 있었다면, 그녀들을 누가 죽인 것 같나?"

"남작 아니겠습니까? 열쇠를 가지고 있었고 쥐디트한테 지하실에 가지 말라고 경고했을 뿐만 아니라 하인들도 금발의 전처가 둘이 있었다고 말했습니다. 모든 정황이 그가 범인이라고 말하잖아요."

"처음 쥐디트 말을 들었을 때는 나도 남작이라고 생각했네. 생각을 정리한 뒤에는 피에르 같다고 여겼고, 시체가 사라졌을 때는 더글러스 부인이라고 추측했지. 그런데 어젯밤 일을 겪고 나자 정말 모르겠어." 호프만 선생이 쓴웃음을 지으며 말했다.

"어떻게 모든 사람을 의심하셨습니까?" 나는 의문이 들었다.

"한스, 어젯밤 누가 쥐디트 방 발코니에서 수상한 행동을 했어도 그게 정말 해치려는 의도였다고는 보이지 않아. 다만 잘 이해되지 않는 부분이 몇 군데 있어. 블록 몇 개가 빠진 느낌이랄까."

"한스, 라일, 좋은 아침이네요."

고개를 돌리자 두꺼운 숄을 두른 부인이 우리 쪽으로 걸어오고 있었다.

"쥐디트, 좋은 아침." 호프만 선생이 미소를 지었다.

"어젯밤은…… 정말 실례했어요."

부인이 수줍게 말하면서 내 시선을 피해 괜히 나까지 부끄러워졌다.

"쥐디트, 왜 이렇게까지 이 녀석한테 의지하는지 나는 좀 의아해."

호프만 선생이 기어코 지적했다! 물론 우리 세 사람뿐이라 누가 들을 염려는 없었다.

부인의 두 뺨이 날씨 때문인지는 몰라도 발그레해졌고, 나도 조금 당황했다. 부인이 천천히 입을 열었다.

"저…… 저도 모르겠어요. 다만 한스한테서는 오래전부터 알고 있었던 듯한 친밀감이 느껴져요……. 제 기억 깊은 곳에 비슷한 광경이 남아 있는 듯한데……, 그때도 설원이고 숲이었던 것 같아요. 그 얼굴만 보면 마음이 놓여서……."

거울이 없는데도 나는 내 귓불이 달아오른 걸 알 수 있었다.

"맞다, 남작은 어디 있어?" 내가 화제를 돌렸다.

"피에르 말로는 아침에 플뢰뫼르 마을에 갔대요. 현지 주류상과 세금 문제를 협상해야 한다는 것 같더라고요." 부인은 저녁까지 남작을 피할 필요가 없으니 한시름 놓인다는 듯 말했다.

"그렇다면 쥐디트, 우리한테 고성을 샅샅이 보여줘. 시체가 사라진 수수께끼를 풀 수 있을지도 모르잖아." 호프만 선생이 말했다.

선생이 '시체'라고 말할 때 부인의 몸이 살짝 떨렸다.

"네, 좋아요." 부인이 대답했다. "그럼 이곳부터 말씀드릴게요. 여기는 중앙 정원이에요. 지금은 눈이 쌓였지만 사실 아름다운 장미꽃이 가득하지요. 저기는 정문이고, 앞쪽 좌우와 뒤쪽에 탑이 하나씩 있어요. 다른 쪽에는 가족 묘지가 있고……."

호프만 선생과 나는 부인이 가리키는 대로 시선을 돌렸다. 뒤쪽 탑은 전망용 노대가 있는 앞쪽 탑들과 확연히 달랐다. 그건 실질적인 시계탑이었다. 현재 시각이 표시된 원형 시계의 바늘을 보면서 나는 매시간 울리는 종루보다 그 안에 있는 기계가 훨씬 선진적이라고 생각했다.

여전히 고성 건축물을 감상 중인 나와 달리 호프만 선생은 한마디도 없이 주변 화단만 쳐다보고 있었다. 나와 부인은 의아하지 않을 수 없었다.

"선생님, 뭘 보고 계세요?" 내가 물었다.

"쥐디트, 여기 심은 게 장미라고?" 호프만 선생이 고개도 돌리지 않고 물었다.

"네, 눈이 내리기 전까지 장미가 가득했어요." 쥐디트가 대답했다.

"선생님, 뭘 찾고 계십니까?"

나는 호프만 선생의 얼굴에서 웃음기가 사라진 것을 보고 살짝 긴장했다.

"한스, 소크라테스가 어떻게 죽었는지 아나?" 호프만 선생이 뜬금없는 질문을 던졌다.

"고대 그리스의 철학자 말씀이세요?" 나는 무슨 영문인지 알 수가 없었다. "책에서 사형선고를 받았다고 읽었습니다. 권력자에게 박해받아 말도 안 되는 죄명으로 고발당한 것 같은데……. 그게 무슨 관계가 있습니까?"

"소크라테스를 죽인 범인을 소개하지……." 호프만 선생이 손수건을 꺼내 눈에 파묻히지 않은 화단에서 조심스럽게 잎을 하나 떼어낸 뒤 손수건에 놓고 보여주었다. "독미나리야. 소크라테스는 사형선고를 받은 뒤 독미나리즙을 먹고 죽었지."

나와 부인은 조금 놀라는 동시에 의문이 들었다.

"이게 독……초라고요?" 내가 물었다.

"그냥 '독……초'가 아니야." 호프만 선생이 내 어투를 흉내 내 말했다. "이건 '사람을 죽일 수 있을 만큼 아주 강력한 독초'라고. 구하기 힘든 야생 독미나리가 장미 화단에 한 줄이나 있다니. 정말 이상하군."

호프만 선생 옆 화단에는 방금 뜯어낸 잎과 똑같은 식물이 한 줄이나 자리하고 있었다. 나는 나도 모르게 헉하고 숨을 들이마셨다.

부인은 마구간부터 창고, 술 저장고, 탑 꼭대기까지 고성 구석구석을 우리에게 보여주었다. 호프만 선생은 꼼꼼히 살펴봤지만, 딱히 이상한 점을 발견하지는 못한 모양이었다. 마지막으로 우리는 묘지에 갔다.

"여기는 드 레 남작가의 가묘예요. 역대 남작과 가족이 모두 여기에 안장되었지요. 남작이 사망하면 여기 묘실에 안치하고 가족은 묘지에 묻어요."

부인이 우리 앞쪽의 크지 않은 석실을 가리켰다. 석실 앞 공터에는 묘비가 열 개 정도 세워져 있었다.

"하필이면 어제 눈이 내려서." 호프만 선생이 중얼거렸다.

"선생님, 눈이 무슨 문제라도 있나요?" 내가 물었다.

호프만 선생은 내 질문을 무시한 채 담장의 하얀 문을 가리키며 부인에게 물었다.

"쥐디트, 저 문은 어디로 통하지?"

"바깥 숲속의 오솔길 같은데…… 잘 기억나지 않아요."

우리는 호프만 선생을 따라 문 쪽으로 걸어갔다. 손으로 문을 밀어본 뒤 열리지 않자 호프만 선생은 펄쩍 뛰어 담장을 잡고 고개를 내밀었다.

"라일, 저한테 열쇠가 있잖아요." 부인이 말했다.

"아, 그렇지." 호프만 선생이 미소를 지었다. "잊고 있었네."

호프만 선생은 몸에 묻은 눈을 털어낸 뒤 열쇠를 받아 잠시 뒤적거리다가 딱 맞는 열쇠를 찾아 문을 열었다. 부인 말대로 숲으로 통하는 오솔길이 나왔다.

선생은 문을 잘 닫고 나서 부인에게 말했다.

"쥐디트, 못 본 곳이 한 군데 더 있는 것 같아."

"제가 모르는 방이 아니면 없어요." 부인이 대답했다.

"남작의 방을 못 봤어."

부인이 잠시 주저하다가 말했다.

"혹……시 그 방에 시체가 있다고 생각……."

"아니." 호프만 선생이 말했다. "우리의 원래 계획 기억해? 남작이 살인했다는 증거만 찾으면 충분해. 시체는 못 찾아도 상관없다고."

부인은 고개를 끄덕이다가 이내 생각났다는 듯 말했다.

"하지만 피에르가 늘 남작 방을 정리해요. 피에르한테 들키면……."

"그동안 쥐디트가 피에르를 따돌려주면 되지 않겠어?" 선생이 말했다.

"아⋯⋯." 부인은 조금 불안해하면서도 고개를 끄덕였다. "알겠어요."

우리는 계단 옆에 숨어 부인이 거실에서 피에르에게 몇 마디 한 뒤 정원으로 데려가는 것을 지켜보았다. 그리고 살금살금 계단을 올라 3층에 이르렀는데⋯⋯.

"아, 포클렝 선생님들."

뚱뚱한 더글러스 부인이 갑자기 우리 맞은편에서 나타났다.

"더글러스 부인이셨군요. 부엌에서 점심 식사를 준비하는 줄 알았는데요." 호프만 선생이 자연스럽게 말했다.

"어젯밤 침입자가 들어 마님이 놀라셨다고 피에르한테 들어서 올라와 봤습니다." 더글러스 부인이 대꾸했다.

"부인은 어젯밤에 괜찮았습니까? 피에르 말로는 밤에 잘 안 보인다고요."

"네, 눈이 안 좋아서요. 조금만 어두워도 장님이나 마찬가지가 됩니다. 그런데 어젯밤에는 완전히 곯아떨어져서, 피에르가 찾아오지 않았다면 그렇게 끔찍한 일이 일어났는지 몰랐을 겁니다."

"그렇군요⋯⋯." 호프만 선생이 뭔가 생각났다는 듯 물었다. "참, 더글러스 부인은 여기에서 얼마나 일하셨습니까?"

"거의 10여 년 되었습니다." 더글러스 부인이 환하게 웃으며 답했다.

"성에서 일하는 하인은 부인과 피에르, 두 사람뿐인가요?"

"제가 온 이후로는 늘 그랬습니다⋯⋯. 잡일을 도와주는 사람이 몇 명 있긴 해도 거주하는 사람은 저희뿐입니다."

"그럼 부인이 오기 전에는 피에르 한 사람뿐이었나요?"

"네. 사실 저도 주인님이 돌아오신 뒤에야 고용됐습니다."

"돌아오신 뒤요?" 호프만 선생이 물었다.

"남작 각하는 열 살쯤 앙제 대학으로 유학을 떠나셨다고 들었습니다. 선대 남작님과 마님이 돌아가시고 남작님 누님까지 출가한 이후, 10년 전 남작님이 돌아오실 때까지 고성은 내내 비어 있었다고 했습니다."

"남작께 누님이 있다고요?" 내가 물었다.

"사실 잘 모릅니다. 저도 마을에서 들었을 뿐이에요. 주인님께 안나라는⋯⋯ 아니, 엘리제라는 누님이 계시는데 오래전에 바이에른의 귀족에게 시집가셨고⋯⋯, 나중에 주인님과 연락이 끊어졌다고 했습니다. 연락이 끊어진 것도 당연하지요. 어쨌든 함께 자란 사이가 아니니 감정이 나빠도 이상할 게 없어요……."

"남작과 누이가 함께 자라지 않았다고요?" 호프만 선생이 말을 끊었다.

"아……, 큰일이네. 이런 일은 떠들면 안 되는데요……. 게다가 저도 주워들은 소문일 뿐이에요!" 더글러스 부인이 긴장했다.

"더글러스 부인, 절대 누설하지 않겠습니다." 호프만 선생이 차분한 어투로 말했다. "저희는 동생의 새로운 생활이 궁금한 것뿐이니, 좀 더 알려주세요."

더글러스 부인이 망설이다가 작은 소리로 말했다.

"그냥 소문일 뿐인데…… 남작 각하가 사생아래요. 선대 남작께서 위중하실 때 작위를 계승할 사람이 없어서 데려왔다더군요."

사생아? 정말 충격적이었다! 사생아가 작위를 잇는 것은 위법이지만……, 높은 사람이 뒷받침해 주면 문제 될 것도 없었다.

"걱정하지 마세요." 더글러스 부인이 말했다. "남작 각하가 생김새는…… 보통 사람들과 달라도 마님께 아주 친절하시거든요. 마님도 온화하시고요. 남들 눈에는 잘 보이지 않더라도 제가 느끼기에는 두 분이 서로를 무척 아낀답니다. 예전 두 분에 비하면 마님은 남작 각하와 잘 지내시는 거예요."

호프만 선생이 놓치지 않고 물었다.

"예전 두 분이요? 남작한테 아내가 둘이나 더 있었습니까?"

더글러스 부인이 난처한 표정으로 "이런! 제가 너무 많이 떠들었네요……. 일하러 가야 해서 실례하겠습니다"라고 한 뒤 얼른 아래층으로 내려갔다.

"그랬군……." 호프만 선생이 낮게 읊조렸다. "한스, 어서 남작 방으로 가세. 서두르지 않으면 점심 식사 시간이라고 피에르가 찾아올 거야."

우리는 남작의 침실 문을 조용히 열고 아무도 없는 걸 확인한 뒤 재빨리 들어가 문을 닫았다. 창문 앞 탁자에 자질구레한 물건이 많을 뿐, 장식은 손님방과 별반 다르지 않았다. 나와 호프만 선생은 흩어져서 서랍과 옷장을 살펴봤는데 평범한 옷만 보이고 눈에 띄는 것이라야 약간의 보석 정도였다.

"남작이 빌베리를 좋아하나 봅니다."

거울 앞에 이르렀을 때 나는 작은 탁자 위에 놓인 푸른 과일을 발견했다. 빌베리는 크랜베리와 비슷하게 생겼는데 색이 파랬다. 혹시 빌베리를 너무 많이 먹어서 남작의 수염이 파래진 게 아닐까?

호프만 선생이 다가왔지만, 빌베리는 보지 않고 하얀 가루가 담긴 유리병을 집었다. 그런 다음 뚜껑을 열어 냄새를 맡아본 뒤 손가락에 찍어 입으로 집어넣었다.

"선생님! 위험합니다! 독일지도 모르잖아요!" 나는 정원의 독미나리가 떠올랐다.

"아니." 호프만 선생이 혀를 내밀고 말했다. "방금 냄새를 맡아보고 대충 뭔지 알았네. 확인하고 싶었을 뿐이지. 독 없는 백반이야."

"여자들이 피부를 하얗게 만들기 위해 바르는 그 화장품이요?"

"그래."

호프만 선생이 병을 탁자에 내려놓았다. 남작이 화장을? 아니, 문제는 남작이 이런 화장품으로 무엇을 하는가였다. 역시 프랑스인이라니까.

"한스, 여기에는 중요한 물건이 없는 것 같아. 내 생각에는 전부 서재에 놓았을 것 같네."

호프만 선생이 방의 반대쪽을 가리켰다. 남작의 서재와 침실도 우리 손님방처럼 서로 연결되었고 발코니도 터져 있었다. 고성의 방들이 전부 그렇게 설계된 듯했다.

우리는 서재로 들어갔다가 엄청난 문제에 부딪혔다. 뒤

져야 할 곳이 너무 많았던 것이다! 수많은 책꽂이에 다양한 책이 잔뜩 꽂혀 있고 창가 책상에는 종이와 서류가 산더미처럼 쌓여 있었다. 뭔가를 찾으려면 최소 이틀은 걸릴 듯했다! 더군다나 나는 무엇을 찾아야 하는지도 전혀 알지 못했다!

호프만 선생이 조심스럽게 책상 위 서류를 펼치고는 "멜크 공작을 위해 이 일대 세금을 처리하나 봐……"라고 말한 뒤 서랍을 뒤졌다.

"선생님, 제가 뭘 찾아야 합니까?"

엄청난 책들을 보니 나는 어디에서부터 손을 대야 할지 암담했다.

"메모나 편지 같은 게 있는지 봐. 확실히 시간이 너무 부족하군." 호프만 선생이 말하는 한편 계속 서류를 뒤적였다.

나는 무작정 책꽂이를 훑다가 끈으로 묶인 서류가 나오면 풀어보았다. 하지만 대부분이 선대 남작과 브르타뉴 군부대가 주고받은 통신문 등의 공무 서한이었다. 그 책꽂이를 포기하려던 순간, 나는 이상한 메모를 발견했다.

"선생님, 이것 좀 보세요……. 질 드 레 남작은 거실 유화 속 사람이잖아요. 여기 그의 의료 기록이 있어요." 나는 몇 페이지를 호프만 선생에게 건넸다.

"'······전쟁에서 돌아온 뒤 남작의 다리 부상은 완치되었지만, 무엇 때문인지 독이 뼈까지 침투해 치료가 효과를 거두지 못함. 아편과 감귤즙, 금박을 섞어 통증을 완화하는 수밖에 없었음······.'" 나는 그중 한 페이지를 읽었다.

"그게 왜?"

"뒤쪽에는 '······진귀한 커피를 사서 금잔화, 강황, 민들레, 금박을 섞어 처방하자 남작의 병이 호전됨······.'"

"그 처방전이 무슨 문제라는 건가?"

"이제부터 이상해집니다. '······남작이 몰래 의문의 동양 약품을 복용하고 있었음. 매우 어리석은 처사로 이미 약이 심장에 침투해 치료가 불가함. 약으로 약을 억누를 수밖에 없음······.'" 나는 뒷장으로 넘어갔다.

"이리 줘보게."

호프만 선생이 내가 읽은 페이지를 받아 꼼꼼하게 살폈다.

"정말 이상한 건 마지막 페이지입니다. '장티푸스균이 폐까지 침투해 약이 효과 없음. 감염 후 30일 만에 사망.' 이렇게 간단하게 끝나거든요." 나는 마지막 페이지를 호프만 선생 앞에 놓고 말했다. "필체로 보면 같은 의사가 기록했습니다. 처음에는 처방전 품목까지 자세히 기록했는데 사망 전 30일은 두 줄밖에 없다니요. 이상하지 않으십니까?"

호프만 선생이 입꼬리를 올리며 말했다.

"한스! 정말 잘했네! 확실히 아주 중요한 단서야……. 하지만 자네는 역시 핵심을 놓치는군."

호프만 선생이 메모 하단의 서명, 라수아 의사를 가리켰다.

라수아 의사가 누구냐고 물어보려 할 때 갑자기 복도에서 부인의 목소리가 들려왔다.

"피에르, 정원으로 돌아가서 다시 찾아봐 줘요. 반지를 거기서 잃어버린 것 같다니까."

"마님, 방금까지 그렇게 한참을 찾아봤지만 없었잖아요. 방에서 잃어버렸을 수도 있지 않습니까? 마님 방부터 찾아보는 게 좋지 않을까요?" 피에르가 말했다.

나와 호프만 선생은 감히 큰 소리를 내지 못하고 살금살금 서류를 제자리에 돌려놓았다. 그런 다음 귀를 문가에 바싹 붙이고 바깥 상황을 살폈다. 부인 목소리가 작아졌을 때 호프만 선생이 살며시 문을 열고 문틈으로 아무도 없는지 확인했다. 그리고 나와 함께 재빨리 방에서 나왔다.

"쥐디트, 무슨 일이야?"

우리는 아무 일도 없었다는 듯 부인이 열어놓은 방문으로 들어갔다.

"선생님, 마님이 반지를 잃어버리셨습니다. 조금 전까지

한참 동안 정원을 뒤졌는데 나오지 않아서 마님 방으로 찾
으러 왔습니다." 피에르가 카펫 한쪽을 들어 올리며 대답했
다.

"우리도 도와줄게!"

호프만 선생이 부인 옆으로 다가가 피에르의 시선을 피하
며 손짓했다.

"아! 찾았다!" 부인이 소리쳤다.

물론 부인은 바닥에서 줍는 척만 했을 뿐, 사실은 주머니
에서 꺼낸 거였다.

"마님, 역시 방에 있었잖아요." 피에르는 하인인지라 심
한 말까지는 못 하고 어투로만 눈밭에서 시간 낭비한 걸 원
망했다.

땡……. 창밖에서 종소리가 들려왔다.

"식사 시간이 되었으니 식당으로 가시지요." 피에르가 창
문 너머로 시계탑을 보며 말했다.

우리는 함께 계단을 따라 1층 식당으로 향했다.

"피에르." 호프만 선생이 갑자기 집사를 불렀다. "성에는
피에르 씨와 더글러스 부인 두 사람밖에 없는데 한밤중에
누가 아프기라도 하면 어떡합니까? 마을에 내려가 의사를
찾는 게 쉽지 않을 텐데요."

피에르가 사냥개한테 잡힌 사냥감처럼 걸음을 멈추고 고

개를 돌려 대답했다.

"아…… 저, 저도 의학을 좀 압니다. 또 성에 약품이 다양하게 있으니 걱정하실 필요 없습니다."

호프만 선생이 미소를 짓고는 더 이상 캐묻지 않았다. 그런 다음 내게 눈짓했을 때야 나는 그의 이름이 피에르 라수아였던 게 떠올랐다. 조금 전 긴장했던 반응으로 볼 때 그가 라수아 의사임을 거의 확신할 수 있었다.

식사 때 호프만 선생은 이전과 마찬가지로 잡다한 이야기를 천연덕스럽게 이어갔다. 남작은 없어도 피에르가 우리 옆에서 시중을 들고 있었다.

"참, 한스, 생각났는데." 호프만 선생이 식사를 끝낸 뒤 피에르와 부인 앞에서 말했다. "플뢰뫼르 마을에 훌륭한 루비를 가진 노인이 있다고 들었어. 여기에서 가까우니 찾아가서 넘겨줄 의향이 있는지 살펴보자."

"네? 그, 그래요." 호프만 선생의 속셈이 뭔지는 몰라도 나는 일단 찬성하는 수밖에 없었다.

부인도 선생의 의도를 몰라 당황스러운 눈빛으로 우리를 쳐다보았다.

"선생님, 지금 출발하면 날이 어두워진 뒤에야 돌아오실 수 있으니, 내일 가시는 게 어떠십니까?" 뜻밖에도 피에르가 우리를 저지했다.

"아니, 모처럼 날이 개었잖아요. 내일 또 눈이 내리면 한층 힘들어지겠지요. 피에르, 우리는 밤늦게나 돌아올 테니 저녁 식사는 준비할 필요 없어요." 호프만 선생이 말했다.

나는 얼른 망토와 가벼운 옷을 챙긴 뒤 마구간에서 말 두 마리를 끌고 나왔다. 부인이 초조한 표정으로 쳐다보고 있었다. 호프만 선생에게 무슨 계획인지 묻고 싶지만, 피에르가 있어서 입을 열지 못하는 듯했다.

"쥐디트." 호프만 선생이 말에 올라탄 뒤 고개를 돌려 부인에게 말했다. "그냥 갔다가 오늘 밤에 돌아올 거야. 걱정하지 마. 아주 안전한 길이라 무슨 일이 생길 리 없어."

부인은 그 말의 숨은 뜻을 알아들은 듯했다. 하지만 호프만 선생의 장담에도 완전히 마음이 놓이지 않는 듯 대꾸했다.

"정말요? 라일, 그래도 혹시 무슨 일이 생길까 봐 걱정돼요."

"걱정하지 마, 날 믿어." 호프만 선생이 말했다.

나도 부인에게 고개를 끄덕이며 확고한 눈빛으로 약속했다. 하지만 나 역시 걱정스러웠고, 호프만 선생이 왜 부인을 내버려 두고 이웃 마을에 가려는 건지 이해할 수 없었다.

5

10여 분쯤 달렸을 때 호프만 선생이 갑자기 말을 세우고 말했다.

"한스, 이제 숲으로 가지."

"숲이요?" 나는 이해할 수 없었다. "플뢰뫼르 마을에 가는 거 아닙니까?"

"아니, 고성으로 돌아갈 거야."

"네?"

숲을 지나자 얼마 뒤 고성 뒤쪽의 오솔길이 나오고 시계탑과 묘지가 보였다.

"여기면 나무에 가려져서 발각되지 않겠군. 일단 여기에서 좀 쉬자고."

호프만 선생이 말에서 내려 고삐를 묶었다. 가묘 담장에서 100여 미터밖에 떨어지지 않은 곳이었다.

나는 호프만 선생 옆으로 다가가 물었다.

"선생님, 여기에서 뭔가 기다리는 건가요?"

"그래." 호프만 선생이 가방에서 담요를 꺼내며 말했다. "날이 어두워지길 기다리는 거네."

"왜 이렇게 해야 합니까?"

"우리가 없을 때 남작이 대체 무슨 일을 하는지 보려고."

호프만 선생이 담요를 커다란 바위에 깔고 느긋하게 앉았다.

"아! 안 돼요!" 내가 깜짝 놀라 소리쳤다. "혹시 그 틈에 쥐디트를 해치면⋯⋯."

"쥐디트가 안전하다고 90퍼센트 확신해." 호프만 선생이 가볍게 말했다.

"그럼 나머지 10퍼센트는요?"

나는 10분의 1의 가능성을 걱정하며 눈살을 찌푸렸다.

"아⋯⋯ 나머지 10퍼센트는 그제 아침처럼 문제가 생기기 전에 쥐디트가 달아나는 거야." 호프만 선생이 웃었다.

전혀 예상하지 못한 선생의 대답에 나는 심한 말을 하려다 꾹 참았다.

"그렇게 긴장할 것 없네." 호프만 선생이 술병과 빵, 치즈를 꺼내며 말했다. "좀 먹어서 몸을 데우자고. 겨울이라 다섯 시면 해가 지니까 오래 기다릴 필요 없어. 그나저나 아까 재미있는 물건을 발견했지."

호프만 선생이 호주머니에서 작은 상자를 꺼내 건네주었다. 상자 안에는 영롱한 호박이 하나씩 담긴 조그만 주머니 세 개가 들어 있었다.

"이게 뭡니까? 보석상은 연기일 뿐인데 이런 것까지 준비하셨어요?"

나는 호박 하나를 꺼내 들었다.

"남작 방에서 가져왔어." 호프만 선생이 포도주를 마시며 대꾸했다.

"훔치셨다고요? 왜 남작의 보석을 훔치……."

"주머니를 좀 봐." 호프만 선생이 내 말을 잘랐다.

주머니를 살펴보니 각각 'A', 'É', 'B'라고 적혀 있었다.

"이게 뭔데요?" 내가 물었다.

"이번 사건의 핵심 증거이지." 호프만 선생이 답했다.

"무슨 사건이요?" 나는 갈수록 갈피를 잡을 수 없었다. "선생님, 저는 줄곧 남작이 전처를 살해한 증거를 찾는 줄만 알았습니다. 그런데 오늘 아침에 남작과 피에르, 더글러스 부인 모두 범인이 아니라고 말씀하셨지요. 어제 누가 쥐디트를 해치려고 했는데도 침입자가 없다고 하셨고요. 남작 방에 증거를 찾으러 가서는 호박 세 개까지 훔치시다니, 저는 이해가 되지 않습니다."

"한스, 자네는 한 가지를 또 잊었군."

호프만 선생이 상자를 받은 뒤 술병을 내게 건넸다.

"어떤 것 말씀입니까?"

나는 포도주를 한 모금 마셨다.

"자네가 발견한 그거."

"어…… 선대 남작의 병이요?"

호프만 선생이 고개를 끄덕이며 말했다.

"피에르는 의사라는 걸 속였어. 선대 남작의 임종에 대한 의료 기록이 없고. 정원에는 독미나리가 있지. 동기는 불명확해도 그 셋을 연결하지 않을 수 없더라고."

"아!" 나는 이해하기 시작했다. "피에르가 선대 남작을 독살했군요?"

"정말 그렇게 생각했었지. 하지만 중간에 이상한 부분이 있었네."

나는 호프만 선생의 생각을 알 것 같았……. 조심할 사람은 피에르였다! 남작은 악당이 아니었다. 진짜 악당은 피에르로, 남작의 아버지를 독살하고 어린 남작을 조종해 재산을 빼앗으려 한 것이니…… 어쩌면 남작의 전처도 그가 살해했을지 몰랐다…….

두세 시간 기다리는 동안 호프만 선생은 또 생각에 빠졌다. 그가 생각에 잠겼을 때는 방해하면 안 되기 때문에 나는 혼자 빵만 뜯어 먹고 있었다. 날이 어두워지자 호프만 선생이 말했다.

"됐네, 고성으로 돌아가지. 무슨 변화가 있는지 엿보자고."

내가 희미한 불빛해 의지해 말고삐를 풀려고 하자 호프만 선생이 물었다.

"한스, 뭐 하는 건가?"

"돌아가려고 말고삐를 풀고 있습니다." 나는 대꾸하면서 계속 고삐를 풀었다.

"우리가 여기에 온 건 몰래 돌아가기 위해서라고!"

"그럼 담을 넘어야 합니까?"

나야 아무 문제 없이 담을 넘을 수 있지만……, 호프만 선생은 결코 유연한 편이 아니었다.

호프만 선생은 아무 말 없이 조용하게 담장의 그 쪽문 앞으로 갔다. 그러고는 "한스, 자네는 담장을 넘어 들어가. 나는 여기로 들어갈 테니까"라고 말하면서 살짝 잡아당기자 문이 열렸다.

"어? 자물쇠가 채워져 있지 않았나요?" 내가 물었다.

"오늘 아침에 잠그는 척만 했지."

빛이 없어도 호프만 선생이 교활한 웃음을 짓고 있는 게 훤히 보였다.

우리는 살금살금 묘지로 들어갔다. 호프만 선생이 앞장서 고성 본관과 연결된 옆문으로 조용히 다가갔다. 그러다 갑자기 멈추더니 고개를 돌려 묘실을 바라보았다.

"선생님, 왜 갑자기 멈추세요?" 나는 하마터면 선생과 부딪칠 뻔했다.

"한스……." 호프만 선생이 멈칫했다가 말했다. "의미는 없을지라도 보는 게 좋겠지?"

"대체 무슨 말씀이세요? 선생님?"

나는 가끔 호프만 선생이 자기만 아는 말을 한다는 생각이 들었다.

"가자고!"

호프만 선생이 방향을 돌려서 묘실 쪽으로 달려갔다. 나는 따라가는 수밖에 없었다.

묘실 앞에서 주변을 살펴본 뒤 문을 잡아당기면서 호프만 선생이 말했다.

"들어가세."

"뭐라고요!"라고 크게 소리칠 뻔했지만, 다행히 나는 입 밖으로 뱉기 전에 멈추고 조용히 말했다. "선생님! 대체 이런 곳에 왜 들어갑니까?"

"일단 들어간 뒤에 말하자고!"

호프만 선생의 재촉에 나는 따르는 수밖에 없었다.

묘실에 들어간 뒤 호프만 선생이 문을 닫자 한 치 앞도 보이지 않았다. 선생이 부싯돌 치는 소리가 들리고 얼마 후 작은 불빛이 생겼다.

"여기 마침 횃불이 있군."

호프만 선생이 벽에 있는 횃불에 불을 붙이자 실내가 확

밝아졌다. 하지만 눈앞에 놓인 관 다섯 개를 보는 순간, 나는 어두울 때보다 한층 더 두려워졌다.

"선생님, 대체 여기에 왜 들어왔습니까?" 나는 조금도 머물고 싶지 않았다.

"선대 남작하고 나눌 말이 있어서." 호프만 선생이 웃으며 대꾸했다.

"선생님, 혼령 소환술 같은 거 모르시잖아요……." 나는 선생의 뜻을 이해할 수 없었다.

"제5대 드 레 남작이 어떻게 생겼는지 직접 보고 싶어서."

"헉!" 나는 소스라치게 놀랐다. "선생님……, 석관을 여시게요?"

"아니, '내가' 아니라 '우리'가 여는 거지." 호프만 선생이 말하면서 몸을 숙여 비문을 살펴보았다. "'질 드 레 남작'……, 이거군. 한스, 자네는 저쪽으로 가. 같이 뚜껑을 들어 올리자고."

세상에, 죽은 사람을 괴롭히면 저주받을 텐데! 지옥으로 끌려가는 거 아닐까? 혹은 죽은 남작이 좀비로 변해서 살을 뜯어 먹으면? 아……, 내 인생은 왜 이렇게 고된지…….

"자, 하나, 둘, 셋! 올려!"

호프만 선생이 지시해 나는 어쩔 수 없이 석관 뚜껑을 들어 옆으로 치웠다. 하지만 힘만 썼을 뿐, 관 속을 들여다보지 않으려고 고개는 돌리고 있었다.

"세상에! 왜 시체도 없지?" 호프만 선생이 소리쳤다.

내가 얼른 고개를 돌려보니…….

젠장, 없기는! 해골이 된 시체가 눈앞에 놓여 있었다! 두 개골이 내 쪽이고 푸른 수염이 아직 남아 있어서 늙은 남작이 나를 올려다보는 듯했다.

"하여튼 잘 속는다니까. 겁도 많고." 호프만 선생이 담담히 말했지만 속으로 우쭐해 하는 게 느껴졌다. 젠장!

"선생님, 제가 귀신을 제일 무서워하는 거 아시잖아요……." 내가 울상을 지으며 말했다.

호프만 선생은 내가 원망하든 말든 상관하지 않고 해골을 살펴본 뒤 이미 부식된 옷을 들치며 말했다.

"한스, 여기를 좀 봐."

마지못해 다가가 살펴보니, 시체는 갈비뼈가 부러진 데다 가슴에 구멍도 나 있었다.

"손발 뼈도 부서졌어……. 어, 여기 있었네?"

호프만 선생이 손을 뻗어 관에서 뭔가를 꺼냈다.

그건 3층 계단 사이에 놓인 장식용 검과 똑같은 단검이었다.

"아주 큰 수확이군!" 호프만 선생이 단검을 내려놓고 말했다. "이게 이유였어!"

호프만 선생이 아무 말 없이 고성으로 달려가기 시작했다. 나는 뒤따라가는 수밖에 없었다.

"선생님! 남작 일당을 몰래 관찰하려는 거 아니었습니까?" 내가 물었다.

"필요 없어, 피에르와 얘기하면 다 해결돼." 호프만 선생이 대꾸했다.

계단으로 통하는 복도에 이르렀을 때 우리는 더글러스 부인과 마주쳤다.

"어! 선생님들! 왜 여기 계세요?" 그녀가 조금 의아해했다.

"아……, 방금 돌아왔어요. 피에르는 어디 있지요?"

"방에 있을 겁니다. 오늘 내내 기운이 없었거든요. 저녁 무렵에는 시름이 가득한 얼굴로 정원을 돌아다니더라고요. 선생님, 피에르가 무슨 곤경에 처했나요?"

"아니……, 방금 피에르가 정원을 돌아다녔다고 했나요?" 호프만 선생이 짚이는 게 있는 듯 물었다.

"네." 더글러스 부인이 우리를 쳐다보며 말했다. "그런데 선생님, 덥지 않으세요? 실내에서까지 두꺼운 망토를 걸치고 계시니."

더글러스 부인이 우리 망토를 받아주려는 듯 손을 내밀었는데 호프만 선생은 멍하니 서 있기만 했다.

"이거였군! 내가 멍청했어! 세상에, 이렇게 바보 같을 수가! 모든 조각이 맞춰졌어! 어쩐지 그들 표정이 이상하더라고!" 호프만 선생이 기뻐하며 더글러스 부인에게 말했다. "아, 오늘 부인에게 남작의 전처에 관해 물었는데, 지금 질문을 바꿔서 다시 물어볼게요. 남작이 예전에 금발의 소녀 둘을 고성으로 데려온 적이 있었나요? 부인이 아니더라도."

더글러스 부인이 의아한 표정으로 "그걸 어떻게 아세요?" 하고 되물었다.

호프만 선생은 대답하는 대신 나를 잡아끌며 말했다.

"더글러스 부인, 우리는 아주 중요한 일이 있어서 먼저 실례할게요."

우리는 더글러스 부인을 내버려 둔 채 2층 피에르의 방으로 갔다. 그런데 호프만 선생은 문을 두드리려다 갑자기 멈추고 조용히 말했다.

"일단 발코니로 가서 그가 무얼 하는지 보는 게 좋겠어."

우리는 비어 있는 옆방으로 들어가 발코니를 통해 그를 훔쳐보았다. 피에르는 탁자에서 뭔가를 쓰다가 멈추기를 반복하고 있었다. 무척 괴로워 보였다. 그러다가 펜을 내려놓고 옆에 있는 술잔을 들더니 눈살을 잔뜩 찌푸리며 마시려 했다.

"한스! 어서 저지해! 못 마시게 해!" 호프만 선생이 갑자기 소리쳤다.

나는 생각할 것도 없이 방으로 뛰어들어 피에르가 든 잔을 쳐내며 그의 오른손을 꺾었다. 피에르가 깜짝 놀란 얼굴로 나를 바라보았다.

"당신……." 피에르는 더듬거리며 말을 잇지 못했다.

"피에르 씨." 호프만 선생이 발코니에서 들어왔다. "성급하게 죽을 생각은 마시지요. 이렇게 애매하게 죽으면 너무 손해니까요."

그게 독약이었어? 피에르가 자살하려 했다고?

"선생님……, 저는…… 전부 제가……." 피에르는 여전히 말을 제대로 하지 못했다.

"피에르, 사실 나와 한스는 지나가던 영국인일 뿐이에요." 호프만 선생이 말했다.

"네?" 피에르는 여전히 놀란 표정이었지만 아까처럼 공포에 질린 표정은 아니었다.

"못 믿겠으면 내 손을 봐요." 호프만 선생이 두 손을 펼치고 말했다. "검을 잡아본 손 같나요?"

피에르가 살펴본 뒤 "확실히…… 아니네요"라고 대꾸했다.

"그러니 당신에게는 아무 일도 없을 거라고요. 남작도 마찬가지이고. 부인은 어디 있지요? 이야기를 나누기만 하면 될 것 같은데."

"마님…… 마님은 방에 계실 겁니다." 피에르가 말했다.
"아까 남작님이 돌아오셔서 식사를 마친 뒤 마님께 열쇠를
돌려달라고 했더니, 마님이 당황하며 핏자국인지 뭔지 알
수 없는 소리를 했습니다. 남작님이 자세히 이야기하게 방
에서 기다리라고 했고요."

"그렇다면 함께 갑시다."

호프만 선생은 내게 피에르의 팔을 풀어주라고 한 뒤 모
두 함께 위층 부인의 방으로 올라갔다.

3층 계단을 지날 때 나는 남작의 관에 있던 단검이 떠올
라, 과연 벽에 걸린 것과 똑같은지 확인해 보려 했다. 그런
데 벽에는 방패만 있을 뿐 단검이 없는 게 아닌가.

"선생님, 단검이 사라졌습니다." 내가 방패를 가리키며
말했다.

그걸 본 호프만 선생의 표정이 완전히 돌변하고 본래의
느긋했던 태도도 온데간데없이 사라졌다.

"큰일이군! 왜 이렇게 빠른 거야! 서둘러!" 호프만 선생

이 걸음을 재촉하며 말했다. "목숨을 잃을지도 몰라!"

나와 피에르는 깜짝 놀라 재빨리 부인의 방으로 달려가서는 힘껏 문을 두드렸다.

"쥐디트! 쥐디트!"

나는 문이 잠기지 않은 것을 보고 열어젖혔다. 하지만 안에는 아무도 없었다.

"남작 방이야!"

호프만 선생이 멀지 않은 남작의 침실로 걸음을 옮겼다. 문을 열려고 했지만 잠겨 있었다.

쾅!

문 안쪽에서 갑자기 물건 부딪치는 소리가 났다. 나도 모르게 안 좋은 그림이 떠올랐다. 하지만 몸을 움직일 수가 없고 어떻게 해야 좋을지 판단이 서지 않았다.

"서재 쪽에서 들어가세요!" 피에르가 소리쳤다.

"시간 없어!" 호프만 선생이 말했다. "한스, 함께 문을 부수자!"

나는 고개를 끄덕인 뒤 호프만 선생의 구령에 맞춰 문으로 달려들었다. 문이 열리는 것과 동시에 호프만 선생은 비틀비틀 바닥으로 쓰러지고, 나는 가까스로 자세를 유지했다. 방 안이 엉망이었다. 탁자에 있던 물건들이 사방으로 떨어지고 책장과 의자가 한가운데에서 나뒹굴며 의자 등받이가 뚫려 솜이 사방으로 흩어져 있었다. 남작은 의아한 표정으로 우리를 쳐다보며 난로 앞에 서 있고, 부인은 얼굴이 파랗게 질린 채 반대편에 있었다. 둘이 대치하고 있던 모양이었다.

"어서! 한스! 살인을 막아⋯⋯." 바닥에 쓰러진 호프만 선생이 외쳤다.

나는 두말없이 앞으로 돌진해 남작을 고꾸라뜨렸다.

"한스! 무슨 짓이야?" 호프만 선생이 뒤에서 소리쳤다.

계속 발버둥 치는 남작을 누르며 고개를 돌려보니, 검을 든 사람은 남작이 아니라 부인이었다! 어느새 우리 쪽으로 다가온 부인이 단검을 들어 휘둘렀다.

"한스!"

눈앞으로 날아오는 단검을 내가 멍하니 바라보고 있을 때 호프만 선생이 날듯이 달려와 부인을 밀쳤다. 그러자 부인이 "비켜요! 저 푸른 수염을 죽이게 내버려 두라고! 내가 죽이지 않으면 그가 날 죽일 거야!"라고 소리쳤다.

부인이 단검을 마구 휘두르는 바람에 호프만 선생이 위험한 상황이었다. 나는 호프만 선생을 구하기 위해 남작을 풀어주었다. 그런데 생각지도 못하게 남작이 나보다 한 걸음 빨랐다. 팔로 부인의 단검을 막으면서 남작의 팔에 긴 상처가 생겼다. 부인은 피를 보자 신경질적으로 울부짖으며 단검을 떨어뜨렸다.

"한스! 라일! 두 사람이 날 버리고 떠나자 저 야수가 날 죽이려고……." 부인은 이성을 완전히 잃은 채 나와 호프만 선생의 팔을 붙들며 통곡했다.

"쥐디트, 걱정하지 마. 누구도 널 해치지 않아. 어떻게 된 일인지 내가 전부 알아냈으니 두려워할 것 없어." 호프만 선생이 부인을 진정시키는 한편 피에르에게 말했다. "어서 남작을 치료해요."

피에르가 재빨리 약과 붕대를 가져왔다. 다행히 문제가 될 만큼 상처가 깊지는 않았다. 치료하면서 피에르가 조용히 몇 마디 하자 남작이 놀란 표정을 지었다. 나와 선생의 진짜 신분에 관해 들은 모양이었다.

"이런, 아주 위험했어, 하마터면 크게 잘못될 뻔했다고. 분명 별것 아닌 일인데 비극으로 번질 뻔했으니 정말 아슬아슬했어." 호프만 선생이 부인 옆에 앉아 말했다.

"별것 아닌 일이요?" 나는 의아해졌다. "쥐디트가 남작 전처의 시체를 발견하고, 나중에는 시체가 이상하게 사라졌는데 별것 아닌 일이라고요?"

"뭐라고요?" 남작이 깜짝 놀라 소리쳤다. "내 전처?"

"한스, 그렇게 끔찍하게 묘사하지 말게." 호프만 선생이 말했다. "시체가 왜 사라졌는지 내가 설명하지. 쥐디트는 잘못 보지 않았고 미치지도 않았어. 그제 아침에 정말로 금발의 시체 두 구를 보았지. 하지만 우리가 그날 밤에 보러 갔을 때는 남작과 피에르가 이미 시체를 옮겨 간 뒤였어."

"어떻게요? 열쇠는 줄곧 쥐디트가 가지고 있었고 거긴 밀실이잖아요." 내가 말했다.

"한스, 내가 감방 자물쇠가 열쇠 없이 잠긴다고 말했던 거 기억하지?" 내가 고개를 끄덕이자 호프만 선생이 계속 말했다. "그게 바로 답이 아니냐고! 이렇게 간단한 거라고!"

"뭐가 간단합니까?" 내가 물었다. "쥐디트가 문을 잠그고 지하실을 떠났다고 말했잖아요! 설마 쥐디트가 잘못 기억한다는 말씀이세요?"

호프만 선생이 미소를 지으며 남작에게 "각하, 부인이 열쇠 꾸러미를 돌려주었지요? 저한테 빌려주시겠습니까?"라고 말했다.

남작이 조용히 열쇠를 꺼내자 피에르가 대신 건네주었다.

"한스." 호프만 선생이 열쇠 꾸러미를 내게 던졌다. "그 감방의 열쇠를 찾아봐."

"제가 어떻게 알겠어요? 끼워봐야만 찾을 수 있잖아요……." 나는 당연한 이치를 말했지만 어렴풋하게 뭔가 이상하다는 느낌을 받았다.

"바로 그게 핵심이네. 우리가 밤에 열었던 자물쇠는 쥐디트가 아침에 열었던 게 아닐 수도 있다는 말이야. 끼워봐야만 정확한 열쇠를 찾을 수 있으니까."

쥐디트도 차츰 안정을 되찾고 "그렇다고 해도 남작한테는 원래의 자물쇠에 해당하는 열쇠가 없었잖아요?"라고 물었다.

호프만 선생이 호주머니에서 작은 금속 파편을 꺼내며 말했다.

"자물쇠를 반드시 열쇠로 열어야 하는 건 아니지. 집게로도 가능하거든. 도구만 있으면 자물쇠를 망가뜨리는 게 어렵지 않다고."

"그게 원래 자물쇠의 파편입니까?" 내가 물었다. "그렇지만 새 자물쇠를 어떻게 가져왔죠?"

"어리석긴, 한스. 거기에 감방이 몇 개인지 잊었어?"

맞다. 옆 감방에 잠기지 않은 자물쇠가 있었지.

"내 추측은 이래. 쥐디트가 지하실에 갔을 때 피에르가 알아차리고 몰래 따라갔다가, 2호 감방의 비밀 장치와 쥐디트의 반응을 보고 안에 시체가 숨겨져 있으리라 짐작했던 거네. 숨어 있다가 쥐디트가 떠난 뒤 어떻게든 들어가 보리라 생각했고. 남작이 돌아온 뒤 두 사람은 자물쇠를 망가뜨리고 들어갔다가 암실과 시체를 찾아냈던 거야. 그래서 시체를 옮기고 3호 감방 문에서 잠기지 않은 자물쇠를 가져다 문을 잠갔어. 그러면 누가 와도 시체를 찾을 수 없으니까." 호프만 선생이 단숨에 설명했다.

"3호 감방의 자물쇠라는 그렇게 세세한 부분까지 어떻게 아십니까?" 피에르가 놀란 얼굴로 물었다. 그의 말로 호프만 선생의 추측이 맞았음이 증명되었다.

"그제 밤 조사하러 갔을 때 1호실은 자물쇠가 잠겨 있고 4호실은 잠기지 않은 채로 걸려 있었습니다. 3호실과 5호실은 자물쇠가 없었고요. 3호실에 자물쇠가 없었다면 4호실을 놓아둔 채 더 먼 5호실에서 가져올 리가 없지요. 아주 간단한 이치입니다."

"그렇다면." 내가 열쇠를 들고 물었다. "이 피 묻은 나무 패는 어떻게 된 일이죠?"

"내가 말했잖나. 그 나무패의 붉은색은 핏자국이 아니라고." 호프만 선생이 대꾸했다.

"그럼 이 붉은색은 뭔데요?"

나는 손톱으로 긁어봤지만, 붉은색이 사라지지 않았다.

"한스, 질문이 틀렸어. 진갈색이 뭐냐고 물어야지." 호프만 선생이 웃으며 말했다.

당황한 나는 다시 자세히 살펴본 뒤 진갈색 부분을 손톱으로 긁어보았다. 놀랍게도 진갈색이 손가락에 묻어났다.

"도료인가요?" 내가 물었다.

"그래, 그 나무패는 원래가 빨간색이네."

"이렇게 빨간 나무가 있습니까?"

나는 나무패를 이리저리 살펴보고 뒤집어도 보았다.

"있어. 하지만 우리 유럽인이 나무 상태로 보는 경우는 매우 드물지. 분말로 거래되거든. 그건 브라질나무야." 호프만 선생이 말했다.

"천을 염색할 때 쓰는 그 염료인가요?" 부인이 물었다.

"맞아. 동양에서 전해진 고가의 염료이지." 호프만 선생이 대답했다. "나무 자체가 붉은색이라 아무리 물로 씻어도 소용없고, 오히려 진갈색 칠이 떨어졌던 거야. 그래서 붉은색 부분이 점점 커졌지. 예전에 빌게농 장군도 바로 이 브라질나무의 산지를 쟁탈하기 위해 신대륙 식민지에 갔던 거고."

"그런데 왜 나무패에 칠을 했나요?" 내가 물었다.

"장군을 따라 출정했던 4대 남작님이 전투에서 패배한 뒤 수치심을 느끼고 진갈색으로 칠했습니다." 피에르가 말했다. "나무패는 장군이 나눠준 기념품으로, 신대륙 식민지를 정복한 군의 영광을 상징했습니다. 4대 남작님은 처음에는 그걸 가보로 삼아 대대로 물려줄 생각이셨습니다."

"어젯밤 피에르가 쥐디트 방에 잠입하려 했던 것도 이것 때문이겠지." 호프만 선생이 말했다.

"발코니의 그림자…… 집사였다고요?" 부인이 깜짝 놀랐다.

"세 분이 나무패에 관해 이야기하는 걸 엿들은 뒤 무슨 문제가 있는지, 혹은 바꿔치기했는지 살펴보고 싶었습니다." 피에르가 말했다.

우리가 방에서 나무패에 대해 논의하고 있을 때 밖에서 엿들었다니! 그때 우리는 나무패에 문제가 있다고만 말했지, 핏자국 같은 건 언급하지 않았다.

"어젯밤에 쥐디트 비명을 듣고 방문 앞으로 달려갔을 때, 발코니가 연결된 옆방 문이 잠기지 않고 살짝 닫혀 있는 걸 봤네. 우리가 방으로 들어가자마자 피에르가 들어오기에 옆방에서 기다리고 있었다고 추측했고. 나중에 살펴보니 옆방에서 발코니를 통해 쉽게 쥐디트 방까지 들어갈 수 있더라고."

아! 그래서 내가 바닥에서 잤던 걸 아셨구나!

"잠시만요. 여쭤보고 싶은 게 있습니다." 나는 또 다른 의문이 떠올랐다. "어젯밤 남작님은 왜 그렇게 늦으셨지요? 방이 제일 가까운데요!"

"남작은 화장을 해야 했거든." 호프만 선생이 웃으며 말했다.

나와 부인은 의아한 표정으로 남작을 바라보았다.

"남작, 그 우스꽝스러운 푸른색은 이제 지워버려요."

호프만 선생이 수건을 들어 남작에게 건넸다. 남작이 겸연쩍게 받아 세게 문지르자…… 그 기괴한 푸른 수염이 연갈색으로 바뀌었다.

"빌베리와 백반, 물을 섞으면 푸른색 염료를 만들 수 있어. 단점은 냄새가 너무 시큼해서 밤에 그걸 바른 채로는 잠자기 힘들다는 거지. 그래서 남작은 부인과 각방을 쓸 수밖에 없었어. 자기 수염이 가짜라는 걸 들키지 않으려고." 호프만 선생이 내게 말했다. "하인 대부분이 성에 살지 않고 남작이 입대할 수 없는 것도 그런 이유야. 남의 이목을 피하고 가능한 한 사람들과 접촉하지 않으려고."

"왜 그런 눈속임을 하나요?" 나는 의문이 들었다.

"남작은 가짜 계승자이니까. 피에르의 아들이거든." 호프만 선생이 담담하게 말했다.

남작과 피에르는 아무 말도 하지 못했고 나와 부인은 떨듯이 놀랐다. 남작이 가짜라고?

호프만 선생이 우리의 당황한 표정을 보며 말했다.

"자, 조금 전까지 시체에 관해 이야기하고 있었잖나. 그들은 남작의 전처가 아니라 선대 남작 질 드 레, 진짜 푸른 수염의 딸인 안나와 엘리제라네. 내가 이름을 잘못 알지는 않았을 것 같은데. 그렇지 않아도 나도 궁금했어요. 남작…… 아, 역시 제대로 부르는 게 좋겠군요. 베르트랑 라 수아. 왜 질 드 레를 죽였지요? 당시에는 열한두 살에 불과했을 텐데요?"

"그가 선대 남작을 죽였다고요?" 내가 소리쳤고 부인도 깜짝 놀란 듯했다.

남작, 아니, 베르트랑은 "왜냐하면…… 그가 안나와 엘리제를 죽였으니까요"라고 말했다.

"역시 그랬군요."

호프만 선생이 몸을 젖혀 의자에 기대앉았다. 나와 부인이 수수께끼를 풀 수 없어 답답해하고 있을 때 피에르가 나섰다.

"제가 말씀드리지요. 질 드 레 남작은 원래 뛰어난 남자였습니다. 저는 내내 그의 조수였고 전쟁 때도 그의 부대에서 군의관을 맡았습니다. 남작은 전투 중에 다리를 다쳤고 돌아온 뒤에도 완치되지 못했습니다. 그런 와중에 갑자기 마님까지 병으로 돌아가시자 남작은 완전히 무너졌습니다. 제가 여러 약을 처방했는데, 왜인지 남작은 저 몰래 어떤 동양의 돌팔이 의사한테 넘어가 위험한 약품을 썼습니다. 그 결과로 점점 의심이 많아지고 행동도 난폭해졌습니다……"

"독미나리이지요." 호프만 선생이 끼어들었다.

"그렇습니다……." 피에르가 서글프게 말했다. "페르시아 인은 독미나리가 내상을 치유할 수 있다고 하지만 분량이 조금만 어긋나도 목숨을 잃을 수 있습니다. 또 장기간 복용하면 성격이 변해서……."

"그 악마가 안나 누님과 엘리제를 때리기 시작했습니다." 베르트랑이 이어서 말했다. "그때 저는 아버지와 함께 고성에 살고 있어서, 푸른 수염이 딸들에게 주먹질하고 발길질하는 걸 매일 보았습니다. 그러던 어느 날 저보다 여섯 살이 많은 안나 누님이 고성에서 사라졌습니다. 푸른 수염은 외국으로 시집갔다고 말했지만, 당연히 저희는 믿지 않았습니다. 엘리제는 무척 두려워했어요. 저보다 세 살이 많아도 우리는 사이가 무척 좋았습니다. 저는 지켜주겠다고, 이 귀신 들린 곳에서 빼내주겠다고 약속했는데……, 하지만……."

베르트랑은 북받치는 감정을 억누르지 못해 눈물까지 흘렸다. 그는 숨을 크게 들이마신 뒤 계속 말했다.

"저는 실패했어요……. 엘리제는 그 악마한테 잡혀서 지하실로 끌려간 뒤 사라졌습니다……. 저는 제 연약함이 증오스러웠어요……. 나중에 푸른 수염은 어떤 일로 미쳐서 아버지까지 지하 고문실로 끌고 갔습니다. 저는 장식용 단검을 가지고 쫓아가, 지하실 입구의 돌계단에서 그의 가슴을 찌르고 밀어버렸지요……. 저는 후회하지 않습니다. 그 악마를 죽인 걸 한 번도 후회한 적이 없어요! 제 부족한 용기를 후회했을 뿐입니다. 제가 조금 더 일찍 결심했더라면 엘리제는 죽지 않았고…… 안나 누님도 살아있을 텐데……, 저는……."

베르트랑은 흐느끼느라 말을 이어가지 못했다. 그 냉정해 보이던 남작이 비통해하는 걸 보자 나도 모르게 측은한 마음이 들었다.

"남작의 피살을 숨기기 위해 저는 그가 장티푸스에 걸렸다는 이유로 하인들의 접근을 막았습니다." 피에르가 말했다. "공문서를 위조해 베르트랑을 그의 사생아로 만들고, 당시의 브르타뉴 총독에게 설명해 작위를 계승시켰습니다. 당시 총독은 자리에 오른 지 얼마 되지 않았고 왕실과 권력 다툼 중이라 정신이 없었습니다. 결국 베르트랑이 사생아인지조차 묻지 않았습니다. 시간이 지나면서 누구도 남작의 신분을 의심하지 않게 되었고요."

"저는 엘리제 자매의 시신을 끝내 찾지 못했지만, 틀림없이 고성 어딘가에 있다고 믿었습니다. 그런데 생각지도 못하게 쥐디트가 얼떨결에 그들을 찾아서……." 베르트랑이 눈물을 멈추고 말했다. "그들을 계속 어두운 지하실에 내버려 둘 수도 없고, 이 일이 발각돼 아버지까지 처벌을 받을까 봐 두려웠습니다. 그래서 지하실에서 데리고 나와 묘지에 묻었습니다."

나는 틀림없이 베르트랑이 해골로 변한 엘리제를 끌어안고 통곡했으리라 생각했다.

"참, 아까 피에르는 왜 자살하려 했습니까?" 갑자기 떠올라 내가 물었다.

"아버지가? 당신……." 베르트랑이 내 말에 소스라치게 놀랐다.

"일이 발각됐다고 생각했으니까. 모든 죄를 자기한테 돌리는 유서를 쓰고 아들 대신 책임질 생각이었지. 거짓 상속과 귀족 모살은 엄청나게 큰 죄거든." 호프만 선생이 말했다.

"왜 갑자기 발각됐다고 생각한 거죠? 설령 그렇다 해도 쥐디트의 오빠라면 고발하지 않을 확률이 꽤 높은데요." 내가 말했다.

"우리가 지나치게 의심스러웠거든. 게다가 처음부터 우리 신분을 오해했고." 호프만 선생이 쓴웃음을 지으며 말했다. "한스, 우리가 지금 뭘 입고 있지?"

"평범한 옷과 망토인데 무슨 문제가 있습니까?"

"평범한 옷과 '왕실 친위대' 망토잖아!" 호프만 선생이 소리쳤다. "생각해 봐, 왕실 친위대 복장을 한 두 사람이 보석상이라고 말하는 게, 정말 바보 같지 않아? 두 사람은 우리가 조사하러 나왔다고 오해했던 거네! 피에르는 군대에 있었으니 당연히 한눈에 이 망토가 왕실 제복인 걸 알아봤지!"

그랬구나! 어쩐지 선생님이 스스로를 바보라고 말하더라니. 우리는 너무도 뻔히 보이는 거짓말을 하고 있었다. 그들이 생각하는 진상이 틀렸을지라도!

"베르트랑은 일부러 우리한테 대결을 신청했어. 실력과 신분을 알아볼 생각으로 말이지. 그러다 각 나라의 무술에 정통한 자네 때문에 오히려 일이 더 꼬여버렸지. 베르트랑은 검술을 보고 우리가 진짜 프랑스 왕실 친위대라고 오해했다네." 호프만 선생은 자신이 그 실마리를 놓친 게 우습다는 듯 고개를 가로저었다. "두 사람은 쥐디트가 공직에 있는 사람을 찾아왔다고 생각했으니 당연히 진실을 알려줄 수 없었지. 우리가 나타나지 않았다면 이미 원만하게 해결되었을 텐데."

"아니요." 한참 동안 침묵을 유지하던 부인이 말했다. "그 푸른 수염이 아무리 나빠도 저들은 이유 없이 신분을 위장해 남의 재산을 가로챈 거잖아요? 제가 어떻게 이런 일을 받아들이겠어요?"

"쥐디트." 호프만 선생이 가볍게 한숨을 쉬고 말했다. "받아들였을 거야. 네가 푸른 수염 질 드 레 남작의 딸이자 질 드 레 가문의 진짜 계승자이니까."

나는 깜짝 놀라 부인을 바라보았다. 부인도 믿을 수 없다는 눈으로 호프만 선생을 보고 있었다.

"제가…… 그러니까…… 남작 가문의……." 부인이 더듬더듬 말했다.

"베르트랑이 남작인 척했던 것도 엘리제의 동생을 찾기 위해서였어. 그녀가 왜 다른 지역을 떠돌게 되었는지는 나도 모르지만."

"제……가 구했습니다." 베르트랑이 말했다. "엘리제가 사라진 뒤 푸른 수염은 당시 두 살밖에 되지 않은 어린 딸조차 가만 내버려 두지 않았습니다. 저는 그녀를 안고 눈보라가 흩날리는 숲을 지나 쉬지 않고 달렸습니다……. 그러다가 한 상인 부부를 만났지요. 저는 나쁜 사람이 아이를 노리고 있다고 말한 뒤 울면서 거둬달라고 애원했습니다. 제 모습이 간절해 보였는지 마음씨 좋은 부부는 그러겠다고 받아들였지요. 쥐디트, 그들이 바로 당신 양부모님이에요."

부인이 멍하니 듣고만 있자 베르트랑이 이어서 말했다.

"고성으로 돌아오자 푸른 수염이 미친 듯 딸을 찾고 있었습니다. 그러면서 아버지가 자기 딸을 유괴했으니 아버지를 벌해야 한다고……. 그 뒤는 이미 알고 계신 그대로입니다. 저는 엘리제의 동생한테 작위를 넘겨주려고 계속 찾아다녔습니다. 그러다 다른 소녀 둘을 잘못 데려온 적도 있지요. 한동안 관찰하다가 아니라는 걸 알았지만요. 그중 한 명은 보석을 훔쳐서 멀리 달아났습니다. 전부 제가 꼼꼼하지 못한 탓이지요."

"작년에 드디어 그 상인을 찾고 알아보았겠지요." 호프만 선생이 말했다.

"맞습니다." 베르트랑이 고개를 끄덕였다.

"쥐디트를 찾고 나서 왜 진실을 알려주지 않았습니까?" 내가 물었다. "아버지를 죽인 원수라고 생각할까 봐 두려웠나요?"

"그게 아니라 저…… 제가 비열해서 그렇습니다." 베르트랑이 의기소침하게 말했다. "쥐디트는…… 엘리제와 똑같이 생겼습니다. 제가 남작 아들인 척한 건 엘리제의 동생을 찾아 드 레 가문의 혈통을 잇기 위해서였지요. 그런 다음 저와 아버지는 조용히 떠날 작정이었습니다. 하지만 쥐디트를 보자 예전에 엘리제와 함께 보낸 아름다운 시절이 떠올라서……. 쥐디트는 자기 언니처럼 따스하고 총명한 데다 엘리제보다 더 강인했습니다……."

베르트랑이 부끄러운 표정으로 쥐디트를 힐끔 훔쳐본 뒤

계속 말했다.

"저는 제 사심을 억누를 수 없었습니다. 가짜 신분을 유지해서라도 쥐디트 옆에 있고 싶었습니다. 그녀가 매일 걱정 없이 지내는 것을 보면서 행복했고요. 그녀한테서 안나 누님과 엘리제가 잃어버린 행복이 보이는 것 같았습니다……. 비록 두 손에 피를 묻힌 살인범이지만 이 작은 행복을 누릴 수 있게 해달라고 기도했습니다……."

부인이 자리에서 일어나 긴 의자에 앉아 있는 베르트랑 앞으로 걸어갔다. 얼굴에 분노가 서려 있었다.

"정말 형편없는 사람 같으니……."

"쥐디트, 나는…… 미안해요, 나는……." 베르트랑이 겸연쩍은 표정으로 고개를 들고 더듬더듬 말했다.

"나를 어떤 사람으로 생각한 거죠? 내가 남작가의 가산과 지위 때문에 당신한테 시집왔다고 생각했어요?"

"어? 아, 아니, 그런 게 아니라……."

"당신은 나를 아내로 여기지 않았어요!" 부인이 소리쳤다. "당신한테 시집온 건 죽음이 우리를 갈라놓을 때까지 행복이든 고통이든 함께 나눌 준비가 되었다는 뜻이었어요. 나는 아무 귀족이나 따라갈 정도로 천박하지 않다고요. 나는 내가 원해서 결혼했어요!"

"나, 나는 그런 뜻이 아니라……." 베르트랑이 당황했다.

이전까지 그에게서 받은 인상과는 완전히 다른 모습이었다.

"우리 집에 찾아올 때마다 당신은 차가운 표정을 지었지만, 나는 당신의 따스함을 느낄 수 있었어요! 당신은 내가 성에서 외로울까 봐 우리 가족을 초대하고, 내가 부모님을 뵈러 가도록 해줬지요. 나는 그게 서툴러도 다정함을 드러내는 방식임을 알았다고요! 내가 아내가 된 이상 모든 걸 혼자 책임질 게 아니라 분명히 밝혔어야죠!"

"아…… 아, 쥐디트, 나는……."

베르트랑은 고개를 들어 자신보다 열 살이나 어린 아내를 가만히 바라보았다. 뭐라 말해야 좋을지 모르는 듯했다.

"내가 꿈에서 보았던 따스한 얼굴은 당신이었겠군요. 나를 안은 채 숲을 달려가던 당신……."

부인은 노기를 거두고 남편 옆에 앉아 다정하게 그를 바라보았다.

호프만 선생이 자리에서 일어나 단검을 주워 들고 내 어깨를 토닥인 뒤 피에르까지 데리고 방을 나와 문을 닫았다.

"두 사람끼리 얘기하게 두자고. 외부인은 끼어들 수 없으니까." 호프만 선생이 말했다.

"선생님, 어떻게 이렇게 잘 아십니까? 어디에서 그 많은 실마리를 찾으셨어요?" 내가 물었다.

"한스, 처음부터 아주 이상했다네. 남작이 사람을 죽여 시체를 지하실에 숨겼다면, 왜 은닉처 열쇠를 쥐디트에게 줬겠나? 또 왜 일부러 지하실에 가지 말라고 경고했겠어? 일부러 그랬다면 쥐디트가 법관한테 고발하는 게 두렵지 않다는 뜻이잖나. 뭐, 그녀는 정말로 달아났지만. 어쨌든 결론은 간단했어. 남작은 지하실에 시체가 있는 걸 몰랐다는 거지. 지하실에 가지 말라고 했던 건 푸른 수염처럼 돌계단에서 떨어질까 봐 걱정됐기 때문이야. 그래서 나는 범인이 피에르일 거라고 의심했어."

"저요?" 피에르가 깜짝 놀라 말했다.

"하지만 시체가 사라진 걸 발견한 뒤, 남작 바짓단의 진흙이 흙을 파다가 묻은 것임을 알았지요. 또 남작은 피에르와 한편이어야만 지하실의 비밀을 알 수 있었고요. 더글러스 부인은 마을로 장을 보러 갔으니까. 그래서 피에르 씨를 용의 선상에서 지웠답니다."

"진흙은 길에서 묻을 수도 있지 않습니까?" 내가 물었다.

"눈이 내릴 때는 바짓단만 젖을 뿐 진흙은 묻지 않아. 더군다나 남작은 마차를 타고 있었잖나. 어제 폭설이 오지 않았다면 우리는 묘지에서 새 무덤을 바로 찾았을 거네."

호프만 선생이 멈칫했다가 계속 말했다.

"그러고 나자 의심스러운 사람은 더글러스 부인만 남았지. 하지만 야맹증을 앓고 있으니 빛이 들지 않는 지하실에 갔을 리가 없잖아. 용의자가 없어서 나는 처음의 가설이 틀린 건 아닌지, 죽은 사람이 정말 남작의 전처인지 생각하기 시작했네. 그러다가 '시체는 남작이 어머니와 똑같은 금발을 찾았기 때문에 생긴 것'이라는 생각을 뒤집자 '시체의 금발은 어머니한테서 물려받은 것'이라는 가설이 떠오르면서 모든 상황이 합리적으로 정리되었지."

"남작한테 딸이 있는 건 어떻게 아셨습니까?" 피에르가 물었다.

"이걸 찾았지요." 호프만 선생이 호박이 담긴 상자를 피에르에게 건네며 말했다. "호박은 임산부의 수호석이지요. 여기 세 개가 있으니 부인이 세 번 임신했다는 뜻이고요. 또 주머니마다 이름의 자모가 적혀 있지요."

피에르가 상자를 열어보고 말했다. "아…… 정말 그립습니다……."

"선생님, 그런데 왜 갑자기 질의 관을 열어보셨습니까?" 내가 물었다.

"그냥 기지를 발휘했달까. 솔직히 아주 자신 있지는 않았거든. 피에르가 남작을 독살했다는 가설도 좀 이상하고 베르트랑의 신분도 모르겠더라고. 하지만 푸른 수염이 살해됐단 걸 본 뒤 두 사람 관계를 확신하게 되었지. 남작을 죽이려면 피에르는 검이 아니라 독을 쓸 수 있었어. 그런데 의

213

료 기록을 위조했으니 검을 숨기고 싶었다는 뜻이지. 모든 게 아주 명확하잖아?"

"두 분……, 남작의…… 관을 열어보셨다고요?" 피에르가 뛸 듯이 놀랐다.

"아, 그거요. 피에르 씨는 모르는 걸로 하죠. 우리가 이일을 모르는 척하는 것처럼." 호프만 선생이 웃으며 말했다. "우리는 잉글랜드 왕실에 충성할 뿐, 다른 나라 일에는 관심 없습니다. 그러니 베르트랑 드 레 남작더러 걱정하지말고 그 귀찮은 세무 업무를 계속 처리하라고 전해주십시오."

피에르가 웃었다. 백발이 성성한 이 노인도 아주 멋지게 웃을 줄 알았다.

"참, 쥐디트의 원래 이름은 뭔가요? '쥐디트'는 양부가지은 이름이죠?" 호프만 선생이 물었다.

"벨, 벨 드 레입니다. 아름답다는 뜻이지요."

벨, 정말 예쁜 이름이다. 위기에 처한 아버지를 구하기 위해 아름다운 소녀가 장미로 가득한 고성에 들어와 무시무시한 야수와 결혼한다. 두 사람은 서로 사랑하지만, 소녀는 모종의 이유로 성을 떠났다가 다행히 남편 옆으로 돌아와 따스한 사랑으로 저주를 푼다. 야수는 가면을 벗은 뒤 선량한 진짜 모습을 드러낸다…….

"한스, 무슨 생각을 그렇게 넋 놓고 하는 거야?" 호프만
선생이 물었다.

"아무것도 아닙니다." 나는 머리를 긁적이며 대꾸했다.
"어느 미녀와 야수에 관한 이야기일 뿐입니다."

한 벨의 마을 피리 아동 유괴사건 ◇

하멜른 사건을 겪은 뒤 호프만 선생은 구멍이 여섯 개인 플레절렛[×]을 프랑스에서 구매해 런던으로 돌아왔다. 그리고 시간이 날 때마다 집에서 연주했다. 원래 플루트를 연주할 줄 알았기 때문에 호프만 선생은 운지법이 비슷한 프랑스 플레절렛도 금세 익혔고, 가끔은 아무도 들어본 적 없는 곡조를 즉흥적으로 연주하기까지 했다. 손님 앞에서 연주

×　16세기 말 프랑스인이 발명한 신종 악기로 소리 구멍이 앞면에 네 개, 뒷면에 두 개 있다.

한 적이 거의 없었는데도, 사실 그건 호프만 선생이 워낙 귀족들을 피해 다녀서 손님이 몇 명 없었던 탓이지만 어쨌든, 이 새로운 악기가 잉글랜드 귀족 사이에서 유행한 건 전적으로 호프만 선생 때문이 아닐까 싶었다.

피리 소리가 울리고 호프만 선생이 완전히 몰입해 부드러운 곡조를 연주할 때면 나는 하멜른에서 피리 소리를 따라 달려가던 아이들과 기이한 쥐들이 떠올랐다. 우리가 하멜른을 떠나던 그 새벽, 길에서 고개를 돌렸을 때 아침 햇살 속에 서 있던 그림자가 아직도 생생하게 기억난다. 작은 언덕에서 손을 힘껏 흔들며 득의양양하게 웃던 그의 그림자는 아침 햇살을 받아 서쪽으로 길고 장대하게 뻗어갔다.

"나중에 정말 대단한 인물이 될 거야."

호프만 선생은 그렇게 평가했던 듯싶다.

"그 플루트 연주자는 너무 허접하더군. 지옥의 소리를 내뿜는 것 같았다니까! 궁정 악사가 되기 전에 고문관이 었을 거야. 그런데도 공작은 금화 두 닢을 하사하다니, 작센에는 제대로 된 악사가 없나? 그따위 소리에 며칠이나 시달린 우리한텐 그 플루티스트가 금화 두 닢을 보상해야

한다고! 공작이 황제 폐하[×] 앞에서 연주를 시켰으면 아무리 아둔한 폐하라도 곧장 군대를 보내 작센을 쓸어버렸을 걸!"

드레스덴을 떠난 뒤 호프만 선생은 목구멍에 걸린 생선 가시를 뱉어내려고 애쓰는 사람처럼 계속 투덜거렸다. 이번 여행에서 누군가의 계략에 걸려들었는데, 그 누군가와 혈연관계로 얽혀 마음대로 행동할 수 없기 때문이었다. 기껏해야 아무 꼬투리나 잡아서 욕하는 게 전부였다. 두 달 전 우리는 덴마크에서 영국으로 돌아왔다. 사흘도 채 쉬지 못했을 때 호프만 선생은 라이프치히 대학^{××}에서 강연 요청을 받아 독일의 작센에 다녀오기로 마음먹었다. 북해를 크게 한 바퀴 돌아 덴마크에서 돌아오자마자 또다시 배를 타고 함부르크에 가고, 그 뒤에도 여러 곳을 거쳐 라이프치히까지 갔다. 그렇게 힘들게 갔건만 강의는 없고 호프만 선생을 끌어들이려는 계략만 기다리고 있었다. 호프만 선생이 도착하자마자 작센 바이마르 공작의 부하가 작센 선제후국의 수도인 드레스덴으로 안내했다. 작센 바이마르 공작은

×   신성로마제국의 황제를 뜻함. 16세기 말 황제였던 루돌프 2세는 무능한 군주로 여겨졌다.
××   작센에 있는 라이프치히 대학은 1409년에 설립된 독일에서 두 번째로 오래된 대학이다.

아직 어린 작센 선제후[×] 각하를 대리하는 섭정이면서 호프만 선생의 진짜 신분을 알고 있는 몇 안 되는 외국인이었다. 호프만 선생의 어머니와 먼 친척이어서, 공작은 호프만 선생이 백작 작위를 물려받은 사실을 잘 알고 있었다. 하지만 친척이 보고 싶어서 호프만 선생을 독일로 초청한 것은 아니었다. 그 안에서는 정치적 분쟁의 이유가 혈연보다 훨씬 중요하게 작용했다.

최근 신성로마제국은 급속도로 힘을 잃고 있었다. '영주가 그 지역의 종교를 결정한다'라는 정책이 세워졌어도 각 종속국의 충돌을 막기에는 역부족이었다. 구교도와 신교도 간의 분쟁이 끊이지 않았으니 전쟁도 기정사실이나 다름없었다. 제국의 일부 지역에서는 교파 간 충돌로 귀족 영주조차 투쟁에 가담했으며, 남작이나 백작이라고 해도 세력 및 군사력을 충분히 확보하지 못한 채 고립되면 감금되거나 목숨을 잃었다. 사실 신앙을 수호하겠다는 말은 권력자들이 영지를 쟁탈해 판도를 넓히기 위한 핑계일 뿐이었다. 종교라는 명목하에서는 아무리 더러운 수단이라도 교황이나 황제의 묵인을 얻을 수 있으니, 당연히 수많은 사람이 종교

× 　신성로마제국의 7대 선제후 중 하나로, 작센 영지(작센 선제후국)의 통치권 및 제국 황제의 선출권을 가지고 있었다.

개혁의 기치를 내걸고 보수파의 재산이나 이익을 빼앗았다.

한 치도 물러설 수 없는 상황이라 신교를 옹호하는 작센 선제후국은 당연히 잉글랜드와 좋은 관계, 결맹을 맺고 싶어 했다. 영국 왕실의 도움을 받아 스페인 등 가톨릭의 힘을 견제할 수 있으면 제국 내부의 신교도 세력은 한숨을 돌릴 수 있을 터였다. 드레스덴에 머문 며칠 동안, 공작은 우리를 극진히 대접했을 뿐만 아니라 보석까지 한 주머니 찔러주며 호프만 선생이 영국 조정에 영향력을 행사해 주길 바랐다. 사실 그동안 호프만 선생이 귀족 신분을 숨긴 채 가명으로 여러 나라를 돌아다녔던 이유도 바로 이런 귀찮은 일을 피하기 위해서였다. 하지만 이번만큼은 친척의 부탁이니 아무리 싫어도 외면할 수 없게 되어버렸다.

공작과 헤어진 뒤 우리는 곧장 영국행 배에 오를 생각으로 함부르크를 향해 출발했다. 공작은 측근을 딸려 배웅하려 했지만, 호프만 선생은 완곡하게 거절했다. 작센 궁정에서 며칠씩이나 언행을 삼가며 자중했기 때문에 '여행하는 학자 라일 호프만'의 신분을 조금이라도 더 빨리 회복할 수 있다면 재산의 절반이라도 내놓을 판이었다. 호프만 선생을 설득할 수 없자 공작은 진지한 내용에 친필 사인과 인장까지 곁들인 공식 서한을 내주었다. 대략, 학자인 호프만 선생은 작센 바이마르 공작의 귀빈이니 각지 귀족들은 편의를 제공해 주기 바란다는 내용이었다. 나는 호프만 선생 대신 편지를 받으면서 사용할 일이 없을 것이라고 확신했다. 여행할 때 호프만 선생은 귀족과 거의 어울리지 않고 늘 평민이 사는 지역에 머물렀다. 권력을 장악한 대단한 인물보다 백성들이 아는 은밀한 전설이나 황야의 괴담이 훨씬 더 다양하고 흥미롭기 때문이었다.

심기가 불편해서인지 호프만 선생은 내 제안을 받아들여 곧장 귀국하기로 했다. 오스트리아나 브란덴부르크에서 그토록 좋아하는 전설을 찾겠다고 하지 않아 나는 감사기도가 절로 나왔다. 우리는 하노버[×]를 거쳐 함부르크로 갈 예정이었다. 그런데 뜻밖에도 중간에 길을 잃어 숲속을 한참이나 헤매고 나중에는 방향마저 찾을 수 없게 되었다.

"왜 또 갈림길이야!"

나는 고삐를 당겨 말을 세운 뒤 낙엽이 잔뜩 쌓인 앞쪽 갈림길을 보며 탄식했다. 잘 다니지 않는 숲인 듯, 오는 내내 사람이라고는 그림자도 찾아볼 수 없었다. 돌이켜보면 오늘 아침 방향을 알려준 노인이 심하게 어리숙했다. 언덕 두 개만 넘으면 하노버가 나온다고 했으니 뭘 착각해도 단단히 착각한 게 아니겠는가.

×   독일 중부와 북부 경계에 있는 도시. 16세기에는 상업과 무역이 번성했다.

"선생님, 왼쪽으로 갈까요, 오른쪽으로 갈까요?" 내가 물었다.

호프만 선생은 아무 대답 없이 왼손만 들었는데 오른쪽 길을 바라보고 있었다.

"선생님?"

"쉿, 조용히, 한스." 호프만 선생이 앞쪽을 가리켰다가 귀를 가리켰다. 나도 가만히 귀를 기울이자 멀리에서 희미한 피리 소리가 들려왔다. "저기에 누가 있어. 하노버는 못 가더라도 작은 마을 정도는 찾을 수 있겠지."

우리는 피리 소리를 따라 오른쪽 길로 말을 몰았고, 산길에서 벗어나 계속 숲으로 들어갔다. 앞으로 한 걸음 내디딜 때마다 피리 소리가 조금씩 또렷해졌다. 숲을 나와 평지에 이르렀을 때 피리 소리가 어디에서 나는지 보였다. 나무에 둘러싸이고 양측으로 1.5~1.8미터 높이의 암벽까지 있는, 작은 분지처럼 보이는 공터였다. 땅 위에 가득 핀 노랗고 작은 꽃 위로 나비와 벌이 나풀거리는 공터는 천연 꽃밭 같았다. 그 꽃밭 끝에 솟은 암벽 위에서 기이한 옷을 입은 청년이 다리를 꼬고 앉아 목동 피리처럼 생긴 새까만 피리를 연주하고 있었다. 색색의 헝겊 조각을 기운 상의와 긴 바지를 입고 그와 비슷한 외투까지 걸쳐 꼭 무지개를 입은 듯했다. 다만 무지개가 조금 초라해 보였다. 그는 옷과 잘 어울리는 챙 넓은 고깔모자를 쓰고 두 눈을 감은 채 완전히 연주에 몰입해 있었다. 분명 목동의 피리를 불고 있는데, 묘할 정도로 선율이 낮고 부드러웠다. 바람에 실린 아름다운 음악 소리는 그 알록달록한 옷차림의 연주자가 사실은 숲의 정령이라고 말해주는 듯했다. 우리가 가까이 다가갔을 때 청년도 말발굽 소리를 들었는지 연주를 멈추고 자리에서 일어났다. 외투 자락이 거의 발뒤꿈치까지 늘어졌다. 나는 그제야 그의 복장이 전설 속 마법사 차림과 비슷하다는 생각이 들었다.

"안녕하세요? 하노버로 가려면 어디로 가야 하나요? 길을 잃었습니다." 나는 고개를 들고 작센어[×]로 말했다.

내가 말을 탔어도 그는 암벽에 서 있었기 때문에 나보다 상반신 하나 정도 더 위에 있었다. 가까이에서 보니 청년은 머리카락이 연갈색이고 나이는 기껏해야 나보다 조금 많은 20대 초반으로 보였다.

청년이 우리를 훑어보다가 한참 뒤에야 대답했다.

"여기에서 하노버는 아주 멉니다. 최소 하루는 가야 하지요."

× 오늘날 '저지 독일어'라 불리는 방언으로 16세기에는 독일 북부 일대에서 네덜란드까지 이 언어를 사용했다.

"하루라고요! 그럼 근처에 마을이나 도시가 있습니까?" 내가 물었다.

"여기에서 가장 가까운 마을은 하멜른입니다. 40분 정도만 가면 돼요."

"하멜른? 작센 상권의 하멜른이요?" 내가 의아해하며 물었다.

"네, 바로 그 하멜른입니다."

길을 잘못 와도 한참 잘못 오고 말았다! 하멜른과 하노버는 20여 마일이나 떨어져 있었다. 처음부터 방향을 완전히 잘못 잡았다는 뜻이었다. 아마 길을 알려준 노인이 두 지명을 헷갈린 모양이었다. 하멜른과 하노버는 모두 작센 선제후국 영지 밖에 있었다. 한때는 한자동맹[x]의 영향권 하에 있던 도시였지만, 초기 동맹이 약해지고 각지의 왕실이 협력해 무역 독점을 제압하면서 한자동맹의 세력이 예전만 못해지자, 하멜른과 하노버 같은 도시들은 줄줄이 이탈했다. 무역 경기가 나빠지고 신구 교도 간 충돌이 격해졌으니, 공작이 잉글랜드 왕실을 끌어들이려는 것도 이상할 게 없었다. 아무래도 조만간 작센 지역에서 전쟁이 터질

[x]　13세기에서 16세기 말까지 유지됐던 방대한 도시 연맹. 독일 지역과 발트해 연안 도시들이 상업, 정치적 목적에서 결성한 조직으로 각지 귀족 및 부유한 상인이 다스리며 군대와 막강한 부를 소유했다.

듯했다.

"길을 알려주실 수 있습니까?" 내가 청년에게 물었다.

"이 방향으로 따라가세요." 그가 숲의 한쪽을 가리켰다.
"20분 정도 가면 커다란 상수리나무가 나올 겁니다. 그 밑
에 이끼로 뒤덮인 삼각형의 큰 바위가 있으니 놓치지 않을
거고요. 상수리나무 왼쪽의 험난한 오솔길로 20분을 가면
숲에서 벗어나고 베저강과 하멜른이 보일 겁니다. 절대 상
수리나무 오른쪽의 평탄한 길로는 가면 안 됩니다. 아주 위
험하거든요."

"뭐가 위험한가요?"

"묻지 마세요. 어쨌든 위험합니다." 청년이 조금 불쾌한
표정을 지었다. "그리고 하멜른 사람들을 조심하세요."

"네?"

"하멜른에는 약속을 지키지 않는 나쁜 놈과 사기꾼이 많
으니 당하지 않게 조심하세요." 청년이 먼 곳을 바라보며
분한 표정으로 말했다.

나는 좀 당황스러웠다. 혹시 하멜른 주민한테 사기를 당
했나?

"아…… 충고 감사합니다."

나는 청년에게 인사한 뒤 그가 알려준 방향으로 말머리를
돌렸지만, 호프만 선생은 꿈쩍하지 않고 청년만 바라보고

있었다.

"프랑스인인가요?" 호프만 선생이 갑자기 프랑스어로 물었다.

청년이 어리둥절한 표정으로 암벽에서 호프만 선생을 바라보았다.

"피리 연주가 정말 훌륭하더군요. 10두카트[×]를 드릴 테니, 한 곡조 더 연주해 주시겠습니까?" 호프만 선생이 프랑스어로 말했다.

갑자기 돈을 내겠다는 호프만 선생의 말에 나는 의아해졌다. 반면 청년은 미간을 살짝 찌푸리며 "죄송하지만 저는 프랑스어를 못 합니다"라고 대답했다.

호프만 선생이 미소를 지으며 작센어로 말했다.

"아, 그냥 프랑스인이냐고 물었을 뿐입니다. 파리에서 오신 줄 알았거든요. 아니면 이탈리아에서 오셨나요? 로마?"

"아니요, 아닙니다⋯⋯. 저는 이만 가보겠습니다."

호프만 선생의 이상한 태도에 경계하듯 청년이 뒤쪽 수풀로 몸을 돌렸다.

"잠시만요⋯⋯."

×   두캇 혹은 더컷이라고도 쓰임. 독일 지역에서 사용되었던 법정 금화로 대략 1파운드가 2두카트였고, 은화의 경우 2두카트가 금화 1두카트와 같았다.

호프만 선생이 말하면서 말에서 내려 나도 얼른 따라 내렸다. 하지만 공터 반대쪽의 암벽까지 갔을 때 청년은 이미 숲으로 사라진 뒤였다.

"선생님, 무슨 문제라도 있습니까?" 내가 호프만 선생 옆으로 가서 물었다.

"아니, 좀 신기해서." 호프만 선생이 어깨에 떨어진 마른 잎을 털어낸 뒤 어깨를 으쓱거리며 말했다.

"신기하시다고요?"

"작센의 숲에서 이탈리아의 즉흥 희극 속 광대 옷을 입은 청년이 프랑스의 신식 피리, 플레젤렛을 불고 있으니, 이상하지 않나?"

"그게 프랑스 피리였습니까?" 내가 물었다.

"그래, 프랑스에 갔을 때 한두 차례 봤지. 새로운 발명이라고 할 만해. 그런데 그는 프랑스인이 아니라잖아."

나는 상대가 못 알아들은 척을 했을 뿐, 사실은 파리에서 왔을지도 모른다고 생각했다. 하지만 반박하려고 입을 열었을 때 문득 이렇게 작은 일로 숲에서 시간을 지체하면 안 된다는 생각이 들었다.

"선생님, 너무 깊이 생각하지 마시지요. 그나저나 해가 지면 길을 가기 힘들어집니다. 맹수가 나올 수도 있고요."

호프만 선생은 '맹수'라는 말을 듣자마자 긴장해 주변

을 살핀 뒤 두말없이 말에 올라탔다. 그는 살면서 딱 세 가지를 두려워했다. 사람을 잡아먹는 숲속의 사나운 들짐승, 항해 중 만나는 거센 비바람, 끈질기게 매달리는 귀족의 딸이었다.

————

상수리나무와 바위를 지나고 나자 30분도 안 돼 숲에서 빠져나와 하멜른을 마주할 수 있었다. 지대가 높아서 하멜른 전경이 똑똑히 보였다. 강기슭 오른쪽은 성곽에 둘러싸인 내성으로 집들이 가지런하게 자리를 잡고 있었다. 최근 무역이 주춤한다지만 여전히 활기차고 번화해 보였다. 특히 도시 왼쪽에 있는 거대한 건축물과 관목들 속의 삼나무처럼 우뚝 솟은 하얀 첨탑 두 개가 시선을 끌었다. 내 추측이 틀리지 않는다면 그건 예배당일 터였다. 그리고 먼 곳에 있는 나지막한 시계탑도 보였다. 강변 성문 앞에서 시작되는 큰 다리는 강과 중간의 흙제방을 가로질렀고, 강기슭에는 나루터와 물레방앗간이 드문드문 자리하고 있었다. 딱 봐도 한자동맹이 굳건했던 시대에는 상당한 상업적 지위를 누렸을 듯싶었다. 성곽 바깥에도 집과 밭이 산발적으로 흩어져 있었는데, 내성에 비하면 한 세기는 낙후된 미개발 농촌처럼 보였다.

"아, 정말 운이 좋았습니다. 하노버 못지않게 발달한 도 시네요!" 줄줄이 늘어선 집과 거리를 보면서 나는 조금만 있으면 풍성한 식사를 할 수 있겠다는 기대감에 부풀어 말 했다.

도시로 이어지는 산비탈에는 나무가 별로 없었다. 구불 구불한 산길을 내려가자 금세 성 밖 농가에 이르렀다. 태양 위치로 볼 때 우리는 도시의 동남쪽에 있고 뒤쪽 산은 하멜 른의 남단이었다. 하노버는 하멜른의 동북쪽에 있는데 우리 는 서북쪽으로 걸어온 거였다. 피리 부는 사람을 만나지 못 했으면 길을 잃고 네덜란드˟까지 갔을지도 몰랐다.

"한스, 저기 부인 두 명이 우리를 노려보는 것 같지 않 나?" 성곽 쪽으로 향하고 있을 때 갑자기 호프만 선생이 말 했다.

호프만 선생의 눈빛을 따라 시선을 돌리자, 정말 밀밭에 서 농촌 아낙 두 명이 이상한 표정으로 우리를 보고 있었 다. 이삭을 줍고 있었던 듯 앞치마 한 귀퉁이를 들어 봉지 처럼 만들었고 뒤쪽에 작은 밀짚 더미가 두 개 놓인 것으로

˟   원래 스페인에 속했다가 1568년 독립전쟁을 일으키고 1581년 독립을 선포 했다. 하지만 1648년 스페인이 독립적 지위를 인정할 때까지 두 나라에서는 교 전이 끊이지 않았다.

보아 얼마 전에 수확을 끝낸 모양이었다. 아낙들은 하던 일을 멈추고 똑바로 서서, 지나가는 우리를 바라보았다.

"여행객을 처음 보는 걸까요?" 나는 고개를 돌리지 않고 두 아낙을 똑바로 보며 말했다.

"여긴 하멜른이야. 어떻게 여행객을 처음 보겠나?"

정말 너무 이상했다. 남쪽 성문으로 향하는 동안 주민들과 마주칠 때마다 모두 그렇게 이상한 눈빛으로 우리를 쳐다보았다. 그들은 우리가 처음 보는 진귀한 짐승이라도 되는 듯 귓속말을 주고받고 손짓이나 몸짓까지 했다. 우리 옷차림이 특이한가?

"어? 어떻게 오셨어요?" 나무 아래에 빙 둘러앉은 아이들 무리를 지나갈 때 열한두 살로 보이는 사내애가 물었다.

10여 명쯤 되는 아이들은 남루한 옷차림으로 보아 가난한 집 아이들 같았지만, 자신만만한 얼굴로 바닥의 거친 나무줄기나 돌 위에 앉아 있었다. 말을 건 사내애가 대장인 듯했다. 다른 아이들보다 몸집이 크고 반들반들한 붉은 머리카락에 코가 오뚝했다. 아이는 나무 그늘 밑 큰 바위에 신하를 접견하는 군왕처럼 앉아 있었다.

"당연히 말을 타고 왔지." 내가 말을 멈추고 대꾸했다.

"아니요, 제 말은 어떻게 그쪽에서 오셨냐는 거예요." 붉은 머리카락 아이가 일어나 우리가 지나온 산을 가리켰다.

"우리는 하노버로 가려다가 길을 잃고 하멜른에 왔어. 여기가 하멜른이지?"

"하멜른은 맞지만, 정말 코펜산에서 오셨어요?"

아이들이 놀란 표정으로 나와 호프만 선생을 쳐다보았다.

나는 고개를 돌려 산을 바라본 뒤 "맞아, 무슨 문제라도 있니?" 하고 대꾸했다.

"코펜산이라고요! 코펜산을 넘어온 사람은 아무도 없었어요!" 회색 모자를 쓴 사내애가 소리쳤다. "다들 산기슭 북쪽 평지나 성 서쪽 강을 따라 들어온다고요!"

"왜 코펜산을 넘어오는 사람이 없지? 뭐 위험한 거라도 있니?" 내가 피리 부는 사람의 말을 떠올리며 물었다.

"당연히 엄청 위험하지요. 마녀가 있으니까요!" 우두머리 소년이 말했다.

"뭐?"

나는 깜짝 놀라 입을 벌렸다가 1초도 지나지 않아 '큰일 났군' 하고 속으로 중얼거렸다. 고개를 돌려 호프만 선생을 바라보자, 아니나 다를까 입가를 살짝 들어 올리며 미간에서 흥분한 기색을 뿜어내고 있었다. 반나절 전의 의기소침한 모습은 말끔히 사라지고 없었다.

"방금 '마녀'라고 했니?" 호프만 선생이 물었다.

"네, 마녀요. 코펜산의 마녀는 산에서 수백 년째 살고 있대요. 산길을 지나가는 여행객을 습격하기도 하고 어린애를 유괴하거나 가축을 훔치기도 한대요. 어쨌든 아주 무서워요."

"그 전설…… 아니, 그 마녀는 하멜른에서 유명하니? 나는 들어본 적이 없는데."

호프만 선생이 말에서 내려 아이들 곁으로 다가가자 아이들이 몸을 움직여 앉을 자리를 마련해 주었다. 나는 호프만 선생 뒤에 섰다. 아무래도 성인 남자 둘이 꼬마들과 함께 돌이나 땅바닥에 앉는 건 우스워 보일 것 같아서였다.

"성안 사람들은 대부분 마녀의 존재를 믿지 않지만 성 밖 농촌에서는 모르는 사람이 없어요." 회색 모자가 끼어들었다. "저희 할아버지 말씀으로는 성곽 안쪽에는 예배당이 있어서 마녀가 들어가지 못한대요. 그래서 밖에서만 나쁜 짓을 한다더라고요."

"그래? 그러니까 성안 사람들은 마녀의 일을 잘 모르는 거네?"

"맞아요."

이런, 큰일이다.

"한스." 호프만 선생이 내 쪽으로 고개를 돌리며 "성으로 들어가지 말고 여기서 밤을 보내자고!"라고 말했다.

"선생님, 여기에는 여관이 없을지도 모르는데요?"

"정식 여관은 아니지만 저렴한 술집이 있어요. 성안 여관에 묵을 수 없는 상인들이 종종 거기에서 묵고요." 우두머리 소년이 말했다.

나는 쓸데없이 참견한다고 속으로 원망하며 녀석을 매섭게 노려보았다. 아, 편안한 침대와 맛있는 저녁 식사가 또다시 내게서 멀어졌다.

"내 소개를 잊었구나." 호프만 선생이 아이들에게 말했다. "나는 라일 호프만, 잉글랜드의 여행 작가란다. 이쪽은 내 하인은 한스 안데르센 그린이고."

"작가라고요!" 우두머리 꼬마가 갑자기 흥분해 소리쳤다. "기사에 관한 소설도 쓰시나요?"

"아니, 선생님은 역사와 전설을 연구하셔." 내가 대꾸했다.

"전설이라니!" 아이의 반응이 한층 뜨거워졌다. "그렇다면 작가 선생님, 원탁의 기사단 유물을 보신 적 있으세요? 아서왕과 랜슬롯은 정말 있었나요? 성배를 가지고 있었어요? 엑스칼리버는 어떻게 생겼어요?"

아서왕의 전설을 다룬 기사 소설이 샤를마뉴나 알렉산더 대왕을 묘사한 소설만큼 유럽 대륙에서 인기 있다는 사실은 알았지만, 이렇게 외진 농촌에까지 독자가 있을 줄은 상상도 못 했다. 아, 아니다. 여기는 하멜른이니 성안은 무척 번화하겠구나.

"아쉽지만." 호프만 선생이 웃으며 대답했다. "잉글랜드
와 스코틀랜드 곳곳을 돌아다녔어도 확실한 증거는 찾지
못했어. 전설 속 물건도 못 찾았고. 하지만 지역마다 민간
전설이 다르고 근거도 있으니까 사실과 전설이 완전히 일치
하지는 않아도 결정적 연관성은 있어……. 아서왕은 틀림
없이 실존 인물이야."

"내 말이 맞을 줄 알았다니까!" 그 아이가 깡충깡충 뛰며
말했다. "안토니와 카를, 우리를 비웃었겠다, 흥!"

안토니와 카를은 한패가 아니겠군.

"기사들 전설을 좋아하니?" 호프만 선생이 물었다.

"좋아하는 게 아니라." 아이가 대답했다. "저희가 기사거
든요! 저는 '하멜른 기사단' 단장 지크프리트 슈나이더예
요. 얘네들은 제 기사단 단원과 부하들이고요."

아이들이 그렇게 진지하지 않았다면 나는 '푸' 하고 웃음
을 터뜨렸을 것이다. 녀석들은 많아야 열두 살이고 예닐곱
살 코흘리개 꼬마와 계집애까지 있었으니, 어떤 영주가 이
런 기사단을 받아주겠는가? 아이들의 상상력이란 정말 풍
부하구나.

"아, 단장이셨군요?" 호프만 선생이 미소를 지으며 말했
다. "실례했습니다."

꼬마 단장은 우리가 자기들을 깔보지 못하게 하려는 듯 단원들에게 소리쳤다.

"외지에서 오신 손님들에게 기사단 규율을 알려드리자!"

아이들이 허리를 세우고 낭랑한 목소리로 "첫째, 절대 배신하지 않고 '하멜른 선제후국'에 충성을 다한다!"라고 외쳤다.

하멜른 선제후국? 황제가 언제 선제후국 수를 늘렸지? 꼬마들이 멋대로 금인칙서[×]를 바꾸다니, 이건 대역죄인데.

"둘째, 가난하고 고난에 처한 사람을 돕고 정의를 수호한다!"

어, 겉모습으로는 너희들도 가난한 것 같은데.

"셋째, 항상 여성을 돕는다!"

이건 맬러리 경^{××}의 책을 베낀 거 아닌가?

"넷째, 단원과 다투지 않는다!"

"넷째, 화해를 청하는 적은 너그럽게 받아들인다!"

"넷째, 은혜를 입으면 반드시 보답한다!"

"넷째, 여행자를 잘 대접한다!"

× 1356년 신성로마제국의 황제 카를 4세가 반포한 칙령으로, 선제후 일곱 명을 확정하고 제후들이 황제를 선출하도록 했다. 이 규정은 19세기 제국이 멸망할 때까지 유지되었다.

×× 15세기 영국 작가로 아서왕의 전설을 책으로 편찬했다. '항상 여성을 돕는다'는 맬러리가 제기한 원탁의 기사단 규율 중 하나이다.

"넷째, 편식하지 않는다!"

"넷째······."

"왜 네 번째 조항은 전부 다르지?" 내가 물었다.

"네 번째는 아직 확정하지 않았어요." 단장 옆에 있는, 노란색의 긴 소매 외투 어깨에 낡은 천을 걸치고 짧은 깃대를 든 금발 소년이 웃으며 말했다. 나머지 아이들은 네 번째 규율이 대체 뭔가를 두고 논쟁을 벌이고 있었다. "전 요하네스예요. 기사단의 문장과 깃발을 담당하지요."

"이게 너희 기사단 휘장이니?" 내가 낡고 해진 깃발을 가리키며 물었다. "바퀴가 있는 집과 꿩?"

"이건 물레방아와 첨탑, 독수리라고요!"

문장관이 깃발을 펼치더니 같은 도안이 그려져 타바드[×]를 대신한 것으로 보이는 어깨 위 천을 가리켰다. 그렇지만 내 눈에는 여전히 꿩 같았다.

"한스, 이 그림 정말 못 그렸다고 했건만 듣지 않더니." 단장이 끼어들었다.

"한스라고 부르지 마! 난 요하네스^{××}라고! 한스처럼 약

× 　중세 군인이 입던 민소매 겉옷. 보통 앞뒤 두 폭으로 구성되며 소속 군대의 문장을 수놓고 갑옷 위에 걸칠 수 있었다. 일부 군인(전령관 등)의 타바드에는 망토나 소매가 달리기도 했다.

×× 　한스(Hans)는 요하네스(Johannes)의 애칭.

해 보이는 이름으로 어떻게 위엄 있는 기사가 되겠어! 기껏 해야 하인 이름이지!"

"이봐, 한스라는 이름도 그렇게 나쁘지 않다고……." 내가 씩씩거리며 반박할 때 호프만 선생은 입을 다물지 못할 정도로 크게 웃었다.

"내가 보기에는 아주 잘 그렸는데. 새로 그린 거니?" 호프만 선생이 웃으며 말했다.

"역시 작가 선생님은 안목이 있으시네요! 지난주에 내성녀석들과 강변에서 싸우고 나서 다시 그렸어요." 위엄이라고는 전혀 없는 한스가 말했다.

"그날 정말 통쾌하게 이겼어요!" 단장이 말했다. "도도의 다리가 부러졌지만, 우리 기사단 설립 이후 최대 승리였지요! 특히 카스퍼와 아담은 큰 공을 세워 기사로 승급했고요."

"오빠, 나도 기사가 될래." 머리를 땋은 한 소녀가 문장관의 옷자락을 잡아당기며 말했다.

"넌 아직 안 돼." 요하네스가 고개를 저었다.

"마르가레테, 넌 이제 여섯 살이잖아. 너무 어려." 단장이 말했다. "1, 2년 뒤에 가입해."

마르가레테가 울 것처럼 입을 삐죽거렸다. 요하네스와 똑같이 반짝이는 금발에 이목구비도 닮아, 누가 봐도 남매라는 걸 한눈에 알 수 있었다.

"여자도 기사가 될 수 있어?" 내가 물었다.

"당연하지요. 저희 부단장도 여자인걸요." 단장이 자기 또래에 머리카락을 어깨까지 늘어뜨리고 꽃무늬 목도리를 두른 여자애를 가리키며 말했다. "힐다예요. 칭호는 '꽃 목도리 기사'이고요. 우습게 보지 마세요. 싸움이 붙으면 남자애도 울면서 도망가거든요."

"그럼 옆에 있는 저분은 '회색 모자 기사'이겠네." 내가 농담으로 말했다.

"정말 똑똑하시네요!" 회색 모자가 대꾸했다. "전 아담이고 칭호는 '회색 모자 기사'예요."

"하하!" 호프만 선생이 크게 웃으며 말했다. "한스, 이 기사단 정말 재미있지 않나?" 그런 다음 고개를 돌려 지크 단장에게 말했다. "단장 각하, 각하와 단원들을 알게 되어 정말 기쁩니다. 괜찮다면 우리를 아까 이야기한 술집까지 안내해 주시겠어요?"

"문제없습니다, 작가 선생님." 단장이 옆쪽의 똑똑해 보이는 사내애에게 몇 마디 한 뒤 우리에게 말했다. "이쪽은 기사단 의사인 발타자르예요. 마침 도도를 살펴보러 가야하니 도도네 집으로 모셔다드릴 거예요."

"도도네 집?" 내가 물었다.

"거기가 그 술집이거든요." 발타자르가 말했다. 다른 아이들보다 무척 침착한 모습이 정말 의사 같았다.

"좋아, 오늘은 이만 해산! 내일 다시 네 번째 규율과 기사 봉호 등에 대해 논의하자!"

단장이 명하자 아이들이 뿔뿔이 흩어졌다. 단장은 문장관 남매와 몇 마디 속삭이고 어깨를 툭툭 친 뒤 손을 흔들어 작별했다. 마르가레테를 달래준 모양이었다. 보아하니 요하네스와 매우 친해서 어린 계집애가 떼를 쓰며 제 오빠를 괴롭힐까 봐 손을 쓴 듯했다.

우리는 말을 끌고 발타자르와 함께 성 외벽을 따라 서쪽으로 갔다. 성문을 지날 때 나는 나도 모르게 조용히 한숨을 내쉬었다. 호프만 선생이 마음을 굳힌 이상 내가 할 수 있는 일이라고는 성 밖의 술집도 크게 나쁘지 않기를 바라는 것뿐이었다.

"발타자르, 정말로 의술을 아니?" 호프만 선생이 물었다.

나는 아까 단장이 했던 말을 떠올렸다. '전쟁' 중 도도의 다리가 부러졌다고 했으니, 그럼 '기사단 의사'가 단원을 치료하러 가는 건가?

"그냥 발이라고 부르세요. 아버지가 의사라 아주 조금 아는 수준이에요." 발이 살짝 고개를 끄덕였다.

"너희 기사단 규모가 꽤 큰가 보구나." 내가 끼어들었다.

"그냥 애들 놀이일 뿐이지요." 발이 미소를 지으며 대꾸했다. "하지만 다들 대장을 존경해서, 놀이일지언정 진짜 기사단처럼 단결해요."

"기사단이 몇 명인데?"

"정식 기사는 아홉 명뿐이지만 함께 노는 어린애들까지 합치면 서른 명쯤 되고, 다들 입단하고 싶어 해요. 단장은 정기적으로 시험을 개최해 과제를 완수한 사람을 기사로 발탁하고요. 지난주 성 서쪽 아이들과 싸울 때 아담이 파견 임무를 완수해 '회색 모자 기사'로 승격되었지요."

"성 서쪽 아이들과는 왜 싸웠는데?" 호프만 선생이 물었다.

"그 녀석들이 저희와 인원수는 비슷한데, 부유한 내성에 산다고 늘 저희를 깔보면서 괴롭혔어요. 걔네는 언제나 성 서쪽 강둑에 모였고 저희는 거기까지 못 갔거든요. 그런데 어느 날 녀석들이 남쪽 성벽 밖으로 넘어오더니 저희 영지를 점령했다며 저희를 쫓아냈어요. 성 서쪽 아이들이 더 강하니 저희는 참을 수밖에 없었지요. 그런데 대장이 갑자기 나타나 저희를 단결시키고 그 나쁜 녀석들을 물리쳤어요. 그 이후 저희와 녀석들 사이에 전쟁이 시작됐고 기사단도 조직되었지요."

아무래도 지크라는 녀석은 보통 수완이 아닌 것 같았다.

"예전에는 성 서쪽 아이들이 성 밖으로 와서 저희를 괴롭혔어요. 하지만 기사단이 만들어진 뒤로는 녀석들이 올 때마다 전부 막아낼 수 있었어요. 그리고 지난주에 처음으로 저희가 먼저 공격해 녀석들의 강둑 영지를 점령하고 완전히 박살 냈지요. 선두에서 이끌던 안토니와 카를은 지도자 자질이 없었기 때문에, 걔네 부하들은 상황이 불리한 걸 보자마자 전부 달아났어요. 한편 저희 단장은 자비로워서, 더 이상 저희를 괴롭히지 않겠다고 약속하면 과거의 원한을 전부 털어버리겠다고 했지요." 발은 말하는 내내 차분함을 유지했지만, 어투에서 얼마나 자랑스러워하는지가 고스란히 드러났다.

"걔들이 정말로 다시는 괴롭히지 않았어?" 내가 물었다.

"네, 깨끗하게 패배를 인정했어요. 대장은 그 애들한테 앞으로 같이 놀아도 된다고 했고요."

나는 안토니와 카를이 나쁜 아이들이고 지크 등과 원수 지간일 줄 알았는데, 역시 아이들은 아이들이고 전부 놀이일 뿐이었다.

"여기가 술집이에요."

말하다 보니 어느새 술집 앞에 와 있었다. 특별한 게 없는 술집이었다. 2층짜리 나무집인데 주변이 모두 나직한 단층집이라 상대적으로 눈에 띄었다. 조금 낡았고 대문 밖에 솔개가 그려진 나무 간판이 걸려 있었다. 나는 술집 이름이 '솔개 술집'이겠다고 생각했다.

말을 묶은 뒤 짐을 챙겨 호프만 선생과 함께 대문으로 들어갔다. 별로 크지 않은 홀에 촘촘하게 손님 10여 명이 앉아 술잔을 들고 왁자지껄 떠들고 있었다. 구석에서 한 노인이 류트×를 연주하고 있었지만, 소리가 워낙 작아 사람들 웃음소리에 파묻혔다.

"어이! 발, 네 어머니가 아버지 찾아오라고 보냈니? 방금 한 잔 마셨는데 절대 취하지 않을 거야." 얼굴에 수염이 가득하고 건장해 보이는 남자가 맥주 세 잔이 놓인 쟁반을 들고 발에게 말했다.

"아니에요. 사장님께 손님을 모셔 왔어요." 발이 한 걸음 비켜서며 우리를 가리켰다.

"어?" 수염 난 사장이 눈썹을 치켜세우며 맥주를 내려놓

×　중세의 발현악기로 기타와 비슷하다. 초기에는 현이 다섯 개였다가 르네상스 시기 이후 여섯 개로 바뀌었다.

은 뒤 다가왔다. "어서 오십시오! 두 분이십니까? 투숙하실 예정인지요?"

"그렇습니다." 호프만 선생이 대꾸했다. "빈방이 있을까요?"

"당연히 있습니다! 하하, 이런 곳에는 투숙객이 정말 드물지요!" 사장이 외모와 어울리지 않게 새하얀 이를 드러내며 웃었다. "하지만 형님들, 가난뱅이로 보이지 않는데 성 동쪽 여관이 여기보다 훨씬 편할 겁니다. 왜 성으로 들어가지 않으십니까?"

이 사장은 멍청한 걸까, 아니면 솔직한 걸까? 굴러들어온 장사를 마다하는 사람이 어디 있담?

"저는 잠자리나 음식에 까다롭지 않거든요." 호프만 선생이 살며시 웃으며 말했다. "길에서 아이들을 만났는데 마음이 잘 맞아서 성 밖에서 묵기로 했습니다."

"장사하러 오셨습니까?"

"하멜른은 잉글랜드로 돌아가는 길에 들렀을 뿐입니다. 그런데 드레스덴을 떠난 뒤 며칠 내내 걷기만 해서, 여기서 이삼일 쉬다 갔으면 합니다."

사장은 귀빈이 찾아온 게 무척 기쁜 듯 "여기에는 특산물이 거의 없습니다. 그나마 집에서 빚은 보리 맥주가 괜찮으니, 자자, 일단 앉아서 한 잔 드십시오! 말은 밖에 있습니까?" 하고 말했다.

"네."

"도도!" 사장이 고개를 돌려 큰 소리로 외쳤다. "너 이 녀석, 게으름 피우지 마! 뒤뜰로 손님 말 데려가서 풀 먹여!"

"알았어요. 아빠, 그렇게 소리치지 않아도 된다고요."

깡마른 아이가 계산대 뒤에서 절뚝거리며 나왔다. 열 살 정도로밖에 안 보였고 몸집도 발보다 한참 작았다. 아이는 한 손으로는 지팡이, 다른 손으로는 의자를 짚으며 비틀비틀 우리 앞까지 걸어왔다.

"사장님, 다친 아이한테 시키지 마세요. 말은 제가 뒤뜰로 데려가겠습니다." 아이가 몇 걸음 걷는 것조차 힘들어해 나도 모르게 끼어들었다.

"아닙니다! 부상은 녀석이 자초한 겁니다. 자기 일은 당연히 자기가 책임져야 하고요!" 사장이 손을 뻗어 나를 말렸다. "여러분은 손님입니다. 저희 술집이 아무리 보잘것없어도 손님에게 말을 먹이도록 하지는 않습니다."

"사장님." 그때 발이 끼어들어 "저는 손님이 아니니 제가 도울게요"라고 말하면서 도도를 부축해 밖으로 나갔다.

사장이 우리를 자리로 안내한 뒤 진갈색 맥주 두 잔을 가져왔다. 한 모금 마셔보자 꽤 마실 만했다.

"두 분은 상인이십니까?" 나와 호프만 선생 맞은편에 앉은 붉은 머리카락의 남자가 말을 붙였다.

"아니요, 저는 작가입니다." 호프만 선생이 술잔을 들어 한 모금 마셨다.

"작가시라고요! 기사 소설을 쓰시는 작가신지요? 저는 기사 소설을 제일 좋아합니다!『갈리아의 아마디스』[×] 읽어 보셨죠? 아마디스는 정말 영웅이에요……."

침까지 튀겨가며 말하는 그의 모습과 표정을 보자 나는 익숙한 느낌이 들었다.

"혹시 슈나이더 씨입니까? 아이 이름이 지크프리트이고 요?" 호프만 선생이 물었다.

"어? 맞습니다. 지크를 아세요?"

나는 단장이 왜 기사들 전설에 매료되었는지 알 것 같았다.

"오는 길에 지크를 만났습니다." 호프만 선생이 대꾸했다. "발에게 저희를 이 술집으로 데려가라고 했고요."

"발!"

슈나이더 씨 옆에 앉은 조금 나이 든 남자가 발의 이름을 듣자마자 몸을 숙이고 두리번거렸다. 뚱뚱한 편은 아닌데

× 16세기 크게 유행한 스페인의 기사도 소설. 가르시 로드리게스 데 몬탈보의 작품으로 여러 언어로 번역돼 유럽 각국에 널리 퍼졌다. 갈리아(프랑스 지역) 왕의 사생아가 위대한 기사로 성장하는 과정을 다룬 전기적인 이야기이다.

몸집이 작고 짤막한 데다 눈이 가늘고 코가 커서, 동굴에서 머리를 내밀고 잔뜩 긴장해 천적이 없는지 두리번거리는 마멋이 연상됐다.

"의사 양반, 이렇게 마누라를 무서워해서야 쓰나." 슈나이더 씨가 낄낄 웃으며 그의 어깨를 쳤다. "맥주는 열심히 일하는 남자에게 하늘이 주는 상이니, 자네 마누라의 간섭은 하늘의 뜻을 거스르는 것과 같아."

"마누라가 무서운 게 아니라 잔소리를 듣기 싫을 뿐이라고." 의사는 살며시 몸을 세운 뒤에도 아들을 피하려는 듯 사방을 두리번거렸다.

"밭의 아버지세요?" 내가 끼어들어 물었다.

"그렇습니다. 이름은 워스이고 의사입니다." 워스 씨가 고개를 끄덕이며 물었다. "귀하는요?"

"저는 호프만입니다." 선생이 대꾸했다. "그리고 이 사람은 제 하인 한스입니다."

"호프만 씨, 기사 소설을 쓰십니까?" 슈나이더가 다시 한번 궁금하다는 표정으로 물었다.

"아니요, 저는 전설과 역사를 연구합니다. 하지만 아서왕의 유물을 찾지 못했고 성배와 엑스칼리버도 못 찾았습니다." 호프만 선생은 똑같은 대화를 피하기 위해 단숨에 말해버렸다.

"이런, 정말 안타깝군요. 두 분은 영국에서 오셨습니까? 저도 영국이나 프랑스에 가서 기사 소설에 나오는 풍광을 보고 싶습니다……." 슈나이더가 한숨을 내쉬었다.

"마부 주제에 무슨 돈으로 가겠어. 반나절만 쉬어도 소작료와 세금을 내지 못할 텐데." 의사가 야유하듯 말했다.

"아, 처음 시위대에서 잘렸을 때 그냥 선원이 되어야 했어. 마누라와 아들만 눈에 밟히지 않았어도……."

"사장님, 맥주 네 잔이요." 호프만 선생이 고개를 돌려 계산대 뒤에 있는 사장에게 말했다. "어렵게 새 친구를 사귀었으니 제가 내겠습니다."

"오! 감사합니다!" 슈나이더가 무척 기뻐했다.

자세히 보니 그의 옷 곳곳에 수선 자국이 많았다. 아무래도 생활이 팍팍한 모양이었다. 의사도 얼굴에 웃음이 가득했는데, 그는 작은 혜택을 봐서가 아니라 술을 진심으로 좋아하기 때문 같았다.

호프만 선생이 유럽 각지를 여행하면서 겪은 일들을 들려주자 슈나이더와 의사는 무척 재미있어했다. 당연한 게 호프만 선생은 선원보다도 식견이 넓었다. 시골에 살면서 여행할 기회가 전혀 없는 보통 사람들에게 호프만 선생의 이야기는 소설보다 훨씬 근사할 수밖에 없었다.

유적과 전설, 민간 고사를 이야기한 뒤 호프만 선생은 본

론으로 넘어가 "여기에도 마녀에 관한 전설이 있다고 들었습니다. 코펜산의 마녀라는 것 같던데, 사실입니까?"라고 물었다.

"어⋯⋯." 슈나이더가 머뭇거리며 의사를 쳐다본 뒤 대꾸했다. "외지인에게 말하는 건 좀 꺼려지는데, 호프만 씨는 아주 호탕하고 말도 잘 통하는 데다 이미 들어보셨다니 말씀드리겠습니다. 다만 절대로 저희한테 들었다고 말씀하시면 안 됩니다. 성안 사람들은 산속 마녀를 믿지 않는다고 말하지만 전부 거짓말입니다. 사실은 불운을 불러올까 봐 입을 다물 뿐이지요."

호프만 선생이 고개를 끄덕였고 나도 호기심에 귀를 쫑긋 세웠다.

"코펜산은 도시의 동남쪽에 있어서 남쪽 성문에서 왼쪽 앞을 바라보면 그 기괴한 모양의 산이 보입니다." 슈나이더가 말했다. "하멜른 주변의 다른 산비탈은 나무가 울창한데 코펜산의 도시 쪽 산비탈만큼은 민둥민둥합니다. 암벽이 들쭉날쭉 겹겹으로 늘어서 있으니 정말 이상하지요. 산등성 양쪽으로는 나무가 빽빽해 좋은 목재가 많겠지만, 우리는 감히 산에 오를 수 없습니다. 기껏해야 산기슭에서 나무를 베거나 사냥할 뿐이지요. 3년 전부터는 인부들이 서북쪽 베저강 하류의 숲에서 일하기 시작했습니다. 대지주가 그곳을 밭으로 개간해 농민들에게 소작을 주려 하거든요. 다만 성벽 밖은 아무것도 보장되지 않아, 일단 전투가 벌어지면 농작물이 깡그리 사라질 테니……. 아, 너무 멀리 갔군요. 산속 마녀는 저도 얼마나 오래된 이야기인지 모릅니다. 어렸을 때 할아버지한테 들었지요. 저희는 3대에 걸쳐 하멜른에서 살고 있으니, 마녀는 이미 100년 전부터 코펜산에 있었던 것 같습니다."

"저는 마녀가 200에서 300살이라고 들었습니다. 200년 전 발생했던 전염병도 그 마녀가 퍼뜨렸다고 하더군요." 의사가 끼어들었다. "동물로 변할 수도 있고 사람 마음을 조종하는 저주를 걸 수도 있다고 합니다. 두꺼비 간, 뱀피, 물도마뱀 눈알, 산양 쓸개, 여자 손톱, 어린애 머리카락 같은 것들로 사악한 약을 만들고요. 몸에 바르기만 하면 하늘을 날 수 있는 연고도 있다고 어렸을 때 들었습니다."

"마녀를 본 사람이 있나요?" 호프만 선생이 물었다.

"당연히 있지요." 슈나이더가 술을 한 모금 마시고 말했다. "아버지한테 들은 이야기인데, 30여 년 전 성 동쪽의 어느 두 집에서 마녀의 저주로 가축이 죽었습니다. 그러자 시위대의 바그너 대장이 호기롭게 나서서, 산에 올라 마녀를 잡아 오겠다고 큰소리를 쳤습니다. 하지만 네 명이 함께 산에 올랐다가 이튿날 그만 혼자 돌아왔습니다. 온몸이 상처

투성이에 숨이 간당간당한 상태로요. 산에서 무엇을 만났는지 그는 절대 입을 열지 않았지만, 누구나 그의 눈에 깃든 두려움을 읽을 수 있었습니다. 마녀가 부하를 죽이고 그의 목숨만 살려준 건 우리에게 자기 땅을 침범하지 말라는 경고라고 누군가 추측했습니다. 마녀를 건드렸기 때문인지 그는 완쾌한 뒤에도 성격이 완전히 변해 과묵해졌고, 몇 년 뒤 병사했습니다. 최고라고 여겨졌던 바그너도 그 모양이 되었으니, 다른 사람들은 코펜산에 접근할 생각 자체를 버렸습니다."

"그때 저는 몇 살 안 된 꼬마였는데, 의사인 아버지를 따라갔다가 바그너 아저씨의 팔뚝을 직접 봤습니다. 살점이 크게 떨어지고 피가 줄줄 흐르고 있었습니다. 정말 끔찍했지요." 의사가 확실하다고 말했다.

"바그너 씨 말고 마녀를 본 사람이 또 있나요?" 호프만 선생이 물었다.

호프만 선생은 목격자에게 직접 듣고 싶은 모양이었다. 바그너는 이미 세상을 떠났고, 입에서 떠도는 소문은 믿을 수 없을 때가 많기 때문이었다.

"그럴 리가 있겠어요? 마녀를 보고도 안 죽은 사람은 바그너 아저씨밖에 없을걸요." 의사가 말했다.

"요한에게 물어봐도 될 겁니다. 마녀를 '봤다고' 할 수 있거든요." 슈나이더가 맥주를 마시면서 말했다.

"요한이 누굽니까?"

"대지주 밑에서 일하는 벌목공입니다. 성 밖 최남단, 코펜산 부근에 살지요……. 아, 자기 얘길 하니까 오네요."

슈나이더가 자리에서 일어나 입구에 들어선 꾀죄죄한 차림의 키 큰 사람에게 손짓했다.

"빌어먹을. 내 처형은 내가 거슬려 죽겠나 봐. 일을 마치고 몇 잔 마시려는데 오늘 안으로 창고의 나무를 옮기라잖아……. 젠장, 그래 봐야 자기도 막일하는 하인이면서, 주인하고 관계가 조금 좋다고 잘난 척은! 솔직히 전부 같은 계급 아니냐고! 처형만 아니면……."

요한은 호프만 선생과 내 존재를 알아차리지 못한 듯 자리에 앉으면서 쉬지 않고 투덜거렸다. 팔이 무척 굵고 왼뺨에 옅은 화상 자국이 있으며 갈색 머리카락이 새집처럼 뒤엉킨 데다 바지에 진흙이 잔뜩 묻어 있었다. 한눈에도 육체노동으로 먹고사는 사람이란 걸 알 수 있었다.

"요한, 여기는 새 친구 호프만 씨와 한스 씨야. 호프만 씨는 작가이시고."

슈나이더가 우리를 소개하자, 방금 외지인 앞에서 투덜거린 게 민망한 듯 요한의 얼굴이 붉어졌다.

"저, 저는 요한 훔퍼딩크입니다. 안녕하세요?"

호프만 선생이 빙그레 웃으며 고개를 돌려 수염 난 사장에게 맥주를 몇 잔 더 주문하자 요한이 금세 긴장을 풀었다. 역시 낯선 사람과 어울릴 때는 술을 사는 게 최고였다.

"코펜산의 마녀에 관해 이야기 중이었어." 의사가 말했다.

그러자 요한이 어떻게 금기의 화제를 논할 수 있느냐는 듯 눈을 동그랗게 떴다.

호프만 선생이 부드럽게 웃으며 "저는 각지의 전설을 수집해 글을 쓰거나 연구할 뿐입니다. 여기가 스페인도 아니고 왕실 직속의 종교재판소×가 있는 것도 아니니 걱정하지 마십시오"라고 말했다.

요한이 고개를 살짝 끄덕인 뒤 묵묵히 잔을 들어 한 모금 마셨다. 잔을 든 그의 오른손을 힐끗 쳐다봤다가 뭔가 이상한 느낌이 들어 다시 자세히 쳐다보자, 오른손 약지와 새끼손가락이 없었다.

"훔퍼딩크 씨, 마녀를 보신 적이 있으세요?" 내가 물었다.

그가 술잔을 내려놓고 잠시 망설이다가 "어…… 뭐랄까요……. 본 것 같습니다만, 저도 잘 모르겠습니다"라고 말

× 스페인 카스티야의 이사벨 여왕이 1478년 교황 식스투스 4세를 압박해 비준받은 이단재판소로 스페인 왕실이 직접 관리했다. 이단자(이색분자)를 잔혹하게 대한 것으로 유명하다.

했다.

"무슨 일이었습니까? 상대가 마녀인 줄 몰랐나요?" 내가 물었다.

"아니요, 마녀라고 확신했는데, 다만…… 보이지 않았습니다. 소리만 들었을 뿐 모습은 볼 수 없었어요."

"보이지 않았다고요?" 나는 의문이 들었다.

호프만 선생의 표정에는 별 변화가 없었지만 나는 그가 '투명한 마녀'에 강한 흥미를 느낀다는 걸 알 수 있었다.

"저는 줄곧 성 밖 남단에서 살았습니다. 아버지와 할아버지도 그러셨지요." 요한이 말했다. "어렸을 때 할머니가 마녀는 보이지 않게 마을로 들어온다고 하셨습니다. 저는 할머니가 겁을 주는 거라고만 생각해 시큰둥하게 받아들였습니다. 정말이지 제가 만나게 될 줄은 생각도 못 했습니다. 얼마나 끔찍했는지."

"어떻게 만났습니까?" 호프만 선생이 호기심 가득한 얼굴로 물었다.

"대략 14, 15년 전인데 정확하지는 않습니다. 그때도 가을이었을 겁니다. 어느 날 벌레한테 물려 한밤중에 눈을 떴는데, 이상한 웃음소리가 끊어졌다 이어졌다 들려왔습니다. 저는 어느 집 꼬마들이 한밤중에 빠져나와 장난치는 줄 알았지요. 그런데 창밖을 내다보자 달빛만 환하고 사람은 그림자도 보이지 않았습니다. 밖으로 뛰쳐나갔더니 소리가 집 뒤에서 들리는 듯했고요. 하지만 뒤쪽 막사에 달려가 봐도 사람은 전혀 보이지 않았습니다. 소리가 벽돌담 앞에서 울리는 것 같았지요. 지금 생각해도 소름이 끼칩니다. 그때 마녀의 장난일지도 모른다는 생각이 들면서 저도 모르게 식은땀이 솟았습니다. 그래서 얼른 문을 닫고 잠자리에 들었습니다."

"그냥 잘못 들었던 거 아니에요?"

수염 난 사장이 갑자기 끼어들어 나는 소스라치게 놀랐다. 요한의 이야기에 완전히 몰입해 그가 내 뒤에 서 있는 줄 전혀 몰랐다.

"하루뿐이었으면 잘못 들었다고 생각했겠지만, 그 한밤중의 외침은 끊겼다 이어졌다 하며 2년이나 계속됐다고요!" 요한이 진지하게 반박했다.

"사장님, 사장님은 여기 온 지 2년밖에 되지 않았으니 당연히 마녀의 무서움을 모를 거예요." 슈나이더가 말했다. "요한이 투명 마녀를 만난 뒤 재봉사 폰덜의 아내가 유산했어요. 분명 마녀의 저주였던 게지요."

"폰덜 부인만이 아니에요!" 요한이 끼어들었다. "8년 전 지주 요리사의 아이도 마녀한테 잡혀갔어요. 최근에도 어린 애들이 요절하거나 실종될 때가 많고요. 또 가축이 급사하는 전염병 역시 마녀의 짓이라고요! 제가 보기에 최근 2년 동안 보리를 수확하지 못한 것도 마녀가 흑마술을 펼쳤기 때문이에요……." 요한이 고개를 저으며 부르르 떨었다.

"난 안 믿어요." 사장이 말했다. "예전에 북방의 큰 도시에서 살았는데 마녀 같은 건 전부 터무니없는 얘기였어요. 미친 여자가 벌인 소동이었을 뿐이지요. 말할 것도 없이 그런 여자들은 사기나 유괴 같은 나쁜 짓을 벌여요. 하지만 저주로 아이를 죽이거나 농작물을 망가뜨리는 건, 내가 이 술집을 걸고 얘기하는데 전부 헛소리예요."

"하지만 며칠 전에 사장님도 증거를 봤잖아요." 워스 의사가 말했다.

사장이 반박하려는 듯 입을 벌렸다가 마땅한 논거를 찾지 못했는지 아무 말도 하지 못했다.

"무슨 증거요?" 호프만 선생이 물었다.

"우리는 '쥐의 왕'을 봤어요. 그것도 세 마리나." 슈나이더가 목소리를 낮췄다. "쥐의 왕은 마녀의 거처 부근에서만 보인다고 했어요. 그러니 이게 살아있는 증거가 아니겠어요?"

"쥐의 왕이요?" 호프만 선생이 거의 흥분을 감추지 못하고 환한 얼굴로 물었다. "몸이 여러 개이고 꼬리가 뒤엉킨, 전설 속의 바로 그 쥐들의 왕이요?"

258

요한 등이 심각한 표정으로 고개를 끄덕였다.

"쥐의 왕이 뭔데요?" 내가 물었다.

"독일 지역의 전설이지." 호프만 선생이 유쾌한 어투로 설명했다. "쥐들 무리마다 왕이 있는데, 그건 보통 쥐와 달리 몸이 여러 개에 꼬리가 한데 얽힌 기이한 모습이라더군. 또 다른 해설로는 꼬리가 뒤얽힌 여러 쥐 가운데 하나가 쥐의 왕이라고도 하고. 다른 쥐들을 자기 몸에 붙이고 호령한다는 거지. 어느 쪽이든 포악한 쥐의 왕은 액운의 상징이야. 전설에 따르면 마녀가 키우는 마물이라, 녀석이 나타나면 재앙이 닥친다고 본다네. 작년에 런던에서 헨리와 이게 단순한 민간 전설인지를 두고 논쟁을 벌였는데 여기에서 실물을 본 사람을 만날 줄이야."

때때로 나는 호프만 선생이 어떻게 그렇게 유쾌한 표정으로 그렇게 끔찍한 이야기를 할 수 있는지 이해가 되지 않았다. 마녀가 기르는, 몸이 여러 개인 괴물 쥐는 상상만으로 역겨웠다. 호프만 선생이 말한 헨리는 노섬벌랜드의 헨리 퍼시 백작으로, 선생과 취미가 비슷한 몇 안 되는 친구 중 하나였다. 퍼시 백작은 황당한 실험을 좋아하고 연금술, 지도제작술에 빠져 있으며 학자들과 자주 교류하고 호프만 선생보다 훨씬 많은 책을 보유하고 있었다.

"작가 선생님은 정말 잘 알고 계시는군요." 슈나이더가 말했다. "이게 바로 코펜산에 마녀가 있다는 증거 아니겠습니까? 제 생각으로는 그때 바그너를 반쯤 죽도록 물어뜯은 것도 그 괴물 쥐였을 겁니다! 마녀는 몰래 쥐의 왕을 하멜른에 보내 우리를 해칠 저주를 퍼부었을지도……."

"어디에서 쥐의 왕을 보셨나요?"

호프만 선생은 마녀를 못 찾아도 쥐의 왕 한 마리만 잡으면 큰 수확이라고 생각하는 듯했다.

"베저강이요."

"강이요?"

"네, 쥐 떼와 같이 떠내려갔습니다."

호프만 선생이 어리둥절한 표정으로 "떠내려갔다고요?" 하고 물었다.

"맞아요. 떠내려갔습니다. 쥐잡이꾼이 쥐를 잡을 때 쥐의 왕 세 마리도 죽였지요." 슈나이더가 안심이라는 듯 말했다.

"아이고, 아까워라, 아까워……. 한스, 우리가 며칠만 빨리 왔으면 좋았을 텐데." 호프만 선생이 탄식했다. "그러니까 쥐의 왕은 쥐잡이꾼이 처리했다는 겁니까?"

"네, 며칠 전 이상한 옷을 입은 젊은이가 와서 쥐를 없애주겠다고 했습니다. 최근 무슨 일인지 쥐가 많이 늘어났거든요. 곡식을 훔칠 뿐만 아니라 잠든 어린애까지 물어뜯어서, 주민들이 골머리를 앓았지요."

"사장님, 여기에 흑사병이 도는 건 아니지요?" 내가 수염 사장에게 물었다.

"걱정하지 마십시오. 객실은 2층이고 항상 깨끗하게 유지해, 쥐 같은 건 없습니다." 사장이 키득거리며 대꾸했다.

아무래도 사장은 내가 작은 쥐를 무서워한다고 오해하는 듯했다. 나는 쥐를 무서워하는 게 아니라 징그럽다고 생각할 뿐이었다.

"그 쥐잡이꾼은 옷차림이 아주 이상했어요." 슈나이더가 계속 말했다. "광대처럼 입고 피리를 불면서 대지주의 저택까지 갔는데……."

"광대처럼 입고 피리를 분다고요?"

나와 호프만 선생은 서로의 얼굴을 쳐다보며 코펜산에서 만난 청년을 떠올렸다.

"맞아요. 피리를 불었어요. 처음에 저희는 그가 공연하려는 줄 알았습니다. 동쪽에서 왔음에도 동문을 통해 성으로 들어가지 않고 남쪽에서 들어갔어요. 그래서 그가 성으로 들어갈 때 성 밖 농민과 어린애들이 호기심에 그를 따라갔고, 그 덕분에 성안 사람들이 훨씬 더 그 피리꾼에게 주목했습니다. 저희는 그가 시장이나 예배당 밖 광장에서 공연하리라 생각했거든요. 그런데 뜻밖에도 지주의 저택으로 가더니, 자기는 전문적인 쥐잡이라면서 골치 아픈 쥐를 없애주겠다고 했습니다."

"그 사람은 다른 물건 없이, 길고 이상한 피리만 가지고 있었습니다." 의사가 이어서 말했다. "전혀 쥐잡이꾼처럼 보이지 않았고 도구도 없었어요. 그래서 머리가 이상한 사람인가 하고 비웃었는데, 지주의 집 대문에 기대더니 망설임 없이 피리를 불기 시작했습니다. 대체 무슨 짓을 하는 거냐고 물으려 할 때, 갑자기 쥐 네다섯 마리가 그의 발밑에서 저희 앞쪽으로 나와 정신없이 뛰어다녔어요. 정말 신기했지요. 쥐는 대낮에 나다니지 않잖아요! 그 사람은 자기 피리에 마력이 있어서 순식간에 쥐를 박멸할 수 있다고 말했습니다. 당연히 저희야 오매불망 바라던 바였지요. 특히 대지주는 늘 농지를 개간하자고 하면서도 창고에 비축한 곡식의 상당량을 쥐한테 잃어버리니, 우리보다 훨씬 더 원할 수밖에요. 그때 지주도 그 자리에 있었거든요. 하지만 상대가 부르는 가격에 얼굴이 파랗게 질렸답니다."

"얼마를 요구했는데요?" 내가 물었다.

"426두카트요."

나는 맥주를 마시다가 사레들 뻔했다. 426두카트라니! 어떻게 그렇게 엄청난 가격을! 부지런한 공예가의 5년 수입을 합친 것보다도 더 많지 않은가! 그런데 무슨 액수가 그렇게 구체적이지?

"저희는 너무 가난해서 1두카트는 말할 것도 없고 1페니히[×]의 여유도 없습니다." 요한이 세 번째 맥주잔을 비웠다. 얼굴이 발그레해지고 말도 많아졌다. "쥐잡이꾼에게 돈을 낼 능력이 전혀 없습니다. 또 어쨌든 빈민 지역에 사는 저희한테는 쥐가 그다지 대수로운 문제도 아니고요. 익숙해지면 그만 아니겠습니까? 하지만 저희는 매년 소작료와 토지세를 내잖아요. 지주가 쥐를 없애고 싶다면 그 돈은 그가 내는 게 합당하지 않나요?"

"우리 지주가 워낙 인색해서요." 슈나이더가 말했다. "특히 저와 요한 같은 막노동자나 농민에게 각박하지요. 교묘한 명목으로 임금을 깎는 경우가 얼마나 많은지 모릅니다. 부유한 그에게 400여 두카트는 분명 감당하지 못할 액수가 아니었을 거예요. 하지만 자기 살을 에는 것 같았겠지요. 흥."

"그래서 피리 부는 사람의 요구를 거절했나요?" 호프만 선생이 물었다.

"한참을 망설이다가 결국에는 받아들였습니다. 400두카

× 독일 지역에서 사용했던 화폐 단위로 1두카트는 대략 100~140페니히였다. 정치 및 지역적 요인으로 독일 지역에서는 통화 환율이 자주 바뀌었다.

트를요! 그 수전노 지주가 거래를 받아들일 줄은 정말 생각
도 못 했습니다. 다만 쥐를 모두 잡은 뒤에 내겠다고 주장
했지요."

"요한, 지금 와서 말이지만, 그 구두쇠한테 미리 받아야
했다고." 슈나이더가 요한에게 맥주를 건네며 우리에게 말
했다. "피리꾼은 자기가 마술 피리만 불면 쥐를 유인해낼
수 있다고 말했습니다. 또 쥐들은 낮에 잠을 자니 일망타진
하려면 밤에 움직여야 한다면서, 우리한테 밤에 창문을 잘
닫고 무슨 소리가 들리든 나오지 말라고 당부했습니다. 그
러지 않아서 나쁜 일이 생기면 전부 우리 책임이라고 했지
요. 또 날이 밝은 뒤 강가에 가면 결과를 볼 수 있다고 말했
습니다."

"피리 부는 사람이 그날 밤에 왔나요?" 내가 물었다.

"네. 그날 저는 밤새 눈을 뜨고 있었습니다. 대체 어떤 수
작을 부리는지 궁금했거든요." 슈나이더가 기세등등하게
말했다. "저녁 아홉 시나 열 시쯤 올 줄 알았는데 종탑에서
새벽 네 시를 알리는 종소리가 난 뒤에야 피리 소리가 들리
더군요. 그는 북쪽에서 남쪽으로 내려왔습니다. 우리 집을
지날 때 피리 소리 외에 바스락바스락하는 이상한 소리도
들려서, 저는 쥐가 뛰어다니는 소리일 거라고 생각했지요."

"그냥 교활한 술수 아니었을까요? 직접 보신 것도 아니

잖아요." 내가 말했다.

"누가 안 봤대요?" 슈나이더가 불량하게 웃으며 말했다. "그렇게 신기한 일을 놓칠 리가 있겠습니까? 그가 우리 집을 지나갈 때 조용히 창문을 열고 문틈으로 훔쳐봤지요. 희미한 별빛밖에 없었지만, 다들 알다시피 어둠 속에서는 쥐의 눈이 빛나잖아요. 정말 무시무시한 광경이었습니다. 쥐수십 마리가 피리꾼 주변을 에워싸고 있는 걸 봤을 때 머리카락이 쭈뼛 서는 듯했어요. 쉴 새 없이 찍찍거리는 쥐들은 신나게 피리꾼을 따라가며 장난치는 것 같았고요."

"잘못 보신 거 아닙니까? 정말 그렇게 신기한 일이 있다고요?" 내가 물었다.

"저 혼자였다면 몰라도 10여 명이 전부 잘못 볼 리는 없겠지요. 여기 의사와 사장님도 몰래 봤거든요."

의사가 고개를 끄덕인 뒤 "슈나이더는 성 남쪽에, 저는 성 중심에 살고 사장님의 이 술집은 성 밖에 있습니다. 저희는 각자 자기 집에서 엿보았는데 전부 같은 광경을 목격했습니다. 그 밖에도 여러 이웃이 봤어요. 피리 부는 사람이 남쪽으로 떠난 뒤 아침에 내다보니, 바닥에 쥐 발자국과 똥오줌이 가득했습니다. 이건 가짜일 리 없지요"라고 말했다.

"더 중요한 점은 저희가 강가로 갔을 때 엄청난 수의 쥐사체가 상류에서 떠내려왔다는 겁니다." 요한이 말했다.

"피리꾼이 쥐를 강으로 유인해 뛰어들도록 한 겁니다. 정말 훌륭한 마법이었어요!"

"죽은 쥐들 속에서 쥐의 왕을 보셨습니까?" 호프만 선생이 물었다.

"그렇습니다. 익사한 쥐들 속에 놀랍게도 털이 북슬북슬하고 여러 마리가 한데 뒤엉킨 쥐가 있었습니다. 한창 구경하던 중 어떤 노인이 깜짝 놀라며 '쥐의 왕이다'라고 소리쳐서 저희는 그게 전설 속 마물임을 알았습니다. 쥐의 왕 한 마리가 물살에 떠내려가는 걸 보고 나서 고개를 돌렸을 때 또 한 마리를 발견했고요. 그렇게 크기가 엇비슷한 쥐의 왕 세 마리가 익사한 걸 보았지요……. 쥐의 왕도 죽일 수 있다니 정말 대단하지요! 마녀가 알면 틀림없이 펄쩍펄쩍 뛰며 화를 내겠지만요." 슈나이더가 잔뜩 흥분해 손뼉까지 치며 말했다.

"그 쥐들…… 그러니까 쥐의 왕 말고 익사한 다른 쥐들 말입니다. 크기나 색깔이 어땠습니까?" 호프만 선생이 물었다.

"크기요? 쥐가 다 그만하지요." 슈나이더가 대답했다.

"아니요, 제 질문은 여러분이 평소에 보던 쥐보다 컸습니까, 아니면 작았습니까? 털 색깔이 진했나요, 옅었나요?"

"아……, 그게, 저는 별로 신경 쓰지 않아서요……." 슈나이더가 생각나지 않는 듯 턱을 만지작거렸다.

"작은 게 좀 많았던 것 같습니다. 평소에 숨어 있던 새끼 쥐까지 한꺼번에 없앴다고 생각했거든요." 의사가 말했다. "색깔은…… 물에 불어서인지 평소보다 짙었습니다. 왜 그러십니까?"

"아닙니다." 호프만 선생이 웃고는 술잔을 들어 한 모금 마셨다.

"그때가 일요일 아침이었지요. 교회에 갈 준비를 하고 있어서, 강물에 죽은 쥐들이 둥둥 떠다니는 그 기이한 광경을 거의 모든 사람이 보았습니다." 슈나이더가 말했다. "지주도 강가에서 놀란 얼굴로 그 광경을 바라보았지요. 피리꾼이 그렇게 많은 쥐를 정말로 없애리라고는 생각하지 못했을 겁니다. 저희는 강물을 따라 올라가다가 남쪽 갈림길에서 되돌아오던 피리꾼과 만났습니다."

"지주가 400여 두카트를 냈습니까?" 내가 물었다.

"흥! 그 나쁜 놈은 돈을 내려 하지 않았습니다." 요한이 욕했다. "피리꾼이 보수를 요구하자 지주는 그가 마술로 쥐를 잡았다면서 하멜른을 저주하는 악마라고 했습니다. 자기가 돈을 주면 이교도에게 은혜를 베푸는 셈이며, 교회에서 알면 그걸 빌미로 교황청에 군대를 요청하고 하멜른을 인수하려 할 거라고 했지요."

"그렇지 않아도 최근 몇 년 동안 상거래가 저조한데 전쟁까지 나면 더 나빠질 겁니다. 예전에 하멜른이 동맹에 속했을 때는 싸움이 벌어질 경우 동맹 도시의 지원을 받았어요. 하지만 이제는 상황이 달라져서 다들 전쟁을 두려워하지요. 지주가 그 민감한 화제를 꺼내자 누구도 감히 토를 달 수 없었습니다." 슈나이더가 말했다.

"그 나쁜 지주는 처음부터 그럴 계산을 깔고 거래에 응했던 겁니다. 교활한 늙은 여우 같으니……." 요한은 술기운을 빌려 평소의 울분을 토해내는 듯했다. "평소에도 돈 몇 푼으로 우리를 마음껏 부려 먹고 어떻게든 잡아먹지 못해 안달하는 나쁜 놈이에요……."

"피리 부는 사람은 어떻게 반응했나요?" 호프만 선생이 화제를 돌렸다.

"당연히 분노했지요. 심지어 지주한테 달려들어 때리려고까지 했습니다." 의사가 말했다. "지주는 슈나이더와 요한에게 그를 막으라고 한 뒤 길로 내동댕이치라고 명했고요."

"아, 지주 밑에서 일하니 별수 있나요. 그런 더러운 일은 다시는 하고 싶지 않아요." 슈나이더가 탄식했다. "나중에 지주는 쥐 박멸을 위한 426두카트는 자신이 내야 할 돈이 아니라 시의회의 공금에서 내야 한다고 했습니다. 그러면서 자기가 '묘책'으로 피리꾼을 쫓아버려 시민들이 낼 거액의 세금을 아꼈다고 했지요."

"흥, 본인이 시의원이니 세금을 멋대로 가져가지 않겠습니까?" 요한이 씩씩거리며 말했다. "그 바그너 가문에 세금이 얼마나 들어가는지 누가 알겠어요?"

"바그너라고요?" 아까 바그너는 마녀한테 죽었다고 하지 않았나?

"아, 저희 지주인 리앙 바그너는 아까 얘기했던, 마녀한테 죽은 바그너의 아들입니다. 아버지가 돌아가신 뒤 성격이 돌변해 빈둥거리던 청년에서 동분서주하는 상인으로 탈바꿈했지요. 그런 다음 계속 돈을 모아 땅을 왕창 사들이며 지주가 되었습니다. 부유해진 뒤에는 거액의 돈으로 시의원 자격을 얻어 상류층에 진입했고요. 아버지를 갑자기 잃고 나서 그렇게 인색하고 돈만 믿게 되었지요." 슈나이더가 말했다.

"피리 부는 사람이 여러분한테 쫓겨났다고요?"

"욕을 퍼부으면서 떠났는데…… 동쪽 대로로 가는 대신 오솔길을 따라 코펜산으로 갔습니다. 이상하다고 생각했어도 워낙 길길이 날뛰어서, 저는 그가 정말로 마술을 알아서 저희한테 해를 끼칠까 봐 무서웠습니다."

"피리 부는 사람이 색색의 천을 덧댄, 발목까지 내려오는 긴 옷을 입고 고깔모자를 쓴 데다 검은색 피리를 들고 있었나요?" 호프만 선생이 물었다.

"어? 작가 선생님이 어떻게 그렇게 잘 아십니까?"

"길을 잃어 오늘 오후에 코펜산에 들어갔다가 그 피리 부는 사람을 만났습니다."

"그자가 아직도 산에 있었군요!" 슈나이더 일행이 의외라는 표정을 지었다.

"아직 안 떠났다고요? 쫓겨난 지 이미 며칠이 지났는데요?" 의사가 깜짝 놀랐다.

"산에는 마녀가 있잖아요! 쥐의 왕을 죽였는데 마녀가 복수하지 않았다고요?" 술기운이 가신 듯 요한이 눈을 동그랗게 떴다.

"지주 말이 맞았군. 역시 마력을 지닌 데다 마술을 아는 거야! 그렇지 않고서야 어떻게 마녀한테 맞서겠어?"

"잠깐만! 서, 설마 마녀와 한패인가?" 슈나이더의 안색이 바뀌었다.

"그 피리 부는 사람이……." 그가 하멜른을 얼마나 원망했는지 내가 말해주려 할 때, 호프만 선생이 팔꿈치로 툭 치고는 말하지 말라는 뜻으로 고개를 저었다.

"조금 피곤했는지 잠시 후 떠났습니다." 호프만 선생이 미소를 지으며 말했다. "너무 멀리까지 생각하지 마세요."

"그게……, 그렇지요." 슈나이더가 고개를 끄덕이자 다른 사람들도 동조했다.

"작가 선생님은 코펜산을 지나오셨습니까? 마녀에게 잡히지 않았고요?" 의사가 물었다.

"네." 호프만 선생이 술잔을 들었다. "그러니 축하할 만하지요?"

우리는 계속 이야기를 나누었고 화제도 마녀와 피리 부는 사람에게서 하멜른의 생활환경과 발전으로 넘어갔다. 슈나이더의 말에 따르면, 리앙 바그너는 미천한 출신임에도 권세가들 부류로 진입했기 때문에 원래는 주민들의 존경을 받았다. 그런데 그는 부유해질수록 매정해졌다. 예전에 아버지 바그너가 갑작스럽게 죽었을 때 주민들이 그들 가족을 살뜰히 보살폈건만, 그는 은혜를 원수로 갚아 농민과 노동자들을 착취하기까지 했다. 불만이 터져 나오자 워스 의사도 빠지지 않았다. 시 정부가 평민을 등한시하고 물가가 매년 오르며 빈익빈 부익부 현상이 갈수록 심해진다고 투덜거렸다. 그가 두어 잔 더 마시고 돌아가려 할 때 누군가 다급하게 술집으로 들어왔다. 코펜산 동쪽에 사는 노인이 잘못해서 칼에 찔렸다며 그 가족이 의사를 찾아온 거였다.

"산기슭 동쪽에는 사냥꾼 가족이 둘 있는데 여기에서 가려면 반 시간 정도 걸립니다." 의사가 떠난 뒤 슈나이더가 설명했다.

워스가 좀 멍해 보일 정도로 많이 마셨기 때문에 나는 그가 환자를 치료할 수 있을지 의심스러웠다.

떠들다 보니 점점 배가 고파졌다. 우리는 사장한테 야채수프와 소시지를 주문해 먹으면서 각자의 사연을 이야기했다. 원래 시위병이었던 슈나이더는 5년 전 시장 부인에게 밉보여 쫓겨난 뒤 바그너 집의 마부로 일하게 되었다. 요한은 어려서부터 아버지에게 목수 일을 배워 그런대로 잘 살았고 결혼해 아들과 딸을 하나씩 낳았는데, 몇 년 전 불의의 사고로 손가락 두 개를 잃는 바람에 목공 일을 접고 벌목공으로 살고 있었다. 원래부터 풍족하지 못했던 생활이 불경기와 지주의 가혹한 세금이라는 이중고 속에 점점 더 어려워졌다. 그들 말로는 빈부격차가 무척 심해서 많은 사람이 가난에서 벗어나기 위해 차라리 위험한 선원이 되거나 외지로 떠난다고 했다.

슈나이더와 요한은 호프만 선생의 접대에 감사하며 헤어질 때도 연거푸 고맙다고 인사했다. 특히 요한이 많이 마셨다. 사장은 그가 지주나 처형한테 욕을 먹은 날 유난히 많이 마신다고 알려주었다. 낯빛이 슈나이더의 머리카락보다 빨개질 정도로 곤드레만드레 취해, 슈나이더가 그를 부축해 집으로 돌아갔다. 며칠 전만 해도 호프만 선생은 유럽 최고의 권력자라 손꼽히는 귀족과 만났는데 오늘은 맥주 한 잔도 더 마시기 힘들 만큼 가난한 평민과 식사했다.
나는 가끔 호프만 선생의 삶이 정말 극과 극을 오간다는
생각이 들었다.

"도도, 손님을 객실로 안내해 드려." 사장이 테이블을 정
리하면서 도도에게 말했다.

홀에 있던 손님들 대부분이 떠나고 류트를 연주하던 노인
만 구석에 앉아 악기를 끌어안은 채 코를 골고 있었다.

"참." 호프만 선생이 물었다. "피리 연주자가 다녀간 뒤
정말로 쥐가 다 사라졌습니까?"

"그물에서 빠져나가는 물고기도 있는 법이지요. 아마 귀
가 먹어서 피리 소리를 못 들었나 봅니다." 사장이 웃으며
대꾸했다.

"마녀의 존재는 안 믿어도 마술 피리는 믿으시는군요?"
호프만 선생이 또 물었다.

"이런." 사장이 또 이를 드러내며 웃었다. "당신네 영국
인이 쓴 『마술의 실체』[×]에서 속임수로 사람을 홀리는 마술
이 많이 나오지 않습니까? 코펜산의 마녀 같은 건 제가 직

[×] 영국인 레지널드 스콧이 1584년에 쓴 책. 전통 교회가 마술을 '비이성적'
으로 심판하는 걸 비난하고, 대중을 기만하는 신비술과 마술의 진상을 파헤쳤다.

접 본 적이 없지만, 피리 소리에 춤추는 쥐는 제 눈으로 보았습니다. 진짜 법술이 아니라면 연금술 같은 데서 나온 새로운 사물이 아닐까요? 어쩌면 그 피리에서 사람 귀에는 안 들려도 쥐는 홀릴 수 있는 소리가 나올지도 모르지요."

"산간벽지에도 지혜로운 사람이 있다더니." 호프만 선생이 말했다. "사장님, 여기서 술집을 경영할 분이 아니시군요."

사장은 아무 말 없이 쓴웃음을 짓더니 고개를 돌리고 계속 탁자를 치웠다. 그의 말을 들으면서 나는 피리꾼이 들고 있던 그 새까만 피리를 떠올렸다. 호프만 선생은 프랑스 악기라고 했지만, 연금술사한테 마력을 받아서 쥐를 조종할 수 있는 신기한 소리가 나는 게 아닐까?

도도가 우리를 2층 객실로 안내해 주었다. 침대와 탁자, 의자 모두 예상했던 대로 낡고 헐었지만 참을 만했다. 이불을 젖혔을 때 쥐나 벌레도 보이지 않았다. 도도가 절뚝거리는 걸 보고 팁으로 몇 페니히를 더 챙겨줬는데, 뜻밖에도 도도는 "제 서비스가 진심으로 만족스러워 1두카트를 주시면 받겠습니다. 하지만 제 다리를 동정하시는 거라면, 죄송하지만 받을 수 없습니다"라고 거절했다.

나는 정말 당황했다. 어린애가 놀랍도록 당당했고, 돈을 보고도 그런 말을 할 줄은 전혀 예상하지 못했다.

"이런, 한스. 자네가 졌네. 1페니히만 주면 돼." 호프만 선생이 침대에 앉아 웃으며 말했다.

도도가 고개를 끄덕이며 동전을 받은 뒤 감사 인사를 하고는 절뚝거리며 나갔다.

"선생님." 나는 짐을 풀면서 말했다. "이번에 수확이 꽤 좋습니다. 마녀에 쥐의 왕, 마술 피리까지……, 여기서 얼마나 머물까요? 일주일이요?"

호프만 선생이 고개를 저으며 "쥐의 왕이나 마술 피리는 무시해. 나는 산속 마녀한테만 관심 있으니까"라고 대꾸했다.

"선생님, 무슨 말씀이세요? 아까 슈나이더 씨가 들려준 얘기도 재미있지 않았습니까?"

"확실히 재미있지만, 마녀에 비하면 진주 옆에 놓인 은장식처럼 평범하고 속돼……. 그 진주가 가짜인지 아닌지는 모르겠지만."

호프만 선생은 말을 마치자마자 침대에 눕더니 옷도 갈아입지 않은 채 잠들었다.

나는 호프만 선생이 왜 그렇게 말하는지 이해할 수 없어 머리를 긁적였다. 아까 슈나이더가 '쥐의 왕'을 언급했을 때만 해도 분명 흥분하지 않았던가. 하지만 지금 같은 상황도 좋았다. 영국 본가의 폭신한 침대가 이미 그리웠으니까. 나는 선생을 따라 여기저기 여행하는 건 상관없는데, 아무리 그래도 1년의 열한 달을 외지에서 보내는 건 쉽지 않았다. 하멜른의 밤은 무척 고요했다. 물론 여관이 번화한 내성에서 멀리 떨어졌기 때문일 터였다. 눈을 감자 코펜산에서 피리꾼이 연주하던 선율이 떠올랐다. 부드럽고 나직한 소리가 무척 감미로웠다. 피리 소리는 꿈속에서도 계속됐는데, 꿈속 숲에서는 그 혼자만 있는 게 아니라 활발한 쥐 떼가 그의 연주에 맞춰 춤추고 있었다.

정말 우스운 점은 꿈에서 내가 그 덩실대는 쥐들 가운데 하나라는 거였다.

아침에 창밖에서 들려오는 시끌시끌한 소리에 눈을 뜨자 호프만 선생이 창가에 기대 아래쪽 길을 바라보고 있었다. 나는 덩실덩실 춤추는 쥐와 피리 부는 쥐잡이꾼이 머릿속을 가득 메워 잠시 어디에 있는지 생각나지 않았다.

"좋은 아침, 한스." 호프만 선생이 창밖을 가리키며 말했다. "무슨 일이 벌어진 것 같으니 내려가 보세."

나는 옷도 제대로 못 입고 몽롱하고 얼떨떨한 상태로 호프만 선생에게 이끌려 술집 입구까지 갔다. 술집 문 앞의 작은 공터가 성 밖의 간이 시장인 듯 노점상들이 채소와 고기 등을 팔고 있었다. 아침 햇살 아래에 놓인 하멜른의 성 밖 풍경도 꽤 그럴듯했는데, 뭔가 이상한 기운이 감돌고 풍경 위로 회색 그림자가 드리워져 있었다. 공터의 몇몇 아낙들이 불안한 표정으로 소곤거리다가 누구는 입을 가리고, 누구는 작은 소리로 탄식했다. 아무래도 뭔가 무서운 일이 생긴 것 같았다.

"……훔퍼딩크 씨네 아이가……."

억지로 낮춘 목소리 속에서 어렴풋하게 그런 말이 들려왔다.

"훔퍼딩크 씨라면 요한이 아닙니까?" 내가 호프만 선생에게 말했다.

"실례지만." 호프만 선생이 옆에 있는 뚱뚱한 부인에게 물었다. "훔퍼딩크 씨 집에 무슨 일이 생겼습니까? 저희는 요한의 친구로, 어젯밤 그와 워스 씨와 술을 마셨는데요."

부인은 우리를 훑어보다가 호프만 선생이 요한과 의사의 이름을 대자 경계를 풀고 시원스럽게 알려주었다.

"아, 훔퍼딩크 씨를 아세요? 그 집 한스 남매가 사라졌대요."

"한스 남매요? 요하네스와 마르가레테 말입니까?" 내가 깜짝 놀라 물었다.

"아니면 누구겠어요? 홈퍼딩크 씨네 아이는 걔네 둘밖에 없는걸요."

어젯밤 요한이 언급하지 않기도 했지만 나는 정말 문장관 남매가 그의 아이라고는 생각하지 못했다. 요한은 갈색 머리에 윤곽이 굵직굵직하고 눈썹도 짙었기 때문에 그가 자식으로 이목구비가 섬세한 금발 남매를 두고 있다는 걸 쉽게 연상할 수 없었던 것이다.

"어쩌면 코펜산의 마녀가……, 아, 아니에요."

뚱뚱한 부인이 말을 하려다 삼켰지만 나는 무슨 말을 하려고 했는지 알 수 있었다.

호프만 선생은 요한의 집이 어디인지 물어본 다음 나를 데리고 그리로 향했다. 어제 꼬마들이 모여 있던 나무 밑을 지나 다시 20, 30미터를 걸어가자 열 명가량이 회백색의 낡은 집 앞에 모여 있는 게 보였다. 대부분이 여자였지만 붉은 머리의 슈나이더 씨와 내가 모르는 몇몇 남자도 있었다. 요한은 머리를 감싼 채 수심이 가득한 얼굴로 집 앞 나무 의자에 앉아 슈나이더와 이야기하고 있었다. 그 뒤에 서 있는 창백한 얼굴의 여인은 안절부절못하며 사방을 두리번거렸다. 요한처럼 남루한 옷차림에 옅은 갈색 머리카락을 틀어 올린 여인을 보면서 나는 틀림없이 요한의 아내겠다고 생각했다.

"……요한, 그냥 장난치는 거 아닐까?"

우리가 가까이 다가갔을 때 슈나이더의 목소리가 들렸다.

"아니, 애들은 나와 안나보다 일찍 일어난 적이 없어……."

깊은 시름에 눈가까지 붉어진 요한의 모습은 건장한 외모와 정말 어울리지 않았다.

"슈나이더 씨, 훔퍼딩크 씨, 안녕하세요?" 호프만 선생이 다가가 물었다. "무슨 일이 있습니까?"

"아, 호프만 씨군요. 안녕하세요?" 슈나이더가 고개를 돌리고 굳은 표정으로 말했다. "요한의 아이들이 사라졌습니다."

"요하네스와 마르가레테요?" 내가 물었다.

"아!" 요한이 벌떡 일어나 내 옷깃을 잡으며 다급하게 말했다. "애들을 보셨습니까? 어디 있습니까? 알려주세요!"

"아니요." 호프만 선생이 손을 뻗어 우리를 갈라놓고는 요한을 진정시켰다. "어제 황혼 무렵 이곳으로 오다가 만났을 뿐입니다. 슈나이더 씨 아들과 워스 씨 아들도 함께요."

요한이 실망해 힘없이 의자에 주저앉았다.

"아이들이 사라진 사실을 언제 알았나요?" 호프만 선생이 슈나이더에게 물었다.

"요한 말로는 오늘 아침입니다." 슈나이더가 대꾸했다. "어젯밤 늦게 돌아와 보니 아이들은 이미 잠자리에 들었더랍니다. 그런데 오늘 아침 일어났을 때 어젯밤 벽에 걸려 있던 아이들 외투가 보이지 않고 침대에도 헝클어진 이불밖에 없었다고 합니다."

요한이 고개를 들고 "이상해서 아내를 깨워 집 안을 뒤졌는데……, 저희 집은 너무 작아서 아이들이 숨을 만한 곳도 없습니다! 저희는 성 밖 길을 따라 집집이 물어봤지요. 하지만 아이들을 본 사람이 없었습니다……"라고 말한 뒤 손가락이 세 개밖에 없는 오른손으로 얼굴을 감싸며 괴로워했다.

"친구를 만나러 성에 들어간 건 아닐까요?" 내가 물었다.

"아니요, 걔들이 성에 들어왔다면 저희 집으로 와서 저희 아들을 찾았을 겁니다. 하지만 오늘 아침에는 오지 않았어요." 슈나이더가 말했다. "저는 소식을 듣자마자 이리로 왔고 지크도 평소 잘 노는 곳으로 찾으러 갔습니다. 그런데 방금 발이 와서 그곳에 없다며 이제 강둑 쪽으로 간다고 전해줬습니다."

"성문 경비병에게 물어봤습니까? 그러면 아이들이 성안에 있는지 밖에 있는지 알 수 있을 텐데요." 호프만 선생이 말했다.

"성문에는 경비가 없습니다." 슈나이더가 고개를 저었다. "지금은 전시가 아니라서 경비병은 순찰만 할 뿐 보초를 서지는 않거든요……. 사실 오늘 아침에 누구도 한스 남매를 보지 못했으니 이미 한밤중에 사라졌는지도……."

"하지만 애들이 아무 일도 없는데 한밤중에 집을 나갈 리가 없어!" 요한이 걱정스럽게 말했다.

"안나!"

갑자기 뒤에서 여자 목소리가 들려 돌아보자 회색 치마를 입은 40대 부인이 다급하게 걸어오고 있었다. 옷차림에서 어느 집 하인이며 슈나이더, 요한처럼 평민계급이라는 걸 알 수 있었다. 다만 젊지는 않아도 꽤 매력적인 외모에 이목구비가 단정하고 요한처럼 남루하지도 않았다. 그녀가 나타나자 요한 뒤에 서 있던, 그의 아내 같던 여자의 표정이 믿음직한 구원자가 드디어 나타났다는 듯 돌변했다.

"카롤리네! 아, 아이들이 사라졌어!"

요한의 아내가 달려가 카롤리네라는 여자를 끌어안았다.

"안나, 두려워할 것 없어." 카롤리네가 안나를 가슴에 안은 뒤 고개를 돌려 요한을 매섭게 노려보았다. "요한, 무슨 일인가? 애들이 사라졌다니?"

"저, 저는……." 요한은 반박하고 싶어도 할 수 없다는 듯 난처한 표정을 지었다.

"저 사람은 요한 아내인 안나의 언니, 카롤리네입니다."
슈나이더가 우리에게 작은 소리로 알려주었다. "요한과 마
찬가지로 바그너 밑에서 일하는데 비교적 지주의 신뢰를 받
고 안나와도 사이가 좋습니다. 요한과 그녀는 개구리와 뱀
같은 사이이지요."

카롤리네는 몰아세우듯 요한에게 질문을 던졌다. 그러다
성 안팎의 누구도 아이들을 보지 못했다는 말을 듣자 단호
하게 "코펜산의 마녀가 유괴한 게 틀림없어!"라고 소리쳤
다.

그녀의 말이 우레처럼 크게 울리자마자 웅성웅성 떠들던
사람들이 일제히 입을 다물고 조용히 그녀를 노려보았다.
어떤 사람은 혐오스럽다는 표정을, 또 어떤 사람은 놀란 표
정을 지었지만 아무도 소리를 내지는 않았다.

"카롤리네! 마, 말도 안 되는 소리예요!" 요한이 큰 소리
로 외쳤다.

공개적으로 마녀를 언급하는 건 금기로, 잘못하면 불운
이 닥친다고 생각하는 게 틀림없었다.

카롤리네는 전혀 상관하지 않고 "선례가 없는 것도 아니
잖아! 마녀가 일정한 간격으로 나쁜 짓을 벌이는 건 다들
잘 아시지요? 자기 마물이 죽자 복수하려는 거라고요……"
라고 말했다. 슈나이더가 말했던 쥐의 왕을 뜻하는 게 분명

했다.

모든 사람이 침묵에 빠졌다. 내가 보기에는 다들 입으로 뱉지만 않을 뿐, 속으로는 한스 남매한테 나쁜 일이 생겼을 거로 결론 내리는 듯했다. 성 밖 요한의 집은 코펜산에서 가장 가까운 민가였으니 마녀가 어린애를 유괴하려 할 때 당연히 그들을 선택하지 않겠는가……

"집을 좀 봐도 될까요?" 호프만 선생이 갑자기 입을 열었다.

요한은 의아한 눈으로 호프만 선생을 바라봤지만, 거절하지 않고 자리에서 일어나 나무 문을 열고 우리를 안으로 데려갔다. 요한의 집은 작은 벽돌집으로, 칸막이나 방 없이 통째로 뚫린 하나의 공간이었다. 가로세로 모두 7미터에서 8미터밖에 되지 않을 만큼 작았다. 출입문 하나에 창문은 세 개뿐이고 창문 없는 벽에는 벽난로와 밖으로 연결된 굴뚝이 있었다. 끝 쪽에 침대 세 개가 놓여 있었다. 하나는 요한 부부의 침대이고 조금 작은 두 개는 한스 남매의 침대로 보였다. 침대 위에 헝클어져 있는, 꿰맨 자국이 가득한 이불에서 풍족하지 않은 형편이 고스란히 드러났다. 침대 옆에는 검처럼 깎은 막대와 투석기 탄환으로 쓸 법한 돌 한 주머니, '하멜른 기사단' 깃발이 있었다. 한스의 보물 같았다.

호프만 선생은 침대 앞으로 걸어가 이불을 젖힌 뒤 자세히 훑어보고, 쪼그려 앉아 바닥도 살펴보았다. 요한과 안나, 슈나이더는 문 앞에서, 다른 주민들은 그들 뒤에서 목을 길게 뺀 채 대체 외국인이 무엇을 하는지 쳐다보고 있었다.

"선생님, 뭐 좀 찾으셨습니까?" 호프만 선생이 바닥에 깔아놓은 마른 갈대를 살펴볼 때 내가 물었다.

"아니, 특별한 게 전혀 없군." 호프만 선생이 일어나 아무렇지도 않게 말한 뒤, 몸을 돌려 문 옆에 있는 요한 부부에게 물었다. "훔퍼딩크 씨, 질문이 있습니다. 슈나이더 씨 말로는 오늘 아침에 외투를 집다가 아이들이 사라진 걸 발견했다던데, 맞습니까?"

"네." 요한이 어제 술집에서 소리칠 때와는 완전히 다르게 풀죽은 목소리로 대답했다.

"외투는 어디에 겁니까?"

"저쪽 창문 옆입니다." 그가 왼쪽을 가리켰다.

출입문 왼쪽의 창문 옆 벽, 내 시선과 나란한 높이에 고리가 몇 개 있었다.

"보통 어느 고리에 외투를 거십니까?" 호프만 선생이 물었다.

"제일 왼쪽입니다." 요한이 의아해하며 대답했다.

요한은 호프만 선생이 왜 그런 질문을 하는지 이해할 수 없다는 표정이었는데, 사실 나도 감이 잡히지 않았다.

"아이들 외투는요?" 호프만 선생이 또 물었다.

"그 옆입니다." 요한이 대답했다. "저희는 매일 잠들기 전에 외투를 걸어놓습니다. 왼쪽에서 첫 번째 고리가 제 것이고 그 옆이 아내, 이어서는 아들과 딸 자리입니다. 매일 밤 잠들기 전에 네 벌이 걸려 있고 아침에 외투를 입을 때도 제가 항상 다른 외투들을 보기 때문에, 오늘 아침에 두 벌뿐인 걸 보고 이상하다는 걸 알아챘지요……."

"호프만 씨, 고리와 외투가 아이들 행방과 무슨 관련이 있습니까?" 슈나이더가 끼어들었다. "아이들이 마녀한테 유괴당했으면 아무 방법이 없습니다……."

"정말로 마녀가 데려갔다면, 그 마녀는 아주 선량하니 걱정할 필요 없습니다." 호프만 선생이 말했다.

"뭐라고요?" 사람들이 모두 의아해했다.

"아닌가요? 정말로 마녀가 유괴했더라도 이 마녀는 아이들이 추울까 봐 외투를 입혀서 데려갔습니다. 아이들도 고분고분하게 따르며 바닥의 갈대조차 흐트러뜨리지 않았고요."

사람들은 서로의 얼굴을 쳐다보며 분분하게 의견을 나누었다. 요한이 호프만 선생의 팔을 붙들고 "그러니까 마녀 짓이 아닌 거죠? 그렇죠? 맞죠? 대체 아이들은 어디에 간

걸까요?" 하고 물었다.

호프만 선생은 요한의 어깨를 두들기며 "애태워 봐야 소용없으니 일단 어젯밤에 무슨 일이 있었는지 세세히 떠올려 보세요. 전략을 짠 뒤 수색하시지요"라고 권했다.

우리가 밖으로 나오자 주민들이 긴장한 표정으로 무대 위의 배우를 보듯 호프만 선생을 바라보았다. 다들 호프만 선생이 무슨 말을 할지, 어떻게 이야기를 풀어갈지 궁금해 했다.

"어젯밤 돌아왔을 때 이상한 점을 발견하지 못했나요?" 호프만 선생이 요한에게 물은 뒤 고개를 돌려 안나에게도 말했다. "부인도 잘 생각해 봐주십시오. 어제 이상한 일이 없었는지, 아이들이 무슨 말을 하지 않았는지요."

"없습니다……." 요한이 대답했다. "어제 여러분과 술을 마시고 돌아온 뒤 안나한테 몇 마디 듣고는 잠들었습니다……."

"부인은요?" 호프만 선생이 물었다.

카롤리네의 부축을 받고 있던 안나는 눈살을 찌푸린 채 아무 말 없이 고개만 저었다. 그녀의 낯빛이 아까보다 훨씬 창백해 보였다. 마녀의 유괴를 확신하는 듯한데 그게 범인이 누구인지 모르는 것보다, 혹은 범인이 아예 없는 것보다 더 생생하게 느껴지는 모양이었다.

"제가 어제 너무 많이 마셨기 때문입니다……." 요한이 울상을 지으며 가슴을 쳤다. "어젯밤에 조금만 덜 마셔서 그렇게 깊이 잠들지만 않았어도, 아이들이 나가는 걸 못 들었을 리 없습니다! 어젯밤 완전히 곯아떨어져서 술집에서 피셔와 술을 마셨던 꿈만 기억나니……."

"어, 나도 어젯밤에 피셔 꿈을 꿨는데!" 한 노인이 끼어들었다.

"피셔 씨가 누굽니까?" 내가 물었다.

"요한과 제가 어렸을 때 어울렸던 친구입니다." 슈나이더가 대답했다. "저희와 무척 친했는데 집안 형편이 꽤 괜찮았습니다. 부모님이 돌아가신 뒤 해운 무역 사업을 물려받아 경영했지요. 하지만 12년 전 밀거래가 적발돼 하멜른에서 야반도주했습니다. 예전에는 늘 술집 어르신과 합주를 했지요. 그는 피리를 불거나 북을 치고 어르신은 류트를 연주했어요……."

"피리 소리? 맞다, 어젯밤에 피리 소리를 들은 것 같은데……." 누군가가 소리쳤다.

"나, 나도 들었어! 네 시 종이 울린 뒤에 맞지?"

"어? 나는 깊이 잠들어서 몰랐는데, 오늘 아침 아내가 밤에 음악 소리를 못 들었느냐고 물었어……."

여기저기서 동조의 목소리가 들려왔다. 꽤 많은 사람이

어젯밤에 피리 연주를 들었다. 나를 포함해서.

가만, 피리 소리……?

"아!" 내가 큰 소리로 외쳤다. "마녀가 아닙니다! 피리꾼이에요! 피리꾼이 아이들을 유괴한 겁니다!"

사람들이 의아한 표정으로 쳐다봐 나는 다급하게 "어제 저희가 코펜산에서 길을 물었을 때 그가 격분해 하멜른 주민들을 욕했어요!"라고 덧붙였다.

"뭐라고요!" 요한이 펄쩍 뛰며 말했다. "그 쥐잡이꾼…… 아니, 피리꾼이 뭐라고 했습니까?"

"하멜른 사람들은 약속을 지키지 않는 사기꾼이라면서 분개해……."

"세상에! 쥐잡이꾼이었어!" 누군가가 소리쳤다. "쥐를 잡아줬는데 보수를 받기는커녕 요한에게 쫓겨났으니, 요한한테 앙심을 품고 복수한 거야!"

"피리로 쥐를 유혹할 수 있다면 아이들도 집에서 나오도록 꾀어낼 수 있겠지!" 사람들이 다시 한번 들끓었다.

"아이들이 그놈한테 유괴되었다고? 그럼 어서 산에 가자고!"

"하지만 산에는 마녀도 있잖아?"

"여러분! 잠시만요……."

호프만 선생이 소리쳤지만, 그의 말은 갑작스러운 말발

굽 소리에 끊어졌다.

"이놈들, 반란이냐!"

흑마를 탄 뚱뚱한 남자가 우리가 아까 지나온 길에서 다가오고 있었다. 쉰 살 정도로 보이는 남자는 체구가 둥글둥글해, 몸통과 머리통이 크고 작은 공 두 개처럼 보였다. 우람하고 까만 준마를 타고 있음에도 위엄이 느껴지기는커녕 오히려 우스꽝스러워 보였다. 특히 머리카락 한 올 없는 머리에 유행이 지난 보라색의, 심지어 챙에 초록색 깃털이 과장되게 꽂힌 베레모를 쓰고, 값비싼 듯한데 품위가 떨어지는 검붉은 색의 깃 높은 외투를 입고 있어서 나처럼 유행을 모르는 외국인조차 형편없다는 생각이 들었다. 화가 잔뜩 난 대머리 남성은 쥐 같은 두 눈으로 요한의 집 앞에 모인 사람들을 흘겨보았다.

"오늘이 일요일인가? 어서 일하러 가라고! 갑자기 궁금해져서 숲에 가지 않았다면 고작 두 사람 일하는데 너희 사기꾼 모두에게 임금을 퍼주고 있는 줄 몰랐을 거야!" 남자가 말 등에서 소리쳤다.

"바그너 씨, 요한의 아이들이 실종돼서 저희는……."

"아이를 잃어버린 건 요한이지 자네들이 아니잖아! 어서 출근해, 그렇지 않으면 무단결근으로 임금을 받지 못할 줄 알아!"

군중 속 남자들이 서로 얼굴만 쳐다보다가 어쩔 수 없다는 듯 요한을 내버려 둔 채 돌아섰다. 그 뚱뚱한 지주 밑에서 일하는 요한의 동료 벌목공들 같았다. 아침에 친구한테 사고가 난 것을 듣고 의리상 일하러 가지 못하고 도와주러 온 듯했지만, 그들은 사장의 기세와 현실 앞에서 고개를 숙이는 수밖에 없었다. 옷차림으로 보건대 요한보다 넉넉할 것 같지 않았다.

"그리고 자네, 슈나이더." 남자가 우리 옆에 있는 슈나이더를 노려보았다. "여기가 우리 집 마구간인가?"

"오기 전에 말을 먹였습니다……."

"자네 일이 말을 먹이는 것뿐이야? 아니면 내가 직접 알려줘야 하나? 일하고 싶지 않으면 마음대로 해. 내 밑에서 일하려는 사람은 널리고 널렸으니까."

슈나이더가 고개를 저은 뒤 요한의 어깨를 두드리고는 묵묵히 성문 쪽으로 향했다.

"훔퍼딩크." 바그너가 카롤리네와 안나를 힐끗 쳐다본 뒤 요한에게 말했다. "나도 냉혈한은 아니야. 집에 일이 생겼으니 자네들에게 하루 휴가를 주지. 다만 자네들이 내 덕에 먹고 산다는 걸 잊지 마. 은혜를 알면서도 갚지 않는 인간들은 지옥에 가는 법이야. 그리고 아이들을 찾든 말든 내일은 제시간에 출근하게."

뚱뚱한 대머리 지주는 고삐를 당겨 말머리를 되돌렸다. 그가 떠나기 전 호프만 선생과 나를 곁눈질로 쳐다보았는데 더러운 쥐를 보는 듯한, '하급 일꾼'과 어울리는 여행자는 경멸한다는 듯한 눈빛이었다. 나는 호프만 선생이 화가 나 그 작자한테 뭔가 도발적인 행동을 할까 걱정했지만, 선생은 뜻밖에도 별 반응을 보이지 않았다. 오히려 나야말로 화근이라는 듯 나한테 눈살을 찌푸리고 있었다.

"호프만 씨……." 바그너가 떠난 뒤 요한이 긴장한 얼굴로 선생의 손을 잡고 애원하듯 말했다. "저는 촌놈으로 호프만 씨처럼 박학다식하지 못합니다. 틀림없이 호프만 씨께는 피리꾼한테서 아이들을 찾아올 방법이 있으시죠? 네? 제발 부탁드립니다……."

호프만 선생은 조용히 요한을 바라보고 옆에 있는 여자들을 둘러본 뒤 한숨을 쉬며 "훔퍼딩크 씨, 저는 아무것도 약속할 수 없습니다. 최대한 방법을 찾겠지만 나쁜 소식을 들을 준비도 하셔야 합니다"라고 말했다.

우리는 요한과 헤어져 솔개 술집으로 향했다. 그런데 호프만 선생은 내내 불쾌한 얼굴로, 드레스덴을 떠날 때보다 더 심하게 눈살을 찌푸리고 있었다.

"선생님, 저희……."

"한스, 쓸데없는 말을 왜 해? 하면 안 되는 말을 하다니,

음……. 자네를 탓할 수 없을지도 모르겠군. 자네가 함부로 말할 수 있다고 예상하지 못한 나를 탓할 수밖에." 내 말을 끊은 호프만 선생이 그렇게 말하면서 고개를 저었다.

"선생님, 제가 뭘 잘못 말했습니까?"

"피리 부는 사람 이야기를 왜 꺼낸단 말인가?"

"어젯밤에 정말로 피리 소리를 들었습니다! 다른 사람들처럼 그 피리 소리에 이끌려 꿈을 꿨는데……."

"내 말은 무슨 근거로 '피리 부는 사람이 아이들을 유괴했다'라고 말했느냐는 거네."

호프만 선생이 걸음을 멈추고 이해할 수 없다는 표정으로 나를 쳐다보았다.

"그…… 그건 합리적인 추론 아닌가요? 신비한 피리 소리가 나고 아이들이 사라졌습니다. 특수한 두 사건이 동시에 일어났으니 분명 상관관계가 있는 거 아니겠습니까?"

"우리가 길을 잃고 하멜른에 온 것도 주민들한테는 특수한 사건 아닐까? 자네 논리에 따르면 우리가 아이들을 유괴한 범인은 아닐지 몰라도 불운을 몰고 온 악마가 된다고."

호프만 선생의 반론에 나는 말문이 막혔다.

"한스, 자네더러 평소에 책을 많이 읽으라는 건 보통 사람들의 마음을 이해하라는 뜻이야." 호프만 선생이 다시 걸음을 떼 나란히 걸으며 말했다. "민중의 마음, 특히 교육받지 못한 백성들의 마음은 한두 마디 말에 흔들리기 쉽네. 그들은 어떤 관념이 사실이라고 받아들인 뒤에는 철석같이 믿어. 이건 양날의 검과 같거든. 잘 사용하면 자네 의견에 쉽게 동의하도록 만들 수 있지. 그 이면에 깔린 논리를 그들이 이해하든 못 하든 상관없이 말이야. 거꾸로 어떤 말 때문에 영원히 대립할 수도 있네. 그럴 때는 고르기아스[×]가 살아온다 해도 그들 마음을 되돌릴 수 없어."

"그 말씀은, 이미 이 일의 내막을 파악하셨다는 뜻입니까?"

"아직 분명하지는 않아도 대충 실마리를 찾았어."

"피리꾼이 유괴한 게 아닙니까?" 내가 물었다.

"당연히 아니지."

"그럼 누구입니까?"

"마녀." 호프만 선생이 심드렁하게 대꾸했다.

"네?" 나는 얼떨떨하고 놀란 눈으로 선생을 바라보았다.

"그러니까 한스, 자네가 아까 무심결에 뱉은 말은 사악한 마녀를 도와준 거야."

[×] 고대 그리스의 철학자이자 궤변학파 학자. 뛰어난 말솜씨로 기원전 5세기 아테네의 민중에게 막대한 영향을 미쳤고, 플라톤과 아리스토텔레스는 그가 교묘한 말로 남을 오도하거나 속인다고 비판했다.

"선생님, 진심이세요?"

호프만 선생이 살며시 웃었다. 나는 그가 나를 놀리는 건지 아닌지 알 수 없었다. 평소라면 농담이겠지만 한스 남매가 행방불명되어 생사를 알 수 없는 상황이니, 설마 이럴 때까지 놀리지는 않을 것 같았다.

술집으로 돌아온 뒤 호프만 선생이 말했다.

"일단 성으로 들어가 여기저기에서 정보를 좀 모아보자고. 우린 이곳에 익숙하지 않으니 아이들 행방을 못 찾을 수도 있어……. 시간이 별로 없어. 한스, 어서 준비하고 바로 출발하세."

나는 간단히 씻은 뒤 술집 주인에게 부탁해놓았던 프레츨을 받아 입에 쑤셔 넣으며 호프만 선생을 따라 성으로 들어갔다. 하멜른은 내 생각보다 훨씬 풍요로웠다. 별로 넓지 않아 성 한끝에서 다른 끝까지 10여 분이면 도달할 수 있었지만, 도로가 질서정연하고 새 건물도 꽤 많았다. 물론 규모로 따지면 드레스덴이나 함부르크 같은 대도시에는 한참 못 미쳤다. 시장 근처에 이르자 웅장하지는 않아도 화려한 신축 건물 몇 개가 눈에 들어왔는데 모두 비슷한 특징을 갖고 있었다. 정면으로 2층 높이의 튀어나온 창문이 있고 그 창문 위를 소용돌이 문양과 석상으로 장식해 놓은 것이다. 호프만 선생은 성에 들어온 뒤 다양한 주민들과 이야기를 나누었다. 나는 그들의 대화 속에서 아름다운 건물들이 코드 퇴니스라는 건축가의 작품이며, 성안의 귀족과 부자 들이 앞다퉈 그에게 건축을 부탁해 비슷한 양식이 많다는 것을 알게 되었다.

호프만 선생은 말솜씨가 무척 좋아서, 길가는 사람이든 점포 앞 노점상이든 누구와도 쉽게 화제를 잡아 열정적으로 이야기하고 정보를 얻을 수 있었다. 그는 늘 이런 방식으로 잘 알려지지 않은 기이한 소문이나 전설을 듣곤 했다. 그런데 이번에 주민들과 나누는 화제는 도무지 이해가 되지 않았다. 마녀의 전설이나 아이들 행방을 묻는 게 아니라 하멜른의 경제와 베저강 항운 무역의 변화, 주변 숲의 개간 정도, 여행자와 순례자 및 예술가의 방문 빈도에 관해 이야기했기 때문이다. 억지로 연결고리를 찾아봐야 얼마나 많은 아이가 학교에 다니고 견습생이 되는지 등 도시의 교육 수준을 묻는 정도였다.

"선생님, 대체 무엇을 알아보고 계시는 겁니까?"

호프만 선생이 여러 사람과 대화를 마쳤을 때 내가 더 이상 참지 못하고 물었다. 수사에게도 질문할 게 있는지 호프만 선생이 예배당 앞 광장으로 데려갔을 때였다.

"당연히 아이들 행방을 찾고 있지."

"하지만 아까 주민들에게는 상관없는 소식만 물어보셨잖

아요?"

"상관없다고? 전부 상관있네. 하멜른 자체의 상황을 제대로 이해하지 못하고 어느 마녀가 아이들을 유괴했는지 어떻게 알 수 있겠나?"

"네? 악행을 저지르는 마녀가 한 명 이상인가요?" 나는 깜짝 놀라지 않을 수 없었다.

"한스." 호프만 선생이 갑자기 어투를 바꿔 엄숙하게 말했다. "미리 말해두지만, 우리가 아이들을 반드시 찾아올 수 있으리라 장담할 수 없네……. 아니, 못 구해낼 가능성이 크다고 해야지. 마녀를 잡아도 소용없을지 모른다고."

"선생님, 그 말씀은 아이들이 이미…… 죽었을까요?"

"꼭 그렇지는 않지만 그럴 가능성이 있어. 아직 살아 있어도 오래가지 않을지 모르고."

나도 모르게 가슴이 철렁 내려앉았다. 마녀에게 포박당한 아이들이 김이 모락모락 나는 커다란 솥에 약재료로 던져지기 직전의 장면이 떠올랐다.

"그, 그럼 어서 산에 가서 구해야지요! 마녀가 머리 셋에 팔이 여섯 개인 괴물일지라도, 어떤 마물을 부리든, 제가 단단히 무장하면 그래도 싸울 수 있지 않을까요?"

지주 바그너의 아버지인 당시 시위대장이 몇 사람을 데리고 갔어도 패배했다는 슈나이더의 말이 떠올라 솔직히 자신은 없었지만, 그래도 지금은 물러설 때가 아니었다.

"마녀가 반드시 산에 있다고 누가 그래?"

"네?"

"내 말은……."

광장 맞은편에서 어떤 사람이 우리에게 소리를 지르는 바람에 호프만 선생은 말을 마칠 수 없었다. 다름 아닌 슈나이더였다.

"크, 큰일 났습니다!" 슈나이더가 황소처럼 헉헉대며 다급하게 말했다. "강변! 강변이요! 저는 지금 요한한테 가니, 두 분 먼저 가보세요!"

슈나이더는 말을 마치자마자 성 남쪽으로 달려갔다. 강변에서 무슨 일이 벌어졌는지 몰라도 그 다급한 모습을 보면 큰일이 터진 게 확실했다. 나와 호프만 선생은 서쪽 성벽 밖으로 걸음을 재촉했다. 도착해 보니 성문 오른쪽 강둑에 수많은 사람이 누군가를 둘러싸고 수군거리고 있었다. 자세히 살펴보자 둘러싸인 사람은 요한의 처형인 카롤리네였다. 가까이 다가가는 동안 나는 카롤리네 발밑에 한스나 마르가레테의 시신이 누워 있는 최악의 상황을 떠올렸다. 다행히 전혀 아니었다. 카롤리네 옆에는 시체가 없었다. 그녀가 둘러싸인 이유는 물에 젖은 미백색 낡은 천을 가지고 있어서였다.

몇 초 동안 쳐다보고 나서야 나는 검은색 선이 엉성하게 그려진 그 누더기 천이 무엇인지 알아보았다.

그건 한스의 '타바드'였다.

잠시 후 요한 부부와 슈나이더가 도착했다. 요한은 그 천 조각을 보자마자 얼굴이 하얗게 질려 카롤리네의 어깨를 꽉 잡고는 "어디에서 찾았어요? 어디? 빨리 말해요!"라고 큰 소리로 물었다.

"강에서, 부두 말뚝 밑에 걸려 있었네."

카롤리네가 슬픈 표정으로 뒤쪽의 부두를 가리켰다.

"훔퍼딩크 씨, 아이 옷이 확실합니까?" 호프만 선생이 물었다.

"맞습니다……."

요한이 낡은 천을 펼치자 어제 한스가 걸치고 있던 '타바드'라는 것을 나조차 알 수 있었다. '바퀴가 있는 집과 꿩'의 우스꽝스러운 휘장이 또렷하게 보였다.

"세상에, 아이가 쥐처럼 끝내……." 어떤 부인이 작은 소리로 말했다.

"한스! 마르가레테!" 요한이 미친 듯 소리를 질렀다.

슈나이더가 붙들지 않았으면 그는 베저강으로 뛰어들었을지도 몰랐다. 피리꾼이 아이들을 유인한 뒤 쥐들처럼 물살이 거센 강물로 뛰어들게 했다면…….

"어서 상류로 가서 찾아보자고!" 슈나이더가 말했다.

"옷이 여기까지 흘러왔다면 하류로 가야 하지 않나? 이미 올덴도르프˟까지 떠내려갔을지도 몰라!"

"물살이 이렇게 거세니 하류에서 찾아도 살아있기는 힘들 거야……."

사람들이 이러쿵저러쿵 떠드는 동안 요한은 힘없이 천조각을 끌어안은 채 바닥에 꿇어앉아 있었다. 그의 부인 안나도 언니 카롤리네에게 기대 하염없이 떨었다. 배를 빌려 강을 수색하자는 사람도 있고, 시장에게 알려 시위병의 도움을 받자는 사람도 있었지만 다들 입만 놀릴 뿐 행동으로 옮기지는 않았다. 모두 마음속으로 똑같은 생각을 하는 듯했다. 찾아봐야 시체일 테니, 이런 상황에서 인력과 물력을 동원해 아이를 찾는 건 현실적으로 무의미하다고 말이다.

"선생님, 선생님 생각은……."

거의 얼이 빠져 있던 나는 호프만 선생에게 물어보기 위해 몸을 돌렸다가, 말을 마저 뱉기도 전에 선생이 사람들 속에 없다는 것을 알아차렸다. 이리저리 둘러보니 슈나이더와 부둣가 말뚝 옆에서 이야기하고 있었다.

˟   지금 명칭은 헤시슈올덴도르프. 하멜른에서 서북쪽으로 약 10킬로미터 떨어진 곳에 있는 도시이다.

내가 다가가자 호프만 선생이 내 움직임을 본 듯 이쪽으로 걸어왔다.

"선생님, 슈나이더 씨에게 무슨 말씀을 하셨습니까?"

"아무것도. 그냥 마녀의 소재를 물어봤어."

"이제 산에 가나요? 하지만 아이는 피리꾼한테 끌려 강물에 빠진 게……."

"따라오게."

호프만 선생은 요한 부부에게 작별 인사나 위로의 말조차 하지 않은 채 나를 데리고 강둑을 떠나 예배당 밖 광장으로 되돌아왔다. 그런 다음 남쪽이 아니라 북쪽으로 나아갔다. 나는 무슨 상황인지 갈피를 잡을 수 없었지만 따라오라고 했으니 분명한 목적지가 있다는 뜻이었다.

몇 분 지나지 않아 우리는 도시 북쪽의 커다란 저택 앞에 도착했다. 시장 근처의 건축물보다 몇 배는 크고 주변 집들도 드문드문 떨어진 게 부자나 귀족이 사는 곳 같았다. 여기가 마녀의 집인가?

"한스, 점심을 제대로 먹고 싶지 않아?" 호프만 선생이 느닷없이 물었다.

"당연히 그러고 싶지만……, 술집 프레츨과 소시지도 괜찮습니다."

나는 호프만 선생의 의도를 알 수 없어서 일단 보험 차원에서 그렇게 대답했다. 혹시 프레츨과 소시지마저 먹을 수 없을까 봐 걱정스러웠기 때문이다.

호프만 선생이 내 생각을 읽은 듯 미소를 지으며 "편지 가지고 있지?"라고 물었다.

"편지요?"

"공작의 편지 말이네."

나는 번뜩 작센 바이마르 공작의 소개장이 떠올랐다. 귀중한 공문이니 당연히 몸에 지니고 있었지만, 호프만 선생이 사용할 줄은 전혀 예상하지 못했다. 나는 편지를 꺼내 선생에게 건넸다.

"나한테 주지 말고 여기 들어간 뒤 하인한테 줘." 호프만 선생이 저택을 가리켰다.

"네? 아, 알겠습니다."

나는 정원으로 들어가 저택 문을 두드렸다. 호프만 선생은 내 뒤에서 느긋한 표정으로 서 있었다.

"여기가 누구 집입니까? 어떤 귀족인가요?" 내가 고개를 돌려 물었다.

"귀족이 아니라 시의회 바그너 의원의 집이네."

나는 깜짝 놀라 호프만 선생을 바라보았다. 작센 바이마르 공작의 소개장이면 하멜른 시장은 물론 공국의 영주인 브라운슈바이크 뤼네부르크 공작의 초대까지 얼마든지 받을 수 있을 텐데 호프만 선생은 이 편지를 고작 관리한테 쓰려는 거였다.

혹시 바그너에게서 그 아버지가 산에 올랐던 길을 알아내시려는 건가? 지금 산속 마녀의 소굴이 어디인지 아는 사람은 그 사람밖에 없을 테니까······.

내가 물어보기도 전에 저택 문이 열려, 나는 문지기에게 편지를 건네며 잉글랜드의 법학 박사 라일 호프만이 뵙기를 청한다고 말했다. 공작의 편지에 선생의 귀족 신분이 적히지 않았으니 당연히 나도 덧붙일 이유가 없었다.

편지를 받은 하인은 우리에게 현관에서 기다리라고 한 뒤 주인에게 알리기 위해 계단으로 올라갔다. 집 안도 바깥만큼이나 화려했지만, 은그릇과 도자기 장식이 너무 많아 손님에게 재산을 뽐낸다는 느낌이 들었다.

잠시 뒤 계단에서 다급한 발소리와 함께 뚱뚱한 대머리 지주가 공이 굴러오듯 계단을 내려왔다. 그는 내려오는 한편 왜 귀빈을 현관에서 기다리게 두었느냐고 하인을 타박했다. 그런 다음 입구에서 기다리는 '귀빈'이 호프만 선생과 나라는 걸 보고는 확연히 놀란 표정을 지었다.

"귀, 귀하가 호, 호프만 박사님이십니까?" 바그너가 조심스럽게 물었다.

"그렇습니다. 오늘 아침에 뵈었을 때는 바그너 씨와 인사할 경황이 없었습니다. 죄송합니다."

호프만 선생이 전혀 호의적이지 않은 웃음을 지었다. 물론 '비호의'적인 부분을 잘 감추었기 때문에 나만 알아챌 수 있었다.

"저, 저는 박사님이 자, 작센 바이마르 공작의 손님인 줄 몰라서……, 그때 무슨 추태를 보였다면……."

"괜찮습니다, 신경 쓰지 마십시오. 저와 제 하인은 드레스덴에서 공작을 뵙고 돌아가는 길에 하멜른에 들렀을 뿐입니다. 미리 계획하지 않았던 일이라 시의회를 찾아가기 송구했습니다. 그런데 오늘 아침에 귀하와 우연히 만난 데다 존귀한 의원이라는 소리를 들어서, 실례를 무릅쓰고 찾아왔습니다."

"아, 아, 어서 오십시오. 진심으로 환영합니다."

뚱뚱한 지주가 안도의 한숨을 내쉬고 활짝 웃으며 우리를 거실로 안내했다. 호프만 선생의 어투에서 우리가 따지러 온 게 아님을 확신하고 안심한 모양이었다. 나는 하인에게서 편지를 돌려받은 뒤, 방금 바그너가 공작의 서명과 인장을 보았을 때 거의 넋이 나갈 정도로 놀랐겠다고 생각했다. 작은 시의 일개 평민 관료라면 국왕급 귀족의 귀빈을 접대할 기회가 평생에 한 번도 없을 확률이 높았다.

"박사님은 시내 어느 곳에 묵고 계십니까? 괜찮으시면

누추하더라도 저희 집에서 며칠 묵으시지요······."

"이미 숙소를 정했고 말도 그곳에서 보살피고 있습니다. 저희는 바그너 씨가 손님으로 받아주신 것만으로 충분합니다. 그저 저희 행장이 초라하다고 흉보시지 않기만 바랍니다!"

호프만 선생이 하하 크게 웃자 상대도 얼른 따라 웃었다.

호프만 선생과 바그너는 거실에서 술을 마시며 이야기를 나누었다. 나는 바그너가 처음에는 호프만 선생이 남의 편지를 훔쳐 사칭하는 사기꾼이 아닐지 의심했으리라 짐작했다. 하지만 호프만 선생의 입담과 학식은 진짜였기 때문에 10여 분만 이야기하면 아무리 우매한 지방관이라도 진짜 상류층임을 알아볼 수밖에 없었다. 하멜른은 브라운슈바이크 뤼네부르크 공국의 영지이고 현임 영주는 벨프 가문의 앙리 율리우스였다. 그는 독일 귀족 가운데 유명한 개혁파로 귀족 대신 법학자와 학자를 지방 법관으로 발탁해 훌륭한 법률제도를 수립했다. 나는 바그너도 이 점을 잘 알고 있어서 법학 박사 신분의 호프만 선생을 한층 더 존중한다고 확신했다. 어느 날 공국의 고문으로 임명될 수도 있으니, 지금 호프만 선생과 관계를 잘 다져놓으면 이득만 있을 뿐 손해는 없을 거라고 계산했을 터였다.

호프만 선생의 말대로 점심 식사는 더할 나위 없이 풍성했다. 아니스 양배추 볶음과 사슴고기 소시지, 소고기 파이 등에 그치지 않고 바그너는 주방에 특별히 영국식 닭찜까지 준비시켰는데 고향에서 먹는 것보다 더 맛있었다. 사실 나는 하인이라 예법상 그들과 한 식탁에 앉을 수 없었지만, 호프만 선생이 나를 수행원인 동시에 서기라고 소개해 대머리 지주도 감히 소홀히 할 수 없었다.

"한스는 제 유능한 조수로 몇 개 국어를 할 수 있고 글솜씨도 뛰어납니다. 언젠가는 한몫 제대로 할 겁니다!"

호프만 선생은 나를 그렇게 소개했다. 물론 거짓말은 아니지만, 나는 수행원 겸 서기를 넘어 심부름꾼, 요리사, 마부, 청소부, 경호원, 짐꾼 등의 잡무까지 모두 맡고 있었다. 그 가운데 한두 가지만 집어내니 꽤 그럴듯하게 들릴 뿐이었다.

점심 식사를 앞두고 작은 사건이 발생했다.

"프란츠, 손님이 오셨으니 크리스도 함께 식사하도록 부르게." 바그너가 옆에서 시중드는 젊은 하인에게 말했다.

"아, 아가씨는 집에 안 계십니다." 프란츠라는 하인이 당황한 표정으로 대답했다.

"없다고? 어디에 갔는데?" 바그너가 눈살을 찌푸리며 불쾌한 얼굴로 물었다.

"모르겠습니다……. 또 혼자 북쪽 숲으로 말을 타러 가신 듯합니다⋯⋯."

"바그너 씨, 따님 성함이 크리스인가 봅니다?"

호프만 선생이 미소를 지으며 프란츠를 곤경에서 구하고 상황도 부드럽게 수습했다.

"아, 그렇습니다. 크리스티나가 집에서 논리학과 철학을 배우기 때문에, 박사님께 가르침을 받았으면 했습니다."

"괜찮습니다. 어쨌든 한동안 하멜른에 머물 예정이니 만날 기회가 있겠지요."

말만 그렇게 할 뿐 호프만 선생이 속으로 크게 안도하고 있음을 나는 잘 알았다. 그 아가씨가 정확히 몇 살인지는 몰라도 바그너 나이와 혼자 말을 타고 교외로 나갔다는 점을 고려할 때 이미 스무 살이 넘었을 터였다. 게다가 아직 아버지 집에 산다는 건 결혼하지 않았다는 의미였다. 딸과 호프만 선생을 이어줄 생각이 바그너한테 없었을지도 모르지만 만일의 상황이라는 게 있지 않은가. 혹시라도 크리스라는 아가씨가 우리 멋진 주인님에게 반하면 귀찮아질 게 뻔했다.

점심 식사 때 나는 두 사람의 대화 속에서 바그너의 부인이 몇 년 전에 병사했음을 알았다. 아무리 재산이 많아도, 또 하노버에서 명의까지 불러왔어도 그는 아내의 죽음을 막을 수 없었다. 대머리 지주에게 안 좋은 인상만 받았는데,

그 어투를 들으니 뜻밖에도 다정한 남편이었다. 이미 몇 년이 흘렀는데도 아내 이야기를 꺼내자 바그너는 그리움으로 가득한 표정에 눈빛까지 따스해졌다. 다만 하멜른 주민으로 화제가 옮아갔을 때는 매정한 얼굴로 돌아가, 일꾼들이 하나같이 거짓말쟁이에 게으름을 피우면서 임금을 훔쳐 간다고 비난했다.

"그 하등한 작자들은 도무지 진취성이 없습니다! 저도 평민 출신이지만 이런 지위에 올랐습니다! 재산도 있고요! 그들은 불쌍해할 가치가 없어요!"

바그너는 격앙된 어투로 소리치다가 손님 앞에서 실례했음을 깨닫고 얼른 사과했다.

아, 이런 벼락부자에 수전노 같으니. 나와 호프만 선생은 영국에서도 이런 부류를 많이 보았다.

점심 식사 후 바그너는 우리에게 저택을 구경시켜 주었다. 수많은 미술품과 은그릇을 보여주면서 알게 모르게 자신의 재력을 뽐내고 귀족 관료와의 인맥을 자랑했다. 나와 호프만 선생은 성 밖 술집에서 요한 등한테 살기 힘들다는 불평을 들었는데, 바그너 집에 오니 완전히 딴 세상에 밝은 미래가 펼쳐질 것 같았다. 바그너는 매년 얼마나 많은 땅을 개간하고 농작물을 증산하는지, 베저강이 하멜른 상인들 무역에 어떤 도움을 주는지 등등에 관해 말하고 한자동맹에서 이탈했음에도 하멜른은 계속 강성해질 거라고 떠들었다.

서재로 옮겨 간 뒤 우리가 책꽂이에서 진귀하지만 읽은 흔적이 없는 라틴어 고서 10여 권을 훑어볼 때, 오후 한 시를 알리는 종소리가 들려왔다.

"아, 어쩌죠? 시의회 회의에 참석해야 합니다……." 바그너가 창문 밖을 내다보며 말했다. "박사님, 혹시 관심 있으시면 함께 가시지요? 시장께 소개해 드리겠습니다."

"저야 당연히 좋지만, 방해만 될까 봐 걱정입니다." 호프만 선생이 잠시 멈칫하다가 다시 미소를 지으며 말했다. "사실 바그너 씨 댁을 방문한 것으로 충분히 만족합니다. 이곳을 지날 계획이 없었기 때문에 괜히 회의를 방해하면 시장님과 시의회에 폐가 될 것 같습니다. 다른 의원들도 귀하처럼 친절할지 모르겠고, 반대로 모두 저를 식사에 초대하겠다고 하면 제가 좀 곤란할 듯합니다."

바그너가 한쪽 눈썹을 치켜올리고 벙실벙실 웃으며 말했다.

"박사님 말씀이 옳습니다. 그렇지요. 그럼 저희 집에서 천천히 쉬고 계십시오." 그런 다음 몸을 돌려 하인 프란츠에게 말했다. "나는 의회에 가니, 자네가 박사님과 서기분을 잘 모셔. 소홀하면 안 돼."

호프만 선생의 암시를 바그너는 확실하게 알아들었다.

다른 의원들이 호프만 선생한테 줄줄이 찾아와 아부하면 바그너한테 이익이 없다는 거였다. 그는 나와 호프만 선생이 저녁까지 머물기를, 또 어떻게든 핑계를 만들어 밤새 잡아둘 수 있기를 바랐다. 우리한테 호의를 많이 베풀수록 나중에 호프만 선생이 그의 부탁을 거절하기 힘들기 때문이었다. 그게 바로 상인의 투자 방식이 아니겠는가.

바그너가 나간 뒤 호프만 선생은 프란츠에게 말을 걸었다. 나와 비슷한 또래의 그 젊은이는 손님이 먼저 말을 걸 줄 생각도 못 했던 듯 처음에는 어색하게 대답했지만, 차츰 호프만 선생이 자기 주인처럼 엄하지 않다는 걸 알고 표정을 편안하게 풀었다. 그는 정말 어렵게 바그너에게 고용되었다고 말했다. 남자 하인이 대단히 훌륭한 직업은 아니지만 장기가 하나도 없는 그로서는 선원이나 농부처럼 고생하지 않고 시의원 집에서 일할 수 있는 것만으로 이미 감사하다고 했다.

"프란츠, 바그너 씨 부친에 대해서 들어본 적이 있나?" 바그너의 출세 과정에 관해 이야기할 때 호프만 선생이 물었다.

"어……, 그게……." 프란츠는 당황해 더듬거렸다. 분명 알고 있는 눈치였다.

"긴장할 것 없네. 이미 마녀에 관해 들었어." 호프만 선생이 일부러 담담하게 말했다.

"박사님, 그 화제는 입에 올리지 않는 게 좋을 듯합니다. 불운을 불러올까 걱정이 돼서요."

"다들 그게 두려워서……, 말도 못 한다고요?" 내가 물었다.

"서기 선생님, 잉글랜드 사람들은 그런 걸 두려워하지 않는지도 모르겠습니다만, 저희 하멜른 주민들은 그 산이 금기라는 걸 압니다. 제 아버지도 할아버지한테 그렇게 교육받았고 할아버지는 증조할아버지한테 들었습니다. 주인님 부친이 금기를 깨서 목숨을 잃으셨으니, 저희는 더더욱 이 이야기를 할 수 없습니다."

프란츠의 당황한 표정은 나조차도 절대 꾸며낸 게 아님을 알 수 있었다. 진심으로 두려움에 떨고 있었다.

"그럼 더는 말하지 않겠네." 호프만 선생이 미소를 지으며 말했다. "참, 이 집 마구간 담당자가 슈나이더 아닌가?"

"아, 맞습니다. 박사님께서 어떻게 아십니까?"

"어젯밤에 함께 술을 마셨거든." 호프만 선생이 웃었다. "우리를 마구간에 데려다주겠나?"

프란츠는 지주의 귀한 손님이 비천한 신분의 마부와 술을 마셨다니 상상이 안 된다는 듯 의아한 표정을 지었다. 어쨌든 우리 세 사람은 본관을 나와 뒤쪽 하인들이 묵는 별

채로 갔다. 마구간은 바로 그 옆에 있었다.

"어, 호프만 씨! 어떻게 오셨습니까?" 우리가 갔을 때 슈나이더는 말을 빗겨주고 있었다. "아이들 소식이 있나요?"

"없습니다. 여기 바그너 씨 집에 손님으로 왔을 뿐이지요." 호프만 선생이 말했다. "저는 슈나이더 씨가 아직도 밖에서 아이들을 찾고 있을 줄 알았습니다."

"별수 없지요. 아까는 말을 다른 의원에게 끌고 가느라 강변을 지나갈 수 있었습니다. 또 돌아오지 않으면 일자리를 잃을 거고요." 슈나이더가 어깨를 으쓱거렸다.

"박사님, 벌목공 아이들을 말씀하시는 겁니까?" 프란츠가 물었다.

그는 슈나이더가 호프만 선생에게 아이들 소식을 묻는 게 무척 이상한 모양이었다.

"맞네, 프란츠. 자네는 뭐 들은 소식 없나?"

"쥐잡이꾼이 복수하는 거라고 하던데요?"

나는 프란츠까지 알고 있을 줄은 정말 생각도 못 했다. 호프만 선생이 '자네가 한 짓을 봐'라고 말하는 듯 흘겨보자, 나는 겸연쩍게 그의 시선을 피하며 고개를 숙였다.

호프만 선생은 슈나이더와 말에 관해 이야기하면서 바그너의 말들을 둘러보았다. 마구간에 있는 일고여덟 마리의 준마 모두 윤기가 반지르르하고 건강해 보였다. 말들을 보니 바그너의 부유함도 부유함이지만 슈나이더가 얼마나 열심히 일하는지 아주 잘 보였다. 프란츠야 호프만 선생이 말을 좋아한다고만 생각했을지 몰라도, 나는 또 다른 생각이 없고서야 그가 이유 없이 그렇게 오랫동안 말에 관해 이야기할 리 없다는 걸 잘 알고 있었다.

또각또각……

호프만 선생이 까만 준마의 목을 쓰다듬으며 단단한 근육을 칭찬하고 있을 때 우리 뒤쪽에서 말발굽 소리가 들려왔다. 고개를 돌리자 갈색 망토와 붉은 옷을 입은 여자가 백마 위에서 우리를 내려다보고 있었다. 스무 살쯤으로 보이는 여자는 무척 아름다웠지만, 부드러운 여성미가 아니라 의연한 기운을 온몸에서 발산하고 있었다. 어쩌면 말 위에 앉아 있어서 시선을 압도했을 수도 있지만.

"크리스 아가씨! 어디에 다녀오셨습니까? 안 계신다고 아까 주인님이 크게 역정 내셨습니다." 프란츠가 그 여자에게 말했다.

"상관없어." 크리스가 말에서 뛰어내린 뒤 나와 호프만 선생을 힐끗 쳐다보며 "누구야? 새로 온 하인이야?" 하고 프란츠에게 물었다.

"이, 이분들은 주인님의 귀빈이십니다!"

프란츠는 크리스가 계속 실례되는 말을 할까 봐 다급하

게 손을 내저었다.

"귀빈?"

크리스가 우리를 훑어보았다. 착각이 아니었는지, 말에서 내려온 뒤에도 그녀에게서는 남성처럼 거센 기운이 느껴졌다.

"이분은 호프만 법학 박사이시고 이분은 박사님의 서기이십니다." 프란츠가 소개했다.

그가 '법학 박사'라고 말할 때 내 옆에 있던 슈나이더가 살며시 탄성을 질러, 나는 작은 소리로 선생님 직함이 맞다고 알려주었다.

크리스는 우리 옷차림이 이상한지 시선을 거두려 하지 않았다.

"크리스 양, 만나서 반갑습니다." 호프만 선생이 격식을 갖춰 인사했다.

크리스는 의심 가득한 표정을 지으면서도 상류층의 관례에 맞게 답례했다.

"호프만 박사님은 가친께 볼일이 있으신가요?" 크리스가 물었다.

"아닙니다. 우연히 이곳을 지나다가 영존과 인연이 닿아 찾아왔을 뿐입니다."

크리스는 대답 없이 고개만 끄덕였다. 하지만 아무리 봐도 우리를 공짜 대접이나 바라는 식객으로 여기는 눈빛이었다.

"프란츠, 아직 점심을 못 먹었으니 주방에 얘기 좀 해줘. 지금 방으로 돌아갈 거니까 가져다 달라고 전해." 크리스는 우리와 대화할 의향이 없는지 대뜸 프란츠에게 말했다.

"아가씨, 주인님이 저더러 두 분 시중을 들라고 분부하셔서……."

"괜찮네." 호프만 선생이 끼어들었다. "가보게. 우리는 여기에서 슈나이더와 말에 관해 이야기하고 있을 테니."

프란츠는 호프만 선생의 배려에 고마워하며 다급하게 본채로 걸음을 옮겼다.

"그럼 저도 실례하겠습니다." 크리스가 우리에게 예를 행했다.

이 아가씨는 보통 귀족들 딸과 달리 호프만 선생에게 관심이 없으니, 내가 걱정하지 않아도 될 듯했다. 물론 지금 호프만 선생의 옷차림이 너무 남루해서 무탈하게 넘어갔을 확률도 있었다.

크리스가 말 등에서 가죽 자루를 내리자마자 슈나이더가 얼른 고삐를 끌고 백마를 구유로 데려가 물을 먹였다.

"어, 크리스 양, 물건이 떨어졌습니다."

그녀가 자루를 내릴 때 호주머니에서 뭔가 떨어지는 걸

본 나는 앞으로 나아가 주우려다가 깜짝 놀라서 동작을 멈췄다.

"가, 감사합니다."

크리스가 얼른 물건을 집어 주머니에 넣고는 뒤도 돌아보지 않고 마구간을 떠났다.

"선생님, 보셨어요?" 내가 조용히 묻자 호프만 선생이 고개를 끄덕였다.

바닥에 떨어졌던 건 머리카락 한 움큼이었다. 낡은 리본에 묶인 4인치가량 되는 금색 머리카락이었다.

크리스도 금발이지만 그 머리카락과는 차이가 좀 있었다. 하지만 그게 그녀의 머리카락이든 아니든, 진짜 중요한 문제는 머리카락 뭉치를 가지고 사방을 돌아다니는 사람이 어디 있느냐는 거였다.

"슈나이더 씨, 화장실에 좀 다녀올 테니 둘이서 이야기하고 계세요. 얼른 다녀오겠습니다." 내가 묻기도 전에 호프만 선생이 말했다.

"화장실이 어디인지 아십니까?" 슈나이더가 물었다.

"아까 바그너 씨가 두루두루 구경시켜 주었습니다." 호프만 선생이 웃으며 대답했다.

미처 정신이 돌아오지 않은 나를 두고 호프만 선생은 혼자 빠져나갔다. 나는 그가 화장실에 가는 게 아님을 알았다. 어쨌든 몇 년을 따라다니다 보니 그가 다른 마음이 있는지 아닌지 정도는 판별할 수 있었다. 나는 슈나이더와 대화를 이어갔지만, 말이 아니라 요한과 아이들에 관해 이야기했다. 슈나이더는 한스 남매와 자기 아들이 나이 차이가 조금 있어도 늘 함께 놀았기 때문에, 무슨 일이 생기면 지크는 친동생을 잃은 듯 매우 슬퍼할 거라고 말했다. 또 의사의 아들 발에 대해서도 언급했다. 무척 똑똑하다며 언젠가 아버지의 직업을 물려받아 성의 가난한 사람들을 치료해 줄 거라고 했다.

그러던 중 나는 갑자기 소름이 쫙 끼쳤다.

어제 워스 의사가 했던 말이 떠올랐기 때문이다.

……동물로 변할 수도 있고 사람 마음을 조종하는 저주를 걸 수도 있다고 합니다. 두꺼비 간, 뱀피, 물도마뱀 눈알, 산양 쓸개, 여자 손톱, 어린애 머리카락 같은 것들로 사악한 약을 만들고요…….

어린애 머리카락.

방금 그게 한스 남매의 머리카락은 아니었을까?

불현듯 우리가 바그너를 방문하게 된 이유도 떠올랐다.

애초에 호프만 선생은 '마녀의 거처'에 간다고 했다.

마녀가 한 사람이 아니며 우리가 찾는 마녀는 산에 있지 않을 수도 있다고 암시했다…….

지주의 딸이 마녀구나? 그녀가 요한의 아이들을 잡아갔던 건가? 아이들이 이 집에 있어?

그렇다면, 방금 호프만 선생의 '또 다른 의도'는 분명했다. 마녀 크리스를 상대하는 것이다!

나는 호프만 선생을 찾아봐야겠다는 핑계를 대고 슈나이더와 헤어져 안으로 뛰어갔다. 호프만 선생이 어떤 위험을 만날지 감이 잡히지 않았다. 마녀 앞에서 나는 바그너의 부친처럼 무용지물일 가능성이 컸지만, 절대로 선생 혼자 위험을 무릅쓰게 둘 수는 없었다.

다만, 그 전에 또 다른 난제에 부딪히고 말았다.

집 안에서 길을 잃어버린 것이다.

호프만 선생이 위험에 처했을지도 모르니 나는 당연히 하인들에게 길을 물어볼 수 없었다. 오히려 괜한 경계심을 일으키지 않으려고 그들 이목을 피하다가, 커다란 집에서 길을 잃고 말았다.

주인 가족의 방을 찾아 다급하게 걸음을 옮기면 옮길수록 어쩐지 점점 멀어지는 기분이 들더니, 결국 하인들 거처로 보이는 곳에 도착했다. 긴 의자가 놓인, 뒷문으로 통하는 듯한 복도를 지나면서 아무도 없는 틈에 얼른 나가야겠다고 생각할 때 설핏한 탄식이 들려왔다. 보통 사람한테는 안 들릴 정도로 작은 소리였지만 나는 청력이 아주 좋았다.

싸울 때 청각이 시각보다 훨씬 믿음직해서 길러진 능력이
었다.

"……이런!"

그건 내가 잘 아는 소리, 호프만 선생이 뭔가 발견할 때
마다 무의식적으로 내뱉는 탄성이었다.

바로 옆에 있는 문 뒤에서 들려왔기 때문에 나는 조심스
럽게 문을 열었다. 하지만 '끼익' 하는 소리가 내 움직임을
고스란히 드러내주었다.

"한스! 깜짝이야."

반쯤 열린 방문 사이로 호프만 선생과 내 시선이 마주쳤
다. 그곳은 하인의 방이라 가구도 초라하고 특별한 것도 전
혀 없었다. 그런데도 호프만 선생은 문 옆 선반에서 무늬가
새겨진 나무 상자를 만지작거리고 있었다.

"선생님! 저야말로 깜짝 놀랐습니다!" 나는 조용히 문을
닫은 뒤 작은 소리로 말했다. "여기에서 뭘 하고 계세요?
저는 선생님이 크리스 양한테 가신 줄 알고……."

"그녀한테 왜?"

"마, 마녀 맞죠?"

"무슨 헛소리를 하는 건가?"

"여기가 마녀의 거처라서 왔다고 말씀하신 게 생각나더라
고요!"

"맞아, 지금 바로 '마녀'의 방에 있지."

"네? 여기가 크리스 양의……."

"카롤리네의 방이야."

나는 요한 처형의 이름이 나오리라고는 꿈에도 상상하지 못했다.

"카롤리네가 마녀입니까?" 내가 깜짝 놀라 물었다.

"응."

"그녀가 아이들을 잡아갔다고요?"

"아니, 하지만 그렇다고 말할 수도 있지." 호프만 선생이 대답했다.

"그게 무슨 수수께끼입니까?"

"수수께끼가 아니네." 호프만 선생이 진지한 표정으로 말했다. "마침 잘 왔어. 단서가 있는지 빨리 좀 찾아봐. 어렵게 프란츠를 따돌렸으니 신속히 움직이자고."

"단서가 뭔지 저는 모르겠는데요?"

"금화, 은화, 이 방에 어울리지 않는 귀중한 물건 같은 거네. 돈일 가능성이 제일 커."

나는 도무지 갈피를 잡을 수가 없었다.

"선생님, 지금 훔치자는 말씀이십니까? 저희, 여비 충분합니다. 공작님이 보석을 한 주머니나 챙겨주셨잖아요. 지금 저희는 성안 주민의 8할보다도 부유하다고요!"

"무슨 멍청한 소리를 하는 거야? 당연히 훔치려는 게 아니지. 거액을 발견하면 아이들을 찾을 방법이 생긴다고."

"못 찾으면요?"

호프만 선생이 고개를 돌려 나를 똑바로 바라보았다. 그러고는 눈살을 찌푸린 채 "못 찾으면 아이들이 잘못될 수 있어"라고 대꾸했다.

나는 전혀 이해할 수 없었지만, 호프만 선생이 시키는 대로 했다. 침대 밑을 들여다보고 벽을 두들겨보는 식으로 30분 가까이 뒤졌다. 하지만 값나가는 물건도 없고 비밀장소 같은 것도 전혀 없었다.

"큰일이군. 이러면 또 다른 가능성이 커지는데……. 어리석은 여자 같으니! 왜 남도 해치고 자기한테도 불리한 방법을 선택했을까? 분명 자기한테는 이익이 될 수 있는데……."

그 말이 무슨 의미인지는 몰라도 허둥대는 모습에서 나는 호프만 선생이 정말로 걱정하고 있다는 걸 알 수 있었다. 이유를 물어보려는 순간, 내 예리한 청각이 문밖 멀리에서 소동이 벌어진 듯하니 시기가 안 좋다고 알려왔다.

호프만 선생도 눈치채, 우리는 손을 멈추고 조심스럽게 방을 원래대로 정리한 뒤 밖으로 나갔다. 복도에서 계단까지 나아갔을 때 옥신각신하고 있는 슈나이더와 프란츠를 만났다.

"박사님! 여기 계셨군요." 프란츠가 말했다.

"길을 잃고 헤매다가 저기 의자가 보여서 잠시 앉아 있었네. 저택이 정말 크군." 호프만 선생이 미소를 지으며 말했다.

"호프만 씨! 요한이……." 슈나이더가 갑자기 끼어들었다.

"주인님 손님을 귀찮게 하지 마세요!" 프란츠가 소리쳤다. "아무리 박사님과 술을 마셨고 박사님이 친절하게 대해 주셔도 본인 일 처리를 박사님께 맡기면 안 되죠!"

"일 처리가 아니야! 그냥 소식을 전하는 거라고!"

두 사람 대화 속에서 나는 대충 상황을 이해할 수 있었다. 요한한테 새로운 진전이 있어 선생님 의견을 구하고자 와주기를 청하려는데 프란츠가 막는 거였다. 바그너가 몰래 우리를 붙잡아두라고 지시했기 때문이다.

"프란츠, 사실 나도 이만 가려고 했네. 벌써 네 시 종이 울렸잖나." 호프만 선생이 말했다.

프란츠는 잔뜩 실망한 표정이었지만 손님이 먼저 가겠다는 이상 막을 수 없었다.

"음, 종이와 펜 좀 있나?" 호프만 선생이 프란츠에게 물었다.

프란츠가 종이와 펜, 잉크를 가져오자 호프만 선생은 환대에 감사하고 나중에 또 찾아오겠다는 내용으로 바그너에게 쪽지를 썼다. 그런 다음 프란츠에게 건네면서 1두카트에 해당하는 금화를 팁으로 주었다.

"박사님! 이런 거액은 받을 수 없습니다."

프란츠는 펄쩍 뛰며 거절했지만, 금화를 보는 두 눈이 반짝반짝 빛났다. 하긴 1두카트라면 일반적인 팁의 100배였으니 당연했다.

"마땅한 대가이니 받게."

호프만 선생이 계속 내밀고 있자 프란츠가 금화를 받았다. 옆에 있던 슈나이더는 의외라고 여기는 듯했다. 하지만 어젯밤 처음 만난 사람들에게 술과 음식을 대접하는 모습을 보았으니, 이미 호프만 선생을 통 큰 사람으로 생각할 것도 같았다.

바그너의 저택을 나올 때 슈나이더가 문밖까지 따라왔다.

"슈나이더 씨, 무슨 말씀을 하려고 하셨나요?" 호프만 선생이 고개를 돌려 물었다.

"조금 전에 지크가 와서, 요한이 선생님께 집으로 와주십사 청했다고 말했습니다."

"무슨 일이 있습니까?" 내가 물었다.

"잘 모르겠습니다만 아이들 소식 같습니다."

"그럼 슈나이더 씨도 함께 가십니까?" 호프만 선생이 물었다.

"저도 당장 가고 싶지요. 하지만 시의회 회의가 거의 끝나갑니다. 주인님이 돌아오셨을 때 말을 받아주는 사람이 없으면 크게 화를 내실 테니, 저는 나중에 가겠습니다."

우리는 슈나이더와 헤어진 뒤 빠른 걸음으로 남쪽 성문을 향했다.

"선생님, 프란츠에게 왜 그렇게 후하게 주셨습니까? 그런 거액의 팁을 받을 정도는 아니었는데요?" 내가 무심하게 물었다.

"바그너에게 보여주느라고."

"지주한테 보여주느라고요? 그가 돌아왔습니까?"

이미 저택에서 한참을 걸어와 보이지 않을 줄 알면서도 나는 나도 모르게 고개를 돌려 쳐다보았다.

"그는 없어도 프란츠가 거액의 팁을 받은 걸 두고 하인들끼리 수군거릴 테니, 자연히 바그너 귀에까지 얘기가 들어갈 거네. 이렇게 해두면 나중에 또 조사하러 갈 때 하인들한테서 소식을 듣기도 쉬워지고."

"하인들이 중요한 정보를 알까요?"

"당연하지. 어떤 사건이든 완벽하게 비밀을 유지할 수는 없어. 그리고 평민 계층은 중요한 정보를 더 쉽게 접한다고.

귀족들은 돈을 써서 즐거움을 누리지만 평민들은 이런저런 이야기를 나누면서 시간을 보내거든."

호프만 선생이 말하는 '중요한 정보'가 뭔지는 몰라도 꽤 그럴듯한 말로 들렸다.

요한 집 앞에는 아침과 마찬가지로 사람들이 잔뜩 모여 있었는데 워스 의사, 슈나이더의 아들 지크, '꽃 목도리 기사' 힐다 등 익숙한 얼굴이 많았다. 요한의 아내 안나도 있었지만 카롤리네는 보이지 않았다.

"호프만 씨! 정말 잘 오셨습니다!" 요한이 호프만 선생을 보자마자 한걸음에 달려왔다.

"슈나이더 씨가 무슨 소식이 있다던데, 무슨 일입니까?"

"이걸 좀 보십시오!"

요한이 편지를 건네주자 호프만 선생은 쓱 훑어본 뒤 내가 본 적 없는 복잡한 표정을 지었다. 나도 가까이 다가가 살펴보니 글자는 얼마 되지 않는데 내용이 엄청났다.

요하네스와 마르가레테는 내가 데리고 있다. 이것은 경고이다. 아이들의 귀환을 원하면 대머리에게 보수를 지급하라고 해라.

—쥐잡이

"반나절 내내 강가를 뒤져도 아이들이 보이지 않아 조금 전에 돌아왔는데, 문 앞에 이 편지가 있었습니다." 요한이 긴장한 얼굴로 말했다.

그는 여전히 불안해 보였지만, 아이들이 쥐처럼 강물에 빠지지 않았음을 알고는 호프만 선생이 구해줄 수 있으리라는 희망을 품은 듯했다.

"두 분은 내내 집을 비웠습니까?" 호프만 선생이 물었다.

"네, 카롤리네가 옷을 찾은 뒤 계속 베저강 부근에 있었습니다."

"누가 편지를 두고 갔는지 본 사람이 없나요?"

"없습니다." 요한이 고개를 저었다.

"훔퍼딩크 씨, 희망을 깨려는 게 아니라 누구든 피리 부는 사람을 사칭해서 이런 편지를 쓸 수 있습니다."

"하지만 증거로 빗이 왔습니다."

"빗이요?"

요한이 호프만 선생에게 작고 정교한 나무 빗을 건네며 말했다.

"예전에 목수로 일할 때 빗을 많이 만들었는데 다친 뒤 가계에 보태느라 하나둘씩 팔고 이거 하나만 남았습니다. 마르가레테가 좋아해서 아이에게 주었고요. 이건 마르가레테가 늘 가지고 다니는 보물입니다. 그런데 편지를 발견했을 때 빗이 옆에 있었습니다. 피리꾼이 아이들을 데리고 있다는 증거로 보낸 것이지요!"

"빗에 물기가 없으니 아이들이 물에 빠지지 않았다는 뜻입니다. 정말 불행 중 다행입니다." 의사가 끼어들었다.

호프만 선생은 빗과 편지를 곤혹스러운 표정으로 쳐다보았다. 내가 처음 보는 표정이었다. 지금 상황으로는 호프만 선생의 판단이 틀린 듯했다. 역시 내 말처럼 아이들은 마녀가 아니라 피리꾼에게 유괴당한 거였다. 호프만 선생은 자신의 실수가 곤혹스러운지 말없이 그 짧은 편지만 계속 쳐다보고 있었다.

"호프만 씨, 전에 산에서 피리꾼을 만났다고 하셨지요? 두 분께 길 안내를 부탁드리고 싶습니다……." 요한이 말하면서 고개를 돌려 그 기이한 산을 바라보았다.

"산을 두려워한다고 하지 않으셨나요?" 내가 물었다. "코펜산은 금기 지역이라 주민들 모두 오르지 않는다고요."

"저희는 확실히 마녀를 두려워하지만, 그보다 아이들을 더 사랑합니다." 의사가 요한의 어깨를 토닥이며 말했다. "요한은 저희 친구이니 아무리 위험해도 도울 겁니다. 지금 잡혀간 아이가 발이라면 요한도 틀림없이 함께 산에 갔을 거고요."

"산에 가도 내일 가는 게 좋겠습니다." 호프만 선생이 침묵을 깨고 말했다. "밤에는 산을 오르기도 힘들고 길을 잃기도 쉽습니다. 그리고 피리 부는 사람이 편지를 보냈다는 말은 몸값을 받겠다는 의미이니, 아이들이 당분간 안전하다는 뜻이기도 합니다."

다들 호프만 선생의 말에 일리가 있다고 생각했다. 요한 역시 애가 타도 정확한 판단임을 인정하지 않을 수 없었다. 그때 슈나이더가 도착해 상황을 전해들은 뒤 우리 결정에 동의했다. 우리는 내일 아침 요한의 집에 다시 모여, 어떤 용감한 사람들이 산행의 모험에 동참할지 보기로 했다.

"바그너가 해고한다고 해도 내일 같이 갈게." 슈나이더가 의연하게 말했다. "사실 그가 보수를 지급하지 않아서 일어난 사달이잖아. 또 뭐라고 하면 단체로 시장한테 고발하자."

남자들이 너 나 할 것 없이 강한 어조로 내일 어떻게 유괴범 피리꾼을 상대할지 논의할 때, 나는 지크가 수심에 찬 얼굴로 조용히 자기 아버지와 어른들을 바라보는 걸 발견했다. 진짜 사건이 터지자 어린애들 놀이에 불과한 그들 '기사단'은 작은 힘조차 보낼 수 없었다.

"걱정하지 마. 우리가 요하네스 남매를 구해 올 테니, 내일이면 다시 만날 수 있을 거야." 내가 말했다.

지크는 어쩔 수 없다는 표정으로 고개를 끄덕였다.

사람들이 흩어진 뒤 나와 호프만 선생도 천천히 술집으로 향했다.

"선생님, 그러니까 범인은……."

"한스, 생각해야 하니 아무 말도 하지 말게."

나는 호프만 선생이 정말로 사건을 생각하는 건지, 아니면 완전히 빗나간 자신의 추론에 분개하는 건지 알 수 없었다. 하지만 어느 쪽이든 사건은 좋은 방향으로 나아가고 있었다. 내일 건장한 사람 몇을 뽑아 산에 오른 뒤 피리꾼의 은신처만 찾으면 일이 순조롭게 마무리될 터였다.

그때만 해도 나는 줄줄이 연결된 사건이 이제 터지기 시작했을 뿐임을 알지 못했다.

이튿날 아침 햇살이 비추자마자 나는 불안한 잠에서 눈을 떴다. 막중한 책임을 진 날이었다. 어쨌든 산에서 피리꾼을 만난 사람은 나와 호프만 선생뿐이니 아이들을 구해낼 수 있을지의 여부가 우리 기억에 달려 있었다. 같은 이유에서인지 호프만 선생은 나보다 더 먼저 일어나, 어제처럼 창가에 앉아 창밖 풍경을 바라보고 있었다. 다만 어제와 달리 무척 진지한 표정이었다.

"한스, 자네가 세수를 마치면 출발하지. 요한 일행과 함께 산에 오르자고."

호프만 선생은 늘 예상 밖의 행동을 하곤 했는데 이번에는 이상한 제안을 하지 않았다. 보아하니 정말로 그가 좌지우지할 수 있는 상황이 아닌 듯했다. 나는 선생의 말에 따라 산에 오를 준비를 했다. 간단히 아침을 먹은 뒤 우리는 요한의 집에서 다른 사람들과 만나기 위해 술집을 나섰다.

하지만 우리 계획은 술집을 나서자마자 엉망이 되었다.

"……생각지도 못하게 오늘 의사 아들이……."

술집 주인이 문밖에서 긴 자루가 달린 도끼를 메고 허리에 검을 찬 중년 남자와 이야기하고 있었다. 차림새로 볼 때 성안 경비병 같았다.

"사장님, 무슨 일입니까?" 호프만 선생이 끼어들어 물었다.

"아, 호프만 씨, 안녕히 주무셨습니까?" 사장이 고개를 돌렸는데 근심이 가득한 얼굴이었다. "피리꾼이 어젯밤에 또 아이를 잡아갔다고 합니다."

사장의 말에 깜짝 놀란 나는 고개를 돌려 호프만 선생을 힐끗 쳐다보았다. 선생도 의외라는 듯 눈썹을 살짝 치켜뜨고 있었다.

"워스 씨의 아들이요? 발 말씀입니까?" 조금 전 사장의 말 일부를 들어서 내가 물었다.

"네, 그리고 슈나이더의 아들도 잡혀갔습니다." 사장이 경비병을 가리키며 말했다. "이쪽은 성안 경비를 담당하고 있는 콘라트로, 슈나이더의 이웃입니다. 이분들은 호프만 씨와 수행원이고 슈나이더와 안면이 있습니다."

지크까지 잡혀갔다고? 어제저녁에도 이야기를 나눴는데……

"지금 성 남쪽은 난리가 났습니다!" 콘라트가 우리에게 살짝 고개를 숙여 인사했다. 묵직한 음성이 거친 외모와 잘 어울렸다. "어제 요한의 상황과 비슷합니다. 슈나이더 부부와 의사 부부가 아침에 일어나 보니 아이들이 사라졌다고 합니다."

"그냥 외출한 게 아닐까요?" 나는 호프만 선생의 방식을 모방해 다른 가능성부터 질문했다. "요하네스 남매와 친하고 모험심도 있으니, 자기네가 피리꾼과 담판하겠다고 산에 갔을 수도 있지 않습니까?"

"아닙니다. 피리꾼이 또 협박 편지를 남겼습니다. 정말 나쁜 놈입니다……." 콘라트가 고개를 저었다.

"편지가 슈나이더 씨와 의사의 집 중 어느 집에서 발견되었습니까?" 호프만 선생이 갑자기 물었다.

"예배당입니다. 비수가 문에 박혀 있었고요."

"편지 내용은 뭐였습니까?" 호프만 선생이 다시 물었다.

"저는 글을 잘 몰라서 정확히는 모릅니다만 돈을 요구하는 것 같았습니다. 제가 좀 더 일찍 일어났더라면 아이들이 잡혀가는 걸 막을 수 있었을 텐데……." 콘라트가 화난 얼굴로 검 손잡이를 만지작거렸다.

"좀 더 일찍 일어나요?" 호프만 선생이 의아해하며 물었다. "아이들이 언제 사라졌는지 아십니까? 부모가 한밤중에 일어나 아이들이 있는 걸 확인했나요?"

"아니요, 피리 소리 때문입니다."

"피리 소리요?"

"한 주민이 오늘 새벽 네 시쯤 예배당 부근에서 피리 소리가 들렸다고 말했습니다. 10초 정도로 짧아서 소리가 어디에서 나는지는 알 수 없었지만, 야간 순찰병을 포함해 많은 사람이 들었습니다. 또 다른 사람들은 잠결에 착각했을지 몰라도, 제 동료는 피리 소리와 새소리를 구분하지 못할 만큼 둔하지 않습니다."

그러니까 어제 했던 추측이 옳았다. 피리꾼은 정말로 쥐에게 썼던 방법을 아이들에게도 써, 집에 들어가지 않고 아이들을 유인해냈다. 마술 피리만 불면 누구든 본성을 잃고 얌전히 제 발로 집을 나오게 할 수 있으니……. 이런 마법 앞에서는 내 검술이 아무리 뛰어나도 승산이 없을 듯했다.

"워스 의사와 슈나이더 씨는 지금 어디 있습니까?" 호프만 선생이 콘라트에게 물었다.

"슈나이더 집에 있습니다. 요한과 다른 사람들도 전부 그곳에 있습니다." 콘라트가 성문 쪽을 가리켰다. "저는 성 밖에서 피리꾼이 아이들을 데려가는 걸 본 사람이 있는지 조사하러 나왔습니다. 하지만 이곳 주민들은 피리 소리조차 듣지 못했더군요. 지금 돌아가려고 하는데 길을 안내해 드릴까요?"

"그럼 부탁드리겠습니다."

하멜른에는 약속을 지키지 않는 나쁜 놈과 사기꾼이 많으니 당하지 않게 조심하세요.

피리꾼의 말이 귓가를 맴돌았다. 이를 갈던 표정과 분노에 찬 눈빛도 똑똑히 기억났다. 길을 가는 동안 나는 완전히 그 생각에 빠져 그의 범죄 과정을 상상하기 시작했다. 억울함을 풀고 약속받은 보수를 받기 위해 산에서 대기하다가, 적당한 시기에 하멜른으로 잠입해 마술 피리로 몽환적인 곡조를 연주한다. 아이들은 멍하게 집을 빠져나와 꼭두각시처럼 피리꾼을 따라 한 걸음씩 코펜산으로 나아가고……. 피리꾼은 옷을 갈아입었겠지. 복수의 의지를 드러내기 위해 새빨간 사냥꾼 복장을 하고. 그의 눈에 요하네스 남매와 지크, 발은 사냥감에 불과해. 멋대로 가지고 놀았던 쥐와 아무 차이가 없어…….

"여깁니다."

콘라트의 말에 나는 끔찍한 환상에서 되돌아왔다.

슈나이더의 집은 요한의 집과 별 차이가 없어 보였다. 그
저 성안에 있고 옆에 비슷비슷한 목조 건물이 있으며 성 밖
처럼 낡아 보이지 않는다는 정도만 달랐다. 호프만 선생과
내가 콘라트를 따라 도착해 보니 슈나이더, 의사, 요한이
몇몇 주민들과 문밖에 모여 있었다. 대책을 논의 중인 듯했
다. 요한은 여전히 걱정과 불안에 휩싸인 모습이고 슈나이
더는 굳은 얼굴로 두 남자와 이야기하고 있었다. 그의 뒤에
있는, 아내로 보이는 여성은 슬픔에 젖어 눈물을 뚝뚝 떨어
뜨리고 있었다. 의사는 옆쪽 나무통에 힘없이 앉아 있는데
어떤 뚱뚱한 여인이 "매일 술만 마시니까 애가 유괴되는데
도 전혀 모르지" 같은 식의 타박을 끊임없이 퍼부었다. 분
명 의사의 아내일 거라고 나는 생각했다.

우리가 다가가자 슈나이더가 인사도 없이 단도직입적으
로 "호프만 씨, 지크와 발도 잡혀갔습니다……"라고 말했
다.

"소식을 듣고 왔습니다." 호프만 선생이 대꾸했다. "범인
이 예배당에 협박 편지를 남겼다고요?"

"맞습니다, 여기요."

슈나이더가 종이를 건넸다. 어투는 차분해도 손이 미세하게 떨리는 것으로 보아 황망한 감정을 드러내지 않으려고 힘껏 억누르고 있는 듯했다.

지크프리트와 발타자르도 내 수중에 있다. 이건 너희가 내게 반항하려 한 벌이다. 감히 나를 찾아오면 네 아이들 모두 영원히 없애버리겠다. 이제 대머리는 보수의 두 배를 지급해야 한다.

　　　　　　　　　　　　　　　　　　　　—쥐잡이

정말 예배당 문에 비수로 꽂아놓았던 듯 편지 위쪽에 구멍이 뚫려 있었다.

"선생님, 어떻게 생각하십니까?" 나는 편지를 읽는 호프만 선생의 표정이 점점 밝아지는 것을 보고 물었다.

"편지지와 글씨체가 어제와 같으니 동일 인물이 보냈군." 호프만 선생은 편지지를 뒤집어 냄새도 맡아보았다. "꽃향기가 살짝 나."

나는 산에서 피리꾼을 만났을 때 부근에 야생화가 많이 피어 있던 게 생각났다. 그렇다면 피리꾼 은신처는 산속 그 천연의 꽃밭 근처인가?

"아이들이 사라진 걸 아침에 발견했습니까?" 호프만 선생이 슈나이더와 의사에게 물었다.

"네, 어제 요한네와 똑같습니다……." 슈나이더가 고개를 끄덕였다. "집에 누가 들어왔던 흔적도 없는데 아이들이 사라졌습니다. 마치 제 발로 나간 것처럼요."

"그, 그리고 발의 외투도 없어졌습니다. 어제 한스 남매의 상황과 똑같습니다……." 의사가 덧붙였다.

"여러분은 피리 소리를 못 들었습니까?"

"저는 신경 쓰지 않아서요. 하지만 예배당 근처에 사는 친구들은 모두 들었습니다."

슈나이더가 뒤쪽 몇 사람을 가리키자 그들이 전부 고개를 끄덕였다.

"저……도 못 들었습니다." 의사가 말했다.

"당연히 못 듣지! 매일 술을 마시고 돼지처럼 자는데! 차라리 당신을 잡아가지! 발처럼 착한 아이한테 하느님은 왜 이런 시련을 주시는지……, 흑……."

아내가 비난을 퍼부으며 울음을 터뜨리자 의사가 얼른 달랬지만, 그녀는 짜증스럽게 그의 손을 뿌리쳤다.

"피리꾼은 왜 지크와 발을 골랐을까요?" 의사 아내의 말에 의문이 들어, 나는 나도 모르게 끼어들었다.

지크와 발은 열한 살 내지는 열두 살이고, 특히 지크는 키가 큰 편에 체격도 좋았다. 피리꾼의 마술 피리가 효력을 잃어 아이들이 정신을 차리면 얼마든지 반항할 수 있을 정도였다. 내가 피리꾼이면 좀 더 어린애들을 노릴 것 같았다.

"복수이지요!" 어떤 남자가 소리쳤다. "그날 피리꾼을 성 밖으로 내쫓은 사람이 바로 요한과 슈나이더입니다! 그들 한테 거칠게 내쳐져서 그 집 아이들한테 손을 쓴 겁니다!"

"그럼 발은? 왜 우리 발을 데려갔는데?" 의사 아내가 눈물 콧물을 쏟으며 그 사람에게 소리쳤다.

"협박 편지에 똑똑히 쓰여 있지 않나? 어제 의사가 요한을 친한 친구라며 피리꾼에게 맞서기 위해 함께 산에 오른다니까 일부러 벌을 준 거지!"

"어제 성 밖 요한의 집에서 논의한 게 문제였어. 너무 부주의했다고. 분명 그놈이 몰래 우리 계획을 엿듣고 한발 앞서서……."

"그렇다면 마녀와 한패인가?"

"그 피리꾼은 인간이 아니라 인간의 탈을 쓴 마귀야!"

사람들이 갑론을박 마구잡이식으로 의견을 쏟아내, 나는 잠시 누구 말이 논리적이고 누구 말이 억지스러운지 구분할 수 없었다.

"편지를 칼로 예배당 대문에 꽂아놓았다고요?" 호프만 선생이 큰소리로 물었다.

순간 사람들이 입을 다물고 호프만 선생을 바라보느라 무의미한 논쟁이 중지되었다.

"아, 그렇습니다."

"문 어디에 꽂혀 있었나요?"

"오른쪽 문 정중앙에, 대략 이 정도 높이였습니다……."
한 남자가 호프만 선생 어깨쯤 되는 곳을 손으로 가리켰다.

"칼은 어디 있습니까?"

슈나이더와 주변 사람들이 서로의 얼굴을 쳐다보았다.
아무도 그 칼의 행방을 모르는 듯했다.

"칼이 중요합니까?" 내가 물었다.

"어떤 사건이든 중요하지 않은 부분은 없어. 모든 게 연
결되기 때문에 아무리 작은 물건이라도 존재 의미가 있는
법이라고." 호프만 선생이 말했다. "하지만 칼이 사라졌으
니 무슨 말을 해도 소용없겠군."

"선생님, 그렇게 작은 것은 잠시 덮어놓으시지요." 나는
고생할 아이들을 생각해 말을 돌리지 않기로 마음먹었다.
"아이들이 제일 중요합니다. 어서 산에 가서 그 피리꾼의
은신처를 수색해야……."

"두 분, 잠시만요." 슈나이더가 나와 호프만 선생의 대화
에 끼어들었다. "방금 두 분이 오시기 전에 저희는 산에 오
르지 않기로 했습니다."

"뭐라고요?"

나는 의아해졌다. 슈나이더라면 오늘 더 산에 가 아이들

을 찾고 싶지 않겠는가?

"그의 화를 돋우면 아이들 상황이 더 위험해질까 봐 걱정
돼서요……."

"하지만 타협한다고 아이들이 무사히 돌아올 것으로 보
이지 않는데요?" 내가 다급하게 반박했다.

"지크와 발을 잡아간 건 저희 모두를 향한 경고입니다.
저는 다른 사람들까지 끌어들일 수 없어요……." 슈나이더
가 주변 사람들을 훑어보았다. "저희는 피리꾼의 지시대로
바그너에게 돈을 요구할 수밖에 없습니다……."

"지주가 싫다고 하면요?" 내가 물었다.

"그래도 시도해 봐야지요!" 슈나이더가 돌연 격앙된 어조
로 소리쳤다가 금세 난감한 표정을 지으며 말했다. "……두
분께…… 추태를 보여 죄송합니다. 저희는 그 구두쇠 사장
이 돈을 목숨처럼 여긴다는 걸 잘 알고 있습니다. 400두카
트도 내지 않으려 했는데 이제 800두카트가 되었으니 더 힘
들겠지요. 하지만 돈을 내고 아이들을 데려오는 게 제일 안
전한 방법입니다. 무리일지라도 부탁해 보는 수밖에요."

"맞습니다. 그게 가장 타당한 방법 같습니다!" 의외로
호프만 선생이 고개를 끄덕이며 찬성했다. "돈을 원해 인
질로 삼았다면 아이들은 안전할 겁니다. 이 일은 제가 도울
수 없겠지만, 나중에 산을 수색하겠다면 기꺼이 안내하겠습

니다."

호프만 선생의 태도에 나는 정말 당황했다. 평소라면 무
슨 수를 써서든 아이들을 괴롭히는 나쁜 놈을 붙잡아 용서
해 달라고 애원하게 만들었을 터였다. 호프만 선생은 슈나
이더와 다른 사람들에게 인사한 뒤 솔개 술집으로 돌아가려
는 듯 성 밖으로 걸음을 옮겼다.

"선생님, 슈나이더가 협상할 때 좀 지원해 주실 수도 있
잖아요. 그러면 바그너가 선생님을 봐서라도 돈을 내주지
않을까요?" 성문에 거의 다다랐을 때 내가 물었다.

"헛수고야. 그 인색한 지주가 800두카트를 내줄 것 같
나? 브라운슈바이크 뤼네부르크 공작이 직접 말해도 그 뚱
보놈한테서는 1페니히도 받아낼 수 없을걸."

"하지만 슈나이더가 그러지 않았나요? 피리꾼에게 지급
할 보수는 원래 공금에서 내야 하니 자기 돈을 쓸 필요가
없다고 바그너가 말했다고요."

"그건 바그너가 그냥 한 말이지. 시장과 의회의 동의 없
이 어떻게 마음대로 결정할 수 있겠어? 시의원들은 아마 정
말로 세금을 많이 빼돌리겠지만, 그래도 교묘하게 명목을
만들어 공식적으로 나눠 먹을 거네. 바그너가 마음대로 거
액의 공금을 가져갈 수 있다면 다른 의원도 똑같이 할 수
있을 텐데, 그러면 시장이 공작한테 어떻게 설명하겠나?"

호프만 선생의 말이 옳았다.

"그런데 칼은 뭐가 특별한 겁니까?" 나는 호프만 선생이 사람들에게 물었던 일이 생각났다.

"봐야지만 특별한지 아닌지 알지."

"칼에서 뭘 알 수 있는데요? 편지를 못으로 박거나 바닥에 둔다고 상황이 바뀔 리도 없잖습니까?"

"칼은 아주 많은 걸 이야기해 줄 수 있네." 호프만 선생이 탄식했다. "싸구려 칼일까, 아니면 부자의 고가품일까? 병사들이 쓰는 특별한 칼? 혹은 사냥꾼용? 새 칼일까, 오래된 걸까? 범인이 사전에 준비했을까, 아니면 급하게 마련했을까? 이런 문제의 답에서 아주 많은 실마리를 찾을 수 있다고. 사실 범인은 일부러 칼을 썼을 거야."

"일부러요?"

"슈나이더와 의사가 편지만 봤다면, 분을 참지 못하고 피리꾼과 붙겠다며 계속 산에 오르려 했을 거네. 그런데 그 칼은 '아이들이 다칠 수 있다'라는 불길한 인상을 남겼지. 그러니까 편지에 쓰인 글은 단순히 '말로만 하는 경고'가 아니라 일종의 '실질적 위협'이 돼서 그들을 쉽게 조종할 수 있게 된 거라네. 생각해 보라고, 아까 슈나이더가 무척 겁을 먹었잖아? 어제의 기세는 완전히 사라졌지."

호프만 선생의 말을 들은 뒤에야 나는 그 속에 숨겨진 이치를 이해할 수 있었다.

"상대가 교활하고 총명하니 우리도 조심스럽게 행동해야 해." 호프만 선생이 덧붙였다.

"어……, 지금 술집으로 돌아가는 겁니까?"

"맞아, 말을 타고 산에 가보자고."

"네?"

"피리꾼을 찾아 산에 가는 건 시간 낭비일 뿐이라고 생각했거든. 그런데 오늘 보니 괜찮은 생각 같아."

우리는 술집에서 말을 타고 그제 하멜른에 왔던 길을 따라 코펜산으로 올라갔다. 좁은 오솔길을 지나 큰 상수리나무가 있던 곳으로 가자, 이끼에 뒤덮인 거대한 삼각형 바위가 그때 모습 그대로 있었다. 바위에서 오른쪽으로만 가면 피리꾼을 만난 분지가 나올 터였다.

그런데 그때 호프만 선생이 말에서 뛰어내리더니 갈림길의 다른 쪽으로 갔다. 그러고는 몸을 수그린 채 옆쪽의 낮은 수풀을 살펴보았다.

"선생님, 왜 그러십니까?" 나도 얼른 말에서 내려 옆으로 달려갔다.

"그제께 이곳을 지날 때는 여기 수풀이 멀쩡했거든."

호프만 선생이 붉은 열매가 달린 수풀을 가리켰다. 그중 예닐곱 가지가 뭔가에 눌린 듯 부러져 있었다.

"들짐승이 아닐까요?" 내가 물었다.

호프만 선생이 꼼꼼히 살펴본 뒤 "하, 자네 말이 맞아. 늑대 떼 같아"라고 대꾸했다.

선생이 가리키는 곳을 보자 늑대 발자국이 희미하게 남아 있었다.

"아!" 나는 얼른 단도를 꺼내 들고 늑대 떼의 습격을 경계하며 사방을 둘러보았다. 발자국으로는 수가 많지 않은 듯했지만, 떼로 달려들 경우 호프만 선생을 보호하면서 반격하기란 절대 쉽지 않을 터였다. "선생님, 어서 말에 타세요."

"잠시만, 여기 늑대 발자국 말고 사람 발자국도 있네."

"사람이요?"

나는 나도 모르게 경계를 풀고 바닥을 내려다보았다. 나뭇가지가 부러진 수풀 옆 진흙에 발자국 반쪽이 선명하게 남아 있었다.

"피리꾼이겠지요?" 내가 물었다.

하멜른 주민들은 코펜산에 오르지 않는다고 했으니, 이렇게 갓 찍힌 발자국이라면 피리꾼밖에 없을 듯했다.

"모르겠네. 마녀 것일 수도 있지."

호프만 선생의 말에 나는 아찔해졌다. 코펜산에 피리꾼 외에 전설의 마녀도 있다는 걸 잊고 있었다. 늑대 떼와 마녀가 동시에 나오면 나도 당해낼 수 없을 텐데……. 아니, 늑대 떼도 쥐의 왕처럼 마녀가 부리는 짐승이면 보통 들짐승보다 훨씬 무서울 테니…….

"선생님! 그럼 어서 말에 타세요!" 나는 긴장해 전투태세로 대비했다.

"잠시만, 좀 더 자세히 보고 싶어……."

"우우……."

갑자기 숲에서 늑대 울음소리가 들려왔다. 나는 어디에서 들리는지 감을 잡을 수가 없었다. 바로 옆에서 들리는 것도 같고 갈림길 멀리에서 들리는 것도 같았다. 늑대 울음소리에 호프만 선생이 경계하는 표정으로 몸을 일으켰다.

"계속 조사할 수 없을 것 같군……." 호프만 선생이 말하면서 얼른 말 옆으로 갔다.

난폭한 들짐승 앞에서는 호프만 선생의 이론과 지혜도 아무 쓸모가 없었다. 그도 이런 약점을 잘 알아서 모험은 잘하지 않았다. 재빨리 위기를 감지하고 물러서야 할 때 물러서는 것은 우리가 오랫동안 황량한 지역을 떠돌면서 얻은 중요한 깨달음 중 하나였다.

말에 오른 뒤 잠시 망설였어도 호프만 선생은 역시 하멜른에 돌아가기로 했다. 피리꾼과 만났던 곳을 다시 살펴보고 싶어 했지만, 늑대의 경고가 피리꾼의 편지보다 훨씬 강력했다. 무엇보다 우리는 늑대의 영역이 얼마나 되는지 몰랐다. 늑대는 자기 영역을 보호하는 습성이 매우 강해, 그들 영역 밖에서는 떼로 만나도 안전하게 벗어날 가망이 있지만, 영역 안에서는 한 마리만 만나도 죽기 살기로 공격해 오는 놈과 맞서야 했다.

"정말 아쉽군. 늑대 떼만 없어도 쉽게 찾았을 텐데." 돌아오는 길에 호프만 선생이 말했다.

"네? 쉽게요? 전에는 길을 잃었는데요……." 나는 조금 의외였다.

"그때는 뭘 찾아야 할지 몰랐으니까 길을 잃었지. 지금은 아니까 당연히 쉬워졌고."

"찾는 게 피리꾼이라는 걸 알기만 해도 도움이 됩니까?"

"우리가 찾는 건 피리 부는 사람이 아니라 지세가 특수한 장소야." 호프만 선생이 말했다.

"지세가 특수해요? 어떻게요?"

"나도 설명하기 힘들어. 하지만 어쨌든 특수해."

호프만 선생은 또 내가 이해할 수 없는 말을 했다. 이럴 때 보통 사람들은 괜히 대단한 척한다고 여길 수도 있지만, 나는 호프만 선생이 확실히 뭔가를 파악했을 때만 그렇게 말한다는 것을 잘 알고 있었다.

"선생님, 어떻게 아셨습니까?" 내가 물었다.

"자네는 하노버가 왜 하노버라 불리는지 아나?" 호프만 선생이 갑자기 우리의 원래 목적지를 언급했다.

"아니요……. 그게 무슨 관계라도 있습니까?"

"있지."

호프만 선생은 그렇게 짧게 대답한 뒤 미소만 짓고 설명해 주지는 않았다. 아무래도 정말 나를 우롱하는 것에 불과한 듯하니, 앞에서 했던 말은 취소해야겠다.

하멜른으로 돌아오기에 앞서 우리는 코펜산 밑자락을 살펴보고 그제 밤 의사가 진찰하러 갔던 산기슭 동쪽의 사냥꾼 집을 찾아갔다. 사냥꾼의 성은 예그이고, 그때 다친 사람은 예순 살에서 일흔 살쯤으로 보이는 노인이었다. 가족은 노인과 아들, 며느리 세 사람이 전부였다. 나는 발의 유괴와 당시 의사의 진료가 무슨 연관이 있을지도 모른다고 생각했는데 노인과 이야기해 본 뒤 완전히 잘못 짚었음을 알았다. 그들 가족은 아이가 유괴된 것은 물론 쥐를 잡으러 피리꾼이 왔던 사실조차 알지 못했다. 성안의 상인이나 요리사만 고기를 사러 오고 그들은 들어가지 않기 때문에 노인과 가족은 성안 상황을 잘 몰랐다. 또 노인은 최근 이상한 일도 전혀 없었고 피리 소리도 들은 적이 없다고 말했다. 물론 나이가 많아서 나와 호프만 선생이 소리를 질러야 알아듣는 수준이었으니, 피리꾼이 그들 집 앞에서 연주했어도 노인은 듣지 못했을 것 같았다.

"어르신이 총기 넘치시던데요? 그제 다쳐서 워스 씨한테 치료받은 사람으로는 전혀 보이지 않았습니다." 사냥꾼 집을 나온 뒤 내가 말했다.

"의사의 처방약이 좋은 거지. 아까 탁자에서 로더넘을 봤어."

"로더넘이요? 스위스의 연금술사가 발명한 그 약이요?"

"맞아. 파라켈수스의 약. 워스 씨가 시골 의사처럼 보여도 치료법은 상당히 혁신적이네." 호프만 선생이 웃으며 말했다.

호프만 선생을 만나기 전까지 나는 그런 '신종 의학'이 사기꾼의 술책인 줄로만 알았다. 하지만 선생을 따라 사방을 돌아다니면서 불가사의하고 새로운 사물과 지식을 접하고 나자, 파라켈수스[×]가 권위 높은 의학 서적을 공개적으로 불살라 대중의 시선을 끌려는 작자라고만 여겼던 생각이 바뀌었다. 물론 그 연금술사에 대한 기존 생각도 터무니없다

×   본명은 필리푸스 폰 호엔하임. 16세기 초의 유명한 의사이자 연금술사로, 당시의 전통 의학을 부정하고 인체와 화학을 불가분의 관계로 봐 연금술을 의학에 접목함으로써 현대 의료화학의 기틀을 마련했다. 의학계 권위자인 갈렌과 아비세나의 책을 공개적으로 태워 전통에 대한 경멸을 드러냈기 때문에 '의학계의 마틴 루터'라고 불린다. 로더넘(아편팅크)은 파라켈수스가 발명한 아편류 진통제로 20세기 초까지 비처방약으로 판매되었다.

고 여기지는 않는다.

"사장님, 여기 맥주 두 잔이요."

술집으로 돌아온 뒤 호프만 선생이 맥주를 주문했다. 점심시간까지 한 시간 정도 남아서인지 술집에 다른 손님은 없었다. 류트를 연주하는 노인이 구석에서 마음 내키는 대로 현을 튕겼고 도도가 다친 다리로 선 채 술잔과 접시를 닦고 있었다.

사장이 맥주를 내오며 "호프만 씨, 아이들을 찾으러 다니셨습니까?" 하고 물었다.

"그냥 좀 둘러봤습니다. 안타깝지만 찾지 못했고요." 호프만 선생이 술을 한 모금 넘기고 나서 고개를 저었다. "성 안 상황은 어떻습니까?"

"슈나이더 무리가 바그너를 찾아가 아이들을 위해 돈을 내달라고 부탁했다가 심한 욕만 얻어먹었습니다. 심지어 바그너는 그들이 일부러 아이를 숨겨놓고 자기 재산을 갈취하려 한다고 비난했답니다. 또 일이 커져도 상관없다면서 시장이든 법관이든 불러오라고, 그러면 그들의 못된 의도를 파헤쳐 법률로 사기꾼을 다스릴 거라고 말했다더군요."

역시 호프만 선생이 말한 그대로였다.

"그래서 슈나이더 씨 일행은 포기했습니까?" 호프만 선생이 물었다.

"당연히 아닙니다. 그럼 아이들을 데려올 수 있게 돈을 빌려달라고 애원했습니다. 하지만 그 뚱보가 받아들일 리 있나요. 어쨌든 수백 두카트인데 그들 세 사람이 갚으려면 몇 년이 걸릴지도 모르니까요. 의사야 사정이 조금 낫겠지만, 요한과 슈나이더는 원래도 수입이 적고 집에 저당 잡힐 물건도 없습니다. 노동력만으로는 사장한테 그런 거액의 돈을 받아낼 수 없지요."

"그럼 이제 어떻게 할 생각이랍니까?"

"곳곳에서 돈을 모으는 것 같습니다. 저도 조금 준비했지만 기껏해야 몇 두카트 정도지요." 사장이 고개를 저었다.

"사실 피리꾼이 상대를 잘못 고른 겁니다." 내가 끼어들었다. "바그너에게 돈을 요구하려면 슈나이더 씨나 요한 등의 아이가 아니라 바그너의 아이를 유괴해야지요."

"바그너에게 자식이라고는 딸 하나뿐이고 이미 스물일곱 살인걸요. 피리꾼의 마술 피리도 성인한테는 효과가 없지 않을까요?" 사장이 대답했다.

"크리스 양이 스물일곱 살이라고요?" 내가 의아해하며 물었다.

무척 젊어 보여서 기껏해야 스물하나나 스물둘인 줄 알았는데 놀랍게도 호프만 선생보다 아주 조금 어릴 뿐이었다.

"두 분도 보셨나요? 그렇지요. 제가 하멜른에 온 지 얼마

되지 않았는데 크리스 양의 일은 모르는 사람이 없습니다. 결혼할 나이가 된 데다 예쁘기까지 해서 성안 청년들한테 인기가 많지만, 바그너가 절대 받아들이지 않습니다."

"왜요?"

"당연히 눈에 차지 않아서죠. 지위가 낮다고 싫어합니다." 사장이 비웃었다. "그 뚱보는 하멜른 최고의 부자이긴 하지만, 항상 자기 출신에 불만이 많아 어떻게든 진짜 귀족이 되고 싶어 합니다. 이렇게 계속 돈을 벌어 몇 세대 뒤에 바그너 가문이 유명해지면 책봉될 수도 있겠지요. 다만 그가 살아 있는 동안에는 힘들 겁니다. 그래서 차선책으로 딸을 귀족한테 시집보내고 싶어 합니다. 그러면 봉호는 없어도 '자작 부인의 아버지'나 '남작 부인의 아버지'로 불릴 수있고 자손 대대로 고귀한 혈통이 이어질 테니 허영심을 채울 수 있잖아요. 사실 귀족 같은 건 허울 좋은 이름뿐이지 않나요? 남작이나 백작도 실세할 수 있고 정적한테 밀려나 평민보다 더 힘들게 살 수도 있어요……."

사장의 말을 듣고 나서야 나는 바그너가 호프만 선생에게 알랑거린 진짜 이유를 알 수 있었다. 친밀한 어투로 쓰인 공작의 소개장에서 호프만 선생과 쟁쟁한 권력을 지닌 귀족의 범상치 않은 관계를 눈치챈 거였다. 선생과 관계를 잘 맺어놓으면 그 인맥을 타고 다른 귀족 자제들을 만나 딸을 명문가에 시집보낼 기회가 많아지지 않겠는가.

바그너가 어떤 식으로 딸의 교우 관계를 제한하고 구애자를 쫓아내는지 사장이 한창 이야기하고 있을 때 갑자기 술집 문이 열렸다. 뜻밖에도 어제 바그너 집에서 우리를 시중들었던 프란츠였다.

"호프만 박사님! 정말로 이렇게 누추……, 이 술집에 계셨군요?" 프란츠가 놀란 표정으로 말했다.

"프란츠? 무슨 일인가?" 호프만 선생이 느긋하게 대꾸했다. "맥주 마시겠나?"

"주인님이 박사님과 서기분을 점심 식사에 모셔 오라고 분부했습니다. 아가씨가 어제 두 분을 만났을 때 실례한 걸 알고 특별히 사죄의 자리를 마련하신다고요."

"크리스 양이 나쁘게 굴었던 기억은 없는데, 자네 주인이 좀 과하군." 호프만 선생이 웃었다. "하지만, 한스, 자네 생각은 어떤가? 우리가 가야 할까?"

호프만 선생이 일부러 결정을 나한테 미루자 프란츠가 애원하듯 나를 바라보았다.

"바그너 씨가 이렇게 호의를 베푸는데 거절하는 것도 예의가 아닌 듯합니다." 내가 말했다.

같은 하인 처지에서 도와준 것뿐이지……, 진수성찬을 욕심내서가 아니었다.

"그래, 그럼 가세. 사장님, 오늘 저녁에야 사장님의 야채 수프를 다시 맛볼 수 있겠습니다."

바그너 집으로 가는 길에 프란츠는 주인이 호프만 선생을 모셔 오라고 했는데 우리 숙소를 몰라서, 아침 일찍부터 하멜른 성의 여관과 술집을 다 뒤졌지만 찾을 수 없었노라고 말했다. 어제 그가 슈나이더에게 정말로 우리와 술을 마셨느냐고 물었을 때 슈나이더가 장소를 알려줬음에도 진짜로 받아들이지 않은 탓이었다. 솔개 술집은 성 안팎을 통틀어 가장 저렴한 여관이니, 하인에게 흔쾌히 1두카트를 주는 통 큰 호프만 선생이 그렇게 최하류 가게를 거들떠볼 리 없다고 생각한 것이다.

바그너의 저택 문밖에서 우리는 요한의 처형인 카롤리네와 마주쳤다. 그녀가 인상을 쓴 채 젊은 하녀 둘을 혼내자 야단맞는 하인들이 고개를 숙이며 사과했다. 우리를 본 카롤리네는 살짝 굳은 표정을 지었다가 금세 미소를 지으며 예의 바르게 인사했다. 공손한 태도가 어제 아침과는 완전히 딴판이었다. 나는 프란츠에게 팁을 준 일이 집 안에 퍼져서, 카롤리네가 호프만 선생이 자기 매부와 어울리는 가난뱅이들과 다른 부류임을 알고 조금 후회했겠다고 생각했다.

저택에 들어서자 대머리 지주가 과장된 웃음을 지으며 우리를 식당으로 안내했다. 크리스 양은 어제와 완전히 다른 차림으로 이미 식당에 나와 있었다. 화려한 보라색 드레스를 입고 장신구까지 갖춘 아름다운 미모에서 명문가 여식다운 분위기가 물씬 풍겼다. 하지만 여성스럽고 아름답게 꾸민 것과 달리 얼굴에서는 웃음기 하나를 찾아볼 수 없었다. 아버지의 강요에 억지로 단장하고 손님을 대접하러 나왔음을 확실히 알 수 있었다.

"호프만 박사님, 어제 딸아이가 박사님과 만났을 때 무척 불손했다고 들었습니다. 너무 언짢아하시지 않았으면 좋겠습니다." 바그너가 말하면서 크리스한테 어서 사과하라는 눈짓을 했다.

"아닙니다, 아니에요. 말을 부리는 크리스 양의 당당한 모습이 인상 깊었습니다. 제가 아는 아가씨들보다 훨씬 기품 있었고요. 틀림없이 바그너 씨가 세심하게 교육한 결과겠지요."

호프만 선생은 크리스가 대답하기 전에 자주 사용하는 그럴싸한 말로 상황을 넘겼다.

오늘 점심도 어제처럼 풍성했다. 바그너는 오래 묵힌 술까지 두 병 가져와 분위기를 돋웠다. 담소가 오가는 동안 크리스는 거의 입을 열지 않았지만, 바그너가 눈치를 줘 어쩔 수 없이 대화에 끼어들 때는 날카로운 견해를 드러냈다. 심지어 우리 잉글랜드의 토머스 모어 경의 사상과 저서에 관해 호프만 선생과 토론하기도 했다. 반면 그녀의 대머리 아버지는 두 사람의 토론 내용을 전혀 따라가지 못하는 게 확실했다. 고작해야 "모어의 아내가 무척 못생겼다고 들었습니다" 같은 멍청한 평만 내놓았기 때문이다.[×]

"바그너 씨, 저는 우연히 이곳을 지나가는 학자에 불과하지만, 최근 발생한 어린이 유괴사건을 어떻게 처리할 생각이신지 여쭙고 싶습니다." 디저트로 나온 아몬드과자를 먹을 때 호프만 선생이 느닷없이 물었다.

"아, 아……, 무슨 의미이신지요?" 전혀 예상하지 못했는지 바그너는 이상한 야생동물을 살펴보듯 경계하며 반문했다.

"범인이 몸값을 요구한다고 들었습니다. 거부하면 잡혀간 아이들이 위험하다고요." 호프만 선생이 과자를 삼킨 뒤 가벼운 어투로 말했다. "바그너 씨가 범죄자와의 타협을 단호히 거부할지, 위협에 굴복할지 궁금합니다. 무척 어려운 선택이니까요."

호프만 선생이 '타협'과 '굴복'이라는 단어를 사용하자

× 16세기의 정치가이자 철학가로 『유토피아』를 썼다. 영국 헨리 8세 때 국회 하원의장과 대법관 등을 지냈지만, 국왕이 가톨릭을 버리고 성공회를 옹립하는 것에 반대하다가 1535년 처형됐다. 손님들 앞에서 두 번째 아내인 앨리스를 못생겼다며 비웃었다고 한다.

바그너는 자기편이라고 판단해 원래의 편안한 표정을 되찾았다.

"당연히 굴복하지 않을 겁니다! 박사님, 사리에 밝은 학자이시니 이번 사건이 얼마나 황당무계한지 파악하셨겠지요! 어린애가 피리 소리에 끌려서 실종되었다고요? 하하! 제가 보기에는 그 가난뱅이들의 계략, 저한테 사기 치려는 계략입니다. 아이들을 숨겨놓고 제가 돈을 내지 않으면 시장이나 법관에게 고발한다고 협박하고 있지요. 저는 그따위 천민들한테 겁먹지 않습니다!"

"하지만 애초에 피리 부는 쥐잡이한테 보수를 지급하지 않아서 벌어진 일이니, 추궁받지 않을까요?" 호프만 선생이 물었다. "저희는 하멜른에 오다가 그 피리 부는 사람을 만났고, 나중에 주민들에게 그가 꽤 오래전에 쥐를 잡았다는 이야기를 들었습니다. 그런데도 줄곧 성 밖에 있었으니, 돈을 받을 때까지 포기하지 않을 작정일 겁니다."

"호프만 박사님, 그 부분은 저도 확실히 생각해 두었습니다." 바그너가 느리지도 빠르지도 않게 대꾸했다. "지난주에 피리꾼을 내쫓은 건 마술로 쥐를 잡았기 때문입니다. 제가 돈을 내면 악마와 거래하는 셈이라, 신교든 구교든 교회에서 인정할 리 없습니다. 그가 마술을 쓴 게 아니라면 틀림없이 사기꾼인데 제가 왜 돈을 내야 합니까? 어떤 상황에

354

서든 제가 돈을 내지 않는 게 가장 타당한 처사입니다. 솔직히 그 피리꾼도 훔퍼딩크와 슈나이더가 불러온 광대로 한바탕 연극을 한 게 아닌가 의심스럽습니다. 제 재산을 갈취할 목적으로요. 제가 총명해서 그들 올가미에 걸려들지 않은 겁니다!"

바그너가 말하면서 의기양양하게 웃자 호프만 선생도 고개를 끄덕이며 옳다고 동의했다. 하지만 나는 선생의 눈빛에서 또 다른 웃음기를 발견할 수 있었다. 반면 크리스 양은 아버지 말이 못마땅한 듯 얼굴을 찡그렸다. 대머리 지주의 오만한 횡포를 이미 수없이 봤을 텐데도 그런 잘난 척하는 말에 거부감을 느끼는 듯했다.

바그너가 마술을 언급했기 때문에, 나는 호프만 선생이 기세를 몰아 바그너 아버지가 마녀를 잡으러 산에 올랐던 일을 물어볼 줄 알았는데 전혀 아니었다. 호프만 선생은 무역과 독일 공국 간의 세력 다툼에 관해서만 이야기를 이어 갔다. 식사를 마친 뒤 바그너는 처리할 문서가 있다면서 딸에게 손님과 철학이나 신학에 대해 논해보라고 말했다. 딸을 귀족에게 시집보내고 싶어 하는 줄 몰랐다면 나는 바그너가 어려운 토론을 피해 달아난다고 여겼을 것이다. 그는 크리스가 호프만 선생한테 좋은 인상을 남겨 나중에 중매를 부탁할 수 있게 되기를 바라는 눈치였다.

"크리스 양, 제 경솔함을 용서하십시오." 바그너가 떠난 뒤 셋이서 정원에 나갔을 때 호프만 선생이 웃으며 말했다. "크리스 양은 아이들 실종사건을 처리하는 바그너 씨의 방식에 동의하지 않는 듯하더군요."

크리스는 당황한 표정으로 "아닙니다. 아무 의견 없어요. 그냥 아버지의 자화자찬이 부끄러웠을 뿐입니다. 박사님처럼 지식이 풍부한 학자 앞에서 한마디 하실 때마다 무지가 드러나는 것 같았거든요"라고 대꾸했다.

"하하, 신경 쓰지 마십시오." 호프만 선생이 호쾌하게 웃었다. "아버님께선 맨손으로 부를 이루고 하멜른 주민들에게 은혜를 많이 베푸시니 존경스러울 따름입니다. 크리스 양도 아버님 사업을 도울 계획입니까? 크리스 양의 능력이라면 틀림없이 바그너 씨의 사업 확장에 큰 도움을 줄 수 있을 겁니다."

"저는 관심 없습니다." 크리스가 고개를 저었다. "의롭지 못하게 재산을 모으면 누군가를 지옥에 빠뜨릴 뿐입니다. '낙타가 바늘구멍을 통과하는 게 부자가 천국에 가는 것보다 쉽다'라는 성경 구절이 있지요."

호프만 선생과 크리스는 정원 구석의 의자에 앉아 신학 속 부와 권력의 의미에 관해 논했다. 어제는 우리를 무시하는 듯해 반감이 들었는데 오늘은 달랐다. 우리가 만났던 귀족 아가씨들과 달리 그녀는 화려한 옷이나 음식보다 지식과 진리에 더 관심이 많았다. 나는 세상을 떠난 바그너 부인도 틀림없이 품위 있고 아름다운 여성이었겠다고 생각했다. 그렇지 않고서야 그 대머리 지주한테서 이렇게 재색을 겸비한 딸이 나올 리 만무했다.

"크리스 양, 외람된 질문이지만, 당신처럼 멋진 여성이 왜 아직도 독신인가요?" 호프만 선생이 갑자기 물었다.

크리스는 전혀 예상하지 못한 질문이었는지 다소 당황했다.

"무례했다면 죄송합니다. 저희 고향에서는 크리스 양처럼 학식과 식견이 풍부한 여성이 있으면 매일 구혼자가 문밖에서 10여 명씩 줄을 서고 있거든요." 호프만 선생이 덧붙였다.

"저희 아버지 뜻이 그렇습니다. 아버지는 제가 성안의 아무 총각이 아니라 귀족에게 시집가기를 바라시거든요."

크리스의 어투는 차분했지만 나는 그 속에서 난감함을 눈치챌 수 있었다.

"크리스 양의 재능과 외모라면 젊은 귀족도 꽤 따를 듯한데요? 바그너 씨의 지위로 봐도 명문 귀족을 많이 알 테고요?"

"사실 아버지가 네 사람이나 소개해 주셨지만, 호감이 생

357

기지 않았습니다. 그들은 아버지 재산을 노려 결혼을 정략적으로 생각했습니다."

"맞아요, 정말 그럴 수 있습니다." 호프만 선생이 고개를 끄덕였다. "정략결혼은 나쁜 결과로 이어지기 쉽지요……."

나도 크리스의 생각을 이해할 수 있었다. 귀족이라고 모두 부유한 게 아니었다. 유럽에는 재산 관리를 제대로 못하는 귀족이 비일비재했고, 재력은 몰락한 귀족이 기사회생할 수 있는 열쇠가 되었다.

"크리스 누나!"

호프만 선생이 귀족과 결혼해 불행해진 사례를 이야기할 때, 남자애 둘이 정원으로 들어와 우리 쪽으로 달려왔다. 열한두 살로 보이는 통통한 아이와 그보다 체격이 조금 작은 동생이었다. 신분에 맞게 화려한 옷을 입었지만, 자세히 살펴보니 바지에 기운 자국이 있었다.

"어, 토니[×], 카를, 왔어?"

"누구예요?"

나이 많은 아이가 무례하게 호프만 선생과 나를 손가락으로 가리켰다. 아, 우리 차림새가 남루하다고 아이들도 어제 크리스처럼 우리를 새로 온 하인쯤으로 생각하는 듯

× 토니(Toni)는 안토니(Antonie)의 애칭.

했다.

"이분은 잉글랜드에서 오신 호프만 박사님이고 이분은 박사님 서기인 그린 씨야."

우리는 두 아이에게 고개를 끄덕여 인사했다. 크리스가 '그린 씨'라고 소개할 때 나는 제대로 반응할 수가 없었다. 여하튼 하인이다 보니 존중받지 못해 이름만 불리거나 심지어 없는 사람으로 취급당할 때가 많았기 때문이다.

"이쪽은 안토니 팔크와 카를 팔크예요. 제 사촌 동생들입니다." 크리스가 말했다.

이름을 듣자마자 나는 지크가 말했던, '하멜른 기사단'과 대적한 성 서쪽 아이들의 우두머리라는 게 떠올랐다.

크리스 말로는 안토니 형제의 어머니가 바그너의 여동생이고, 그들 아버지는 제빵사로 성 서쪽에서 빵집을 운영한다고 했다. 우리가 솔개 술집에서 먹은 프레츨도 그 집에서 사 온 듯했다.

"어떻게 왔어?" 크리스가 물었다.

"엄마가 외삼촌이랑 상의할 일이 있으시대요." 카를이 뒤쪽 본채를 가리켰다. "저희도 오랫동안 외삼촌을 못 뵈었다고 데려오셨어요. 어른들은 지금 거실에서 이야기하시는 중이라 우리끼리 놀러 나왔고요."

"너희, 지크랑 전쟁놀이하는 아이들이지?" 내가 끼어들어 물었다.

"놀이라니요! 그건 진짜 전쟁이라고요!" 몸집이 작은 카를이 가슴을 펴며 소리쳤지만 금세 기가 죽은 듯 입을 삐죽거렸다. "하지만 우리가 졌어요."

"카를, 다음에 이기면 되지. 지크 녀석이라고 매번 운이 좋을 수는 없어." 안토니가 동생의 등을 토닥였다.

"하지만 지크는 지금……." 나는 말을 하려다 삼켰다.

안토니의 말로 보건대 그들은 지크와 발, 한스 남매가 무서운 피리꾼에게 끌려가 생사불명인 줄 모르는 게 확실했다. 그들 부모가 소식을 못 들었거나 아이들이 무서워할까 봐 일부러 숨겼을 수도 있고, 혹은 피리꾼의 유괴가 자신들과 상관없다고 생각할지도 몰랐다.

"지크가 뭐요?" 안토니가 물었다.

"아무것도 아니야." 호프만 선생이 웃으면서 얼버무리고 화제를 돌렸다. "그 전쟁에서 왜 졌니? 강둑의 영지를 지크한테 점령당했다고 하던데?"

"흥! 우리는 지크한테 진 게 아니에요. 그냥 도도한테 졌을 뿐이라고요." 카를이 씩씩거리며 소리쳤다.

"도도? 술집의 도도?" 내가 물었다.

"네." 안토니가 말했다. "걔가 미끼가 돼 우리와 친구들을 강둑 나무다리 옆으로 유인했어요. 그때 갑자기 높은 곳에서 지크와 아담 일행이 튀어나와 저와 카를한테 그물을 씌웠고요. 제 친구들은 그 모습을 보고 달아났어요. 패기 없는 녀석들."

"도도는 그때 다리가 부러졌니?"

나는 도도가 그 '전투'에서 다쳤다고 했던 지크의 말이 떠올랐다.

"저는 지크가 튀어나오는 것을 보고 걔네 전략을 눈치챘어요. 도도만 인질로 잡으면 지크가 우리를 어쩌지 못할 거라 판단했고요. 그런데 도도는 조금도 망설이지 않고 다리 난간을 넘어 아래로 뛰어내렸어요. 거긴 높이가 30여 미터나 되는데 말이에요." 안토니가 대답했다.

그 작은 아이가 그렇게 용감할 줄은 정말 생각도 못 했다. 하지만 그래 봐야 놀이일 뿐인데, 다리까지 부러뜨리는 건 너무 어리석은 게 아닐까?

"잉글랜드에서 오셨다고요?" 카를이 갑자기 물었다.

"맞아." 나는 호프만 선생 대신 대답하고 나서 잠시 생각한 뒤 덧붙였다. "아서왕은 실존 인물이야."

지크가 아서왕과 원탁의 기사가 실존했다고 주장하다가 안토니와 카를한테 비웃음을 당했다고 했던 게 떠올라 나는 지크의 분을 풀어주었다.

"알아요. 저희가 바보는 아니거든요." 안토니가 대꾸했다.

어, 그러니까 지크한테 반대하느라 기를 쓰고 억지를 부렸던 거로구나?

"호프만 박사님." 크리스가 아이들과의 대화를 끊었다. "죄송하지만 실례 좀 하겠습니다. 아이들 어머니한테 인사하고 싶어서요."

"저도 팔크 부인을 뵙고 싶습니다. 바그너 씨의 동생분께 손님으로서 인사를 올려야지요."

크리스가 반대하지 않아 우리는 기운차게 뛰어다니는 두 개구쟁이를 정원에 남겨두고 본채로 돌아갔다.

그런데 복도를 돌자마자 바그너의 고함이 들려왔다.

"……에마! 넌 부끄럽지도 않니? 어떻게 그런 무리한 요구를 할 수 있어?"

거실에 들어가자 바그너가 화가 잔뜩 난 얼굴로 탁자를 한 손으로 짚고 서 있는 게 보였다. 그의 앞에는 초록색 긴 치마를 입은 부인이 허리를 꼿꼿이 세운 채 앉아 있었다. 바그너의 여동생 같았다. 붉게 달아오른 얼굴에 두 눈을 내리깐 그 여인은 굳은 표정으로 손수건을 꽉 쥐고 있었다.

"아버지, 무슨 일이에요?" 크리스가 다가가 물었다.

"배은망덕한 것!" 바그너가 욕하며 고개를 돌렸다가 호프만 선생과 나를 보고는 당황해 억지웃음을 지었다. "박사님, 우스운 꼴을 보였습니다. 이쪽은 제 여동생 에마입니다."

제빵사의 아내가 낯선 두 사람을 보고 자기도 모르게 긴장해 자리에서 일어났다. 나는 그녀의 눈빛에서 의혹을 엿볼 수 있었다. 십중팔구 우리의 남루한 행색 때문일 듯했다.

"팔크 부인이시죠? 반갑습니다. 저는 잉글랜드에서 온 법학 박사 호프만이고 이쪽은 제 서기입니다." 호프만 선생이 인사했다.

"아버지, 왜 고모한테 역정을 내세요?"

크리스가 따지듯 물으면서 부인 옆에 섰다. 두 사람이 무척 친한 모양으로, 크리스는 아버지한테 당하는 고모를 어떤 이유에서든 무조건 편들 태세였다.

"이 여인은……. 박사님, 법률에 해박하시니, 제가 너무한 건지 이 무정한 여동생이 너무한 건지 판별 좀 해주십시오." 바그너가 나와 호프만 선생에게 앉으라고 한 뒤 자기도 옆에 앉아 말했다. "6년 전 에마의 남편이 저한테 1천 두카트를 빌려 빵집을 확장했습니다. 이웃 마을인 올덴도르프에 분점을 낼 계획이라 자금이 필요했지요. 명색이 매제라서 저는 담보도 요구하지 않고 후한 조건, 그러니까 10년 분할 상환에 연리 3퍼센트로 빌려주었습니다. 다시 말해 매년 130두카트만 갚도록 했습니다."

"확실히 관대한 조건이군요." 호프만 선생이 고개를 끄덕이며 말했다.

"그러니까요! 그 돈을 다른 상인한테 빌려줬다면 이자를 다섯 배는 더 받았을 겁니다. 하지만 가족이니 조금 덜 벌어도 개의치 않았습니다. 그런데 박사님, 이 동생이라는 애가 오늘 왜 왔는지 아십니까? 상환을 늦춰달라는 겁니다!"

"오빠, 빵집 상황을 모르는 것도 아니잖아요……." 팔크 부인이 작은 소리로 우물거렸다.

"무슨 말을 하고 싶은데? 올덴도르프 분점이 경쟁 상대한테 밀려서 파산할 수밖에 없었던 거? 아니면 최근 하멜른에서 무역 거래가 줄어 너희 장사도 영향을 받는 거? 나랑은 다 상관없어! 네 남편이 돈을 빌리기 전에 위험을 예측했어야지! 그렇지 않고서 무슨 사장이야? 너, 내가 조카들 좋아하는 걸 이용하려고 일부러 아이들을 데리고 왔지? 하여튼 속셈이 빤하다니까."

"아니거든요! 안토니와 카를을 데려온 건 정말로 오빠와 만나게 하고 싶어서라고요……."

"너는……."

"바그너 씨, 제가 먼저 몇 마디 해도 될까요?" 호프만 선생이 바그너 남매의 싸움을 저지하며 온화한 어투로 말했다.

"그럼요."

"부인, 최근 몇 년 동안 빵집의 경영 상태가 어땠습니까? 매년 적자였습니까?"

팔크 부인이 잠시 망설이다가 힘없이 고개를 끄덕였다.

"하멜른의 본점은 수익이 좀 나지만 올덴도르프 분점은 적자가 심각해서 올 초에 영업을 중단해야 했습니다."

"그럼 내년에는 이익이 난다고 볼 수 있을까요?"

"분명합니다!"

"세상 어디에 분명히 돈을 버는 장사가 있니?" 바그너가 끼어들어 책망했다.

"아니, 오빠. 틀림없이 벌 수 있으니까 그때 다시 상환할 게요……."

"그 올덴도르프 빵집에서 거꾸로 하멜른에 분점을 내면요?" 호프만 선생이 물었다.

팔크 부인은 입만 벌리고 답을 하지 못했다.

"그러니까요! 그쪽에서 확장하면 저는 분명 돈을 못 받지요!" 바그너가 씩씩거리며 말했다.

나는 올덴도르프 빵집의 빵이 얼마나 맛있을지, 먹어볼 기회가 있을지 나도 모르게 상상해 보았다.

"바그너 씨, 130두카트를 덜 버는 게 올해 수익에 얼마나 영향을 미치는지요?" 호프만 선생이 갑자기 고개를 돌려 바그너에게 물었다.

"100여 두카트 정도야 당연히 아무 영향도 없지요!"

"그럼 왜 상환을 늦춰주지 않으십니까?"

"원칙 때문입니다! 차용증을 썼으면 그 내용을 지켜야지요! 이건 상인에게 제일 중요한 수칙입니다!"

"그래서였군요." 호프만 선생이 미소를 지으며 자리에서 일어난 뒤 천천히 걸음을 옮기면서 말했다. "바그너 씨, 상환을 1년 미뤄주시는 게 좋을 듯합니다."

호프만 선생의 말에 부인 얼굴이 환해졌다. 반면 바그너는 어두운 안색으로 눈살을 찌푸리며 "박사님, 이건 정말 제 원칙을……" 하고 반박했다.

"일단 제 말을 끝까지 들어보시지요." 호프만 선생은 바그너에게 조용히 하라고 손짓한 뒤 침착하게 말을 이었다. "아무 조건 없이 연장하라는 게 아닙니다. 우선 부인께 자금을 다시 빌려주시고……."

"뭐라고요?" 바그너가 한층 더 심하게 눈살을 찌푸렸다.

"지난 대출금에서 돌려받지 못한 금액만큼을 새로 빌려주는 겁니다. 바그너 씨가 5년 동안 상환을 받았다면 총 650두카트를 받으셨겠지요? 남은 금액도 650두카트이고요?"

바그너와 부인이 고개를 끄덕였다.

"그럼 바그너 씨는 부인에게 650두카트를 빌려주고 똑같이 연 3퍼센트의 이자를 받되 5년 동안 분할 상환하도록 하는 겁니다. 부인은 그 돈으로 원래 갚아야 하는 차입금을 갚으면 되겠지요. 바그너 씨는 1페니히도 내놓을 필요 없이 1년간 상환을 유예해 주면서 앞으로 5년 동안 100두카트를 더 벌 수 있습니다."

바그너는 허리춤에서 손바닥만 한 로마 주판을 꺼내 홈에 든 구슬을 열심히 움직이며 "매년 20두카트씩 더 내면 150두카트……" 하고 중얼거렸다. 표정으로 볼 때 제안이 싫지 않은 모양이었다.

"아직 조건이 더 있습니다." 호프만 선생이 말했다. "이 대출에는 담보가 없을 수 없습니다. 이전 대출에서 문제가 생겼으니 아무리 남매라도 공사를 구분해야지요. 빚을 갚기 전까지 바그너 씨는 빵집의 경영 방식에 의견을 낼 수 있고, 팔크 씨는 바그너 씨를 빵집 동업자로 인정해야 합니다."

팔크 부인은 조건이 이상하다고 생각하는 듯했지만 곧 고개를 끄덕여 동의했다. 바그너 씨는 잠시 침묵하다가 주판을 치우고 "좋습니다. 이건 받아들일 수 있어요. 에마, 돌아가서 남편을 데려와. 새 차용증에 사인하자"라고 말했다.

팔크 부인이 호프만 선생에게 감사 인사를 한 뒤 나가자 크리스도 따라갔다.

"박사님, 중재해 주셔서 감사합니다. 100두카트를 더 버는 것도 좋지만, 올해 100여 두카트의 상환금을 받지 못하는 게 계속 찝찝했습니다." 바그너가 씩씩거리며 말했다.

"원하면 언제든 받으실 수 있습니다. 어쨌든 팔크 씨의 빵집을 손에 넣으셨으니까요."

"그따위 가게에 무슨 가치가 있겠습니까? 매년 빵을 팔아봐야 쥐꼬리만큼 벌 뿐인걸요⋯⋯." 바그너가 쓴웃음을 지었다.

"가게를 올덴도르프의 경쟁 상대에게 팔 수도 있지요."

호프만 선생의 말에 바그너가 살짝 당황하며 의아한 눈으로 바라보았다.

"장사가 여의치 않으면 바그너 씨가 나서서 경쟁 상대에게 공동경영권을 팔아 팔크 씨 가게를 그들 분점으로 만들 수 있습니다. 전부 팔아넘길 수도 있고 합작할 수도 있습니다. 그때 가격을 얼마나 높게 부를지는 바그너 씨의 능력에 달렸겠지요. 그런데 이 방면으로는 전문가 아니십니까?"

호프만 선생이 능글맞게 웃자 바그너가 돌연 크게 깨달았다는 표정을 지었다.

"아⋯⋯ 맞습니다, 그런 방법이 있지요⋯⋯. 박사님, 역시 대단한 학자다우십니다. 제가 돈 굴리는 능력이 꽤 뛰어나다고 자부해 왔는데 박사님에 비하면 한참 모자랍니다!"

두 사람은 서로를 추켜세우며 즐거워했지만 나는 기분이 좋지 못했다. 조금 더 있다가 호프만 선생은 일이 있다는 핑계로 바그너의 만류를 물리치고 작별을 고했다. 저택을 나서자마자 나는 더 이상 참지 못하고 항의했다.

"선생님, 왜 지주에게 남의 가게를 강탈할 방법을 알려주셨습니까?" 내가 물었다. "그 가게는 팔크 씨의 피땀이 깃든 가게가 아닙니까?"

"한스, 바그너가 동생의 요구를 받아들여 1년 동안 상환을 연기해 주면 팔크 가족이 어떻게 될 것 같나?"

"당연히 내년에 돈을 갚고 계속 잘 경영해서……."

"아니, 내년에도 돈을 갚지 못할 거야."

"왜 그렇게 말씀하세요? 선생님이 그 사람들을 아십니까?"

"팔크 씨가 '분수에 맞는 경영'에 만족했다면 6년 전 거액의 돈을 빌려 사업을 확장하지 않았겠지. 1천 두카트라니, 정말 엄청난 액수 아닌가?" 호프만 선생이 한숨을 내쉬었다. "하멜른에 와서 우리도 이곳 상황이 어떤지 꽤 많이 들었잖나. 한자동맹이 쇠락하고 독일 공화국 간의 대립이 심해지면서 평민들 삶이 점점 힘들어지고 있네. 반면 부자들은 상관없지. 내가 보기에 바그너한테는 상환을 늦춰줄 마음이 전혀 없었어. 또 눈앞의 이익에 급급한 그 채권자는 팔크 일가가 자산을 매각하도록 압박했을 거야. 그러면 팔크의 앞날은 훔퍼딩크 씨나 슈나이더 씨와 똑같아질 뿐이고. 지금처럼 해놓으면 사장에서 직원으로 변할지 몰라도 최소한 생계를 유지할 수 있어. 그의 직원과 견습생들도 평소처럼 살 수 있고."

"그런데 남의 인생에 간섭하는 게 과연 옳은 걸까요?"

"옳고 그르고가 어디 있나. 우리 삶도 끊임없이 남의 간섭을 받고."

호프만 선생의 말이 너무 기묘해서 나는 무슨 뜻인지 이해할 수가 없었다. 혹시 공작한테 속아 작센까지 헛걸음했던 일을 아직도 가슴에 담아두고 있나 싶었다.

"이제 피리꾼과 아이들 사건으로 돌아가나요?" 내가 물었다. 나는 아이들 안위가 계속 걱정스러웠다.

"그래, 하지만 우리가 열세라, 상대가 움직이길 기다리는 것밖에 지금은 아무것도 할 수 없네." 호프만 선생의 안색이 조금 어두워졌다. "슈나이더 등은 모험을 원치 않지. 그렇다고 외지인인 우리가 주민을 모아 산에 오를 수도 없고. 그러니 조용히 변화를 기다리는 수밖에."

나는 부모 속이 바싹 타들어가고 아이들 목숨도 간당간당한 이럴 때야말로 '남의 인생에 간섭'할 때라고, 어떻게든 슈나이더와 의사, 다른 사람들 생각을 바꿔 산에 수색하러 가야 한다고 반박하고 싶었다. 하지만 가슴 밑바닥에서는 호프만 선생의 말에 일리가 있음을 알고 있었다. 어쨌든 우리는 나그네에 불과했다. 설령 그들을 설득하는 데 성공해도, 아무 성과를 내지 못하면 아이 잃은 부모를 더 슬프게 만들 뿐이었다.

술집 앞에 다다랐을 때 우리는 전에 만났던 두 아이, '꽃목도리 기사' 힐다와 '회색 모자 기사' 아담을 만났다. 아이들의 얼굴이 잔뜩 굳은 게 고민이 많은 듯했다.

"아, 작가 선생님과 하인이시군요." 아담이 먼저 우리를 발견하고 인사를 했다.

"도도를 만나러 왔니?" 내가 술집을 가리켰다.

"네. 단장과 발이 없어서 제가 기사단을 통솔하고 있거든요." 힐다가 대답했다.

나는 그녀가 부단장이라고 했던 지크의 말을 기억하고 있었다.

"친구들이 걱정되지?" 내가 물었다.

안토니 형제와 달리 그들은 분명 친구들이 유괴된 걸 알고 있을 터였다.

"당연히 아니지요." 아담이 솔직하게 말했다.

"우리 기사단 단원은 훈련을 잘 받아서 어떤 상황에서든

대처할 수 있어요." 힐다가 보충했다.

"아, 맞아요. 피리꾼이니 뭐니, 우리 기사단이 뭉치기만 하면 해결할 수 있어요……."

힐다가 아담을 노려보자 아담이 황급히 입을 다물었다. 아이들 태도를 보니 나는 꼬맹이들이 무슨 속셈인지, 저러다 자기들끼리 친구를 찾겠다고 산에 오르지는 않을지 걱정스러웠다.

내가 말릴 새도 없이 힐다가 아담을 끌고 황급히 자리를 떴다. 나는 어제 의사와 슈나이더가 피리꾼을 잡으러 산에 오르겠다고 하자 다음 날 지크와 발이 유괴되었던 게 떠올랐다. 혹시 꼬맹이 기사단의 속셈을 피리꾼이 알면 내일 저 아이들도 사라지는 게 아닐까…….

그날 밤 술집은 평소보다 썰렁했다. 슈나이더와 워스 등은 돈을 마련하러 사방을 뛰어다니느라 당연히 오지 못했고, 지난 이틀 내내 봤던 단골손님들도 나타나지 않았다. 술 마실 기분이 아니거나 집에 붙어 있지 않으면 자기 아이가 피리꾼의 마법에 유인될까 봐 걱정하는 듯했다.

나와 호프만 선생은 술집 홀에서 저녁 식사를 했다. 그러는 동안 나는 술집 빵이 팔크 씨네 빵이라는 걸 사장한테 확인할 수 있었다.

"하멜른에 빵집이라고는 팔크네밖에 없습니다. 집에서 직접 구운 게 아니면 전부 팔크네 빵이지요." 사장이 말했다.

"사장님, 팔크 씨가 올덴도르프에 분점을 냈던 거 아세요?" 내가 별생각 없이 물었다.

"아, 정확히는 몰라도 대충 들었습니다." 사장이 어깨를 으쓱거렸다. "손해가 엄청나서 그만둘 수밖에 없었다지요. 거기 있던 원래 빵집이 아주 유명하고, 어떤 제품이든 전부 인기가 많아서 팔크 솜씨로는 이길 수 없었다더군요."

"그렇다면 역시 돈을 빌리기로 했던 결정 자체가 잘못이었군요……." 나는 호프만 선생의 분석을 떠올렸다.

"돈을 빌렸다고요?" 사장이 물었다.

"네, 팔크 씨가 바그너에게 돈을 빌려 분점을 냈는데 반만 갚고 더는 갚을 수 없게 되자, 오늘 부인이 오빠에게 상환을 늦춰달라고 사정해서……."

호프만 선생이 나를 쏘아봤을 때야 나는 말실수를 깨달았다. 팔크 씨가 손위처남한테 돈을 빌려 장사한 일은 그들 일가의 사생활인데, 내가 멋대로 떠들었으니 팔크 씨를 모욕한 셈이었다. 뱉은 말을 주워 담을 수도 없고 내일 소식이 성안에 퍼질까 봐 걱정스러웠다.

"그 구두쇠가 친동생이라고 봐줬을 리 없지요!" 사장은 호프만 선생의 눈빛과 내 안색에 신경 쓰지 않는 듯 큰 소리로 웃었다. "바그너, 그 수전노가 돈에 얼마나 절절매는데 그 작자한테 상환을 늦춰달라고 해요? 어림도 없었지요?"

"그놈은……, 예전에 자기도 똑같이 돈을 빌려서 난관을 넘어놓고. 흥."

구석에서 류트를 끌어안고 있던 노인이 갑자기 끼어들었다.

"어르신, 뭐라고요?" 사장이 고개를 돌려 물었다.

"리앙 그놈이 지금은 재산도 있고 권력도 있지만, 예전에는 완전히 빈털터리였어……. 운도 그저 그래서 장사하는 10년 동안 좋은 해도 있고 나쁜 해도 있었지. 다들 그 아버지가 하멜른을 위해 희생했던 걸 생각해서 거래했고……." 류트 타는 노인이 모호하게 말했다.

나는 리앙이 누구인지 물어보려다가 불현듯 바그너의 이름이라는 게 떠올랐다. 슈나이더 씨가 예전에 언급했던 것이다.

"……그해 아주 곤란해지자 돈을 빌려 해결했거든……. 채권자가 달아나지 않았으면 지금처럼 성공할 수 없었어." 노인이 계속 꿈결처럼 중얼거렸다.

늘 곤드레만드레 술에 취해 있는 노인이라 나는 그 말이 사실인지 잠꼬대인지 판단할 수 없었다.

"왜 달아난 사람이 채권자인가요? 채무자가 달아났다는

소리는 많이 들었어도 채권자가 달아났다는 말은 처음 듣습니다." 호프만 선생이 노인의 말에 흥미를 느낀 듯 물었다.

"하하, 죄가 두려워서 몰래 도망갔지요." 노인이 앞니 두 개가 없는 입을 벌리고 웃었다. "그때 리앙은 투자 실패인지, 화물 도난인지는 몰라도 본전까지 크게 잃어서 항운 사업을 하는 친구 피셔에게 300두카트를 빌렸어요. 덕분에 자산을 매각할 필요가 없었지. 그런데 2년 뒤 피셔가 소금을 밀매하다가 발각돼, 아내와 자식을 데리고 하멜른에서 야반도주했답니다. 리앙은 돈을 갚을 필요가 없어졌고……. 아니었으면 그도 팔크처럼 채권자에게 봐달라고 매달려야 했을 텐데……."

슈나이더도 피셔라는 이름을 언급했는데 보아하니 류트 노인도 그 사람을 잘 아는 듯했다.

"어르신, 옛날 일들을 아주 잘 기억하시네요." 내가 말했다.

"사람이 늙으면 자질구레한 옛날 일만 생각나거든요. 슈나이더가 시위병이 된 첫날 동료와 싸웠던 일이나 요한이 술에 취해 자기 결혼식에 못 갈 뻔했던 일처럼 말이지……. 요한은 어렸을 때 자기 아들 한스랑 똑같이 생겼었어. 완전히 붕어빵이라니까, 하하. 리앙의 딸도 얼마나 말괄량이였는데. 하루 종일 다른 꼬맹이들이랑 어울렸지, 요즘 꼬맹이들처럼. 아…… 내가 이 술집을 경영할 때는 리앙 그 녀석도 자주 왔는데! 사람이 돈이 생기니까 과거와 연을 끊고 이런 서민들 가게는 우습게 여긴다니까……."

"이 술집을 어르신이 운영하셨다고요?" 호프만 선생이 물으면서 옆에 서 있는 사장을 바라보았다.

"사실 솔개 술집은 어르신 가게였습니다." 사장이 쓴웃음을 지었다. "2년 전 이곳으로 이사 왔을 때 어르신이 싼값에 넘겨주셨지요. 매일 이곳에서 술을 마시며 류트를 연주하게 해준다는 조건으로요."

"인생은 술과 음악만 있으면 충분해……." 노인이 가볍게 현을 쓸었다. "리앙처럼 돈은 많은데 즐겁지 못하면 그게 무슨 의미가 있어? 아니면 빌헬름을 봐. 뤼테츠부르크에서 남작으로 살 때보다 지금이 훨씬 편하잖아."

"빌헬름이 누굽니까?" 내가 물었다.

노인은 대답 없이 웃는 듯 아닌 듯 사장을 바라보았다.

"어르신, 너무 많이 드셔서 또 엉뚱한 소리를 하시는군요." 사장이 눈살을 찌푸리며 말했다.

"그래, 그래. 자네는 무슨 몰락한 귀족이 아니지……. 하하, 내가 잘못 말했어. 자자, 내 연주를 들어봐. 북쪽에서 하멜른으로 도망 온 불쌍한 남작에게 바칠 테니……."

나는 깜짝 놀라 사장을 바라보았다.

"사장님……."

"한스, 조용히 하고 어르신 연주를 들어. 사장님, 저희 맥주 두 잔 주세요."

호프만 선생이 내 질문을 막고 캐묻지 말라는 눈짓을 했다. 그랬다. 그게 술 취한 노인의 망상이라면 사장한테 '귀족이 아니라는 증명'을 요구하는 꼴이니 얼마나 우스꽝스럽겠는가. 반대로 사장이 정말 권력 다툼에 밀려 근거지에서 도망 온 하위 귀족이라면 물어봐야 답을 들을 수 없을 거였다. 또 입장 바꿔 생각해 봐도 나도 누가 호프만 선생의 내막과 배경을 캐물으면 싫을 듯했다.

그날 밤 나는 잠을 잘 이룰 수가 없었다. 한스 남매와 지크, 발의 상황도 걱정됐지만 힐다와 아담의 태도가 계속 신경 쓰였다. 아이들이 어리석은 짓을 하지 않을지, 피리꾼이 그들에게 마수를 뻗지 않을지 확신할 수가 없었다. 이튿날 아침 피리꾼이 또 범행을 저질렀다는 소식이 들려왔을 때 나는 역시나 일이 터졌다고 생각했다.

하지만 사건은 내 예상과 좀 달랐다.

실종된 아이가 나와 호프만 선생이 어제 만났던 아이들은 맞는데 힐다나 아담이 아니었다.

그건 제빵사의 아이들, 안토니와 카를이었다.

5

안토니 형제의 유괴 소식을 전해준 사람은 어제와 마찬가지로 건장한 중년 시위병 콘라트 씨였다. 다만 오늘은 동료 두 명과 함께 왔다. 그들은 나와 호프만 선생이 계단을 내려갔을 때 술집 홀에서 굳은 얼굴로 사장과 이야기하고 있었다.

"오늘은 팔크 씨네 아이들이랍니다." 사장이 우리에게 소식을 전해주었다.

"피리 소리가 들렸습니까?" 내가 다급하게 물었다.

"들었을 뿐만 아니라 피리꾼을 본 사람도 있습니다." 콘라트가 말했다. "새벽 네 시쯤 북쪽 성벽의 전망대에서 경비병이 피리 소리를 듣고 성안을 훑다가 이상한 옷을 입은 피리꾼을 발견했습니다. 피리를 연주하면서 두 건물 사이를 천천히 걸어가고 있었다고 합니다. 그쪽은 바그너 씨의 창고로 사람이 살지 않습니다."

"동료분이 피리꾼을 쫓아갔습니까?" 내가 물었다.

"당연하지요. 하지만 창고 근처에 갔을 때는 이미 피리 소리도 끊기고 사람도 흔적 없이 사라졌더랍니다. 곧장 다른 경비병에게 알렸지만 찾지 못했다고 합니다." 콘라트가 잠시 멈췄다가 말했다. "이틀 연속 아이들이 유괴되었기 때문에 의회 명령은 없었어도 경비병들 모두 경계를 높이고 있었습니다. 그런데도 그 끔찍한 놈의 손아귀에서 놀아나다니…… 심지어 그놈이 어떻게 성에 들어왔는지조차 모르겠습니다! 어젯밤 성문마다 특별히 인력을 배치해 밤새워 지켰는데도 피리꾼이 성안에 나타난 겁니다……"

"동료분이 발견했을 때 피리 부는 사람이 아이들을 데리고 있었습니까?" 호프만 선생이 물었다.

"아닌 듯합니다. 하지만 날이 어두워서 똑똑히 못 봤을지도 모릅니다. 피리꾼도 달빛 덕분에 겨우 보았다고 했으니까요."

"나중에 철저히 조사했는데도 종적을 찾지 못했습니까?"

"네, 근무 중인 모든 병사를 동원해 성 북쪽의 통로란 통로를 전부 포위했습니다. 피리꾼은 도망갈 수 없는 상태였지요. 하지만 저희는 그를 잡지 못했고 바그너 가의 저택 문에서 협박 편지만 발견했습니다. 그제야 팔크의 아이들이 화를 입었음을 알고 곧장 팔크 집으로 달려갔는데 이미 늦었고요…… 팔크 부부는 아이들이 잡혀간 줄도 모른 채 자고 있었습니다."

"편지에는 뭐라고 적혀 있었습니까?"

"말씀드렸다시피 저는 글자를 잘 모릅니다. 하지만 동료 말로는 안토니와 카를을 이미 데려갔으며 바그너 씨에게 몸값을 준비해 코펜산으로 가져오라는 등의 내용이었다고 합니다." 콘라트가 말했다. "이번에 해를 입은 아이들이 팔크 가문이라 상인들과 부유한 주민들도 걱정하기 시작했습니다. 시의원들도 주목하게 되었고요. 편지에서 코펜산을 언급했기 때문에 저희는 일단 이곳에서 피리꾼과 아이들을 본 사람이 없는지 알아본 뒤 다음 단계를 결정하기로 했습니다……."

콘라트의 말은 '가난한 아이들이 아무리 많아도 부유한 아이 하나만 못하다'라는 뜻으로 들렸다. 자금 운용에 문제가 생겨 바그너에게 돈을 빌렸어도 어쨌든 성안의 제빵사인 팔크는 매일 주민들에게 빵을 공급할 뿐 아니라 견습생까지 부렸다. 다시 말해 사회적 지위가 어느 정도 됐기 때문에 아이들이 유괴된 것도 주목받게 된 것이다.

"날개가 돋아 날아갔는지……." 콘라트 옆의 키 큰 시위병이 말했다. "'그 마녀'는 신비한 연고를 바르면 하늘을 날 수 있다고 하지 않았어?"

"'그 마녀'라면 은신술을 쓴 거지! 어쩌면 처음부터 피리꾼은 없었을지도 몰라. 사실은 마녀의 화신일지도……." 다른 시위병이 말했다.

"일단 우리가 아는 사실부터 증명하시지요!" 호프만 선생이 갑자기 큰 소리로 말했다. 아무 근거 없이 모든 것을 마법이나 술법으로 돌리는 걸 싫어하기 때문이었다. "콘라트 씨, 목격자가 성벽 전망대에서 성안의 피리꾼을 봤다고 했으니, 그 지점이 성벽에서 멀지 않았겠군요?"

"네, 확실히 가깝습니다."

"그럼 성 북쪽에서 성 밖으로 통하는 지하 통로가 있을 가능성을 생각해 보셨습니까?"

"지하 통로요?"

"그저께 제가 시장에서 사람들과 이야기하다가 하멜른의 성벽은 300년 전에 건축되어 차츰 지금의 모습이 되었다고 들었습니다. 맞습니까?"

"그런 것 같지만 정확히는 모르겠습니다." 콘라트가 고개를 끄덕였다.

"그러니까 지금 300년 전에 성벽을 설계한 건축가가 무엇을 했는지 아무도 모른다는 뜻이지요?" 호프만 선생이 웃으며 말했다. "제가 온 잉글랜드에는 지하 수로를 잘 만드는 건축가가 있습니다. 하멜른은 베저강 강둑에 있으니 건축가가 성벽을 만들 때 지하 수로를 만드는 게 합리적이지 않을까요? 그리고 성 북쪽에는 부자가 많이 살고 있지요? 그들 가문은 이런 일을 할 재력이 충분하지 않습니까?"

"그렇지요. 예전에 오펜하임에서 온 나그네가 자기 고향의 부자들은 지하에 미궁까지 만든다고 했습니다! 오펜하임[×]도 라인 강변에 있지요." 사장이 끼어들었다.

"일리가 있는 말씀입니다⋯⋯." '피리꾼이 날아서 성에 들어왔다'라고 주장한 시위병이 턱을 긁적이며 고개를 끄덕였다.

"협박 편지는 누구한테 있습니까?" 호프만 선생이 물었다.

"팔크 가에 있습니다. 편지가 바그너 가의 저택 문에 박혀 있었지만 피해자는 팔크 씨이니 그쪽에서 보관하고 있습니다."

"한스, 팔크 씨한테 가세! 어제 부인과 만났으니까 찾아가도 큰 실례는 아닐 거야." 호프만 선생이 고개를 돌려 내게 말했다.

"지금 가시면 허탕 칠 가능성이 큽니다." 콘라트가 뺨을 긁적이며 말했다. "지금쯤 팔크 씨는 바그너 씨를 찾아가 아이들을 구해달라고 청하고 있을 겁니다. 바그너 씨가 모르는 아이들은 거절했어도 안토니와 카를은 조카이니⋯⋯, 하지만⋯⋯ 음⋯⋯."

우리는 콘라트가 왜 말을 하려다 삼키는지 이해할 수 있었다. 보통 사람이라면 틀림없이 기꺼이 나서서 도와주려

×　독일 서부. 프랑크푸르트 근처에 있는 도시.

하겠지만, 그 수전노라면 '애지중지하는 조카'한테도 인정을 베풀지 않을 수 있었다.

호프만 선생은 사장에게 팔크 빵집의 위치를 물은 뒤 술집을 나섰다. 콘라트는 팔크 씨가 집에 없을 거라고 했지만 우리도 일단 성안을 둘러보고 시장에서 정보부터 알아낼 생각이었다. 그런데 둔하디둔한 나조차도 성안에서 이상한 분위기를 감지할 수 있었다. 거리의 사람들 모두 걱정스러운 얼굴이었고 일부 노점상들은 낯선 우리를 몰래 훑어보았다. 팔크 씨 아이들의 유괴 소식이 성안에 퍼진 게 확실했다. 가난한 집 아이들이 잡혀갔을 때는 자신들과 관련 없다고 생각했겠지만, 안토니와 카를까지 당했다는 말은 피리꾼이 빈부를 가리지 않는다는 뜻이니 아이가 있는 집은 전부 똑같은 위험에 처했다고 할 수 있었다.

어제나 그제보다 조심스러워졌지만, 그래도 노점상들은 호프만 선생의 질문에 대답해 주었다. 다만 피리 소리를 듣지 못했다거나 피리꾼을 보지 못했다는 부정적인 대답뿐이었다. 팔크 씨 빵집에 도착하자 예상대로 제빵사 부부는 없고 직원 한 명만 견습생 둘을 데리고 일하고 있었다. 우리는 직원에게 찾아온 이유를 밝힌 뒤 가게 밖에서 기다렸다. 팔크의 집은 별로 크지 않아도 옆에 커다란 돌 오븐이 딸려 있고, 주변에 다른 집이나 상점이 없었다. 우리가 기다리는 동안에도 주민들이 수시로 빵을 사러 왔다. 나무 기둥에 매달아놓은 프레즐이 제일 잘 팔렸다. 나는 가게를 나온 어떤 부인이 친구에게 빵값이 너무 비싸다며 선택의 여지가 없어서 올 뿐이라고 투덜대는 소리를 들었다.

"선생님, 성 북쪽에 정말로 지하 통로가 있습니까?" 내가 물었다.

"모르지. 여러 가능성 중 하나일 뿐이야."

"다른 가능성도 있습니까? 예를 들어서요?"

"예를 들어 피리 부는 사람이 정말로 날아서 들어왔다든가."

"피리꾼이 정말 마법으로 날개를 만들었을까요?" 나는 놀란 나머지 나도 모르게 목소리를 높여 물었다.

"'날아서' 들어온다는 게 꼭 마법을 부린다는 뜻은 아니지. 성안 종탑에서 성벽 너머의 나무까지 줄을 매달면……." 호프만 선생이 말하면서 목소리를 낮추라는 표시를 했다.

"성 밖에 그렇게 큰 나무가 있습니까?"

나는 줄을 이용해 허공에서 성벽을 넘는 범인의 모습을 떠올렸다.

"자네가 '가능성'을 물어서 하나 말했을 뿐이지, 그게 사실이라고는 안 했네." 호프만 선생이 웃으며 어깨를 으쓱거렸다.

"선생님, 또 저를 놀리셨군요⋯⋯."

"좋아, 진지하게 말하지. 한스, 일단 이 사건에서 장소가 가진 의미를 생각해 보게."

"장소요?"

"피리 부는 사람의 소굴은 성 남쪽 밖의 코펜산인데 빵집은 성 서쪽에 있고 경비병은 성 북쪽에서 그를 목격했어. 아주 이상하지 않나?"

호프만 선생의 말을 듣고 나서야 나는 이번 유괴가 지난 두 번과 다르다는 것을 깨달았다. 한스 남매는 성 남쪽 밖에서 유괴되었고 피리 소리도 똑같이 성 밖 남쪽에서 울렸다. 지크와 발이 유괴될 때 피리 소리를 들은 주민의 집도 피리꾼이 코펜산으로 돌아가는 길에 있었다. 하지만 안토니 형제는 완전히 달랐다. 피리꾼이 아이들을 잡아가기 전에 북쪽에서 성으로 들어왔는지, 아이들을 붙잡은 뒤 북쪽으로 도망갔는지 알 수 없었다.

호프만 선생과 계속 논의하고 싶었는데 풀죽은 표정의 마른 남자에게 부축받는 팔크 부인이 손수건으로 눈물을 닦으면서 천천히 우리 쪽으로 오는 게 보였다. 남자가 바로 제빵사 팔크 씨일 터였다.

"부인, 안녕하십니까? 이분이 팔크 씨겠군요. 만나서 반갑습니다." 호프만 선생이 예의 바르게 인사를 건넸다.

"아, 안녕하세요?" 부인이 잠시 멍한 표정을 지었다가 남편에게 말했다. "이분이 어제 중재해 주신 호프만 박사님이세요."

팔크 씨의 표정이 조금 밝아졌지만, 미간에는 여전히 슬픔과 걱정이 잔뜩 남아 있었다.

"반갑습니다." 팔크 씨가 잠긴 목소리로 말했다. 원래 목소리가 그런지, 바그너에게 소리를 지르다가 쉬었는지는 알 수 없었다.

제빵사 부부는 안으로 들어가 이야기하자고 청했다. 팔크 씨는 직원에게 몇 마디 일 처리를 지시한 뒤 빵집 뒤편의 방으로 안내했다. 2층짜리 건물의 가게 뒤쪽과 위층이 팔크 씨 집이었다. 실내 장식이 나름 화려하고 누가 봐도 요한이나 슈나이더 집보다 훨씬 부유하다는 걸 알 수 있었다. 하지만 자세히 살펴보자 선반 위의 꽃병이나 촛대, 그릇 모두 저렴한 제품으로 대머리 지주 집과 큰 차이가 있었다.

"박사님, 무슨 일로 오셨습니까?" 자리에 앉은 뒤 팔크 씨가 물었다.

"아이들 소식을 듣자마자 도울 일이 없는지 보려고 찾아왔습니다." 호프만 선생이 진지하게 말했다.

"도와줄 수 있는 사람은 한 명뿐인데 그 작자는……." 팔크는 잔뜩 화가 난 얼굴로 '그 작자'라고 말을 뱉었다가 어쨌든 손위처남이기 때문인지 중간에 욕을 삼켰다.

"조금 전에 바그너 씨를 찾아가셨던 겁니까?"

팔크 씨는 외부인한테 이야기하고 싶지 않다는 듯 조용히 아내를 쳐다보았다. 우리처럼 남의 일에 참견하는 외국인을 이해할 수 없다는 눈치였다.

"그제 훔퍼딩크 집 아이들과 어제 슈나이더와 워스 집 아이들이 실종되었을 때도 조사에 참여했습니다." 호프만 선생이 설명했다. "몸값을 요구하는 편지도 보았고 하멜른으로 오다가 산에서 그 피리 부는 사람도 만났습니다……."

"그럼 안토니와 카를이 어디 있는지 아시겠군요!" 부인이 소리쳤다. "어서 알려주세요! 당장 사람들을 이끌고 산에 가겠습니다……."

"저희도 범인 소굴을 정확히 아는 게 아니라 수색하려면 시간이 필요합니다. 그런데 시위병들이 산에 오르는 걸 범인이 보면 아이들이 위험할 수 있다는 걱정은 안 하십니까?" 호프만 선생이 차분한 어투로 반문했다.

팔크 씨와 부인이 순간 입을 다물었다. 호프만 선생의 말을 피리꾼의 편지보다 더 위협적으로 받아들이는 듯했다. 이어서 호프만 선생은 요한과 슈나이더의 상황 및 피리꾼이 유괴하게 된 전후 맥락을 알려주었다. 그들 반응으로 볼 때 한스 남매가 유괴당한 일은 성안 상인이나 권세가들 사이에서 아무 관심도 끌지 못한 모양이었다.

"벌목공 아이들이 잡혀갔을 때 그 자식이 돈을 지급했어야 합니다!" 팔크가 더는 참을 수 없다는 듯 처남을 그 자식이라고 불렀다. "쥐잡이꾼의 일은 저도 기억납니다. 하지만 바그녀가 보수를 지급하지 않았던 건 몰랐어요······. 전부 그 이기적인 자식 때문입니다! 안토니, 카를······."

"오늘 아침 아이들이 사라진 걸 알았을 때 이상한 점이 없었습니까?" 호프만 선생이 물었다.

"없었습니다." 팔크 씨가 고개를 저었다. "아침에 저와 에마는 시위병의 노크에 일어났습니다. 그제야 아이들 방이 비어 있는 걸 발견했고요. 집에는 외지인이 들어온 흔적이 없었습니다······."

"빵집 견습생은 여기에서 지내지 않습니까?"

"아니요, 다들 자기 부모와 삽니다."

"안토니와 카를의 방을 좀 보여주시겠습니까?" 호프만 선생이 말했다.

팔크 씨는 우리를 위층의 아이들 방으로 데려갔다. 그의 말대로 방에는 이상한 점이 없었다. 침대 이불이 조금 흐트러졌을 뿐, 싸움이나 폭력의 흔적이 전혀 보이지 않았다. 호프만 선생은 옷장과 창문을 꼼꼼히 살폈다. 나도 옆에서 살펴보는 척했지만 특별한 게 있으리라고는 생각하지 않았다. 다만 옷장 구석에 한스 남매처럼 전쟁용 '무기'가 있었는데 안토니 형제의 목제 장난감은 단검과 방패였다.

"어젯밤 아이들이 무슨 이야기를 한 게 있나요?" 호프만 선생이 팔크 부부에게 물었다.

"없었던 것 같습니다……." 부인이 대답했다.

"아, 카를이 무슨 매를 봤다고 했던 것 같은데……, 관련 없겠지요." 팔크 씨가 말했다.

"매요?"

"맞아요." 부인도 생각난 듯 말했다. "오빠 집에서 돌아온 뒤 아이들은 또 놀러 나가 해 질 무렵에야 돌아왔어요. 그때 카를이 무슨 회색 매라고 얘기했는데, 강가에서 봤겠지요?"

아이들 잡담에 불과하겠지만 나는 불현듯 '피리꾼한테 날개가 돋았다'라는 말이 떠올랐다. 피리꾼이 강가에서 거대한 회색 매로 변해 안토니와 카를을 노려보다가 밤에 다시 손을 써서 납치해 간 게 아닐까?

"바그너 저택 문에 박혀 있던 편지를 가지고 계십니까? 콘라트 씨한테 듣긴 했지만, 자세히 살펴보고 싶습니다." 계단을 따라 거실로 돌아온 뒤 호프만 선생이 말했다.

팔크가 품에서 편지를 꺼내 호프만 선생에게 건넸다. 나도 다가가 살펴봤는데 종이와 글씨체가 이전과 똑같았다.

안토니와 카를은 내 수중에 있다. 바그너에게 사흘 내에 1천 두카트를 준비해 직접 코펜산으로 와서, 갈림길 상수리나무 아래의 삼각형 바위 옆에 두라고 해라. 사흘 뒤에도 내가 돈을 받지 못하면 아이들은 쥐와 똑같은 꼴을 당할 것이다. 이것은 마지막 경고이다.

—쥐잡이

"저택 대문에 칼로 꽂아놓았다고 들었는데 칼을 보셨습니까?" 호프만 선생이 물었다.

팔크 부부는 칼의 행방을 모르는 듯 서로의 얼굴만 쳐다보았다.

"편지는 시위병이 전해주었습니다. 발견했을 때 상황은 모르고요……."

"괜찮습니다." 호프만 선생이 편지를 팔크 씨에게 돌려주었다. "바그너 씨에게 말했을 때 어떤 반응을 보였습니까? 몸값을 내겠다고 했습니까?"

팔크 씨는 눈살을 잔뜩 찌푸리며 분개한 얼굴로 고개를 저었다.

"조금 전에 아주 불쾌하게 헤어졌습니다. 이 소식을 들으면 그도 저희처럼 걱정할 줄 알았는데, 편지를 읽은 뒤 눈살을 찌푸리고는 왜 범인이 시키는 대로 자기를 찾아왔느냐고 물었습니다. 안토니와 카를은 그의 조카입니다! 어떻게 그렇게 냉정할 수 있는지……."

"오빠는 딱 잘라서 돈을 낼 수 없다고 말했어요." 팔크 부인이 울먹였다. "자기 아이라도 똑같을 거라고, 범죄자에게 굴복할 수 없다고요."

"아이들을 위해 저는 자존심도 다 내팽개치고 에마를 봐서 1천 두카트를 빌려달라고 애원했습니다. 나중에 반드시 갚겠다고요. 아이들 목숨부터 살려야 하니까요! 하지만 그 무정한 작자는 저한테 지난 빚도 못 갚았으면서 무슨 새로운 빚을 이야기하냐며, 빵집도 이미 담보로 잡혔으니 흥정할 자격조차 없다고 했습니다. 단 1두카트도 빌려줄 수 없다며 상인의 원칙이 어쩌고저쩌고했지요. 흥! 그놈은 아이들 안위에는 전혀 관심이 없었습니다! 가족도 상관하지 않는 거죠! 자기 재산만 중요한 겁니다……."

"이제 어쩌실 생각입니까?" 호프만 선생이 물었다.

"오빠한테는 아무것도 기대할 수 없으니 다른 방법을 찾아야지요……." 팔크 부인이 울먹이며 손수건으로 눈물을 훔쳤다.

"집으로 돌아오기 전에 상인조합 회장인 아렌트 씨 집에 들렀습니다." 팔크 씨가 아내의 말을 받았다. "조합에 도움

을 청하려 했는데 하필 회장이 부재중이라, 하인에게 오후
에 다시 오겠다는 전갈만 남겨놓았습니다. 회장도 시의원이
니 의회 명의로 압박할 수 있지 않을까 싶지만……, 문제가
좀 있습니다……."

"왜요? 회원끼리는 서로 돕는다는 규약이 있지 않습니
까?" 내가 물었다.

"리앙 바그너도 조합 회원이자 시의원이고 거기에 재력까
지 상당해, 평소 업무를 협의할 때 다른 의원들이 그의 눈치
를 봅니다. 시장과 아렌트 씨만 그의 기세를 꺾을 수 있지
요. 하지만 시장은 어제 공무차 뤼네부르크에 갔기 때문에
최소 닷새는 지나야 돌아옵니다. 혹시라도 리앙이 중간에서
방해하면, 의회에서 몸값을 내놓으라고 압박하기는커녕 오
히려 그를 지지할 수 있습니다……."

"토니! 카를!" 부인이 최악의 상황을 떠올렸는지 감정을
주체하지 못하고 소리쳤다.

"하지만 다른 의원들도 처지를 바꿔서 생각해 봐야 하지
않습니까?" 내가 다시 물었다. "두 분과 아무 원한이 없는
데도 피리꾼은 아이들을 데려갔습니다. 다음에는 누가 당할
지 아무도 모르는데요?"

"지금으로서는 그렇게 생각해 주기를 바랄 뿐입니다. 하
지만 리앙이 수작을 부려 그들을 자기편으로 끌어들이

면…… 그들은 아직 재앙을 입지 않았으니, 아이들 보호를 위한 호위 증강에 돈을 쓰는 것으로 그칠 수 있습니다……."

팔크 씨의 생각이 맞을지도 몰랐다. 부유할수록 이기적이니까, 혹은 이 시대에는 이기적인 사람만 부유해질 수 있으니까 말이다.

"스승님, 크리스 양이 오셨습니다." 빵집 견습생이 거실로 들어와 팔크 씨에게 말했다.

견습생 뒤에 팔크 씨가 '그 작자'라 부르던 사람의 딸이 서 있었다. 그제 만났을 때처럼 편한 옷을 입은 걸로 볼 때 어제의 화려한 치마는 그녀의 의도가 아닌 게 확실했다.

"고모……, 아, 박사님, 안녕하세요?" 크리스는 우리를 보고 의외라고 여기는 듯했어도 예의 바르게 인사를 건넸다.

"어제 만났던 아이들이 사고를 당했다는 소식을 시위병한테 들어서, 부인을 위로하고 도울 일이 없는지 살펴보러 왔습니다." 호프만 선생이 크리스에게 설명했다. "크리스 양도 그 때문에 오셨지요?"

크리스가 고개를 끄덕이며 고모 옆에 앉아 손을 잡고는 "아까 집에서 아버지가 고모와 고모부한테 소리치는 걸 들었지만 끼어들 수가 없었어요. 그래서 이제야 왔어요……" 라고 말했다.

"넌 네 아버지와 달리 정이 많지……. 오빠 눈에는 돈밖에 안 보여……." 팔크 부인이 또 흐느껴 울기 시작했다.

"크리스, 아버지한테 말 좀 잘 해주겠니?" 팔크 씨가 체면을 내려놓고 조카에게 도움을 청했다. "안토니와 카를은 널 친누나처럼 대했잖아. 이 실패한 제빵사는 무시하더라도 아이들은 생각해다오……."

"고모부, 그렇게 말씀하지 마세요! 안토니와 카를을 위해 당연히 아버지를 설득할 거예요. 하지만 제 말 역시 귓등으로도 안 들으시는 것 같아요." 크리스가 체념 조로 말했다. "여기 오기 전에도 시도해 봤지만, 아이들 이름을 꺼내자마자 끼어들지 말라고 역정을 내셨어요."

"오빠가 이렇게 완강하니……, 어떻게 해야 생각이 바뀔지 모르겠어요……." 부인이 눈물을 닦았다.

"쉽지 않을 듯합니다." 호프만 선생이 말하면서 일어났다. "바그너 씨는 '고집이 대단'해서 베저강이 피로 변하고 우박이 쏟아지며 메뚜기가 덮치거나, 마을 모든 집의 장자가 해를 입지 않는 한 타협하지 않을 겁니다. 팔크 씨, 가족끼리 대책을 세우도록 저희는 먼저 실례하겠습니다. 의회 결정이 여러분 기대에 어긋나 사람들을 모아 산에 가시겠다면 저희에게 알려주십시오. 제 수행원 한스가 무예 실력이 아주 뛰어납니다. 피리꾼의 마술 피리에 반드시 이긴다고 장담할 수는 없어도 아이들을 구할 가능성을 높여줄 수 있을 겁니다."

우리는 팔크 부부에게 인사한 뒤 거리로 나왔다. 나는 호프만 선생의 마지막 말이 조금 불쾌했다. 모세한테 맞선 파라오에 바그너를 비유한 게 절묘하기는 해도 시의적절하다고 할 수 없었다. 아이 때문에 애타는 사람 앞에서 굳이 '장자가 죽임을 당한다'라는 구절까지 꺼냈으니, 우리가 빵집을 나온 뒤 부인은 걱정하다 쓰러질지도 몰랐다. 더군다나 나는 내 검술이나 무예가 피리꾼의 마법을 이길 수 있다고 생각하지 않았다. 혹시 피리 소리에 이성을 잃고 칼을 호프만 선생에게 겨눈다면 정말 끔찍할 터였다.

"선생님, 이제 무엇을 합니까? 성 북쪽의 지하 수로를 수색합니까?" 내가 물었다.

"한스, 드레스덴을 떠날 때 공작이 줬던 보석, 지금 가지고 있나?" 호프만 선생이 잠시 생각한 뒤 물었다.

"네? 아니요, 술집 짐 속에 있습니다."

호프만 선생의 이름이 적힌 중요한 서신과 달리 보석은 아무리 귀중해도 들고 다니지 않았다. 사실 보통 때는 보석을 쓸 일도 없었다.

"그럼 술집에 들렀다가 바그너 집으로 가지."

"네? 왜 보석을 들고 바그너 씨를 찾아갑니까?"

"바그너는 상인이니 당연히 보석상과도 연줄이 있겠지."
호프만 선생이 담담하게 말했다. "한스, 이번 사건은 돈과
바그너, 이 둘이 핵심이네. 사건을 해결하려면 우선 그 두
가지부터 처리해야 해. 더군다나 팔크 부부가 해를 입은 데
에는 우리 책임도 있으니까."

나는 무슨 책임인지 물어보려다가, 팔크 씨가 아이들 몸
값을 빌리지 못한 이유가 기존의 빚 때문이고 팔크 씨 가게
를 저당 잡히며 기존의 빚을 키운 사람이 호프만 선생이라
는 게 떠올랐다. 어제 그들 인생에 마음대로 끼어든 것에 호
프만 선생이 개의치 않는 줄 알았는데 내심 걸리고 내 생각
에 흔들린 모양이었다. 1천 두카트가 엄청난 액수지만, 명
예나 이익에 별 관심이 없는 선생에게 돈은 지식만큼 소중
한 게 아니었다.

술집으로 돌아와 사장한테 제빵사 부부의 고충을 대충
들려준 뒤 나는 방으로 갔다. 그리고 짐 속에서 손바닥만
한 붉은 벨벳 주머니를 꺼내 안에 보석이 잘 들어 있는지 확
인했다. 호프만 선생은 가다가 소매치기당하지 않도록 잘
간직하라고 했지만, 우리 옷차림이 워낙 검소해 도둑의 시
선을 끌 것 같지 않았다.

바그너 저택에 도착하자 문지기가 공손하게 안으로 안내
했다. 그때 마침 바그너가 하인 프란츠와 손님을 배웅하러

나왔다가 우리와 마주쳤는데, 낯빛을 보니 손님을 영 마뜩 찮게 생각하는 눈치였다.

"이분은 상인 조합 회장인 아렌트 씨이고, 이분은 잉글랜드에서 오신 호프만 박사님입니다." 바그너가 우리를 보고는 조금 느긋해진 표정으로 소개했다.

아렌트 씨는 머리카락이 희끗희끗해 바그너보다 열 살 정도 많아 보였고, 같은 상인이지만 체격이 무척 왜소했다. 팔크 부부가 회장을 찾아갔을 때 만나지 못한 이유가 길에서 엇갈린 탓 같았다. 팔크가 바그너 집에서 나가자마자 회장이 대머리 지주를 찾아온 모양이었다.

아렌트 회장은 인사만 나누고, 호프만 선생의 신분과 내력에 관심 없다는 듯 고개를 돌렸다. 그는 얼굴을 찡그리며 바그너에게 "어쨌든 사태가 심각하니 시장이 안 계셔도 내일은 회의를 열어야 하네"라고 말한 다음 우리에게 고개를 끄덕인 뒤 밖으로 나갔다.

"바그너 씨, 별일 없으십니까?" 호프만 선생이 물었다.

"그럼요, 괜찮습니다." 바그너가 어색하게 웃으며 대꾸했다. "시의회 노인들이 호들갑을 떨어서 그렇습니다. 아주 하찮은 일을 엄청난 '위기'인 양 과장해서 자기 영향력을 키우려 하니……."

"피리꾼 일이군요?"

"그렇습니다. 아렌트는 시위병이 며칠 연속으로 아이들이 유괴된 사실을 보고했고 범인이 협박 편지에서 저를 언급했으니, 회의를 열어 대책을 마련해야 한다고 주장합니다."

"저도 오늘 아침에 소식을 듣고, 동생분 부부를 위로하러 팔크 씨 집에 다녀왔습니다." 호프만 선생이 숨기지 않고 말했다.

"네?" 호프만 선생의 말에 바그너가 경계하는 듯했다. "박사님, 오늘 이렇게 아침부터 오신 이유가 제 매제 대신 범죄자에게 굴복하라고 설득하기 위해서는 아니죠?"

"당연히 아니지요. 오늘은 사업을 논하러 찾아왔습니다."

"사업이요?"

호프만 선생이 프란츠를 힐끗 쳐다보고 나서 "여기에서는 말하기 불편합니다"라고 말했다.

바그너는 상인으로 오랫동안 일한 노장답게 곧바로 선생의 말뜻을 알아차렸다. 그는 우리를 서재로 데려간 뒤 점심 메뉴가 무엇인지 확인해 보라고 프란츠를 내보냈다.

"여기는 누가 엿들을 수 없습니다." 바그너가 서재의 육중한 문을 닫은 뒤 말했다.

호프만 선생이 만족스럽게 고개를 끄덕이며 "한스, 꺼내게"라고 지시했다.

구체적으로 언급하지 않아도 무슨 뜻인지 알아들은 나는

벨벳 주머니를 꺼내 보석을 탁자에 풀어놓았다. 주머니에는 루비와 에메랄드, 사파이어 등 10여 개의 크고 작은 보석이 들어 있었다.

"세상에!" 엄청난 고가의 보석을 보자 바그너가 두 눈을 반짝거렸다. 심지어 아렌트와의 입씨름이 반세기 전에 있었던 듯한 환한 얼굴로 "박사님, 어떻게 이렇게 많은……" 하고 말했다.

"일단 진품인지 아닌지 검사해 보시지요."

바그너는 기다렸다는 듯 상아 손잡이가 달린 작은 돋보기를 꺼내고 코가 거의 탁자에 붙을 정도로 가까이에서 자세히 살펴보았다. 나는 그가 돋보기와 저울, 주판 같은 상인들의 필수 도구를 늘 가지고 다니리라 생각했다.

"진품입니다, 절대로 진품이에요……. 이런 광택이라면 문외한도 알아볼 수 있습니다. 가짜는 절대 흉내 낼 수 없으니까요." 바그너가 조심스럽게 루비를 들고 말했다. "이거 하나만도 최소 200두카트는 될 겁니다……."

"바그너 씨, 잘 아는 보석 감정사를 소개해 주실 수 있습니까? 비밀을 유지할 수 있어야 하고요."

"박사님, 보석들을 파시려고요?"

"네."

"외람된 질문이지만, 박사님이 왜……, 이 보석이 어디에서……." 바그너는 어떻게 해야 무례하지 않게 의문을 풀수 있는지 모르겠다는 듯 계속 더듬거렸다.

"솔직히 말씀드리지요. 이 보석의 주인은 제가 아니라 작센 바이마르 공작입니다. 저는 공작 가문과 혈연관계가 있습니다."

"아! 어쩐지 편지에서 박사님을 중요하게 말씀하시더라니!"

바그너의 얼굴에 존경의 빛이 역력해졌다. 호프만 선생이 신분의 비밀을 드러낸 게 조금 의외였지만, 거짓말로 괜히 의심을 살까 봐 신중하게 따져본 뒤 솔직히 말하기로 했나보다고 생각했다.

"공작님이 보석을 팔아달라고 하셨습니다." 호프만 선생이 말했다.

"공작 각하께서 재정적으로 곤란하십니까?"

"아닙니다. 이건 개인 재산이 아니라 국고로 압수된 재물중 일부입니다. 잘 아시겠지만, 지금 구교를 옹호하는 세력이 신교의 확장을 저지하려 하고 있습니다. 네덜란드에서는 이미 전쟁이 벌어졌고[×] 독일에서도 머지않아 내전이 일

×   네덜란드의 7주에서 봉기(네덜란드 독립전쟁)가 일어난 데에는 칼뱅파 신교도가 구교를 옹호하는 종주국 스페인으로부터 탄압을 받은 이유도 있다.

어날지 모릅니다. 개혁파를 지지하는 공작께서는 당연히 군자금을 포함해 만반의 준비를 하고 계시지요. 그런 차원에서 이 샘플을 가지고 은밀하게 판로를 모색해 보라고 하셨습니다. 원래는 제가 하노버에서 찾아볼 생각이었는데 뜻하지 않게 하멜른에 왔지요. 지난 며칠 동안 살펴보니 바그너 씨가 매우 믿음직해, 그냥 이번 거래를 바그너 씨와 해볼까 생각하게 되었습니다."

앞에서 했던 말을 철회하겠다. 호프만 선생은 얼굴색 하나 바꾸지 않고 거짓말을 술술 내뱉었다. 공작이 신교를 옹호하는 건 맞지만 보석은 호프만 선생에게 준 뇌물이지, 군자금이 아니었다. 다만 돈으로 바꿔 아이들을 구할 생각이라고 솔직히 말하면 상황이 복잡해질 게 뻔했다. 바그너가 태도를 바꾸면 큰일이 아니겠는가.

"그, 그렇게 평가해 주셔서 감사합니다! 박사님 말씀이 옳습니다. 군대나 정부와 관련된 일이라면 당연히 비밀을 유지해야지요." 바그너는 무척 기쁜 모양이었다. 어쨌든 호프만 선생의 말은 그를 귀족들 울타리로 끌어들여 자기 사람으로 만든다는 의미였다. "하멜른에 감정사는 있지만 구매할 만한 사람은 없습니다. 반면 뤼벡[×]과 함부르크에는 보

×   독일 북부의 항구도시로 한자동맹의 수도였다.

석을 거래하는 제 지인이 있습니다. 거기서는 좋은 가격에 팔 수 있을 겁니다."

"그들이 눈에 띄지 않게 거래한다고 보장할 수 있습니까? 누가 거액의 자금 흐름에 주목해 거래가 발각이라도 되면, 탈세처럼 작은 문제가 아니라 전쟁이 일어날 정도의 엄청난 문제가 됩니다."

호프만 선생이 얼마나 연기를 잘하는지, 나는 정말로 공작이 내가 모르는 사이에 선생에게 그런 일을 맡겼나 싶었다.

"문제없을 거라고 장담합니다. 하지만 그래도 의심스러우시면 제가 대신 판매자로 나서서 박사님과 공작님 신분을 숨겨드릴 수 있습니다. 그러면 뤼벡이나 함부르크 조합에서는 저와 그들의 거래라고만 알 겁니다. 저는 토지나 다른 곡식을 명목으로 박사님께 대금을 전달하고요. 전부 수면 아래에서 진행되는 겁니다." 바그너가 잠시 멈췄다가 다시 빙그레 웃으며 말했다. "물론 상인으로서 일정 비율을 제하지 않으면 원칙에 어긋나겠지요. 그래도 합리적인 차액을 취하겠다고 약속드리겠습니다……."

"상관없습니다. 일만 잘 성사되면 그렇게 적은 금액은 문제가 되지 않으니까요. 또 바그너 씨가 중간에서 이익을 취할 수 있어야 최대한 가격을 올리시겠지요." 호프만 선생도 간교한 웃음을 지었다.

"박사님은 정말 사리에 밝으시군요." 바그너가 더할 나위 없이 기뻐했다.

"그런데 바그너 씨한테 중개를 맡을 만큼 충분한 자금이 있습니까? 돈의 출처를 속여야 할 때 다른 지역에서 주조된 금화를 주시는 게 제일 이상적입니다. 공작께서 함부르크나 뤼벡에서 발행된 두카트를 받으면, 눈치 빠른 사람들이 알아챌 수도 있습니다. 공작 주변에는 아주 작은 이익을 위해 정보를 팔아넘기는 사람이 적지 않거든요."

호프만 선생은 거짓말을 이어갔다. 바그너는 어떻게 대답할지 잠시 고민하는 듯했지만, 사실 다 예상했다는 듯 어렴풋하게 득의양양한 표정을 짓고 있었다.

"박사님, 일단 확신을 좀 드리겠습니다."

바그너가 책꽂이 옆으로 가기에 나는 그가 옆쪽 상자에서 금화를 꺼내 자금이 충분하다고 증명할 줄 알았다. 그런데 생각지도 못하게 책꽂이에서 두꺼운 미사 독서집[×]을 꺼내는 거였다. 붉은색의 꽤 낡은 독서집은 나무로 된 표지 여닫이 부분에 아래까지 연결된 금속 걸쇠가 달려 있었

×   렉티오나리움. 성직자들이 편찬한 성경 구절 모음집으로, 신도들한테 정해진 시간에 읽게 했다. 16세기 종교개혁 이후에도 상당수 신교도는 가톨릭에서 편찬한 미사 독서집을 사용했다.

다. 심지어 걸쇠에 작은 자물쇠까지 있었다. 대머리 지주는 허리춤에서 정교한 열쇠를 꺼내 자물쇠를 열고 표지를 젖혔다. 그제야 나는 책 중간이 직사각형 모양으로 뚫려 있고 그 안에 반으로 접힌 종이 한 뭉치가 숨겨져 있는 걸 발견했다.

"저는 함부르크의 베렌베르크 가$^{\times}$와 동업자로서 긴밀하게 거래하고 있습니다. 이건 그들 가문에서 발행한 어음으로 언제든 현금화할 수 있지요."

바그너가 그중 한 장을 펼쳤다. 베렌베르크 가의 휘장과 이름, 서명이 있고 복제 방지 처리까지 되어 있어 가짜일 리 없었다. 1060두카트라고 적혀 있는 금액란을 봤을 때 나는 나도 모르게 탄성을 질렀다. 나머지 어음도 비슷한 금액이라면 별것 아닌 듯 보이는 종이의 합산 가치는 만 두카트를 상회할 터였다.

"박사님께 열 배가 넘는 보석이 있어도 제가 대신 지급해드릴 수 있습니다." 바그너가 의기양양하게 말했다.

"좋습니다, 훌륭해요." 호프만 선생이 고개를 끄덕였다.

×   베렌베르크 은행. 세계에서 가장 오래된 투자 은행으로, 설립자 베렌베르크 형제는 원래 포목 무역을 하다가 종교 박해를 피해 벨기에 앤트워프에서 함부르크로 옮겨갔다. 이후 사업을 계속하다가 1590년 다른 상인들을 상대로 은행 서비스를 시작했다. 이 은행은 지금까지 영업 중이며 2020년 현재 약 1500명의 직원을 고용하고 있다.

"그럼 바그너 씨가 뤼벡이나 함부르크 구매자에게 연락해 감정사와 오도록 해주십시오. 시간은 얼마나 필요하십니까?"

"편지가 오가는 시간을 계산하면 사흘 뒤에 올 수 있을 겁니다."

"좋습니다. 그렇게 하시지요."

나는 하마터면 중간에 끼어들어 피리꾼이 제시한 시한도 사흘이라고 말할 뻔했다. 혹시라도 보석상이 늦게 도착하면 아이들을 구할 수 없을지도 몰랐다. 그걸 상기시키려 열심히 눈짓했지만, 호프만 선생은 어서 보석이나 챙기라고 눈짓했다. 나는 묵묵히 시키는 대로 하는 수밖에 없었다.

"이곳의 보석 감정사는 믿을 만합니까?" 호프만 선생이 갑자기 바그너에게 물었다.

"물론입니다. 다만 구매자는 자기 사람을 쓰고 싶어 할 테니까요……."

호프만 선생은 내가 정리 중인 보석들 가운데 하나를 집어 바그너에게 건넸다.

"이렇게 하시지요. 구매자들이 시간을 끌지도 모르니, 일단 바그너 씨가 잘 아는 감정사에게 이 루비의 가치를 알아봐 주십시오. 그래야 제가 필요할 때 공작께 말씀드릴 수 있습니다."

"네, 그러지요." 바그너가 손에 든 보석을 탐욕스럽게 쳐다보았다. "그럼 제게 감정을 맡겼다는 영수증을 써드리겠습니다……."

"조금 전에 비밀리에 진행해야 한다고 말씀드렸는데, 잊으셨습니까?" 호프만 선생이 질책하듯 말했다.

"아, 그렇지요. 죄송합니다." 바그너가 조금 당황했다. "하지만 영수증이 없으면 박사님은 보장을……."

"제가 바그너 씨를 못 믿었으면 일 자체를 맡기지 않았을 겁니다." 선생이 이를 드러내며 웃었다. "설마 100두카트짜리 보석 때문에 수천수만 배를 벌 기회를 포기하지는 않으시겠죠? 그렇게 근시안적이었으면 오늘날의 지위까지 오르셨을 리가 없겠지요."

그 대머리 뚱보는 내가 본 지난 며칠 중에서 가장 호탕하게 웃었다.

점심 메뉴는 어제처럼 풍성했다. 바그너는 가슴속 흥분을 완전히 억누르지 못해 평소보다 훨씬 들떠 보였다. 크리스 양은 여전히 고모 집에서 위로하고 있는지 참석하지 않았지만, 그녀의 재력가 아버지는 전혀 개의치 않았다. 그제 똑같은 일로 격노했던 사람이라고는 전혀 보이지 않았다.

식사를 마치고 바그너 저택에서 나온 뒤, 나는 기회를 잡아 계속 신경 쓰고 있던 질문을 호프만 선생에게 던졌다.

"뤼벡과 함부르크의 보석상은 아무리 빨라도 사흘 뒤에야 도착하는데 보석을 돈으로 바꿀 수 있을까요?"

"당연히 못 바꾸지." 호프만 선생이 대수롭지 않게 대답했다.

"그럼 어떡합니까? 보석으로 몸값을 내나요? 하지만 피리꾼은 보석을 진품이라고 안 믿을 수도 있으니……. 아, 선생님, 바그너한테 이곳의 감정사를 찾아오라고 한 이유가 보석을 성안 부유한 상인이나 귀족한테 팔 생각이셔서군요? 바그너도 살 수 있겠죠? 하지만 그는 틀림없이 가격을 깎을 겁니다……. 제 생각으로는 아무리 가격을 깎아도 그 보석들이라면 몸값을 내기 충분하겠지만요. 하지만 그가 가만히 앉아서 돈을 버는 것 같아 영 마음이 내키지 않습니다……."

"한스, 너무 앞서가지 말게. 어쨌든 지금 제일 중요한 건 아이들이 무사히 돌아오는 거니까 피리꾼의 요구대로 돈을 주면 돼. 물론 아이들을 고생시킨 인간은 내가 나중에 제대로 혼내줄 거네." 호프만 선생의 눈에서 분노의 빛이 번쩍였다. "지금 우리가 할 일은 내일을 준비하는 거야."

"준비라니요? 내일 무슨 일이 있습니까?" 나는 이해할 수 없었다.

"내일 의회에서 회의가 열린다니, 당연히 가봐야지."

"네? 거기에 뭐 하러 갑니까? 몸값을 내지 않겠다는 바그녀를 의원들이 지지하지 못하도록 저지하시려고요? 하지만 저희는 외지인인데요……."

"그건 자네가 신경 쓰지 않아도 돼." 호프만 선생이 길에서 뭔가를 찾듯 두리번거렸다. "분명 여기였는데……."

"뭐가 말씀입니까?" 나는 성큼성큼 걸어가는 호프만 선생을 뒤따라갔다.

"아, 여기였군."

우리는 어떤 가게 앞에 도착했다. 고개를 들어보니 재봉사라는 간판이 보였다.

"내일 무대에 오르려면 오늘 무대복을 마련해 둬야지." 호프만 선생이 웃으며 말했다.

가게에 들어가자 쉰 살가량 되어 보이는 재봉사 폰덜 씨가 맞아주었다. 처음 하멜른에 도착한 날, 마녀 때문에 그의 아내가 유산했다고 요한 일행한테 들었던 게 생각났다. 호프만 선생은 10여 두카트로 좋은 재질의 기성복 두 벌을 겉옷부터 바지까지 전부 구매했다. 폰덜 씨는 호프만 선생의 씀씀이를 보고 몸에 딱 맞게 맞추라고 추천했지만, 선생은 시간이 없다며 거절하고 기성복의 소매와 바짓단만 고쳐달라고 요구했다.

"한스, 여기에서 기다리다가 수선이 끝나면 술집으로 옷을 가져와. 난 따로 가볼 데가 있으니까." 재봉사가 호프만 선생의 치수를 재고 얼마나 줄일지 설명하고 나자 호프만 선생이 겉옷을 입으면서 내게 말했다.

"팔크 씨한테 가시게요? 아니면 슈나이더 씨요?" 내가 물었다.

"아니, 상인 조합 회장과 이야기 좀 하려고." 호프만 선생이 입꼬리를 올리며 대꾸했다.

호프만 선생은 재봉사에게 아렌트 회장의 집이 어딘지 물어본 뒤 밖으로 나갔다. 나도 함께 가겠다고 했지만, 호프만 선생은 여기서 기다리라고 명하면서 우리가 내일 입을 옷이 명품으로 보이지 않으면 의원들을 설득하기 많이 힘들 거라고 덧붙였다. 사실 호프만 선생의 말은 앞뒤가 좀 맞지 않았다. 지금도 소박한 차림으로 조합 회장을 찾아가는 게 아닌가? 물론 오늘 아침 만났을 때 우리가 바그너의 손님인 걸 알았고, 또 호프만 선생이 학자 신분을 내세웠으니 회장이 문전박대하지는 않을 터였다.

30분 뒤 나는 수선이 끝난 옷을 들고 술집으로 돌아왔다. 방에서 10여 분 정도 기다리며 회장의 집 앞으로 가서 기다릴까 고민했다. 하지만 호프만 선생의 지시가 없었고 내가 가는 게 좋지 않을 수도 있다는 생각이 들었다. 지난 며칠 동안 이미 실언을 많이 한 탓이었다. 나는 그냥 술집에서 기다리기로 마음먹었다. 사장은 평소처럼 손님과 담소하고 류트 노인은 류트를 끌어안은 채 코를 골며, 도도는 절뚝거리면서 청소하고 있었다. 그들 모습을 보자 가슴속 응어리가 조금 풀어졌다. 아이들의 연이은 유괴와 무력감에 시달리는 부모들, 인색하고 완고한 대머리 지주 때문에, 계획에 없던 이번 여정은 심란하기 그지없었는데 술집의 일상 풍경을 보니 마음이 조금 편해졌다.

하지만 그 일상 풍경도 콘라트 씨가 다시 찾아오면서 바뀌었다.

콘라트가 문 앞에서 몇 마디 건네자 사장이 살짝 어리둥절한 표정을 지었다가, 알았다고 고개를 끄덕인 뒤 되돌아와서 하던 일을 계속했다. 무슨 일이 있는 듯 손님들끼리 소곤거리는 것도 보였다.

"사장님, 갑자기 무슨 사건이라도 터졌나요? 또 아이가 유괴된 건 아니지요?" 내가 두 번째 잔을 주문하면서 물었다.

"아니요, 별일 아닙니다. 그냥 시의회에서 내일 아침 아홉 시에 집회가 열리니 주민들 모두 참석하라고 알려왔습니다. 피리꾼 일을 토론하려는 거겠지요. 아마 주민투표를 하거나 중요한 공고를 할 것 같습니다."

"아……, 그런데 의회 건물이 주민 전부를 수용할 수 있습니까?"

"예배당에서 열린답니다. 예전에도 주민 집회가 있으면 예배당에서 거행했습니다."

나는 의회 회의가 왜 주민 집회로 바뀌었는지 알 수 없었다. 하지만 빙그레 웃으며 술집으로 들어오는 호프만 선생을 보자 원인을 짐작할 수 있었다.

"선생님, 집회요, 선생님 작품이시지요?"

"뭐?" 호프만 선생이 사장에게 맥주를 주문한 뒤 고개를 돌려 반문했다.

"내일 아침 아홉 시에 주민 전체가 예배당에 모이게 된 거요."

"아, 아니, 나랑 상관없어." 호프만 선생이 어깨를 으쓱거렸다. "내가 아렌트 회장과 한창 이야기하고 있을 때, 하인이 들어와서 바그너가 의원들에게 보낸 편지를 전해줬네. 원래의 의원 회의를 주민집회로 바꾸고 예배당에서 '피리꾼 위기'를 논의하자는 내용이었지. 회장은 곧바로 동의하고, 부하를 시켜 시위대장한테 오늘 해가 지기 전까지 모든 주민에게 전달하라고 알렸네."

"바그너의 생각이라고요?"

"대중의 힘으로 의회를 압박하고 싶은 거겠지. 아렌트는 팔크 부부를 동정하고 몸값을 내 아이들을 구하자는 쪽이었어. 또 바그너와 내내 사이가 좋지 않았다더군. 의회 회의 때 아렌트가 바그너를 지지하는 의원한테 맞서면, 바그너는 돈을 내서 일을 마무리하는 수밖에 없을지도 모르거든. 하지만 집회를 열면 바그너는 민중을 선동해, 아이를 납치한 범죄자의 조건을 수용할 수 없다고 버티며 의회를 굴복시킬 수도 있지. 민중의 마음은 쉽게 흔들 수 있다고 내가 말하지 않았나."

호프만 선생의 말은 꽤 일리 있어 보였다. 제빵사의 말처럼 그 뚱보는 교활한 수단으로 의회 결정에 영향을 미치려 했다.

"그럼 선생님은 왜 회장을 찾아가셨습니까?"

"말했잖나? 이야기하러 갔다니까." 호프만 선생이 웃으며 대꾸했다. "시의회 의원들 입장과 의원들 간의 관계, 과거의 은원 관계 등을 알아보고 싶었거든. 물론 피리꾼 사건에 대한 회장의 생각도 알고 싶었지. 내일 사건을 해결하려면 핵심 인물을 많이 파악해 두지 않으면 안 되니까."

"내일 사건을 해결하신다고요?"

나는 사흘 뒤 보석상이 온 뒤에야 끝날 줄 알았다.

"아마도. 장담할 수는 없지만, 지금 추세라면 내일 결론이 나올 거네."

내일 의회에서 어떤 결정을 내릴지는 몰라도 아이들의 생환은 어른들이 얼마나 측은하게 생각하느냐에 달린 듯했다. 그들 가운데 바그너 같은 사람이 몇이나 되는가에 따라 최악의 결과를 맞을 수도 있었다. 여섯 아이가 쥐처럼 강물에 빠져 죽거나 흔적도 없이 사라지고, 넋 나간 그들의 부모가 아이들을 다시 볼 수 있기를 매일 기도하는 광경이 나도 모르게 자꾸만 머릿속으로 떠올랐다……

그런 끔찍한 생각 때문에 저녁 식사 때도 입맛이 돌지 않았다. 겨자 섞인 완자가 원래부터 별로였는지는 몰라도 어쨌든 매운맛만 느껴졌다. 식사를 마치고 방으로 돌아온 나는 아이들과 그 부모의 고충을 잠시라도 잊기 위해 소설책을 들었다. 반면 호프만 선생은 종이와 펜을 꺼내 숫자를 몇 장이나 빼곡하게 써 내려가며 계산에 몰두했다. 내가 무슨 숫자냐고 물었더니, 호프만 선생은 유비무환이라면서 내일 쓸지 안 쓸지는 모르겠다고 대답했다.

여하튼 내일 주민 집회의 관건은 바그너를 굴복시키고 아이들을 되찾아올 수 있는가였다.

"아, 호프만 씨? 못 알아볼 뻔했습니다."

이튿날 아침 여덟 시쯤 호프만 선생과 나는 주민 집회에 참석하러 예배당으로 갔다. 예배당 밖은 본당에 들어가려고 기다리는 수백 명의 하멜른 시민들로 인산인해가 따로 없었다. 거의 정문 앞에 다다랐을 때 시위병 콘라트가 우리를 발견하고는 다가와 인사를 건넸다. 그는 우리를 계속 훑어보았다. 어제 산 새 옷을 입어 성안의 권세가나 부유한 상인 못지않아 보였기 때문일 터였다. 사실 술집에서 시장을 거쳐 예배당까지 오는 동안 비슷한 시선을 수도 없이 받았다. 호프만 선생이 지난 며칠 동안 자신들과 이야기했던 나그네임을 알아본 사람들은 우리가 무슨 귀족인데 그동안 서민 복장을 하고 민심을 살핀 것처럼 소곤거렸다.

"콘라트 씨, 안녕하세요?" 호프만 선생은 상대의 의혹에 찬 시선을 무시한 채 웃으며 다정하게 말했다. "오늘 의회에서 개최하는 집회에 외지인으로서 외람되게 참석하려다 보니, 좋은 옷으로 갈아입었습니다. 문밖에서 거절당하지 않도록요."

당연히 호프만 선생의 농담이었다. 아무리 차림이 남루해도 대머리 지주가 우리의 참석을 반대할 리 없었다. 오히려 호프만 선생과 작센 바이마르 공작의 친분을 드러내며 자기까지 위세에 동참하려 할지 몰랐다.

"확실히 그럴 수 있습니다! 하지만 대단한 비밀도 아니니, 의원들이 외지인의 방청을 반대하지는 않을 겁니다."

콘라트가 고개를 끄덕인 뒤 또 하품했다.

"무척 피곤해 보이시는데요?" 내가 물었다.

"어젯밤에 저와 동료들 모두 잠을 못 잤습니다." 콘라트가 고개를 흔들며 한숨을 쉬었다. "며칠 연속 피리꾼한테 시달리다 보니 경비병들 모두 긴장을 풀 수 없었습니다. 특히 새벽 네 시부터 날이 밝을 때까지는 바짝 긴장해, 그 무서운 놈이 또 신비한 방법으로 성에 침입하는 것에 경계했습니다. 다행히 어젯밤에는 아무 일도 없었지요. 혹시라도 또 아이가 유괴당했으면 경비병 모두 책임져야 했을 겁니다. 시위대장도 추궁당했을 거고요……."

"정말 수고하셨습니다." 호프만 선생이 말했다. "그럼 이제 경비병들은 집으로 돌아가 쉬고 있나요? 아니면 여기 집회에 참석하나요?"

"어떻게 쉬겠습니까." 콘라트가 쓴웃음을 지었다. "아직도 성문을 지키고 있습니다. 며칠 동안 그렇게 많은 일이 있었으니 거의 전투 대비 상태입니다. 그나마 낮에는 심하게 긴장할 필요가 없어서 저와 동료 몇 명이 인파 관리에 동원되었습니다. 잘못하면 여기에서 더 사고가 나기 쉬워……."

콘라트가 말을 끝내기도 전에 옆쪽에서 고함이 들려왔다.

남루한 옷을 입은 중년 남자 둘이 옥신각신하는데 그중 한 사람은 술을 마셨는지 얼굴이 불그레했다. 낯이 익은 게 술집 단골 같았다. 아침부터 마셨는지, 밤을 새워 마셨는지는 몰라도 의회에서 강제로 집회에 참석하라는 데에 불만이 많은 듯했다.

콘라트와 그의 동료가 말리러 간 뒤 나와 호프만 선생은 줄을 따라 예배당 안으로 들어갔다. 본당이 이미 절반쯤 찼고 바깥에도 아직 사람들이 많아서 수백 석의 좌석이 전부 찰 것 같았다. 가만 보니 본당 안은 장벽이 확실했다. 잘 차려입은 부자들과 소박한 차림의 가난한 사람들이 각각 한 구역씩 차지해 상인과 권세가들은 오른쪽 앞쪽에, 기술자들은 거기에서 조금 떨어진 곳에, 막노동꾼과 농민은 왼쪽에 앉아 있었다. 그런데 부자들 구역은 무척 작아, 대충 계산해 봐도 전체 인구의 10분의 1 수준이었다.

"박사님, 안녕하세요?"

비싼 옷을 입어서인지 사람들이 우리한테 오른쪽 앞으로 나아가도록 길을 내주었다. 그러다 의자 옆 통로에서 크리스 양과 만났다. 오늘도 그녀는 평상복을 입었지만, 아무리 평상복이라도 평민들 옷과는 확연히 다르게 산뜻해 보였다.

"크리스 양, 안녕하십니까?" 호프만 선생이 인사를 건넸다.

"박사님과 그린 씨도 집회에 참석하십니까?" 그녀가 말하면서 우리의 비싼 옷이 신기하다는 듯 나를 힐끗 쳐다보았다.

"네, 아버님께서 싫어하지 않으시면 좋겠습니다. 아버님은 어디 계십니까?"

크리스가 고개를 돌렸다. 그녀의 시선을 따라가 보니 바그너가 나이 든 남자 몇 명과 제단 옆에 서 있는 게 보였다. 제단 앞에는 의자가 몇 개 놓여 있고, 머리가 희끗희끗한 조합 회장 아렌트 씨가 옆 사람과 대화하고 있었다. 바그너는 의원으로 보이는 몇몇 남자와 함께 있는데, 그들은 대머리 지주에게 아부하는 모양새였고 바그너는 재난이라도 당한 듯 인상을 구기고 있었다.

호프만 선생은 크리스 양에게 인사한 뒤 바그너 쪽으로 나아갔다. 나도 얼른 뒤따라갔다. 바그너는 호프만 선생을 보자마자 환하게 웃으며 옆쪽 의원들을 밀쳐낸 뒤 두 팔을 벌려 환영했다.

"박사님! 아, 저희 집회에 오신 걸 환영합니다."

다른 사람들과 마찬가지로 바그너도 말하면서 우리의 새 옷을 훑어보았지만 아는 척하지는 않았다. 그 말을 꺼내면 우리가 예전에 너무 남루했다는 의미로 보일 수 있기 때문인 듯했다.

"바그너 씨, 외지인이 집회를 방해한다고 꺼리지 않으셨으면 좋겠습니다. 조용히 지켜보기만 하겠습니다."

"당연히 상관없습니다! 오히려 법학 박사님 의견이 필요합니다!" 바그너가 잠시 멈췄다가 조용히 말했다. "그런데 박사님, 박사님은 유괴범에게 돈을 줘 범죄에 굴복하는 것에 찬성하지 않으시죠?"

"물론입니다. 유괴범은 상이 아니라 벌을 받아야지요."

바그너는 만족스러운 웃음을 지으며 친근하게 호프만 선생의 팔을 잡고 "정말 가슴에 와닿는 말씀입니다! 저희가 박사님께 법학적 의견을 요청하면 말씀해 주실 수 있을까요?" 하고 물었다.

"하멜른 시의회에 도움이 된다면 영광입니다."

"좋습니다, 정말 잘됐습니다." 바그너가 연신 고개를 끄덕였다. "박사님, 다른 의원들을 소개해 드리겠습니다……."

바그너는 다른 의원들에게 열정적으로 호프만 선생을 소개했다. 다들 선생의 신분을 궁금해했는데, 대머리 지주의 소개 때문도 있겠지만 화려한 우리 옷차림도 큰 몫을 하는 듯했다. 오직 아렌트 회장만 차분하게 인사하며 바그너에게 "어제 이미 만났네"라고 대꾸했다. 바그너는 자기 집에서 마주쳤던 일을 떠올리는지 자세히 묻지 않았다.

호프만 선생이 의원들과 하멜른의 풍경 및 날씨에 관해 이야기할 때 나는 좌중을 둘러보았다. 좌석이 거의 다 차고, 뒤쪽 문 근처에도 수십 명이 서 있었다. 기술자와 상인들 무리에서 수심에 젖은 팔크 부부가 보였고 평민 구역 앞쪽에서는 요한 부부와 슈나이더 부부, 워스 부부가 보였다. 다들 무거운 표정이었다. 요한의 처형인 카롤리네는 요한의 아내 옆에 앉아 뭔지 몰라도 끊임없이 동생과 속닥거렸다. 조금 뒤쪽 좌석에는 술집 사장과 재봉사 폰덜 씨가 앉아 있었다. 심지어 류트 노인까지 왔는데 당연히 류트를 가져오지 않아 가만히 졸고만 있었다. 아까 소동을 벌인 술고래도 호되게 혼난 모양새로 콘라트와 나란히 왼쪽 복도 구석에 서 있었다.

사람들을 바라보면서 나는 왠지 몰라도 뭔가 어색하다고 생각했다. 어딘가 잘못된 듯한데 뭐라고 딱 꼬집어 말할 수도 없었다.

"하멜른 시민 여러분!" 아홉 시를 알리는 종소리가 울리고 의원들이 대중을 향해 놓은 제단 앞 의자에 앉자 아렌트가 혼자 서서 목소리를 높였다. "조용히 해주십시오! 집회를 시작하겠습니다. 오늘 여러분께 집회에 참석해 달라고 청한 이유는 단 하나, 하멜른이 무서운 위협을 받고 있기 때문입니다. 그래서 의회는 시장님이 안 계시는데도 긴급 대책 회의를 열기로 했습니다. 시민 전체의 안전과 관련된 문제라 공개 토론으로 진행하며 주민 의견을 수렴해 공정성을 기하고자 하니, 기탄없이 말씀해 주시기 바랍니다."

나와 호프만 선생은 '부자 구역'의 첫 줄에 앉았기 때문에 아렌트와의 거리가 3미터도 안 됐다. 바그너는 아렌트 바로 옆에 앉아 있었다.

"지난 며칠 동안 쥐잡이꾼이라고 밝힌 신비한 남자가 여러 시민의 아이를 유괴했습니다. 훔퍼딩크 씨의 아들과 딸, 슈나이더 씨의 아이, 워스 씨의 아들, 팔크 씨의 두 공자까지 줄줄이 그 악당이 데려갔고 협박 편지를 남겼습니다." 이미 성안에 널리 퍼진 소식이었어도 아렌트는 다시 한번 반복했다. "그 남자의 범행 수법은 정말 놀랍습니다. 피리로 아이들을 조종할 수 있고, 워낙 신출귀몰해 여러 차례 시위대를 피해 성안으로 들어와 아이들을 잡아갔습니다."

아렌트가 '아이들을 조종한다'라고 말했을 때 사람들 사이에서 미미하게 탄식이 터졌다. 아이가 유괴된 것만 알았지, 범인이 방어할 수 없는 마법을 쓴 줄은 몰랐던 모양이었다.

"이건 범인이 아이들을 유괴한 뒤 남긴 편지입니다." 아렌트가 종이를 꺼냈는데, 어제 우리가 팔크 집에서 본 협박 편지였다. "'안토니와 카를은 내 수중에 있다. 바그너에게 사흘 내에 1천 두카트를 준비해 직접 코펜산으로 와서, 갈림길 상수리나무 아래의 삼각형 바위 옆에 두라고 해라. 사흘 뒤에도 내가 돈을 받지 못하면 아이들은 쥐와 똑같은 꼴을 당할 것이다. 이것은 마지막 경고이다.' 범인은 여러 아이를 납치했고 협박 대상은 우리 시의회 의원인 바그너 씨입니다. 바그너 의원이 계속 몸값 지급을 거부하자 피해자 부모가 의회에 개입해 공정히 처리해 달라고 요청했습니다. 그럼 먼저 바그너 의원으로부터 반대 이유를 들은 뒤 피해자 부모의 의견을 듣겠습니다."

바그너가 자리에서 일어나 목청을 가다듬은 뒤 평소보다 두 배는 큰 목소리로 말했다.

"하멜른 시민 여러분, 제 말을 들어보십시오! 방금 아렌트 의원의 말은 사실일지도 모릅니다. 하지만 사실이라고 해도, 아이들 부모든 의회든, 혹은 시장이든 누구도 제게 피리꾼에게 굴복하라고 요구할 수는 없습니다. 여러분은 제가 인색하고 아이들 안위에 관심이 없으며 기독교 교리를 저버려 이렇게 말한다고 여기실지도 모르겠습니다. 하지만 제가 절대 타협하지 않으려는 이유는 저 자신을 비롯해 정의와 도덕, 광대한 하멜른 주민의 복지를 지키기 위해서입니다."

대머리 지주의 발언은 조금 의외였다. 나는 그가 평소처럼 내려다보는 태도로 사람들을 훈계하며, 아렌트가 압박해 의회에서 이 사건을 논의하게 된 것을 비난할 줄 알았다. 하지만 뜻밖에도 그는 무척 성실한 태도로 빠르지도 느리지도 않게 자기 관점을 드러냈다.

"아이들을 유괴한 뒤 피리꾼은 협박 편지에서 아이들 목숨을 담보로 돈을 요구했습니다. 굳이 법관한테 묻지 않아도 그게 범죄행위라는 건 누구나 알 것입니다. 피리꾼은 범죄자입니다! 엄청난 죄를 지은 범죄자입니다! '갈취는 지혜로운 자를 우둔하게 만들고 뇌물은 사람의 지혜를 망가뜨릴 수 있다'라는 주님의 가르침이 있습니다. 설마하니 우리가 악을 따르고 범죄자의 협박에 굴복해야 하겠습니까? 여러분, 이것은 정의에 어긋나는 행동입니다! 죄악을 용인하면서 우리가 성경의 가르침을 준수한다고 말할 수 있을까요? 당연히 아닙니다! 우리는 말과 행동이 달라서는 안 됩니다. 반드시 신념을 지키며 범죄자에게 아니라고 말해야만 합니다!"

바그너가 잠시 멈춰 사람들을 훑어본 뒤 자신의 논리를 이어갔다.

"우리의 신앙은 사악한 피리꾼에게 굴복하는 것을 용납하지 않습니다! 피리꾼이 마술 피리로 아이들을 조종한 것은 분명 마법이며 마귀의 힘입니다. 저와 나이가 비슷한 사람들은 오래전 올덴도르프에서 발생했던 마법 사건을 기억하실 겁니다. 그곳 주민들은 올바른 선택을 내려, 도덕을 무너뜨리고 화를 불러온 마녀 둘을 화형에 처했습니다.[×] 그때 제 선친도 감화를 받아 용감하게 나섰습니다. 하멜른을 보호하겠다는 책임감에 그 악명 높은 코펜산의 마녀를 붙잡으러 가셨지요……. 비록 실패로 끝났고, 그 아들인 저는 이 도시의 행복을 추구하는 또 다른 방식을 선택했지만, 저는 한시도 선친의 가르침을 잊은 적이 없습니다! 목숨을 잃는 한이 있어도 우리는 마귀와 거래하면 안 됩니다!"

바그너의 말이 성실한 신도들의 공감을 얻은 듯 내 뒤쪽의 사람들 속에서 간간이 갈채가 터져 나왔다.

"또 무엇보다 하멜른의 한 사람으로서도 저는 몸값 지급에 결연히 반대합니다! 생각해 보십시오, 몸값을 내서 아이들을 찾아오면 피리꾼의 방법을 우리가 인정한다는 뜻이 아니겠습니까? 여러분은 그 악마가 그만둘 거로 생각하십니까? 당연히 아닐 겁니다! 그 탐욕스러운 인간은 두 번이고 세 번이고 또 마술로 아이들을 데려가고 우리를 위협할 겁

× 　1973년도 『니더작센 연감』의 「샤움부르크의 마녀사냥」에 따르면 1558년과 1559년 올덴도르프에서 Ilske Laginges라는 여성과 Kerscheginges라는 성씨의 여성이 마법 사용을 인정해 재판을 받고 (아마도) 화형당했다. 이것이 현지 최초의 마녀사냥 기록이다. 연구자들은 두 사람이 고문을 못 견뎌 자백했을 것으로 보고 있다.

니다. 제가 가산을 전부 내놓아도 아이들은 안전하지 못할 수 있고, 심지어 더 위험해질 수도 있습니다! 다른 악당이나 불한당, 마술사가 하멜른은 악에 저항하지 않는 도시라는 것을 알고 떼로 몰려와 우리 선량한 시민을 해칠지도 모릅니다! 저는 시의원이자 이 도시의 최대 지주로서 절대 그런 사악한 무리가 여러분 자녀를 해치도록 내버려 둘 수 없습니다! 저는 당장 기부금을 내 시위대 증강을 위한 예산을 늘리고 성벽을 수리하려 합니다. 아울러 다른 의원들과 상인들도 하멜른 보호의 소임에 동참하시기를 촉구합니다!"

바그너가 말을 마치자 사람들 사이에서 박수가 터졌다. 나는 제일 먼저 손뼉 친 사람이 바그너의 하인인 프란츠라는 걸 보았지만, 사람들 표정으로 보면 꽤 많은 사람이 속으로 찬성하는 듯했다.

내가 뚱보를 너무 얕잡아봤다는 생각이 들었다. 자수성가한 게 결코 우연이 아니었다. 평소의 말투는 거부감을 줬지만, 재산과 이익에 관련된 발언을 할 때는 강점을 발휘할 줄 알았다. 그런 교묘한 말재주로 상당히 많은 거래를 성사시켰을 듯했다. 진심에서 우러나온 말은 아니어도 최소한 설득력이 있어, 나는 그의 관점이 옳다고 동의할 뻔했다. 그제 호프만 선생한테 듣지 못했으면 나는 바그너의 꿍꿍이를 알아차리지 못했을 것이다. 바그너는 성벽 수리를 위해

기부하겠다고 말했지만, 인부를 고용하는 사람이 자신이니 굳이 자기 주머니를 열 필요 없이 그 안에서 충당할 수 있었다. 피리꾼에게 주는 돈은 확실히 사라져도 시의회에 내는 돈은 한 바퀴를 돌아 자기 호주머니로 되돌아올 수 있었다.

"이어서 피해자 가족의 발언이 있겠습니다……. 존경하는 제빵사님, 말씀해 주십시오." 아렌트는 바그너가 계속 유리한 기세를 이어가지 못하도록 팔크에게 발언권을 넘겼다.

"가, 감사합니다. 아렌트 의원님." 팔크 씨는 자리에서 일어났지만, 제단 앞으로 나가지 않고 자기 자리에서 의원과 시민들을 향해 말했다. "여러분, 저는 말재주가 없어서, 바그너 의원의 논점이 정확하더라도 부디 부모의 마음으로 생각해 주십사 청할 수밖에 없습니다. 지금은 정의를 따질 때가 아니라, 아이들 생환에 집중해야 합니다. 제 친구, 제 동료 여러분, 여러분 아이가 잡혀갔다면 여러분은 애타지 않겠습니까? 여러분은 아이를 구할 유일한 기회를 포기할 수 있습니까? 의원 여러분, 우리 안토니와 카를을 불쌍히 여겨, 바그너 의원에게 피리꾼의 요구를 받아들여달라고 요청해 주십시오! 사실 바그너 의원의 매제인 저도 몸값을 내달라고 강요할 수는 없습니다. 대신 잠시만 융통해 달라고 청합니다. 어떻게든 3년 안에 두 배로 갚겠습니다. 하지만 아이들에게는 사흘밖에 없으니, 제 미래를 아이들의 미래와 바꿀 수 있게 도와주십시오……."

팔크의 말은 바그너처럼 귀에 쏙쏙 들어오지는 않아도 아주 진솔했다. 그래서 시민과 의원 들은 이번에도 머리를 맞대고 임시방편으로 몸값을 지급하는 게 좋겠다고 속닥거렸다.

아렌트는 워스 씨에게도 견해를 밝혀달라고 요청했는데 의사는 팔크와 비슷하게 나중에 꼭 갚겠다는 말만 더듬더듬 늘어놓았다. 내가 보기에는 그의 아내가 훨씬 말을 잘할 것 같았다. 하지만 이런 공식 석상에 여자가 나서면 오히려 의원들에게 나쁜 인상을 남길 가능성이 컸다.

"여러분, 바그너 의원은 제 주인님으로 저희 가족에게 은혜를 베풀어주셨습니다. 제가 직장을 잃었을 때 마부로 고용해 주셔서 저와 가족들이 먹고살 수 있게 되었지요. 이 점에서 정말 감사드립니다." 슈나이더는 자기 차례가 되자 뜻밖에도 그 박정한 뚱보를 칭찬하는 것으로 입을 열었다. "제 아들 지크는 똑똑한 아이입니다. 3개월 뒤면 만 12세가 되어 유리공예사 견습생이 될 참이었는데 이런 화를 당하고 말았습니다. 사장님, 저는 의원분들이 피리꾼과 타협하라고 주인님께 강요하는 걸 원치 않습니다. 그저 아이들을 봐서 이번만 예외적으로 범인의 요구를 들어주십시오. 지크는 몇 년 뒤에 틀림없이 한 사람 몫을 해내는 유리공예가가 될 겁니다. 지크를 구해주시면 저희 슈나이더 집안은 대대로 주인님을 기리겠습니다. 또 저와 아이도 평생 은혜에 보답하겠습니다."

슈나이더는 다른 사람들보다 똑똑했다. 그도 분명 바그너처럼 마음에 없는 말을 했지만, 그런 식의 말 덕분에 의원들은 유괴당한 아이들의 부모를 동정하고 바그너도 멋지게 물러설 여지가 생겼다. 뚱보 집에서 여러 해 일하는 동안 바그너의 성격을 파악해, 강한 압박보다 수그리는 게 더 유리하다는 것을 아는 듯했다.

"저도 슈나이더 씨 생각에 동의합니다." 아렌트 회장이 말했다. "팔크 씨가 언급한 것처럼 바그너 의원의 생각이 옳습니다. 정의와 도덕적 측면에서 따지면 마법을 쓰는 범인과 타협할 수 없겠지요. 하지만 아이들 목숨이 위태로운 것도 사실입니다. 지금은 피리꾼의 협박에 응해야 아이들이 살 수 있습니다. 분명 악마와 거래해서는 안 되지만, 죽음을 보고도 구하지 않는 것 역시 그리스도의 가르침에 어긋납니다."

"아렌트 의원, 저는 동의할 수 없습니다." 바그너가 반박했다. "피리꾼이 아이들을 유괴한 게 어떻게 우리 책임이라고 할 수 있습니까? 저한테 죽음을 보고도 구하지 않는다고 하면 범인의 죄악을 제게 뒤집어씌우는 게 아닙니까? 심지어 우리는 아이들이 아직 살아 있는지조차 모릅니다! 또 하멜른 사람이라면 누구나 개인 재산을 보호받아야 하지 않습니까? 복음서에서 그리스도는 '도둑질하지 말라'라고 하셨습니다. 동료 여러분, 오늘 의회에서 제게 몸값을 내라고 결정하면 내일은 여러분 차례가 될 수도 있습니다. 자기 돈으로 모르는 사람의 아내나 말, 닭을 찾아와야 할지도 모릅니다. 여러분은 이게 합리적이라고 생각합니까?"

"파렴치한 같으니!" 사람들 속에서 분노의 고함이 터져나와 고개를 돌려보니 요한이었다. "바그너, 이건 분명 당신 때문에 벌어진 일이잖아! 피리꾼에게 쥐를 없애주는 대가를 약속해놓고 그걸 어겼기 때문에 화풀이로 우리 아이들을 잡아간 거라고! 당신이 원흉이면서 책임지지 않으려 하다니! 당신한테는 그리스도를 거론할 자격이 없어!"

요한의 지적은 큰 반향을 일으켜 사람들이 웅성거리기 시작했다.

"훔퍼딩크, 자네 아이들이 유괴돼 얼마나 애타는지 아니까 나에 대한 비방은 용서하겠네." 바그너가 이상할 정도로 냉정하고 태연하게 대꾸했다. "하멜른 주민 여러분! 다들 소문을 들으셨거나 강에서 쥐 사체를 보셨을 겁니다. 그러나 거래는 처음부터 말이 되지 않았습니다. 피리꾼이 426두 카트를 요구했으니까요! 그건 일반적 보수의 수십 배나 됩니다! 무엇보다 저는 거래하겠다고 했을 때 그가 마법으로 쥐를 잡을 줄 몰랐습니다! 그 마술사의 요구를 거절하지 않고 보수를 지급했다면, 그 소문이 퍼지자마자 저는 물론이고 하멜른 전체가 재앙을 맞았을 겁니다. 저는 악마한테 보복당할 위험을 무릅쓰면서 이 도시를 보호하느라 그와의 거래를 끊었는데, 지금 제게 굴복을 강요하면 여러분은 마귀와 공범이 되는 겁니다."

바그너의 대답에 사람들의 웅성거림이 한층 거세졌다. 양측의 입장이 완전히 반대였지만 모두 일리가 있어서, 판세가 뒤집힐 거란 내 예상과 달리 상황은 갈수록 복잡해졌다.

아렌트는 다른 의원들에게도 발언을 요구했다. 하지만 다들 요한 등을 동정하는 한편 바그너의 경고에 신경이 쓰여 모호한 말만 늘어놓았다. 어떤 사람들은 교회에서 구교 세력을 지지했다는 핑계로 하멜른을 침공할 수 있는데, 하멜른은 이미 한자동맹을 탈퇴해 군사력이 부족하다고 걱정했다. 또 어떤 의원들은 자기 재산이 축날까 봐 의회에서 결정해도 돈을 내라고 강요할 수 없다며, 그건 약탈이나 다름없다고 말했다.

"또 다른 의견 있습니까?" 마지막 의원이 말을 마친 뒤 아렌트가 대중을 향해 물었다.

나는 바그너가 호프만 선생 쪽으로 시선을 던지는 걸 보았다. 호프만 선생에게 지금 끼어들어도 된다고 알려주는 듯했다.

"외람되지만 제가 한 말씀 드리겠습니다." 호프만 선생이 갑자기 일어나 주민들 쪽으로 몸을 돌리고 말했다. "저는 잉글랜드에서 온 법학 박사 라일 호프만입니다. 며칠 전 라이프치히 대학에서 요청을 받아 강의한 뒤 돌아가던 길에, 이곳에서 며칠 쉬어가게 되었습니다. 존경하는 의원 여러분이 반대하지 않으시면 법학적 의견을 말씀드리고자 합니다."

호프만 선생의 크고 또렷한 목소리에 사람들이 조용해졌다. 다들 선생이 누구인지 궁금해하는 듯했다. 그중 일부는 잘 차려입은 눈앞의 남자가 매일 밤 솔개 술집에서 사장 및 손님들과 잡담하던 외국인임을 그제야 알아보았다.

"우선 피리꾼과의 거래가 금기를 건드려 교회에서 자신과 하멜른을 비난할 수 있다고 하신 바그너 의원의 말씀은 틀렸습니다. 올덴도르프의 두 사례는 사실이지만, 제 기억이 틀리지 않는다면 10여 년 전 올덴도르프에서는 또 다른 사례도 있었습니다. 한 남자가 마법을 행했다는 이유로 조사를 받은 뒤 풀려났지요.[×] 피리꾼이 쥐를 마법으로 잡았음을

× 역시 1973년 『니더작센 연감』에 실린 내용으로, 1581년 올덴도르프에서 Cord Pipenbrinck라는 남자가 마법 재판을 받은 뒤 무죄로 풀려났다.

바그너 의원이 증명할 수 없다면, 쥐를 몰아낸 뒤 보수를 지급하지 않은 행위는 상업적 협의에 어긋나는 것이므로 의원에게 모든 책임이 있습니다……."

호프만 선생의 말에 바그너는 깜짝 놀란 표정이었다. 하하, 분명 중요한 순간에 호프만 선생이 등을 돌릴 줄 상상도 못 했을 것이다. 그렇게 해서 상황이 완전히 뒤집혔다. 호프만 선생은 눈 하나 깜짝하지 않고 적을 몰아세우는 데 워낙 능했다. 그 대머리가 선생이 왜 갑자기 얼굴을 바꿨는지 어떻게 이해할 수 있겠는가.

"……그러나 피리꾼은 합법적인 방법으로만 바그너 의원에게서 약속된 보수, 즉 426두카트를 받을 수 있습니다. 무고한 사람을 유괴해 협박하거나 일방적으로 금액을 올릴 수는 없지요. 따라서 법률상 바그너 의원에게는 피리꾼의 요구를 받아들일 책임이 없습니다."

어?

호프만 선생이 돌연 말머리를 돌려 바그너 편에 섰다. 나는 당황해 호프만 선생을 올려다보았는데, 아주 태연하게 주민과 의원을 둘러보며 미소를 짓고 있었다. 바그너도 눈에 띄게 안도하며 입가를 살짝 들어 올렸다. 물러서는 듯하다가 역공을 퍼붓는 호프만 선생의 설득 방식이 무척 만족스러운 모양이었다.

"제가 기억하는 범위에서 각지의 유괴사건을 정리했으니 의원 여러분들도 참고하시기 바랍니다."

호프만 선생은 품에서 종이를 꺼내 지명과 연도를 읽은 뒤 사건 내용과 조사 결과, 처벌 등을 설명했다. 그 사건들이 진짜인지 아닌지는 몰라도 호프만 선생의 기억력은 확실히 출중했다. 그동안 여러 곳을 따라다니고 수많은 대학에서 강의하는 모습을 옆에서 지켜본 바에 따르면, 호프만 선생은 굳이 기록하지 않아도 얼마든 예를 들 수 있었다.

호프만 선생의 계획이 뭔지는 알 수 없었지만, 어쨌든 정말로 법학 박사의 책임을 다하며 하멜른 시의회에 의견을 제시하는 것처럼 보였다. 그가 제단 앞을 천천히 오가며 다양한 사례를 열거하는 동안 나는 요한과 팔크 등을 살펴보았다. 갈수록 얼굴이 수심에 젖는 게 보였다. 특히 사망사건을 이야기할 때는 아이들이 피리꾼에게 살해당했을 가능성을 떠올리는 듯했다⋯⋯.

그렇게 생각하고 있을 때 갑자기 뭔가가 내 신경을 사로잡았다.

피리 소리가 들렸다.

아주 미약하긴 해도 예배당 밖에서 피리 소리가 끊길 듯 말 듯 들려오는 걸 확신할 수 있었다. 나를 제외하고는 본당의 누구도 못 들은 듯했지만, 나는 내 청력에 자신이 있었다.

그와 동시에 앞서 이상하다고 느꼈던 게 무엇인지 깨달았다. 그 둘을 결합하자 소름이 쫙 끼쳤다.

집회에 아이들이 없었다.

아이들이 집회에 참석하지 않은 건 당연했다. 강보에 싸인 갓난아기나 어머니 품에 안긴 유아를 제외하고 예배당에 있는 가장 어린 사람은 만 12세의 도제들이었다. 아직 일하지 않고 공부하는 아이들은 의회에서 집회에 참석할 대상으로 보지 않았다.

그들은 지금 집에 있거나 친구들과 거리에서 놀고 있을 터였다.

새벽보다 지금이 더 무방비 상태였다. 피리꾼이 이때를 노려 성안으로 숨어든 뒤 마술 피리를 불면…….

"선생님!" 나는 황망하게 일어나 호프만 선생에게 달려가서는 작은 소리로 불렀다.

"왜 그러나?" 호프만 선생이 연설을 멈추고 나직하게 물었다.

"피리 소리요! 밖에서 피리 소리가 들립니다." 내가 호프만 선생의 귀에 대고 말했다.

호프만 선생은 사람들 뒤쪽의 대문을 바라보고 좌우를 살펴보았다. 내가 얼마나 끔찍한 상황을 떠올리는지 분명 알고 있을 텐데도 호프만 선생은 전혀 당황하지 않았다.

"선생님! 주저할 때가 아닙니다! 제가 잘못 들었을 리 없습니다! 어서 모두에게 경고하세요!"

"일단 가서 확인해 보게." 호프만 선생이 제단 옆쪽 문을 바라보았다. "저쪽이 종탑으로 통할 거야. 거기는 시야가 확보되니 올라가서 살펴봐. 하지만 어떤 상황이든 경거망동하지 말고 반드시 나한테 보고부터 해야 하네. 걱정스러운 표정 짓지 말고. 시민들이 두려워할 수도 있으니까."

나는 고개를 끄덕인 뒤 아무 일도 없는 척하며 재빨리 복도로 나갔다.

"방금 제 서기가 또 한 가지 언급할 만한 사례를 상기시켜 주었습니다……."

호프만 선생의 목소리가 점점 작아졌다. 복도를 지나 모퉁이를 두 번 돌았을 때 종탑으로 가는 계단이 보였다.

나는 단숨에 그 긴 계단을 올라갔다. 위쪽으로 뛰어 올라가는 동안 피리 선율이 선명해졌다. 심지어 내가 호프만 선생과 코펜산에서 피리꾼을 만났을 때 그가 연주하던 곡이라는 것까지 알 수 있었다.

종탑 꼭대기에 이른 나는 종과 거대한 기계장치를 피하면서 사방으로 뚫린 구멍 너머를 살펴보았다. 잠시 방향을 분간하기 힘들었지만 피리 소리가 들려오는 쪽을 내다본 뒤 그곳이 남쪽임을 확신했다.

눈앞에 펼쳐진 광경에 나는 몸서리를 쳤다.

호프만 선생의 말대로 종탑 꼭대기는 시야가 탁 트여 남쪽 성벽이 선명하게 보이는 것은 물론 성벽 바깥의 경치까지 눈에 들어왔다. 성 밖 코펜산으로 통하는 길에 뭔가가 떼를 지어 천천히 움직이고 있었다. 가만히 초점을 맞추니 아이들 행렬이 확실했다. 아이들이 삼삼오오 짝을 지어 애벌레처럼 나아갔고, 제일 앞에는 알록달록한 옷을 입은 사람이 있었다.

피리꾼이었다.

나는 그대로 종탑을 나가 쫓아가려다가 호프만 선생의 당부가 떠올라 본당으로 되돌아갔다. 날듯이 집회장으로 들어갔더니 호프만 선생은 연설을 마쳐 원래 자리에 앉아 있고 상인처럼 보이는 남자가 말하고 있었다.

"선생님!" 나는 얼른 자리로 돌아가 옆 사람의 호기심 가득한 눈빛을 무시한 채 작은 소리로 말했다. "아, 아이들이 잡혀가고 있습니다……."

호프만 선생이 침착하게 일어나 나를 붙들고 복도 쪽으로 걸어갔다. 자리를 떠날 때도 옆 사람들에게 인사하는 것을 잊지 않아 잠시 화장실에 가는 듯했다.

"뭘 봤는데?" 문을 나와 모퉁이를 돈 뒤에야 호프만 선생이 물었다.

"아이들이 쥐처럼 떼로 피리꾼에게 이끌려 성을 나갔습니다." 나는 황망하게 손을 흔들었다.

"성안에 있나?"

"아니요, 이미 성문을 통과해 코펜산으로 가고 있습니다! 선생님, 한시가 급하니 어서 쫓아가시지요!"

"일단 기다리게. 정확한 위치를 파악할 수 있도록 알려주고." 호프만 선생이 종탑 쪽으로 걸음을 옮겼다.

나는 호프만 선생이 왜 망설이는지 이해할 수 없었다. 내가 잘못 봤다고 생각하시나? 하지만 호프만 선생이 생각을 바꿀 리 없다는 것을 잘 알았기 때문에 나는 선생이 시키는 대로 종탑에 가는 수밖에 없었다.

종탑에서 방금 보았던 방향을 가리켰지만, 이미 눈에 띄지 않는 산기슭으로 들어갔는지 아무도 보이지 않았다.

"선생님, 잘못 본 게 아닙니다! 아이들이 정말로……."

"믿네, 한스, 설명할 필요 없어." 호프만 선생이 정색하며 말했다. "이제 가서 보자고!"

계단을 따라 내려오자 종탑 아래에 바깥으로 통하는 옆문이 있었다. 우리는 본당으로 돌아가는 대신 밖으로 나갔다. 내가 앞장서 남쪽으로 달려가자 호프만 선생이 뒤에서 불렀다.

"한스, 그쪽이 아니야."

"네?"

"따라잡을 수 없을 거네. 바그너 집의 제일 빠른 말을 타도 쫓아갈 수 없어."

호프만 선생은 예배당 외곽을 따라 정문으로 갔다. 입구에 이르렀을 때에야 나는 그가 무엇을 '보려고' 했는지 알았다.

예배당 대문에 편지 한 통이 비수에 꽂혀 있었다.

"하하, 드디어 칼을 보는군."

호프만 선생이 비수를 뽑아 살핀 뒤 편지를 읽었다. 비수는 날이 손바닥만큼 길고 손잡이는 나무 재질에, 날밑은 소박한 십자형이며 특별한 무늬 같은 건 없었다. 형태로는 군 사용 칼 같았지만 사용한 적이 없는 듯 날이 손상된 곳 없이 깨끗했다.

"역시 그렇구나."

호프만 선생의 말에 나는 생각을 이어갈 수가 없었다. 내가 보기에 지금 중요한 건 비수가 아니라 편지 내용 같아서였다.

"선생님, 편지에……."

호프만 선생은 대꾸도 하지 않고 육중한 문을 밀어젖혔다. 대문이 열리는 우렁찬 소리에 사람들이 깜짝 놀라 고개를 돌렸고 한창 발언 중이던 또 다른 기술자도 말을 멈췄다. 다들 우리가 왜 이곳에서 나타나는지 의아한 표정이었다.

"여러분! 큰일 났습니다!" 호프만 선생이 미간을 찌푸리며 다시 한번 큰 소리로 외쳤다. "제 서기가 조금 전에 이상한 낌새를 느꼈다고 해서 함께 밖으로 나와 살펴보았는데, 예배당 대문에 이 편지가 있었습니다. '무의미한 집회를 당장 중단하라. 내가 생각을 바꿨다. 오늘 해가 지기 전까지 바그너가 돈을 가져오지 않으면 하멜른의 모든 아이가 영원히 사라질 것이다. 쥐잡이.'"

호프만 선생이 협박 편지를 읽을 때 뒤에서 지켜보았는데 한 글자도 틀리지 않았다. 피리꾼이 시한을 앞당겨 바그너에게 오늘 당장 몸값을 내놓으라고 한 것이다. 호프만 선생의 말을 들은 사람들이 웅성웅성 크게 떠들기 시작했다. 선생은 곧장 제단으로 가서 당황해 말문을 잃은 아렌트 씨에게 편지를 건넸다.

"호, 호프만 박사님 말씀이 맞습니다……." 아렌트가 편지를 읽은 뒤 나와 호프만 선생을 바라보았다. "하지만 여기에서 '하멜른의 모든 아이'가……."

"제가 청력이 좋아서 아까 피리 소리를 감지하고 종탑에서 살펴봤습니다." 호프만 선생이 말하라고 눈짓했기 때문에 나는 내가 봤던 상황을 사실대로 털어놓았다. "아이들이 피리꾼을 따라 남쪽 성문으로 나가는 것을 보았습니다."

내 말에 사람들이 크게 술렁이더니 뒷줄에 있던 사람들 상당수가 예배당을 나갔다. 아이가 있는 부모들이 확실했다. 의원들 사이에서도 소동이 일었다. 어떤 사람은 걱정하며 하인에게 집에 가서 살펴보라고 하고, 어떤 사람은 신분도 내팽개친 채 주민들 사이를 비집고 들어가 서둘러 예배당을 빠져나갔다. 바그너는 멍하니 그 자리에 있었다. 미성년 자녀는 없지만 피리꾼이 시한을 앞당기고 아이들을 더 많이 잡아갈 줄은 정말 상상도 못 했기 때문이었다.

콘라트와 다른 시위병들은 조급해진 부모들이 다른 사람을 밀치다가 사고가 나지 않도록 다급하게 인파를 분산시켰다. 팔크와 슈나이더 등은 의자 앞에 멍하니 서서 복잡한 표정으로 그 혼란을 지켜보고 있었다. 엄청난 변고가 발생했으니 의회도 이제 바그너에게 동조하지 않고 어떻게든 몸값을 치르라고 강요할 것 같았다. 하지만 피리꾼이 바그너 말처럼 악마라면, 돈을 낸다고 해도 아이들을 되찾을 수 있을지 장담할 수 없었다. 그렇다면 도시 전체의 아이들이 봉변을 당해 사탄의 제물로 바쳐질지도…….

"이, 이거 장난이겠죠?" 바그너가 협박 편지를 빼앗아 벌벌 떨면서 읽었다.

그때 몇몇 시민이 울상을 지으며 돌아와 아렌트에게 도움을 청했다. 들어보니 그들은 예배당 근처에 사는데 정말로 아이들이 사라졌다고 했다.

"어떻게 아이들이 성문을 통과할 수 있지요? 경비병은 뭘 하고 있었을까요?" 아렌트가 겁에 질린 표정으로 혼잣말처럼, 혹은 호프만 선생에게 묻는 것처럼 말했다.

"글쎄요, 어서 가보는 게 좋을 듯합니다." 호프만 선생이 대답했다.

나와 호프만 선생은 서둘러 예배당을 나섰다. 아렌트와 바그너도 따라왔다. 정문을 지날 때 아렌트는 남문 경비병한테 일이 생긴 것 같으니 콘라트에게 따라오라고 명하는 한편, 다른 시위병에게는 각 성문으로 가서 사람을 모아오라고 했다. 최악의 경우 범인을 찾아 산에 오를 대비를 하는 듯했다. 내 뒤로 주민들도 따라붙었다. 아이가 없어도 조합 회장의 말을 듣고 돕기 위해 나선 듯했지만, 대체 무슨 일인지 호기심에 따라오는 사람도 꽤 많은 듯했다.

성문에 도착했을 때 우리는 깜짝 놀랐다.

성문 옆 망루에서 근무하고 있어야 할 시위병 두 명이 한 사람은 바닥에, 또 한 사람은 탁자에 쓰러져 있었다.

"호흡은 있습니다." 호프만 선생이 바닥에 쓰러진 경비병의 코밑에 손을 대보았다.

"당장 일어나!"

조바심이 난 바그너가 탁자에 엎어진 경비병을 잡아 힘껏 흔들었다. 그가 조금씩 반응을 보이고 바닥에 쓰러졌던 사람도 천천히 정신을 차렸다.

"……아……어? 바, 바그너 씨!" 경비병이 대머리를 보고 화들짝 놀랐다.

"무슨 일이 있었나?" 아렌트가 두 사람에게 물었다.

"회, 회장님? 아, 제, 제가 어떻게 된 겁니까?" 다른 경비병이 두 의원을 보고 얼떨떨한 표정으로 물었다. 어떻게든 정신을 차리려 하는데 몸이 마음대로 움직이지 않는 모양이었다.

"어떻게 된 거야? 왜 기절했냐고?" 바그너가 추궁했다.

"아…… 피리 소리였습니다…….."

그 말에 우리는 어느 정도 예상했음에도 아연실색했다. 마술 피리가 아이들만 조종할 수 있는 게 아니라 성인한테도 효력이 있었다.

"피리 소리를 들은 뒤 기절했다고요?" 호프만 선생이 물었다.

"네, 맞습니다. 원래 식사하고 있었습니다. 밤새 경비를 서느라 굶었거든요. 몇 입 먹었을 때 갑자기 밖에서 피리 소리가 들려왔습니다……. 당연히 경계를 높이려 했는데 이후에는 아무것도 기억나지 않습니다……." 경비병들은 호프만 선생이 누군지 몰랐겠지만, 옷차림과 두 의원 때문에 선생의 신분이 남다르다고 생각했는지 순순히 대답했다.

과연 탁자에는 빵과 야채수프 두 그릇이 있었다. 그제야 나는 바그너 옆의 경비병이 한입 베어 문 소스 발린 빵을 손에 들고 있는 걸 알아차렸다. 바닥에는 술잔 두 개도 엎어져 있었다. 피리꾼은 그들에게 검을 뽑을 새도 주지 않고 피리 소리로 제압해 버린 듯했다.

"쓸모없는 것들!" 바그너가 노발대발했다.

"아이들을 못 봤나?" 아렌트가 물었다.

"어떤 아이들이요?"

"그 못된 피리꾼이 또 유괴해 갔어!" 뚱보 지주가 소리쳤다. "네놈들 눈 밑에서 아이들을 데려갔다고, 멍청한 것들!"

"어, 언제요? 어, 어느 집 아이입니까?"

"전부." 콘라트가 끼어들어 차갑게 대꾸했다.

"전부?"

"제가 종탑에서 봤습니다. 아이들을 잔뜩 데리고 이곳으로 빠져나갔습니다." 내가 말했다.

"아! 우리 딸!"

바닥에 쓰러졌던 경비병도 아버지였는지 소식을 듣자마자 벌떡 몸을 일으켰지만 도로 쓰러졌다. 피리 소리의 여파로 몸을 주체하지 못하는 듯했다.

"조급해하지 말게. 지금 사람들을 모아 쫓아가려고 하니까." 아렌트가 말했다.

호프만 선생이 그들한테 피리 소리가 어디에서 들렸는지, 정신을 잃은 게 대략 언제인지 등을 자세히 물어보고 있을 때 시위병 한 명이 다급하게 망루로 들어왔다. 아까 콘라트와 예배당에서 질서를 바로잡던 시위병으로, 어제 피리꾼이 은신술을 쓸지도 모른다고 말했던 사람이었다.

"보, 보고합니다! 동문 경비병이 무슨 이유인지 몰라도 기절했습니다!"

"뭐?" 바그너와 아렌트는 당황해 어쩔 줄 몰라 했다.

"더 기다리지 말고 출발하시지요." 호프만 선생이 갑자기 말했다.

"잠시만요." 아렌트가 난감한 표정을 지었다. "혹시 다른 성문 경비병들도……."

"피리꾼이 동문에 손을 썼다면 다른 시위병도 피하지 못했을 겁니다." 호프만 선생이 말하면서 망루 밖으로 걸음을 옮겼다. "여기에서 솔개 술집이 가깝고 제 말이 거기 있으니, 일단 술집에서 말을 가져온 다음 결정하시지요."

대지주든 조합 회장이든 모두 정신이 반쯤 나간 상태라 호프만 선생의 지시를 따르는 수밖에 다른 방도가 없었다.

사실 호프만 선생은 더 위험한 고비도 많이 넘겼고 대응력이나 지도력 모두 변방의 지방관리보다 훨씬 뛰어났다.

우리가 성문을 지나 술집이 있는 오른쪽으로 가려고 할 때, 호프만 선생이 갑자기 걸음을 멈추고는 왼쪽 전방을 주시했다.

"선생님, 왜……."

나는 대답을 기다릴 필요가 없었다. 내 눈에도 멀리 들판에서 작은 그림자가 천천히 코펜산으로 가는 게 보였기 때문이다. 호프만 선생이 앞장서 달려가고 나도 뒤따라갔다. 다른 사람들도 줄줄이 뛰었다. 그때는 구경꾼이 많이 줄어든 상태였다. 경비병도 적수가 못 되는 걸 보자 자기는 더 불리하겠다고 걱정해 돌아간 듯싶었는데, 그래도 10여 명은 남아 있었다.

거의 300미터를 달려가자 뒷모습이 또렷하게 보였다.

술집 사장의 아들 도도였다.

다리를 다쳐서 지팡이를 짚으며 절뚝절뚝 나아가고 있었다.

"도도!" 내가 호프만 선생을 앞지르며 이름을 불렀다. 하지만 아무 반응이 없었다.

길을 막아도 도도는 전혀 못 알아챈 듯 멍하니 앞만 바라보며 계속 한 걸음씩 다친 다리를 끌고 나아갔다. 멍한 표정의 이마에서 땀이 뚝뚝 떨어졌다. 무척 힘겹게 걸음을 옮기면서도 어떻게든 산으로 가려 했다.

"도도! 정신 차려!"

내가 두 손으로 작은 팔을 잡아 세웠을 때에야 도도는 천천히 고개를 들어 나를 보았다.

"막지 마세요……." 도도가 내게 말했지만, 시선은 여전히 내 어깨 너머의 코펜산을 향하고 있었다. 내 얼굴은 전혀 쳐다보지 않았다. "……따라잡을 수가 없어……."

"한스, 도도는 괜찮나?" 호프만 선생이 따라와 헐떡이며 물었다.

"제정신이 아닌 것 같습니다."

"아, 술집 사장네 아들이네!"

다른 사람들도 따라왔다. 맨 앞에 있는 건장한 사내는 술집에서 만난 적이 있는 듯했다.

"도도! 왜 그래?" 콘라트가 몸을 숙이고 도도가 다리를 다쳤든 말든 힘껏 흔들었다. "어서 빌헬름에게 알려! 아까 초조하게 술집으로 돌아갔으니 무척 걱정하고 있을 거야!"

"콘라트 씨, 너무 힘주지 마세요! 도도는 다리를 다쳤습니다." 내가 콘라트를 제지했다.

"코……콘라트 아저씨? 어?" 도도의 두 눈에 초점이 돌아오더니 나와 콘라트를 번갈아 쳐다보았다.

"도도! 날 알아보겠니?" 콘라트가 기뻐하며 물었다.

"그럼요, 콘라트 아저씨."

"주님 감사합니다! 아무 일도 없으면 됐다." 콘라트가 도도를 안았다. "최소한 한 명은 구했어……."

"피리꾼의 마법이 사라졌나?" 아렌트가 물었다. 그와 바그너는 걸음이 느려서 그제야 겨우 도착했다.

"네, 그런 것 같습니다." 콘라트가 대답했다.

"그건 무슨 마법이 아닙니다." 호프만 선생이 갑자기 말했다.

"네? 호프만 박사님, 무슨 말씀입니까?" 바그너가 의아해했다.

"도도의 모습을 보고 확신했습니다." 호프만 선생이 그곳에 있는 사람들 모두를 향해 말했다. "아비센나[×]의 『치유서』에 이런 황홀경에 관한 내용이 있습니다. 제가 보기에 피리꾼의 피리 소리는 그와 비슷한 기술을 응용한 듯합니다. 성가를 들을 때 주님의 영광을 느끼고 부드러운 음악 속에서 편안해지는 것처럼, 피리꾼은 황홀경으로 이끄

× 이븐 시나라고도 하며 10세기 유명한 페르시아의 의사이자 과학자로, 그의 의학서 『의학전범』은 유럽인의 추앙을 받았다. 『치유서』도 그의 저서이지만, 의학과 무관하게 주로 논리학, 자연과학, 철학, 현학 등을 다루었다. 그중 인간의 정신과 육체의 관계를 분석한 부분은 최초로 최면을 다룬 정신학적 서술로 평가받는다.

는 선율을 찾아 아이들을 미혹하고 시위병을 기절시켰을 겁니다."

"원래 『치유서』에도 나오는 방법이었군요!" 사람들이 신기하다고 입을 모았다.

"그렇게 신기한 일이 있습니까?" 대머리 지주는 믿을 수 없는 모양이었다.

"책에서 아비센나는 이런 상태를 아랍어로 '알 왐 알 아밀(al Wahm al-Amil)'이라 명명하고 적당한 조건만 확보되면 사람을 황홀경에 빠뜨릴 수 있다고 했습니다. 황홀경에 빠지면 다른 사람의 말을 무엇이든 진실로 받아들이고 무슨 명령이든 따른다고 했지요." 호프만 선생이 자세히 설명했다.

"지금은 그런 걸 따질 때가 아닙니다!" 콘라트가 호프만 선생의 말을 끊고 "방금 무슨 일이 있었는지 기억나?" 하고 도도에게 물었다.

도도가 고개를 끄덕이며 대꾸했다.

"밖에서 피리 소리가 들렸어요. 저를 부르는 것 같아서 밖으로 나왔는데, 저는 너무 느려서 다른 아이들을 따라갈 수 없었어요……. 아, 맞다, 어서 쫓아가야 하니 막지 마세요……."

"다들 어디로 갔는지 아니?" 내가 물었다.

도도는 정신을 차렸어도 여전히 그 '알 왐' 상태에서 벗어
나지 못했는지 계속 피리꾼을 따라 산으로 가려 했다.

"몰라요. 하지만 피리 소리를 따라가면 돼요." 도도가 말
하면서 산을 가리켰다.

"피리 소리?"

새 소리와 풀밭을 스치는 바람 소리를 빼면 다른 소리는
들리지 않는데?

"저쪽에서 들리는 피리 소리요, 삐리리……."

도도는 우리 귀에 들리지 않는 선율을 흥얼거렸다. 음이
좀 안 맞았지만 조금 전 내가 들었고 산에서 호프만 선생과
도 함께 들었던 바로 그 곡조였다.

"무슨 피리 소리가 들린다는 거야?" 어떤 부인이 말하면
서 귀에 손바닥을 대고 집중했다.

"아이들만 들을 수 있나 봐." 다른 부인이 말했다.

"왜 아이들만 들을 수 있을까요?" 아렌트가 박학다식한
호프만 선생이 답해주길 바라는 듯 물었다.

"아이들 귀가 특별히 예민해서겠지요." 사람들 속에서 한
청년이 끼어들었다. "나이가 들면 청력도 점점 나빠지잖아
요? 반대로 나이가 어릴수록 성인은 못 듣는 소리를 들을
수 있겠지요……."

나름대로 일리가 있는 말 같았다.

"피리 소리가 들리니?" 호프만 선생이 도도에게 물었다.

"네."

"방향을 안다면 어디에서 시작되는지도 알겠네?"

"네."

"그럼 됐다." 호프만 선생이 다른 사람들에게 말했다. "여러분, 저와 바그너 씨가 도도를 따라 산에 가서 피리꾼과 담판을 지으면 어떨까요? 외지인이자 법학 박사로서 제가 중재를 맡으면 피리꾼도 반대하지 않을 겁니다."

"호프만 박사님! 이 아이가 방향을 알려줄 수 있다면 시위병들에게 범죄자를 상대하도록 하는 게 상책입니다!" 바그너가 긴장해 말했다.

"아까 시위병들이 그에게 제압당한 걸 보셨잖습니까. 시위병들이 회복해 산에 오르면 늦을 수도 있고요. 마지막 협박 편지에서 오늘 해가 지기 전까지로 시한이 변했다는 것을 잊지 마십시오."

"그럼 사람들을 좀 더 데려가는 게……."

"지금 상대한테는 100여 명의 아이들이 인질로 잡혀 있습니다. 우리한테 악의가 있다고 그가 오해하면 아이들을 구할 수 없을지도 모릅니다." 호프만 선생이 작은 소리로 덧붙였다. "아이들이 잘못되면 바그너 씨는 오명을 쓰게 될 겁니다. 시장, 심지어 공작한테 추궁당하고 싶지 않으시겠지요?"

"저도 가겠습니다!" 콘라트가 전혀 두렵지 않다는 표정으로 나섰다. "나쁜 놈과 담판할 때 자신을 보호할 최소한의 방법이 있어야지요."

"콘라트 씨, 말씀은 고맙지만, 그 역할은 한스가 감당할 수 있습니다." 호프만 선생이 미소를 지으며 나를 가리켰다.

"박사님 서기요? 저렇게 약해 보이는 사람이 어떻게……."

호프만 선생의 표정을 봤기 때문에 나는 두말하지 않고 앞으로 나서, 두 손으로 콘라트의 오른팔을 붙잡은 뒤 반격할 새도 주지 않고 손목을 뒤로 꺾었다. 그리고 그가 중심을 잃는 순간 그대로 넘어뜨린 다음 등 뒤에서 눌렀다.

"세상에!"

나는 나보다 머리 두 개가 더 큰 장정을 부축해 일으킨 뒤 미소를 지으며 사과했다. 그는 깜짝 놀란 표정으로 나를 바라보았다. 내가 1초 만에 자신을 넘어뜨린 데다 독일인의 장기인 게르만 제압 기술을 사용할 줄은 상상도 못 했기 때문인 듯했다. 하지만 내가 사용한 기술은 유대인 오트[×]의

×   15세기 오스트리아의 무술 대가로 제압 기술에 능했다. 그의 기술은 게르만 제압 기술이 발달하는 데 큰 영향을 주었다.

정통 꺾기 기술이었다.

"바그너 씨, 제가 그제 팔크 부인과의 재무 분쟁을 조정해드렸지요. 그때 두 분 모두 결과에 만족하지 않으셨나요? 피리꾼과 정면으로 부딪쳐 양쪽 모두 다치느니, 서로 동의할 수 있는 합의점을 찾아 손실을 줄이는 게 나을 듯합니다." 호프만 선생이 바그너에게 말했다.

"……좋습니다. 우리 세 사람이 이 아이를 따라 산에 오릅시다." 바그너가 어쩔 수 없이 받아들였다. "하지만 몸값은 내지 않을 겁니다. 범죄자에게 돈을 주는 건……."

"당당한 법학 박사로서 제가 어떻게 아이들을 볼모로 사기 치고 협박하는 걸 용납하겠습니까? 아이들에게 손을 댄 나쁜 놈에게 마땅한 대가를 치르도록 할 겁니다. 아이들이 받은 고통을 두 배로 돌려줄 겁니다." 그런 다음 호프만 선생은 내게 "한스, 일단 도도를 잘 지키게. 나는 술집에 가서 말을 가져올 테니"라고 말했다.

"선생님, 그런 일은 제가 해야지요……."

"아니네. 술집에는 말이 두 마리뿐이라 바그너 씨 집에 가서 명마도 한 필 빌려와야 해." 그러면서 호프만 선생은 고개를 돌려 바그너에게 물었다. "괜찮지요?"

"그럼요. 프란츠가 방금 돌아갔으니 그에게 말씀하세요. 제 말이 어떤 건지 아니까요……. 슈나이더는 틀림없이 마구간으로 돌아가지 않았을 겁니다……."

"알겠습니다." 호프만 선생은 다시 고개를 돌려 내게 조용히 분부했다. "여길 잘 지키게. 혹시 상황을 모르는 누군가가 성에서 나와 아이들을 찾으러 산에 오르려 하면 막아. 무력을 써도 괜찮네. 의외의 상황을 만들면 안 된다고."

호프만 선생의 지시를 들은 뒤에야 나는 왜 말을 가지러 가지 말라고 했는지 알았다. 다급해진 부모가 산에 오르려 하면 내가 있어야만 상대를 다치지 않게 제압할 수 있기 때문이었다.

호프만 선생이 술집 방향으로 달려간 뒤 사람들은 왁자지껄 자기 생각을 꺼내놓았다. 피리가 이성을 잃게 만드는 원리나 코펜산 마녀의 전설에 관해 이야기하고, 피리꾼이 마법을 쓰지 않았다면 마녀는 대체 이 사건에 끼어든 건지 아닌지 모르겠다느니, 피리꾼이 마녀의 근거지를 침입한 이상 보복을 받지 않겠느냐니 하고 떠들었다. 원래는 나도 끼어들려 했지만 그러지 않았다. 첫째는 호프만 선생이 도도를 지키라고 했는데 내가 한눈팔았다가 아이가 절뚝거리며 산에 갈까 봐 걱정스러웠고, 둘째는 호프만 선생이 떠나고 얼마 뒤 술집 주인이 내 말을 타고 달려와 끼어들 틈이 없어서였다.

"도도!" 사장이 말에서 내리자마자 아이를 꽉 끌어안았다. "무사했구나!"

"아빠, 너무 꽉 안지 마세요."

사장이 항상 냉랭하게 대해서 나는 그가 그렇게 도도를 아끼는 줄 전혀 몰랐다. 사장은 호프만 선생이 술집으로 돌아와서는, 그렇지 않아도 걱정하는 자신에게 도도가 여기 있다고 알려줘 달려왔노라고 말했다. 자신이 거의 제정신이 아닌 걸 보고 호프만 선생이 말을 타고 가라고 해서 그대로 따랐는데 술집에서 워낙 가까워 그럴 필요가 없었다고도 했다. 우리가 자초지종과 호프만 선생의 제안을 들려주자 그는 잠시 침묵한 뒤 다시 평소의 표정을 회복하고 고개를 끄덕였다.

"음, 도도만 피리 소리를 들을 수 있다면 어쩔 수 없지요. 주님이 주신 임무이니 책임을 다할 수밖에요."

한참 뒤 호프만 선생이 말을 타고 돌아왔다. 생각지도 못하게 슈나이더도 건장한 흑마를 타고 함께 왔다. 보아하니 바그너가 깎아내린 것과 달리 슈나이더는 책임감 있는 사람인 듯했다. 흑마는 나도 기억하고 있었다. 처음 만났을 때 대머리 지주가 타고 있던 말이었다.

슈나이더가 말에서 뛰어내린 뒤 고삐를 사장에게 건네자 상대는 당연하다는 표정으로 고맙다는 말도 하지 않았다. 분명 기분이 나쁜 듯했다. 특히 슈나이더도 자기를 흙탕물로 끌어들인 사람 중 하나라고 원망하며, 그가 아이를 잘 챙겨서 피리꾼한테 기회를 만들어주지 않았다면 자기가 협상하러 산에 올라갈 필요가 없었을 거라고 생각하는 듯했다.

"호프만 씨, 도도가 위험에 처하지 않도록 잘 부탁드립니다." 술집 사장이 당부했다.

호프만 선생은 번거로울 텐데도 말에서 내려 사장의 얼굴을 바라보며 "약속드리겠습니다. 제 부모의 이름을 걸고 도도를 무사히 데려오겠다고 맹세합니다"라고 말했다.

나는 호프만 선생이 맹세까지 할 줄은 전혀 예상하지 못했다. 도도와 사장을 진심으로 아끼는 게 분명했다. 호프만 선생은 성격이 참 독특해 상대의 신분이나 지위에 상관없이, 우연히 스쳐 가는 인연일지라도 마음이 맞기만 하면 진심으로 지지했다. 반대로 악행을 저지르는 놈이면 전력을 다해 무너뜨려 죽고 싶게 만들어놓았다.

나는 어제 호프만 선생이 피리꾼에게서 아이들을 찾아오겠다고 말할 때 눈에서 분노의 빛이 번쩍이던 걸 떠올렸다. 피리꾼이 유괴라는 중죄를 저질렀으니, 호프만 선생은 침착한 표정을 짓고 있어도 사실 속으로는 의분에 차 상대를 박살 낼 준비를 하고 있을 터였다. 하지만 전부 피리꾼이 자초한 일이었다. 호프만 선생의 말대로 그가 합법적으로 보수를 요구하며 의회에 고소했더라면 재수 없는 사람은 그가 아니라 대머리 지주였을 것이다.

우리 네 사람은 말을 타고, 나와 호프만 선생이 세 번이나 오갔던 산길을 따라 코펜산으로 올라갔다. 호프만 선생은 우리가 듣지 못하는 피리 소리를 듣고 길을 안내하도록 도도를 자기 말에 태우고 앞장서 나아갔다. 바그너와 그의 까만 준마는 나와 나란히 걸어갔다. 위풍당당한 말과 달리, 그 위에 앉은 바그너는 훤히 보일 정도로 풀이 죽고 불안해했다.

그제 지나왔던 상수리나무와 삼각형 바위를 지난 뒤에도 도도는 계속 숲으로 들어가라고 지시했다. 나는 우리가 처음 피리꾼을 만났던, 암벽에 둘러싸인 분지 꽃밭이겠다고 확신했다. 과연 그곳에 피리꾼의 소굴이 있는 거다. 가는 내내 나는 경계를 늦추지 않았다. 피리꾼이 설치해 놓았을지 모를 함정도 함정이지만 늑대 떼도 경계해야 했다. 나는 늑대가 습격해 오면 곧바로 꺼낼 수 있되, 마술 피리로 무슨 황홀경에 빠지면 꺼낼 수 없도록 말에 매단 가방 속에 단검 두 자루를 숨겨놓았다. 빈손이어야 내가 최소한 무고한 사람을 해쳐 돌이킬 수 없는 상황을 만들지 않을 터였다.

"아! 피리 소리다!"

분지에 거의 다다르자 내 귀에도 피리 선율이 들려왔다. 나아갈수록 피리 소리가 또렷해졌다. 바그너는 우리가 피리꾼한테 조종당하거나 시위병처럼 기절하지 않는지 확인하려는 듯 나를 빤히 쳐다보았다. 나도 잔뜩 긴장해 호프만 선생의 뒷모습을 쳐다보며 천천히 앞으로 나아갔다.

나무와 암벽에 둘러싸인 공터로 들어서자 며칠 전의 광경이 다시 한번 눈앞에 펼쳐졌다. 색색의 헝겊 조각을 기운 긴 옷을 입고 챙 넓은 고깔모자를 쓴 피리꾼이 암벽 위에서 새까만 피리를 연주하고 있었다. 다만 지난번과 달리 이번에는 암벽 위에 앉아 있는 게 아니라 서 있었다. 우리가 다가가자 피리 소리가 뚝 멈췄다. 암벽 위의 피리꾼은 햇살을 등진 채 천민을 내려다보는 영주처럼 위엄 있게, 자신한테 속수무책인 우리를 비웃듯 내려다보았다.

"아, 역시 여기였군!" 호프만 선생이 고개를 돌려 내게 말했다. "정말 똑똑해. 시위병을 데려왔다면 저 위에서 몸을 돌려 달아날 수 있으니까. 우리가 반대편으로 돌아가 암벽에 오르면 이미 늦었겠지. 숲속에서 전투할 때 인력을 제대로 활용할 수 있는 훌륭한 전략이야."

"박사님! 지금 감탄할 때입니까? 악당이 앞에 있으니 어서 아이들을 돌려달라고 하셔야지요!" 바그너가 불쾌한 표정으로 말했다.

"아, 그렇지요. 여기에 중재자로 왔으니 일부터 해야겠군요." 호프만 선생이 미소를 지었다. "너무 오래 걸려 성안 가족들이 참지 못하고 산으로 올라오면 바그너 씨가 큰 낭패를 당할 테니까요."

"제가 왜 낭패를 당합니까?" 바그너가 눈살을 찌푸리며 반문했다.

"아이들을 잡아간 피리꾼이 따님인 걸 저들이 알면, 설령 바그너 씨가 아무것도 몰랐다 해도 자유로울 수 없을 테니까요."

호프만 선생이 말을 마쳤을 때도 나는 무슨 상황인지 전혀 눈치채지 못했다. 바그너가 어안이 벙벙한 얼굴로 앞쪽을 쳐다보기에 나도 시선을 따라 고개를 들었더니, 암벽 위에서 모자를 벗은 피리꾼이 금발을 길게 늘어뜨리고 있었다. 그건 우리가 전에 만났던 청년이 아니라 크리스 양이었다.

"박사님." 크리스가 차분한 얼굴로 물었다. "알고 계셨습니까?"

"'알았다'라기보다 실마리를 종합해 보니 결론이 그거 하나뿐이었습니다." 호프만 선생이 웃으며 말했다. "더군다나 크리스 양은 진짜 피리꾼보다 키가 조금 작아서 한눈에 알아볼 수 있었지요."

"호, 호프만 박사님, 이, 이게 대체……." 바그너가 더듬거리며 말을 잇지 못했다.

사실 나도 똑같이 놀랐다. 대머리 지주는 그래도 몇 글자 내뱉었지만 나는 입만 벌릴 뿐 소리조차 낼 수 없었다.

"바그너 씨의 딸이 주모자입니다. 도시의 아이들을 전부 유괴하고 몸값을 요구했지요." 호프만 선생이 담담하게 말했다. "저는 누구도 다치지 않도록 중재하러 왔고요."

"왜, 왜……, 저 애가…… 나는……." 바그너는 눈앞의 일을 도무지 이해할 수 없는지 계속 허둥거렸다.

"여기서 이야기할 게 아니라." 호프만 선생이 말의 복부를 가볍게 차 공터 한쪽의, 암벽으로 올라갈 수 있는 언덕으로 말을 몰았다. "크리스 양, 차분하게 앉아서 이야기할 수 있는 곳이 있겠지요? 그리로 안내해 주시지요."

우리가 말을 몰아 암벽으로 올라가자 크리스 뒤쪽의 멀지 않은 곳에도 말이 한 필 있었다. 우리가 올라가는 동안 그녀는 머리카락을 묶고 모자를 도로 쓴 뒤 얼굴 위쪽이 덮일 만큼 챙을 눌러 쓰고 말에 올라타 있었다. 암벽 위도 숲이 울창했지만 3분도 가지 않아 나무가 적어지고 지형이 복잡해졌다. 갈수록 산에 올라가는 게 아니라 내려가는 듯하고, 양쪽에도 높은 암벽이 즐비해 코펜산의 거대하고 빽빽한 바위 사이로 들어가는 기분이 들었다.

"까르르……."

한창 나아가고 있을 때 아이 웃음소리가 어렴풋하게 암벽 뒤에서 들리는 듯하다가 순식간에 사라졌다. 그런데 산으로 깊이 들어갈수록 웃음소리가 빈번하게 들렸다. 심지어 바그너까지 수시로 사방을 둘러보며 소리가 어디에서 들리는지 궁금해했다. 암벽 사이의 좁고 긴 통로를 지나 모퉁이를 돌았을 때 아이들 소리가 갑자기 커지더니, 크리스 양이 암벽 위에서 모습을 드러냈을 때보다 더 놀라운 광경이 눈앞에 펼쳐졌다.

통로에서 벗어나자 지금까지와 다른 넓은 골짜기가 나왔다. 푸른 풀밭이 양탄자처럼 깔려 있고 왼쪽에는 커다란 나무 몇 그루가, 오른쪽에는 돌 굴뚝이 달린 오두막이 있었다. 낡았어도 무척 튼튼해 보이는 오두막이었다. 그 옆에서 말 두 마리가 풀을 뜯고, 멀지 않은 곳에서는 냇물이 흘렀다. 어디에서 와 어디로 흘러가는지는 몰라도 죽은 물이 아니었다. 어쩌면 마지막에는 베저강으로 흘러들지도 몰랐다.

사막의 오아시스 같은 그곳에서 100여 명의 아이들이 신나게 놀고 있었다. 서로 쫓고 쫓기며 뛰어다니는 아이들도 있고 나무에 올라간 아이들, 풀밭에 둘러앉아 이야기하는 아이들, 과자를 먹는 아이들도 있었다. 오두막 옆의 풀밭에는 나무로 만든 허름한 탁자가 있고 그 위에 색색의 빵과 과자가 가득 담긴 바구니가 잔뜩 놓여 있었다. 나는 아이들이 피리꾼한테 잡혀 우리에 갇혔거나 묶여 있을 줄 알았는데, 뜻밖에도 소풍을 즐기는 모습이었다.

더욱 놀라운 광경은 지크와 발, 안토니 등이 어린애들을 돌보는 거였다. '꽃 목도리 기사' 힐다는 어린 여자애의 코를 닦아주고, 한스 남매는 앞에 있는 아이들에게 무슨 동화를 들려주거나 연극을 보여주는지 손짓과 발짓을 섞어가며 이야기하는 중이었다. 다들 생기발랄하고 환하게 웃고 있었다. 내가 예상했던, 울면서 아빠 엄마를 찾는 비극적인 모습과는 완전히 딴판이었다.

"아, 작가 선생님과 하인이다!" 지크가 제일 먼저 우리를 발견했다.

지크의 말에 아이들이 우리를 쳐다봤지만 대부분 흥미가 없는지 원래대로 놀거나 먹었다.

우리는 크리스를 따라 말에서 내렸다. 도도는 행동이 불편한데도 호프만 선생님의 도움을 받아 내려온 뒤 지팡이를 짚고 그 옆에 섰다. 나는 본능적으로 말을 끌며 고삐를 묶을 만한 곳을 찾았다. 그런데 지크가 달려와 자기가 주인이라도 되는 듯 말을 끌고 갔다.

"기사단 집합!" 말을 묶은 뒤 지크가 아이들에게 소리쳤다. '기사단 의사'인 발과 한스 남매를 포함한 10여 명의 아이들이 모였다. "힐다, 잠시 단장직을 맡아서 어린애들을 돌봐줘. 발, 한스, 마르가레테, 너희는 나랑 같이 가자."

처음에는 지크의 말이 무슨 뜻인지 몰랐는데, 가만 보니 우리와 함께 오두막으로 들어가 협상하려는 듯했다. 설마 바그너가 찾아와 딸과 협상할 걸 예상했나?

"안토니, 미안한데 너랑 카를도 도와줘." 오두막 앞의 음식이 놓인 탁자를 지날 때 지크가 프레츨을 나누고 있는 안토니에게 말했다.

"나한테 지시하지 마. 난 너네 단원이 아니라고." 안토니가 입을 삐죽거렸다. "하지만 도와줄 테니까 안심해. 나도 기사도 정신이 있거든."

우리 아홉 사람, 그러니까 바그너 부녀와 지크, 발, 한스 남매, 호프만 선생과 그의 부축을 받는 도도, 나는 오두막으로 들어갔다. 안으로 들어간 뒤 나는 또 한 번 놀랐다. 특별한 장식이 있어서가 아니라 침대에 진짜 피리꾼, 나와 호프만 선생이 만났던 청년이 누워 있었기 때문이다. 우리를 본 그는 일어나 앉으려 했지만, 비틀거리다 침대에서 떨어질 뻔했다. 그제야 나는 그의 오른쪽 다리에 붕대가 감겨 있는 걸 발견했다. 다친 모양이었다.

"네 이놈!" 바그너가 청년을 보자마자 소리쳤다. "정말로 쥐잡이 놈이었군! 내 딸한테 이런 나쁜 짓을 하도록 네놈이 부추겼지!"

"아니거든요!" 크리스가 모자를 벗어 던진 뒤 아버지 앞을 가로막으며 대꾸했다. "전부 제 생각이었어요! 저 사람 억울함을 풀어주고 싶었을 뿐이라고요!"

"넌 나서지……."

"두 분 잠시만요." 호프만 선생이 아픈 다리 때문에 피곤해하는 도도를 문 옆 의자에 앉히면서 침착하게 말했다. "두 분끼리 협상하게 두면 자기주장만 내세우다 교착상태에 빠질까 봐 제가 중재인을 자처했던 겁니다. 바그너 씨는 이미 제 중재에 동의했으니, 크리스 양에게 묻겠습니다. 제가 처리해도 될까요?"

크리스는 조금 주저하다가 청년을 돌아보았는데 그는 훨씬 어리둥절한 표정이었다.

"아니면 질문 상대가 틀렸나요." 호프만 선생이 이번에는 힘겹게 몸을 세워 앉은 청년을 바라보며 물었다. "저는 잉글랜드에서 온 법학 박사 라일 호프만인데, 루트비히 씨이지요? 제가 당신과 바그너 씨의 분쟁을 중재해도 될까요?"

"박사님, 저 사람을 아십니까?" 바그너가 어리둥절한 표정으로 물었고, 나도 정말 깜짝 놀랐다.

"모릅니다. 어제 누가 저 사람 이름을 언급하는 걸 들었을 뿐입니다." 호프만 선생이 어깨를 으쓱했다.

어제 나는 호프만 선생이 아렌트 회장을 만나러 갔을 때를 제외하고 내내 함께 있었지만, 그런 일은 들어본 적이 없었다. 그렇다면 설마 피리꾼이 아렌트와 아는 사이인가? 전부 상인 조합 회장의 음모였다고?

청년이 의아한 눈으로 호프만 선생을 바라보며 말했다.

"음, 박사님이 어떻게 제 이름을 아십니까? 제가……."

"당신은 알지 못해도 당신의 목적과 사건 경위에 대해서는 대충 알고 있습니다. 제가 공평하게 분쟁을 해결하겠다고 장담합니다."

호프만 선생이 청년을 바라보자 그는 크리스와 아이들을 번갈아 쳐다본 뒤 동의의 표시로 고개를 끄덕였다.

"좋습니다. 그럼 모두 앉으십시오."

호프만 선생이 주변을 둘러본 뒤 의자나 걸상에 앉으라고 눈짓했다. 크리스는 침대 옆에 앉음으로써, 피리꾼을 지지하고 아버지를 반대한다는 뜻을 은근히 드러냈다. 그제야 나는 오두막을 둘러볼 여유가 생겼다. 외양과 마찬가지로 실내도 수십 년, 심지어 100년은 되어 보였다. 하지만 의

자나 선반 같은 것들 모두 화려하진 않아도 무척 튼튼해,
내가 앉은 의자만 해도 나무에 좀먹은 흔적조차 없었다. 선
반 위에는 작고 정교한 도기와 나무 상자 같은 게 놓여 있
었다. 굴뚝과 연결된 벽난로에서 약하게 불이 올라오고 옆
에 수프가 담긴 솥이 놓인 것으로 보아 우리가 오기 전에
루트비히는 점심 식사를 만들고 있었던 듯했다…… 아, 아
니다, 그는 침대에서 내려올 수조차 없으니 수프를 만든 사
람은 지크나 발 등일 것이다. 방 안에서 유일하게 어울리지
않는 건 구석에 놓인 나무 술통이었다. 술통은 다른 가구들
과 달리 목재가 기껏해야 2, 3년밖에 되지 않아 보였다.

　그건 그렇고 코펜산에 왜 이런 집이 있지?

　"박사님, 이 꼬맹이들은 무엇 때문에 남겨두십니까?" 바
그녀가 한스 남매를 보며 물었다. "우리 협상에 아이들이
있을 필요는 없잖아요?"

　"저는 '하멜른 기사단' 단장 지크프리트 슈나이더입니다.
저희는 나중에 다른 말이 나오지 않도록 기사단 신분으로
증인을 맡을 겁니다." 지크가 가슴을 펴고 당당하게 말했
다.

　"웃기는 놈, 기사단? 더러운 꼬마들이 어른들 일 방해하
지 말……"

　"바그너 씨, 잠시만요." 호프만 선생이 미소를 지으며 대

머리 지주의 말을 끊었다. "제가 중재를 맡았으니 증인은 저와 제 서기가 담당하면 됩니다. 하지만 아이들도 이번 사건의 중요한 증인이므로 이 자리에서 증언할 필요가 있습니다."

바그너는 반박하지 못하고 지크만 사납게 노려보았다. 마치 '네 아비의 고용주가 나거든. 돌아가면 네 아비를 손 봐주마'라고 말하는 듯했다.

호프만 선생이 한가운데에 서서 예배당 집회 때 연설했던 것처럼 입을 열었다.

"좋습니다. 일단 바그너 씨가 지급하지 않은 쥐 퇴치 보수부터 이야기……."

"잠시만요." 바그너가 호프만 선생의 말을 잘랐다. "박사님, 범죄자와 거래하지 않기로 얘기하지 않았나요? 제 딸이 끼어들었어도 저놈이 크리스를 시켜 홈퍼딩크네 두 아이를 유괴한 주모자라는 건 확실합니다."

"피리꾼은 한스 남매를 데려오지 않았습니다. 그 '피리꾼'이 이 청년이든, 따님이든 상관없어요." 호프만 선생이 대꾸했다.

"뭐요? 아니라고요? 그럼 대체 누가……."

"마녀입니다." 호프만 선생이 며칠 전의 추론을 다시 꺼냈다.

"웃기는 소리! 코펜산에 마녀 따위는 없……." 바그너가 말을 하다 말고 실수로 비밀을 발설한 것처럼 황급히 입을 다물었다.

"과연 바그너 씨는 코펜산 마녀의 진실을 알고 계시는군요!" 호프만 선생이 웃으며 대꾸했다. "하지만 틀렸습니다. 저는 '코펜산'의 마녀라고 말하지 않았습니다. 성안에 있는 비열한 '마녀'를 지칭한 것이지요."

아, 호프만 선생이 요한의 처형 카롤리네를 마녀라고 말했는데, '마녀'는 비유일 뿐이었구나. 처음에 아이들을 데려가고 바그너를 협박한 사람은 카롤리네였어.

"왜 '마녀'가 한스 남매를 유괴했습니까? 바그너 씨가 몸값을 낼 리 없는데요?" 내가 끼어들어 물었다.

"한스, 전제가 틀렸네. 마녀는 아이들을 유괴한 게 아니거든." 호프만 선생이 잠시 머뭇거렸다. "마녀는 아이들을 죽이려 했어."

나는 깜짝 놀라 요하네스를 바라보았다. 아이 얼굴에 그림자가 드리웠고 다른 아이들과 크리스의 안색도 어두워졌다.

"왜요? 왜 그 마녀가 아이를 죽이려 했습니까?" 내가 또 물었다.

"이유는 잠시 덮어두세. 그건 바그너 씨 사업과 관련 없으니까." 호프만 선생이 전혀 흔들림 없이 여유롭게 넘어갔다. "어쨌든 마녀는 '주문'으로 훔퍼딩크 부인을 조종해 한밤중에 아이들을 '금기의 코펜산'에 버리게 했어. 코펜산의 마녀가 자기 대신 한스 남매를 죽이도록 할 생각이었지."

오래 따라다닌 덕분에 나는 호프만 선생의 말이 어떤 의미인지 이해할 수 있었다. 카롤리네는 자기 동생을 부추겨 남편 몰래 아이들을 버리도록 만들었다. 우리가 하멜른에 도착한 그 날 밤, 남편이 거나하게 취했을 때 훔퍼딩크 부인은 한스 남매를 산에 데려가 버린 뒤 혼자 돌아왔고, 이튿날에는 아무것도 모르는 척했다. 참, 제일 처음 코펜산 마녀가 아이들을 잡아갔다고 주장한 사람도 다름 아닌 카롤리네였다.

"하지만 방금 바그너 씨는 산에 마녀가 없다고 말했잖아요?" 내가 다시 물었다.

"그건 바그너 씨만 아는 일인데…… 아, 아니지, 여기 두 사람도 알겠군." 호프만 선생이 크리스와 루트비히를 바라보자 두 사람은 조금 당황만 할 뿐 반박하지 않았다. "코펜산에 마녀가 없어도 아이들이 산에 있으면 나쁜 일이 더 많지 않겠나? 바그너 씨 선친과 동료도 사고를 당했으니, 열 살도 안 된 어린애 둘이면 십중팔구 죽겠지."

"잠시만요." 내가 또 물었다. "코펜산에 마녀가 없다면 그때 바그너 시위대장은 왜 다쳤던 건……."

"늑대 떼라네. 한스, 자네도 발자국을 보지 않았나?" 호프만 선생이 고개를 돌려 바그너를 바라보며 말했다. "바그너 씨, 제가 틀렸나요? 여기엔 사람도 몇 없고 저도 제삼자에게 비밀을 발설하지 않겠다고 약속드릴 테니, 걱정하지 말고 말씀해 주시지요."

바그너가 난처한 표정으로 한참 고민하다가 어쩔 수 없다는 듯 고개를 끄덕였다.

"선친께서 돌아가시기 전에 진실을 말씀해 주셨습니까?" 호프만 선생이 물었다.

"아니요……." 바그너는 더 말하기 싫은 듯했지만, 호프만 선생이 귀를 기울이며 기다리고 있자 잠시 머뭇거리다 이어서 말했다. "……나중에 아버지가 남겨놓은 수기를 발견했습니다. 동료들과 마녀를 잡으러 갔을 때 실제로 어떤 일이 있었는지 기록되어 있었지요. 동료 중에 노련한 사냥꾼이 있었음에도 지형을 잘 몰라서 늑대 떼에 포위되었고 아버지만 요행히 살아남으셨습니다. 동료들의 명예를 지키기 위해 아버지는 마녀의 소행이라고 하셨고요."

나는 바그너의 마지막 말이 사실이라고 곧이곧대로 받아들일 수 없었다. 그의 아버지는 잘못을 회피하고 싶었을 가능성이 컸다. 어쨌든 그는 마녀를 잡으러 가자고 제안한 시위대장이었으니, 작전 실패와 동료들의 사망에 대한 책임을 추궁당하면 그와 가족 모두 곤란에 처했을 게 뻔했다.

"선친의 수기에 지도가 있었지요?" 호프만 선생이 바그너에게 물었다.

"어떻게 아십니까? 늑대 떼와 만났던 위치를 기록해 놓았는데, 제가 산에 오른 적이 없어서 정확한지는 모릅니다……."

"선생님, 잠시만요!" 나는 논리적으로 모순이 있는 듯해서 끼어들지 않을 수 없었다. "늑대든 마녀든 분명 요한은 해가 질 때쯤 피리꾼의 협박 편지를 받았습니다! 그때 아이들이 피리꾼에게 유괴되었다고 확신하지 않았습니까? 그건 또 어떻게 된 일입니까?"

"정확하지는 않지만, 숲속에 버려진 한스 남매는 어둠 속에서 집으로 돌아가려 했을 거네. 그렇게 헤매다가 삼각형 바위 옆에서 평탄한 길을 발견하고, 마을로 내려가는 방향일 거라고 오해했을 거야. 거기가 늑대 영역일 줄 어떻게 알았겠나. 돌아서서 필사적으로 도망가다가 루트비히라는 선량한 사람한테 구조됐겠지. 다리도 그때 다쳤을 거고."

지크와 발, 크리스, 침대에 앉아 있는 피리꾼 모두 깜짝 놀란 표정으로 호프만 선생을 바라보았다. 선생의 말이 정확한 게 틀림없었다.

"박사님, 맞습니다……." 루트비히가 말했다. "그날 밤 늑대 울음소리가 좀 이상하고 중간에 아이들 비명까지 섞여 있어서, 제가 주제도 모르고 무작정 뛰어들었습니다. 에휴."

"하지만 루츠[×] 형이 아니었으면 저와 제 동생은 늑대 밥이 됐을 거예요." 요하네스가 말하자 옆에 있던 동생도 긴장해 고개를 끄덕였다. "루츠 형이 피리 소리로 늑대 떼를 유인했기 때문에 도망칠 수 있었어요."

"하지만 저는 제 몸을 지키지 못해 야생 늑대한테 물렸지요. 그러고는 오히려 아이들한테 부축을 받으며 이곳으로 돌아왔습니다." 루트비히가 쓴웃음을 지었다.

"아! 그렇게 된 김에 한스 남매를 유괴하고 협박 편지를 보낸 거로군요?" 내가 소리쳤다.

"한스, 그건 협박 편지가 아니라네. 협박 편지를 가장한 안부 편지이지." 호프만 선생이 웃으며 말했다.

"안부 편지요?" 나와 바그너가 동시에 외쳤다.

대머리 지주와 똑같은 반응을 하다니, 나는 정말 수치스러웠다.

"그 편지에는 몸값에 대한 기한도 없고 지급 방식도 없었

×   루츠(Lutz)는 루트비히(Ludwig)의 애칭.

네. 그런데 마르가레테의 빗을 함께 보내 아이를 데리고 있다는 사실을 확실히 보여줬지." 호프만 선생이 미소를 지었다. "아주 이상하지 않나? 편지가 오기 전까지 훔퍼딩크 씨는 아이들이 끔찍한 일을 당했을까 봐 걱정했어! 그러다 편지를 보고 오히려 안심했지. 아이들이 무탈하게 살아있다는 걸 알았으니까. 무엇보다도 외부인은 마르가레테의 빗이 아버지가 만들었다는 걸 모를 테니 확실한 증거가 되고. 생각해 보게, 자네가 범인이라면 아이를 데리고 있다는 증거로 부모한테 어떤 물건을 보낼 것 같나?"

호프만 선생의 말을 들은 뒤에야 나는 그 빗이 확실히 특이하다는 생각을 했다. 흉악한 범인이라면 손가락이나 귀를 잘라 겁을 줄 확률이 높았다. 그렇게까지 독하지 않아도 머리카락이나 옷을 보내지, 평범한 나무 빗을 보내지는 않을 거였다.

"하지만 요하네스가 편지에 다 설명할 수도 있었잖아요……. 아, 아니군요, 확실히 그럴 수 없었겠네요……." 나는 질문하다 말고 답이 떠올라, 하려던 말을 삼켰다.

요하네스가 자신과 동생이 코펜산에 있다고 말하는 순간 어머니의 악행이 드러날 터였다. 그럼 아이들은 어머니의 행동 뒤에 이모의 부추김이 있는 걸 알아서 주저한 걸까?

"박사님, 저 작자가 아이들로 저를 협박할 양심을 품지 않았다면 왜 그런 편지를 썼겠습니까? 아이들을 돌려보내지 않은 게 바로 범죄의 증거입니다." 바그너가 끼어들어 소리쳤다.

"그건, 제가 사죄드립니다." 호프만 선생이 다가와 내 어깨를 잡고 말했다. "제 하인이 말을 함부로 해서 이런 소동이 벌어졌습니다."

"저요?" 내가 깜짝 놀라 호프만 선생을 올려다보았다.

"한스는 아무 증거도 없이 '피리꾼이 아이를 유괴했다'라고 함부로 말했습니다. 며칠 전 쥐를 잡은 뒤 벌어졌던 불쾌한 상황을 다들 기억하는 데다 강가에서 아이 옷이 나왔으니, 아주 자연스럽게 그 추측을 사실로 받아들였던 겁니다." 호프만 선생은 나한테 대답하는 대신 계속 바그너에게 말했다. "성안에 '피리꾼이 유괴범'이라는 소문이 퍼지고 사람들이 정말로 믿게 되자, 루트비히 씨는 아이를 돌려보내면 자기가 유괴범이라고 인정하는 셈이 되었습니다. 그렇지 않아도 곤란한데 상황이 더 나빠져, 분노한 주민들이 자신을 교수대로 데려갈까 두려웠지요. 그때 루트비히 씨는 아주 흥미로운 선택을 했습니다. 극도로 불리한 위치에서 해명하느니 그대로 밀고 나가, 나쁜 놈을 연기하기로 한 겁니다. 그게 더 유리하고 해결책을 찾을 시간도 벌 수 있으니까요."

세상에, 내가 무심코 내뱉은 말이 엄청난 화를 만든 거였다. 어쩐지 그때 호프만 선생의 안색이 안 좋더라니. 점쟁이가 아니니 호프만 선생도 내 한마디가 얼마나 큰 풍파를 일으킬 줄은 몰랐겠지만, 소문이 뭔가 골칫거리로 변할 줄은 예상했을 것이다. 실제로 예상을 뛰어넘어 엄청나게 커졌고.

"선생님, 루트비히 씨와 한스 남매는 성안의 소문을 어떻게 알았습니까?" 나는 비논리적인 부분을 지적했다. "루트비히 씨 말에 따르면, 그때 다쳐서 성에 들어가 소식을 알아볼 수 없었을 텐데요? 아, 설마 마법으로 밖에 나갈 필요 없이 성안 상황을 볼 수……."

"마법은 무슨." 호프만 선생이 고개를 저으며 웃었다. "한스, 뻔하지 않나? 산에서 안 내려가도 소식을 아는 건 당연히 누가 올라와 알려줬기 때문이지. 그리고 그들이 바로 여기 있지 않나?"

"아…… 크리스 양이요?"

"지크도." 호프만 선생이 웃으며, 계속 침묵하고 있는 '기사단 단장'에게로 시선을 돌렸다. "지크, 훔퍼딩크 부인이 한스 남매를 버릴 계획이었던 거, 미리 알고 있었지?"

지크가 살며시 탄식하며 고개를 끄덕였다.

"지난주에 한스가 자기들이 위험에 처할 것 같다고 말했거든요. 엄마와…… 그 '마녀'의 대화를 엿들었다고요. 그런데 저희가 대책을 마련하기 전에 일이 터졌어요."

"그러니까 너희는 한스 남매가 코펜산에 있는 걸 알았다는 거니? 쟤네가 실종됐을 때 성안에서 찾아다닌 게 아니었어?" 내가 물었다.

"사실은 기사단 단원을 소집해 대책을 논의하고 있었어요." 지크가 붉은 머리카락을 긁적이며 겸연쩍게 말했다. "어른들은 믿을 수가 없어서, 저희가 아는 걸 숨긴 채 방법을 찾으려 했지요. 한스와 마르가레테가 코펜산에 있는지 없는지도 몰랐고요. 다른 숲일 수도 있잖아요. 하지만 코펜산일 가능성이 제일 크다는 결론을 내리고 저와 힐다, 카스퍼, 아담이 산에 오르기로 했어요. 그러다 산기슭에서 크리스 누나를 만났지요. 누나가 지형을 잘 알아서 위험 지역을 피할 수 있었고요. 다 함께 산에 올라서는 어렵지 않게 루트비히 형과 한스 남매를 만났어요."

"네가 어떻게 지형을 알아? 아!" 바그너가 갑자기 소리쳤다. "크리스, 수기를 훔쳐봤구나!"

크리스가 차갑게 자기 아버지를 노려보았다.

"맞아요. 어렸을 때 봐서 진즉부터 할아버지의 거짓말을 알았어요. 아버지가 일부러 입을 다물고 '주민을 위해 희생한 비극적 영웅의 유족'이라는 후광 속에서 동정심을 유발하며 더러운 돈을 버는 것도 알았지요."

"크리스! 네가 지금 아무 걱정 없이 사는 게 내가 그런 기회를 잘 이용했기 때문이야. 네가 무슨 철학을 공부하거나 한가롭게 말을 타고 놀러 다니는 것도 전부 그 '거짓말' 덕분이라고! 감사한 줄 알아야지!" 바그너가 얼굴을 잔뜩 찡그리며 딸에게 씩씩거렸다.

크리스도 똑같은 표정으로 벌떡 일어나 아버지와 한바탕 싸우려 했다. 그러자 호프만 선생이 두 사람 사이에 끼어들어 손을 내밀며 진정시켰다.

"그런 불만은 일단 접어두시지요." 호프만 선생이 말했다. "오늘은 분쟁을 조정하기 위해 모였습니다. 본론부터 처리하고 나머지는 나중에 다시 말씀하십시오⋯⋯."

"선생님, 그럼 지크와 발은 이튿날 왜 또 유괴되었습니까?" 내가 끼어들어 물었다.

나는 바그너의 집안일에는 흥미가 없었다. 지난 며칠 동안 연달아 벌어진 사건이 대체 어떻게 된 일인지 궁금할 뿐이었다.

"당연히 유괴가 아니지. 자기들끼리 산에 올랐으니까. 한밤중에 성안에서 들린 피리 소리는 말할 필요도 없이 크리스 양의 소행이고. 아이들이 피리꾼한테 유괴되었다고 믿도록 꾀를 부린 거라네."

"아이들은 왜 또 산에 올랐는데요?"

"루트비히 씨에게 보답하기 위해서였겠지. 한스 남매를 구해줬으니, 돕지 않으면 '기사단 규율'에 어긋나지 않겠나."

나는 꼬맹이들이 읊었던 '규율'이 생각났다. 확실히 '고난에 처한 사람을 돕는다'와 '은혜를 입으면 보답한다'라는 조항이 있었다. 머릿속에서 만들어낸 수칙을 아이들이 그토록 진지하게 준수할 줄은 정말 생각도 못 했다.

"그러니까 발이 산에 오른 건 치료를 위해서였다고요?" 나는 지크와 발을 바라보았다.

"이 친구는 틀림없이 훌륭한 의사가 될 겁니다." 루트비히가 자기 오른 다리를 쓰다듬으며 고맙다는 표정을 지었다. "다친 바로 다음 날부터 열이 났는데 발의 의술이 뛰어나 상처가 악화하지 않았습니다. 저는 배에서 부상당한 선원이 사흘 동안 고열에 시달리다가 죽는 것을 본 적이 있습니다……."

"제가 대단한 게 아니라 마침 오두막 밖에 약초가 많이 있었어요. 저는 기억나는 대로 배합했을 뿐이고요." 발이 겸손하게 말했다.

나는 지크에게 왜 워스 씨에게 알리지 않았는지 물어보려다가, 조금 전 어른을 믿을 수 없고 루트비히가 나쁜 사람으로 몰릴까 봐 걱정했다고 했던 말을 떠올렸다. 확실히 바그녀가 시의원이니 내가 지크라도 그런 모험은 시도하지 않을 듯했다. 저 대머리가 무조건 피리꾼한테 죄를 뒤집어씌웠을 건 안 봐도 뻔했다.

"그래서 두 번째 협박 편지도 사실은 협박이 아니었나요?" 내가 호프만 선생에게 물었다.

"맞네. 그 편지에도 몸값을 지급하는 방법이 없었으니까. 순전히 시간을 끌고 우리가 산을 수색하지 못하도록 막으려는 의도였지. 대낮에 올라가면 해가 지기 전에 피리꾼의 은신처를 찾아낼 수 있을 테니까."

첫날 해가 질 무렵 요한의 집 앞에서 산을 뒤지자고 말할 때 지크도 그 자리에 있었다. 당시 지크가 얼굴을 찌푸렸던 이유는 한스 남매의 안위를 걱정해서가 아니라 슈나이더 씨 일행이 산에 올라 루트비히의 안전을 해칠까 봐 걱정했던 거였다.

"그럼 팔크 씨의 두 아들은요?" 내가 또 물었다. "그 아이들도 유괴된 게 아니라 자발적으로 산에 오른 건가요?"

"자세한 상황은 나도 모르지만, 자발적으로 올라왔을 거네. 다만 진상을 알지는 못했겠지. 자기들 실종이 외삼촌을 협박하는 데 쓰일 줄도 몰랐을 테고." 호프만 선생이 크리스를 바라보며 "다시 말해 이건 유괴가 아니라 크리스

양이 아버지의 재산을 사취하려고 꾸민 사기사건이네"라고
말했다.

"맞습니다." 크리스가 담담하게 대답했다. "다만 아버지
가 이렇게 냉혈한인 줄 몰랐어요. 조카들이 죽게 생겼는데
도 구하기는커녕 외면하시다니요."

"크리스 너……." 바그너가 또 고함쳤지만, 크리스는 자
기 행동을 전혀 후회하지 않는다는 듯 차갑게 비웃을 뿐이
었다.

"그래서 오늘 홧김에 아이들을 전부 데려와 바그너 씨를
굴복시키려 한 건가요?" 나는 대머리 지주를 무시한 채 크
리스에게 물었다.

"맞아요. 그러지 않고서야 아버지가 고개를 숙이겠어
요?"

"그런데 100명 가까이 되는 아이들을 대체 무슨 방법으로
데려올 수 있었죠? 정말 피리에 마력이 있나요, 아니면 선
생님 말씀처럼 무슨 페르시아 의학의 원리인가요?"

"페르시아요?"

"한스, 그런 곁가지들 때문에 이미 너무 많은 시간을 소
비했으니 잠시 제쳐두자고!"

호프만 선생이 내 질문을 자른 뒤 눈짓을 했다. 그 시선
을 따라가자 바그너가 주먹을 꽉 쥐고 있었다. 딸의 경멸로

그렇지 않아도 화가 부글거리던 판에 내 질문이 부채질까지 한 모양이었다. 잘못했다가는 통제력을 잃고 딸의 따귀라도 때릴 듯했다.

바그너가 끓어오르는 노기를 억누르는 듯 떨리는 목소리로 "크리스, 어서 아이들을 데려와. 네가 왜 외지인을 도와 이따위 짓을 하는지는 몰라도 넌······" 하고 말했다.

"아버지는 지주이자 시의원이면 뭐든 마음대로 해도 된다고 생각하시죠? 오늘 전 아버지 말을 듣지 않을 거예요." 크리스는 편안한 표정으로 말했지만, 눈빛이 분노로 이글거리고 있었다.

"건방진! 지금 이건 명령이야······."

"바그너 씨, 일단 제 말을 좀 들어보시지요." 바그너가 새빨개진 얼굴로 자리에서 일어나려 하자 호프만 선생이 살며시 손을 내밀어 저지했다. "지금 어떤 곤경에 놓였는지 모르시는 듯합니다. 유리한 위치에 있는 사람은 크리스 양으로, 바그너 씨는 물러설 곳이 없습니다."

"곤경은 무슨! 아이들을 풀어주라고······."

"크리스 양, 오늘 밖에서 내내 모자를 깊이 눌러쓰고 계셨지요?" 호프만 선생이 물었다.

크리스는 입을 살며시 오므리고 아버지를 흘겨본 뒤 고개를 끄덕였다.

"그게 뭐요?" 분노한 대머리가 반문했다.

"바그너 씨, 밖에 있는 아이들은 피리꾼이 크리스 양인 걸 모릅니다. 지금 나가서 아이들한테 따님인 걸 들키면, 바그너 씨가 선친 때처럼 사실을 덮고 주민 모두를 속일 수 있을 것 같습니까? 아렌트 의원이 시장과 연대해 바그너 씨가 사달을 만들었다고 공작한테 고발하지 않을까요? 심지어 바그너 씨가 툭하면 입에 올리는 그 마법으로 비난하지 않겠습니까?"

바그너가 아연실색하며 딸을 노려보았다. 조금 전에 말을 타고 이곳으로 올 때 크리스가 일부러 모자를 썼던 게 이걸 염두에 두었기 때문이었다.

"아이들을 돌려보내 피리꾼이 따님이었다는 얘기가 퍼지면 바그너 씨는 무척 곤란해질 겁니다. 또 독한 마음을 먹고 아이들을 돌려보내지 않아도 주민들은 당신이 피리꾼한테서 아이들을 되찾아오지 못했다고 원망하며 원흉이라고 비난하겠지요. 그런 결과를 피하려면 크리스 양의 요구를 받아들이는 수밖에 없습니다. 800두카트든 1천 두카트든 내지 않으면 안 됩니다. 그러니, 물러설 곳이 없는 상황 아닙니까?"

"어, 어떻게 이런 끔찍한 음모를……."

바그너가 무너지듯 의자에 주저앉았다. 아무리 말재주가

뛰어나도 지금은 아무 소용없었다. 하하, 그러니까 누가 이랬다저랬다 하면서 돈을 지급하지 말라고 했나, 이런 결말을 맞아도 싸지.

"안심하세요. 그래서 제가 도우러 오지 않았습니까." 호프만 선생이 갑자기 낭랑하게 웃었다. "저는 공정한 중재인입니다. 크리스 양, 이 방법은 확실히 효과가 있지만, 정의에 어긋납니다."

"박사님, 무슨 말씀을 하시려는 건가요?" 크리스가 웃음을 거두고 의혹에 찬 표정을 지었다. 나도 정말 의외였다.

"상대를 진심으로 설득하지 못하면 원망만 살 뿐입니다. 또 원한은 순환하기 때문에, 오늘 우위를 점했더라도 나중에 상대가 앙심을 품고 괴롭히면 결국에는 양쪽 모두 고통스러워집니다." 호프만 선생이 방 한가운데에서 천천히 걸으며 말했다. "그래서 저는 두 분 모두 만족할 만한 협상을 제의하려 합니다. 그래야만 원만히 해결될 수 있지요."

"박사님, 제가 몸값을 지급하는 데 동의하지 않는다고 하셨잖습니까?" 바그너가 호프만 선생의 말을 다시 한번 상기시켰다.

"맞습니다. 협박으로 돈을 갈취하는 건 불법이니, 저는 동의하지 않습니다. 약속대로 마땅히 지급해야 할 금액만 내면 됩니다."

"원래의 쥐잡이 보수를 내라는 말씀입니까? 하지만 박사님, 400여 두카트는 정말 말도 안 됩니다! 술집에서 술 한 잔을 마셨는데 50두카트를 요구하는 것처럼 터무니없습니다! 이게 강탈과 뭐가 다릅니까? 저는……."

"바그너 씨, 저는 그 보수를 지급하라고 말하지 않았습니다. 사실 쥐를 잡은 일로는 루트비히 씨에게 1페니히도 낼 필요가 없습니다."

호프만 선생의 말에 우리는 전부 어리둥절해졌다. 바그너뿐만 아니라 크리스와 루트비히, 지크 등까지도 전부 의아한 얼굴로 호프만 선생을 바라보았다.

"선생님! 집회 때는 다르게 말씀하셨잖습니까? 바그너 씨가 이미 약속했으니 아무리 높은 가격이라도 쌍방이 동의한 거래라고 하셨잖아요?" 내가 물었다.

"아니, 바그너 씨 말이 옳아. 방금 술에 비유한 거 말고, 그제 식사 때 했던 말이 옳다는 뜻이지만."

"그제 했던 말이요?"

나는 뚱보가 무슨 말을 했는지 기억나지 않았다. 쓸데없는 말만 늘어놓는다고 생각해 전혀 신경 쓰지 않았기 때문이다.

"그러니까요, 제가 그제 뭐라고 했습니까?" 바그너도 멍한 표정으로 물었다.

"'피리로 쥐를 잡은 건' 마법이 아니면 속임수라면서, 둘 중 어느 쪽이든 돈을 낼 필요가 없다고 하셨지요. 그게 옳습니다. 그건 마법이 아니라 확실히 속임수였으니까요."

속임수?

호프만 선생이 구석으로 가서 술통을 열어 들여다본 뒤 다시 뚜껑을 덮고 가운데로 끌고 왔다. 그러자 루트비히의 얼굴이 하얗게 질렸다. 호프만 선생을 말리고 싶은데 다리 때문에 내려올 수 없어서 애만 태우는 표정이었다.

"자, 보십시오."

호프만 선생이 뚜껑을 열었다. 나는 들여다봤다가 끔찍한 광경에 몸서리를 쳤다.

쥐가 잔뜩 들어 있었다.

작고 새까만 쥐 수십 마리가 지름이 60센티쯤 되는 나무통 안에 빽빽하게 들어 있었다. 갑자기 빛이 쏟아져서인지 대부분은 움직이지 않았지만, 몇 마리는 꿈틀대다가 고개를 들어 나를 쳐다보고는 벽을 타고 올라오려 했다. 하지만 나무통은 녀석들이 벗어날 수 없을 정도로 깊었다. 쥐들을 보니 단테의 『신곡』에서 묘사된 여덟 번째 지옥이 떠올랐다. 죄인의 영혼이 도랑 속에서 마귀나 독사한테 시달리는 광경으로, 거기에서 고통받는 죄인이 바로 사기꾼이었다. 지크와 발이 눈을 동그랗게 떴고 마르가레테는 비명을 질렀다.

요하네스는 바깥에 있는 아이들이 들을까 봐 얼른 동생의 입을 막았다.

"바, 박사님, 이, 이건……." 바그너와 우리는 너무 놀라서 차마 말을 뱉지 못하고 나무통만 가리켰다.

"쥐잡이꾼은 열에 아홉이 사기꾼입니다." 호프만 선생이 뚜껑을 덮고 술통을 다시 구석으로 밀어놓았다. "쥐를 잡아 달라는 의뢰가 들어오면 보통 잡은 마릿수로 보수를 계산합니다. 그래서 사기꾼들은 쥐가 번식이 빠른 걸 이용해 직접 기른 뒤, 그것까지 포획했다며 더 많은 돈을 청구하지요. 보통 사람이야 이런 업계 비밀을 모르겠지만, 저는 여러 지역을 다니면서 그게 얼마나 좋은 돈벌이인지 모른다고 잘난 척하는 시정잡배를 많이 보았습니다. 루트비히 씨, 저 통의 쥐한테 술을 부었지요? 거기에 며칠 동안 먹이를 주지 않아 숨이 간당간당해지게 만들었을 테고요."

침대에 앉은 피리꾼은 비밀을 들킨 어린애처럼 어쩔 줄 몰라 했다. 그러면서 인정도, 부정도 하지 않은 채 호프만 선생만 멀뚱멀뚱 쳐다보았다.

"하지만 주민들은 그가 피리로 쥐를 유인해가는 걸 보지 않았습니까? 워스 씨는 피리꾼이 바그너 저택 앞에서 피리를 불자 쥐 몇 마리가 나타나 날뛰었다고도 했는데요……." 나는 방금 보았던 '쥐의 지옥'을 머릿속에서 떨쳐내고 싶었지만, 그보다 더 호프만 선생의 대답이 궁금했다.

"그게 바로 루트비히 씨가 남다른 점이라네. 아무리 대단한 사기꾼이라도 쥐 한 마리를 잡을 때 자기가 기른 두 마리를 더해 세 배의 보수를 받는 게 고작이거든. 그런데 그는 한 마리도 잡지 않고 자기 쥐만 이용해 사기극을 벌였어. 저 헝겊으로 기운 알록달록한 옷에 비밀 주머니가 있을 거네. 거기에 몇 마리를 숨겨놓고 바그너 씨 집 앞에서 피리로 사람들 시선을 모은 뒤, 발로 실을 잡아당겨 주머니에서 뒤쪽으로 쥐를 떨어뜨렸을 거야. 구경꾼들은 쥐가 피리 소리에 이끌려 나온 줄 알았을 테지만. 크리스 양, 크리스 양이 옷을 좀 살펴봐 주겠습니까?"

"……그럴 필요 없습니다. 박사님 말씀이 맞으니까요. 다만 실은 소매에 연결돼 있었습니다. 팔을 들면 주머니가 열렸지요." 루트비히가 대신 답했다.

"강에 있던 쥐 사체는요?" 내가 물었다.

"맞아요. 그날 밤 저와 아빠도 훔쳐봤는데 쥐들이 정신없이 따라갔어요……." 지크가 끼어들었다. 아이들도 내막을 모르는 모양이었다.

"방금 말했잖아. 아주 뛰어난 사기극이었다고. 뛰어날 뿐만 아니라 대담하기까지 했지." 호프만 선생이 웃으며 말했다. "루트비히 씨는 사람들 사고의 맹점을 잘 알았기 때문에, 일부러 밤에 포획하는 과정을 비밀이라고 말했던 거야. 사실은 사람들이 훔쳐볼 것을 예상했지. 새벽 네 시를 골라 사기극을 벌인 것도 호기심에 밤을 새운 사람들이 몽롱해졌을 때라, 자기 말에 더 쉽게 미혹되기 때문이었어. 허상을 사실로 받아들인 사람들이 소문을 퍼뜨리면 영향력이 훨씬 커지고."

호프만 선생이 그 끔찍한 술통을 가리키며 "내 생각으로는 다른 술통이 또 있을 텐데요?" 하고 물었다.

"……두 개가 더 있습니다." 루트비히가 체념하듯 고개를 끄덕였다.

"성에 들어와 '쥐를 잡기' 전에 그는 쥐로 가득 찬 술통 두 개를 준비해 도시에서 멀리 떨어진 강 상류에 놓았을 거야. 그런 다음 술에 절어 몽롱해진 쥐들을 데리고 한밤중에 들어와서는, 피리를 불어 쥐들이 자기를 따라 뛰어다니는 허상을 만들었지."

"그런 허상을 어떻게 만들 수 있습니까? 쥐가 취하면 피리 소리에 뛰어다니나요?" 내가 물었다.

"당연히 아니지. 놈들이 흩어지지 않도록 하려면 서로 묶어놓는 수밖에 없네." 호프만 선생이 두 손으로 줄을 잡아당기는 시늉을 했다. "긴 줄에 15센티 간격으로 낚싯바늘을 매달아 쥐의 목이나 턱에 꽂고 한쪽 끝을 자기 허리에 매달았을 거야. 그러면 쥐들이 줄줄이 뒤따라오는 것처럼 보이니까. 내 생각으로는 그런 줄을 세 개쯤 준비했을 듯한데. 한 줄에 열에서 스무 마리씩 매달고. 그러면 별빛만 있는 캄캄한 거리에서는 쥐 수십 마리가 그를 따라 뛰어다니는 것처럼 보였겠지."

"쥐들이 줄을 끊을 수도 있지 않습니까? 이빨이 그렇게 날카로운데요?"

"보통 줄은 당연히 끊을 수 있으니 강력한 줄을 사용해야지."

"그런 줄이 있습니까?" 바그너가 물었다.

"물론입니다. 지난 며칠 동안 제가 수도 없이 봤고요." 호프만 선생이 방을 둘러보다가 선반에서 줄 한 뭉치를 찾아냈다. "아, 증거품을 찾았네요. 양 창자로 만든 거트입니다."

바이올린 현을 만드는 줄이었다! 확실히 그렇게 단단한 줄이라면 쥐가 술에 취하지 않았다고 해도 끊기 힘들 터였다. 류트 현도 거트로 만드니, 지난 며칠 동안 수도 없이 봤다는 호프만 선생의 말도 이해가 됐다.

"루트비히 씨는 쥐를 끌고 성안 거리 곳곳을 돌아다니며 '증인'을 충분히 확보한 다음, 성으로 들어오기 전에 미리 준비를 마친 강 상류로 갔습니다. 그러고 나서 나무통에 들어 있던 쥐와 줄에 꿰어놓은 쥐를 전부 강으로 던졌지요. 시간을 정확히 계산해, 쥐들이 강물을 타고 하멜른에 도착했을 때는 이미 날이 밝아 있었습니다. 강가에서 일하던 사람이 기이한 광경을 보고 다른 사람들을 불러 모았고요. '피리꾼이 쥐를 몰고 가는 광경'을 얼마 전에 봤던 주민들은 그 두 가지를 인과관계로 연결했습니다. 그렇게 해서 사기극이 완성되었던 겁니다. 성안의 쥐가 전혀 줄어들지 않았음에도 사람들은 강에 가득한 쥐 사체를 보았기 때문에 주관적으로 쥐가 줄었다고 느꼈고요. 사실은 원인과 결과가 뒤바뀌었는데 말입니다."

"바…… 박사님은 어떻게 그렇게 정확히 아십니까? 계속 옆에서 훔쳐보고 계셨나요?" 루트비히가 쭈뼛거리며 물었다.

그 질문은 호프만 선생의 추론이 사실임을 증명해 주었다.

"한 가지 실수가 있었기 때문이지요."

"실수요?"

"쥐의 종류가 틀렸거든요." 호프만 선생이 미소를 지었다. "각지에서 문제를 일으키는 쥐는 대략 갈색 쥐와 검은 쥐 두 종류입니다. 갈색 쥐는 색이 옅고 몸집이 크며 수영을 잘하는데 기어오르는 건 잘 못 합니다. 반면 검은 쥐는 색이 진하고 몸집이 작은 편에, 잘 기어오르는 대신 수영을 못 하지요. 하멜른은 강가에 있고 술집 주인이 2층에는 쥐가 없다고 했으니, 이곳에 사는 쥐는 분명 갈색 쥐일 겁니다. 슈나이더 씨와 워스 씨도 그날 강에서 봤던 쥐가 평소에 보던 쥐보다 작고 색이 짙었다고 했고요. 거기에서 저는 제 추론이 옳다고 확신했습니다. 강이 없는 내륙 도시에서 쥐를 잡아 왔을 거로 추측했고요. 이 점을 틀리지 않았다면 저도 속았을 겁니다."

놀라서 입을 크게 벌리고 있는 루트비히를 보니 그 잘못을 아예 몰랐던 듯했다.

"심지어 박사님은 제가 거트에 쥐를 매단 방법까지 아시니……, 어떻게……."

"쥐를 버릴 때 당연히 풀어줄 시간이 없었겠지요. 그래서 통째로 강에 던졌지요? 실에 묶인 쥐들이 급류에서 뒤엉키는 바람에 쥐의 왕 같은 이상한 모습으로 변했습니다." 호프만 선생이 한숨을 쉰 뒤 다시 말했다. "처음에 전설 속 쥐의 왕을 봤다는 말을 듣고 얼마나 기뻐했는지 몰라요. 하지만 쥐를 잡은 과정을 들은 뒤 사기극인 걸 알았지요. 에휴."

호프만 선생은 진작에 그 연극을 꿰뚫어 본 거였다! 슈나이더 등이 쥐의 왕을 세 마리나 보았다고 했을 때 피리꾼이 쥐를 세 줄로 꿰었다고 추측했고……. 나는 그날 밤 호프만

489

선생이 왜 마술 피리와 쥐의 왕에게 별 흥미를 보이지 않았는지 드디어 알 수 있었다.

"……하! 사기인 줄 알아봤다니까!" 바그너가 이를 드러내며 웃었다. 그 구역질 나는 쥐를 본 뒤 정신을 차리고 태세가 바뀌었다고 생각하는 듯했다. "주님이 도우셨지, 저 지옥으로 떨어질 사기꾼한테는 애당초 돈을 안 주는 게 옳았어! 크리스! 이제 얌전히 아이들을 데려와. 네 불효막심한 악행은 더 이상 따지지 않으마."

"잠시만요, 바그너 씨." 호프만 선생이 살며시 손을 내밀어 또다시 싸우려는 두 사람을 저지했다. "저는 중재인으로서 쌍방이 모두 받아들일 수 있는 협의안을 제시해야 하니, 조금만 더 제 말을 들어주시겠습니까?"

"알겠습니다. 박사님, 말씀하시지요."

"보수를 지급할 필요는 없지만, 바그너 씨는 루트비히 씨에게 배상해야 합니다."

직설적인 호프만 선생의 말에 바그너의 얼굴이 경악으로 바뀌었다.

"왜요? 박사님? 방금 저 비열한 사기극을 폭로하지 않으셨습니까? 그런데 왜 저한테……."

"바그너 씨, 누구인지 못 알아보시겠습니까?" 호프만 선생이 루트비히를 가리켰다.

"지난주에 쥐를 잡아주겠다면서 제게 사기 친 나쁜 놈이 아닙니까?"

"그의 정확한 이름은 루트비히 피셔입니다. 이러면 기억 나실까요?"

바그너가 멍한 표정을 지었다가 "아! 너!" 하고 소리쳤다.

"피셔……, 어?" 나도 갑자기 그 성이 생각났다. "선생님, 소금을 밀매한 게 드러나 한밤중에 달아났다고, 그때 노인이 말했던 그 피셔입니까?"

"한스, 둔하기는, 나이가 안 맞잖나. 그 피셔 씨의 아들이야."

"너, 네가 그때 크리스를 졸졸 쫓아다니던 바로 그놈이라고……?"

"바그너 씨, 피셔 씨한테 빌린 300두카트를 아직 안 갚으셨지요? 루트비히 씨는 아버지 대신 빚을 받으러 왔습니다. 저는 중재자로서 처리하지 않을 수 없고요."

그랬다. 분명 피셔가 도망가기 전에 바그너에게 돈을 빌려줘 급한 불을 꺼줬다고 류트 노인이 말했다.

"즈, 증거가 있습니까? 말뿐이면……." 태연했던 바그너의 표정이 완전히 바뀌었다.

"차용증이 있습니다."

루트비히가 침대 옆 주머니에서 종이를 꺼내자 호프만 선생이 다가가 건네받았다.

"라이너 피셔는 리앙 바그너에게 300두카트를 빌려주며 이를 증거로 삼는다." 호프만 선생이 내용을 읽은 뒤 말했다. "간소해도 양측 사인이 있으니 법률상 정식 서류로 인정할 수 있습니다. 바그너 씨, 이게 본인의 사인 맞습니까?"

바그너는 어떻게든 자신과 관련 없다고 우기고 싶은 듯했다. 하지만 확실한 증거를 부인할 수도 없고, 더군다나 류트 노인처럼 나이 든 사람들은 그 빚에 대해 들어봤을 가능성이 컸으니 싫어도 고개를 끄덕일 수밖에 없었다.

나는 피셔 씨가 꽤 잘 살았음에도 요한 등과 친해 솔개 술집에서 자주 어울렸다는 슈나이더의 말을 떠올렸다. 차용증이 엉성한 이유도 꼼꼼하게 따지지 않고 돈을 빌려줬다는 뜻이라, 피셔 씨는 남을 잘 도와주는 선한 사람 같았다.

"좋습니다. 애당초 저는 이 분쟁을 중재하러 왔습니다. 그럼 지금부터는 루트비히 피셔와 리앙 바그너의 채무 건을 처리하겠습니다. 쥐잡이 사기극과 유괴 사건은 이와 무관하므로, 양쪽 모두 그 일은 잠시 잊어주시기 바랍니다."

"박사님, 처음부터 루트비히의 신분을 알고 계셨습니까? 그 목적도요?" 크리스가 의아해했다.

"처음부터는 아니었습니다. 처음에는 하멜른의 옛 주민이라고만 추측했다가 그제 밤 술집 노인이 과거 이야기를 할 때 알았습니다. 해운 사업을 했던 피셔 씨가 바그너 씨에게 300두카트를 빌려줬다는 말을 듣고 피리꾼의 신분을 추론한 겁니다."

"선생님, 그 둘이 무슨 관계가 있습니까?" 내가 물었다.

"피셔 씨가 도망간 게 12년 전이네. 그 2년 전에 바그너 씨에게 돈을 빌려주었고. 연리가 3퍼센트라고 할 때 14년이면 이자가 총 126두카트이지. 거기에 원금 300두카트를 합치면 426두카트잖나." 호프만 선생이 웃으며 말했다. "이 청년이 사기꾼이라고 해도 애당초 자신이 받아야 할 금액보다 더 받을 생각은 없었던 거야."

원래 그 자잘한 숫자에 의미가 있었구나.

"그럼 하멜른 주민이었다는 건 어떻게 아셨습니까?" 내가 또 물었다.

"사방을 떠도는 사기꾼이면 코펜산 지형을 알 리 없으니까. 한스, 우리가 처음 길을 물었을 때, 그는 산에 위험한 곳이 있다고 충고하면서 성으로 내려가는 방향을 알려줬네. 방향이야 한 번만 가봐도 알 수 있으니 얼마든지 가르쳐줄 수 있지. 그런데 산 어디가 위험한지는 산에 오래 머물러야만 알 수 있어. 여러 방면에서 이 청년이 코펜산을 잘 안다는 게 보이더군. 또 나는 들짐승 발자국을 발견하고 산에 늑대 떼가 출몰하는지 알았는데, 주민들은 마녀의 전설 때문에 산에 오르는 자체를 두려워했어. 다시 말해 그가 주민들한테 산 위의 상황을 들었을 리 없다는 말이니까, 예전에 하멜른에서 살았으며 코펜산을 여러 차례 들락거렸을 거라고 짐작했네."

"제가 코펜산의 지형을 잘 아는 건 예전에 탐험할 때 크리스가 자기 할아버지 수기를 보여주었기 때문입니다." 루트비히는 어린 시절을 떠올리는 듯 크리스를 바라보았다. "아버지와 리앙 바그녀가 사업 동료여서 저는 어려서부터 크리스와 어울렸습니다. 두 살 많은 크리스가 저를 잘 챙겨주었지요. 저희가 이 아이들과 비슷한 나이였을 때 크리스가 할아버지의 수기를 몰래 가지고 나왔습니다. 수기 속 지도는 저희에게 보물 지도나 다름없었습니다. 저희는 아무것도 두려울 게 없어서 온종일 어른들 몰래 산에 올라가 놀았습니다. 심지어 한밤중에 어둠을 헤치며 산에 올라 탐험하기도 했습니다. 그러던 어느 날 여기 골짜기에서 황폐해진 오두막을 발견하고 저희 성으로 삼았지요. 여긴 저희의 낙원이었습니다."

그러니까 크리스가 산기슭에서 지크와 만난 건 우연이 아니라는 말이었다. 그녀는 피리꾼이 쥐를 잡을 때 어린 시절의 친구인 것 같다고 느꼈지만 확인할 기회가 없었다. 그러다 피리꾼이 한스 남매를 유괴해 코펜산에 숨어 있다는 소식을 듣자, 어린 시절 산에서 함께 모험했던 사람이라고 확신해 알아보러 왔던 거였다. 그날 나와 호프만 선생이 바그너 집에서 만찬을 즐기는 동안 크리스는 루트비히와 재회하고 있었다.

"하지만 좋은 시절은 아무 전조도 없이 별안간 끝났습니다." 크리스가 말을 받았다. "원흉은 비열한 제 아버지였고요."

"뭔 소리야!" 바그너가 소리쳤다.

"아버지가 피셔 아저씨한테 무슨 짓을 했는지 알아요."

바그너는 입을 다물었지만, 나는 그의 눈빛이 불안하게 흔들리는 걸 알아차렸다.

"무슨 짓을 했는데요?" 내가 물었다.

"밀고. 피셔 씨가 소금 밀매를 한다고 관청에 고발한 사람이 사업 동료였던 바그너 씨였어." 호프만 선생이 끼어들어 대답했다.

호프만 선생의 대답에 오두막 분위기가 싸늘하게 얼어붙었다. 루트비히도 바그너를 노려보고 크리스도 혐오스럽다는 눈으로 아버지를 쏘아보았다.

"선생님, 어떻게 아셨습니까?" 나는 바그너가 대답하지 않는 걸 보고 호프만 선생에게 물었다.

"그렇게 짐작만 하고 별로 확신하지 못했는데, 이 오두막에 와서 크리스 양이 아버지한테 적대적으로 대하는 걸 보고 내 예상이 틀리지 않았음을 알았지." 호프만 선생이 설명했다. "우리가 산에서 루트비히 씨를 만나 길을 물었을 때, 그는 하멜른에 '약속을 지키지 않는 나쁜 놈과 사기꾼'이 있다고 말했네. 나중에 우리가 쥐잡이 소동에 대해 들은 뒤에는 그게 바그너 씨가 보수를 지급하지 않아서라고만 생각했고. 하지만 상황을 알면 알수록 이상한 부분이 너무 많더군. 우선 사기극에 실패해 쫓겨난 뒤에도 피리꾼이 이 부근에 계속 머무른다는 점이었어. 그건 사기꾼이 일반적으로 하는 행동이 아니거든. 보통 사기꾼은 실패하면 곧바로 달아나 다음 상대를 물색하지. 그런데 계속 같은 지역에 머무르니, 사적인 원한이 있을 확률이 높다는 의미였어."

옳은 말이었다. 내가 피리꾼이라면 요한한테 쫓겨난 뒤 다른 도시로 가서 새로운 목표를 찾았을 거다.

"또 426두카트에 숨은 의미를 발견한 뒤 그가 바그너 씨에게 적의를 품고 있다고 한층 확신했지. 아버지의 사업 동료에게 묵은 빚을 청구하는 건 얼마든지 떳떳하게 할 수 있는데, 자기가 마땅히 받을 빚을 복잡한 계략을 세워가며 돌려받으려 했어. 그러다 술집 노인의 말, 피셔 씨가 달아난 뒤 바그너 씨가 돈을 절약할 수 있었다는 말을 떠올리자 이유가 명확해졌네. 어제 아렌트 회장을 찾아가 피셔 씨 일과 해운 무역에 관해 물었더니 회장도 그를 잘 알고 있었어. 그래서 피셔 씨가 떠날 때 열서너 살 된 아들이 있었느냐고 물어봤지. 회장은 그렇다고 답했을 뿐만 아니라 이름이 루트비히이고 크리스 양과 소꿉친구였다고 알려줬네."

"피셔 아저씨 가족이 떠나기 전에 저는 루츠와 황망하게 작별 인사를 나눴어요." 크리스가 말했다. "그때는 밀고자가 아버지인 줄 몰랐지요. 몇 년 뒤 공작가의 한 부하가 찾아왔을 때 우연히 대화를 듣고 아버지가 밀고했음을 알았어요."

"나…… 나는 상인으로서 책임을 다했을 뿐이야! 라이너가 법을 어기고 소금을 밀매해 관청에 알린 게 무슨 잘못이냐고?" 바그너가 소리쳤다.

"정말로 사심이 없었다고?" 루트비히가 물었다. "나중에 나는 당신이 우리 아버지의 해운 사업을 집어삼켰고 브라운슈바이크의 어느 남작한테 뒤로 지원받았다는 걸 알았어. 그게 정말 밀고와 관련 없다고?"

"다, 당연히 없지! 그렇게 말도 안 되는 소리를 어디서 들었는데?" 바그너가 반격했다.

"오랫동안 선원으로 각지를 돌아다니다가 함부르크에서

올덴도르프 출신의 선원을 만났어. 그가 일하는 선단이 그 남작 대신 밀무역을 했다고 하기에 여러 차례 물어보고 확인했다고." 루트비히가 차갑게 말했다. "아버지의 소금 밀거래를 추궁하면 할 말이 없지. 하지만 당신은 돈 때문에 의리를 저버리고 은혜를 원수로 갚았는데 내가 어떻게 가만있지? 최소한 우리 집에 갚아야 할 빚은 내놓으라고."

"그렇다고 해도 빚을 받을 사람은 네가 아니라 네 아버지야!"

"이미 돌아가셨어."

루트비히의 말에 바그너가 대경실색했다.

"라이너가……."

"8년 전에 돌아가셨어. 하멜른을 떠난 뒤 여러 도시를 전전하다가 어머니가 역병으로 돌아가시고 아버지도 일자리를 찾지 못해서, 우리는 화물선 선원이 됐어. 륀 항구˟로 가던 길에 폭풍우를 만났는데 아버지는 폭풍에 쓰러진 돛대에 머리를 맞아 며칠 뒤 돌아가셨다고."

바그너는 루트비히 부모를 간접적으로 죽인 게 후회되는 듯 슬픈 표정을 지었다. 하지만 금세 원래의 표정을 회복하

˟   프랑스 보르도 가론강의 항구로, 초승달 모양이라 달의 항구라는 이름이 붙었다.

고 얼굴을 찡그리며 침대 위의 피리꾼을 노려보았다.

"좋아, 그냥 내가 두려워하는 셈 치자. 하지만 차용증에 이자와 관련된 내용은 없으니 300두카트만 돌려주겠다." 바그너가 말했다.

"300두카트? 말도 안 돼요." 크리스가 큰 소리로 끼어들었다. "제가 편지에 똑똑히 썼잖아요? 아이들을 영원히 잃고 싶지 않으면 1천 두카트를 내놓으라고요. 아버지가 거절하시면 저는 아이들한테 제가 피리꾼이라고 말할 거예요. 그러면 돌아가서 어떤 곤경에 처하실지 보자고요."

"웃기는 소리! 그럼 너는 무사할 것 같으냐? 내가 추궁당하면 너도 재판을 받을 거야⋯⋯."

"상관없어요. 저는 이미 루츠한테 약속했다고요. 기껏해야 아버지랑 같이 망하는 거죠."

"너⋯⋯."

"두 분 잠시만요." 호프만 선생이 두 사람을 다시 한번 진정시켰다. "양측이 모두 만족할 만한 해결방안을 찾겠다고 말씀드렸으니, 제 생각을 좀 들어보시겠습니까?"

"박사님, 말씀하십시오." 바그너가 말했다.

크리스와 루트비히도 고개를 끄덕였다.

"바그너 씨, 이번에는 바그너 씨가 억지를 부리고 계십니다. 저는 어떤 법관이든 300두카트만 지급하는 데에 동의하지 않을 거라고 확신합니다. 또 바그너 씨의 행동이 피셔가의 불행에 간접적 원인이 되었으므로 적절한 배상을 하지 않는 건 말이 안 됩니다. 제게 두 가지 방안이 있으니 어느 쪽이 좋은지 들어보시지요."

호프만 선생이 분위기를 누그러뜨린 뒤 손가락을 들었다.

"첫째, 차입금은 이자와 함께 426두카트를 상환하고 피셔 집안 해운 사업의 기존 연수익을 고려해, 이건 제가 아렌트 회장에게 확인했습니다, 매년 200두카트씩의 배상금을 더해야 합니다. 그렇게 12년이면 2400두카트이지요. 따라서 차입금까지 총 2826두카트를 빌린 셈인데 우수리를 털어내고, 바그너 씨는 루트비히 씨에게 2800두카트를 지급하십시오. 대신 루트비히 씨는 앞으로 더 요구할 수 없습니다."

"제가 어떻게 동의할 수 있겠습니까? 자그마치 3천 두카트입니다. 저는 줄 수 없습니다!"

"두 번째 방안을 듣고 나서 결정하시지요." 호프만 선생이 살짝 안심시키며 말했다. "둘째, 차입금 300두카트에 연리 3퍼센트로 상환금을 계산하되, 별도의 배상금은 주지 않습니다. 하지만 바그너 씨는 금전 및 재산과 무관한 크리스 양과 루트비히 씨의 요구를 한 가지 들어주셔야 합니다."

바그너가 의아한 얼굴로 "금전 및 재산과 무관한 요구라고요?" 하고 물었다.

"그렇습니다. 두 사람은 바그너 씨에게 토지나 기타 실물을 요구할 수 없습니다. 이제 두 사람이 하는 요구를 바그너 씨가 받아들일 수 있는지 들어보시지요."

크리스와 루트비히는 호프만 선생의 방안을 전혀 예상하지 못했던 듯 긴장한 얼굴로 서로를 바라보았다. 나와 아이들도 그 총성 없는 전쟁을 숨죽이며 지켜보았다.

"크리스 양, 두 사람이 가장 원하는 일을 말하면 됩니다." 호프만 선생이 덧붙였다.

한참 뒤 루트비히가 크리스에게 고개를 끄덕이자 크리스가 아버지에게 "저는 루츠와 함께 하멜른을 떠나겠어요"라고 말했다.

"뭐라고! 너는 그렇게 말도 안 되는 요구를 내가 받아들일 것 같니?" 바그너가 펄쩍펄쩍 뛰었다. "넌 내 하나뿐인 딸이다. 이딴 놈하고 멀리 떠나도록 절대 내버려 두지 않을 거야!"

"좋아요. 그럼 2800두카트를 지급하세요. 하지만 나중에 제가 집을 나가 영영 찾지 못할 곳으로 숨지 않겠다는 보장은 못 해요."

"크리스 양, 그건 옳지 않습니다." 호프만 선생이 살며시 웃으며 고개를 저었다. "크리스 양이 가출하면 바그너 씨는 당신을 데려올 권리가 있습니다. 크리스 양도 나중에 마음 졸이며 살기는 싫으시겠지요? 루트비히 씨는 그런 생활이 얼마나 불행한지 잘 알고 있을 겁니다. 피셔 일가가 하멜른을 떠난 뒤 한동안은 관리들의 추격을 피해 은밀한 곳에서 숨어 살 수밖에 없었을 테니까요."

"박사님, 세 번째 방안은 없습니까?" 바그너가 눈살을 찌푸리며 물었다.

"없습니다. 제가 보기에는 이 두 가지 방안이 가장 합당합니다." 호프만 선생이 고개를 돌려 "두 사람은 이 방안에 불만 없습니까?" 하고 물었다.

"저는 수용하겠습니다."

"저도 좋아요."

크리스와 루트비히는 고개를 끄덕였다.

"크리스, 잘 생각해라!" 바그너가 설득 조로 어투를 바꿨다. "그 녀석과 가면 지금처럼 풍족하게 살 수 없어. 더는 공부할 수 없고 하인들 시중도 받을 수 없다. 400여 두카트가 엄청난 액수처럼 보이지만 몇 년만 지나면 사라질 거야. 그때는 물러날 길이 없다고. 경고하는데, 네가 일단 집을 나가면 나중에 울면서 찾아와 애원해도 나는 받아주지 않을 거다."

"상관없어요. 권력가에게 빌붙기 위한 아버지 도구가 되

어 이름도 모르는 귀족한테 시집가는 것보다는 이쪽이 가난
해도 더 행복할 거예요."

나는 그제야 크리스가 조용히 루트비히의 손을 잡은 걸
알아차렸다. 그게 바로 크리스가 계속 구애자를 거절했던
이유였다. 그녀는 루트비히와 소꿉친구였을 뿐만 아니라 평
생을 약속한 연인이었다. 피셔 씨가 달아났던 12년 전에 크
리스는 열다섯 살, 루트비히는 열세 살이었다. 서로에게 사
랑을 느낀 뒤 얼마 지나지 않아 두 사람은 운명의 장난으로
헤어진 거였다.

따라서 크리스의 진짜 목적은 루트비히의 억울함을 풀어
주고 아버지의 돈을 갈취하는 것은 물론, 무엇보다 하멜른
에서 루트비히와 도망치려는 거였다. 그걸 눈치챈 호프만
선생은 연인을 이어주려고 두 번째 방안을 제시했고. 나는
이것 역시 바그너가 돈을 선택할지 딸을 선택할지 보기 위
해서 호프만 선생이 일부러 던진 난제라고 생각했다.

한참 뒤 바그너가 숨을 깊이 들이마시고 호프만 선생을
올려다보며 "박사님, 두 번째 방안을 선택하겠습니다"라고
말했다.

지크와 요하네스는 살며시 탄식했지만, 나는 바그너의
결정이 별로 놀랍지 않았다. 그는 수전노이자 계산에 밝은
사업가였고, 그에게 크리스는 귀족한테 시집보내 '남작 부

인의 아버지'라는 직함을 안겨줄 '자산'이었다. 그런데 그 '자산'이 엄청난 불확실성을 품고 있었다. 절대 시집가지 않겠다고 우기면 그의 소망이 물거품으로 변할 게 뻔했다. 이런 전제하에서 첫 번째 방안을 선택하는 건 어리석은 일이 아닐 수 없었다. 3천 두카트를 한순간에 잃는 건 바그너 같은 부자라도 타격이 클 터였다.

환하게 웃는 루트비히와 달리 크리스는 좀 복잡한 표정을 지었다. 마침내 자유로워져서 기뻐하는 한편 아버지의 무정함에 진저리를 내는 듯했다.

"좋습니다, 양측 모두 동의하시는 거지요? 그럼 됐습니다." 호프만 선생이 고개를 돌려 "한스, 종이와 잉크를 준비하게. 정식 협의서를 작성해야겠네. 나는 나중에 어떤 분쟁도 일어나지 않았으면 해"라고 말했다.

나는 탁자를 끌어오고 늘 가지고 다니는 가방에서 깃펜과 잉크, 종이를 꺼냈다.

"합법적인 문서이며 제가 잉글랜드에서 왔으니 이 협의서는 공식 라틴어로 작성하는 게 더 확실할 듯합니다. 한스, 내가 읊는 내용을 받아 적게. 여러분, 이상한 부분이 있으면 언제든 말씀하십시오."

평소 호프만 선생은 직접 작성하기를 좋아하지만, 가끔은 내게 대필이라는 정식 서기 업무를 맡기기도 했다. 나는 그의 말을 한 글자도 빠짐없이 전부 받아 적었다. 호프만 선생은 무척 진지하게 임하며 쌍방의 이름과 차입금 액수, 이율, 날짜 및 동의한 항목을 상세히 밝혔다. 딸이 집을 나가 루트비히와 사는 것에 바그너가 동의한다는 내용까지 있었다. 나는 정식으로 라틴어를 배운 적은 없지만, 호프만 선생을 따라다니기 시작한 초기에 선생이 한가할 때마다 라틴어 문법을 가르쳐줘 언젠가부터는 정확하게 쓸 수 있게 되었다. 그렇지만 여전히 라틴어를 완벽하게 구사한다고 자신하지는 못했다. 조금 전에도 호프만 선생이 어떤 글자를 말했을 때 나는 잘못 들은 줄 알고 고개를 들어 쳐다보았다. 다시 한번 들은 뒤에야 내가 제대로 들었음을 확신할 수 있었다.

"좋아, 한스, 또 한 부를 베껴 쓰게." 호프만 선생이 빠르게 서류를 훑어본 뒤 명했다.

나는 조심스럽게 부본을 작성한 다음 두 협의서가 완벽하게 일치하는지 확인했다. 호프만 선생도 살펴보고 바그너와 크리스에게 한 장씩 건넸다.

"내용에 이견이 없으면 아래에 서명하십시오."

바그너, 크리스, 루트비히가 협의서 두 장 모두에 서명한 뒤 나는 초와 밀랍을 꺼내 호프만 선생이 서명한 증인란에 '법학 박사 라일 호프만'의 인장까지 찍었다. 이로써 협의서는 법률적 효력을 지닌 문서가 되었다. 아이들은 협의서에 인장 찍는 모습이 무슨 신성한 의식처럼 느껴지는지 신기하게 쳐다보았다. 호프만 선생이 협의서를 바그너와 루트비히에게 건네자, 크리스와 그녀의 연인은 보물을 받은 듯 기뻐했지만 바그너는 불쾌한 얼굴이었다. 400여 두카트를 잃은데다 귀족에게 딸을 시집보내겠다는 꿈도 깨져버렸으니 그럴 만했다.

"자, 이제 돌아가도 되죠?" 바그너는 울화가 치밀어 한시라도 빨리 벗어나고 싶다는 듯 딱딱한 어투로 말했다. "크리스, 이 황량한 야산에 계속 있고 싶으면 마음대로 해. 하지만 426두카트를 받으려면 한 번은 나와 돌아가야 할 거다."

"크리스 누나를 데려가서 방에 가두려고 꼼수 부리는 건 아니겠죠?" 요하네스가 끼어들었다.

"꼬맹이들이 어디서 함부로 입을 놀려! 그럴 리가 있냐!"

"맞아요. 루트비히 형한테 협의서가 있으니까요. 지키지 않으면 협의 위반으로 벌을 받겠지요." 지크가 웃으며 말했다.

"맹랑한 놈! 돌아가면 네놈 아비를 제대로 손봐주마……."

"바그너 씨, 잠시만요." 호프만 선생이 대머리 지주와 아이들의 입씨름을 끊었다. "잘못 아신 거 아닙니까?"

"뭘요?"

"금액을 잘못 아신 듯합니다." 호프만 선생이 미소를 지으며 말했다.

"그럴 리가요? 차입금 300두카트에 연리 3퍼센트면 정확히 426두카트가 아닙니까? 아까 박사님도 그렇게 말씀하셨잖아요?"

"연리 3퍼센트요? 협의서에는 월리 3퍼센트라고 적혀 있는데요?"

바그너가 기겁하며 품에 잘 넣어두었던 협의서를 꺼내 살펴보기 시작했다. 그 앞에서 편안하게 서 있는 호프만 선생의 모습이 강렬한 대비를 이루었다.

"어, 어디에 적혀 있더라……." 바그너가 초조하게 살펴보았다.

아까 협의서를 받아 적다가 이율에 관한 조항을 들었을 때 나는 내가 잘못 들은 줄 알았다. '연리로 계산한다'는 라틴어는 'per annum'인데 호프만 선생이 '월리로 계산한다'는 의미의 'per mense'라고 말했기 때문이다. 내가 확인하기 위해 고개를 들었을 때 그가 똑같이 다시 말해서 나는 그대로 받아 적는 수밖에 없었다.

"그래서 바그너 씨의 계산이 틀렸다는 겁니다. 14년이 아니라 168개월로 계산해야지요."

호프만 선생이 환하게 웃었다. 나는 그 웃음 뒤에 숨은 의미를 분명히 알았다. 그건 호프만 선생이 누군가를 호되게 혼내주고 괴롭히기 시작했다는 징조였다.

바그너는 항상 휴대하는 로마식 주판을 허둥지둥 꺼내 손가락이 보이지 않을 정도로 구슬을 튕겼다. 크리스와 루트비히도 내용을 꼼꼼히 살펴보려는 듯 자기들 협의서를 열심히 들여다보았다. 분명 크리스는 호프만 선생이 협의서 조항을 읊을 때 알아들을 수 있었음에도 아무 생각 없이 흘려들었다가 이제야 놀란 모양이었다. 연리 3퍼센트라면 1년 이자가 9두카트이지만 월리 3퍼센트라면 이율이 열두 배가 되니 1년이면 108두카트였다. 108두카트에 14년을 곱하고 300을 더하면…….

"처, 천, 1812두카트……." 바그너가 계산을 마친 뒤 주판을 보며 더듬거렸다. "이…… 이건 사기야! 강탈이라고! 함정이야……."

"바그너 씨, 그게 무슨 소리입니까." 호프만 선생이 미소 띤 얼굴로 바그너를 빤히 쳐다보았다. "아까 제가 이상한 조항이 있으면 제기하라고 여러 차례 강조했고, 바그너 씨도 충분히 검토한 다음 동의하고 서명했는데 대체 어느 부분에서 불공평하다는 겁니까? 아니면 바그너 씨의 라틴어 수준이 이 문서도 이해하지 못할 정도라는 말입니까? 하지만 하멜른 시의회의 존귀한 의원이자 귀족들과 교제하시는 분이 어떻게 정식 라틴어 문서도 읽지 못하겠습니까? 문맹자는 관리가 될 수 없을 텐데요? 설마 뇌물을 뿌려 공직을 얻은 우매한 사람은 아니시겠지요, 맞죠?"

호프만 선생의 어투는 온화했지만 한마디 한마디가 위협적이었고 모든 책임을 바그너에게 미루고 있었다.

"그리고 바그너 씨, 그제 당신은 이미 서명한 계약은 상인으로서 반드시 지켜야 한다고 말씀하지 않았습니까? 저는 전적으로 동의합니다! 원칙을 어기는 상인은 사기꾼이나 다름없으니 지옥에 떨어져야지요."

생글생글 웃는 호프만 선생과 달리 바그너는 안색이 새파랗게 질렸다. 그는 동생 부부를 비웃을 때 했던 자신의 말이 본인을 찌르는 비수로 되돌아올 줄은 생각도 못 했을 것이다.

"저…… 저는 금화가 그렇게 많지 않습니다……." 바그너가 시간을 끌려는 건지 도망가려는 건지 어물어물 말했다.

"한스, 어디선가 한기가 느껴지지 않나?" 호프만 선생이 갑자기 고개를 돌려 내게 물었다.

"한기요? 어디서요?" 내가 반문했다.

"분명히 느껴지는데." 호프만 선생이 잔뜩 엄살을 떨며 말했다. "맞아, 여긴 코펜산이잖아! 코펜산에는 마녀가 살고. 틀림없이 여기가 마녀의 거처일 거야. 우리가 마녀의 집을 빼앗았으니, 큰일 났군, 저주에 걸리겠어."

"선생님, 무슨 말씀이세요?"

나는 호프만 선생이 무슨 말을 하는지 이해할 수 없었다. 다른 사람들도 의아한 눈으로 그를 쳐다보았다.

"하지만 저주를 푸는 방법을 알지." 호프만 선생이 천천히 벽난로로 걸어갔다. "신성한 성경 구절을 태우면 마귀나 사악한 영혼이 두려워하거든……."

"으악!"

비명을 지른 사람은 바그너였다. 그는 의자에서 벌떡 일어나 호프만 선생에게 달려가려다가 또 갑자기 멈췄다. 그제야 나는 호프만 선생이 왼손에 든 물건을 벽난로의 불더미 속으로 던지려 했음을 알았다.

그건 어제 바그너의 서재에서 보았던 붉은 독서집이었다!

"도, 도둑놈! 이런 도둑놈이 내……."

바그너는 화가 머리끝까지 치솟는데도 호프만 선생이 독서집을 불 속으로 던질까 봐 감히 앞으로 나아가지 못했다.

"도둑이요? 그럴리가요." 호프만 선생이 여유롭게 말했다. "당신 집에 말을 가지러 갔을 때, 우리가 '금기의 코펜산에 오르려 하니 서재에서 신성한 독서집을 가져다 달라고 프란츠에게 부탁했을 뿐입니다. 산의 사악한 기운이 주인을 해치지 못하도록 당신한테 전해주겠다고 했지요. 내 외투가 쥐를 숨길 비밀 주머니는 없어도 책을 담기에는 넉넉했고요."

"분명 안에……." 바그너는 사람들 앞에서 그 책의 내용을 밝히기 싫은지 말하려다 도로 입을 다물었다.

"안에? 저는 안에 뭐가 있는지 모릅니다." 호프만 선생이 계속 심술을 부렸다. "아, 아니지요, 어제 분명 안에 있는 물건을 봤습니다. 하지만 그러고 나서 바그너 씨가 그 '종이'를 가져갔는지 아닌지는 모르잖습니까. 보세요, 여기 자물쇠가 그대로 걸려 있으니, 지금 안에 성경이 들었는지 성물이 들었는지는 주님과 바그너 씨만 알 뿐입니다. 아, 또 한기가 느껴지네요. 어서 이 성서를 태워야……."

"움직이지 마시오!" 소리치기는 했어도 바그너의 태도가 조금 누그러졌다.

"방금 무슨 말을 하고 있었더라……. 아, 맞다. 바그너 씨가 크리스와 루트비히에게 지급할 금액에 관해서였지요. '이제' 자금이 충분하실까요? 그렇다면 이 한기도 사라질 것 같은데요."

아마 바그너는 자기처럼 간사한 상인이나 쥐를 잡겠다고

사기 친 루트비히보다, 혹은 납치라고 속여 1천 두카트를 뺏으려 했던 크리스보다 호프만 선생이 더 무시무시하게 협박할 수 있을 거라고는 꿈에도 생각하지 못했을 것이다. 호프만 선생은 지난 며칠 동안 바그너 앞에서 힘겹게 표정을 관리하고 있었다. 그러다 이제 시기가 무르익어 본모습을 드러내며 며칠 동안 쌓인 분노를 쏟아내는 중이었다.

"그게……." 바그너는 허둥거리며 어쩔 줄 몰라 했다.

"아, 팔이 저리네. 틀림없이 마녀 짓이야! 책을 제대로 잡고 있을 수가 없어……."

"냅니다! 낸다고요!" 바그너가 초조하게 소리쳤다.

"열쇠." 호프만 선생이 오른손을 내밀자 바그너가 마지못해 허리에서 열쇠를 꺼내 건넸다. 바그너는 득실을 아주 잘 따질 줄 알았다. 지금 타협하지 않으면 1만 두카트에 이르는 어음이 통째로 사라질 판이니, 그보다는 1800여 두카트를 손해 보는 게 현명한 선택이었다.

호프만 선생이 자물쇠를 열고 어음을 전부 꺼내 살펴보았다. 그런 다음 잘 접힌 10여 장의 어음을 크리스에게 주고 텅 빈 독서집만 바그너에게 돌려주었다.

"박사님, 이건……."

크리스와 루트비히가 어음의 가치를 모르는 듯 멀뚱멀뚱 쳐다보았다.

"함부르크 베렌베르크가에서 발행한 어음입니다. 거기 적힌 대로 금화를 받을 수 있지요. 두 사람은……."

"왜 그걸 전부 줍니까?" 바그너가 호프만 선생한테 달려들 때 내가 한 걸음 앞으로 나갔다. 그러자 바그너는 콘라트처럼 바닥에 내동댕이쳐질 걸 눈치채고 재빨리 걸음을 멈췄다. "그, 그건 1만 5422두카트입니다! 나머지는 돌려줘야지요!"

바그너는 어음의 총액을 정확히 말했다. 아무래도 이 수전노는 매일 밤 흐뭇하게 어음을 꺼내 검산해 보는 모양이었다.

"1만 5천!"

지크가 소리쳤고 크리스와 루트비히도 믿을 수 없다는 눈으로 어음을 바라보았다.

"나머지? 바그너 씨, 또 틀렸습니다. 이 어음을 다 주고도 당신은 2만 5190두카트를 갚아야 합니다." 호프만 선생이 다시 한번 무시무시한 웃음을 지었다.

"2만이라니 무슨……."

"협의서에 따르면 당신이 지급할 총액은 4만 612두카트이니까요."

"그렇게 많다고요?" 질문한 사람은 바그너가 아니라 루트비히였다.

"이자 역시 이자를 계산해야지요." 호프만 선생이 품에서 숫자가 가득 적힌 종이를 꺼내 심드렁하게 바그너에게 던졌다. "168개월 동안 매월 누적된 빚을 적었습니다. 페니히는 제하고 숫자를 정수로 낮췄기 때문에 원래 금액은 더 높아야 하지요."

어젯밤 호프만 선생이 적던 숫자가 바로 이것이었다! 나는 바그너와 가까이에 서 있어서 종이에 적힌 숫자를 볼 수 있었는데 정말 엄청났다. 보통 이율로 계산하면 50개월째에 갚아야 할 금액은 750두카트였지만 복리로는 1257두카트였다. 121개월 때 1만을 돌파한 금액은 계속 불어나 종이 마지막 칸에는 4만 612라는 숫자가 적혀 있었다.

"이건 복리잖습니까! 신앙에 어긋난다고 금지된 고리대금입니다×······." 바그너가 웅얼거리면서 종이를 잡은 두 손을 부들부들 떨었다.

"지금 종교개혁을 겪고 있으니 조만간 상업 개혁도 이루어지겠지요! 복리가 어떻게 '금지되었다'라는 말 한마디로 부정될 수 있겠습니까?"

"억지입니다! 당신이 법학 박사든 아니든 나는 인정할 수

×   라틴어로 복리는 그리스어의 '중복(Ana-)'과 '고리대금(tocismus)'이 합쳐진 Anatocismus이다. 중세 사람들은 복리를 부도덕한 대출 연산법으로 여겼기 때문에 17세기 중상주의가 발달한 뒤에야 차츰 상업적 용도로 편입될 수 있었다.

없으니 돌려주……."

"뭘요?" 호프만 선생이 가슴을 펴고 차갑게 바그너를 쏘아보다가 어투도 매섭게 바꿨다. "당신이 이길 것 같나? 별볼 일 없는 지주, 작은 도시의 의원 주제에 말이야. 상대하겠다고 마음만 먹으면 난 언제든 수십 가지 방법을 동원할 수 있고, 그중 아무거나 골라도 당신을 죽는 것보다 못한 지경으로 완전히 망가뜨릴 수 있어. 심지어 내가 나설 필요도 없지. 하멜른에는 당신 적이 워낙 많으니까. 아렌트 회장과 현임 시장만 해도 당신이 그때 피셔한테 무슨 수작을 부렸는지 알면 절대 가만두지 않을걸. 이 아이들도 내가 증인으로 남겨둔 것 같나? 당신 약점을 쥐여주려고 그런 거야. 당신이 깔보던 사람이 당신을 제어할 수단을 얻었으니, 앞으로 또 멋대로 굴었다가는 재산이고 지위고 하룻밤 새에 사라질 거야. 브라운슈바이크나 뤼네부르크 귀족한테 도움을 청할 생각은 하지 마. 귀족과 왕래한 경험은 내가 훨씬 더 많거든. 그들은 당신 같은 서민 출신 부자를 좋아하지 않아. 그동안 대접해 준 건 당신이 가져다주는 이익 때문일 뿐이라고. 그들은 항상 같은 귀족 신분의 상류층을 먼저 고려해. 당신이 당신보다 지위가 낮은 사람을 착취하면 당신보다 높은 사람한테 착취당할 수 있음을 명심하라고. 이게 불공평하다고 원망하려면 사람을 공평하게 대하는 법부터 배우고!"

　호프만 선생의 거침없는 독설에 바그너는 거의 울 것 같
은 표정으로 바닥에 주저앉았다. 자신이 함정에 빠질 줄은
상상도 못 했을 것이다. 그런데 호프만 선생의 말은 사실이
었다. 아렌트 회장이 우리가 방금 말했던 일들을 알면, 동
업자를 함정에 빠뜨려 빚을 없애고 사업까지 강탈한 바그너
를 아렌트 회장은 물론 상인 조합의 다른 회원들까지 전부
적대시할 게 확실했다. 법적으로는 벌을 받지 않을지라도
바그너는 자기 근거지에서 더 이상 새로운 사업을 벌일 수
도, 다른 도시의 상인과 사업적 관계를 맺을 수도 없을 터
였다.

　싸움에서 진 개처럼 바그너는 예전의 기세를 모두 잃어버
린 채 망연자실 바닥에 주저앉았다. 호프만 선생은 더 몰아
붙이지 않고 미간에서 공격적 태도를 거둔 뒤 약자를 내려
다보듯 바그너를 바라보았다.

　"방금 복리는 우리 신앙에 부합하지 않다고 하셨지요."
호프만 선생이 우호적인 어투를 되찾고 바그너를 부축해 일
으켰다. "하지만 사람의 죄와 불행은 누적되지 않습니까?
바그너 씨가 그때 이기적으로 피셔 씨를 고발하지 않았다면
그들 부부는 일찍 세상을 뜨지 않았을 테고 루트비히도 사
기를 치는 쥐잡이가 되지 않았겠지요? 지금 바그너 씨의 방

대한 부와 높은 지위는 그때의 작고 악한 생각에 뿌리를 내리고 있습니다. 그에 상응하는 대가가 점점 커지고 감당하기 힘들 정도로 쌓일 걸 왜 생각하지 못했습니까? 하지만 오늘 죄를 갚음으로써 그 대가가 수습하기 힘들 정도로 커지는 것을 막게 되었지요."

호프만 선생은 바그너의 팔을 부축해 문가로 가서 조용히 속삭였다. 그러자 바그너의 안색이 조금 좋아졌고 호프만 선생도 다시 미소를 지었다. 심지어 둘만의 대화가 끝났을 때는 바그너가 고맙다는 듯 고개까지 끄덕였다. 호프만 선생은 문을 열어 바그너를 내보낸 뒤 다시 문을 닫고 전혀 호의적이지 않은 웃음을 지었다.

"선생님, 뭐라고 하셨습니까?" 내가 얼른 물었다.

"바깥에서 쉬면서 경치도 보고 간식도 좀 먹으라고 했네. 귀여운 조카들과 이야기도 나누고. 내가 여기에서 대화를 마친 다음 함께 아이들을 데리고 돌아가자고 했지." 호프만 선생이 의자를 끌어다 풀썩 앉았다.

"선생님께 비참할 정도로 당해놓고 왜 감사하는 듯 인사했어요?" 지크는 조금 전 우스꽝스러운 모습이 떠올랐는지 웃으며 물었다.

"내가 마법을 부렸으니까."

"마법이요?" 마르가레테가 고개를 들고 물었다. 방금 발생했던 일을 이해할 수는 없어도 최소한 악독한 지주가 제압당했다는 것은 아는 듯했다.

"분명 나한테 당했지만 내 마법에는 감사해야지." 호프만 선생이 일부러 아이들을 웃기는 듯 대꾸했다.

"그런 마법은 없잖아요!" 지크가 웃으며 말했다.

"맞아, 없지. 나는 그 1만여 두카트를 손해가 아니라 투자로 보라고 말했어."

"투자요?" 크리스가 물었다.

호프만 선생은 내가 협의서를 썼던 탁자 옆으로 의자를 가져왔다. 그런 다음 종이를 한 장 꺼내 빠르게 몇 줄을 쓰고 밀랍 인장을 찍어 루트비히에게 건넸다.

"이건 소개장입니다." 호프만 선생이 말했다. "지금 두 사람한테는 1만 5천 두카트가 있으니 대도시에서 얼마든 장사할 수 있을 겁니다. 하지만 재물 이외의 지원을 받고 싶으면 이 소개장을 가지고 드레스덴으로 가요. 작센 바이마르 공작이 나와 친분이 있으니 공작 밑에서 일하는 데 아무 문제 없을 겁니다……. 아, 공작한테 가겠다고 결정하면 꼭 기회를 잡아 피리를 연주하고 '호프만 박사가 이것이야말로 뛰어난 피리 연주라는 걸 알려주고 싶어 했다'라고 전해주세요. 하하."

루트비히와 크리스는 호프만 선생의 말을 완전히 이해하

지 못하면서도 감사를 표했다. 이렇게 해서 그들은 새로운 인생을 살 수 있게 되었다.

"그게 바그너 씨의 '투자'와 무슨 관계인가요?" 지크가 물었다.

"크리스 양이 나머지 2만여 두카트까지 요구하지는 않을 것 같고, 내가 그들을 작센 바이마르 공작에게 소개할 거라고 말했어. 두 사람의 똑똑한 머리와 방금 얻은 재산에 내 추천까지 더해지면 몇 년 뒤 공작을 위해 공을 세우고 기사로 책봉될지도 모른다고 했지. 그러면 훈작, 남작이 될지도 모른다고. 따라서 크리스 양과 척질 게 아니라 좋은 관계를 유지해야 한다고, 그러면 '피셔 남작 부인의 아버지'가 될 수도 있다고 했어."

"아!" 아이들이 이해가 된다는 듯 감탄했다.

"그리고 오늘 오두막에서 있었던 일을 주민들에게 발설하지 않겠다고도 했어. 바그너 씨가 잘 협상했고 사비까지 털어 도와주자 피리꾼이 감동해 아이들을 돌려보냈으며, 아이들은 며칠 동안 잘 지냈다고 말하기로 했지. 바그너 씨는 남들을 도운 영웅 이미지를 주민들과 의회에 남길 거라고. 이번 풍파로 민심을 얻는 게 사업에 도움이 되면 됐지, 해로울 게 하나도 없다고 했어. 똑똑한 장사꾼이니 이해득실을 잘 따져보겠지. 홧김에 미련한 짓을 하지는 않을 거야. 그건 그렇고 이미 부친이 세상을 떠났어도, 루트비히 씨는 도망자의 아들이니 만일 소문이 퍼지면 이 지역 관리들이 두 사람을 괴롭힐 수도 있거든. 그러니까 너희들도 비밀을 지켜야 해. 이건 기사로서의 의리야."

"물론이죠. '여성을 돕는다' 역시 저희 기사단의 규율이에요." 지크가 말하면서 크리스에게 예를 행했다.

"좋아, 일단락되었으니 이제 돌아가자! 크리스 양은 여기에서 루트비히 씨를 돌보다 며칠 뒤에 떠날 거죠?"

"내일 바로 떠날까 합니다. 루츠가 다쳤어도 말을 타고 하노버까지 갈 수 있을 거예요. 도시에서 쉬는 게 더 편하고 지크와 아이들도 우리 때문에 뛰어다닐 필요가 없으니……."

"잠시만요!" 나는 그들 대화를 중단시켰다. "저는 이해가 안 되는 부분이 아직도 많습니다! 가령 크리스 양이 어떻게 도시의 아이들을 전부 데려왔는지 모르겠어요!"

"한스, 방금 증언을 다 듣고 바깥 광경까지 직접 봐놓고도 물어볼 게 있단 말이야? 상상만 해보면 알 수 있잖나."

"저는 선생님처럼 똑똑하지 못해서 상상이 안 됩니다!" 내가 불만스럽게 말했다.

그 자리에 있는 루트비히, 크리스, 아이들 모두 아는 진상을 나만 모르고 있었다.

"양치기를 본 적 있지? 아이들은 양 떼와 비슷해서 누가 이끌어주면 우르르 따라서 움직이거든." 호프만 선생이 웃으며 말했다. "기사단 아이들은 서로 잘 통하니까 하멜른의 아이들을 전부 선동해 통째로 움직이게 만드는 건 불가능한 일이 아니라네. 내 생각으로는 지크가 성에 없었으니, 어른들이 예배당에서 집회할 때 힐다와 아담, 카스퍼 등이 과자를 나눠주며 '산에 가면 맛있는 빵과 과자 더 많다'라고 꾀었을 거야. 그렇게 해서 모든 아이가 벌떼처럼 코펜산으로 올라왔지. 크리스는 피리꾼으로 분장해 연주하고. 분명 재미있는 놀이처럼 보였을 테니 아이들은 뒤처져 과자를 못 먹을까 봐 걱정했을 거야. 지크, 내 말에 틀린 부분이 있니?"

"하하, 전부 맞혔어요. 작가 선생님."

"원래는 아이들을 꾀어간 방법이 뭔지 몰랐는데 여기에서 빵과 과자가 가득 담긴 바구니를 보고 알았어. 너희가 팔크 씨 빵집에 갔을 리는 없으니, 저건 올덴도르프 빵집에서 사 왔지?"

"네." 크리스가 웃었다. "어제 고모와 고모부를 위로한 뒤 아이들과 오늘 계획을 논의했어요. 저는 말을 타고 올덴도르프에 가서 빵과 과자를 대량으로 주문한 뒤 아이들에게 오늘 새벽에 성 밖으로 옮기라고 했지요. 지크와 안토니 등이 대부분을 이리 옮겨오고 나머지는 힐다가 받아 집회가 시작된 뒤 아이들에게 나눠줬어요. 아이들은 모두 좋아했고 좀 민망스럽지만, 올덴도르프 빵이 저희 고모부네 빵보다 더 맛있다고 하더군요."

"그러니까 무슨 페르시아 의학이나 황홀경 같은 건 전부 가짜였다고요?" 내가 호프만 선생에게 따졌다.

"출전은 진짜네. 다만 아이들을 데려간 것과는 전혀 상관 없지." 호프만 선생이 웃으며 어깨를 으쓱거렸다.

"박사님, 처음부터 제가 범인인 걸 아셨어요?" 크리스가 물었다.

"아닙니다. 원래는 지크의 기사단이 연루된 것만 알았는 데, 그제 당신 집에서 점심을 먹은 뒤 당신도 배후의 인물임을 눈치챘지요."

"제 태도 때문인가요? 그때 아버지가 박사님 앞에서 루츠를 헐뜯어 확실히 화가 많이 났지만 들통날 줄은 몰랐습니다. 제가 꽤 연기를 잘했다고 생각했거든요."

"그때 말고 안토니와 카를을 만났을 때 티가 났습니다."

"안토니요?" 크리스가 조금 의아해했다.

호프만 선생이 옆으로 와 내 어깨를 감싸며 "크리스 양, 제 하인을 뭐라고 부르셨지요?"라고 물었다.

"한스 안데르센 그린 씨가 아닙니까?"

"하멜른에 온 뒤 제가 한스의 이름 전체를 부른 적은 딱한 번뿐이었습니다. 성 밖에서 지크 등과 만났을 때였지요. 성안 사람들은 제 하인에게 흥미가 없어서 '한스'라고만 알고 곧장 '서기 선생'이라고 부르는데, 당신은 한스의 이름 전체를 알고 안토니 형제에게 '그린 씨'라고 소개했습니다. 따라서 기사단과 관련이 있고 뒤에서 우리 두 외지인에 대해 논했다고 봤던 겁니다."

"아!" 요하네스가 입을 가리며 소리쳤다.

내 이름 전체를 기억해 크리스에게 알려준 사람이 요하네스였던 모양이었다.

"집회 내내 저는 좌중을 주의 깊게 살폈습니다." 호프만 선생이 계속 말했다. "바그너 씨가 의견을 말하라고 했을 때 저는 헛소리를 하면서 자리에 있는 사람들을 둘러보았지요. 크리스 양이 자리에 없는 것을 확인하고, 당신이 몰래 빠져나가 피리꾼으로 분장한 다음 대담한 '유괴 계획'을 실행할 줄 눈치챘습니다."

"그래서 크리스 양은 일부러 집회에 참석하고 우리와 마주쳤던 거군요. 거기 있었다는 걸 알리려고요?" 내가 물었다.

"그것뿐만이 아니라 적당한 시기를 잡기 위해서이기도 해. 아무도 모르게 예배당 대문에 마지막 협박 편지를 꽂아야 하니까." 호프만 선생이 내 어깨를 두드리며 말했다. "이들 계획에 자네가 종탑에 올라가 유괴를 목격하는 부분은 없었거든."

아, 그렇구나. 내가 귀가 어두워 피리 소리를 못 들었으면 사람들은 집회가 끝난 뒤에야 아이들이 실종된 걸 발견했겠지. 그때 편지가 없으면 피리꾼이 또 범행을 저질렀다고 생각 못 할 수도 있고.

"성문 경비병은 어떻게 된 겁니까? 피리 소리가 가짜라면 그들은 왜 정신을 잃었죠?"

"간단해, 약을 쓴 거지." 호프만 선생이 지크에게 물었다. "누가 약을 썼는지 궁금한데? 힐다니?"

"아니요, 카스퍼예요. 걔 아버지가 시위대장 밑에서 일하기 때문에 심부름을 자주 하거든요. 카스퍼가 경비병에게 수고하신다고 음식을 가져가면 의심 살 리 없지요……."

"무슨 약이요?" 내가 끼어들었다.

"아편." 호프만 선생이 대수롭지 않다는 듯 말했다. "많이 쓸 필요도 없었어. 밤새 경계를 선 뒤라 조금만 먹어도 쉽게 쓰러질 수 있으니까."

"박사님, 어떻게 아셨어요? 아편에 그런 용도가 있다 해도 다른 방법을 쓸 수도 있잖아요……."

"음식이 사라졌으니까. 너희는 증거를 없애고 싶었겠지

만, 오히려 실마리를 남겼어." 호프만 선생이 웃으며 고개를 저었다. "남문 망루의 탁자에 야채수프 두 그릇만 있는데 경비병 손에 있는 빵에는 소스가 묻어 있더라. 또 다른 음식이 있었다는 뜻이지. 조금 더 생각해 보면 힘든 일을 하는 경비병이 빵과 수프만으로 배가 부르겠니? 음식이 사라졌다는 건 범인의 소행이고, 범인이 그렇게밖에 할 수 없었던 건 진상을 가리려 했다는 말이잖아. 그러면 답이 분명해지지 않겠어? 누군가 옆에서 몰래 경비병을 지켜보다가 아편의 영향으로 쓰러질 때쯤 피리를 불었던 거야. 그러자 상대는 자기 몸에 생긴 이상이 피리 소리 때문이라고 생각했지."

"작가 선생님이 적이 아니라 다행이에요. 아니었으면 저희는 정말 큰일 났을 거예요." 지크가 혀를 내밀었다.

돌아보니 크리스와 아이들은 정말 대단한 일을 해냈다. 성인들을 쩔쩔매게 만들면서 세세한 부분까지 놓치지 않았으니, 그 머리를 나쁜 일에 쓰면 많은 사람이 힘들어질 듯싶었다.

"아무리 그래도 너희 계획은 너무 심했어." 나는 갑자기 한 가지가 떠올랐다. "도도가 다리를 질질 끌고 지팡이를 짚으면서 코펜산까지 오게 하다니. 연기를 잘해도 그렇지, 다친 아이한테 그런 임무를 맡기는 건 너무 잔인하지 않니?

기사단에서 제일 용감한 단원이라고 해도 지크, 부하를 그렇게 다루면 안 되지."

"한스, 또 틀린 것 같군." 호프만 선생이 말했다. "도도는 기사단 단원이 아니야."

"아닐 리가 있나요? 도도가 다리를 다친 경위에 대해 안토니가 얘기하지 않았습니까? 얘네들이 안토니와 카를의 강변 영지를 공격한 뒤 도도가 미끼가 되어 혼자 적진으로 들어가……."

"'하멜른 기사단'의 첫 번째 규율이 뭐지?" 호프만 선생이 내게 물었다.

"첫 번째요? 무슨 '하멜른 선제후국에 충성을 다한다'였습니다. 그때 아이들이 금인칙서를 멋대로 고쳤다고 생각했거든요……."

"하멜른이 '선제후국'이라면 중요한 인물이 빠진 걸 모르겠나?"

중요한 인물?

아!

"선제후국이라면 영주가 있어야지요, 제후를 선출해야 하니까요!" 나는 놀라서 입을 다물 수가 없었다. "그러니까 도도가……."

"우리 기사단이 충성하는 군주예요." 지크가 웃으며 말했다.

나는 줄곧 옆에 앉아 있던 가냘픈 몸의 도도를 바라보았다. 도도는 여유로운 표정으로 웃고 있었다.

"정말 이상하네! 왜 영주의 몸으로 미끼가 되어 적진 깊숙이 들어갔지?"

"지도자라면 당연히 중책을 맡아야지요. 그렇지 않으면 무슨 지도자인가요." 도도가 당연하다는 듯 대답했다.

"그러니까 다리를 다쳤는데도 바그너를 함정에 빠뜨리는 일을 맡았다고?"

"맞아요. 저만 바그너 씨를 여기까지 데려와 협상을 진행할지 말지 판단할 수 있으니까요. 임기응변이 필요한 일은 역시 직접 해야 하고요." 어린애인데도 도도는 어른처럼 말했다.

"네가 판단한다고?"

"사실 계책을 짠 사람이기도 해요." 크리스가 좀 민망해했다. "저나 루츠, 지크가 아니라 똑똑한 도도가 했어요. 일이 잘못되었을 때 유괴로 위장한 것도, 요하네스 부모를 안심시키는 협박 편지를 쓴 것도, 아이들 전부를 데려오는 계책을 짠 것도 모두 도도였어요."

이 꼬마가 범죄의 천재였다니!

"며칠 동안 힐다와 아담이 연락책을 맡아 저와 크리스 누나 소식을 전달하면 도도가 계획을 짜고 행동을 지시했어요." 지크가 설명했다.

"선생님, 선생님은 도도가 우두머리인지 언제 아셨습니까?" 내가 고개를 돌려 물었다.

"음…… 하멜른에 도착한 날 밤에." 호프만 선생이 턱을 쓰다듬으며 대답했다.

"그렇게 일찍이요? 그땐 사건이 터지지도 않았는데요!"

"그렇지만 처음 만났을 때 발이 기사단의 유래에 대해 언급했잖나."

"그렇긴 해도 그들이 충성하는 군주가 도도라고 언제 이야기했습니까?"

"한스, 틀림없이 오해했군. 발은 그때 '대장'과 '단장'을 따로 말했는데$^{\times}$ 자네는 동일인으로 여겼던 거지? 호칭이 다르면 다른 사람으로 생각해야지."

"제가 어떻게 알겠습니까! 더군다나 둘 다 지크를 지칭할 수도 있지 않습니까?"

"하지만 그날 밤 슈나이더 씨와 술을 마시며 이야기할 때, 발이 말한 대장이 지크일 수 없다는 게 드러났잖아."

"왜요?"

$\times$ 대장의 작센어는 Baas, 단장은 Grootmeester이다.

528

"발은 늘 성 서쪽 아이들한테 당했는데 어느 날 '대장'이 갑자기 나타나 자기들을 이끌고 적을 물리쳤다고 했어. 하지만 슈나이더 씨는 3대가 하멜른에서 살았고 의사, 요한과 오랜 친구였으니 지크가 어떻게 '갑자기 나타나' 아이들과 어울리겠나? '갑자기 나타난 건' 어떻게 생각해도 2년 전 이곳으로 들어온 술집 사장 일가잖아."

그 말을 들은 뒤에야 내가 단서를 놓쳤음을 깨달았다.

"그리고 도도를 영주로 세운 것도 아주 합리적이거든. 분명 그 소문이 있었으니까." 호프만 선생이 또 말했다.

"어떤 소문이요?"

"도도의 아버지 빌헬름 씨가 남작이라는 소문이요." 지크가 끼어들어 대답했다.

나는 그제야 머릿속이 환해졌다. 도도를 바라보자 아이는 고개를 숙인 채 미소만 지을 뿐 소문의 진위는 밝혀주지 않았다. 어른들은 사장이 몰락한 귀족인지 아닌지 관심 없을지 몰라도, 기사를 흉내 내며 모험을 즐기는 아이들에게 그 신분은 놀이를 한층 사실적이고 재미있게 만들었을 터였다.

"안토니와 카를은 또 어떻게 된 겁니까? 그 애들은 기사단 단원도 아닌데 왜 지크의 연극에 협조했죠?" 나는 풀리지 않는 수수께끼가 또 생각났다.

"나도 궁금해." 호프만 선생이 도도에게 말했다. "나는 그날 밤의 사건 경위만 알지, 네가 어떻게 설득했는지는 모르거든."

"경위를 아신다고요?" 도도가 반문했다.

"이틀 연속으로 '유괴사건'이 발생하자 날이 어두워진 뒤 경비병들은 성문을 지켰어. 그 바람에 안토니 형제는 지크와 발처럼 몰래 성을 나가 산에 오를 수 없게 되었지. 난관을 타파하기 위해 크리스 양은 한밤중에 슬그머니 바그너 저택에서 나와 피리꾼처럼 입고 북쪽 성벽 부근에서 피리를 불었어. 일부러 경비병의 주의를 끌었던 거야. '피리꾼'을 포위했을 때 그녀는 이미 자기 집으로 들어갔고. 경비병들이 성 북쪽으로 몰려간 덕분에 안토니 형제는 순조롭게 남쪽 성문으로 나갈 수 있었지."

그래서 호프만 선생은 안토니 형제가 유괴되었을 때 '장소'가 특별하다고 말한 거였다.

"도도나 크리스 양이 어떻게 안토니 형제를 한밤중에 산에 오르도록 꾀었는지는 정말 모르겠어." 호프만 선생이 말했다. "진상을 알려주지는 않았을 테니까. 크리스 양이 아무리 친하고 그 애들이 도와줄 것이라 믿었어도, 사전에 바그너 씨를 속이려 한다고 설명했을 리 없잖아. 그건 너무 위험하니까. 산에 오른 뒤에나 알려줄 수 있지."

"왜요?" 내가 물었다.

"안토니와 카를에게 미리 알려줬다가 실패해 경비병에게 잡히면 어떡하겠나. 잘못해서 카를이 말실수라도 하면 모든 계획이 틀어질 수 있어."

"맞아요." 도도가 고개를 끄덕였다. "저희는 그 점을 고려해 산에 오르도록 만들 그럴듯한 미끼를 던졌어요. 성공적으로 성을 빠져나온 뒤에야 지크가 비밀을 알려줬고요."

"그럴듯한 미끼가 뭔데?" 내가 물었다.

"그 애들의 기사단 설립을 도와주겠다고 했어요." 도도가 지크를 가리켰다. "제가 지크의 '하멜른 기사단' 설립을 도왔으니 당연히 팔크 형제들의 조직도 도울 수 있거든요. 기사단 둘이 경쟁하는 게 훨씬 더 재미있고요. 하지만 하멜른 기사단에 입단 테스트가 있는 것처럼 안토니와 카를도 기사 테스트를 통과해야 한다고 했어요. 그러지 않으면 기사단은 유명무실해질 거라고요."

"한밤중에 몰래 코펜산에 오르는 게 테스트였고?" 내가 물었다.

"비슷해요. 저는 힐다에게 표지를 남겨놓으라고 한 뒤, 안토니와 카를에게는 날이 밝기 전까지 삼각형 바위로 가서 숨겨놓은 비밀을 찾으라고 지시했어요. 그날 밤 안토니 형제가 경비병을 피해 산에 올랐을 때, 기다리고 있던 지크와 한스가 크리스 누나와 루트비히 형의 일을 알려주고 오두 막으로 데려왔고요……. 다만 바그너 씨가 조카마저 외면할 만큼 매정하리라고는 예상 못 해서 계속 방법을 찾아야 했지요."

"도도, 네가 직접 안토니 형제를 설득했니?" 호프만 선생이 물었다.

"네, 아까 박사님이 말씀하셨듯이 크리스 누나는 나서지 않는 게 좋았으니까요. 그날 저는 일부러 다리를 끌고 강가로 가서 제안했어요. 그 애들은 곧장 동의했고요."

"안토니 형제가 저희한테 땍땍거려도 속으로는 무척 부러워하거든요." 요하네스가 자랑스럽게 말했다.

"'회색매 기사단'이라는 명칭은 확실히 위풍당당하고 그 애들 성씨와도 연결되니^× 기꺼이 도전을 받아들일 수밖에요." 발이 웃으며 말했다.

아, 팔크 부부가 말했던 '회색매'가 이거였구나!

"시간도 늦었고 바그너도 기다리다 진이 빠졌을 것 같으니 이만 돌아가자." 호프만 선생이 문 쪽으로 걸어갔다.

"작가 선생님, 이 일은 해결됐어도 저희한테는 아직 걱정거리가 하나 남아 있어요." 지크가 말했다. "한스 남매의 안

× 　팔크(Falck)는 매라는 뜻(영어: Falcon).

전이요. 훔퍼딩크 부인이 또 그 악랄한 언니의 사주를 받아 해치려 할지도 모르잖아요."

"맞아요. 이번에도 나름 준비해서 한스에게 대응법을 알려줬지만 결국 당했거든요." 발이 보충했다.

"그건 내 탓이 아니야! 한밤중이었고 워낙 다급해서 실수한 거라고……." 요하네스가 반박했다.

"무슨 준비?" 내가 물었다.

"이모의 사주를 받은 어머니가 숲에 자기들을 버리려 한다는 걸 요하네스가 엿들었을 때, 저는 강가에서 조약돌을 주워놓으라고 했어요. 어머니가 숲으로 데려가면 길을 따라 돌을 떨어뜨리라고요. 그러면 나중에 집으로 돌아올 수 있으니까요." 도도가 말했다. "그런데 돌이 든 주머니를 안 챙긴 거예요. 대신 빵 부스러기를 던졌으니 당연히 길을 찾을 수 없었지요. 숲속 동물이 그 표식을 먹어치웠거든요."

"엄마가 우리를 또 버릴까요?" 마르가레테가 울 것처럼 입을 삐죽거렸다.

"걱정하지 마, 내가 처리할 테니까." 호프만 선생이 말했다. "훔퍼딩크 부인도 다시는 버리지 않을 거야. 속으로는 너희를 정말 아끼거든."

"어떻게 확신하세요?" 내가 물었다.

"한스 남매에게 외투를 입혀서 데려갔잖나. 아이들이 숲에서 추울까 봐 걱정했다는 뜻이지." 호프만 선생이 남매를 바라보며 말했다. "너희 '마녀 이모'를 따끔하게 혼내줄게. 다시는 너희 가족을 괴롭히지 못하도록."

호프만 선생의 말은 무척 설득력이 있었다. 어쨌든 대지주까지 고분고분하게 만든 사람이니, 아이들은 그가 하인 하나 정도야 얼마든지 다룰 수 있을 거라고 믿었다.

오두막을 나온 호프만 선생이 다시 돌아서 크리스와 루트비히에게 몇 마디 말하고 나자, 지크는 기사단 단원들에게 아이들을 데리고 돌아갈 준비를 하라고 지시했다. 단원들은 일사불란하게 움직여 어떤 단원은 빠진 아이가 없는지 인원수를 점검하고, 어떤 단원은 길에서 배고프다고 칭얼거릴 만한 아이들에게 빵과 과자를 나눠주었다. 그 틈에 나도 과일빵ˣ 한 조각을 맛보았는데 정말 맛있어 팔크 씨가 걱정되었다. 신제품을 제대로 개발하지 않으면 언젠가 올덴도르프 제빵사한테 패할 게 확실했다.

우리 수십 명은 산골짜기를 나와 위풍당당하게 산에서 내려갔다. 바그너가 선두에 서고 한스 남매, 안토니 형제, 지크와 발이 그 뒤에서 걸었다. 나와 호프만 선생은 맨 뒤에

ˣ 슈톨렌. 말린 과일과 견과, 밀가루, 향료로 만든 작센에서 유래한 빵과 케이크 중간에 속하는 독일 전통 간식. 성탄절 때 만든 건 Christstollen이라고 부른다.

서 말을 타고 힐다와 아담은 뒤쪽에서 아이들을 돌봤다. 호프만 선생이 바그너에게 앞장서서 돌아가면 좋은 인상을 줄 수 있다고 하자 뚱보는 당연히 그 기회를 놓치지 않았다.

"참, 도도, 넌 분명 산에 온 적이 없는데 어떻게 길을 알았니?" 골짜기에서 나오고 얼마 뒤 호프만 선생이 물었다.

산에 오를 때처럼 도도는 호프만 선생과 함께 말을 탔는데 이번에는 아무것도 모르는 척할 필요가 없었다.

"지크와 힐다 등에게 들었어요. 원래부터 남의 묘사만으로 지형을 잘 상상할 수 있어서 처음 왔는데도 방향을 알겠더라고요." 도도가 웃으며 말했다. "또 길을 따라서 저만 알아볼 수 있는 표식을 해달라고 부탁해뒀고요. 가령 나뭇가지에 눈에 띄지 않는 기호를 새기는 식으로요. 그러니 길을 잃을 리 없지요."

정말 대단한 꼬마로구나.

"호프만 선생님, 저도 여쭤보고 싶은 게 있어요." 도도가 계속 말했다. "크리스 누나가 저희와 결탁한 걸 선생님이 어떻게 아셨는지는 이해했는데, 누나와 루트비히 형의 관계는 어떻게 아셨어요? 일찌감치 눈치채셨으니까 바그너 씨한테 그 두 가지 방안을 제시하셨을 거 아니에요."

"머리카락 때문에."

"머리카락이요?" 나는 두 사람 쪽으로 말을 바싹 붙이며 끼어들었다.

"한스. 우리가 첫날 크리스 양을 만났을 때 그녀가 잘못 해서 리본에 묶인 머리카락 뭉치를 떨어뜨렸던 거 기억하 나?"

"어? 네, 맞아요. 저는 마녀의 마법약 재료가 아닐까 생 각했어요……."

"마녀가 쓰는 거라면 왜 리본으로 잘 묶었겠나? 틀림없 이 크리스 양에게 아주 중요한 물건이라는 말이었지. 리본 이 오래돼 색이 바랜 것으로 보면 오랫동안 간직해온 물건 이란 뜻이었고. 그 둘을 종합하니 머리카락은 사랑의 증표 일 수밖에 없었어."

아, 그렇지, 연인이 헤어질 때 머리카락을 잘라 증표로 나눠 가지니까. 나는 그런 경험이 없어서 생각도 못 했다.

"하지만 상대가 피리꾼이 아닐 수도 있잖아요?" 도도가 물었다.

"아닐 수도 있지만 가능성이 아주 컸어. 늘 만나는 비밀 의 연인이라면 크리스는 머리카락을 휴대할 이유가 없잖아. 그걸 가지고 집을 나섰다면 오랫동안 만나지 못했던 연인에 게 자신의 변치 않은 마음과 오랜 그리움을 증명하려고 했 을 확률이 가장 높지. 나중에 그녀와 아이들의 관계를 눈치 챘을 때 그 비밀의 연인은 나와 한스가 산에서 마주쳤던 신

536

비한 피리 부는 청년을 가리키고 있었어."

"하지만 루트비히의 머리카락 색은 더 짙었던 것 같은데요?" 나는 좀 이상하게 느껴졌다.

"원인은 모르겠지만 자라면서 머리카락 색이 짙어지는 경우가 확실히 있어. 사실 색깔 때문에 나도 처음에는 피리 연주자를 떠올리지 못했는데 결국 그 추론이 가장 합리적인 것 같더군. 또 루트비히 외에 이번 여정에서는 그런 머리카락 형질을 가진 사람을 몇 명 더 봤으니까."

"누구요?"

"요한과 그의 아이들이 그렇잖나? 그들 부부와 아이들은 머리카락 색이 무척 달라. 자네는 이상하지 않았어?"

호프만 선생의 말을 듣고 보니 확실히 훔퍼딩크 부부는 머리카락이 갈색인데 한스 남매는 금색이었다.

"친자식이 아닌가요?"

"아니, 술집 노인이 증언했잖아. 한스가 요한 어렸을 때와 똑같다고. 그래서 요한도 어렸을 때는 머리카락이 훨씬 옅었겠다고 생각했어. 그리고 그게 카롤리네가 동생한테 아이들을 버리라고 종용한 빌미 중 하나였겠다고 짐작했지."

"빌미요?"

"아이들 머리카락 색이 너희와 이렇게 다른 건 틀림없이 마녀의 저주를 받아서야. 너희 집은 코펜산에서 가까우니 십중팔구 저주받은 아이들이라고. 봐봐, 아이들이 태어난 뒤 너희 부부의 생활이 점점 나빠지지 않았니? 네가 결혼한 그 남자는 원래 목수였는데 사고로 손가락이 잘려 벌목공으로 전락했지, 이게 저주 아니겠냐고? 아이들을 코펜산에 버리는 건 마녀에게 돌려보내는 거야." 호프만 선생이 카롤리네의 어투를 흉내 내 말했다.

"그냥 추측이죠?" 나는 너무 주관적이라고 생각했다.

"맞아, 억측이지. 우리는 카롤리네가 왜 동생한테 아이들을 버리라고 했는지 알 수 없으니까. 전부 상상일 뿐이야." 호프만 선생이 어깨를 으쓱거렸다.

"호프만 선생님처럼 똑똑한 분도 모르세요?" 도도가 물었다. "저희도 카롤리네가 한스와 마르가레테를 적대시하는 것만 알았지, 이유는 알아내지 못했어요."

"세상에서 제일 알 수 없는 게 사람 마음이야. 카롤리네한테 물어봐도 사실대로 답하지 않을 거고. 오로지 주님만 진상을 아시겠지. 우리는 실마리를 통해 추측하고 그 속의 가능성만 따져볼 수 있어."

"그럼 선생님이 추측하시는 가능성은 무엇인가요?" 내가 물었다.

"사랑."

"사랑이요?"

"비틀린 사랑." 호프만 선생이 담담하게 말했다. "카롤리네와 안나의 행동을 보니 안나가 언니에게 많이 의지하더군. 카롤리네 역시 동생이 이미 결혼해 엄마가 되었는데도 별의별 것에 다 참견하고. 어쩌면 카롤리네는 동생이 가정을 꾸린 뒤 더는 자기가 필요하지 않겠다고 포기했을지도 몰라. 그런데 술집 어르신이 그랬잖나. 요한이 술에 취해서 결혼식을 놓칠 뻔했다고 말이야. 결혼 후에는 사고 때문에 수입이 괜찮던 목수에서 별 볼 일 없는 벌목공이 되었고. 그러자 카롤리네는 매제가 동생을 행복하게 해줄 수 없다고 생각해, 그 가정을 망가뜨리고 동생을 자기 옆으로 데려올 방법을 찾기 시작했을지도 몰라. 내 추측이 사실이라면 그녀가 조카를 살해하려 한 게 설명이 되지. 두 아이를 없애버리면 부부는 끈끈함이 사라지고 슬픔에 빠져 점점 멀어질 테니까. 동생을 공범자로 만든 건 아주 비열한 계략이고. 결국에는 안나가 아이들을 해친 셈이니 카롤리네는 죄책감을 이용해 동생을 독점하고 조종할 수 있잖아."

호프만 선생의 추측에 불과했지만, 나는 왠지 사실일 것 같았다.

"카롤리네가 범인인 건 어떻게 아셨어요?" 도도가 물었다.

"처음 요한의 집에 가자마자 아이들이 몰래 나갔거나 친

한 사람이 데려갔다는 걸 알았어. 주변이 가지런하게 정리
돼 있었으니까. 자발적으로 나갔다면, 가령 모험하러 갔다
면, 한스는 목검과 깃대를 가져갔을 거야. 기사 신분에 완
전히 몰입해 있잖아. 그런데 물건도 집에 그대로 남아 있는
데다 지크나 발도 찾아가지 않았지. 그렇다면 스스로 나갔
을 가능성은 적을 수밖에. 한편 카롤리네는 도착하자마자
마녀의 소행이라고 아주 단정적으로 말했어. 그건 여론을
호도하려는 행동이 분명했기 때문에 나는 범인이 카롤리네
와 안나라고 생각했지. 다만 누가 주모자인지는 몰랐어."

"하지만 선생님, 외투에 관해 말씀하셨는데요……."

"그건 나중에 확인했네. 다시 생각해 보니 반대로 어머니
가 아이들을 죽이려고 언니를 공범자로 만드는 상황에서도,
조카를 무척 아끼는 이모라면 안타까운 마음에 아이들에게
외투를 입히는 게 불가능하지 않겠더라고."

"아, 그래서 그때 범인이 '어느 마녀'인지 모른다고 하셨
군요." 나는 당시 호프만 선생이 했던 말을 떠올렸다.

"그래. 그리고 한스 자네가 엉뚱한 소리를 해서 엄청난
풍파가 일어났지." 호프만 선생이 고개를 저으며 쓴웃음을
지었다. "자네가 범인을 피리꾼이라고 말했잖아. 주민들한
테는 '마녀'보다 '피리꾼'에 대한 인상이 더 강해서 곧장 여
론이 바뀌었지. 그 바람에 계획이 망가진 카롤리네는 방법

을 바꿔 강변에서 연극을 했던 거고."

"강변에서 연극이요?"

"요한네 집에서 한스의 '타바드'를 훔쳐 와 아이들이 쥐처럼 물에 떠내려갔다는 허상을 만들었잖나."

"그게 허상인 걸 어떻게 아셨습니까?"

"한스, 자네도 직접 봤으면서 뭘 묻는 건가?" 호프만 선생이 가볍게 웃었다.

"제가 뭘 봤는데요?"

"그건 기사단 휘장이 그려진 옷이었어."

"그게 어때서요? 그 '바퀴 집과 꿩'이 무슨 의미라도 있습니까?"

"요하네스가 말했잖나. 기사단 깃발을 성 서쪽 아이들과 전쟁한 뒤 '다시 그렸으며' 원래의 낡은 천 위에 휘장을 도로 그려 넣었다고 말이야. 그건 강변 전투에서 망가진 게 깃발이 아니라 그림이라는 뜻이지. 그렇다면 깃발이 물에 젖었을 때 염료가 풀어져야 하잖아? 하지만 한스의 타바드는 '물에 잠겼는데도' 그림이 선명했어. 따라서 '옷이 부두 말뚝 밑에 걸려 있었다'라는 카롤리네의 말은 거짓일 수밖에 없었지. 급하게 천을 적셨다는 뜻이니까. 동시에 그녀가 주모자라는 의미였어. '조카를 아끼는데도 압박을 받아 범죄에 협조한 선량한 이모'라면 그렇게 할 리가 없잖아."

"그래서였군요! 그래서 바그너 저택에 갔을 때 카롤리네 방에서 증거를 찾으려 하셨군요!"

"증거를 찾으셨나요?" 도도가 물었다.

"음, 그때는 아이들 행방을 찾고 싶었지."

"그런데 선생님, 그때 저에게 금화나 귀중한 물건을 찾으라고 하셨잖아요. 도둑처럼요."

"카롤리네가 좀 똑똑했으면 방에 그런 물건이 있었을 거네." 호프만 선생이 한숨을 내쉬었다. "분명 아이들을 팔 수 있으니까. 화물선이나 행상들 사이에서 그런 암거래가 꽤 많이 이루어지는 데다 한스 남매는 건강하고 귀여우니, 아동 매매꾼이 좋은 가격을 쳤을 거야. 그러면 금화나 은화가 발행된 도시만 확인해도 조사 범위를 줄일 수 있고, 나중에 조합에 가서 지난 며칠 동안 어떤 선단과 상인이 거래했는지 살펴보면 아이들을 데려올 수 있잖아. 그런데 그 멍청한 여자는 돈을 벌 기회 같은 건 아예 생각도 못 하고 단순히 동생한테 숲에 버리라고 했어. 그 바람에 우리는 아이들을 찾기 더 어려워졌지."

그래서 호프만 선생은 시장에 나가 하멜른의 무역 상황이나 견습생 수 등을 물어봤던 거였다. 그때 어떤 상인이 아이를 거래한 듯했으면 한바탕 난리가 났을 테고.

"선생님." 나는 계속 양심에 걸려서 사과하지 않을 수 없었다. "죄송합니다. 제가 처음에 피리꾼이 한스 남매를 유괴했다고 함부로 떠드는 바람에 사건이 이렇게 커졌습니다……."

"됐네, 해결했으니 괜찮아." 호프만 선생은 전혀 화내지 않았다. "사실 자네가 사과하려면 팔크 부부에게 해야지."

"팔크 부부요? 왜요?" 내가 그들에게 뭘 했지?

"자네 때문에 안토니 형제가 사건에 말려들었으니까."

"저 때문에요?" 나는 깜짝 놀랐다.

"자네가 술집에서 '바그너에게 돈을 요구하려면 슈나이더 씨나 요한 등의 아이가 아니라 바그너의 아이를 유괴해야지요'라고 말했잖아. 도도, 한스의 이 말 들었지?"

도도가 미소를 지으며 고개를 끄덕였다.

"그때 저희는 어떻게 사건을 끝낼까 생각하고 있었는데 그린 씨의 말을 들으니 괜찮은 계획 같더라고요. 원래는 크리스 누나가 피리꾼에게 납치된 것처럼 꾸미려 했지만, 성 안에서 다른 임무를 맡아줄 성인이 필요했기 때문에, 차선 책으로 바그너 씨의 조카를 목표로 삼았어요."

나는 할 말이 없었다. 그제 호프만 선생이 팔크와 바그너의 부채 분쟁에 끼어들었을 때 남의 인생에 간섭한다고 의문을 제기했는데, 나는 나도 모르게 더 많이 간섭하고 있었다. 팔크 부부가 재난을 당한 게 우리한테도 어느 정도 책임이 있다던 호프만 선생의 말은 사실 '내' 책임이라는 뜻이었다…….

어?

"아!"

내가 소리를 지르자 앞에서 노래를 흥얼거리며 걸어가던 아이들까지 고개를 돌려 바라보았다. 나는 아무것도 아니라는 뜻으로 얼른 웃음을 지었다.

"왜 그러나?" 호프만 선생이 물었다.

"아무것도 아닙니다." 나는 조금 망설이다가 도도에게 "바그너가 안토니 형제의 몸값을 거절한 뒤, 크리스 양이 도시의 모든 아이를 꾀어내자고 제안했니?"라고 물었다.

"네." 도도가 고개를 끄덕였다. "그 제안을 했을 때 저도 무척 놀랐어요. 너무 대담하니까요. 하지만 가만히 생각해 보니 가능하겠더라고요. 그래서 계획을 세우고 누나한테 올덴도르프에서 간식을 주문하라고 한 다음, 또 어떻게든 아버지에게 주민 집회를 열도록 부추기라고 했어요. 크리스 누나는 정말 똑똑해요. 바그너 씨가 누나의 제안을 따르지 않을 수도 있으니까, 일부러 하인과 잡담하면서 공개 집회를 하지 않고 의원들끼리 회의하면 아버지가 고립될 수 있다고 했어요. 그걸 엿들은 프란츠가 자기 생각인 것처럼 주인에게 고했고요……."

나는 너무 놀라서 도도가 하는 말에 집중할 수가 없었다.

호프만 선생이야말로 오늘 이 집단 유괴를 일으킨 주모자였다!

내가 무심코 뱉은 한마디가 피리꾼을 유괴범으로 만들었다면 호프만 선생은 일부러 그런 기괴한 비유를 들어 크리스 양을 유괴범으로 만들었다.

"바그너 씨는 '고집이 대단' 해서 베저강이 피로 변하고 우박이 쏟아지며 메뚜기가 덮치거나, 마을 모든 집의 장자가 해를 입지 않는 한 타협하지 않을 겁니다."

그렇게 은밀하게 크리스 양의 생각에 영향을 미쳐, 아이들 전부가 유괴되는 이런 소동을 만들어냈다!

그런 다음 호프만 선생은 팔크 부부에게 내가 무예 실력이 아주 뛰어나 산에서 피리꾼한테 대적할 때 도움이 될 거라고 말했다. 그건 크리스 양에게 어서 행동하라는 암시였다! 일단 사람들을 모아 산에 오르면 아무 마력이 없는 루트비히는 크게 곤란해지니 속전속결로 처리해야 한다고……

하지만 그렇다면, 어떻게 실행할지만 몰랐을 뿐 호프만 선생은 예배당 집회 때 기사단이 계획을 실행해 아이들을 모두 산으로 데려갈 걸 이미 알았다는 뜻이 아닌가?

맞다. 내가 피리 소리를 들었을 때 호프만 선생은 종탑에 가서 살펴보되 절대 쫓아가지 말고 반드시 돌아와 보고하라고 당부했다. 그런 다음 나와 또 종탑에 올라 확인했다. 다시 말해 그때 호프만 선생이 정말로 확인하려 한 것은 아이들이 떠난 방향이 아니라 아이들이 떠났는가였다. 크리스와 기사단의 계획을 성공시키려고 계속 시간을 끌었다는 말이다!

가만히 생각해 보니 나는 호프만 선생의 계획에 이용당한 거였다. 선생은 틀림없이 피리 소리를 나보다 먼저 들었다! 내 귀도 예민하지만, 호프만 선생은 훨씬 더 예민했다. 코펜산에서도 나보다 먼저 피리 소리를 듣지 않았던가. 내가 들을 수 있다면 호프만 선생이 듣지 못할 리 없었다!

호프만 선생을 쳐다보자 득의양양한 웃음을 짓고 있었다. 내가 무슨 생각을 하는지 아는 게 확실했다. 내 주인은 이렇게 거침없이, 더 큰 혼란을 만들어서라도 자신의 정의를 관철시키는 사람이었다…….

"선생님, 협박 편지를 꽂았던 칼에는 왜 그렇게 집착하셨습니까?" 완전히 패했으니 나는 그냥 모르는 척하며 풀지 못한 수수께끼에 관해 물어보았다.

"앞서 두 번 모두 칼을 회수해 갔으니 공범자가 성안에 있다는 뜻이잖나. 아마 힐다나 아담, 혹은 크리스 본인이 직접 사람들이 부주의한 틈을 타 몰래 가져갔을 거야." 호프만 선생도 내 생각을 굳이 들추지 않고 가벼운 어투로 대답했다. "칼은 특별하지 않아도 날이 깨끗하고 손상이 없는 게 거의 쓰지 않은 듯했어. 그 말은 범인이 일부러 준비했다는 뜻이지. 기사단 아이들은 그렇게 좋은 물건을 손에 넣을 수 없고, 집에 있는 칼이면 자주 사용해서 칼날이 마모되었을 거야. 부자만 새 칼을 잔뜩 가질 수 있잖아. 지크와 발이 실종된 날, 내가 칼을 보고 나서 협박 편지에서 여성용 향낭의 꽃냄새를 맡았다면 단번에 크리스 양이라고 단정했을 거네."

"저는 그 향기가 코펜산에서 루트비히를 만났을 때 주변에 피었던 들꽃 냄새인 줄 알았습니다……." 내가 또 착각한 모양이었다.

"냄새가 달랐잖나."

"참, 그때 선생님은 왜 10두카트를 내겠다고 하셨습니까?"

"그의 내력을 알고 싶어서 일부러 프랑스어로 그런 금액을 말했던 거네. 못 알아듣는 척만 했으면 표정이 변할 테니까. 하지만 정말로 프랑스어를 모르더군. 지금이야 어떻게 된 일인지 잘 알지. 루트비히는 선원으로 상선을 타고 여러 항구를 다녔으니, 프랑스 피리와 이탈리아 광대 옷을 구해 '마술 피리를 부는 쥐잡이'라는 사기극을 꾸밀 수 있었어."

호프만 선생이 '마술 피리'라고 하자 나는 또 풀지 못한 수수께끼가 떠올랐다.

"선생님, 지크와 발이 실종됐을 때나 안토니 형제가 사라졌을 때, 혹은 도시 전체 아이들이 유괴되었을 때는 범인을 피리꾼이라고 오해하도록 크리스 양이 일부러 피리를 불었습니다. 하지만 한스 남매가 어머니한테 버려지던 밤에는 왜 성 밖에서 피리 소리가 들렸습니까? 크리스 양은 그때 루트비히와 만나기도 전인데요."

"아까 오두막에서 루트비히가 말하지 않았나? 늑대 떼를 유인하기 위해서 피리를 불었다고. 그 덕분에 한스 남매가 달아났다고 말이네."

"그건 코펜산에서의 일이잖습니까. 저는 성 밖 술집과 요한 집 부근을 말씀드린 거고요."

"그게 바로 산에서 들려온 피리 소리였어. 설명할 게 뭐가 있지?" 호프만 선생이 당연하다는 표정을 지었다.

"거리가 그렇게 먼데 들릴 수 있습니까?"

"지형이 특이해서 메아리가 치거든. 천여 년 전에 이미 비트루비우스×가 『건축 10서』에서 소리를 증폭시키는 극장

× 　기원전 1세기 고대 로마의 유명한 건축가이자 기술자.

건축 방식에 관해 설명했지. 코펜산의 암벽 구도가 어느 지점의 소리를 증폭시켜 퍼뜨려도 전혀 이상할 게 없어." 호프만 선생이 어깨를 으쓱거렸다. "아까 우리가 산에 오를 때도 길에서 아이들 웃음소리가 들리지 않았나? 분명 골짜기에 도착하지 않았는데도 들렸지. 요한이 10여 년 전에 들었던 '마녀의 웃음소리'도 십중팔구 크리스와 루트비히가 밤에 몰래 산에서 놀던 소리였을 거네. 처음부터 나는 성 밖에서 이상한 소리가 들린다는 게 전혀 이상하지 않았어. 자네한테도 산에서 지형이 특별한 곳을 찾아야 한다고 말했잖나. 늑대 울음소리만 안 들렸어도 우리는 진작에 오두막을 찾았을 거야."

"선생님은 어떻게 처음부터 그런 생각을 하실 수 있죠? 그때는 코펜산을 한 번밖에 지나지 않았는데요!"

"자네한테 하노버를 왜 하노버라고 부르는지 아느냐고 물어봤었지. 처음 하노버를 세웠을 때 사람들은 라이네강 동쪽의 높은 기슭에 모여 살았다더군. '하노버'는 '높은 기슭'이란 뜻이야." 호프만 선생은 고개를 돌려 내 뒤쪽의, 암벽에 둘러싸인 산길을 바라보았다. "지명은 아무 이유 없이 정해지지 않아. 내력이 들어가기 마련이라고. 다시 말해 '코펜산'에도 나름의 의미가 있을 거야. '코펜(Koppen)'이란 어휘는 남부 독일어인 '둥근 천장(Kuppa)'에서 왔을 수도 있겠지만, 암벽이 즐비한 걸 봤잖아. 외형과 맞지 않기 때문에 나는 '둘러싸인 곳(Koppel)'이 진짜 기원이겠다고 생각했네. 암벽에 둘러싸인 지형에서 메아리가 잘 울린다는 건 누구나 아는 상식이잖아?"

호프만 선생은 당연하다는 듯 말했지만 자질구레한 조각들을 조합해 진상을 찾아낼 수 있는 사람은 아마 호프만 선생밖에 없을 것이다. 말하다 보니 행렬은 어느새 피리꾼과 처음 만났던 야생 꽃밭을 지나고 있었다. 곧 상수리나무와 삼각형 바위가 있는 곳에 이른다는 의미였다.

"도도, 궁금한 게 있어." 나는 아까 먹었던 맛있는 과일빵을 떠올렸다. "경비병을 잠재웠던 요리는 뭐였니? 맛있는 요리였니?"

도도가 눈을 깜빡거리며 웃었다.

"아편은 너무 써서, 알아채지 못하게 하려면 다른 맛으로 덮어야 해요. 경비병이 먹은 건 어젯밤에 두 분도 드셨던 겨자 섞인 완자였어요. 솔직히 그건 매운맛 외에는 아무 맛도 나지 않잖아요."

호프만 선생의 설계대로 바그너가 영웅처럼 아이들을 이

끌고 성으로 돌아가자 주민들이 무척 감동했다. 기다리다 못한 아렌트 회장이 남은 시위병을 이끌고 산에 오르려 할 때, 뜻밖에도 바그너가 피리꾼과 '협상에 성공'해 모든 아이를 무사히 데려온 거였다. 성안 부모들은 아이들에게 어떤 일이 있었느냐고 물었지만, 기사단 이외의 아이들은 피리꾼을 따라 산에 가서 과자를 먹었다고만 말할 수 있었다. 그래서 마술 피리에 정말로 마력이 있었는지, 피리꾼의 피리 소리로 아비센나의 『치유서』에 나오는 무슨 '알 왐' 상태에 빠졌는지 누구도 알 수 없었다.

슈나이더, 워스 의사, 팔크 부부는 무사히 돌아온 아이들을 기쁘게 맞이하며 마음을 놓았고 특히 요한은 한스 남매를 한참이나 끌어안고 있었다. 반면 안나는 아이들이 왜 자신이 버렸다고 말하지 않는지 알 수 없어 초조해했다. 술집 주인도 도도를 무사히 데려오겠다는 약속을 지켜줬다며 호프만 선생에게 매우 감사했다. 옆에서 지켜보던 나는 사실 도도는 처음부터 아무 위험이 없었을 뿐만 아니라 심지어 거짓 위험을 설계한 장본인이라는 진실을 밝히고 싶어 입이 근질근질했다.

그날 저녁 주민들이 축하연을 열면서 솔개 술집이 인산인해를 이루었고 사람들은 앞다투어 호프만 선생에게 술을 권했다. 호프만 선생이 기발한 방법으로 분쟁을 중재했다고, 바그너의 측은지심을 자극해 피리꾼이 왜 충동적으로 아이들을 데려갔는지 이해시킴으로써 위기를 풀었다고 들었기 때문이었다. 주민들은 피리꾼의 손에서 아이들을 되찾아온 것보다 고집불통 바그너를 설득한 게 더 대단하다고 여겼으니, 그들 눈에 호프만 박사는 불가능을 가능으로 바꾼 사람이었다. 그날 밤 연회에 맛있는 음식은 나오지 않았지만, 최소한 모두 진심으로 기뻐하며 웃을 수 있었기 때문에 나도 무척 만족스러웠다.

"한스, 역시 닌부르크[×]에 먼저 들르는 게 좋겠네. 어젯밤 어떤 노인이 거인에 관한 전설이 있다고 알려줬거든. 거기에 들렀다가 브레멘에서 배를 타고 돌아가자고. 배로 베저 강을 통해 갈 수도 있겠지만 난 육로로 흥미로운 경치를 더 많이 보고 싶어. 도중에 다른 민간 고사를 찾을지도 모르고……."

이튿날 해가 뜨자마자 우리는 하멜른을 떠날 준비를 시작했다. 여기에 탐구할 만한 전설은 없었지만, 호프만 선생은 일이 해결되자 기분이 좋아졌는지 이 부근에서 본인이 좋아하는 연구 소재를 찾으려 했다.

"그런데요, 선생님. 보석 하나가 아직 바그너한테 있는데

×   하멜른의 위쪽, 하노버의 서북쪽에 있는 도시.

돌려달라고 해야 하지 않을까요?" 나는 갑자기 보석 생각이 났다.

"조금 보상했다고 치지 뭐. 원래는 보석을 미끼로 2, 3천 두카트를 빼낼 수 있을까 했는데 1만여 두카트나 되는 금고를 보여줬잖나. 생각보다 큰 액수였지만 제대로 혼내주려면 전부 빼앗지 않을 수 없었어."

"선생님, 카롤리네는 그냥 두실 겁니까?" 나는 그 악녀를 손봐주겠다고 했던 호프만 선생의 말이 떠올랐다.

"이미 처리했지."

"네?"

"어젯밤 모임에서 슬그머니 소문을 흘렸어."

"카롤리네가 조카를 살해하려 했다고요?"

"당연히 아니지." 호프만 선생이 내 어리석음을 비난하듯 눈살을 찌푸렸다. "그걸 어떻게 공개할 수 있겠나? 한스 남매가 피리꾼에게 유괴당하기 전에 마녀한테 먼저 잡혔다는 소문을 퍼뜨렸네."

"그게 카롤리네에게 무슨 벌이 됩니까?" 내가 물었다.

"아직 내 말이 끝나지 않았어. 한스 남매를 데려갔다가 마녀가 오히려 난로에 던져져 타죽었다고 했지. 피리꾼은 그다음에 아이들을 데려갔다고."

"그건 피리꾼이 피리로 아이들을 유괴했다는 것과 어긋나잖아요?"

"카롤리네가 강가에서 한스의 타바드를 발견한 것도 어긋나지." 호프만 선생이 웃으며 말했다. "사람들은 세세한 부분에 신경 쓰지 않아. 핵심은 코펜산에 마녀가 있다고 믿는 카롤리네가 그게 사실인지 의심하는 걸세. 이제는 아이들에게 함부로 할 수 없을 거야. 어쨌든 그 아이들은 마녀까지 죽일 수 있는 녀석들이니까."

"그래도 벌이라고는 할 수 없습니다. 그냥 한스 남매의 안전을 보장하는 차원이잖습니까?"

"일자리도 잃게 했어." 호프만 선생이 능글맞게 웃었다. "앞으로는 동생 부부에게 의지해야 할 거야."

"일자리를 잃어요? 바그너에게 뭐라고 하셨습니까?"

"카롤리네 방에 마법 도구가 있을지도 모른다고 했네. 나중에 문제가 되지 않게 꼬투리를 잡아 해고하는 게 좋겠다고 했지."

"무슨 마법 도구요? 선생님, 그런 거짓말은 금세 탄로 날 텐데요?"

"거짓말이 아니야. 증거까지 보여줬는걸. 이거."

호프만 선생이 옷 속에서 나무 상자 하나를 꺼냈다. 자세히 살펴보니 정말로 카롤리네 방을 뒤질 때 봤던 그 상자였다.

"선생님, 훔치기까지 하셨습니까?"

"이건 카롤리네 방에서 자네가 봤던 그 상자가 아니야." 호프만 선생이 득의양양하게 상자를 흔들었다.

"분명 그거 맞는데요……."

"이건 코펜산의 신비한 오두막에서 찾은 거라고. 버려진 오두막이니 훔쳤다고 할 수도 없고."

"네?"

"바그너는 코펜산에 마녀가 없다고 했지만, 사실은 있었어. 아주 오래전에 죽었을 뿐이지……. 아마 300년도 넘었을 거야."

"코펜산에 정말 마녀가요?" 나는 깜짝 놀랐다.

"한스, 이 상자에 새겨진 무늬가 뭔지 아나?" 호프만 선생이 상자를 내 눈앞에 놓았다.

"꽃무늬 아닙니까?"

"이건 룬 문자야."

"북방인이 사용했다는 푸사르크[×] 문자요? 하지만 제가 처음 보는 글자도 많은데요?"

"훨씬 더 오래된 룬 문자거든. 게다가 우리 것이지."

[×]　푸사르크 혹은 '중세 룬 문자'라고 불리는 12~17세기 스칸디나비아반도 (노르웨이, 스웨덴 등)에서 사용된 언어.

"저희요?"

"우리 잉글랜드가 있는 브리튼섬의 문자ˣ." 호프만 선생이 상자를 집어넣었다. "한스, 자네는 마녀가 뭐라고 생각하나?"

"악마와 계약해 인간을 괴롭히는 사악한 무리요……."

"그건 신앙적 관점으로 봤을 때지. 역사적 관점에서 보면 마녀는 기독교를 접할 기회가 없었던, 조상 대대로 내려온 전통을 신봉하는 이방인일 뿐이네. 아까 크리스, 루트비히와 작별할 때 오두막에 관해 물어봤는데 그들은 잘 모르더군. 실내에 있던 물건도 전부 건드리지 않았다고 하고. 그러니 이 상자는 오래전 코펜산에 숨어 살던 사람의 물건일 거야. 상자에 새겨진 글자로 미루어 볼 때 브리튼에서 온 듯해. 300여 년 전 작센의 깊은 산으로 들어왔고, 전통 의학을 잘 알아서 오두막 부근에 각종 약초를 심었어. 여자일 가능성이 크고. 가끔 산에서 내려와 근처 주민들과 만났겠지만, 신분과 지식이 달라 마녀로 여겨졌을 거네."

"그게…… 코펜산 마녀의 진실입니까?"

"몰라, 그럴 수도 있고 아닐 수도 있지."

ˣ   푸토르크 또는 '앵글로색슨 룬'이라 불리는 5~11세기 브리튼섬에서 사용된 언어.

"마녀도 결국 죽었나요?"

"이렇게 오래됐으니, 당연히 죽었지." 호프만 선생이 빙그레 웃었다. "자네가 물어야 하는 건 '어디'에서 죽었는가야."

"산이 아닙니까?"

"기독교로 귀화해서 도시에 정착했을 가능성이 커. 카롤리네의 상자는 대대로 내려온 물건일 거네. 어쩌면 그 '마녀'의 혈통일지도 모르지."

사실이라면 너무도 놀라운 일이었다. 그렇다면 한스 남매도 마녀의 후손이 아니겠는가?

"나는 바그너에게 카롤리네 방에 똑같은 상자가 있으면 그녀가 마녀와 관련 있다는 의미라고 말했어. 사실이기도 하고. 바그너는 지금 주민들의 지지를 받고 있으니 당연히 모험하지 않을 거야. 어떻게든 이유를 찾아 카롤리네를 해고하겠지. 하인들은 십중팔구 뒤에서 수군거리거나 '마법'에 관한 소문을 낼지도 몰라. 그렇게 심술궂고 마녀처럼 어린애를 죽이려 했으니, 자기도 사람들 멸시를 받으며 종교재판에 끌려갈까 매일 조마조마해 봐야지."

"그런데 선생님, 아까 카롤리네가 동생 부부한테 의지할 거라고 하셨잖아요. 요한은 원래도 가난한데, 그러면 더 힘들어지지 않겠습니까?"

"그럴 리 없네. 보석 주머니를 한스한테 줬거든. 산에서 찾았으니 요한한테 전달하라고 했지. 이제 그들 일가는 팔크보다 더 부자야!"

"선생님, 정말 통도 크십니다!"

어째 서둘러 떠나자고 하시더라니. 내일 바그너가 약속한 보석상이 올 텐데 호프만 선생의 손에는 팔 보석이 남아 있지 않았다.

"나는 '하멜른 선제후국'을 쟁취해 신교 진영을 지지했을 뿐이야! 공작도 그런 용도에 쓰라고 보석을 줬고." 호프만 선생이 농담으로 말했다.

"호프만 선생님! 그린 씨!"

우리가 동문을 나섰을 때 뒤에서 큰 소리가 들려왔다. 고개를 돌리자 '하멜른 기사단' 단원들이 멀리에서 손을 흔들고 있었다. 지크는 여전히 단장답게 늠름한 자세로 한가운데에 서 있고 한스는 깃발을 높이 들고 있었다. 발, 힐다, 아담 등도 앞다투어 인사했다. 나란히 늘어선 아이들 외에 지팡이를 짚은 채 언덕에 서 있는 작은 그림자도 득의양양하게 웃으며 힘껏 팔을 흔들었다. 아침 햇살을 받아 그의 그림자가 성벽 쪽으로 길게, 장대하게 뻗어갔다.

"나중에 정말 대단한 인물이 될 거야."

호프만 선생이 아이들에게 손을 흔들면서 웃음을 지었다.

도도 오니프하우젠

1583년~1636년

뤼테츠부르크 태생, 아버지는 빌헬름 크니프하우젠. 열아홉 살 때
네덜란드군에 입대한 뒤 이리저리 전전하다 '북방의 사자'라 불리는 스웨덴
국왕 구스타프 2세의 부관으로 발탁돼 이름을 날렸다. 신교와 구교가
정면충돌한 30년 전쟁(1618년~1648년)에서 신교도 진영이었던 구스타프
2세는 용맹하고 전투에 능한 인물로, 직접 전장에 나가 가톨릭 연합군의
간담을 서늘하게 만들곤 했지만 뤼첸 전투(1632년)에서 생각지도 못하게
전사하고 말았다. 그때 스웨덴군이 우왕좌왕하며 붕괴하기 시작하자
부관이었던 도도 크니프하우젠이 나서 전세를 성공적으로 안정시키고
스웨덴군의 승리를 지켜냈다.

이듬해(1633년) 도도 크니프하우젠은 8년간 가톨릭 연합군이 점령하고
있던 올덴도르프와 하멜른을 공격해 통치권을 되찾았다. 바로 올덴도르프
전투였다. 이 전투의 승리를 기반으로 신교 세력은 독일 북부의 거점을
지키고 나중에는 전쟁 종식까지 끌어낼 수 있었다. 신성로마제국과 스페인이
쇠락하고 네덜란드가 독립하며 세속화된 신교가 보수적 가톨릭에 대항할 수
있게 된 것도 이에 따른 결과라 할 수 있다.

후기, 해설 및 동화에 대해 ◇

◇ 창작의 의도에 관하여

아주아주 긴 후기가 될 것 같다.

사실 나는 장황한 후기를 좋아하지 않아, 가능하다면 전부 생략하고 독자의 자율적인 해석에 맡기고 싶어 한다. 작가가 하고 싶은 말은 작품을 통해 전달하면 그만이라고 생각하기 때문이다. 하지만 이 작품은 조금 다르다. 인과관계가 다양하게 작용하고 허구와 사실이 복잡하게 얽힌 데다 누구나 잘 아는 동화를 기반으로 해서, 좀 길더라도 설명하지 않으면 그릇된 정보나 근원을 낳고 잘못 와전돼 오해가 생길 것 같아서이다.

미리 밝히지만 나는 동화와 역사를 좋아하는 사람일 뿐, 전문가가 아니다. 그래서 본문의 자료가 정확하지 않을 수도 있으니 각계 연구자들이 오류를 발견하면 바로잡아 주기를 바라며 미리 감사드린다.

「잭과 콩나무 살인사건」

내가 처음으로 진지하게 창작해 공모전에 응모한, 작가로서의 원점과도 같은 작품이다. 사실 그때는 오로지 흥미에서 출발해 재미있는 추리소설을 쓰려는 생각밖에 없었다. 2008년 나는 이 작품으로 제6회 대만추리작가협회 공모전에 참여해 결선에 올랐다(그해 순위권에 든 사람 중에는 나중에 시마다 소지 추리소설상을 받고 『카구야 프로젝트』를 창작한 원산도 있다. 우리는 이 공모전 덕분에 친분을 맺었다).

당시 나는 다른 이야기를 준비하고 있었는데 절반쯤 썼을 때 도저히 정해진 분량으로는 완성할 수 없을 것 같아 과감하게 손을 뗀 뒤 새로운 작품을 다시 쓰기로 했다. 중간에 끊긴 그 작품은 아직도 하드디스크 속에 잠들어 있으며, 언제 다시 쓰게 될지도 모르겠다. 소재를 고민하던 중 해당 공모전의 기존 결선 작품들이 전부 현대 도시를 배경으로 했다는 게 생각나, 나는 역발상의 기지를 발휘했다. 배경을 400여 년 전의 영국으로 삼았을 뿐만 아니라 유명한 동화를 재창작함으로써 심사위원(그리고 독자)의 시선을 끌기로 한 것이다.

사실 중국인이 중국어로 창작할 때 고대 서양을 배경으로 하는 게 적합할까 스스로에게 물어보았다. 그런데 그게 바로 우리의 심리적 제약이라는 생각이 들었다. 돌이켜보니 유명 작가 제임스 클라벨의 19세기 홍콩을 배경으로 한 『타이판』과 17세기 일본을 다룬 『쇼군』 등 서양인이 외국어로 동양 이야기를 쓴 사례가 있었기 때문이다. 'Why(왜)'를 묻기 전에 'Why not(왜 안 돼)'을 물어야만 시야를 넓힐 수 있을 듯했다.

언젠가 이 작품의 배경을 왜 16세기 말로 삼았느냐는 질문을 받은 적이 있다. 여기에서 먼저 '중세'에 대한 고정관념을 말해야겠다. 많은 사람, 특히 중국인은 유럽의 '중세'를 한 시대로 보는데 그건 크게 잘못된 생각이다. 중세는 5세기부터 16세기까지 걸쳐 있으니 전기와 말기는 거의 1천 년이라는 시차가 있다. 따라서 전기 중세와 말기 중세를 동일시하는 것은 현대와 송대 사람을 동일시하는 것처럼 터무니없다. 동화는 대부분 고정된 시대가 없다. 이야기가 현실에서 벗어나기 때문에 시대 역시 모호해지는 것이다. 그런데 나는 현실적 논리에 기반해 동화를 재편성할 생각이어서 특정한 시기를 정해야 했다. 그래서 유럽사, 심지어 세계사에서 가장 흥미로운 16세기 말, 즉 1600년 전후를 시대 배경으로 설정했다.

이 시기를 선택한 데에는 내가 이때를 현대 인류 문명의 시작점이자 사람들이 미신에서 벗어나 이성을 추구해 '추리'가 성립되는 시대라고 여기는 까닭도 있었다. 14세기에 시작된 르네상스가 200년의 사상적 변화를 거쳐 성숙기로 접어들고, 16세기 중반에 일어난 종교개혁으로 가톨릭 권위가 도전을 받으면서 새로운 세계 질서가 은밀하게 형성되며, 대항해 시대가 불꽃처럼 개막하면서 신대륙과 원양항해 경제가 상상도 못 한 충격을 가져왔다. 또 인쇄술의 보급으로 지식이 기하급수적 규모로 전파되었고, 갈릴레오와 케플러, 데카르트 등등 이 시대의 인물들은 새로운 사유를 통해 세상을 이해하는 방식에 엄청난 변화를 일으켰다.

전쟁사로도 이 시기 유럽은 무척 매력적이었다. 세계를 제패했던 스페인의 무적함대가 뜬금없이 약소국 영국에 패하고, 프랑스와 독일(신성로마제국)에서는 신교와 구교가 분열하는데도 국제 무역이 쇠퇴하지 않았으며, 십여 년 뒤 (1618년) 30년 전쟁으로 새로운 세계 질서(전통 가톨릭의 실세)가 정립되는 등 16세기 말은 폭풍 전야와도 같았다. 재미있게도 유럽에서 30년 전쟁이 일어났을 때 일본에서는 도쿠가와 이에야스가 막부를 설립해 도요토미 가문의 잔당을 토벌하며 전국시대를 종결시켰고, 30년 전쟁이 끝나갈 무렵에는 명나라가 멸망하고 후금의 군대(청나라 병사)가 기존 명나라의 보수 체제를 무너뜨렸다. 이 또한 새로운 질서를 만들었다고 볼 수 있으니, 세계 각지에서 아무 상관이 없을지라도 서로 공명하듯 파문이 일고 있었다.

논지에서 조금 벗어난 듯하다. 어쨌든 16세기 말을 배경으로 선택한 이유는 플롯에서 추리가 통하고 진실에 대한 갈망이 절실해져야 우리의 주인공인 호프만 선생이 유용해질 수 있어서였다.

호프만 선생은 영국인인데 왜 독일계 성을 가지고 있느냐는 질문도 있었다. 그건 내가 처음부터 그 가명을 게르만 혈통의 모계에서 따왔다고 설정했기 때문이다. 독일을 선택한 것은 그때 독일과 두 차례 세계대전을 치른 윈저 왕조(지금의 영국 왕실)가 독일 왕실 혈통(베틴 왕조)임을 발견한 뒤너무 놀라서 꽤 재미있는 설정이 되겠다고 생각해서였다.

『잭과 콩나무』의 원전은 다음과 같다.

옛날에 잭이라는 소년이 살았다. 집이 너무 가난해 어머니는 잭에게 유일한 재산인 소를 내주며 시장에서 팔아오라고 시켰다. 잭은 길에서 소를 사고 싶어 하는 사람을 만났는데 그 사람은 돈은 없고 돈보다 더 귀한 신비한 콩이 있다고 말했다. 잭은 콩 다섯 알을 받고 그 낯선 사람에게 소를 내주었다. 그 말을 들은 잭의 어머니는 머리끝까지 화가 나 콩을 창밖으로 던지고 자기가 멍청이를 낳았다며 한탄했다.

이튿날 아침 잭은 콩알이 거대한 콩나무로 자라나 하늘 높이 솟은 것을 발견하고는 콩나무를 타고 구름 위 거인의 집으로 올라갔다. 몰래 안으로 들어갔을 때 어린애를 잡아먹는 거인이 잭의 냄새를 맡았지만, 거인의 아내가 숨겨주었다. 잭은 위험에서 벗어난 뒤 거인의 금화 주머니를 훔쳐서 돌아왔다. 다음 날에도 잭은 구름 위 거인의 집으로 가서 보물을 찾다가 또 거인 부인의 도움으로 목숨을 구하고, 이번에는 황금알을 낳는 암탉을 훔쳤다.

세 번째로 콩나무를 타고 거인의 집에 보물을 찾으러 갔을 때 잭은 저절로 연주되는 마법의 하프를 발견했다. 하지만 하프를 들고 도망칠 때 거인이 놀라서 눈을 뜬 뒤 콩나무를 타고 잭을 따라오기 시작했다. 땅에 내려온 잭은 도끼로 콩나무를 잘랐고 사악한 거인은 떨어져 죽었다. 보물을 얻은 잭과 어머니는 그 뒤 행복하게 잘 살았다.

—영국 동화 『잭과 콩나무』

이상이 『잭과 콩나무』 동화의 한 판본이다. 세부 내용은 판본마다 다른데 어떤 판본이든 '잭이 거대한 콩줄기를 타고 올라가 보물을 얻은 뒤 꾀로 거인을 이긴다'라는 설정에서 벗어나지 않는다. 어렸을 때 나는 이 이야기를 읽고 나서 사람을 죽이고 재물을 훔친 소년이 왜 배울 만한지 도무지 이해가 되지 않았다. 거인이 아이를 죽이는 악당이라고 해도 잭 역시 정의의 화신이 아니었다. 사리를 취하기 위해 거인을 상대했으니 기껏해야 '악으로 악을 제압한다'라는 정도에 불과했다. 사악한 거인이나 마녀에게 해를 입은 뒤 자신을 보호하기 위해 상대를 죽이고 위험에서 벗어나는 다른 동화 속 아이들과 가치관이 완전히 달랐다. 그 기이한 인상 덕분에 나는 「잭과 콩나무 살인 사건」의 플롯을 떠올렸고 순조롭게 글을 써 내려갔다. 직전에 중단한 글에 비하면 거의 창작의 고통 없이 며칠 만에 완성할 수 있었다.

하지만 그때는 너무 미숙해서 반년이 지난 뒤에야 오류가 아주 많다는 걸 알았다. 그건 추리상의 오류가 아니라 역사상의 오류였다.

그로 인해 나는 역사적 배경의 소설을 쓰는 게 얼마나 어려운지 알았다. 일부 설정들, 가령 잉글랜드의 치안판사 제도나 성실재판소 위치, 캔터베리 대주교의 직위 등은 평소 책을 읽다가 알았으니 크게 잘못될 리 없고 검증하기도 쉬웠다. 문제는 '일상'이었다. 원래는 밀릿 부인이 주인공에게 차를 대접한다고 썼는데, '찻잎'은 16세기 말까지 영국에 전해지지 않았으니 차를 마시는 문화는 그때부터 50년은 더 기다려야 했다. 심지어 'Tea'라는 영어도 1650년대에 생겨났고 그전까지 영국인은 차를 'Cha'라고 부르며(얼마나 정확한 발음인가!) 동양인의 음료로 여겼다. 또 '악수'라는 예절도 그때 있었는지 확실하지 않았다. '박수'는 꽤 오래전부터 칭찬의 뜻으로 쓰였지만, 악수가 긍정적 의미인지 불확실했다. 'Shake hands'가 16세기 문헌에 기록되었어도 'handshake'는 19세기에야 나왔기 때문에, 사실에 어긋나지 않도록 사용하지 않았다. 그밖에 조심성 없이 신교의 영국에서 구교의 '신부'라는 호칭을 쓰고, 19세기에야 등장하는 명사 '시계방향(Clockwise)'을 사용하기도 했다. 독자들은 크게 상관없다고 생각할지도 모르지만, 나는 그런 분위기나 세세한 부분에 민감해 의심스러운 것들은 최대한 수정했다.

스스로에게 충실하고 이상과 같은 오류를 줄이기 위해 나는 15, 16세기 유럽을 묘사한 책을 많이 읽었다. 실제로 이 시리즈를 구상하는 동안 내가 책과 인터넷에서 찾아낸 흥미로운 지식은 글로 써낸 것보다 훨씬 많았다. 나는 이것 역시 창작의 즐거움이라고 생각한다. 그런데 물가는 정말 골치 아팠다. 이 작품에서야 돈이 중요한 요소가 아니라 대충 뭉뚱그려 넘겨도 됐지만「하멜른의 마술 피리 아동 유괴 사건」에서는 정말 골머리를 앓았다. 이건 뒤에서 다시 이야기하겠다.

이 작품의 인물들 가운데 거인 레이데일은 꼭 언급하고 싶다. 이 이름에는 출처가 있다. 영국 콘월과 웰스의 민간 전설 '거인을 죽인 잭'에서 잭한테 죽임을 당한, 머리가 둘인 거인의 이름이 'Thunderdale'이다. '거인을 죽인 잭'이『잭과 콩나무』의 창작 저본이라 나는 그 이름을 중국어와 결합해 레이데일이라고 지었다.

사실 이 작품을 쓰는 동안 영국의 또 다른 거인 동화인 오스카 와일드의『욕심쟁이 거인』, 욕심쟁이 거인이 불쌍한 아이를 돕다가 과거의 잘못을 뉘우치고 친절한 거인으로 변한다는 이야기를 자주 떠올렸다. 그래서 나는 본 작품 속에 또 다른 이야기를 숨기기로 했다. 저본으로 삼은 동화 이면에 비유나 투영의 대상이 되는 또 다른 동화를 숨긴 것이다. 다만 이 생각은 작품을 쓰는 중에 갑자기 들었기 때문에 '숨은 동화'로서『욕심쟁이 거인』의 요소가 확실히 드러나지는 않았다. 만약 어떤 독자가 이 작품을 읽은 뒤 숨은 단편에도 흥미를 느껴 찾아본다면 정말 기쁠 것 같다.

「푸른 수염의 밀실」

「푸른 수염의 밀실」은 이듬해 제7회 대만추리작가협회 공모전에 출품해 운 좋게도 대상을 받은 작품이다. 그 공모전에서 나는 또 다른 작가 가오푸(영화 〈엄마, 나 아룽이에요〉의 시나리오 작가)를 알게 되었다. 그해 우리는 내 상업적 데뷔작이라 할 수 있는 SF소설 『암흑의 밀사』를 공동 창작했다.

전년도 출품작처럼 나는 호프만 선생과 한스를 주인공으로 또 다른 동화 속 사건을 다뤘는데 이때 선택한 작품은 프랑스 동화 『푸른 수염』이었다. 동화 『잭과 콩나무』가 민간 전설 '거인을 죽인 잭'을 각색했듯 샤를 페로의 동화 『푸른 수염』도 민간 전설을 기반으로 했다. 다만 그의 판본이 가장 유명할 뿐이며, 이후에도 다르게 각색된 판본이 많이 나왔다.

내 기억 속 『푸른 수염』의 줄거리는 다음과 같다.

옛날에 무섭게 생긴 귀족이 살았는데 수염이 기이한 파란색이라 사람들은 그를 '푸른 수염'이라고 불렀다. 몇 번이나 결혼했지만, 여자들이 결혼한 뒤 남편의 기이한 생김새를 참지 못하고 달아났기 때문에 푸른 수염은 계속 결혼할 수밖에 없었다. 그는 어느 평민의 두 딸에게 구애했고, 작은딸이 청혼을 받아들여 푸른 수염의 성으로 들어갔다.

어느 날 푸른 수염이 멀리 다녀와야 한다면서 성의 열쇠를 새 아내에게 맡겼다. 그리고 어떤 방이든 마음대로 드나들어도 되지만 지하실 문은 절대 열면 안 된다고 당부했다. 아내는 그러겠다고 약속했다. 푸른 수염이 떠난 뒤 아내는 수시로 친구들을 초대했고, 친구들은 화려한 성에서 부유하게 사는 그녀를 부러워했다. 하지만 그녀는 친구들에게 성을 보여줄수록 지하실이 점점 더 궁금해졌다. 어느 날 더는 참을 수가 없어 그녀는 약속을 깨고 들여다보기로 마음먹었다. 지하실 문을 열자 놀랍게도 수많은 여자 시체가 매달려 있었다. 전부 푸른 수염의 전처로, 도망친 게 아니라 푸른 수염한테 살해당한 거였다. 아내는 너무 놀라 열쇠를 바닥의 핏물 위에 떨어뜨렸다가 황급히 주워 지하실을 떠났다. 그녀는 열쇠에 마법이 걸려 있는 걸 몰랐다. 피가 묻으면 지워지지 않는다는 사실을 발견했을 때 아내는 한층 더 당황하지 않을 수 없었다. 그녀는 자기를 찾아온 언니에게 도움을 청해 함께 도망가기로 하지만, 하필 푸른 수염이 일정보다 일찍 돌아왔다.

열쇠에 묻은 혈흔을 본 푸른 수염은 아내가 약속을 어기고 자기 비밀을 알았음을 눈치채 그녀도 죽이기로 마음먹었다. 아내는 아무리 살려달라고 애원해도 소용없자 죽기 전에 탑에

올라 기도만 드리게 해달라고 부탁했다. 푸른 수염이 허락하
자 아내는 높은 탑에 올라 계속 시간을 끌었다. 푸른 수염이
더는 참지 못하고 탑에 올라가 아내를 죽이려 할 때 아내의
두 기사 오빠가 도착했다. 오빠들은 푸른 수염과 결투를 벌
인 끝에 상대를 죽였다. 아내는 푸른 수염의 유산을 가족에게
나눠줘 언니와 연인의 결혼을 돕고 자신도 다른 신사를 만나
행복하게 살았다.

─프랑스 동화『푸른 수염』

『잭과 콩나무』와 마찬가지로 어린 시절 이 이야기를 읽
었을 때 나는 무척 놀랐다. 언뜻 가치관만 보면『잭과 콩나
무』보다 옳은 듯하지만 지나칠 정도로 피비린내가 났다. 연
쇄살인마의 범죄를 동화로 포장했으니, 얼마나 많은 아이
가 어린 시절에 충격을 받았을지 모르겠다. 물론 또 다른
시각으로 보면, 일찌감치 아이들에게 사회의 그림자를 인식
시킨다는 점에서 긍정적으로 평가할지도 모르겠다.
　자세히 살펴보면『푸른 수염』역시 정치적으로 아주 올바
른 이야기라고는 보이지 않는다. '아내가 남편의 명을 따랐
으면 죽었을 리 없다'라는 의미가 숨어 있기 때문이다. 이야
기 구조로 볼 때 푸른 수염은 모든 아내에게 같은 '테스트'
를 했으며, 아내들은 호기심을 억누르지 못했다는 이유로

살해당했다. 물론 현대인의 시각으로 300, 400년 전의 남녀 계급 차이를 평가하는 것은 어리석은 일이겠지만, 뒤집어서 우리는 이런 동화를 통해 당시 사람들의 의식 체계를 엿보며 우리의 문명이 얼마나 많이 진보했는지 확인할 수 있다.

「푸른 수염의 밀실」은 「잭과 콩나무 살인사건」보다 훨씬 많은 시간을 들여 완성했다. 그 결정적인 이유에는 '푸른 수염의 전설'이 실제를 기반으로 한 것도 있었다. 많이 알려졌다시피 푸른 수염이라는 인물은 질 드 레 남작을 모델로 했다. 영국과 프랑스의 백년전쟁 때 프랑스 민족 영웅이었던 그는 프랑스와 브르타뉴 공국을 위해 애썼고 잔 다르크의 전우이기도 했다. 하지만 연금술과 흑마술에 빠져 질 드 레 남작은 은퇴 후 끊임없이 악마를 소환하려는 의식을 거행했고 300명에 달하는 아이들을 살해해 제물로 썼다. 그는 결국 종교 및 세속 법정에 회부돼 브르타뉴 낭트에서 교수형에 처해졌다. 이러한 점들을 고려해, 나는 소설의 시점이 이미 브르타뉴 공국이 프랑스 왕국에 합병된 뒤였어도 브르타뉴라는 지역을 살려 소설에 사실감과 재미를 더했다. 그 덕분에 이 이야기는 동화 이외에도 가상적 역사소설의 재미를 가지게 되었다.

반면 글쓰기는 많이 어려워졌다.

동화 『푸른 수염』을 추리 플롯에 집어넣는 일은 어렵지 않았다. 원래가 살인을 주제로 한 이야기여서 뼈대를 구상할 때 아무것도 걸릴 게 없었다. 하지만 '현실'적 추리 플롯을 짜는 데에는 문제가 많았다. 마법 열쇠도 힘겹게 해결했는데, 그보다 더 어려웠던 것은 현실 속 귀족이 거대한 성에서 하인 없이 사는 상황이었다! 가만히 생각해 보니『푸른 수염』이야기 자체에서 제일 황당한 점이 바로 성에 푸른 수염과 아내 외에 하인이 전혀 등장하지 않는 거였다! 현실에서 귀족은 하인 없이 생활할 수 없었다. 심지어 초기 귀족은 하인을 부르는 종조차 없을 정도로 하인이 늘 귀족 옆에 있거나 문 앞에서 대기하고 있었다. 여성 귀족은 옷을 입을 때까지 하녀의 손을 빌렸다. 이로 인해 남성복과 여성복의 단추 위치가 달랐으며, 이 습관은 지금까지도 이어지고 있다(남자는 직접 단추를 잠갔지만, 여자는 시녀가 맞은편에서 여며 주었고 보통 오른손을 사용하기 때문에 여성복 단추는 왼쪽에 달리게 되었다).

게다가 이 기이한, 심지어 사건의 진상과도 관련된 상황을 납득시킬 때 다른 역사적 설정에서 동떨어져서도 안 됐다. 소설 배경을 브르타뉴로 설정한 이상 나는 여러 가지를 고려해야 했다. 가령 푸른 수염이라는 귀족은 대체 무엇을 했을까? 그때 그의 정치적 상황은 어땠을까? 그의 가족은 브르타뉴의 역사와 관련이 있었을까? 이런 것들을 떠올리자 그 시대를 이해하고 이야기 속에 넣을 수 있는 배경이 뭐가 있을지 찾느라 시간을 들이지 않을 수 없었다. 본문에서 푸른 수염의 조부인 기 드 레는 당연히 허구의 인물이지만 (진짜 살인마 질 드 레 부친의 이름에서 따왔어도) 브르타뉴의 빌게농 장군이 브라질에서 패전한 건 사실이고, 브라질나무도 실제로 당시에 중요하게 거래되던 국제무역품이었다.

그렇게 뼈대를 세워 쓰기 시작했는데 나는 곧 또 다른 문제에 봉착했다.

앞에서 말했듯 이 작품은 공모전에 출품할 계획이었기 때문에, 1만 5천 자에서 3만 자 이내라는 글자 수 제한이 있었다. 그런데 나는 3만 자 이내로는 완성할 수 없다는 걸 깨달았다. 1년 전 중간에 멈췄던 상황을 되풀이할 판이었다. 나는 이 작품을 포기하고 새로운 소설을 구상해야 할지 고민에 빠졌다.

하지만 자료 수집에 이미 너무 많은 시간과 노력을 쏟았고 플롯에 대한 만족도도 높아서 나는 결국 사건 설정을 줄이기로 했다. 그렇다. 공모전에서 수상한 「푸른 수염의 밀실」은 사실 '축약판'이다. 원래 사흘 동안 벌어지는 이야기에서 나는 하루를 통째로 들어냈다. 주요 사건과 크게 관련 없는 내용을 포기하고 핵심 설정만 나머지 이틀 속에 집어넣었다.

그래서 이번 재출판을 앞두고 수정할 때 나는 원래대로 하루를 복구했다(지금 판본은 4만 자이다).

수정본의 줄거리가 기존 판본과 크게 달라지지는 않았다. '축약판'을 쓸 때 복선이나 구성을 이미 확정했기 때문에 해체했다가 다시 쓰는 건 너무 번거로웠다. 그래서 다시 살린 하루는 기존의 콘셉트 위에 새로운 생각을 덧붙이는 방식이 되었다. 신판과 구판의 최대 차이는 푸른 수염과 한스의 검술 대결이 추가된 것이다. 추리와는 별 관련이 없는 단락이지만, 처음 설정할 때는 무척 중요하다고 생각했다. 첫째는 그 대결을 기점으로 쥐디트와 한스의 감정 동화가 자연스럽게 연결되고, 둘째는 원작 동화 속에 '오빠들'과 푸른 수염의 결투가 있어서 '액션 신'이 빠지면 안 된다고 여겼기 때문이다.

하지만 돌아보면 그때 안 썼던 것도 꼭 나쁜 일만은 아니었다. 당시에는 결투 상황을 전혀 이해하지 못했고 지금도 액션 장면을 잘 쓰는 동료 작가들보다 미숙하지만, 분명 그때보다는 나아졌을 테니까 말이다. 또 요즘은 자료를 구하기 더 쉬워졌고 내 자료 수집 노하우도 풍부해져, 나는 생생한 중세 무술 자료를 찾아 그 부분을 훨씬 사실적으로 묘사할 수 있었다. 다만 소설에서 언급한 검술 대가와 유파는 출처가 확실하지만, 동작을 정확하게 묘사할 수는 없었다. 지금 중세 유파의 무술을 배우는 사람들도 전해 내려오는 지침서와 수십 세대에 걸친 스승의 가르침을 따르는 것뿐이라, 내가 찾아낸 판본이 어느 정도 근거가 있다고 해도 얼마나 정확한지는 알 수 없었기 때문이다. 덧붙여, 어렸을 때 나는 이 동화의 결말을 읽으면서 두 기사와 푸른 수염이 탑의 계단을 따라가며 겨루는 장면을 상상했다. 위쪽에 섰음에도 푸른 수염이 오히려 밀리다가 결국 검에 찔려 계단에서 굴러떨어져 죽는 장면이었다. 내 소설에는 한스와 푸른 수염이 계단에서 대결하는 장면을 넣을 수 없어서, 나는 대신 선대 푸른 수염이 지하실로 통하는 계단에서 죽는 것으로 설정했다.

앞에서 「잭과 콩나무 살인사건」에 '숨은 동화'를 구상했다고 말했는데, 이번에는 처음부터 염두에 두고 프랑스 동화 『미녀와 야수』를 삽입했다. 끝부분에서 확실히 밝혔지만(심지어 지나칠 정도로), 내가 하고 싶은 말은 『미녀와 야수』와 『푸른 수염』 둘 다 프랑스에서 유래했고 비슷한 점 역시 많음에도(성에 들어가는 여자, 성에 사는 이상한 주인, 여자가 주인에게 하는 약속 등) 둘은 극과 극, 선량함과 사악함이 거울에 비치듯 대비를 이룬다는 것이다.

「하멜른의 마술 피리 아동 유괴사건」

「푸른 수염의 밀실」로 상을 받은 뒤 나는 같은 시리즈의 다음 작품에 착수했다. 단행본 출판이 가능한 분량으로 만들어 투고할 생각이었다. 그때 선택한 소재가 독일의 '하멜른의 쥐잡이'였다. '거인을 죽인 잭'을 각색할 때 즉흥적으로 '하멜른의 마술 피리 아동 유괴사건'에 대해 언급했기 때문에, 연작 형식의 단편집을 출판하게 되면 마지막 소설로 적합하겠다고 생각했다. 하지만 틀을 잡기 시작했을 때 중대한 착오가 있음을 발견했다.

'하멜른의 쥐잡이'는 그림 형제의 명작 동화 『하멜른의 피리 부는 사나이』이면서 동시에 실제로 있었던 사건이기도 했다.

'잭과 콩나무'나 '푸른 수염'이 허구의 동화라 각색할 여지가 상당히 컸던 것과 달리, '하멜른의 쥐잡이'는 사건이 발생한 명확한 장소와 시기가 있었다. 더군다나 그 발생 시기가 내 시리즈의 설정과 자그마치 300년이나 차이가 있었다. 문헌에 따르면 사건은 1284년 6월 26일에 발생했다. 설령 시기는 무시한다고 해도 도시 배경에서도 큰 차이가 있었다. 13세기 말까지만 해도 하멜른은 개발이 덜 된 도시였지만 16세기 말에는 규모가 큰 무역 도시로 발전했고, 17세기 이후에는 한층 더 발달해 독일 북부의 군사 요충지가 되었다. 규모는 크지 않아도 역사적으로 매우 의미 있는 도시였다.

이 난제 때문에 나는 무척 망설였다. 미스터리의 초기 구상을 끝냈어도 세부적으로 조정해야 하는 부분이 너무 많았다. 가령 13세기에는 없던 성벽이 16세기에는 완공되었다. 그렇다면 하멜른에 성벽이 있었다고 설정해야 할까, 아니면 없었다고 설정해야 할까? 있었다고 하면 피리 부는 사나이가 아이들을 데리고 성을 나갈 때 왜 성벽에서 막히지 않았는가를 해결해야 했다. 반대로 성벽이 없었다고 하면 문제는 간단해지겠지만 사실에 부합하지 않았다.

처음에는 이러한 기본적인 설정 문제를 잔꾀로 해결하려 했다. 사건 자체를 하멜른 성안에서 발생한 게 아니라 허구의 성 밖 어느 마을에서 발생했다고 설정한 거였다. 하지만 계속 찜찜한 기분이 들었다. 뭔가 동화의 핵심을 빼내 불완전하게 만든 듯했다. 비록 많이 망설였지만, 그래도 나는 뼈대를 세운 다음 글을 쓰기 시작했다. 약 1만여 자, 주인공들이 술집에서 피리 연주자와 마술 피리에 관해 듣는 데까지 썼을 때 나는 무엇 때문인지 몰라도 펜을 내려놓았다.

그때 왜 글을 멈췄는지는 전혀 기억나지 않는다. 무슨 공모전 소식을 봐서 그 작품을 썼을 수도 있고, 출판사로부터 요청받은 원고를 먼저 처리했을 수도 있다. 혹은 계속 찜찜했던 마음이 발목을 잡아서, 이 미완성 작품을 나도 모르게 다른 원고 일정보다 뒤로 미뤘는지도 모른다. 어쨌든 「하멜른의 마술 피리 아동 유괴사건」은 그렇게 하드디스크 속에서 다른 원고들과 잠들게 되었다.

이후 몇 년 동안 계속 써야겠다는 마음이 수시로 들었음에도 늘 기회가 닿지 않거나 결심이 서지 않았다. 시종일관 해결하지 못한 기본 설정의 문제들 때문에 내 잠재의식이 막았던 게 아닌가 싶다. 나는 계속 스스로에게 포기한 게 아니라 시기가 무르익지 않았을 뿐이라고 말했다. 핑계처럼 들릴지도 모르겠지만, 지금 돌아보면 확실히 시기가 무르익지 않았던 거였다.

정말로 꼭 맞는 시기가 찾아왔기 때문이다.

2018년 가을 나는 편집자로부터 독일 프랑크푸르트의 '리트프롬'이라는 문학제에서 나를 초청했다는 편지를 받았다. 리트프롬은 올해(2020년)까지 이미 40년째, 규모는 크지 않아도 형식이 무척 독특한 행사를 주관하고 있었다. 그건 아프리카, 아시아, 라틴아메리카, 아랍 세계 작가들이 주축이 되는 문학제로, 리트프롬은 독일 본토 작가와 상기 지역 작가의 교류를 추진하며 독일 독자들에게 유럽과 미국 주류에서 벗어난 문학작품을 소개했다. 매년 특정한 주제를 정했는데 2019년 주제가 '범죄와 추리'였고, 때마침 내 졸작 『13·67』이 독일어로 출판돼 운이 좋게도 초청받았던 것이다.

독일 땅을 밟을 기회가 왔는데 하멜른에 직접 가서 자료를 구하지 않을 이유가 어디 있겠는가?

나는 리트프롬의 주최 측에 연락해 귀국 비행기를 늦춘 뒤 자비로 기차표와 숙소를 예약했다. 그렇게 이 이야기의 무대가 어떻게 생겼는지, 전설 속 피리 부는 사나이는 어떤 길을 걸었는지 직접 살펴보러 갈 계획을 세웠다.

2019년 1월 말, 나는 프랑크푸르트로 떠났다. 음, 후기가 여행기로 변하는 듯하다. 리트프롬은 무척 흥미로웠다. 문학제에서는 한국의 인기 추리소설 『7년의 밤』과 『종의 기원』을 쓴 정유정 작가와 남아프리카공화국의 유명한 추리소설 『13시간』을 쓴 디온 메이어 작가를 만나 대화하면서 많은 수확을 얻었다. 이틀간의 문학제가 끝난 뒤 나는 혼자 프랑크푸르트에서 기차를 타고 북상해 하노버에서 하멜른 행으로 갈아탔다. 세 시간이나 걸렸지만, 홍콩에서 하멜른까지의 거리에 비하면 새 발의 피였다.

겨울이라 하멜른에서는 오후 네 시쯤부터 벌써 해가 지기 시작했다. 일광 시간이 짧은 데다 날씨까지 쌀쌀해(매일 눈이나 진눈깨비가 내렸다) 여행하기에는 절대 좋은 시기가 아니었지만, 현지 조사하는 나에게는 심각한 타격이 되지 않았다. 숙소를 선택할 때 비용을 절약하느라 시내 쪽을 피했는데 뜻밖에도 호프만과 한스처럼 성벽터 바깥의 여관에 묵게 되었다. 7, 8분 정도면 옛 시내로 들어갈 수 있는 위치였다. 게다가 여관 옆에는 작고 오래된 묘지도 있었다. 정말 들어가 보고 싶었지만, 관광지인지 아닌지 몰라서(관광센터에서 확인하는 걸 잊어버렸다) 이끼 낀 옛 묘비를 울타리 밖에서 구경만 하는 수밖에 없었다.

하멜른에서(도착해서야 중국어 명칭이 '하메이언'임을 알았다) 3박 4일을 머물렀고 매일 찬바람을 무릅쓴 채 성안 곳곳을 돌아다녔다. 주변 환경을 자세히 기록하고 400년 전 한스와 호프만이 보았을 풍경도 상상해 보았다. 진짜 베저강을 보고 다리 건너 맞은편에서 옛 성을 바라보았으며 400년이나 된, 2층 창문을 볼록 튀어나오게 장식한 옛 건축물을 올려다보기도 했다. 또 전설 속 피리 부는 사나이가 어린애들을 데리고 지나간 골목을 거닐고 박물관이나 관광센터 직원과 대화하는 등 알찬 시간을 보냈다. 나는 며칠 더 머물면서 세세한 부분을 더 살펴봐야 했다는 생각이 들었다. 하멜른의 구시가지에는 과거의 건축물과 성벽을 재현해놓은 전시물이 꽤 많았다. 그걸 직접 보자 머릿속에 멈춰서 있던 톱니바퀴가 다시 굴러가고 「하멜른의 마술 피리 아동 유괴사건」을 완성할 정확한 방향이 잡히기 시작했다.

　세부 사항을 논하기 전에, 내가 기억하는『하멜른의 피리 부는 사나이』동화는 다음과 같다.

　　옛날 하멜른이라는 마을에서 쥐가 극성을 부려 주민들이 골 머리를 앓았다. 그러던 어느 날, 알록달록한 옷을 입을 외지인이 마을로 들어와 쥐를 없애줄 수 있다고 하자 주민들은 그렇게만 해주면 사례하겠노라 약속했다. 외지인이 피리를 불기 시작했더니, 놀랍게도 마을의 쥐가 줄줄이 달려 나와 그의 피리 소리를 따라 강가로 가서는 물로 뛰어들었다. 주민들은 그 광경을 보고 혀를 내두르며 신기하다고 소리쳤지만, 막상 일이 성사되자 후회하며 보수를 지급하려 하지 않았다. 이에 피리 부는 사나이는 화를 내며 마을을 나갔다. 며칠 뒤 주민들이 예배당에 모여 있을 때 붉은 사냥복을 입은 피리 부는 사나이가 마을로 들어와 피리를 불기 시작했다. 그런데 이번에 피리 소리를 따라간 것은 쥐가 아니라 마을 아이들이었다. 아이들은 피리 부는 사나이를 따라 부근 코펜산으로 들어간 뒤 자취를 감췄다. 다리를 저는 아이 하나만 다른 아이들을 따라가지 못해 유일하게 화를 면했다. 주민들은 그제야 아이들의 실종이 피리 부는 사나이의 복수임을 알고 깜짝 놀랐다.

　　　　　　　　　　　　　─독일 동화『하멜른의 피리 부는 사나이』

『하멜른의 피리 부는 사나이』 판본은 무척 많고 서로 달랐다. 가령 요행히 살아남은 아이에 관한 설만 해도 시각과 청각에 장애가 있는 등 여러 가지였다. 눈이 안 보이는 아이는 행렬을 보지 못해서 따라갈 수 없었고, 귀가 안 들리는 아이는 피리 소리를 듣지 못해 살아남았다. 또 어떤 아이는 외투를 가져가지 않아서 되돌아왔는데 다시 쫓아가려 했을 때는 이미 피리 부는 사나이가 보이지 않아 무사할 수 있었다. 결과에서도 차이가 있어서, 아이들의 실종이라는 비극적 결말 외에 주민들이 잘못을 인정하고 보수를 지급하자 아이들이 돌아왔다는 해피 엔딩도 있었다.

자료 수집과 현장 조사를 하면서 나는 이 동화와 전설을 깊이 이해할 수 있었고, 전에 느꼈던 설정상의 모순도 너무 외곬으로 매달린 감이 있음을 알았다. 1284년 6월 26일에 발생한 아이들 실종 사건과 『하멜른의 피리 부는 사나이』 동화 자체가 거의 300년의 차이가 있었기 때문이다.

고증에 따르면 이 사건은 1384년 '아이들이 우리 곁을 떠난 지 어느새 100년이 되었다'라는 아주 간략한 내용으로 마을 기록에 처음 등장했다. 또 14세기 현지 성당에서 피리 부는 사나이가 아이들을 데리고 떠나는 도안의 스테인드글라스를 제작했는데 17세기에 훼손되었다는 기록도 있었다. 초기만 해도 이 전설에 관해서는 기껏해야 날짜와 피리 부는 사나이, 사라진 아이들 수(130명)만 언급됐을 뿐이었다. 쥐라든가 주민들이 예배당에 있을 때 피리 부는 사나이가 손을 썼다는 내용도 없으니 다리를 저는 아이라든가 시각이나 청각에 문제가 있는 아이 등은 더 말할 것도 없었다. 처음 문헌에 쥐가 등장한 건 1559년이었다. 이후의 판본들은 한층 더 갈라져 날짜와 아이들이 사라진 지점, 아이들 명수 등이 각기 달랐다. 14세기나 15세기에 발생했다는 사람도 있고, 사라진 아이들이 130명이 아니라 160명이라는 사람도 있었다. 지금 전해지는 그림 형제의 판본은 1816년에 출판되었으므로 그들도 500년 전의 전설을 가지고 동화를 창작했을 뿐이다.

역사학자도 당시 하멜른에서 대체 무슨 일이 일어났는지 고증할 수 없으니, 우리는 추측밖에 할 수 없다. 첫째, 쥐는 조작일 가능성이 매우 크다. 후대 사람들이 이 요소를 집어넣은 건 대략 1346년에서 1350년 유럽 대륙을 휩쓴 흑사병(페스트)과 무관하지 않아 보인다. 16세기 사람들에게는 200년 전의 흑사병과 300년 전의 아동 실종 모두 '지금부터 아주 오래전의 일'이기 때문에, 그 둘을 엮어 그럴싸하게 포장하는 건 전혀 이상한 일이 아니었다. 특히 그 시대의 전설들은 대부분 구전되었으니 중간에 내용이 왜곡되는 것도 흔한 일이었다.

둘째, '피리 부는 사나이'가 과연 실존했는지도 매우 의심스럽다.

위에서 언급했듯, 처음 피리 부는 사나이의 전설은 '자초지종' 없이 단순하게 '아이들이 피리 부는 사나이를 따라 하멜른을 떠났다'라고만 묘사되었다. 여기에서 제일 큰 문제는 이 표현이 현실적인 묘사인지 일종의 비유인지 알 수 없다는 것이다.

일단 후자부터 논해보자. 어떤 사람은 피리 부는 사나이가 단지 상징일 뿐, '천사가 나팔을 분다'라는 성경 구절처럼 아이들의 죽음을 대변한다고 주장한다. 1284년 모종의 천재지변이 발생해 아이들이 대거 사망하자 누군가 부모의 슬픔을 달래주기 위해 '피리 부는 사나이가 아이들을 데려갔다'라는 말로 위로했을 거라는 견해이다.

반면 현실적 묘사라면 또 다른 배경을 떠올릴 수 있다. 1096년에서 1291년까지 유럽에서는 여러 차례 십자군 원정이 있었다. 서유럽 각지의 영주들은 교황의 허락하에 군대를 조직한 뒤 동쪽의 이교도 국가와 전쟁을 벌였다. 군대에는 군인 이외에 농민, 상인은 물론 아이들까지 있었는데 그들은 '집단 순례'라는 명목으로 군대와 동행했다. 13세기 초에는 교회가 예루살렘 성지를 탈환하기 위해 프랑스와 독일 지역에서 아이들 군대인 '아동 십자군'을 결성하기도 했다. 그러니 1284년 하멜른에서 누군가 이런 기치를 내걸고 아이들을 모았을지도 모른다. 물론 그게 사실이라고 해도 우리는 그 사람이 정말 교회의 수장이었는지 아니면 아이들을 유괴한 노예상이었는지는 알 수 없다.

그밖에 하멜른 아이들의 집단 이동으로 보는 사람도 있다. 현지에서 발생한 모종의 사건 때문에 아이들이 어쩔 수 없이 집을 떠나 생계를 모색해야 했거나 집단 히스테리 현상, 유럽 곳곳에서 발생한 '무도병'으로 무의식적으로 노래하고 춤추며 움직였을 수 있다는 견해이다. 실제로 1237년 아이들 무리가 에어푸르트에서 아른슈타트까지 20킬로미터나 되는 거리를 춤추며 달려갔다는 기록이 있다.

동화 『하멜른의 피리 부는 사나이』에 얽힌 역사적 배경을 알고 나자 각색에 대한 부담이 줄어들었다. '16세기 작가들도 허구의 내용을 잔뜩 집어넣었으니 내가 이 사건을 300년 뒤로 옮긴다고 뭐가 그렇게 지나칠까' 하고 면죄부를 받은 기분이었다. 하지만 나는 곧 「푸른 수염의 밀실」 후기에서 언급했던 문제, 사실을 기반으로 한 소설 묘사에서 시대적 괴리감이 없어야 한다는 문제에 부딪혔다.

물가 때문에 정말 골치가 아팠다. 중세 유럽의 화폐 정책이 워낙 혼란스러워 그쪽 역사에 문외한인 나는 거의 정신을 차릴 수가 없었다. 단위와 발행처, 통용량 모두 그 자체로 전문 연구 분야였으니 물가를 논한다는 것은 훨씬 고통스러운 일이었다. 예전에 셰익스피어의 『베니스의 상인』 속 주인공이 유대인 샤일록에게 빌린 3천 두카트를 오늘날 화폐로 얼마인지 따져보는 글을 읽은 적이 있었다. 그런데 임금, 곡물가, 화폐 자체의 금값을 기준으로 한 결과가 완전히 달랐다. 나는 독일과 영국의 15세기에서 16세기 물가와 임금 자료를 한 무더기나 들춰본 뒤에야 가까스로 소설 속에서 언급한 금전의 가치를 허구지만 실제에서 크게 벗어나지 않도록 정할 수 있었다.

앞부분에서 나는 16세기 말이 유난히 다채롭게 느껴진다고 말했는데 경제활동의 변화도 그 원인 중 하나라고 생각한다. 국제 무역이 발달하면서 은행업이 생겨났고, 금과 은이 여전히 주요 매개수단이었지만 상인들끼리는 어음 거래도 빈번하게 이루어졌다. 그리고 이는 자본주의가 싹트게 된 기반이 되었다. 제일 흥미로운 점은 자본주의(당시에는 중상주의라고만 할 수 있지만)가 문자의 보급을 촉진했다는 사실이다. 거래 규모가 커질수록 장부를 정확하게 기록해야 해, 상인들은 글을 아는 직원에게 그 작업을 맡겼다.

문자 보급률은 따로 논할 만한 가치가 있다. 지금도 우리는 중세의 문맹률과 문해율이 얼마였는지 확인할 길이 없다. 글을 아는 주민이 백 분의 일도 안 되었다는 자료도 있지만, 최소 절반은 글을 알았다는 자료도 있다. 이는 '문해'의 정의와 관련이 있는데 16세기까지도 대부분 국가에서는 라틴어가 공식 문자로 인정돼 라틴어를 모르면 문맹으로 보았기 때문이다. 하지만 각 나라의 평민들은 본국의 언어만 사용할 뿐이었다. 마틴 루터의 파격적인 개혁 중 하나가 바로 라틴어 성경을 독일어로 번역해 일반인이 이해할 수 있도록 함으로써 가톨릭의 성경 해설에 관한 권력 독점을 깬 거였다. 그리고 마틴 루터가 번역한 독일어 성경은 또 다른 작용도 했다. 성경에서 사용된 독일어가 지역별로 차이가 있던 독일 방언을 표준화하는 지표가 되었던 것이다.

기사 소설은 17세기까지 매우 유행했다. 지역 평민들 언어로 창작 및 번역된 데다 인쇄술이 보급돼 평민의 오락거리로 부상했다. 그런데 흥미로운 점은 17세기 기사 소설의 쇠락이 스페인 작가 세르반테스가 1605년에 내놓은 그 유명한 풍자소설 『돈키호테』 때문이라는 사실이다. 이 작품이 기사의 이미지를 완전히 망가뜨린 바람에 독자들은 기사 소설에 몰두하는 걸 어리석다고 여기기 시작했고 그에 따라 기사 소설의 성행은 종말을 맞이했다.

소설 속 주인공이 해설한 코펜산 명칭의 유래는 완전히 허구지만, 인용한 독일어는 사실이다. 역사학자들은 지금까지도 '코펜산'이 어디인지 확인하지 못했다. 하멜른에서

593

동쪽으로 10킬로미터 바깥에 '코펜브뤼거(Coppenbrügge)'라는 지명이 있지만, 그곳이 '코펜산'인지는 증명되지 않았다. '코펜산'이라는 이름은 1440년에서 1450년까지의 뤼네부르크 수기 원고에서 처음 나왔는데 이 문헌은 하멜른의 사건을 다음과 같이 기록하였다.

ANNO 1284 AM DAGE JOHANNIS ET PAULI WAR DER 26. JUNI-DORCH EINEN PIPER MIT ALLERLEY FARVE BEKLEDET GEWESEN CXXX KINDER VERLEDET BINNEN HAMELN GEBOREN-TO CALVARIE BI DEN KOPPEN VERLOREN.

1284년 6월 26일 성 요한과 성 바울의 날, 130명의 하멜른 아이들이 알록달록한 옷을 입은 피리 부는 사나이에게 이끌려 코펜(KOPPEN)의 수난처로 가 흔적도 없이 사라졌다.

이 글은 1602년 하멜른에 지어진 '피리 부는 사나이의 집' 외벽에 적혀 있다. 하멜른 시내에 있는 이곳은 지금까지도 유명한 관광명소이다. 피리 부는 사나이의 집 옆 골목은 '붕겔로젠 거리'로, 이 골목이 피리 부는 사나이가 아이들을 데리고 간 길이라고 한다. 그래서 17세기부터 어떤 음악 활동(투어 등)이든 이 골목을 지날 때는 아이들을 애도하기 위해 소리를 멈추도록 하고 있다.

소설에서 언급한 마녀와 마녀사냥은 피리 부는 사나이의 전설과 무관하지만, 소설 속 인물들이 드는 예는 자세한 내막까지는 몰라도 모두 사실이다. 그 요소를 넣기 위해 나는 독일 동화 『헨젤과 그레텔』을 '숨은 동화'로 사용했다. 어린 남매가 산에서 길을 잃는 모티브를 빌려와 '피리 부는 사나이'의 원래 이야기와 결합한 것이다. 우습게도 세 편의 소설 중 「잭과 콩나무 살인사건」과 「하멜른의 마술 피리 유괴사건」은 원전이 모두 마법과 무관하지만, 나는 두 작품 모두에 이 모티브를 삽입했다. 반면 「푸른 수염의 밀실」은 원래 흑마술과 직접적인 관련이 있음에도 마술이나 마법에 대해서는 전혀 언급하지 않았다.

크니프하우젠 장군은 당연히 실존 인물이지만, 어렸을 때 하멜른에서 살았다는 건 소설가의 상상일 뿐이니 정말로 받아들이지 않기를 바란다. 크니프하우젠 가문은 네덜란드와 인접한 동프리지아를 영지로 소유했던 유명한 귀족이었다. 특히 크니프하우젠 장군은 승전 횟수가 적어서 저평가되다가 나중에 일부 학자들에 의해 정정되었다. 초기에 연전연패했던 건 상사의 잘못이라며 오히려 그는 적은 병력으로 몇 배, 심지어 10여 배의 적군에 대항해 패배를 지연시켰으니 군사적 재능이 뛰어나다는 거였다.

사실 소설 속의 음식 습관, 상인조합 제도, 기계 기술 수준, 문구류, 의학적 개념 등 세세한 부분을 더 이야기해야 하지만 나중을 기약하며 이 글은 여기에서 그만 접도록 하겠다.

끝으로

여기까지 읽어준 것에 감사드린다. 1만 자가 넘는 후기라니 스스로도 수다스럽다는 생각이 든다. 최근 쉬지 않고 밀린 원고를 쓰느라 책을 읽을 시간조차 별로 없었다. 기본적으로 자료를 찾기 위해서만 책을 읽었더니 영혼이 고갈되고 신경이 곤두서는 느낌이다. 아무래도 잠시 펜을 내려놓고 '슬로우 라이프'를 즐기며 훌륭한 작품을 많이 읽고 시야를 넓혀야 할 것 같다. 사실 읽으려고 쌓아둔 책이 엄청나게 많아서 매일 한 권씩 2년을 읽어도 다 못 읽을 판이다.

나는 역사서를 좋아한다. 거대한 시대 속에서 앞길이 막막하게 느껴질 때 고개를 돌려보면 언제나 똑같이 '거대한 시대'가 있었고 인류는 잘 헤쳐 나왔다. 앞으로 10년, 20년 뒤 세상에 얼마나 큰 변화가 있을지는 모르겠다. 이렇게 불안정한 세상 앞에서는 자신에게 충실하고 지식을 키우는 것만이 최선의 방법일 것이다.

나중에 또 소설을 통해 만날 수 있기를 바란다.

2020년 6월 18일

찬호께이

[1]

[2]

[1] 하멜른 박물관. 오른쪽 건축물은 1585년부터 1589년까지 건축가 코드 퇴
        니스가 지은 라이스트 하우스이며, 대문 옆 2층의 튀어나온 창문에서 당
        시 유행했던 건축양식을 엿볼 수 있다. (Public domain, provided by Museum
        Hameln)
[2] 베저강의 현재 모습

[3]

[4]

[5]

[3]   16세기 말부터 17세기 초까지의 하멜른 성벽 모형
[4]   1602년에 지어진 '피리 부는 사나이의 집'
[5]   '피리 부는 사나이의 집' 옆쪽의 '붕겔로젠 거리'

옮긴이 문현선
이화여대 중어중문학과와 같은 대학 통역번역대학원 한중과를 졸업했다. 현재 이화여
대 통역번역대학원에서 강의하며 프리랜서 번역가로 중국어권 도서를 기획 및 번역하고
있다. 옮긴 책으로 『사서』, 『물처럼 단단하게』, 『문학의 선율, 음악의 서술』, 『제7일』,
『아버지의 뒷모습』, 『아Q정전』, 『봄바람을 기다리며』, 『평원』, 『경화연』 등이 있다.

마술 피리

초판 1쇄 발행일 2021년 9월 14일
초판 2쇄 발행일 2021년 11월 5일

지은이 찬호께이
옮긴이 문현선

발행인 박헌용, 윤호권
편집 김혜정 **디자인** 서은주 **일러스트** 윤다솜
발행처 ㈜시공사 **주소** 서울시 성동구 상원1길 22, 6-8층(우편번호 04779)
대표전화 02-3486-6877 **팩스(주문)** 02-585-1755
홈페이지 www.sigongsa.com / www.sigongjunior.com

이 책의 출판권은 (주)시공사에 있습니다. 저작권법에 의해
한국 내에서 보호받는 저작물이므로 무단 전재와 무단 복제를 금합니다.

ISBN 979-11-6579-686-0 03820